Manuel García Cartagena

Una guerra de sueños

Manuel García Cartagena

Una guerra de sueños

EDICIONES BANGÓ

EDICIONES BANGÓ

reinventando el placer del texto
bangoediciones@gmail.com

Título: *Una guera de sueños*
© Manuel García-Cartagena
© Ediciones Bangó
Primera edición: 2021
Colección: Bangó / Novela

Portada: © Ediciones Bangó

ISBN:

© Diseño de portada: Lissette-Aline García Suárez

Contacto Ediciones Bangó
bangoediciones@gmail.com

Editado en Santo Domingo, República Dominicana
Edited in Santo Domingo, Dominican Republic
Édité à Saint-Domingue, République Dominicaine

Dedico esta obra a mis padres,
Milagros y Manuel,
víctimas involuntarias
de otras guerras y otros sueños.

Sólo en el Gran Despertar
se revela el Gran Sueño.

Zhuang Zi, *Los capítulos interiores.*

Nota del editor

EL TEXTO QUE FIGURA a continuación corresponde al manuscrito más o menos integral –es decir, luego de haber sido sometido a un intenso trabajo de edición– de la novela que fuera sometida a uno de los concursos que celebró el nunca bien ponderado –literalmente– Ministerio de Basura en una fecha que este editor prefiere mantener en silencio, así como otros datos relativos a la identidad real del autor de ese texto. Como se sabe, mientras aspiraron a funcionar como dispositivos de configuración del canon oficial, dichos concursos se caracterizaron por exigir en sus bases la identificación de los participantes con sus nombres y apellidos y con las fotocopias de sus documentos de identidad personal, las cuales, para más inri, debían figurar como parte de los atados de hojas de los manuscritos sometidos al escrutinio del jurado.

Desde la más remota antigüedad es harto conocida la inagotable osadía de los ignorantes. En nuestra época, sin embargo, esta última casi iguala en atrevimiento la extremada codicia y el raquitismo cognitivo de ciertos despigmentados académicos ávidos de procurarse los honores (particularmente si son inmerecidos) que los responsables de ciertos organismos oficiales tienen a bien rendirles. Estos homenajes se hacen más notoriamente ridículos cuando los universitarios en cuestión son, o bien incapaces de comprender, o bien capaces de simular perfectamente que no comprenden los dislates, desaciertos, despropósitos y demás estolideces de cualquier calibre que la improvisación o el inmoderado delirio protagónico de nuestros políticos los conduce a cometer.

Y claro, como nunca faltan quienes aprovechan cualquier oportunidad para hacerle propaganda a nuestro vino, aunque este sea agrio, conviene aclarar que la mayor parte de esos desmesurados homenajes, así como los billetes de avión en primera clase, los hoteles de tres o de cuatro estrellas, los transportes por toda la ciudad en vehículos de lujo y las conferencias –casi siempre a puerta cerrada para un reducido puñado de suspirantes y abofados rascapáginas– son pagadas con fondos provistos por una cuenta especial del Ministerio, que es como decir con dineros del erario público, y que detrás de toda esa aparente generosidad de espíritus colonizados sólo medra el deseo –manifestado posteriormente en la forma de cómica mordida cósmica– de ser correspondido con una invitación análoga por parte de las referidas instancias universitarias extranjeras para que una comitiva de funcionarios pueda ir a pasear un poco sus respectivas ignorancias por allí o por allá sin que les dé vergüenza ni sentir ganas de tardarse toda la mañana encerrado en un cuarto de baño, dizque meando.

No hay necesidad de mencionar el nombre real del autor de esta novela para dar a entender que se trata de uno más entre los incontables pelafustanes escribientes que resultaron premiados con uno de esos reconocimientos que abren puertas de cámaras bajas y de aposentos altos, o viceversa. Es probable incluso que el suyo sea un caso parecido al de tantos otros que lograron escapar al bochornoso destino de ser contados en las trágicas estadísticas de la realidad dominicana a través de un estrepitoso nombramiento como diplomático en algún lugar remoto del más antiguo de los continentes. Allí terminó perdiendo el acento más rápidamente que las hermanas García, pero no las ganas de escribir una novela capaz de transformar la historia de su país de origen.

En la larga lista de trampas que el pensamiento mágico tiende a la inmensa mayoría de las mentes tropicales, la creencia de que la literatura posee poderes capaces de transformar la realidad constituye uno de los remanentes del vínculo que existió en la antigüedad entre la escritura y los sectores oligárquicos de la mayoría de las sociedades. ¡Qué tiempos tan duros estos, carajo! Cada día que pasa, más personas se revelan como las víctimas no contadas de un sistema educativo que nunca ha sabido ajustarse racionalmente a las exigencias de la tercera ley de la termodinámica. Por esa razón, ni siquiera una sola de esas personas será tomada en cuenta por la demanda universal exclusiva de mano de obra técnica. Y a pesar de esto, como al que no le gusta la sopa se le dan dos tazas, toda esta bella gente cree haber encontrado su razón de ser en el rechazo radical de cualquier otro tipo de formación en áreas como el Derecho, las Ciencias Sociales o las Humanidades. No lo saben, pero, al hacer esto, se comportan como auténticos magos venidos a menos, impotentes en el sentido de que son perfectamente incapaces de conmover a las potencias del cielo pero tampoco a las del infierno. Han quedado total y definitivamente desarmados y expuestos en un mundo cada vez más agresivo y letal para cualquier forma de vida dotada de sensibilidad. En la actualidad, en efecto, los únicos que parecen tener posibilidad de sobrevivir son los que logran hallar algún trozo de epidermis donde clavar los aguijones que les permitirán sorber, periódicamente, algo de sangre ajena para seguir tirando durante algún tiempo. Parasito, *ergo* existo: ese es el lema de la nueva racionalidad propia de los tiempos que corren.

Hasta la fecha han sido muchos en todo el mundo los escritores que han optado por quitarse del medio a partir del final de la tercera década del siglo XXI. El desencanto pudo con ellos luego de descubrir a la entrada de la vejez, que, entre otras bajezas, ya no había nada que hacer con su capacidad para leer y escribir en varios idiomas, puesto que cualquier robot barato era ahora capaz de traducir sin errores cualquier texto oral o escrito en más de setenta idiomas. Para colmo, como una manera de facilitar la adaptación del público a la inconmensurable chatura del estilo cibernético, la mayoría de los gobiernos del mundo han cerrado filas en torno a la modificación de las reglas gramaticales y las normas de uso de casi todas las lenguas. Por todas partes, la muerte universal del gusto por el gran estilo literario viene acarreando silenciosamente una desgracia mayor: la pérdida del amor por la vida entre muchos de los más auténticos creadores literarios. En esas circunstancias, es casi un motivo de alegría saber que no fue este el destino del poeta-diplomático autor de esta novela.

Decidido a hacer cualquier cosa que fuera necesaria para ver convertido en realidad su sueño literario, el poeta en cuestión se fue abriendo paso de cama en cama, de lengua en lengua, de país en país. Después de pasarse tres años en el Tayikistán, decidió continuar la ruta del opio hacia el Afganistán, donde se convertiría en el ayuda de cámara de un visir cuyo nombre los infieles tienen terminantemente prohibido mencionar. Tomando como modelo esta línea de conducta, uno de los principales criterios que asumí, en mi calidad de editor de este texto, fue el de mantener en el más riguroso anonimato tanto la nacionalidad como las demás señas particulares de todos los embajadores, cónsules, ministros, funcionarios y representantes oficiales de distintas potencias que se mencionan en el manuscrito original. Con este propósito, no he dudado en emplear nombres falsos o incluso "mascarillas" convencionales como las XXX y las YYY que el lector encontrará en distintos lugares del texto. En ese sentido, el lector sabrá excusar el empleo de topónimos como Chechenia, Tayikistán, Afganistán, Kabul, la República Dominicana y otros como las únicas excepciones a esta regla. Respecto a estos últimos, en efecto, apelo en mi calidad de editor a la consecuente benevolencia de quienes sepan comprender la imposibilidad en la que me vi de borrar o, en su defecto, disimular en el texto los nombres de cada una de esas localidades sin afectar el sentido original del manuscrito.

Según él mismo refiere en la tercera parte de esta novela, el autor pudo agenciarse su traslado al consulado de la ciudad de Kabul a raíz del paso por Tayikistán de un reputado diplomático de cierto país europeo cuyo bisabuelo había jugado al polo con Porfirio Rubirosa. Nuestro joven representante le causó a ese funcionario tan buena impresión que no dudó en tramitarle personalmente ante el gobierno del Santísimo y Excelentísimo Señor Dr. Aníbal Augusto Servilló una solicitud-recomendación para que al poeta le fuera otorgada una designación en calidad de cónsul de su país en Afganistán, de manera que pudiera continuar unos proyectos que supuestamente venía desarrollando junto a su hijo, quien acababa de ser nombrado cónsul de Inglaterra en Kabul. Por supuesto, la respuesta afirmativa del Ministro de Asuntos Extranjeros no se hizo esperar.

Se podría pensar que, a nuestro autor nunca le interesó de manera particular hacer carrera diplomática. No obstante, cuando se investiga su trayectoria con la debida atención, no tarda uno en sorprenderse ante la ingente cantidad de cartas de reconocimiento y felicitación de parte de los representantes de casi todas las oficinas y dependencias consulares con las que interactuó. Al parecer, la verdadera razón por la que escogió esa profesión habría que buscarla del lado del profundo rechazo que sentía por todas las manifestaciones de la cultura dominicana, aunque no así por la respetable cantidad de dinero que recibió religiosamente cada mes durante varios años para los gastos consulares. Como quiera que sea, ha trascendido que la única condición que el joven diplomático le puso fue que interviniera ante el gobierno de su país para que él pudiera terminar sus días sin retornar nunca más al Occidente, pues, según quedó documentado en una carta dirigida a su antiguo amigo el Ministro XXX fechada el 11 de mayo de 2036 (o sea, un año antes de que estallara el más funesto episodio de todos los que han marcado la historia de esta isla), decía haberse acostumbrado a tal punto a la manera oriental de vivir y ver el mundo que le sería imposible volver a ser el mismo de antes: «un ser despreciado y burlado por sus propios compatriotas, quienes sólo serían capaces de descubrir en él sus mismos defectos, sin darse cuenta de que ninguno de ellos tenía ni siquiera una sola de sus múltiples virtudes»

En el curso de mis investigaciones en el entorno social inmediato de ese poeta en la ciudad de Santo Domingo pude determinar por mi propia cuenta la veracidad de este último comentario. Ninguna de las treinta y cuatro personas que entrevisté se mostró particularmente dispuesta a considerar la posibilidad de haberse equivocado respecto a la verdadera motivación de un joven al que muchos de ellos y ellas confesaron haber tratado únicamente de manera superficial, no obstante. Para todos mis informantes, él no era más que un simple plagiario, otro más entre los miles de corruptos culturales que habían logrado alcanzar renombre y fortuna durante los sucesivos gobiernos del Dr. Aníbal Augusto Servilló. «Además, ese no era más que un buen mariconazo y un tecato de marca mayor. ¿De dónde coño iba a sacar cabeza dizque para escribir una novela capaz de ganar un premio? Eso yo por mi madre es como que no lo entiendo». Con esa proclividad por el insulto tan típicamente dominicana, la mayoría de mis informantes vendieron a un precio vil todos los datos que en un principio aseguraron poseer sobre la vida personal del poeta: muchos de ellos terminaron contándomelo todo a cambio de una o dos cervezas consumidas de manera apresurada en medio del bullicio habitual del Palacio de la Esquizofrenia. No obstante, prácticamente nada de lo que obtuve por esa vía tenía un verdadero valor informativo, únicamente las acostumbradas muestras de mezquindad mezclada con envidia y numerosas acusaciones desprovistas de todo tipo de fundamento.

Habría dado por clausurada de manera infructuosa mi labor investigativa de no haber ocurrido un accidente que me condujo a descubrir todo un plano oculto en la vida de ese personaje.

Una tarde andaba yo lo más quitado de bulla por las inmediaciones de la iglesia de las Mercedes cuando me topé por casualidad con una vieja amiga a la que hacía años que no veía y quien, como muchas otras personas en su misma situación, no vaciló en preguntarme cuándo había regresado al país.

—¡Pero si ya llevo más de veinte años viviendo aquí después de mi regreso! ¡Es verdad que cada vez que puedo me doy mi viajecito, pero ya nunca más se me va a ocurrir volver a alejarme por mucho tiempo de mi país!

—Bueno, pero, dime, ¿en qué tú andas? Tú siempre estás metido en cada berenjenal...

No encuentro palabras para explicar con exactitud qué fue lo que me pasó. Tal vez fueron los destellos del *sol de los muertos* que en ese momento caían frente a mí desde el extremo oeste de esa calle, o incluso a causa de la desazón que me embargaba el ánimo por haberme pasado varias semanas moviendo con un palo epistemológico el cenagoso sustrato moral de una sociedad hipócrita, pero el caso es que, antes de que viniese a darme cuenta, ya le había contado a mi amiga la escabrosa mezcla de maledicencia, desprecio y oprobio con que se expresaban acerca de él los propios amigos del autor de la novela que en esa época estaba tratando de editar.

—Muchacho, no sé si envidiar tu persistencia o reírme de tu ingenuidad –me dijo mi amiga–. ¿No te has dado cuenta de que cada vez hay menos *gente seria* que se dedique a esa profesión tuya? Todo ese territorio de ediciones y publicaciones ha caído en manos del *vulgum pecus* desde que un auto afamado soplamocos provinciano tuvo la asquerosa idea de cualquierizar ese sector y joder de manera definitiva la manera en que los libros existen y circulan entre nosotros.

Quise interrumpirla para explicarle que me tenían sin cuidado sus remilgos politiqueros y demás añagazas del mal gusto contemporáneo pero ella siguió hablando como si yo no estuviese allí.

—Y lo más triste es que el muchacho que escribió esa novela era tal vez uno de los pocos escritores jóvenes dotados de verdadero talento que había en este país en esa época. Y digo era porque tengo entendido que no se ha vuelto a tener noticias suyas en los últimos cuarenta años. Incluso no faltan quienes dicen que se suicidó... Un espíritu verdaderamente superior... Muy ajeno a la vulgaridad de una sociedad postrada por la miseria... Lo conocí cuando tenía apenas dieciocho años y ya para entonces era un joven de una singular inteligencia... Me lo encontraba por todos los lugares a donde iba: en las exposiciones de artes plásticas, en los centros de meditación, en las reuniones de las logias rosacruz AMORC, Krum Heller o Max Heindel, en las sesiones de jazz... Es verdad que entonces el mundo entero parecía recién engrasado. Todas las cosas eran mucho más fáciles, más auténticas, más espontáneas. Pero es que lo de él siempre fue algo de otro mundo, o por lo menos, de otra época. Sus explicaciones de los pasajes más difíciles de la *Doctrina secreta* de la Blavatsky o de las *Conversaciones de Belcebú con su hijo,* de Gurdjeff, eran sencillamente brillantes, tanto que muchos de los miembros más viejos del nuestros grupos de reflexión se quedaban sin palabras... Al principio, por lo menos para mí, estaba más que claro que ese muchacho no cabía en una sociedad como esta, que solamente sabe triturar personas sensibles y premiar a la mediocridad. Sin embargo, tuvieron que pasar muchos años para que pudiera darme cuenta de que estaba equivocada, y fue precisamente cuando comencé a ver que por todas partes aparecían los mismos energúmenos ensacados con cara de recién trepados a la mata de los mangos. Me dije entonces que el loto sólo puede surgir en medio del lodazal, por lo que, en lugar de maldecir la ciénaga, teníamos que aprender a convivir con ella y estar atentos para no perdernos el momento en que el loto abriera sus pétalos. Y cuando me tocó el turno de leer como jurado del concurso lo que ese muchacho había escrito comprendí de golpe que ese momento había llegado para él. Lo había perdido de vista por espacio de tres o cuatro años, pues había tenido que realizar algunos cambios en mi vida a raíz de mi divorcio. Tal vez por esa razón, la lectura de su novela fue para mí como un destello de luz en medio de la oscuridad. Desde que leí su nombre en la portadilla del ejemplar que me entregaron en el Ministerio supe que el ganador tenía que ser él. Por eso me propuse imponerlo a toda costa por encima de cualquier otro concursante y, por supuesto, lo logré. O mejor dicho, su novela lo logró.

Fue de este modo, sin gastar ni un centavo en cervezas, como logré dar con lo que no tardó en convertirse para mí en *la otra versión* de la vida del autor de la novela que hoy se publica por primera vez. Está de más decir que para la edición de este texto no he contado con más ayuda que la de mis ojos, mis dedos y mi ya vieja Macbook Pro. Ha sido de este modo casi milagroso como he logrado mantenerme durante años *ajeno a toda humillación ministerial*, mientras que, por lo menos en una parte de su juventud, el autor de esta novela disfrutó de canonjías y viáticos generosamente suministrados por el gobierno dominicano para cubrir sus gastos de representación y otras mil boberías.

Sobre el escándalo que siguió al anuncio de la premiación de su obra en ese concurso literario y la posterior desaparición del autor tanto de la escena literaria como de la geografía dominicanas es muy poco lo que pueda decir personalmente debido a mi absoluta falta de interés por ese tipo de cosas. Intuyo, no obstante, que dicho escándalo habrá perdido hoy toda razón de ser reeditado, en vista del tiempo transcurrido –varias décadas, en efecto– desde que ese ya remoto brote de egos exaltados estremeció y dividió la opinión pública nacional. Interesado por conocer su opinión, intenté entrevistar a la persona a quien se le atribuyó durante un tiempo la responsabilidad de haber escrito la novela supuestamente plagiada por ese a quien hoy podemos considerar su autor indiscutible. Conocida únicamente por su sobrenombre "La Turca", la persona en cuestión sobrevive hoy precariamente atendiendo una modesta tienda de dulces tradicionales en algún punto de Ciudad Nueva, y dice haberse alejado por completo de la literatura desde hace ya casi ocho lustros, por lo que no tiene nada que agregar a lo que ya dijo «hace más años de los que le interesaría contar».

Es, pues, muy poco lo que puedo exhibir como el resultado de todos mis esfuerzos por restablecer en alguna medida la verdad sobre la génesis de esta obra que aquí presento. Ni siquiera me he atrevido a tomar partido por el bando de los detractores o el de los defensores de su autor, pues me niego a presentarlo bajo el infame apodo con el que sus amigos de juventud lo caricaturizaron. Muy a pesar mío, no obstante, he preferido designarlo bajo el nombre de uno de sus personajes, no sin dejar de hacer constar mi más firme decisión de costear de mi propio bolsillo una nueva edición de esta novela en el remoto caso de que, abandonando varias décadas de ausencia y de silencio, su autor me haga saber su voluntad de asumir públicamente su rol.

Digo esto último a pesar de estar rotundamente convencido de que, en un mundo que parece decidido a arrojarse por sus propios medios a la letrina del oprobio, la creencia en la existencia de cualquier forma de justicia poética es la peor forma de auto chantaje que podamos hacernos quienes bebemos café sin azúcar, caminamos sobre suelas de goma y despreciamos el chicle, por ladino, y al tabaco, por traidor.

Es muy probable que este libro no hubiese llegado nunca a ver la luz de no haber sido por el emperramiento que me produjeron las numerosas horas que invertí dialogando con aquellos desperdicios humanos que tenían el tupé de considerarse amigos del autor de *Una guerra de sueños*. A tal punto llegó el insolente descaro y la soberbia desfachatez de esos pelafustanes que me hicieron firmarles un documento mediante el cual me comprometía a incluir, en alguna parte de la edición que terminara haciendo de esa obra verdaderamente única en su género en toda la historia de la literatura dominicana, un texto escrito entre todos ellos con el propósito de dar cuenta de su particular versión de los hechos como amigos de la Turca que pretendían ser. ¡Hasta querían obligarme a poner sus nombres en la portada de semejante adefesio! Por suerte, desistieron en cuanto les dije que de eso ni una palabra y que, a lo sumo, aceptaría insertar su texto con tal de que no fuera demasiado extenso y no contara nada que no pudiera decirse a gritos una tarde cualquiera en medio de una calle céntrica. Dicho texto, seriamente retocado por mí, es el que aparece bajo el epígrafe «El nacimiento de la historia».

No me cabe duda de que el lector común podría sorprenderse de la colección de vejámenes, vituperios, chascarrillos y demás manifestaciones de desprecio que esos zascandiles le asignaron a ese escritor por el simple hecho de que sabían que este último se encontraba sin lugar a dudas muy por encima de todos y cada uno de ellos. Más sorprendidos estarán quienes se enteren de que, en Santo Domingo y en otras localidades del Nuevo Estado Mulato del Gran Babeque, es común observar esta manera de tratar a familiares, amigos y conocidos. A pesar de eso (o tal vez por esa misma razón), el lector encontrará, antes de adentrarse en la lectura de su novela, una versión resumida de la serie de relatos que me hicieron tanto la persona conocida bajo el apodo de La Turca como mis demás informantes: Nereida Tubotez, Lucas Gollejas y Sergio Flandes, alias Serapio, en relación a lo que sabían sobre tan infortunado autor.

Conviene aclarar, en relación con la veracidad de los datos que aquí se suministran, que en vano me esforcé por conseguir que periodistas y reporteros de medios reputados como el *Listín Diario, El Nacional* o *El Caribe* me suministraran alguna prueba documental que avalara esas informaciones que obtuve por mis propios medios directamente de parte de mis informantes. Tampoco se atrevió ningún vocero oficial del Ministerio de Imposturas a desmentir o a negar ninguno de los datos que figuraban en el legajo que les hiciera llegar por mensajería privada, el cual fue recibido por la recepcionista de esa institución el 24 de agosto de 2065, como lo prueba el acuso de recibo sellado y firmado con rúbrica que figura en los archivos de este editor.

Está de más decir que el ingrato y casi desaparecido arte de escribir historias en las que el mito y la realidad se alían para componer un relato como el que se teje en *Una guerra de sueños* no ha encontrado muchos cultores en la historia de la literatura dominicana. Personalmente, le atribuyo la culpa de este hecho a la atrofia que produjo el cáncer neopositivista y funcional-comunicativo que hizo metástasis en el sistema educativo dominicano a la altura del último lustro del siglo XX, cuando una pandilla de pelafustanes encontraron la manera de justificar con tristes discursitos baratos una vasta operación de inversión bancaria que, en poco menos de dos décadas, terminó colocando al sistema educativo del país en los últimos lugares de todas las evaluaciones internacionales. No me abandonará nunca la convicción de que fue precisamente en esos ya lejanos años cuando quedó abierto el portal por donde penetraron a esta zona del planeta las fuerzas nefastas de las que se habla en varias partes de la novela que el lector tiene aquí en sus manos. Estoy consciente, no obstante, de la dificultad agregada que constituye el hecho de que el autor de esta historia haya sido uno de los últimos escritores dominicanos formados en la antigua tradición del Símbolo, y que, por esa razón, serán muy pocos los lectores contemporáneos que puedan comprender a cabalidad el sentido oculto de lo que se cuenta en sus páginas. No seré yo, no obstante, quien se lamente por ello, pues bastantes ejemplos he conocido de las nefastas consecuencias que acarrea en literatura el apego desmesurado a la chatura estilística y la inmediatez temática. Que otros editores continúen encargándose de enterrar bajo varias toneladas de papel y tinta a las incontables víctimas del deseo de escribir. Por mi parte, yo dedicaré mis últimos esfuerzos a intentar traer de vuelta a la vida únicamente las obras de aquellos autores que se vieron obligados a escribir en medio del desprecio, la exclusión y la indiferencia ajenas, y juro que en esta empresa no encontraré ni límite a mi pasión ni freno para mi entusiasmo.

El Editor

El nacimiento de la historia

El nacimiento de la historia

Como si fuera la voz de un audiolibro, lo que la Turca se decía en su cabeza casi se podía oír de lejos. Bastaba con verla caminar para saber lo que pensaba: «Hace un maldito calor; un calor del coño; tanto que tres monedas de a peso que tengo en el bolsillo derecho sonando como blimblines a medida que avanzo por la Padre Billini me están quemando el muslo. ¿Será que ya por fin acabaron de mudar el infierno a esta parte de la ciudad como dijo el poeta que harían? Na, me voy a parar en esa sombrita a ver si enciendo el fino que me dio Sergio dizque para que se lo pasara al Saltacocote en cuanto lo viera, a ver si por fin le da un *bad trip* a ese cabrón que nunca ha hecho otra cosa que plagiar a todo el mundo para después andar por ahí privando de poeta». Y se detuvo, sí, pero no a la sombrita ni a darle fuego a un *joint*, sino a buscar en su bolso de tela bordado con curiosos motivos de colores algo que, como sólo se sabría después de mucho rato, resultó ser un celular. Debió ser entonces cuando escuchó el primer fragmento de aquella conversación.

—A ese no, que es un chopo, y además, le gustan las mujeres. Ya está bueno de escritores normales. Te lo diré otra vez: este año sacaremos a dos figuras que hayan salido del closet completamente: una lesbiana y un maricón... Eso es lo que la gente busca en Netflix, y si quieres que algo se venda en esta época, tienes que darle a la gente lo que la gente quiere: ta-len-to porque el ta-len-to ta a-lan-te a-lan-te. Ah, pero eso sí, nada de creatividad barrial, solamente lo mejor de lo mejor. Caché bombita, bróder...

La voz parecía ser masculina, pero en estos tiempos nadie puede estar seguro de cosas como esas. De timbre atiplado, con curvas tonales enfáticas, como si se le atoraran en la garganta, haciéndolo toser, algunas de las palabras que pronunciaba: moreEeno, mujeEeres, figuUuras... Cualquiera diría que imita el acento venezolano, pero mal. Y no había réplica, por lo que la Turca coligió de inmediato que hablaba por teléfono.

—Mira, la cosa es así. En la Feria de este año se... ¡Coñazo, pero déjame hablar! ¿Oh? ¡Y a mí que me importa! ¿Quién es que decide eso, tú o yo? Claro, claro. Pero no ese. No. Primero, ese tipo no conviene. Es muy problemático. Segundo, ya yo te envié los nombres de los tres posibles ganadores. Haz que gane cualquiera de esos tres y no inventes ni me jodas más con vainas de democracia o de justicia. Estas no son horas de salir con... Ok, así es. Ya tú sabes. Eso mismo.

La Turca como que no cree lo que oye. Da dos pasos como quien se va, pero después se arrepiente y retrocede. Mira la hora en su celular: apenas son las dos y diez. Levanta la vista: un sol asaltante le saca el hígado a Ciudad Nueva a esa hora. Se come las paredes recién pintadas de blanco de las casas de la zona. También, como si fuera el Estado o el sudor, mete su mano por todas partes: en los sobacos, en las verijas, en el nies. Conclusión: decide que no puede dejar las cosas así y se decide a seguir escuchando lo que dice la voz.

—Esos aparaticos llamados escritores dominicanos son de tres tipos: sopletes, licuadores o aspiradores. Los sopletes aguantan lo que sea: tienen calle, están fogueados y saben obedecer órdenes. Esos son los más sencillos, pues se conforman con cualquier cosa que les den. Después vienen los licuadores, capaces de convertir en mierda todo lo que tocan. Estos joden mucho y piden mucho, pero, desde que huelen el dinero se vuelven tan fáciles de dominar como los sopletes, o quizás más. Pero los aspiradores son otra cosa. No son chopos, como los primeros, ni profesorcitos (que viene a ser lo mismo), como los segundos. De hecho, nadie sabe qué es lo que buscan en un medio como ese, pero el caso es que algunos de ellos son gente de ciertos recursos a los que hay que saber mantener a raya, porque si no... Sí, pero, claro, es raro que alguno de ellos tenga lo que se dice un verdadero talento. Por eso casi ninguno pasa de guanabí... No, don Franklin y don Manuel no eran otra cosa: no fueron más que aspiradores con talento y suerte. Pero fue con la posmodernidad que la cosa se puso buena. Ahora la mitad de todo el mundo es aspirador. Por eso nos corresponde a nosotros darle forma al caos y fabricar el nuevo canon. Pero para eso lo que necesitamos es...

De repente, la Turca escucha el ruido de unos pies que arrastran unas sandalias y, como por instinto, se lleva el celular al oído mientras da algunos pasos lentos que la alejan de la ventana de la casa de cuyo interior provenía la voz. No obstante, como se decía antes, el daño ya estaba hecho y, por decirlo de algún modo, la Turca se lo llevó puesto, pero por dentro.

Lo que sucedió después lo supo todo el mundo luego de que se hiciera viral un post de Lucas según el cual, esa misma tarde, después de pasarse un rato largo sentada bajo un filosófico flamboyán que crecía en el patio de su casa de la calle Hostos, la Turca tomó una decisión que cambiaría para siempre la historia de su vida, y fue la de ir en busca de los veintisiete cuadernos en los que tenía escritos, con una letra apretada como culos de garrapatas, decenas de cuentos, poemas e incluso dos o tres novelas, según dicen. Con ellos en las manos, regresó al patio. Una vez allí, colocó los cuadernos en el asador fabricado con un tanque metálico cortado por la mitad; los roció con kerosene, les pegó fuego y después se quedó mirándolos arder hasta que solamente quedó allí un montón de cenizas, humo negro y hollín.

El post también decía –aunque claro, hay gente que es capaz de afirmar cualquier cosa con tal de hacerse notar– que la suerte fue que, apenas dos días antes, uno de los amigos de la Turca, el poeta Flancoca, tuvo la genial idea de robarle uno de sus cuadernos en los que se hallaba el manuscrito de una novela que ella guardaba, según dicen que dijo, «para publicarla algún día, cuando alguien le pusiera una enema al país para que soltara este enorme tapón de mierda que lo tiene intoxicado». Fue gracias a ese libro, según decía Lucas en su post, que el poeta Flancoca "terminó de escribir" supuestamente la novela con la que se habría hecho mundialmente famoso si no hubiera nacido en un país como este. Claro está, no faltan quienes aseguran que el poeta Saltacocote ni siquiera le puso una coma al manuscrito después de que se lo robó en la sala de la casa de la Turca. Según se dijo, lo único que hizo el Saltacocote fue escribir su nombre en la portada del texto que compuso después de transcribir literalmente el manuscrito y lo envió así mismo al concurso en el que, después... Bueno, todo el mundo sabe lo que pasó después: nombramientos; viajes; más premios. Otros, en cambio, afirmaban que el poeta sí había modificado el plan original de la obra, y para fundamentar esta apreciación se basaban en los numerosos saltos y cambios de tema que atraviesan la narración. «Nada más tienen que ver que la novela se la pasa brincando entre el mito y el tigueraje», decían. «Una vaina así, o es un plagio, o es la obra de un loco o el lechazo de un genio, aunque claro, lo mejor de todo es que también puede ser las tres cosas juntas».

Eso sí, a juzgar por el rollo que se armó casi inmediatamente después de revelarse el nombre del ganador del premio, lo que se desató después fue una verdadera guerra de acusaciones, puyas, pelelenguas, amenazas, sacaliñerías, pujos y retortijones públicos entre el bando de los defensores del Saltacocote, integrado prácticamente en su totalidad por miembros del Ministerio de Basura –una de las maneras de llamar a una innominable dependencia gubernamental– y los que se llamaban a sí mismos los «amigos de la Turca», es decir, Nereida, el mismo Lucas Vallegas, Sergio Flandes, alias Serapio, y cerca de siete mil seguidores de estos tres que, desde las redes sociales y mediante llamadas telefónicas a los programas radiales de mayor rating, buscaban llamar la atención sobre «el plagio del siglo», como terminaron llamándolo algunos medios medio ictéricos.

«Sólo a un demente», opinaban algunos, «se le ocurriría plagiar una novela como esa, cuya historia está ambientada en la antigua Turquía, para luego meterle ochocientas siete libras de disparates como para disimular. Mira que hay que ser pendejo para tragarse el cuento de que eso lo escribió él».

Y luego estaba el tema de los vicios, ya que, aunque el Saltacocote ya no fumaba y solamente bebía ocasionalmente algunas cervezas y alguna cada vez más espaciada botella de vino, el morbo público se complacía en inventar toda suerte de historias relacionadas con un supuesto consumo de sustancias que lo habrían llevado a escribir una historia delirante sobre unos superhéroes mitológicos que se aparecen un día en un hotel de la playa de Cabarete.

«Mira, la cosa es simple» –escribió en su muro un usuario de Facebook únicamente identificado como pajaroepistemologico747– «le arrancas una hoja a ese libro, la picas en pedacitos y te la fumas. Te garantizo que con eso atraparás más señales que con una antena parabólica. Ese NO es un libro para leer drogado como el que escribió Edwin. Ese es el libro que alguien escribió drogado y punto».

«Bueno, pero eto haters se creen que todo el mundo es como ellos», comentó en Tweeter la usuaria que firma como #michungarrica. «Lo k pasa é k con enbidia y mediocridás a lo único k se llega es a sacal cédula como peldedore. Ustede na má critican a todo aquel k sobresale, pero pol fabol, mírense en un epejo pa k se den cuenta de k mientra utede pielden el tiempo criticando ay mucha gente ketá trabajando de a duro. LLA TA VUENO DE AVUSO, COÑASASASO!»

Y cuando todo parecía indicar que aquel chisme se iba a disolver en la habitual cháchara de las redes de la misma manera en que en la brisa se pierden los efluvios que se escapan de la gástrica molienda, la Turca se despachó un textito en el que acusó a tirios y troyanos y exigió que la dejaran fuera de sus pleitos:

«Así como a nadie le importan los millones de pesos que aquí se roban a diario mansos y cimarrones, a mí, a lo que es a mí, me importa un pito saber si alguien plagió o no plagió una vaina que ni es mía ni la escribí yo. Por eso quiero aclarar que ni me interesa una mierda la chusma del ministerio de costura, ni quiero que me vuelvan a decir que por ahí hay un@s pendej@s que andan dizque defendiéndome sin siquiera conocerme. La próxima vez que alguien se ponga a decir por cualquiera de las redes que yo escribí no sé qué vaina le voy a mentar la madre, el padre y hasta la madrina de agua por aquí mismo, y mejor si coño, oh coño».

Pasadas las primeras reacciones airadas ante ese nuevo post de la Turca («uno se pone a defender a esta y mira como le pagan», escribió el usuario de Tweeter #juancacatoserie23), los defensores del Saltacocote creyeron ver en ese texto la confirmación de sus reclamos. Uno de estos, el usuario de Tweeter conocido como #negrodegrancalibre, escribió:

«¿Ya lo vieron? Por eso es que hay que investigar antes de hablar. Yo siempre dije que esa novela era del poeta Flancoca y de nadie más. Únicamente un poeta puede escribir una novela como esa. Cualquier otra cosa que se diga sólo serán patrañas de gente que no sacan ni un gato a mear@#$%&*!!!»

Desde su mecedora ubicada en la parte más sombría del gran patio español de su casa en Ciudad Nueva, aquel que tantas veces se definió a sí mismo como «un simple y humilde aspirante a patriarca» soltó tres coños y maldijo al guardián del umbral y al cordón de plata antes de marcar el número de teléfono de su vademécum.

—¿Aló, Julito? Mira coño, no sé cómo vas a lograrlo pero necesito que me pares la mierda sobre la novela esa ya mismo... ¿Cómo que cuál novela? La porquería a la que hicimos que le dieran el premio de este año, maldita sea la hora. Están metiendo demasiado ruido y oigo que hasta hay programas de televisión interesados en el caso... ¿Y tú me lo preguntas a mí? Haz lo que tengas que hacer. Habla con la gente del Indotel y sóbalos con vibaporú o mételes el dedo en el culo, lo que sea, pero haz que paren ese gallinero, ¿tú me oyes? Eso no es bueno para el negocio. Necesitamos que las cosas vuelvan a tranquilizarse, ¿comprendes? Yo hablaré con fulanita para que tumbe lo del reportaje. Nada más hay que estar loco para creer que vale la pena dedicarle un programa de televisión a una novela dominicana, ¿quién ha visto eso? ¡Pero ni que fuera Juan Bosch! Ponte en eso y llámame desde que tengas algo que decirme. Y mejor que sea bueno...

Y como por arte de magia, en un lapso inferior a los diez días, de las redes desapareció toda mención del caso de la novela de Flancoca. Nuevamente, la magia del todopoderoso Instituto Dominicano de Telecomunicaciones había demostrado ser más eficaz resolviendo problemas que las velas blancas para Obatalá. Johnny el Patriarca lo sabía, por eso en Navidad, la mejor surtida de todas las canastas que repartía iba acompañada de una tarjeta dedicada a quien estuviera al frente de la Dirección de Tecnologías de la Información y Comunicación de ese organismo. Esa vez, sin embargo, las cosas no serían tan sencillas, porque (y ese era el verdadero problema) ni el mismo Johnny, ni los jurados que le habían otorgado el premio al Flancoca, ni siquiera los mismos defensores del supuesto talento literario de este último se habían preocupado por leer su novela.

Es probable, aunque ni siquiera así se puede asegurar nada, que si la hubieran leído, se habrían enterado de que en ella se contaban los pormenores de una conspiración a escala planetaria en la que la isla de Santo Domingo era tres veces lavada, primero con sangre, luego con ron y por último con agua de mar, como resultado de un devastador tsunami que la mantuvo completamente sumergida durante un plano no menor de veinte años. Sin embargo, lo más deliciosamente fantasioso era la auto presentación escrita por su supuesto autor, quien se revelaba allí como sacerdotiso de Mitra, princeso de la corte del emperador Teódoto II y mago psicopompo encargado de dirigir los rituales de cremación de los caídos en las guerras desde los tiempos del general Eucrátides.

Como desde el mismo inicio del régimen que impuso el presidente Servilló había quedado terminantemente consignada como única excepción al precepto constitucional de la libertad de expresión en todo el territorio nacional y sus dependencias la expresión de juicios pesimistas y antipatrióticos por parte de miembros de la entonces recientemente, más que reconstituida, reinventada gran comunidad insular, era evidente que la novela infringía en más de diez ocasiones esa prohibición, lo cual convertía prácticamente en traidores a la patria a su autor y a los miembros del jurado que había premiado a ese texto. Era de esperarse, pues, que sobre ellos cayera también la pesada cortina de acero que les impediría ser reconocidos como iguales por los demás miembros de la comunidad. Sus antiguos amigos les negarían el saludo o comenzarían a murmurar a sus espaldas unos oscuros rezos de odio que vejarían para siempre sus respectivas reputaciones. Por vía de consecuencia, por más que se esforzasen, durante el resto de sus vidas no lograrían obtener más que unas tristes migajas de parte de quienes mantenían a saco la administración de la cosa pública; sus mismos familiares comenzarían a otorgarles el tratamiento que se les da a los débiles mentales; por todas partes serían vilipendiados, ninguneados, vituperados, convertidos en casicosas, simples estropicios humanos para los que no habría espacio ni siquiera en la muerte. En el mejor de los casos, sólo merecerían el favor del olvido; en el peor, una indiferencia tan larga y lenta como el rencor.

Nada de eso sucedió, sin embargo, pero está claro que bien habría podido suceder si el poeta Flancoca no hubiese estado en franco negocio hedonista con uno de los principales funcionarios del gobierno del presidente Servilló. ¿Moraleja? Hay que saber elegir muy bien a quién uno le da el culo y a quién no. Por la misma vía, tanto la literatura dominicana como uno de sus últimos héroes lograron escapar del deshonor por medio del lubricante. De ese modo, como los míticos rateros que penetraban de noche, semidesnudos y con el cuerpo engrasado, en los domicilios de la ciudad de Santo Domingo y lograban resbalarse de las manos que los agarraban cada vez que alguien intentaba atraparlos, el poeta Flancoca fue designado sorpresivamente por decreto presidencial, a mediados de esa misma semana, agregado cultural de la República Dominicana en la embajada del Tayikistán, hacia donde partió dos días después en compañía de su fiel compañero de juegos, a quien el mismo decreto designó como embajador. Ante esa noticia, ¿a quién en su sano juicio se le habría ocurrido poner en duda que el poeta Saltacocote no tardaría en convertirse en el nuevo paladín de la literatura dominicana? La respuesta es simple: solamente los mismos resentidos de siempre continuarían refractarios ante las irrefutables pruebas de su superioridad (porque en un mundo saturado de troles y *haters0* era así como había que contárselo).

Así las cosas, no tenía sentido quebrarse la cabeza tratando de encontrarle otra lógica a la súbita promoción social de ese tipito que no fuera la que ha movido al mundo desde el inicio de esta pachanga llamada vida, *a.k.a.* el deseo. Sentados ante sus respectivas copas de limonada *frozen* en el área de la piscina del club Sirio-Palestino-Libanés de Santo Domingo, la Turca y sus tres amigos barajaban distintas maneras de hacer que su proyecto rebotara del vacío en el que había caído luego de la jugada política del Flancoca.

—El tipo salió más listo de lo que nadie se imaginaba. ¿Quién lo iba a decir después de verlo meterse tantas libras de yerba y polvo?

Este comentario de Nereida resume el consenso del grupo en torno a la persona de Flancoca. Lo que se dijo a continuación en esa conversación en la que participaron ella, la Turca, Lucas Villegas y Sergio Flandes, alias Serapio, sería de importancia capital para entender lo que sucedió después. No obstante, como todo lo que pertenece a la vida privada de las personas reales está sujeto a restricciones relacionadas con el respeto a los derechos humanos, no es posible mencionar aquí una sola palabra acerca de eso. Por esa razón, me limitaré a reproducir parcialmente aquí un fragmento de otro diálogo que tuvo lugar en mi presencia, del cual conservo casualmente la grabación que me permitió realizar una transcripción bastante aproximada. En esa plática, huelga precisarlo, intervinieron igualmente varios de los amigos del autor de esta novela, y en un momento, uno de ellos sacó de nuevo a colación el tema del supuesto plagio por parte del joven al que llamaban Flancoca, a lo cual, la joven conocida como la Turca, ripostó diciendo:

—Mira, eso no tiene la menor importancia. El Saltacocote es tan decididamente *gay* que nadie va a pensar nunca que esa novela no la escribió una mujer. Con lo cual, la que gana es la novela.

Al escuchar esto, Serapio y Lucas se miraron antes de que Nereida preguntara de sopetón:

—¿Y qué se supone que nos quieres decir con eso? ¿La novela es tuya o no? *I mean,* ¿te la robó sí o sí?

—Bueno, pero, ¿y para qué vienes tú ahora de nuevo con ese tema? ¿No les acabo de decir que lo que importa es el libro? El autor no es importante.

—Bueno, fíjate si el autor no es importante que ya el Flancoca se subió al tren diplomático –dijo entonces Serapio–. Estoy seguro de que a esta hora debe de estar de lo más muerto de risa.

—Se va a morir, sí, pero no de risa –dijo Lucas–. Ese no muere de muerte natural.

—Oye –preguntó Nereida– pero, ¿y a ti qué fue lo que él te hizo? ¿Por qué le deseas la muerte?

—Ese no es más que un usurpador con suerte. Donde quiera que mete el hocico consigue que le hagan favores. Hasta que lo conocí, creía que esa era la manera exclusiva de actuar de algunas mujeres a quienes les faltan semillas para dedicarse al ejercicio profesional de la prostitución. Estaba equivocado. Si a ese tipo lo dejan, se trepará hasta donde llegue a convertirse en un peligro público. Es un falsificador, un tergiversador y un corruptor...

—Bueno, pero es profesor universitario, tiene mujer e hijos...

—¿Y eso qué? También es un homosexual a ratos y un hedonista a tiempo completo. No se puede ser más cínico, y ahora ya es agregado cultural o algo por el estilo...

—Todavía no nos has dicho si te robó la novela o no –insistió Lucas.

—¿Y por qué eso se ha vuelto de repente tan importante para ustedes? ¿No apoyaban hasta el otro día la causa del *copyleft*? –preguntó la Turca, irónica.

—Eso es algo muy distinto a decir que apoyamos el robo, el abuso de confianza y la usurpación de autoría –intervino Nereida–. Ahora yo también creo que sería bueno que aclararas si te robó o no la novela. Por lo menos entre nosotros, eso no tiene por qué constituir ningún secreto. Sabemos que el Saltacocote es incapaz de escribir una novela de esa categoría...

—De esa ni de ninguna que no sea asquerosamente mala –dijo Lucas–. Porque si es como mal escritor, está claro que se merece el primer premio...

—Bueno, pero yo ya he negado públicamente cualquier relación mía con ese libro. No veo por qué necesitarían que les dijera otra cosa.

—Bueno, para comenzar –dijo Lucas–, porque, a diferencia del Saltacocote, tú sí eres turca y...

—Turca de San Pedro de Macorís, te recuerdo...

—Bueno, para el caso, ser una medio turca es mejor que ser un nada turco. Y esa novela es sobre una turca...

—Afgana... escita...

—Mongola, o sea, todo eso y cualquier otra cosa más, incluyendo griega, persa, seléucida...

—Mira pallá... ¿Quién más aparte de ti puede saber todas esas cosas en este país? Todo el mundo aquí sabe que ni siquiera la Wikipedia sabe más que tú sobre temas de Oriente Medio...

—Oh, ya veo. ¿Será por eso que a nadie le importa nada de lo que digo?

—Lo que ahora necesitas es decidir qué vas hacer con todo lo que sabes.

—Oh, pero eso yo lo tengo muy claro: tragármelo. En el momento en que me atreva a abrir la boca para decir "yo sé" en este país, me caerá encima más gas que el que gastó Hitler. Y eso tampoco es un juego. Aquí nadie te perdonará nunca que sepas algo sin tener un apellido, ni un padrino, ni una iglesia, un partido o al menos una banca de apuestas que te respalde.

—Bueno, pero tal vez haya otra solución...

Las miradas de todos se clavaron en los ojos de Nereida, quien probablemente había pronunciado la última frase con más convicción de la necesaria para sugerir una posibilidad y le había quedado como si afirmara categóricamente una seguridad.

—¡Suéltala! –dijo la Turca–. A las ideas hay que dejarlas que respiren, porque de otro modo nos ahogan.

—Escribamos la otra novela, quiero decir, la que debió ser la versión original de la que según tú no te robó el Saltacocote.

—"Escribamos" como que suena a reunión de la iglesia carismática...

—Bueno, lo digo porque tú podrías hacer la parte turca y nosotros la parte dominicana. Será como un *collage* que lo abarcará todo.

—Se me acaba de ocurrir una idea mejor –exclamó entonces Nereida–: abramos un taller literario gratuito. Les asignaremos temas a los participantes y les robaremos todas sus ideas para ir construyendo de esa manera nuestra propia novela. Quedarán contentos con los resultados y nosotros resolveremos lo más difícil de todo proceso de escritura: dar con el hilo y amarrarnos a él. ¿Qué les parece?

—Que es la idea más hija de la gran puta que alguien ha podido decir en mi presencia sin perder todos sus dientes –dijo la Turca–. Tienes suerte de que yo ya estoy harta hasta la tapita de toda esa basura. Yo no voy a escribir ni mierda nunca más en este país. No vale la pena. Aquí no le interesa a nadie lo que escribas, y lo que es más, antes de que lo publiques ya te han condenado en contumacia por mediocre. Para que te hagan caso, tienes que inscribirte en el partido del presidente Servilló, ese que te roba hasta tu propio Yo. Y luego de que te inscribas, tendrás que ponerte en la fila con los pantalones abajo para que te lo enchufen sin grasita. Con lo que quede de ti después de eso podrán hacer cualquier cosa: desde un burócrata boca podrida hasta un inmundo periodista limpiasacos, simple cuestión de suerte.

—Y si de todos modos te arriesgas y pagas tu publicación, no encuentras ninguna librería que acepte colocártela. No sabremos nunca quién coño los asesoró, pero lo que sí está claro es que ellos son incapaces de haber tenido solitos tantas buenas ideas para cagar todo lo que tocan: las librerías, la prensa cultural, los espacios culturales, las salas de teatro, los concursos literarios, todo lo que han tocado lo han convertido en mierda, y no en el sentido psicoanalítico.

—Bueno, pero si hasta dicen que el presidente Servilló es un bacá y que cada cierto tiempo negocia con unos seres que se le aparecen en sueños el destino de su gobierno, que es el mismo que el de esta isla. ¿Ninguno de ustedes se acuerda de cuándo fue que conocieron a alguien que lo haya visto en carne y hueso? De hecho, dicen que él ya no está vivo, y que esas imágenes suyas que salen por la televisión son simples hologramas...

—Con ese tipo nada es simple, ni siquiera los hologramas.

—Bueno, pero yo es que a mí no creo que sea tan mala esa idea de escribir otra novela, aunque la de robar ideas de otros, sí.

—La parte buena de esa película es allí donde aparece el sujeto de la acción "escribir una novela", pues lo repito: lo que es a mí, nadie me verá hacer eso nunca más. Ya ni siquiera me interesa esperar a que alguien invente el vermífugo que saque a todas las sanguijuelas que se le han pegado en el culo a este país, tanto las de adentro como las importadas: creo que esto ya se jodió de manera irreversible, y sólo a los muy pendejos se les podría ocurrir la idea de creer que escribiendo novelitas se podrá hacer algo que valga la pena en esta época.

—Bueno, pero, ¿quién ha dicho que hay que escribir para hacer cosas que valgan la pena? –dijo entonces Lucas–. La escritura siempre ha sido y será otra cosa. Hay que estar muy enfermo para creer que la escritura cura, que es mágica, que es un arma cargada de esto o de esto otro, que es un medio para conseguir tal o cual cosa, que sirve para instruir, concientizar, educar o cualquier otro de esos catecismos para oligofrénicos que la gente repite como si fuese incapaz de distinguir la mierda de la pomada. La escritura es la escritura, y cualquier cosa que alguien pretenda conseguir escribiendo (dinero o poder, por ejemplo) solamente funcionará como una droga. Te acelerará o te pondrá a alucinar, es decir, te hará sentir mejor que todo el mundo o te pondrá a creer que algún espíritu "habla" a través de ti. En cualquiera de los dos casos, te joderás.

—Entonces, si no sirve para nada, ¿para qué escribir? –preguntó Nereida.

—Yo no he dicho que escribir no sirve para nada, sino que nada más sirve para escribir. Lo que pasa es que las redes sociales nos hicieron creer que todo el mundo puede escribir y experimentar a su manera esa nueva forma de placer que es la comunicación transnarcísica. Y es ahí, precisamente, en esa escena de masturbación colectiva, donde la escritura se convierte en cualquier cosa. Sin embargo, si todos los caminos conducen al orgasmo, está claro que es el camino lo que deja de tener importancia, pues en lo que es igual para todos no hay ventaja para nadie.

—¿Quieres decir que si todo el mundo escribe la escritura deja de tener importancia?

—No, quiero decir que la única manera de diferenciarse de todos los demás escritores es a través de la escritura. Es esto, precisamente, lo que las redes sociales han intentado hacernos olvidar. El sistema nos quiere iguales, pero eso solamente quiere decir: igualmente imbéciles. Por algo es que, a los ojos del sistema, escribir críticamente es lo peor que alguien puede hacer en este país, y eso desde Cristóbal de Llerena hasta nuestros días. Puedes escribir sobre cualquier cosa que se te antoje, hasta sobre marcianos homosexuales o satanases singaniñas, y a lo mejor hasta un premio te dan. Pero si se te ocurre poner patas para arriba la mesa donde los corruptos se sientan a comer o a rezar, nada más te jodiste.

—Bueno –replicó la Turca– pero, si lo mismo que te diferencia de todo el mundo es lo que te hace igual, es decir, la escritura, entonces, eso que dices no tiene sentido. Además, creo que, así como hasta hace poco la mayoría de los críticos solamente apostaban por la recepción, tú le asignas demasiada importancia a la producción, aun a sabiendas de que el problema de esta época es la mediatización. Como quiera que lo veas, estamos jodidos, loco. ¿O creíste que publicando tus libritos en plataformas de distribución digital ibas a escaparte del control de este puerco Estado tercercabronista? Basta con que asocien tu *web ID* con un algoritmo particular para que tus libros se hagan invisibles y a tus ventas se las trague un torbellino de falsas cuentas que rebotan las unas en las otras hasta el infinito. Si el Estado no quiere, no te leerá nadie aunque regales todos tus libros. Entérate: nos lo metieron hasta el fondo; nos tienen ensartados como a mariposas, y peor para ti si protestas o si no te gusta, pues entonces te harán un perfil de pesimista, de individuo polémico y de personalidad problemática. ¿Nadie te ha dicho nunca cómo funcionan las sectas? Bueno, pues, es por ahí mismo, doblando a la derecha.

Lucas soltó tres tosecitas nerviosas y luego levantó los hombros antes de decir:

—¿Y a ti no te da miedo que te escuchen y te graben diciendo cosas como esa?

La Turca sonrió.

—¡Ay, Lucas, Lucas! No hay nada peor que equivocarse de miedo. En el siglo pasado, durante la guerra fría, el miedo correcto nos conducía a callar, pues la tecnología de espionaje era cara y poco funcional, y eso convertía a toda persona perteneciente a nuestro círculo más cercano en un traidor potencial. Al menos, fue así como se criaron todos los que nacieron a partir de la década de 1960 y que no tuvieron más remedio que criarse en este país: delatando, chismeando e incluso inventando y calumniando en busca de contrarrestar el veneno que los demás habían inoculado en el seno de sus propias relaciones personales. En esta época, sin embargo, el miedo correcto es precisamente la reacción contraria: ahora el verdadero peligro está en el silencio, en callar, en hacerse el misterioso o en no asumir ridículas poses protagónicas en las redes sociales. Ahora todo el mundo sabe o cree que sabe qué piensa y cómo lo piensa su vecino, su enemigo, su amante, pero, a decir verdad, ya eso no le importa a nadie, pues en cualquier momento, alguien con la debida autoridad puede ordenar la reconstrucción de todo lo que has hecho, las cosas que has dicho, los lugares que has frecuentado y hasta el número de orgasmos que has tenido nada más con enviar un mensaje a la dirección adecuada. Es sobre todo por esto último que te digo que ya no vale la pena escribir, y además porque, para llegar a ese nivel de escritura que dices, habría que volver a enseñar a leer a las personas, y eso es algo que en esta época entra en el orden de las ciencias ocultas...

—Oigan, y hablando de eso –intervino entonces Nereida–, ¿y ustedes ya leyeron la novela del Saltacocote? Dicen que está llena de eso mismo: de brujos, maleficios, ritos místicos, desapariciones y demás pendejadas...

—Eso lo dicen los que no pasaron del primer capítulo... –dijo Lucas, sarcásticamente.

—¿No me digas que ya tú la leíste entera?

—No, pero siempre es así: quienes hablan primero acerca de los libros son siempre los que no los han leído.

—Bueno, pero entonces creo que todo lo que se ha dicho hasta ahora confirma exactamente eso que dices...

Como era de esperarse, este juicio de Nereida puso punto final a la conversación, o por lo menos, a la parte que tenía que ver con el libro del ahora diplomatizado Flancoca, El Saltacocote. El resto sólo fue como el lento fluir de moco del aburrimiento, ante el cual, la mayor aspiración que se podía tener era la de hallarse en medio de uno de esos ágapes salvajes a los que ciertos aspirantes a tipos y tipas *cool* llaman "coritos sanos" (y a mí no me pregunten qué rayos es eso). Por eso, como a las siete y media, se escuchó el ruido que hizo la tapa metálica de la primera cerveza al caer sobre el cemento que cubría el suelo del parque donde, sin muchas ganas, los tres amigos fueron a continuar aburriéndose, esta vez rodeados de otros náufragos de la historia parecidos a ellos.

Una guerra de sueños

♉

Primera parte

*Todo lo que se "usa" mucho
termina gastándose.
El poder, por ejemplo.*

1. En las lomas de El Choco

CUESTA ARRIBA, los sueños siempre aparentan ser más grandes que el planeta en su más abarcadora totalidad. Cuesta abajo, sin embargo, el mundo siempre parece más grande de lo que realmente es. Mientras esperaba al resto de sus compañeros detenido en la ladera norte, camino abajo, a un centenar de metros de la cima de un pequeño monte que debían cruzar imperativamente antes de llegar a su destino, el teniente Sébastien Reynet contemplaba, sumido en un silencio casi reverente, de qué manera se congregaban, como enormes colosos de negras premoniciones, unos densos nubarrones que pujaban por cubrir toda la parte visible del horizonte.

El océano Atlántico dominaba toda la escena cubierto por una espesa capa de nubes que le daban un color gris con tonalidades plateadas. Al otro lado del mar inmenso, en alguna parte de su lejana Europa, los rigores del invierno hacían que las personas continuaran maldiciendo la suerte que les había tocado vivir. «Al menos», se decía Reynet como para darse ánimo, «ese es un problema que yo no tendré mientras me encuentre en esta parte del mundo». A su izquierda, las cimas de otras lomas aledañas, de menor envergadura y pobladas de olorosos árboles de madera preciosa le hicieron recordar por un momento algunos lugares que había conocido en su juventud mientras combatía a los ingleses en la Luisiana en las guerras por la independencia de los Estados Unidos como miembro de las tropas de élite que la Francia envió a ese país poco después de la Revolución. En por lo menos dos de esas lomas había notado la presencia de unos extraños huecos o perforaciones naturales, aunque no tan grandes como una que había visto en otra loma cercana, mientras comenzaba a descender la que, comparada con esta última, bien merecería el nombre de montaña.

Junto con otros dos suboficiales, Reynet pertenecía a la avanzadilla de exploración que acompañaba a los remanentes del ejército que, hasta hacía poco, había sido el último garante y guardián de los intereses de Francia en aquella isla tropical y agreste. Guiando a la tropilla de veinticinco hombres armados con pistolas, mosquetes y varias piezas de artillería ligera: básicamente, dos cañones de retrocarga y cuatro pequeños morteros, había escalado fácilmente algunas de las elevaciones menores de la cordillera septentrional. Sentía sobre sus hombros el cansancio acumulado durante siete días continuos de caminata desde esa parte de la zona del este de la isla conocida como El Seibo con destino a la costa norte, tratando de no llamar la atención ni de los escasos campesinos españoles que pudiesen habérselas arreglado para establecer algún tipo de vivienda precaria en los bucólicos parajes habitados que cruzaban con el mayor sigilo posible, ni de los vigías de los poblados de negros alzados, quienes seguramente los dejarían pasar sin perturbarlos a menos que alguno de sus compañeros cometiera el error de buscar pendencias con ellos. Desde el mismo general hasta el caporal más humilde habían terminado comprendiendo a la fuerza que, durante varios siglos, los integrantes de las *marronades* habían sido los únicos dueños de las reses y cerdos salvajes que corrían en manadas por unos campos en los que el verde había encontrado su definición mejor.

Alguna noche, en el inicio de la expedición de Saint-Domingue, a pocos días del desembarco en el lado oeste de la isla, en la zona que alguna vez había pertenecido a Francia pero que se hallaba ahora en posesión de los antiguos esclavos, alguien, algún mulato interesado en avenirse con los recién llegados, les había contado bajo el poderoso efecto mistagógico del ron isleño la historia de los *marrons* en medio de un gran despliegue de relatos fantasiosos. Tratando de hacer pasar por elocuencia algo que no era más que simple charlatanería propia de unos hombres a quienes el sol del trópico les ha salcochado el cerebelo, ese individuo intentó convencerlos de que un puñado de negros salvajes y semidesnudos habían logrado hacerse con los secretos más recónditos de los designios insulares gracias a su prolongada amistad con los últimos remanentes de las poblaciones aborígenes a quienes los conquistadores españoles no habían logrado exterminar. No se imaginaban que muy pronto serían víctimas de los horrores que conocerían a partir del primer enfrentamiento con eso que, más que un ejército, era todo un mundo negro que se les encimaría, rabioso y mortífero. De esos relatos, Reynet recordaba solamente las partes que habían logrado rasguñar la imponderable barrera de su natural escepticismo, ora porque creía haber vivido episodios que aportaban algún crédito a lo dicho por aquel borracho, ora porque no había podido encontrar una mejor explicación que darles a ciertos "misterios" de los que había sido testigo de manera directa o indirecta.

—No subestimen a los cimarrones –les había dicho el mulato–. Si eso hacen, lo lamentarán. Sus fuerzas ya casi han perdido toda relación con las de la especie humana. Se han fundido con las sombras de la selva; se han hermanado con la noche. No los mueve interés alguno, ya que su pensamiento no es compatible con ninguno de los modelos de civilización conocidos en la actualidad. Si nadie los molesta (¡y quiera Dios que así sea!), son capaces de vivir el resto de sus días en la selva sin ser notados. Aquí en la isla se les conoce como los Antiguos, pues han estado aquí desde antes de que el tiempo comenzara a ser contado. No necesitan cazar, pues han aprendido a hacer que las bestias les ofrezcan voluntariamente su propia carne para alimentarse y sus pieles para cubrir sus cuerpos. No necesitan sembrar, pues les basta con mirar una planta para que esta les entregue sus raíces, sus frutos y, llegado el caso, su madera. Pueden incendiar todo un bosque con sólo chascar dos dedos; pueden dirigir en tu contra verdaderos ejércitos de insectos que te infectarán el cuerpo y te lo llenarán de llagas antes de matarte en medio de dolores que hasta ahora desconoces. Los Antiguos han estado, están y estarán todo el tiempo unidos a la suerte de esta isla, desde antes de nacer e incluso después de su pretendida muerte. Así ha sido y así será, y contra eso ni la misma voluntad del Dios cristiano puede hacer nada. A más de uno de ellos he visto caer despedazado por perros y luego descuartizado a golpes de hacha; a muchos he visto incluso arder en su propia grasa corporal hasta consumirse atados al tronco de algún árbol. Y sin embargo, la evidencia de sus respectivas muertes ha sido el anuncio de su más atroz venganza, ya que a los Antiguos no se les puede matar, puesto que todos ellos se encuentran ya del otro lado de la cortina de las apariencias...

Mientras contemplaba las densas nubes que llenaban de oscuros presagios todo el horizonte, Reynet recordaba los gestos y ademanes del mulato que les había contado historias a él y a varios de sus compañeros en un excelente francés. Sin embargo, ninguno de estos últimos podía confirmar o invalidar sus recuerdos, puesto que todos habían caído en el campo de batalla en una guerra tan dispareja como injusta. No era la primera vez que eso sucedía, no obstante. Ya antes, bajo las órdenes del general La Fayette, había luchado junto a varios centenares de sus compañeros de armas en apoyo de los antiguos colonos ingleses de la Virginie en su lucha por independizarse de Inglaterra, enfrentados en una cruel desventaja de cuatro enemigos por cada uno de los suyos contra las tropas de ese perverso asesino que fue el marqués de Cornwallis.

En esa ocasión, la suerte y la decisión de libertad de los antiguos colonos ingleses favorecieron un desenlace victorioso. Sin embargo, no sucedió lo mismo en 1798, cuando, junto a sus compañeros, volvió a enfrentarse a las tropas de este mismo general inglés en la batalla de Irlanda por orden de Su Majestad Imperial, el Emperador Napoléon Bonaparte, cuyos ejércitos se batían entonces contra los de la pérfida Albión, tanto por tierra como por mar, en una guerra sin cuartel. La vergonzosa derrota que sufrieron entonces fue la primera de muchas otras que marcarían la decadencia y el fin del imperio bonapartista. Y sin embargo, ninguno de esos fracasos fue tan estrepitoso, ninguna derrota dolió tanto en la moral y en el *esprit de corps* de las tropas francesas como las que les infringieron los antiguos esclavos insurrectos. ¿Era dable pensar en retornar a Francia después de eso? ¿Cuál de sus compañeros de armas sería capaz de resistir las burlas y desconsideraciones con que sus compatriotas los recibirían?

Él y los demás miembros de la tropa eran una parte de los 300 supervivientes del gran ejército que había participado en la tristemente famosa expedición de Saint-Domingue entre 1801 y 1803. Dicho ejército estaba compuesto *grosso modo* por unos 8 mil hombres que habían partido el 14 de diciembre a bordo de 21 fragatas y 35 navíos desde Brest, Lorient y Rochefort dirigidos por el almirante Villaret de Joyeuse. Aparte de ellos, otros 4200 hombres abandonarían el 14 de febrero el puerto de Toulon para cruzar el Atlántico a bordo de las naves pertenecientes a la escuadra del contraalmirante Ganteaume, seguidos por la escuadra del general Linois, la cual partió de Cádiz el 17 de febrero llevando otros 2400 hombres. En total, contando los 4000 miembros del cuerpo de artillería de marina y los refuerzos enviados por Francia en partidas sucesivas, compuestos mayormente de tropas frescas reclutadas en Holanda y en Polonia, las tropas europeas que desembarcaron en Saint-Domingue llegaron a sumar unos 31 200 hombres.

Como vertiginosos celajes más bien propios de visiones de pesadilla desfilaron por la mente de Reynet los recuerdos de conversaciones, chanzas y bromas gastadas entre los camaradas a quienes vio caer atravesados por toscas lanzas artesanales o cortados por la cintura de un único golpe de mandoble, o con la cabeza destrozada por un garrotazo o la garganta perforada por las puyas de una horquilla de campo, o con el vientre destripado por una hoz… Por donde quiera que pasaban las tropas no tardaban en correr verdaderos torrentes de sangre, pero no la que sus comandantes les habían ordenado hacer rodar, es decir, la de los negros insurrectos, sino la suya, sangre europea, la cual, pensaba él, sólo por pura casualidad era del mismo color y fluía con la misma facilidad que la de sus portentosos enemigos. El temporal que se avecinaba aumentó la aprehensión con que Reynet se dejaba embargar por los recuerdos. No sin cierto resquemor, se dijo que lo mejor sería ir a advertirle al general Ferrand sobre la situación. De inmediato, silbó para llamar la atención de uno de los dos caporales que lo acompañaban. Luego, con la típica parquedad de quienes han nacido para ordenar, el teniente Reynet les dijo secamente, sin ofrecerles mayores detalles, que aguardaran nuevas órdenes en el mismo lugar donde se hallaban y que estuvieran atentos a la aparición de cualquier enemigo, ya fueran estos españoles o negros levantiscos. Antes de ir en busca del resto de la tropa, quiso advertirles que, de ser posible, no debían intentar enfrentarlos, pero algo en su atormentada psiquis le motivó a cambiar el mensaje.

—*Soyez prudents!* –fue lo único que sus subalternos le escucharon decir a medida que remontaba a pie el trecho ya recorrido desde la cima. A pesar de su prisa, sin embargo, no pudo evitar volver la vista atrás para ver que su mulo, un potro de color bayo que se encontraba casi al límite de sus fuerzas, continuaba solo su rumbo hacia la falda de la loma.

Con el rumbo puesto nuevamente cuesta abajo, el ojo atento del teniente Sébastien Reynet volvió a pasar una rápida revista al terreno tal como lo había hecho antes de subir frente a la empinada mole que se levantaba frente a él. Formando una densa y confusa maraña de árboles en la que se mezclaban sin ningún sentido pinos, caobas, sabinas, cauchos, cambrones y muchas otras especies de árboles, la exuberante espesura daba a entender que la misma naturaleza se había divertido creando el bosque por donde su mulo y los de los demás miembros de la tropa avanzarían sin temor a rodar ladera abajo, ya que, en caso de producirse algún deslizamiento, se podrían sostener en los gruesos troncos de semejante bosque. «*La vache! On dirait une montagne toute verte!*», se había dicho Reynet luego de pasar varios minutos observando el verdor de ese promontorio. Luego, acicateando a su mulo para que iniciara el viaje de ascenso, había hecho una seña con su mano derecha a sus dos compañeros de viaje, los cabos granaderos Luc Albain-Thomas y Jacques-Albert Chambon, ambos originarios del Périgord, quienes de inmediato se aprestaron a seguirlo. Ahora, en cambio, volvía a subir los cincuenta o sesenta metros que lo separaban de la cima con la esperanza de que el resto de la tropa no estuviese muy lejos para así poder esperar allí su llegada sin necesidad de volver a bajar.

Según su mapa militar, la mayor altura del accidentado terreno en el que ahora se encontraban tendría entre novecientos y mil trescientos metros, lo cual, aunque no era excesivamente elevado, bastaba para desanimar a cualquier caminante que no tuviese una necesidad imperiosa de cruzarlas sin exponerse a ser sorprendido por las huestes enemigas que seguramente esperaban emboscarlos en los cruces habituales abiertos entre esos promontorios. El nombre con que el mapa identificaba ese paraje era El Choco. Se trataba de una prolongación tardía de la sierra septentrional bastante próxima a la costa de Puerto Plata, y estaba compuesta en su mayor parte por pequeñas elevaciones de piedra caliza y otras rocas sedimentarias. Él y sus dos compañeros tenían la misión de guiar al resto de la tropa a través de esas lomas hasta llegar a la costa, donde luego acamparían de manera discreta en espera de la llegada de la fragata francesa que los sacaría de la isla que había sabido convertir sus sueños de grandeza en un verdadero infierno.

Tal como Reynet lo esperaba, cuando apenas había hecho una decena de pasos en sentido ascendente sobre el lomo de su mulo, logró ver a los escoltas del general Ferrand y luego a este último aprestándose a bajar a pie por la ladera moviéndose con gran cuidado entre los árboles que por allí crecían. Detrás de ellos no tardarían en acercarse los integrantes de la pequeña tropa de artilleros con sus pesadas cargas dispuestas en carretas a las que se le habían colocado grandes ruedas hexagonales para disminuir el riesgo de un derrape de consecuencias seguramente fatales. Los escasos remanentes de un batallón de infantería venían a continuación, acompañando a dos o tres oficiales, uno o dos cocineros con sus ayudantes, dos médicos y sus ayudantes mulatos, y una docena de negros que portaban en sus cabezas y sus espadas las pertenencias personales de los oficiales.

El general Ferrand estaba tan cansado y sediento que tardó algunos segundos en percatarse de que algo no andaba bien, puesto que, varias decenas de metros más abajo, podía ver al teniente Reynet que se esforzaba por llegar a pie hasta el lugar donde él se hallaba. Conteniéndose para no dar muestras de una curiosidad desmedida, Ferrand lo vio escalar con cierta dificultad el corto trecho que los separaba. Cuando por fin llegó, luego de saludarlo con la debida cortesía militar que merecía su rango, Reynet le dijo con la voz entrecortada por el esfuerzo que acababa de realizar:

—*Il paraît que ça va bientôt péter, mon général. Un orage de mille diables!*

Intrigado, el general clavó una mirada aguileña en los ojos del teniente, quien se mantenía erguido y firme a pesar de hallarse virtualmente extenuado por la fatiga. Reynet se limitó a señalar con el dedo índice al horizonte, donde ya podían verse los signos precursores del temporal que se avecinaba.

El paisaje que se ofrecía a sus ojos no podía ser más aterrador. Dominando toda la escena por encima de la copa de una breve franja de árboles de guayacán que crecían justo antes de la costa cercana, un mar grisáceo y agitado portaba sobre sí el plúmbeo y ominoso peso de unos densos nubarrones. Peor aún, a juzgar por las dimensiones de la enorme franja de aspecto más oscuro que el resto que se observaba en lontananza, el fenómeno era de proporciones colosales. Además, dada la velocidad con que soplaba el terral, una estimación conservadora permitía pensar que tardaría menos de dos horas en tocar tierra, lo cual era insuficiente para encontrar un refugio para toda la tropa —unos cuarenta hombres con pertrechos ligeros, la mitad de ellos con monturas. En esas circunstancias, urgía tomar con rapidez una serie de decisiones que no resultarían del agrado de sus hombres.

—¡Ordene que se formen de inmediato!

—*Oui, oui, mon général* –respondió el teniente Reynet.

Minutos después, obedeciendo al llamado del teniente, los cuarenta y dos hombres habían formado dos pelotones de veintiún miembros y esperaban intrigados las órdenes del superior.

—Pongan atención –les dijo el general–. No hay tiempo que perder. Todos estamos cansados después de todo el esfuerzo que hemos realizado para llegar hasta aquí. Sin embargo, la naturaleza nos exige hacer todavía un esfuerzo más: en poco tiempo, toda esta región se verá azotada por una terrible tempestad y es necesario enviar un equipo de seis hombres a lomo de los animales que estén menos estropeados para que exploren las inmediaciones en busca de alguna cueva o caverna donde podamos refugiarnos. Lo ideal sería poner a salvo la pólvora y las vituallas. Sin embargo, dadas las condiciones en que nos encontramos, será mejor que nos mantengamos juntos en espera del regreso de los exploradores.

Apenas acabó de hablar, Ferrand vio que Reynet levantaba la mano pidiendo permiso para hablar. Con un gesto, el general le dio a entender que sería escuchado.

—Mi general –comenzó a decir Reynet–, mientras ascendía por la ladera pude ver un hueco bastante grande en la loma de al lado. Por las dimensiones de la boca, considero muy probable que haya allí suficiente espacio para todos nosotros, aunque no sé si también lo habrá para los animales. De todos modos, no creo que estén en condiciones de bajar y luego volver a subir esa otra montaña. Si nos damos prisa, podremos llegar antes de que se nos venga encima el temporal.

Como si fuesen participantes de alguna comparsa, todos los que escucharon las palabras que acababa de pronunciar Reynet volvieron la vista hacia la loma que había señalado el teniente. Aunque su superficie resultaba mucho más árida y pedregosa que aquella en cuya cima se hallaban en esos momentos, lo cierto es que también era mucho menos elevada que esta última, al punto de que parecía haberse formado con las sobras de sus otras dos vecinas, puesto que su base se hallaba a caballo entre ambas. Ferrand era hombre de decisiones rápidas, e inmediatamente seleccionó a dos de los exploradores más avezados para que se dirigieran cuanto antes a explorar las condiciones en que se hallaba la cueva.

—Con el debido respeto, mi general –dijo Reynet al escuchar las órdenes que Ferrand acababa de impartir–. Por la velocidad del viento se podría decir que el fenómeno se encuentra a un poco más de hora y media de la costa. A pesar de que lo ideal sería aguardar los resultados de una exploración que nos permitiera determinar las condiciones del terreno, algo así tomaría no menos de una hora, lo cual nos dejaría sin tiempo para hacer que la tropa pueda encontrar refugio. Por esa razón, considero más prudente que todos vayamos juntos a explorar esa cueva, tomando en cuenta que, aparte de esa, en las otras lomas también hay otras cavernas más pequeñas que podrían servir de refugio a grupos más reducidos.

Reynet había hablado con gran seguridad: Ferrand lo escuchó, reflexionó y luego dijo:

—En ese caso, y como no tenemos otra alternativa, hay que liberar a los animales. Ellos sabrán hallar la mejor manera de guarecerse. En cuanto a nosotros, tenemos que dirigirnos inmediatamente hacia el lugar indicado por el teniente. ¡Usted guíe a la tropa, teniente!

De inmediato, el general tomó la fusta de manos de su ayudante de campo y se dispuso a participar junto a sus hombres en la tarea de desmontar el equipo pesado y recuperar todo lo que pudiera serles de utilidad en semejantes circunstancias.

—Entre varios de ustedes pueden bajar algunas decenas de metros para ir a colocar una parte de las vituallas debajo de las piedras que se ven allá abajo hasta que estemos en condiciones de venir a recogerlas –dijo el general señalando unas enormes rocas calizas que parecían sueltas en un punto de la ladera por la que acababan de subir–. Dudo mucho que el viento las mueva, pues lo más lógico es pensar que la misma montaña funcionará como parapeto contra los ataques del huracán.

Seis hombres se dispusieron a acatar inmediatamente la orden del general. Entre otros seis iniciaron una cadena por la que hicieron bajar rápidamente varias cajas de madera que contenían carne seca, frascos de frijoles y garrafas de vino que depositaron en un hoyo que otros tres soldados cavaron en un tiempo impresionantemente corto. Allí también ubicaron, envueltos en tres capas de tela gruesa impermeabilizada con cera, tres barriles de pólvora de tamaño mediano junto con otras cuatro cajas que contenían quemadores y municiones para los mosquetes Charleville. Luego lo cubrieron todo cuidadosamente con pequeñas piedras y finalmente dispusieron varias rocas de gran tamaño sobre el lugar donde habían enterrado el cargamento con el doble propósito de proteger el lugar contra posibles deslaves y marcarlo para así poder identificarlo más fácilmente. Inmediatamente después, corrieron a reunirse con el resto de la tropa que ya había comenzado a subir por la ladera de la otra montaña.

La lluvia comenzó a azotarlos cuando todavía faltaba un largo trecho por hacer hasta el lugar donde se podía apreciar una gran oquedad que tenía en su lado izquierdo algo así como un saliente de piedra. Aunque las ocasionales ráfagas de ventisca que arrastraban a su paso miles de diminutos granos de arena no eran todavía el verdadero temporal, sus rostros comenzaban a dar muestras de que un miedo cerrado y silencioso se apoderaba ya de sus ánimos. Pero esa no era la única dificultad, sino que, para acceder hasta el lugar señalado por el teniente Reynet, primero había que continuar subiendo una decena de metros adicionales para luego descender hasta quedar por encima del saliente, desde donde luego les sería posible acceder al interior de la cueva. Ahora que había comenzado a llover, la realización de esta operación había incrementado el riesgo de resbalar, puesto que las rocas, que parecían hechas de enormes lascas de pizarra grisácea, eran en realidad bloques de cuarzo y mármol de gran tamaño que, lavados por el impresionante torrente que arreciaba y amainaba con irregular intermitencia, convertían cualquier intento de caminar sobre ellas en una operación altamente peligrosa. Consciente de esto, el general se les había adelantado para ir a colocarse al lado del cabo, un normando de nombre François Ghilles cuyo paso firme y ágil parecía acostumbrado a escalar montañas. Al ver el porte con que el soldado se enfrentaba al peligro, Ferrand no pudo evitar pensar en los centenares de hombres que, aunque habían sobrevivido a fuerza de coraje a épicos enfrentamientos en Egipto, Italia y España, habían sucumbido bajo el peso de la extraordinaria voluntad de libertad de los colosos negros que, semidesnudos, hambrientos, sin entrenamiento militar y armados únicamente en su mayoría con machetes y lanzas, los habían diezmado antes de que la fiebre amarilla se encargase de buena parte de los remanentes del contingente que había llegado meses atrás a las costas de Cap Haïtien a bordo de numerosas fragatas y navíos de guerra bajo las órdenes del general Leclerc. En un momento, el pie de Ferrand falseó al rodarse un canto que acababa de pisar y no pudo evitar tomar el brazo del cabo para sostenerse. El cabo no solamente lo retuvo con fuerza, sino que luego lo ayudó a subir, mientras el oscuro peñasco que se había liberado con la mala pisada del general se precipitaba en caída libre, poniendo en peligro la seguridad de la tropa.

—*Gare au caillou!* –gritó el cabo François.

La advertencia llegó demasiado tarde: el peñasco había impactado justo en el cráneo de uno de los tenientes del batallón de dragones que se habían destacado por su fiereza en la defensa de las posiciones francesas de Fort Saint-Joseph, nombre con el que los franceses denominaban a la actual Fort-Liberté. El pobre hombre se había desplomado ladera abajo ante el estupor de sus compañeros, quienes no pudieron hacer nada para evitar su caída.

El efecto que tuvo este incidente en el ánimo de la tropa fue el de una confirmación del rumor que rodaba de boca en boca, según el cual, el comandante Ferrand, como lo llamaban algunos, era víctima de una maldición que le había echado una noche un anciano *houangán* de Saint-Raphaël, a quien sus hombres habían apresado junto a sus tres nietas en el curso de una expedición al interior del país durante la cual arrasaron la modesta vivienda propiedad de aquel viejo. Según se supo después, este último les imploró mil veces en su idioma ancestral que perdonaran la vida de sus nietas y lo tomaran a él como único rehén.

Desbordado por la hibris producto de eso que, bien considerado, no merecía ni siquiera ser llamado una batalla sino un simple abuso de poder –tres adolescentes, un viejo y cuatro o cinco negros famélicos no eran rivales dignos para un batallón compuesto por veinticinco hombres con fusiles y bayonetas caladas–, Ferrand entregó las jovencitas a sus hombres, quienes primero las desnudaron y se las jugaron a los dados antes de violarlas entre todos para, luego de haber aliviado sus carnes, colgarlas de las ramas de un grueso samán, donde las dejarían a guisa de escarmiento para quienes pasasen por allí. Por su parte, antes de morir a palos y bayonetazos, el anciano a quien otros negros que habían sido apresados poco antes identificaron como Jeannot Limbé, antiguo esclavo de una inmensa plantación de café ubicada en Gros-Morne, comenzó a canturrear unas palabras incomprensibles en un tono de salmodia, las cuales continuó repitiendo hasta que, cansado de escucharlo, Ferrand ordenó a sus hombres que lo callaran, orden que se hizo efectiva de un certero culatazo que uno de ellos aplicó en la sien derecha del detenido, luego de lo cual, aquel que lo había golpeado le clavó en el pecho la punta de su bayoneta, al tiempo que otros tres de sus compañeros lo golpeaban con las matracas que entonces se empleaban para reducir a la obediencia a los negros insurrectos. Luego de terminar con su vida, aplicaron el mismo tratamiento a los otros negros hasta que todos terminaron tendidos en el suelo en medio de grandes charcos de sangre.

En el curso de los cuatro años que habían pasado después de ese episodio, Ferrand había visto derrumbarse una tras otra sus esperanzas de recuperar el control de sus antiguas posiciones. En su atribulada imaginación de hombre de pocas luces y, para colmo, acosado y acorralado por toda clase de enemigos, estaba convencido de que la única causa de la deplorable situación en que se hallaba eran las intrigas traicioneras de los ingleses de Jamaica y la testaruda arrogancia de los españoles, incapaces de aceptar la, según él, natural superioridad del espíritu francés. Si así pensaba, sin embargo, era tan sólo porque jamás habría aceptado reconocer la preponderancia, en ningún aspecto, pero mucho menos en lo que toca al genio militar, de una turba de esclavos como los que habían derrotado a sus hombres en todos y cada uno de los enfrentamientos que habían tenido hasta entonces. ¿Quién sería capaz de regresar a Francia después de haber sufrido semejante humillación? Hasta en eso Leclerc había demostrado ser un hombre superior a él, puesto que había tenido el tino de dejarse matar por la fiebre amarilla.

¡Ah, pero si solamente el general Leclerc no hubiese sucumbido en esa maldita epidemia! Animados por su presencia, sus hombres no habrían dado por perdida la guerra y no habrían buscado a toda costa abandonar la misión y la isla para tomar por cualquier medio el rumbo que los llevase a Cuba, desde donde muchos de ellos seguirían rumbo al norte hasta llegar a las costas de Virginie o la Nouvelle Orléans. Pero de nada servía ahora soñar con algo que pudo haber sido y no fue. ¡Si por lo menos le hubiera hecho caso al coronel Lachapelle cuando le informó sobre los planes que tenía el gobernador de Puerto Rico! Ahora ya todo estaba perdido, incluso el honor. Sabía que ya no contaba con el poco respeto que una vez pudieron sentir hacia él unos hombres a quienes únicamente el miedo los retenía a su lado. Y puesto que ahora su propia honra no era más que una lejana reminiscencia, ya no le quedaba ninguna duda acerca de la inviabilidad de todos sus proyectos: sabía perfectamente que su vida no tenía solución de continuidad y que su desenlace, fatal por necesidad, era solamente una cuestión de tiempo.

Poco después que el último de sus hombres terminó de llegar a la caverna, todos los infiernos celestiales se desataron en la forma de un pavoroso huracán. Tal como lo había dicho el teniente Reynet, la gruta era lo suficientemente espaciosa como para albergar cómodamente a todos sus hombres. Era una lástima que hubiesen tenido que abandonar a su suerte a los animales, pero las circunstancias del ascenso hasta allí habían terminado demostrando que dejarlos libres era la única decisión inteligente que podían tomar. Una vez reunidos en el interior de la cueva, cada uno de los soldados buscó un lugar para tenderse en el suelo con el fin de reponer de alguna manera las fuerzas que habían invertido en la escalada. En un momento, uno de ellos propuso que se recogieran en oración en beneficio del alma del teniente que se había precipitado ladera abajo, pero apenas uno o dos de sus compañeros respondieron con un respingo. Todos ellos estaban literalmente demolidos.

Apenas se tiró en el suelo cerrando los ojos en busca de encontrar alguna forma de reposo, la mente de Ferrand quedó envuelta en una rápida sucesión de imágenes de lo que había sido su vida durante los últimos años. Se vio nuevamente llegando a la capital de la parte española en los últimos meses de 1803 al mando de una tropa de 2000 soldados sobrevivientes de esa carnicería que fue la desastrosa expedición de Saint-Domingue. Luego de la muerte de Leclerc, la responsabilidad de representar la autoridad del emperador Napoléon sobre el destino de la isla había recaído sobre sus hombros. Volvió a ver los rostros de quienes él mismo había nombrado funcionarios de la Administración Colonial. No recordaba ninguno de sus nombres, pero sabía que en él eso era lo normal. Había visto morir a demasiados individuos excelentes en el curso de las incontables batallas en las que había participado como para permitirse el lujo de sostener una relación demasiado personal con sus subalternos.

Volvió a comprobar que su actuación como soldado había sido correcta cuando, asediado por las tropas de Dessalines en 1805 en la parte española de la isla, se vio obligado a atrincherarse en la fortaleza de Santo Domingo. En esa ocasión, no solamente perdió la mayor parte de sus mejores soldados, sino también los últimos refuerzos que Francia le enviaría, hundidas sus fragatas por los cañonazos de la flota del pérfido inglés John Thomas Duckworth, gobernador de Jamaica. ¡Si por lo menos hubiese tenido tiempo de poner a producir la tierra del este de la isla tal como lo había planificado! ¡Si los diez mil esclavos que él había hecho capturar en sucesivas glebas practicadas aquí y allá por toda la isla hubiesen sido incorporados al trabajo productivo en las distintas *habitations* cuya dirección había entregado a sus hombres, ¡ah, si así lo hubiese querido la Providencia!, sin duda alguna, las riquezas que habría podido presentar ante la administración de Su Majestad, el Emperador Napoleón Bonaparte, habrían logrado captar toda su atención, y a partir de ahí, su situación habría sido muy pero muy distinta!

Ahora, sin embargo, ya era demasiado tarde. Apenas tres semanas atrás, el 7 de noviembre de 1808, para ser más precisos, sus tropas, o mejor dicho, lo que hasta ese momento quedaba de ellas, es decir, un total de 500 soldados fieles a sus órdenes, habían sido atacadas fieramente por más de 2000 españoles y negros en la Sabana de Palo Hincado, allá en el Seibo, cerca del lugar donde se suponía que debería recibir los refuerzos y pertrechos que le había prometido una pequeña coalición de antiguos estancieros de Saint-Domingue establecidos allí bajo nombres y documentos que los acreditaban como súbditos del rey de España. A duras penas había logrado salir con vida del primer encuentro, y de no haber ingeniado un plan para escapar de semejante infierno, probablemente su cadáver estaría ahora con las vísceras expuestas al apetito de los buitres. Ninguno de los cuarenta hombres que lo habían acompañado –de los cuales, luego de la muerte del infeliz teniente despeñado, sólo quedaban treinta y nueve– tenían noticias del horror que él había vivido apenas algunos días atrás. Más de dos tercios de sus efectivos murieron luchando cuerpo a cuerpo contra un ejército que los superaba en número pero también en fiereza. De los que no sucumbieron, más de la mitad lograron escapar internándose desde que pudieron en distintos lugares del denso bosque virgen que encontraron, donde seguramente serían atrapados, degollados y luego cocinados por los negros cimarrones que habían sido avistados en las inmediaciones en el curso de varios reconocimientos realizados por sus tropas.

Desmoralizados, quienes habían logrado sobrevivir estaban a punto de ser aplastados nuevamente. Al ver que sus posibilidades de sobrevivir al próximo enfrentamiento eran sumamente reducidas, había ingeniado un plan para engañar a sus perseguidores y ganar algo de tiempo motivado a ello por el consejo de uno de sus hombres. Aunque al principio había pensado en esta solución como una puerta de salida en caso de que las cosas no salieran como él quería, ahora sabía que ese plan era prácticamente la única posibilidad de escapar con vida de aquella situación, sobre todo porque estaba completamente seguro de que su éxito dependería exclusivamente de la voluntad de la Divina Providencia.

Volvió a verse tal como estaba apenas tres días atrás, vivaqueando junto a un reducido grupo de oficiales en algún lugar del bosque que rodea el llano que en los mapas aparece designado con el nombre de Palo Hincado. Mientras esperaba que el cocinero terminara de preparar la cena a partir de la carne de un enorme cerdo salvaje que los exploradores habían cazado durante la tarde, se presentó ante él un sargento de mosqueteros conocido suyo de apellido Berthaud, quien le preguntó si estaba de humor para escuchar una noticia que lo dejaría perplejo. Sin demostrar demasiada curiosidad, Ferrand le dijo que sí, a lo que, modulando su voz para imitar la manera de hablar de los cortesanos, el sargento le sugirió que sería preferible que el encuentro tuviese lugar en un lugar más discreto. Ferrand hizo entonces un gesto con su cabeza para indicarles a sus oficiales que los dejaran solos, pero, contrariamente a lo que esperaba, apenas estos últimos se hubieron alejado unos cuantos pasos, Berthaud le indicó a Ferrand que lo siguiera. Ambos se internaron en el bosque caminando en silencio durante varias decenas de metros hasta quedar del todo fuera de la vista del resto de los demás hombres. Una vez allí, el sargento se sintió más seguro, y comenzó a hacer chasquidos con la lengua entre los dientes. Luego de algunos instantes, Ferrand vio llegar a un hombre a quien el sargento presentó como el antiguo capitán de mosqueteros Gaëtan Dailloux y actual vecino de la villa de Santo Domingo. En la oscuridad del bosque, escasamente iluminado por la lejana lumbre de la hoguera que había dejado a sus espaldas, Ferrand apenas distinguía los rasgos del hombre que le había presentado el sargento. Por esa razón, no vaciló en acercar el suyo al rostro del individuo. Lo que vio lo llenó de estupor.

El hombre de apellido Dailloux era idéntico a él. Es incluso poco decir que era idéntico, pues era como si el tal Gaëtan Dailloux fuese él *otra vez:* misma estatura, mismo porte enhiesto de un cuello que terminaba en su frente. Hasta sus labios finos y sus ojos color gris tormenta apenas separados por una nariz pretoriana lucían como calcados de los suyos. En medio de su ofuscación, Ferrand no atinó a constatarlo, pero Dailloux estaba incluso vestido con un uniforme tomado de su mismo ropero, botas incluidas.

Luego de comprobar satisfecho la favorable impresión que había causado ese hombre en su superior, Berthaud susurró:

—Puede depositar en nosotros la responsabilidad del resto de la misión. A doscientos pasos de aquí le aguarda un grupo de veintisiete hombres y trece esclavos seleccionados entre los de mayor experiencia de combate. Tienen órdenes de acompañarlos hasta la costa norte de la isla, donde aguardarán la llegada de una fragata que los llevará hasta las costas de Cuba. Otra cosa. Según este salvoconducto que aquí le entrego, usted se llama Thierry Gontran. Sin embargo, ninguno de los cuarenta hombres que lo acompañarán está enterado de este detalle, y es de su mayor interés que ninguno de ellos se entere. Ahora debe marcharse. El "general Ferrand" y yo nos encargaremos de la situación a partir de ahora.

El súbito estallido de un horrible trueno le hizo abrir los ojos en medio de la oscuridad casi total del socavón donde se hallaba. Al parecer, todos sus hombres se habían quedado dormidos apenas se tendieron cuan largos eran sobre el húmedo suelo de la cueva. El estruendo que producía el choque del viento contra la boca de la gruta era verdaderamente indescriptible: era como si todos los diablos se estuviesen divirtiendo al mismo tiempo sacando toda suerte de sonidos a una enorme flauta de un único agujero. De hecho, resultaba imposible saber qué era más horrible, si el terrible ulular del viento huracanado o el clamor que este último producía al penetrar con toda su fuerza en la caverna. «Al menos aquí dentro estamos a salvo de ser levantados por los aires», pensó Ferrand. Casi al mismo tiempo atravesó su mente el recuerdo de los hombres que había abandonado días atrás en el llano de El Seibo. «¿Qué habrá sido de ellos?», se preguntó al tiempo que lanzaba un profundo suspiro.

Como si quisiera responderle, un trueno infernal lo sacó de sus cavilaciones mientras el súbito resplandor de otro relámpago le permitía ver durante un instante brevísimo el cuadro dantesco que ofrecían los cuerpos exhaustos de sus hombres desparramados por toda la cueva. En medio del aturdimiento que le producía la batahola del viento que soplaba ahora con más furia, esa visión fantasmagórica redujo aún más el ya menguado ánimo de Ferrand. Un profundo sentimiento de cosa pequeña y despreciable lo embargó de pronto, mientras el viento gritaba ahora cosas incomprensibles en una lengua demoníaca al chocar girando en círculos contra la boca de la gruta. En el preciso instante en que Ferrand comprendió que esos extraños gritos querían decir únicamente que el huracán acababa de entrar a la costa, el viento comenzó a penetrar con una fuerza tremenda en la caverna como si una mano invisible quisiera arrancar todo cuanto encontrara en su interior. El ruido se hizo entonces verdaderamente insoportable, y durante un tiempo imposible de precisar, el aire se volvió irrespirable. Lleno de pánico,

Ferrand se aferró con fuerza a la enorme roca contra la cual se había recostado, pues sentía como si un batallón entero de diablos hubiese llegado hasta allí con la intención de llevárselo volando por los aires. En medio de su impotencia, creyó escuchar voces y gritos humanos cerca de él, pero era tal la fuerza con la que el viento agitaba el polvo y la arena en el interior del antro que sin duda habría perdido los ojos de haber abierto sus párpados en ese momento.

Durante un lapso que al general le pareció interminable, numerosas ráfagas sacudieron el interior de la caverna arrojando con gran fuerza contra las paredes de la cueva todo lo que encontraban a su paso que no estuviese bien sujetado y levantando una inmensa nube de polvo que se mezclaba instantáneamente con la nube giratoria de arena y humedad en la que venía envuelta la tromba marina. Todo el tiempo que duró la ventisca, el general estuvo parapetado detrás de su peñasco sin atreverse a abrir los ojos mientras a él se le antojaba que todas las cosas a su alrededor chocaban entre sí produciendo un ruido infernal.

Súbitamente, el general comenzó a sentir que se le dificultaba la respiración y que todo daba vueltas en su cabeza. Volvió a recordar los síntomas de la fiebre que había diezmado las filas de soldados apenas una semana luego de su llegada a la isla bajo las órdenes del general Leclerc, cuñado del emperador Napoleón Bonaparte. El 21 de aquel fatídico mes de febrero, mientras el general francés Kerverseau se enfrentaba a las tropas de Louverture y se apoderaba de la antigua ciudad española de Santo Domingo con la ayuda de una población compuesta en su mayor parte por mulatos y negros que hablaban español, él se enfrentaba a solas contra un pavoroso ataque de disentería que, en dos semanas, redujo su masa corporal a menos de la mitad de su peso normal (el cual nunca fue muy importante, a decir verdad, dada su estatura más bien baja). ¡Cuán acertado le parecía ahora el viejo nombre de *febrero, mes de la fiebre,* que el calendario de la Revolución pretendía borrar de la memoria de las personas sustituyéndolo por el de Ventoso! Ventoso, Germinal, Floreal y todos los demás adefesios que, según él, solamente podían provenir de una imaginación delirante o de una mente podrida, constituían la mejor explicación de por qué la Revolución estuvo desde el principio condenada al fracaso. «Por suerte, el Emperador es un hombre sumamente sabio y justo», se dijo. «Estoy seguro de que no tardará en prohibir el empleo de ese horrible calendario revolucionario».

Él no era el único que pensaba de esa manera. Lo mismo pensaban Leclerc, Kerverseau, Rochambeau, Barquier y todos los generales que habían participado en la Expedición de Saint-Domingue: aparte de haber conducido a abolir la Regencia y a poner a raya a la crápula eclesiástica, la Revolución no había contribuido a mejorar en un ápice la vida de las personas. Antes al contrario: había legitimado a la Mentira; había dotado al Engaño de un cuerpo de leyes que lo justifican; había propiciado el surgimiento de un verdadero ejército de hipócritas que se llamaban a sí mismos "banqueros" pero que en realidad eran como los Jinetes del Apocalipsis.

Nuevamente, el horrible estruendo de una ráfaga de truenos hizo que Ferrand abriera involuntariamente los ojos, pero al hacerlo, descubrió que se hallaba en medio de una terrible nube de polvo tan espesa que bajo ella sus ojos eran órganos completamente inútiles. Para colmo, el bramido ululante del viento que penetraba por la boca de la caverna se había tornado de nuevo insoportable, lo cual, contrario a lo que se pudiera pensar, indicaba que el fenómeno comenzaba a golpear las montañas de manera oblicua, siendo esto una señal de que se estaba alejando de la costa. Ferrand no recordaba haber sentido tanto miedo en ningún otro momento de su vida. Ni siquiera cuando tuvo que enfrentarse a los 20 000 hombres dirigidos por Dessalines al frente de unas tropas compuestas tan sólo de unos tres mil hombres, más de la mitad de los cuales eran milicias españolas únicamente armadas de lanzas. Por su parte, los franceses sumaban 1345 hombres, de los cuales, 67 formaban parte de la compañía administrativa y otros 40 eran miembros del Estado Mayor. El resto eran sobrevivientes de la mayoría de las batallas que se habían librado en contra de los antiguos esclavos de Saint-Domingue: miembros de la Légion du Cap, del Bataillon Européen, etc.

A pesar de la enorme ventaja numérica de sus enemigos, sus hombres lograron retener la plaza. ¡Ni siquiera los hombres del ejército imperial de Napoleón habrían podido igualar en fiereza a los españoles pardos, descalzos y harapientos, en su mayoría campesinos ordinarios y sin instrucción alguna pero que en el campo de batalla se transformaban en portentosos titanes que ni siquiera luchaban por ganar un botín, ni por un salario, sino para defender unas tierras donde habían crecido considerándolas como suyas, pero que ahora pertenecían a Francia! Y sin embargo, reducido a la impotencia bajo el ataque del pavoroso temporal que se ensañaba contra las montañas, Ferrand comprendió que no podía seguir conteniendo la orina que, desde hacía rato, amenazaba con estallarle la vejiga, pero que tampoco podría, dadas las circunstancias, incorporarse e ir a mear a un rincón, sino que tendría que arreglárselas para soltar su carga líquida allí mismo.

Lentamente, sin soltar ni siquiera por un instante el peñasco al que se había aferrado con tanta fuerza que ya no sentía sus manos, el general Ferrand extendió sus piernas para intentar ladearse un poco antes de aflojar los músculos y así dejar salir el fluido que ahora le quemaba las entrepiernas. Y claro, tenía que ser ese el momento en que el ángel tuvo la mala idea de aparecer....

Como continuaba con los ojos cerrados, no pudo ver el instante preciso en que ese ser se manifestó ante él. En un momento, sin embargo, al sentir que alguien o algo tocaba su frente, abrió con suma cautela uno de sus ojos y descubrió que todo el interior de la gruta se hallaba inundado con una luz fría y blanca cuyo resplandor acallaba incluso el bramido del viento, al tiempo que el aire se impregnaba de un intenso olor a jazmines. Cuando se percató de que la fuente de esa luz se hallaba ubicada en algún lugar cercano a la entrada de la cueva, Ferrand quiso incorporarse, pero no pudo: tenía los músculos de sus brazos completamente agarrotados y un intenso calambre le recorrió la espina dorsal cuando intentó apartar sus manos de la roca a la que estaban aferradas. No fue eso lo más extraño, sin embargo, sino que, en el momento en que intentó moverse, la luz se puso a brillar a sus espaldas.

Gracias a eso, en efecto, ahora podía distinguir el color y la forma de la roca que había salvado su vida. También comenzó a sentir un hambre terrible. Por segunda vez, intentó apartar sus manos de la roca, y esta vez pudo emplear uno de sus brazos en la acción de apoyarse mientras hacía pivotar su torso. Fue en ese momento cuando comprobó que se hallaba en medio de un enorme charco de orín, pero se dijo que no podía perder su tiempo en eso y que tenía que averiguar qué era lo que brillaba tanto. Casi al mismo tiempo, la luz se puso a brillar sobre su cabeza, y cuando alzó los ojos, lo único que vio antes de desmayarse fue el rostro de su amigo Berthaud, quien esta vez había elegido aparecerse ante él, quién sabe por qué, en la forma de un ángel de luz. Por eso, cuando el Ángel Berthaud comenzó a hablarle en sueños a Ferrand, este último tuvo la impresión de que sabía de antemano lo que le diría.

—He venido a decirle que usted está muerto, general Ferrand –le dijo el Ángel–. La idea no era que usted muriese aquí, sino en Cuba, mientras intentaba subir a la fragata que debía llevarlo a las costas de la Louisiane. Pero este ciclón no solamente los ha obligado a refugiarse en esta caverna, sino que ha cambiado los destinos de todos sus hombres, y con el de ellos, también el suyo. Todavía no lo sabe, pero hace exactamente siete minutos que usted se suicidó de un tiro en la sien en algún lugar del bosque que rodea al paraje de El Seibo llamado Palo Hincado al ver que los miembros españoles de sus tropas se habían amotinado para no tener que ayudarlo a combatir a una expedición enviada por el gobernador de Puerto Rico. También sus hombres han muerto, general. Todos ellos han recibido en esta cueva golpes y contusiones en el mismo lugar que habrían sido impactados por las balas o los golpes de lanzas y machete, de haberse hallado junto a usted en el campo de batalla. Lo que resulte de esta conversación, pues, será imaginado más de dos siglos después de este mes de octubre, cuando alguien dado al oficio de escribir con el único propósito de intentar curarse las llagas que le deja en la piel la ingratitud de sus compatriotas se acuerde de que a usted se le gastó el alma junto con la esperanza de ser perdonado por haber perdido el honor al mismo tiempo que el derecho de retornar a su patria. Ni para él ni para usted habrá perdón, pues ninguno de los dos hizo nunca otra cosa que no fuese cumplir con su responsabilidad, y eso siempre será el peor de todos los errores que puede cometer un ser humano en esta tierra de expiación. Ahora levántese y salga de esta cueva a la que nunca debió de entrar. De hecho, a menos de una legua del lugar donde usted y sus hombres tomaron la decisión de venir para acá se levantan tres casas de piedra de regular tamaño en las que hasta hace un año se almacenaba el tabaco que luego se exportaría hacia Inglaterra y Alemania. Como ese comercio se detuvo a causa de la guerra europea, esas construcciones se encuentran hoy vacías, y habrían podido servirles de refugio tanto a sus hombres como a sus animales. ¡Pero igual, váyase en paz, mi general! Uno siempre es más sabio después que pasan las cosas, y ahora al menos ya usted sabe que la vida nunca es lo que uno desearía que fuera.

Y después de esto, el Ángel Berthaud gritó «¡Vamonooooo!» justo antes de que el general Ferrand sintiera que el techo de la cueva se desplomara aplastando todo lo que estaba allí dentro.

2. Serptes

LA PRIMERA VEZ que te sentí en mí, Serptes, ni siquiera había nacido. Es más, todavía andaba metido en alguna parte del cuerpo de mi futuro posible papá. De manera que no sé qué otra cosa podría decirte si, además, ni siquiera tú que me pusiste el dedo supiste que, en realidad, yo estaba... ¿cómo es que dicen ahora? Bueno, eso.

Creo que no quedaste muy conforme con lo que pasó después, puesto que no volví a escuchar tu llamado hasta muchas décadas más tarde. Mientras tanto, luego de llevar lo que se dice una auténtica vida de mierda, comencé a disolverme entre libros y una multitud de trabajitos inútiles, hasta que, poco a poco, casi sin darme cuenta, me fui convirtiendo en Nemaul. Pero eso no lo puedo contar sin antes haberme presentado: mi nombre, según el Perro, es Tung Yep Chan y soy taxista, bachatero y experto en preparar sancochos de siete carnes y en desaparecer cadáveres de poetas. También, aunque ella no lo sabe, estoy casado con Nicole Dombres, pintora artística, a la que no veo desde hace tres años. Ella vive en el norte de esta isla de cuyo nombre ya nadie quiere acordarse. En Cabarete, más precisamente. Allí tiene su estudio, en las afueras de ese pueblo costero, lo que equivale a decir: *tierra adentro,* en una especie de villa que le presta Borz Danilbek, un ruso bailarín, arquitecto y políglota que casi nunca tiene tiempo para vivir, y mucho menos para venir a reposar sus huesos en esa villa. Nicole y Danilbek sólo se han visto una vez y fue porque uno de sus agentes le habló de los cuadros que ella pinta. En esa ocasión, Danilbek le compró media docena de cuadros para su apartamento de Brooklyn y a cambio le cedió la villa por tiempo indefinido. De eso hace ya quince años y Nicole no ha vuelto a tener noticias suyas.

En esa casa de Cabarete, Nicole vive con Suzanne Souci, una mujer increíble, de nacionalidad haitiana y de noventa y dos años de edad, aunque aparenta tener cuarenta, pero eso sí, esa tipa es lo que se dice apártate, una verdadera vaina. Con decirte que la mayor parte del tiempo está más muerta que viva. Y que tiene todos los poderes de las 21 divisiones y más misterios que todos los *ouedó dhamballá* juntos. Aunque hay que decir que es Nicole la que revive a Suzanne cada siete meses sumergiéndola en una bañera llena de —a mí no me lo creas, pregúntale a la misma Nicole que fue quien me lo dijo— una mezcla hirviente de sangre de gallinas negras y cera de velas de sebo, de esas que se fabrican con grasa humana. Sí, claro: de la que venden a un precio cada vez más elevado las clínicas de liposucción, pues para algo estamos en 2047, ¿tú sabes lo que es eso? Ahora la brujería entra a tu casa por vía inalámbrica, ¿qué tú crees? Peor para los que todavía piensen que las cosas tienen que ser siempre las mismas. Y eso que, a decir verdad, ya ni el cambio es el mismo de antes...

¡Coño, Serptes! ¿Y qué fue lo que te dio conmigo? ¿Qué te hice, dime, qué hice yo para que me cambiaras la suerte de esta manera? Ni siquiera el mismo Nabupolasar, el papá de Nabucodonosor, recibió de ti un tratamiento semejante. Y eso que él te ofendió en tu misma cara y te sometió a todas las calamidades por las que deben pasar los hombres infames cuando son condenados a vivir en tierra de expiación. Bien sé que eres famoso por tu gran sentido de la injusticia, como lo prueba la manera en que trataste al rey Farasmanes, el más fiel de tus súbditos del mundo antiguo. Él vivía pendiente de los caprichos de sus mil mujeres, entre las cuales contaba setecientas princesas y trescientas concubinas. Cuando se percató de que la muerte lo estaba acorralando, ordenó reunir a las que no lo habían abandonado y las hizo proclamar sacerdotisas para así asegurarse de que ninguna le sería infiel. Un año después de su muerte, sin embargo, las mil viudas de Farasmanes parieron mellizos el mismo día, y de los dos mil recién nacidos que lloraron al unísono en los enormes jardines del palacio real nacería el futuro pueblo de los zariaspanos, llamado así en honor de Zariaspa, lugar al que Alejandro Magno haría famoso algún tiempo después.

¡Gran asombro hubo en el cielo la noche en que tú naciste, Serptes! Tu alumbramiento fue como el de la sagrada mula nocturna, la cual pare a la luna llena cada veintiocho días. Apenas viniste al mundo, tu madre, Agatoclea, quien luego se convertiría en la reina de Bactria, te entregó en crianza a su dama de confianza, llamada Oenanthe, quien era en realidad su propia madre. Fue, pues, tu abuela quien te ungió con una mezcla de almizcle de yak y orín de rinoceronte centenario para luego ofrecer tu vida a Atenea.

El mundo era entonces un rumor que comenzaba a despeñarse por el abismo de la eternidad: desiertos y bosques estaban todavía poblados de dioses, y si alguien quería hablarles, sólo tenía que subir a la cima de un monte y esperar su llegada bajo la luna llena. Poco después, instada por Oenanthe, Agatoclea viajó a Egipto a visitar a su hermano Agatocles, quien era ministro en la corte del rey Ptolomeo IV Filopator y quien le agenció un encuentro en *tête à tête* con el faraón en la misma recámara real. Contento con los regalos que le hizo Agatoclea, pero sobre todo con los retoños de adormidera que esta última compartió con él en el lecho real durante la misma noche de su llegada a la corte, el rey Ptolomeo le correspondió con tres regalos: un cargamento de *thenga*, o palmas de coco que él había logrado aclimatar en Egipto luego de hacerlas llevar hasta allí desde el sudeste asiático; una túnica real bordada en hilo de oro con los símbolos de la nobleza griega y egipcia y un anciano preceptor llamado Bhamil, de origen y cuna imprecisos, el cual había servido como esclavo en las cortes de los últimos tres reyes egipcios y había sobrevivido tanto a sus excesos como a todas las plagas y epidemias que habían azotado a ese país, por lo que se había granjeado la fama de ser inmortal.

De las mil plantas de coco que Ptolomeo le regaló a Agatoclea, solamente siete lograron afincarse en el suelo de Bactria. De esas siete, cuatro se quemaron en un pavoroso incendio que destruyó la mayor parte de las casas de los alrededores del palacio, y de las últimas tres, nada más una permaneció incólume con el paso de los años: precisamente la que Agatoclea había mandado plantar frente a la casa de Bhamil.

¡Qué tipo tan raro, ese Bhamil! Era capaz de comunicarse en todas las lenguas del mundo antiguo, pero también, como tú y él lo sabrían después, en las de los mundos que vendrían posteriormente, cruzando mares, montañas y desiertos, a negociar o a invadir a todas las tierras aledañas a la antigua Gandhara. Fue él quien enseñó a los mercaderes de Bactria a negociar con los escitas mostrándoles los testículos en señal de honestidad, quien hizo llegar a Bactria a los médicos de la Aracosia, quien recomendó a los ministros que les permitieran a los arquitectos de Parapamisade cruzar el territorio para ir a establecerse en la lejana Hircania, pues sabía que estos no dejarían de emplear su ciencia para abrir caminos, como en efecto lo hicieron, y posteriormente, estos serían los primeros tramos por donde pasaría la futura Ruta de la Seda.

Bhamil vio morir a todos los descendientes de la corte de Agatoclea; vio subir y luego caer al imperio de Alejandro Magno, y posteriormente el de los seléucidas; ante sus ojos pasó como un soplo el reinado de los persas, seguido por el de los helenos. De esa manera, cuando el Hijo del Cielo envió a sus emisarios a la región que en sus tierras recibía el nombre de Ta-Hia, o Daxia, Bhamil no solamente era el único habitante de Bactria capaz de comunicarse con ellos y fungir como su intérprete, sino que también era el único que conocía la ubicación de las antiguas rutas de comercio abiertas por los arquitectos de Parapamisade, lo cual significó un magnífico aporte al desarrollo de las relaciones entre la antigua China y el futuro Tayikistán. Gracias a que siempre estabas cerca de Bhamil, Serptes, pudiste mantenerte a flote sobre el océano del tiempo sin que tu cuerpo diera señales de que envejecías. Su sabiduría era tan grande que no vaciló en compartir contigo un poco de su inmortalidad. Aceptaste de buena gana su ayuda prodigiosa, pero sabías bien que necesitarías mucho más que eso. Para conquistar todo el poder que ansiabas tener, no obstante, debías convertirte en el asesino de tu preceptor. ¡Pobre de ti, Serptes!

Durante el resto de la parte de eternidad que te tocó, cargarías con la culpa de haber puesto fin a una existencia como la suya, lamentando, cuando nadie te oyera, la pérdida de toda la sabiduría que desapareció con esa muerte. Porque, claro, estabas convencido de que lo habías matado. Y para más prueba, tú mismo te encargaste de obtener de la corte permiso para organizar y dirigir las exequias de tu antiguo maestro.

Ante la imposibilidad de sepultar un cadáver al que ni la tierra ni el mar aceptaban acoger, no tuviste mejor idea que la de mandar a preparar una inmensa pira funeraria cuyos troncos de pino y cedro ardieron durante tres semanas completas, y su humo perfumado recorrió todo el valle de Bactria llenando de oscuros presentimientos las mentes de todos cuantos lo respiraban. Y mientras esos troncos ardían, tú llorabas, Serptes, llorabas como un niño que se descubre súbitamente condenado a tener por padres, en lo sucesivo, únicamente a sus propios actos. ¡Y qué malos padres serían, Serptes! Tu principal tutor fue el tedio y tu guardiana la tirria. El tedio te dio razones para aborrecer a la aurora, al canto de los ruiseñores, al ruido del agua que fluye y al chas-chas de los pasos sobre la arena. La tirria te amamantó con su leche venenosa; te empujó a odiar todo lo que veías. Sin poder reconocerte hermano de ningún otro ser, te despojaste de tu propia sombra y escogiste a la soledad para ponerla en su lugar. Nadie te ha vuelto a ver sobre la Tierra desde entonces, Serptes, pero en cada época, todo el mundo ha intuido tu presencia. Eres como el aliento fétido que recorre los campos después de la batalla: quienes lo hayan sentido alguna vez ya no vuelven a ser los mismos. Tu simple cercanía es anuncio de desastres; tu voz es la campana que ordena la separación; tus dedos trazan sobre la arena el fin de todas las alianzas; donde se posan tus pies termina toda niñez, toda paz, toda esperanza.

A lo largo de los siglos, extraños sacerdotes te han husmeado en cada brizna de hierba, en cada estrella oculta tras las nubes, en cada piedra desenterrada. Por culpa de ellos, miles de pueblos te han llamado en cada época con todos los nombres de sus respectivas lenguas; durante varios siglos se hicieron sonar en tu honor címbalos y pífanos cada vez que la lava corría por las laderas del Dacht-i-Navar; te han dedicado incontables sacrificios de cabras y bueyes; han escrito tu nombre en tablillas de arcilla que luego se han quebrado y enterrado en el frente de todas las casas invocando tu protección. Aprovechándose de tu indiferencia, los sacerdotes inventaron historias terribles en las que aparecías ora como el creador, ora como el destructor de mundos. Tú los dejabas hacer pues sabías que cada uno de esos tristes inventos eran ladrillos que se integraban a los muros de tu fortaleza. Si el único efecto de sus mentiras era agrandar tu poder disolviendo con cada una de ellas los límites del miedo de los humanos, ¿por qué te ibas a ocupar en desmentirlas?

Oculto en el fondo de un lago de aburrimiento, durante decenas de siglos te divertías ignorando a todos los que te buscaban, Serptes. Ninguno de sus elogios te pareció nunca lo suficientemente bueno; no te quebró ni el llanto de las mujeres, ni el terror de los niños, ni el odio de los hombres, ni la envidia de los eunucos.

El sueño de tu propia eternidad sólo se veía perturbado en las raras ocasiones en que por tu mente dormida surcaba, como un destello, el celaje de una imagen que contenía millones de historias incrustadas. En tu infinita libertad, podías elegir entonces entre continuar dormido o entregarte a la aventura de acompañar ese resplandor hasta verlo agotarse en el tiempo, pues esa es la manera en que los seres perpetuos logran agenciarse un poco de entretenimiento. Ciertamente, dichos centelleos, como los cometas, únicamente lograban atravesar tu sueño en intervalos de varios eones, pero, ¿qué puede importarle el tiempo a un ser capaz de llamar por sus nombres a cada uno de los astros que alberga la bóveda celeste? Además, ¿en qué podía afectarte, si tenías el poder de manifestarte bajo la forma que quisieras, de manera consciente, autónoma y simultánea, en cualquier parte del tiempo y del espacio sin abandonar por un instante tu inaccesible retiro? Si cada uno de los miles de demonios, dragones y seres celestiales con los que pasaste a compartir tu propio ser cuando creíste haber matado a Bhamil era capaz de crear solamente con desearlo un universo distinto, ninguna razón podía impedirte seguir a todos y cada uno de esos filamentos luminosos que cruzaban tu sueño dejando sus marcas en tu mente como si fueran trazos hechos con la tiza del destino.

Y fue así como te escuché hablarme por primera vez, Serptes. En ese momento, yo era solamente uno más entre centenares de millones de espermatozoides apiñados en los sacos seminales de mi inconsciente futuro papá. ¿Habrán escuchado también tu voz mis hermanos potenciales? Aunque me he formulado esa pregunta muchas veces, lo cierto es que no me importa que haya sido así, pues viviendo en esta isla he aprendido muchas cosas acerca de la mezquina condición del ser humano.

Lo que llegó hasta mí de tu voz, Serptes, no fue el sonido, sino un recuerdo en el que se hallaban incrustados tu nombre y la historia de tu nombre. Cada vez que me he propuesto explicarme de qué manera supe que me hablaste en ese momento, lo único que logro visualizar es el instante en que alguien que contempla fijamente una burbuja en particular entre los millones que componen una ola en el momento en que esta choca contra la arena de una playa, le ordena: «¡Sé!» a esa burbuja, y súbitamente, esta última se despierta, adquiere autonomía y se pone a ser.

Por absurda que parezca, esa idea pobló de sueños las noches de mi infancia. Y muchos de ellos eran tan caudalosos que sus aguas desbordaron las márgenes de la noche, inundaron mis mañanas, empaparon la camisa azul y el pantalón color caqui de mi uniforme de colegial, volvieron inservibles las páginas de mis libros, diluyeron la tinta de las anotaciones que tomaba en mis cuadernos, y me dejaron la mente totalmente inservible para cualquier "asunto serio", como el comercio, el cálculo, las intrigas, los chismes y los retozos amorosos. Sin saberlo, crecí llevando en la frente la marca indeleble de los fracasados: en cualquiera que fuese la empresa a la que me dedicara, al principio siempre lograba despuntar entre los más notables, pero, al cabo de un corto ascenso a costa de mucho esfuerzo, una vez agotada esa etapa de idealismo en la que no existen las contradicciones y todo parece ir de acuerdo a lo planificado, siempre terminaba estrellándome contra los insalvables muros de una realidad que obedecía a los caprichos de la voluntad ajena: envidias, celos, leyes absurdas, autoridades miopes, traiciones a granel... Y sin embargo, cada vez que fracasaba, volvía a recordar la vez en que tu voz me ordenó que me dedicara a la escritura, Serptes, sólo que más fragilizado por la frustración y más envenenado por el desaliento.

Aferrado a lo que ya no era un recuerdo, sino un presentimiento, me dejé caer por la pendiente de una vida carente de toda protección y sin otro plan que el de cumplir tu orden, aunque sin la más remota idea de la manera en que lograría hacer realidad tu voluntad. Me esforcé, estudié, trabajé con ahínco, pero todo mi esfuerzo se veía reducido a simple porfía por la maledicencia de quienes, sin haber siquiera escuchado nunca hablar de ti, te despreciaban a través de mí y me despreciaban desconociéndote. Y mientras yo padecía todas esas muestras de insolente sarcasmo, en algún lugar cavernoso de esta isla tú te ibas cocinando un cuerpo a partir de toda la miseria que encontrabas a tu paso. Llegado a cierto punto de mi recorrido, me enviaste un sueño en el que vi que el cielo se abría como si alguien con garras lo hubiese arañado, y me dijiste: «Saldrás de aquí, pero después regresarás trayendo únicamente lo que te quepa en la cabeza». Y todo cuanto viví al entrar en ese sueño quedó atrás mientras estuve dormido, y nada de cuanto hice mientras estuve soñando pude traer conmigo cuando por fin desperté.

Y de la misma manera en que me había marchado en medio de un sueño, mi regreso a esta isla tuvo lugar mientras soñaba, varios años después. Sencillamente me vi abrir una tarde la puerta de una casa de la calle de Las Carreras, con el propósito de averiguar cuál era la causa del estruendo que se escuchaba, que era como si de repente hubiese estallado una guerra. Cuando miré hacia el cielo, vi que unos aviones disparaban a una gran cantidad de lo que entonces pensaba que eran globos de distintos colores, los cuales seguían cayendo como una lluvia sin que los disparos surtiesen ningún efecto sobre ellos. Antes al contrario, pude ver que, cuando uno de los globos entraba en contacto con un avión, este último desaparecía por completo en pleno vuelo, aunque esto no afectaba para nada el tamaño de la esfera que continuaba cayendo, como todas las demás. En poco tiempo, un gran contingente de personas se había formado frente a mí en plena calle, y todas ellas contemplaban con gran inquietud eso que acontecía en el cielo. No sé por qué, en un momento me pareció que nada tenía sentido, así que quise darle la espalda y regresar a mi casa. Fue solamente entonces cuando comprendí que no podía moverme, y que estaba siendo aspirado por uno de los globos que, desde el cielo, me atraía con gran fuerza hacia su interior abriéndose por la mitad como si fuese la boca de una gran medusa. Sin poder oponer ninguna resistencia, me vi flotar hacia ese globo aunque dentro de mí me debatía terriblemente, pues algo me decía que no volvería a ver nunca más a las personas que amaba. «¡Sin mi gente no! ¡Sin mi gente no!», gritaba para mis adentros, pues en el estado en que me hallaba era incapaz de articular una sola palabra. Sabía muy bien que nada podía hacer para evitar ser succionado por esa cosa, pero igual mi cerebro se empeñaba en negarse a aceptar semejante destino. Cuando finalmente penetré en el interior de ese objeto, una agradable sensación de calor me embargó todo el cuerpo, aquietando mis pensamientos y haciendo que mis músculos se distendieran. Pocos instantes después, me disolvió la nada y mi sueño terminó igual que todos mis otros sueños: perdido en un gran vacío de silencio y oscuridad. Y cuando desperté, ya todo era distinto a mi alrededor. Las personas que recordaba haber conocido antes ya no estaban o me habían dado la espalda, como si un largo rencor las hubiese consumido durante todos los años que había durado mi sueño. Mas no era eso lo peor de todo, sino que yo mismo no lograba recordar de qué manera me las había arreglado antes de entrar en ese sueño para engancharme a la ilusión de ser real en esta isla.

Muy tarde comprendí que no solamente no había logrado sacar nada en claro de ese sueño, sino que tampoco podría contar en lo sucesivo con nada de lo que me pertenecía antes de entrar en él: ni mi historia, ni mi lugar, ni mi situación eran las mismas, pues, aunque aún no lo sabía, todo mi ser se había transformado, y yo ya no era yo, ya no podría volver a ser el mismo yo de antes, por más que lo intentara. Y como si eso fuese poco, tampoco volví a sentir por mucho tiempo tu presencia, Serptes, tanto que incluso llegué a pensar que también tú te habías quedado del lado del sueño, junto con todas las cosas, lugares y personas falsas que allí conocí. Como en mi nueva condición me daba igual ser o no ser, ya que ninguna de las personas con quienes tendría que compartir mi tiempo y mi espacio sería capaz de recordarme (y mucho menos de reconocerme), decidí cambiarme de nombre para contribuir a mi manera con la desorientación general. Fue entonces cuando me dije que tenía que aceptarme tal como era: un chino, y que por eso tenía que asumir como mío el nombre de Tung Yep Chan. Tal vez fue por eso que, como la tambora era el primer instrumento que había aprendido a tocar siendo niño, decidí mandar al carajo todo lo que había aprendido antes de mi sueño y dedicarme a tocar merengues y bachatas, cumbias y cuartetazos a troche y moche, a diestra y siniestra, dándole al cuero con más ganas que las de otras a quienes ese mismo término designa a veces por su oficio y otras por su condición.

Y así, en sólo tres años, logré ganar, golpeando a una tambora con un palito, más dinero que en los veinte años que intenté hacer que me tomaran en serio en las distintas universidades, institutos y colegios donde ejercí la docencia. Aparte de eso, en cumplimiento de algo así como la ley de correspondencia, por andar ganándome la vida poniendo a gozar a la gente en toda clase de fiestas, la vida se las arregló para ponerme a gozar también a mí: por todas partes me llovían invitaciones a todo tipo de actividades a las que casi nunca era conveniente acudir acompañado; mi bodega personal estaba siempre surtida con toda clase de bebidas que recibía como obsequios de empresarios, políticos, artistas y peloteros. Aparte de eso, me vestía con ropa de los mejores diseñadores y los bancos me abrían líneas de crédito que me permitían cambiar de vehículo cada seis meses sin tener que preocuparme de nada, pues todo lo cubría la franquicia principal que se encargaba de buscar nuevos y más jugosos contratos para las agrupaciones en las que colaboraba como percusionista. Cuando tres de esos conjuntos ganaron discos de platino durante cinco años consecutivos, sentí que me había llegado la hora de comenzar a explorar nuevos horizontes. Y una tarde de agosto, después de cobrar tres bonos por varios centenares de miles de dólares cada uno por concepto de regalías acumuladas a lo largo de cinco años de ejercicio profesional, decidí que vendería todas mis propiedades y buscaría un lugar tranquilo donde pudiera dedicarme al antiguo arte de no hacer nada disfrutando de todo el dinero que me había ganado. Me dije que, puesto que varios de los discos que había grabado continuarían reportándome buenos ingresos durante algunos años, no me vendría mal que, mientras me durara la fama, pudiera dedicarme a otro oficio en el que no tuviese que trasnochar ni viajar de un lado para otro en condiciones poco recomendables.

Y fue entonces cuando me dije que esa nueva ocupación solamente podía ser la cocina, una de mis pasiones más íntimas a la que nunca, sin embargo, aceptaría ver como un oficio, sino, a lo sumo, como un arte o una religión. Sabía por experiencia propia que el dios de las pechugas a la plancha me había revelado todos sus secretos; que no había en todo el Caribe un sólo ser humano que se resistiera a probar, desde que percibía su perfume, mis camarones al ajillo, mi estofado de lambí en salsa de ostras o mi pulpo a la vinagreta sobre un *coulis* de hongos trufados. Sin embargo, mi reciente experiencia en la música me había demostrado que la excelencia en lo exquisito jamás podrá igualar el triunfo en las cosas comunes: ¿quién quiere ser el mejor intérprete de Schönberg cuando uno puede hacerse rico siendo un bachatero famoso que pone a bailar a la gente? De la misma manera, ¿quién quiere pasarse años tratando de dominar el arte de preparar un pato deshuesado a la naranja cuando basta con alcanzar la excelencia en la elaboración de un buen cocido o un buen sancocho para garantizarse el acceso al cielo de los semidioses?

Convencido de que mi intuición era la correcta, me dediqué a aprender de los auténticos maestros de la cocina tradicional caribeña. Viajé a Cuba, donde conocí y presencié a tres de los mejores expertos en la elaboración del ajiaco habanero y a cuatro o cinco cocineras que conocían todos los secretos del ajiaco santiaguero. Luego estuve en Venezuela, donde me dieron a probar cuatro variedades de *cruzao*, o sancocho de más de tres carnes y donde, incomprensiblemente, había encontrado asiento esa forma de superstición que consiste en llamar sancocho a una sopa de pescado. Al menos los cubanos tienen la decencia de llamarla ajiaco, igual que a su sancocho… Claro está, la manera en que se llame es lo que menos importa, y mientras los cubanos reposan en agua desde un día antes el tasajo que hervirán en el caldo de su ajiaco, al cual adornan, como en Venezuela, con mazorcas de maíz, los venezolanos cruzan carnes de aves y de res con suculentos trozos de costillas de cerdo y por lo menos cinco tipos distintos de tubérculos: el taro, también conocido como malanga o yautía coco, aunque le agrega al caldo un toque espectacular, la papa, la yuca y el ñame. Sin embargo, no fue sino hasta que conocí en Samaná a una hermosa cocinera gorda y negra que atesoraba como su mejor secreto la receta cocola del sancocho de siete carnes cuando descubrí lo poco que en realidad sabía sobre el verdadero arte de preparar ese plato. Casi es una pena que lo único que puedo contar aquí sobre mi aprendizaje es que mi gorda maestra era también una de las mejores hechiceras del Gran Babeque. Bueno, y que fue ella quien me casó con Nicole sin que esta última se enterase de nada. Pero eso último es algo que te contaré más adelante, si es que te interesa, Serptes.

Por ahora, lo único que quiero decirte es que soy el resultado de todas las cosas que he olvidado. Olvidé, por ejemplo, el aspecto que tenía el lugar donde nací, el color de los ojos de mi madre; el ruido que hace la lluvia cuando empieza a caer. Ya no recuerdo cómo se llamaban mis amigos de infancia. De hecho, creo que nunca tuve verdaderos amigos. Por más esfuerzo que haga, no recuerdo una sola época de mi vida en la que no haya tenido la impresión de que vivía esperando que sucediera algo que lo cambiaría todo, definitivamente, y por esa razón, nunca presté más atención de la necesaria a las personas que me rodeaban, incluyendo a mis familiares. Para mí eran tan solamente sombras que se movían en la penumbra. Lo mismo puedo decir de las cosas que aprendí en mis años de estudiante. Aquella fue una época en que leía sin parar, tomando notas en fichas y cuadernos con tanta pasión que descuidé muchas otras cosas más importantes que leer. Ya era casi demasiado tarde cuando descubrí que nadie puede dedicar todo su tiempo a la lectura y luego pretender llevar a cabo una vida normal, pero por suerte, logré cambiar a tiempo de profesión metiéndome a tamborero. Cada vez que pienso en eso, me digo que fue la música la que me ayudó a olvidar las toneladas de mierda que había estado tirándole encima a esta pobre cabeza mía desde que era niño. Pero de hecho, nací otra vez, lo cual quiere decir que el ser que leía en mí se murió o se mudó para otro barrio, y fue lo mejor que me pudo pasar. Los libros terminan convirtiendo a la realidad en un lugar inhabitable. Sin embargo, ni mi pasión por la lectura, ni mi éxito como músico, ni mi entrega a la cocina ni mis responsabilidades como taxista han logrado hacerme olvidar tu mandato, Serptes. Me ordenaste que escribiera mi historia, y el intento de llevar a cabo esa tarea es lo único que tienen en común todas las épocas de mi vida.

Ya no recuerdo el número de veces en que he intentado escribir la historia de lo que sucedió cuando me hablaste por primera vez. Sólo sé que en cada versión he creído recordar un matiz o un detalle que no había logrado retener en la ocasión anterior. Eso sí, nunca he podido encontrar una explicación satisfactoria para mi necesidad de escribir. Sé, por ejemplo, que no me interesa ser leído. De hecho, estoy más que satisfecho con la atención que el público le ha dispensado a mi música y no me interesa que nadie crea que sabe o que conoce cómo pienso, ni que cite algo que yo haya podido decir en otro contexto como si en verdad lo hubiese comprendido. En efecto, si hay algo que nunca soporté en eso que la gente común llama literatura es la tendencia a considerar que algunos escritos tienen algo especial, un valor particular o un poder específico. Nada de eso es importante para mí, y mucho menos ese fraude que algunos llaman la fama literaria. Yo solamente he escrito porque tú me pediste que lo hiciera, Serptes. Sin embargo, olvidaste decirme para qué querías que escribiera. Es así como, enfrascado en la composición de un relato que solamente tú leerás, me limito a dejar que mis dedos bailen sobre el teclado, a medida que de ellos van surgiendo personajes y situaciones que no caben en la imaginación.

3. Mickey Max

A UNO DE ESOS PERSONAJES, ese sujeto al que llaman Crunchy, Tony, Mayra, Odris o Mickey Max, lo conocerás porque anda metido en un cuerpo que pesa aproximadamente doscientas cincuenta libras; lleva una argolla de bronce en la oreja izquierda: un simple aro que parece un pedazo de alambre; peina unos cabellos que ya comienzan a entrecanar y por eso se los tiñe de rubio platinado cada vez que puede; nunca viste de manera formal: un *t-shirt,* unas lycras rosadas o un pantalón tipo *leggins* con una hawaiana y un par de alpargatas, con o sin medias...

De día lo encontrarás pidiendo dinero a los automovilistas que deseen estacionarse alegando que él los protegerá de que los tecatos se los rayen o les arranquen los espejitos retrovisores y otras piezas exteriores de sus carrocerías. También, en función de la temporada, lo verás ofrecer en varios idiomas sus servicios como guía a los turistas que encuentre medio azorados en su recorrido. Su especialidad son las señoras solteras entradas en edad que buscan compañía masculina por las inmediaciones de cualquier playa del sur, del norte o del este de la isla, pues tiene los pies tan calientes que, desde que logra reunir el dinero para un pasaje de ida y vuelta, no vacila en subirse a cualquier autobús con destino a un lugar distinto de la geografía nacional, desde donde regresa con uno o varios bultos que no tenía a la hora de partir y que, de manera invariable, siempre deja abandonados cada vez en lugares distintos, en función del sitio donde el conductor del autobús indique a sus pasajeros que se detendrá por unos minutos pretextando una razón cualquiera. Por lo demás, independientemente del lugar o de la hora donde te lo encuentres, exactamente después de cruzar siete palabras contigo, Mickey Max te dirá que está reuniendo dinero para pagarse el tatuaje de un águila americana con las alas abiertas en su pecho. Acto seguido, lo mirarás como uno mira al mono más triste de un zoológico en decadencia, llevarás la mano a tu bolsillo y sacarás una papeleta que luego pondrás en su mano antes de darle la espalda y continuar caminando. No te preguntes por qué siempre que te lo encuentras sucede lo mismo: ese es precisamente el tipo de preguntas que uno no debe hacerse respecto al Mickey Max. Y si tienes suerte y él anda con tiempo, te invitará a que te sientes un rato a su lado y entonces comenzará a hablarte del Perro. Cuando lo conocí en la parada de los autobuses de Caribe Tours de la capital, esto fue lo que pasó:

—Moreno, ¿qué hora es? —me preguntó.

—Son las tres y quince —le dije.

—Qué suerte tengo —me dijo—. Estoy reuniendo dinero para hacerme en el pecho el tatuaje de un águila americana y justamente me acabo de encontrar contigo. ¿No te sobran cincuenta pesos, aunque sea, digo?

Como un zombi, meto la mano derecha en el bolsillo de mis jeans. Saco exactamente una papeleta de cincuenta y se la extiendo.

Él toma ese billete con un gesto que parece calcado del que suelen hacer los carniceros cuando cortan el bistec y luego me dice:

—Pues sí, montro. Mira, ven, vamos a sentarnos allí en lo que llega la guagua. A ti se te nota en la cara que vas para Cabarete, ¿verdad? También yo. Pero déjame poner este paquete aquí para que no moleste. Mira, que diga, oye, tú no me conoces, pero yo soy lo que se dice un tipo bien. Cuando lleguemos a Cabarete, pregunta a quien tú quieras por el Mickey Max o por Tony —porque yo me llamo Miguel, pero allá hay gente que me llama Crunchy, Tony, Mickey Max, Odris o Mayra, según los barrios por donde me mueva, y a mí maní. Para que tú veas, hace ya como tres años que un perro me habla en sueños y me dice que me ponga a hablarle a la gente en la calle y que le cuente lo mío. También me dice que le diga a todo el mundo que yo nací un 20 de marzo, hembra prisionera en el cuerpo de un hombre. Qué raro, ¿verdad?

Yo me quedé mirándolo a los ojos por un instante sin saber qué decirle. Creo que él ni siquiera se imaginaba lo que estaba a punto de escuchar.

—¿Y el perro después te dice que él se llama Perro, y que si no haces lo que él te pide que hagas te pasará algo muy malo?

Crunchy, Tony, Mayra, Odris o Mickey Max me clavó una mirada que parecía un ascua humeante:

—¿Cómo lo sabes? —me preguntó agarrándome una mano con la cara de alguien que acaba de ver a un fantasma.

—Pues porque hace exactamente tres años que a mí me está hablando el mismo perro. Pero si eso te resulta raro, espera que te enteres de algo que sí es loco: yo también nací un 20 de marzo y que me llamo Tung Yep Chan. O sea que ya podemos descansar, pues es a mí a quien buscas y es a ti a quien busco.

♉

El conocimiento antiguo no ha desaparecido: es un bajel encallado en medio del mar del sueño. La triangulación, dicen, es lo que sucede cuando una persona usa a otra como puente para contactar a una tercera. Lo que nos sucede en los sueños nunca se manifiesta en nuestra vida real de manera directa, sino que lo hace a través de la triangulación. Así, nuestros sueños siempre marcan el destino de otra persona, y de la misma manera, todos tenemos el poder de hacer que alguien sueñe con nosotros contactando en el sueño a un ser que pueda hacer las veces de mensajero.

Ahora bien, si el Perro era el mensajero, ¿de quién era el mensaje? Aunque yo sospechaba que tú estabas detrás de esos sueños, Serptes, estaba casi seguro de que Mickey Max no tenía la menor idea de quién eras ni del infinito alcance de tu poder. La ignorancia de ese detalle sería determinante para lo que sucedería durante el resto de esa primera conversación entre Mickey Max y yo.

—Aunque hice carrera como músico —le dije—, estudié para ser profesor de Literatura. De hecho, tengo un diploma universitario que así lo demuestra, pero al parecer, en este país ya no se necesitan profesores de eso. De hecho, ahora me dedico a la profesión más antigua del mundo.

—¿La prostitución?

—No. Ya te dije que soy cocinero, entre otras cosas. Hasta las prostitutas de la antigüedad hacían filas cuando los cocineros las llamaban a comer.

—¿Y tú cómo puedes saber eso?

—Fácil: porque soy hombre. Si fuera mujer, seguramente tendría otra idea.

—Okey. Bueno, te lo compro, aunque sólo sea por eso que acabas de decir. Pero igual tienes que contarme lo que te dijo el Perro...

—¿Para qué quieres saberlo? Hay cosas que es mejor no averiguar...

—Eso mismo me han dicho muchas otras personas, pero ninguna de ellas ha tenido el mismo sueño que tú y yo.

—Por desgracia, yo tampoco sé lo que eso significa. Lo que pienso es que ahora tenemos que seguir contando a otros nuestros sueños con más empeño.

—Bueno, pero el Perro nunca nos ha dicho para qué hay que contar el sueño.

—¿Pero es que no comprendes lo que sucede? Alguien o algo está intentando comunicarse con nosotros. Para mí está claro que es eso lo que sucede.

—¿Crees que son los extraterrestres?

—No tengo la más puta idea, pero lo dudo mucho. Creo, al contrario, que es alguien que pertenece a este lado, o por lo menos, alguien que nos conoce muy bien a los seres humanos. ¿Por qué lo preguntas?

—Pues, en primer lugar, porque, según veo, está tratando de construir una red de personas. En segundo lugar, porque siempre se comunica con nosotros cuando estamos dormidos, que es cuando estamos más vulnerables. Así, no hay mucho que podamos hacer hasta que no sepamos de quién se trata y cuáles son sus intenciones, y para eso es necesario que sigamos tratando de contactar a otros que hayan tenido el mismo sueño.

—Sí, bueno, pero... ¿Y tú, has conocido a otras personas?

—Sí. Dos, a decir verdad. Un amigo y su mamá también han soñado con el Perro. De esa manera, contándote a ti, ya somos cuatro. De hecho, iba a pedirte que me acompañes a su casa cuando lleguemos a Cabarete. Aunque antes tendré que pedirte que me hagas otro favor.

—¿Cuál?

—¿Me puedes pagar una empanada y un vaso de jugo o cualquier otra cosa para comer? Me estoy muriendo de hambre y nada más tengo el dinero del pasaje de regreso.

♉

Lo cierto es que, si como Crunchy tuvo alguna vez la impresión de andar hundido en la mierda, como Tony, Odris o Mayra tampoco había logrado salir de la letrina. Tal vez por eso, después de cambiar de barrio, de ciudad y de color de licras, Mickey Max se tiñó de rubio la mitad de su cabellera y la otra mitad de verde lumínico, se agarró de esa argolla que lleva colgada de su oreja izquierda como otros se agarran de un crucifijo y se fajó a buscársela haciendo cualquier cosa que encontrara por las calles, y claro, lo primero que encontró fue un trabajito de *muleta* (porque lo suyo, ni siquiera en sus mejores momentos, nunca llegó a tener la dimensión de mula) –*delivery, repartidor* o como quieras llamarlo– de distintas sustancias, según los días, los clientes y los lugares donde sus empleadores quisieran enviarlo. Está claro, sin embargo, que el tal Murphy era un *dealer* con gran experiencia en el ramo. Y si no, que alguien me diga qué fue lo que se metió antes de terminar formulando esa ley según la cual todo lo que se puede complicar siempre termina complicándose. Esta vez, sin embargo, el problema no fue Mickey Max, sino su cabellera.

Porque, claro, en su mente casi infantil, Mickey Max imaginaba, como tal vez alguna vez también supuso Supermán, que bastaba con ponerse unas gafas para pasar inadvertido en ciertas oficinas repletas de personajes estresados y víctimas de un estreñimiento crónico. Llegó incluso a comprarse en las pulgas un pantalón gris, una camisa blanca y una corbata negra creyendo que así vestido y con sus gafas parecería más formal, no obstante y a pesar de su berrendo cuero cabelludo. Craso error. El pantalón en cuestión era uno de esos modelos multiusos, mitad-pijamas-mitad-uniforme-de-*skater*; la camisa, de cuello chino con ribetes rosados y magenta en las mangas y los bolsillos, desaparecía por completo cuando le caía encima el enorme babero negro con rojo que él había confundido con una corbata. Para colmo, metido en sus enormes zapatos negros de cordones marrones y con una gruesa suela que alguna vez supo ser blanca sin que a nadie le importara un carajo, el sujeto que se presentó ante la recepcionista de la firma de abogados Webster, Murray & González, Ltd. llevando en la mano un bultito de tela de esos en los que la gente normal pone su almuerzo pero cargada con un kilo y medio de mercancía de la más pura calidad sólo podía dar la impresión de ser un payaso. Y eso mismo fue lo que pensó Wanda, antes de oírle preguntar por Adalberto González, sobrino segundo del tercero de los que figuraban en el nombre de aquella prestigiosa firma, sin siquiera mencionar las palabras *licenciado, doctor, don* o cualquiera de esas cosas que la gente normal considera indispensable escuchar antepuestas a los nombres de los jefes, porque si no, tú verás, se lo dicen a la señorita, al supervisor o al *security* (que viene a ser lo mismo que un guachimán embutido a la fuerza en un traje negro-negro). Sin embargo, la cosa no está todavía a esas alturas, pues la tal Wanda se decidió a ensayar primero desanimarlo diciéndole que no estaba, a lo que Mickey Max le dijo que acababa de hablar con él por celular.

—¿Quieres que lo llame? —le preguntó a la recepcionista, quien al parecer era también ministra gratuita y voluntaria de las Siervas Adoradoras de las Buenas Costumbres, pues acto seguido comenzó a darle a Mickey Max una tanda completa (*matinée* y *vermouth*) de boches disfrazados de consejos acerca de la importancia de tratar con respeto a las demás personas *porque no todos somos iguales, ¿tú sabes mi hijo?, la gente se distingue o aspira a distinguirse, y para eso sirve precisamente el respeto, porque sin respeto no hay ni ley, ni sociedad, ni civilización, ni orden, ni tranquilidad, y entonces, la vida misma se convierte en un caos...*

Mickey Max la deja hablar con cara de yo no fui; la mira con ojos de qué aburrimiento; se queda tieso en el gesto de tierra trágame, y cuando ella termina, le dice, en un tono de voz sumamente tranquilo y lento, como si se lo hubiera pedido prestado al locutor que hacía los anuncios de condones que...:

—Bueno, señora, es verdad que no todo el mundo es igual. Por ejemplo, el oftalmólogo que intentó meterme mano cuando tenía catorce años, no era igual que mi mamá, a la que él le pidió que se quedara esperando en la salita de su consultorio hasta que él terminara de chequearme, y el cura cabrón que nos encueró una noche, a mí y a mis compañeros de curso, no era igual que los otros curas, bebedores de cerveza y mujeriegos, que conocí después. Por otra parte, los que me dijeron que yo tenía que joderme porque les había llegado el turno a ellos de estar en el poder tampoco son iguales que la caterva de carajos a la vela con quienes ando comiéndome un cable desde que perdí mi último trabajo, quienes, dicho sea de paso, tampoco son iguales a usted, ni se visten como usted, ni se peinan como usted, ni se las dan de aconsejadores como usted, pero sobre todo, ni usted ni yo somos iguales a los que ahora mismo, mientras usted y yo hablamos, están esperando en alguna parte de este edificio que les lleve lo que a mí me mandaron a traerles. Y si eso no le alcanza para comprender lo poco que usted sabe de lo que son las cosas en realidad, créame que yo he visto a muchas personas suicidarse gota a gota a lo largo de diez, veinte o cincuenta años de matrimonio, gente que no supo, no pudo o no quiso vivir de otra manera que no fuera tragándose una realidad terrible y a prueba de golpes. Y es por eso que yo le digo que no es la falta de respeto lo que produce el caos, sino la insistencia con que algunas personas consideran que es necesario el respeto para controlar el caos. Yo no sé dónde usted vive, pero le aseguro que, donde quiera que usted se encuentre, si algún día saca la cabeza por la ventana, se dará cuenta de que por todas partes sólo hay caos, y además...

Mickey Max no pudo terminar su frase puesto que, en ese mismo momento se asomó por la puerta ubicada a espaldas de la recepcionista la cabeza de un hombre semicalvo, de unos treinta y ocho años, de ojos nerviosos debajo de sus espejuelos de marco negro, quien dijo, antes de mostrarse de cuerpo entero:

—¡Miguelín! ¿Qué tú haces ahí? ¡Yo creía que te había pasado algo! ¿Y qué pasó? Aquí te estamos esperando. ¿Tuviste algún problema? Pero ven, ¡pasa, pasa!

Vestido con un traje de lino crudo de color gris, camisa estilo Oxford de algodón egipcio de color azul claro, zapatos mocasines de cuero inglés, el tipo en cuestión hablaba con la soltura de quienes sólo tienen una ocupación en la vida, que es darle gusto al cuerpo.

Luego de un breve instante durante el cual tuvo que salir a toda máquina del rollo en el que se había metido con todo y ropa por culpa de la recepcionista, Mickey Max pareció reaccionar y dijo, mirando a la pobre mujer que todavía tenía la boca abierta:

—Bueno, mi amiga, hasta aquí llegamos. A lo mejor podremos continuar hablando más tarde, pero de todos modos, gracias por su conversación. El caos me llama, o si no, *whatever*.

—¡Coño, poeta, qué frasecita! —alcanzó Wanda a escuchar que decía el hombre del traje gris, y agregó—: «El caos me llama». ¡De verdad que suena bien...! Pero, oye, dime una cosa: ¿no te han dicho que pareces una gallina matada a escobazos con ese *look*? Los cabellos... En fin... Ven, pasa.

Y la puerta se volvió a cerrar detrás de Mickey Max.

Esa misma tarde, luego de salir de aquella oficina, Mickey Max se paró en una farmacia a comprar un tinte rubio platinado. Al verlo buscar en la sección de los tintes, una de las vendedoras se le acercó y le preguntó si podía ayudarlo. Él le devolvió la mirada y le preguntó si tenían una crema fungicida a la que llamó por su nombre.

—Ese producto no está aquí, tiene que pedírselo a la dependienta —le dijo la tipa.

—Ya sé que ese producto no está aquí —dijo Mickey Max visiblemente irritado—. Sólo quería ver si usted era tan amable de ir a buscármelo mientras yo sigo aquí eligiendo mi tinte en paz como un compás.

La joven se turbó sin saber qué responderle, pero una simple mirada a las pupilas de Mickey la puso de repente a pasar una rápida revista mental de algunos rangos policiales más o menos cercanos a ella.

—Ok. No hay problema —dijo, retirándose hacia el mostrador.

Casi al mismo tiempo, Mickey Max tomó una de las cajitas de tinte y comenzó a caminar detrás de la joven.

—¿Qué me dice? —preguntó él—. ¿Tienen o no el Fungiban Forte de 80 mg?

—No, pero tenemos Fungex, Fungirex, Fungicid...

—Está bien —dijo entonces Mickey Max—. Me llevaré sólo el tinte.

Luego de pagar, Mickey Max abandonó la farmacia con paso cansado, pensando en la excusa que le diría a su amiga Frangie Lajoya, la estilista trans que acababa de montar una *beauty parlor* en la calle Pina, cerca del Malecón de Santo Domingo, para que aceptara ayudarlo a cambiar el color de su pelo.

Ya entrada la noche, con su cabeza —que ahora exhibía unos cabellos minuciosamente teñidos de rubio platinado— envuelta en unas medias de nylon, Mickey Max tuvo su primer sueño.

Las imágenes comenzaron a venirle en tropel y de manera bastante caótica. Primero se vio acostado en su cama, o más bien, sabía que era él y no otro quien estaba acostado allí, pero le resultaba imposible identificar sus manos o sus pies. Definitivamente: *aquel no era su cuerpo*, de eso estaba seguro. En cambio, no había duda de que era él esa persona que dormía, pues todos sus gestos, hasta el más mínimo, obedecían a cada impulso de su voluntad. «Lo extraño es que, mientras ese cuerpo duerme, mi mente está tan despierta como de costumbre», se dijo Mickey, pero no le dio mucha importancia.

Un súbito destello hizo que las imágenes volvieran a mezclarse. Se sentía embargado por una intensa sensación de ingravidez que lo mantenía literalmente metido entre las nubes, aunque ahora era incapaz de percibir su cuerpo, como si su conciencia se hubiese desprendido de su envoltura de carne y estuviese recorriendo grandes distancias por encima de las nubes. O mejor dicho, más que su conciencia, era su mirada la que viajaba, una mirada que, por momentos, se desdoblaba ubicuamente y observaba simultáneamente dos, cuatro, una inmensa multitud de planos distintos, aunque luego el caleidoscopio se volvía a recentrar y todo volvía a resumirse en las nubes que se movían, procelosas, a su alrededor. De repente, tuvo ganas de parpadear aun a sabiendas de que no tenía ojos para hacerlo. No obstante, ese deseo respondía a otro esquema causal, pues, durante la fracción de segundo en que su visión estuvo oculta *como si realmente hubiese parpadeado*, volvió a sentir el colchón debajo de su cuerpo, pero esta vez también pudo percibir la presencia de alguien más a su lado. No se trataba realmente de un ser, si por "ser" hay que entender una forma y una función determinadas. Era más bien como el celaje de unos pasos que se acercaban y alejaban simultáneamente en distintas direcciones respecto a un punto indeterminado y moviente, de tal manera que podría decirse que esa cosa no estaba nunca en ninguna parte y al mismo tiempo estaba por doquier. Era esto último lo que dificultaba increíblemente la posibilidad de distinguir con precisión sus contornos.

Mickey Max tardó en percatarse de que *realmente* estaba viendo aquello, es decir, no en sueños, como él pensaba, sino en ese estado intermedio entre el sueño y la vigilia frecuente en quienes padecen de sonambulismo, en el cual las funciones cerebrales están lo suficientemente apagadas como para licuar todo asomo de racionalidad, pero no al punto de impedir que los sentidos puedan continuar desempeñando su papel de perceptores. Fue así como logró escuchar la frase que parecía susurrada por decenas de voces distintas, aunque ciertamente debió pasar un largo tiempo antes de que su sentido lograra abrirse camino hacia su comprensión: «Tendrás que tatuarte un águila americana en el pecho si de verdad quieres aprender a volar». «No jodas», se dijo Mickey Max al tiempo que soltaba una sonrisita nerviosa. «¿Y tú quién eres, cómo lo sabes y por qué me lo dices?» Esa pregunta tuvo que haber animado de alguna manera a los celajes, pues ahora se movían en ondas sucesivas. «No tengo nombre, pero puedes llamarme Perro. Tengo un mensaje para ti».

♉

Mickey Max no había tenido ningún problema para adaptarse a las condiciones de su nuevo trabajo. De hecho, había llegado a sentirse más cómodo desempeñando la función de… *mensajero especial* que otras para cuyo dominio también él había desperdiciado numerosos años estudiando una carrera universitaria que, de todos modos, no habría podido ejercer, pues no tenía entre sus allegados a nadie que pudiera conectarlo con alguna de las instancias del partido de gobierno al que pertenecía el Dr. Servilló –única manera de ser tomado en serio a todo lo largo y ancho del tren laboral en una sociedad sometida– y como los escasos puestos del sector privado estaban reservados para los familiares, amantes y miembros del entorno personal de los empresarios por los próximos setenta y cinco años, de nada le habría servido llenar solicitudes y apuntarse en cualquiera de las listas que únicamente servían para que luego alguien hiciera dinero vendiendo los datos personales de centenares de miles de imbéciles a alguna de esas empresas que cada día llenan de basura informática las bandejas de entrada de los correos electrónicos de toda la población del Nuevo Estado Mulato del Gran Babeque.

No obstante, luego de despertarse en la mañana que siguió a ese sueño, Mickey Max tuvo el presentimiento de que algo como eso a lo que la pereza mental suele llamar la *suerte* había cambiado en su vida.

Y hablando de cambios, a partir de esa noche, ya ninguno de sus pensamientos le parecería auténticamente suyo. Era como si entre su cerebro y su conciencia existiese una especie de retardo, algo así como una acción diferida que le dejaba siempre con la impresión de hablar o pensar en cámara lenta, exactamente como si, antes de llegar a su mente, sus ideas pasaran *por otra parte*. Y no es que antes de tener su sueño Mickey Max fuera lo que se dice una persona "brillante", pero todos los que lo trataron después no tardaron en llegar a la misma conclusión: a Mickey Max *lo habían vendido.*

¿Quién va a saber ahora qué significa *estar vendido,* si ya no queda nadie que recuerde nada, si el viejo disco duro en el que tantos secretos que se habían guardado celosamente durante tantos siglos se ha borrado definitivamente, o algo peor aún, ya no hay tecnología que lo pueda leer? Hoy ni siquiera es posible acceder a la otra reserva de datos virtuales a la que en un tiempo se llamó *nube.* En su lugar ahora sólo hay cristales, pero eso es algo para el uso exclusivo de los simbiontes y, créeme, no querrás que pierda el tiempo hablándote de eso aquí, a pesar de que ser un simbionte y estar vendido es casi la misma cosa. Se trata de una expresión perteneciente a otra época en la que los campos de esta isla todavía estaban habitados por la magia. En esa época, se llamaba *vendidos* a las personas que un día comenzaban a decir o a hacer cosas incoherentes o a pasarse un largo rato con la mente en blanco, como si estuviesen ausentes. La creencia de que este estado era producto de un sortilegio lanzado por un practicante de la brujería era común en numerosas localidades de la parte este de la isla que en otra época se conocía con el nombre de Hispaniola. Así, *estar vendido* era sinónimo de estar bajo el control absoluto de algún brujo, sometido a su voluntad, esclavizado por su poder o supeditado él de alguna manera. Ciertamente, la creencia en este tipo de supersticiones quedó definitivamente erradicada del suelo insular, conjuntamente con las personas que la mantenían vigente, a raíz de los acontecimientos que conducirían al nacimiento del Nuevo Estado Mulato del Gran Babeque. Sin embargo, en la conversación de las personas adultas de las zonas suburbanas del Nuevo Estado Mulato del Gran Babeque aún era posible escuchar expresiones que recordaban vagamente algunos vestigios de un pasado oscurantista, aunque es cierto que muchas de ellas habían cambiado completamente de sentido.

Ahora, por ejemplo, si alguien dice que Mickey Max *está vendido,* tal cosa ya no se entiende necesariamente como la confirmación del hecho de que está embrujado, sino como quien dice que está distraído y que, por esa razón, si se despista, puede poner en riesgo cualquier negocio en el que esté involucrado. Y claro, como el pobre Mickey siempre anda cometiendo un montón de pequeños errores técnicos que confirman esos rumores, sus jefes, quienes lo conocen desde que era apenas un muchacho que pedía prestadas las bicicletas de todos para dar vueltas por las calles de un barrio que fue borrado por completo, han optado por asignarle cada vez menos misiones como repartidor de sustancias, con lo que también comenzaron a menguar las pequeñas comisiones que recibía el pobre Mickey por esos trabajitos.

Tres años después de su primer sueño, Mickey Max apenas conseguía lo necesario para sobrevivir ejerciendo pequeños oficios como los de guía turístico improvisado y *sanky panky* ocasional. Eso explica en cierta forma la apariencia de criatura desamparada y al punto de quedar descatalogada como persona que tenía el pobre Mickey la tarde en que lo conocí, así como el hambre insaciable que manifestó tener durante ese día, razón por la cual, al llegar a cierto punto de la carretera de Nagua, me dijo que le siguiera la corriente y que no me preocupara, porque estábamos muy cerca, según él, del lugar donde nos íbamos a encontrar con unas personas que, tal como me había dicho en la capital, también habían recibido mensajes del Perro.

Mickey Max no paró de hablar a lo largo de las cuatro horas que duró nuestro viaje en autobús desde la capital como alguien que busca desquitarse de todo el silencio que había tenido que tragarse a solas desde que nació.

—Te lo diré otra vez, chino: a mí me importa un pito lo que la gente piense acerca de mí. Yo no sé qué chiste tiene ponerse a hacerles caso a una sarta de amemaos que ni te entienden ni te dan luz cuando eres tú el que no entiendes algo. Porque, vamos a ver, ¿acaso tú crees que a esos que se creyeron el cuento de que ellos son la única gente de verdad les vamos a importar un carajo tú y yo? ¡Noooo! ¡Esa gente está demasiado ocupada contándose sus propios gusanos! Unos enfermos, es lo que son. En cambio a esos que tienes que alejarlos a manotazos porque siempre te andan revoloteando dizque para darte consejos, ya sea en el nombre de alguna pasta de tomate, del Cacao Evangelista o del Vampiro Pastor, o a esos que se creen que son mejores que tú porque se dejaron enchufar un empleíto en el gobierno, un puestecito en tal sitio o un contratico en tal otro, o a esos que no te hablan porque dicen que tú tienes el color así, el cabello asá, los labios de tal manera o la nariz de tal forma, para todos esos que, según parece, nunca encuentran el tamaño de consolador que más les convenga, sólo hay una solución: dejarlos tranquilos, porque ellos siempre encuentran solitos el camino que conduce a la misma mierda, cerquita de la casa del carajo. Por lo menos a mí, cuando el Perro comenzó a decirme en sueños que se estaba acercando la hora de ajustar cuentas, te juro que ni siquiera pensé en que me sacaría la loto, que me montaría en mi propio Mercedes o que me compraría una casa en la playa. Nada de eso...

Mickey Max hablaba de la misma manera compulsiva en que se expresan todos los solitarios del mundo: nerviosa, espasmódica, irremediablemente. Por eso, aunque más de una vez tuve ganas de hacerlo, no me pareció buena idea interumpirlo. Bueno, por eso y porque, a decir verdad, no tenía nada que decir.

—De verdad —continuó diciendo—, hay que ser de una marca de idiotas que ya no viene para pensar que a los tipos como tú o como yo les va a tocar alguna vez una suerte así. No. Yo en lo primero que pensé fue en el acabóse, o sea, en aquel letrerito que ponían en las películas de la Metro justo antes de que se abriera la boca del león: *The End*. El fin de la pachanga. El se acabó lo que se daba, pero no uno de esos finales de la boca para afuera, sino el de verdad-verdad, uno en el que aparece el tenedor caliente que baja del cielo y una mano negra que levanta la tapa de la olla del infierno para meternos a todos, ¡fuá! ¿Y es fácil? Y la recua de tígueres juyendo a tó meter en busca de un pasaje barato pa Nueva York o pa Miami o incluso una esquinita en la próxima yola para Puerto Rico, sin saber que lo que viene es grande, coño, más grande que la longaniza de ese al que le decían el Moreno de Guasá, o algo así, a principios de este siglo. Por mi madre, chino, te lo digo: a mí nunca me ha molestado para nada tener que vivir de esta jodienda de estar llevado paquetes de aquí para allá y de allá para acá. Sin embargo, hay gente que piensa que ser un delíveri es algo así como ser una mala palabra. Menos mal que no saben cuánto es que yo me meto en el bolsillo en cada uno de esos viajecitos, porque si lo supieran tú puedes estar seguro que sacan a sus hijos de la escuela para pedirme que los enseñe a ser delíveri. Ese es el tipo de vainas con las que yo tengo que vivir. Por un lado, los clientes, que necesitan sentir que son mejores que yo, más decentes, más ricos, más blancos, más cultos, más de a verdad-verdad que yo. Por otro lado, la gente que me ve apearme de un motoconcho frente a tal oficina privada, tal juzgado o tal tienda de ropa exclusiva, con mis bermudas, mis tatuajes y mi pelaíta caliente, pensando quién sabe qué coño nada más con verme, como si yo tuviera un letrero pintado que dijera: «AQUÍ ESTOY YO, VEN A JODERME», pero sobre todo, sin saber que yo siempre ando con mi lengua desenfundá, sobá y sin seguro, listo para sacarla desde que me den un motivo y para no guardarla sin haber defendido mi honor. Porque es lo que te digo: a la gente hay que darle por donde más le gusta. Cada día que paso en la calle es para mí como andar de cacería en un safari: la mayoría de la gente que me mira con mi cabello teñido, mi arete en mi oreja izquierda y mis tatuajes cree que yo soy un tecato, un maricón, un traficante, un *sanky panky* o cualquier otra clase de cosa por el estilo. Ni siquiera se imaginan que, aunque yo soy todo eso y más, ninguno de ellos que se me pare al lado me dará ni siquiera por los tobillos, porque ellos apenas son lo que los otros pendejos les han permitido ser, y en cambio, yo soy lo que yo mismo decidí hacer conmigo desde que el Perro me comenzó a decir por dónde y de qué manera será que vendrán los tiros. Y créeme, tú querrás estar del lado correcto cuando todo eso comience. Todavía tú no me has dicho qué fue lo que el Perro te dijo a ti, pero eso no importa: yo te diré lo que me dijo a mí. Mira, la cosa no fue exactamente como te la conté en la capital. Yo estaba acostado en mi catre allá en la pensión donde yo vivía en esa época, pensando en lo bien que yo quería vivir cuando fuera viejo y vainas así. Sin darme cuenta, me quedé dormido y me fui en una sintiendo que alguien le había quitado el tapón a una piscina y que había quedado atrapado en ese vórtice que me empujaba hasta el fondo con una fuerza de mil diablos. Bueno, para no cansarte, en una me dejé ir y cuando me vine a dar cuenta, me vi mirando hacia un agujero que había en el cielo y diciéndome: «¡Mierda, loco! ¿Tú te caíste por ese hoyo? ¿Y cómo fue que no te mataste?», y otras vainas por el estilo, hasta que comienzo a ver que un tipo calvo y alto se acerca corriendo a toda máquina, tan rápido que casi no me da tiempo a quitarme del medio. Cuando el tipo ya está como a tres pasos de mí, yo alargo una de mis piernas y él tropieza. Entonces, yo me pongo a calcular la cantidad de huesos que se romperá cuando por fin deje de dar vueltas por el suelo a juzgar por el dolor que me dejó en la pantorrilla. Pero nada, el tipo siguió dando vueltas y más vueltas y, cuando vine a darme cuenta, estaba más lejos que mis esperanzas de tener algún día una vida tranquila. Y lo que más cuerda me dio fue que, en lugar de aliviarse, a mí el dolor me iba aumentando mientras más se alejaba el calvito. Por eso, cuando comencé a oír una voz que me hablaba, mi primera reacción fue gritarle que se callara. «¡Cállese, coño!», le dije. «¿Usted no vio que ese pendejo por poco me rompe una pierna?» Pero la voz seguía hablando y repitiendo la misma cosa como si fuera una grabación: «Yo soy el Perro. Ahora estoy dentro de ti y tú estás dentro de mí. Dale gracias a Serptes por esa suerte». Eso fue lo que me dijo la primera vez. Nunca supe qué rayos me había querido decir, y, además, después de eso, el tiempo se puso a pasar como si tuviese más prisa, tanto que los días se evaporaban en el calendario antes de que pudiéramos usarlos, y los niños envejecían en sus mismas ropas de ayer, por lo que apenas me pude preguntar un par de veces qué coño significaba todo eso cuando comencé a soñar que la misma voz me decía que tenía que ponerme a buscar a más personas que hubiesen nacido el 20 de marzo, quién sabe por qué ni para qué. En eso he pasado qué se yo cuántos de estos últimos años descafeinados y, aunque no me puedo quejar, puesto que, gracias a mi talento para hablar con la gente, me ha ido de lo más bien en mi negocio de mensajería, todavía estaría más perdido que el hijo de Lindberg en eso de saber qué coño es lo que quiere el Perro si no me hubiera encontrado con una tipa loquísima, allá en Cabarete, que un día me dijo que lo que el Perro quería era comenzar el trabajo de terminar con este mundo de mierda para hacerle las cosas más fáciles al Gran Serptes, el Reconstructor, o algo así. No se te ocurra preguntarme quién coño es ese Serptes porque, lo que soy yo, no sé más que tú acerca de eso. Y días después, a mí también me lo dijo el Perro en un sueño una noche. Bueno, más que decírmelo, me mostró como en un video lo que pasaría en el futuro. Me enseñó un país que se quema, otro país que se hunde en el agua, otro país que se desmorona, otro país que se evapora y luego me mostró que todos esos países eran uno sólo, y que ese país era el mundo, y que ese mundo era este y al mismo tiempo no era este, lo cual me dejó la misma impresión que tienen quienes pagan setecientos dólares por una caja de un metro cuadrado sin saber qué coño tiene esa caja en su interior. Después de eso, todas las cosas que a mí me habían interesado en otra época de mi vida terminaron convirtiéndose en tripas de cucaracha: abandoné por última vez unos estudios que ya había abandonado falsamente unas cuatro veces antes de esa época, y comencé a recorrer las calles en sandalias, bermudas y *t-shirts*, casi siempre solo, y cuando no, pésimamente acompañado. En eso pasaron más años y después más años. De vez en cuando, como para no perder la forma, el Perro me seguía hablando en sueños y diciéndome que no me preocupara, que lo mío estaba caminando, que la cosa venía y que vendría con fuerza, de a duro, como un batazo, como un toletazo. Y como a mí ninguna de esas vainas de la política me han importado nunca un carajo, le decía siempre que yo lo único que quería era estar tranquilo. Sin embargo, hablar con el Perro es como hablar con el sicote, igual que botar el vaho de la boca. A él no le importa una mierda nada de lo que tú le digas, y sin embargo, siempre te dice que todo lo que él te dice es lo único que hay que decir, lo único que hay que esperar, lo único que hay que saber, la única razón para vivir y el único motivo válido para matar a quienquiera que sea lo suficientemente estúpido como para poner en duda la veracidad de la palabra del Perro. Te digo que, lo que soy yo, he seguido en esta vaina porque no aparece nada más emocionante aparte de andar por ahí preguntándole a la gente por su fecha de nacimiento. Sabes tan bien como yo que, por lo menos en países como los nuestros, la historia se acabó hace una pila de años. Aquí las cosas ya no pasan: algunos pendejos se las pasan por el culo y otros se las… oh, mira lo que dice ahí, espérate… ¡Chofer! ¡Chofer, parada, paraaaadaaaa!

—Pero tú me dijiste que esa gente vive en Cabarete –le repliqué con una mezcla de extrañeza y curiosidad.

—Y viven en Cabarete, pero es aquí en Nagua donde tienen su negocio. Y yo tengo un hambre con rayas y bolitas. ¿Alguna otra pregunta?

Algo así como veinte minutos después, Mickey Max y yo nos dedicábamos a aplicarnos sendos platos de mofongo en un parador que encontramos en la carretera de Nagua y que tenía nombre argentino. Le pedimos al chofer del autobús en que viajábamos que nos hiciera el favor de dejarnos cerca de ese parador porque teníamos que ir a llevarle unas medicinas a una tía de Mickey a la que le daba la gota. Normalmente los conductores de autobuses no suelen hacer este tipo de favores, pero esa vez tuvimos suerte porque, según dijo, él aprovecharía para ir a hacer el número dos en uno de los baños del parador, así que detuvo su aparato en el descansillo de la carretera como a unos doscientos metros de la entrada del parador y luego comenzó a dar marcha atrás hasta quedar chan con chan en la entrada en lo que a mí me pareció una verdadera proeza tratándose de un armatoste gigantesco.

—No le pares a eso −me dijo Mickey Max cuando quise comentárselo−. La mayoría de estos tipos tienen un entrenamiento que te cagas. Creo que hasta pueden pilotar aviones. ¿Cómo crees si no que las empresas que los contratan les van a poner en las manos estas pichonas que valen todos los millones del mundo más cincuenta pesos? Por lo menos aquí no se sientan compañeritos a menos que se hayan pelado el culo formándose como choferes.

—Pues por lo menos a mí eso yo creo que está más que muy bien −dije yo mientras ponía pie en tierra y comenzaba a caminar hacia el parador.

El mozo que nos atendió sólo tenía de argentino la A de Antinoe y la mitad de su ADN. Según él, el primer dueño del establecimiento había estado trabajando como taxista en Buenos Aires en la época en que Néstor Kirchner era presidente (o sea, cuarenta años atrás). Trabajando allí había conocido a su esposa, una bailarina de *pole dancing* oriunda de la provincia de Río Negro, en la Patagonia, que estaba harta de la vida que llevaba allí.

—Según dicen, se enamoró de él porque, una noche, a la salida del lugar donde ella trabajaba, la defendió de un tipo que la quería violar cayéndole a golpes con un bate de béisbol. Él se llamaba Venancio Almonte y a ella le decían la Tota Bianchi. A él le cayó bien la Tota desde la primera noche que salieron juntos. A ella le caería yo en la barriga un año y pocos meses después. Para esa época, sin embargo, ya estaban haciendo planes para venirse a vivir a este país, así que la lotería quiso que yo naciera aquí, en Nagua, de donde no me he movido ni pienso hacerlo por nada en el mundo.

—¿Y cómo es eso? −le pregunté, picado por la curiosidad.

—¡Oh! Muy fácil −dijo Antinoe−. Porque yo nací un 20 de marzo, y los que nacimos ese día no vamos para ninguna parte.

Al escuchar eso, Mickey Max y yo nos clavamos una de esas miradas que despellejan.

—¡Eso es un verdadero puré de verdad! −dijo Mickey Max−. Mi amigo aquí y yo también nacimos ese día. ¿Puedo hacerle una pregunta?

—Claro, claro −respondió Antinoe.

—¿Usted no ha tenido nunca un sueño en el que un perro le dice que él se llama Perro, y que si no hace lo que él le pide que haga le pasará algo muy malo?

Antinoe se queda mirando fijamente a Mickey Max sin decir nada y luego pregunta:

—¿Ustedes se tienen que ir muy rápido de aquí? Si es así, deberán cambiar de planes, pues hay una persona que necesita conocerlos con urgencia.

—Tal vez –dijo entonces Mickey Max–. Pero más urgente es que nos traiga dos platos grandes de mofongo con cangrejo y dos cervezas pequeñas o una grande con dos vasos, ya que el mal comido no piensa y mi estómago ya está encendiendo una lucecita roja en mi cerebro.

—¿Por qué no me lo dijo antes? Siéntense, que eso es lo de menos. La casa invita.

Hora y media después, Antinoe nos conducía en su yipeta hasta la casa de doña Violeta Bianchi (alias la Tota), quien no era otra que su mamá. Durante el camino, nos entretuvo a Mickey y a mí contándonos anécdotas sobre varios personajes pintorescos del pasado y del presente de Nagua. En el preciso instante que llegamos a la casa, sin embargo, el estallido de un gran trueno creó tremenda confusión: varios perros se pusieron a ladrar desesperados; numerosas gallinas comenzaron a dar aletazos visiblemente interesadas en buscar dónde guarecerse de la lluvia que vendría; un trío de mujeres salió apresuradamente del interior de la casa a recoger la ropa tendida en los cordeles mientras, a grandes voces, una señora de unos sesenta años, daba órdenes sin parar. Visiblemente turbada por nuestra llegada inesperada, la señora se quedó mirando fijamente a Antinoe como esperando que este le explicara algo, y finalmente preguntó:

—¿Qué pasó, Triple A? ¿Y eso tan raro, vos por acá a estas horas?

Antinoe no vaciló antes de responder:

—Vieja, estos son los dos tipos que estabas esperando. Por fin llegaron.

4. Nemaul

No aprendí a desintegrar cadáveres por necesidad, sino porque tú lo quisiste así, Serptes. De hecho, apenas me desencanté del negocio de la bachata, me di cuenta de que el país donde había nacido había caído en manos de los espíritus carroñeros, esos que se alimentan de cuerpos moribundos, recién muertos o todavía no completamente podridos. El problema era que yo nunca le había puesto la mano a un cadáver y había jurado que nunca lo haría. Tú me hiciste saber que no tenía otra alternativa que la de desaparecer cadáveres o convertirme yo mismo en uno de ellos. De manera que todo fue cuestión de ponerle al trabajo un poco de buena voluntad. Y como siempre sucede, los días más difíciles fueron los primeros...

Mi primer cadáver fue el de una mujer de casi sesenta años que, según me dijeron, se había pasado la vida creyéndose poeta. Se las había arreglado para mantenerse joven y atractiva haciéndose implantes de células madre que le pagaba el funcionario al que le había dado tres hijos. Nunca supe qué habrá sido de ellos. A lo mejor los envió a vivir fuera del país, porque, lo que era ella, odiaba tanto esta isla que nadie comprendió nunca por qué o cómo había podido envejecer aquí. Tal vez no tuvo otro remedio, pues para nadie es un secreto que en su casa era su marido el que cortaba el bacalao o el filete dos veces al mes, ya que ni lo que ganaba con la venta de sus libros de poesía ni lo que conseguía realizando pequeños servicios a domicilio con suma discreción a ciertas damas prominentes del gobierno del Dr. Servilló le alcanzaba para nada.

Y tenía que ser así, pues, aunque te sientas ser mucha mujer, deberás tener algo más que una buena reserva de ideas progresistas en tu cuenta bancaria si es que quieres mantener en tu vejez el mismo tren de vida que te llevó a pasarte los mejores años de tu juventud hablando mierda y creyéndote más deseada que la compota de melocotón. Cada jueves por la noche, eso sí, era ella la que aparecía en los videos de seguridad que la mostraban caminando, siempre mal disimulada bajo unos espejuelos oscuros o envuelta en dos o más pañuelos de seda que, vaporosos, le cubrían el rostro y disimulaban sus rasgos cuando abandonaba su Chevy Nova *coupé* en el área de estacionamiento de uno de los residenciales de lujo construidos en el lugar que una vez ocupó la antigua alma máter de la Universidad Autónoma de Santo Domingo y caminaba lentamente bajo una decena de cámaras de seguridad hasta ir a tomar el ascensor, donde su trayecto seguía siendo minuciosamente inspeccionado hasta que llegaba al pasillo principal del piso 24-este del bloque H, donde, invariablemente, siempre se detenía frente a la misma puerta. ¿Qué hacía y con quién lo hacía en ese apartamento, uno de los más lujosamente decorados de todo el residencial, según lo había declarado con bombos y platillos Miss Betty "Bighole" Kelly, cronista social de la reputada *Sweet Homes Magazine* y reconocida experta internacional en el área del diseño de interiores?

Sin embargo, como todo en la vida tiene que pasar, una noche, al marido funcionario se le ocurrió morirse, dejándola en una estimable posición desde la cual no tardó en convertirse en la víctima perfecta de toda clase de chantajistas disfrazados de colectores de impuestos, *sanky pankys* que sólo fingían interesarse en su poesía para desde allí treparse a su cama *king size* con baldaquinos de caoba y sinuosos abogaduchos entrenados en el extranjero en la ciencia y técnica de reconocer dineros ajenos que pudieran ser volatilizados haciéndolos pasar de cuenta en cuenta hasta que seguir su rastro se volvía una operación equivalente al cuento del gallo capón. De más está decir que sus problemas se acentuaron al poco tiempo de quedarse viuda.

La señora, a la cual nombraré únicamente por sus iniciales: L.P., había fallecido en circunstancias sumamente confusas, mientras esperaba en el Tribunal de Primera Instancia de la ciudad de Gran Babeque, el inicio de la causa en la que ella sería procesada junto a otros tres presuntos poetas que, como ella, también enfrentaban cargos penales por usurpación de funciones, prevaricación, abuso de confianza, contorsión, extorsión y distorsión del valor poético, publicidad engañosa, exceso de exposición pública injustificada, así como otros veinte cargos menores por difamación e injuria cometida en numerosas ocasiones en las redes sociales. El día de su deceso, el sistema de climatización central del Tribunal cumplía exactamente siete meses de haber colapsado luego de la última gran canícula que había azotado a toda la zona del Caribe. No obstante, bajo aquel calor infernal, apegándose a una moda que tenía por lo menos tres tristes siglos, jueces y abogados insistían en llevar puesta la toga y el birrete, tal vez con el propósito, más que de ostentar la dignidad de su cargo, de encubrir algún oscuro baldón relacionado con el pasado de sus respectivas prácticas profesionales. Los cuatro acusados, por su parte, habrían podido competir por el primer puesto en el Concurso Nacional de Perfumes Estridentes. Desde su llegada al Tribunal, la futura difunta –única mujer de todo el conjunto y, por lo demás, ampliamente conocida en todo el país por la elástica y versátil soltura de su lengua–, no había parado de lanzar insultos mientras hablaba con los otros tres acusados. Para colmo, en las palabras de todos ellos se mezclaban versiones soeces de versos plagiados aquí y allá, los cuales solían acumular en la más roja de las cuatro zonas de sus respectivas memorias, cuyo contenido, como sacos seminales que tuviesen que vaciar cada cierto tiempo para no envenenarse con sus propias citas, soltaban personalmente a los cuatro vientos.

—¡Qué vaina! ¡Y yo que acabo de recibir una invitación para ir a Italia a leer mis poemas! –le decía uno de los acusados, sentado a su derecha, un tipo conocido como el poeta F.P.– ¿Cómo puede uno contribuir a desarrollar la cultura local si tiene que enfrentarse a este tipo de situaciones cada vez que alguien decida darse por ofendido por lo que uno dice?

La señora L.P. le dirigió una mirada de grafito desde el otro lado de sus espejuelos oscuros y no dijo nada.

—Ninguno de nosotros deberíamos estar aquí, eso es un hecho –dijo el otro acusado sentado a la izquierda de L.P., a quien llamaban el poeta D.P.

—¡Pero claro que no! –reaccionó la bella L.P. dando un respingo–. ¡Ah, pero que cualquiera de nosotros escape ahora que ya nos han echado encima todo el fardo de la culpa! ¡Dizque acusarnos a nosotros esa caterva de monicacos chupamocos incapaces de distinguir un poema de un pedo! Pienso en Kierkegaard y en su concepto de la angustia. ¿Y es que la justicia de este país es un canal porno?

—No descubras –dijo el tercer acusado, otro poeta conocido como T.P–, porque puede haber mierda, y la mierda no se vuelve a cubrir.

—¿Quién te dijo a ti que no? –dijo L.P.–. Los tiempos están cambiando. Fíjate, en este espectáculo tan lamentable, si no me crees. ¿Quién te hubiera dicho hace diez años que te verías en esta situación? Eso es la política de este gobierno. ¡Lo que hay que hacer es ponerse lejos de todo esto! ¡Esto que es todo lo que quise... salvo lo nuevo!

En ese preciso momento, el ujier mandó a todos los presentes a que se pusieran de pie para recibir a la jueza, la Dra. Berta Tronka. Un barullo de zapatos que se frotan mezclado con el bisbiseo de casi todos los presentes, entre los cuales destacaba la voz de L.P. diciendo algo acerca de «este maldito gobierno» que nadie escuchó bien, pero que hizo que los guardias de seguridad apostados en ambos extremos de la banca que ocupaban los acusados los amonestasen mandándolos a callar con gestos rudos.

Como la lectura (parcial) del acta de instrucción del proceso le tomó al secretario de la corte casi una hora, no citaré aquí más que algunos de los pasajes finales de ese documento.

«Los cuatro presuntos infractores del código civil del Nuevo Estado Mulato del Gran Babeque presentan los siguientes cargos:

a) Comemierdería, por andar privando de blancos en estas tierras, como si ser blancos todavía fuera aquí equivalente a tener una profesión, y como si ignoraran que el Nuevo Estado Mulato del Gran Babeque no transa ni negocia con racistas de mediopelo.

b) Comemierdería agravada, porque, sin tener una verdadera profesión, estos cuatro sujetos se las arreglaron durante poco menos de cuatro décadas para conseguir distintos puestos remunerados en la administración pública e incluso en oficinas privadas, habiendo llegado varios de ellos a declarar públicamente que, cito: «En un país de mulatos y prietos como este no es necesario estudiar para lograr distinguirse socialmente. Basta con ser blanco y ser inteligente», fin de la cita.

c) Prevaricación, porque, en contubernio con las autoridades, se pasaron más de tres décadas completas fungiendo como falsos líderes de un sector social tan fragmentado, dividido y atomizado como el de los literatos del Gran Babeque. Junto con otros tres sujetos que se encuentran actualmente prófugos, entre los cuatro se dedicaron a pasar por una criba fina los nombres del quién es quién en la literatura del Gran Babeque, haciéndoles creer a locales y extranjeros que estaban en capacidad de desempeñar esa función y manejarse en una enfermiza exclusividad de criterios, desviando para esos fines una extraordinaria cantidad de fondos públicos para agenciarse favores editoriales e invitaciones de parte de una gran lista de jefes departamentales en universidades extranjeras; directores de revistas víctimas del catálogo completo de las crisis existenciales; miembros del patronato o del consejo editorial de tal o cual publicación; edecanes mal puestos y peor colocados con acceso a los aposentos de tal o más cual embajador, de tal o más cual agregado cultural, de tal o más cual lugarteniente ministerial de este o este otro país extranjero, con quienes se dedicaron a organizar verdaderas orgías de tinta con el único propósito de intentar labrarse un nombre en las letras, sin saber que no eran, ni por asomo, ni los únicos, ni los primeros, ni los últimos en intentar esa jugada, aunque sí figuraban entre los más idiotas, pues con sus acciones sólo habían logrado hacer correr la voz de que la gente del Nuevo Estado Mulato del Gran Babeque sabía tan poco que ni siquiera se había enterado de que una publicación allí, allá o acullá se podía conseguir por la quinta parte de lo que ellos habían tenido que pagar, al punto de que ya nada resulta más sospechoso que la nombradía literaria, ni siquiera los concursos de belleza, ni siquiera la selección de las modelos de televisión, ni siquiera la nominación de los candidatos a puestos administrativos, al extremo de que la misma palabra literatura se había convertido en sinónimo de lupanar.

d) Abuso de confianza, porque, los muy zoquetes, se llegaron a creer el cuento de una superioridad de talento que ellos mismos habían inventado, monopolizando luces, cámaras y acción periodística y publicitaria, mientras buscaban foco pisando duro y hablando fuerte sobre lo mucho y lo mal que escribía cualquiera que no fuera ellos, y para colmo, secundados como Secundino en sus fechorías por cuanto chupatintas de medios impresos o solviantadores de medios digitales se atreviera a cambiar favores a cambio de alguna dádiva, igualmente pagada con fondos públicos, ya que, cobijándose bajo el amplio manto del proverbial desconocimiento que la Administración ha tenido históricamente de todo lo relacionado con la literatura, esos cuatro y varios cientos de otras sabandijas cuyos casos sería demasiado prolijo mencionar aquí lograron agenciarse el control de todos y cada uno de los incontables supermercados de falsos prestigios, incluyendo muchos de los hoy considerados pseudoacadémicos, precisamente a causa de ellos. Prácticamente no dejaron una sola pulgada del polisistema cultural que no quedase embarrada con sus malolientes excretas, pues, obsequiando cuantiosas sumas de dinero en viajes, cenas en lujosos restaurantes y muchos otros pequeños detalles pagados con el dinero público, estos señores lograron replicar su espurio...»

El Secretario del tribunal llevaba más de cuarenta y cinco minutos leyendo la interminable minuta en la que se detallaban solamente algunos de los más asquerosos delitos cometidos por los cuatro pelafustanes cuando la sala se estremeció ante un poderoso estruendo de voces que gritaban, pasos de personas que corrían y agentes policiales que se llevaban la mano al cinto para sujetar sus armas de reglamento mientras clavaban unos ojos ansiosos en sus superiores más inmediatos.

Sólo cuando, a fuerza de empellones y gritos, los agentes del orden lograron despejar el pasillo para que los paramédicos pudiesen abrirse paso a través del tumulto se pudo apreciar cuál había sido la causa del escándalo: la poeta L.P. yacía ahora en el suelo con los brazos en cruz y la boca abierta, como si quisiera continuar hablando después de muerta. La noticia de su fallecimiento fue reproducida en numerosos formatos impresos y digitales, tanto en documentos escritos como en archivos filmográficos audiovisuales. Durante las tres horas siguientes, prácticamente no se habló por las redes sociales de otra cosa en todo el Caribe e incluso en ciertos aposentos, balcones y clínicas de desintoxicación de New York, Buenos Aires, Madrid, París y Berlín. Todo el mundo decía tener su propia versión de las *verdaderas circunstancias* en que se había producido su muerte.

Lo más extraño, no obstante, era que nadie pareciera interesarse en averiguar en qué lugar serían velados los restos de la poeta. De hecho, aunque la noticia no se hizo pública en cumplimiento de la ley que obligaba a respetar la honra de los difuntos más que la de las personas vivas, su cadáver permaneció en la morgue casi tres meses sin que nadie se dignase en ir a reclamarlo para darle sepultura, lo cual generó una deuda ascendente en más de 75 000 frecos[1], una suma que nadie estaba dispuesto a pagar.

Sabiendo que la ley autorizaba a todos los directores de morgues del país a disponer de los cuerpos que no fueran reclamados y que estos, por lo común, los donaban a las empresas que fabricaban alimentos para gatos, un comando enmascarado, integrado por antiguos suspirantes de la ex bella poeta, tomó por asalto la morgue y se llevó de allí su cadáver a punta de pistola.

Es en ese punto donde yo intervengo, pues uno de los integrantes del comando me había contratado para que esperara en mi vehículo (el cual todavía era mi vieja yipeta Mitsubishi a la que le había reemplazado el motor original por otro que funcionaba a base de hidrógeno) cerca de la puerta trasera del hospital. No obstante, en mi defensa, diré que a mí nadie me habló nunca de secuestrar una finada, por muy poeta que fuera. El caso es

---

[1] *Freco* fue el nombre que eligió el Senado para designar la moneda oficial del Nuevo Estado Mulato del Gran Babeque. Su valor, luego del inicio de la explotación de las minas de rodio que habían sido descubiertas por medio de la exploración de toda la isla con sondas satelitales, se estimaba en 725 dólares por cada freco.

que, mientras esperaba en mi vehículo que llegaran mis clientes, escuchaba una emisión radial en la que pasaban, cada tanto, cápsulas de música infraurbana y comentarios de la historia del surgimiento de ese tipo de música cuya existencia yo desconocía por completo. Como la espera se me hacía sumamente larga, cerré los ojos un instante, y ese fue el momento que tú escogiste para manifestarte ante mí, Serptes. Me hiciste saber que, pasara lo que pasara, no debía abrir los ojos hasta que terminaras de decirme tu mensaje. Me dijiste que, para abreviar, sería mejor que comprendiera de entrada que yo ya estaba muerto, pero que, como todavía no había terminado de trasladar mi cadáver a su punto de entrega, aún no me había llegado la hora de desencarnar. Sí, esas fueron exactamente las palabras que empleaste, las recuerdo muy bien: *punto de entrega... desencarnar...* «Pon ahora mucha atención», me dijiste. «Harás exactamente lo que ahora te diré sin dudar ni un sólo instante o algo muy malo, terrible, le sucederá a esta ciudad donde vives».

Y fue entonces cuando me vi por primera vez en el cuerpo del chino llamado Tung Yep Chan. Según tú, Serptes, ese era mi verdadero cuerpo. Más mío que el otro que traje puesto cuando nací. Me vi asintiendo y reclinando su cabeza ante cada una de las órdenes que me dabas, Serptes. Mi cabeza se inundó de recuerdos de una vida que no era la que hasta ese momento había creído vivir. Me sentía embargado por una serenidad que nunca antes había conocido. «Abre la puerta de tu automóvil y sal a la calle. Recuerda que no debes abrir los ojos», me dijiste. Me dispuse a obedecer sin rechistar, pero antes de abrir la puerta, quise extraer las llaves del vehículo, el cual se hallaba encendido en ese momento. «No te preocupes por las llaves y haz rápidamente lo que te digo. Cada segundo cuenta». Cuando intenté salir, sentí el calor del metal de la puerta de mi yipeta expuesta al sol durante largo rato abrasarme las manos al tocarla; escuché a mi derecha el poderoso zumbido de una motocicleta que pasaba con celeridad no lejos del lugar donde me hallaba; mis pies hallaron el suelo demasiado suave. Comencé a creer que flotaba. «Cuando te diga que abras los ojos, los abrirás», me dijiste. Yo volví a asentir a la manera oriental. «Ya puedes abrirlos», me dijiste, y al obedecerte, sentí que un rayo de luz roja me fulminaba todo el cuerpo. «Ya está», me dijiste, y luego agregaste: «Ahora escúchame bien: este es el lugar donde traerás los cadáveres que luego desaparecerás. Para ello, sólo tendrás que tomarlos de la mano y cerrarás los ojos. Yo me encargaré del resto. Los demás mortales simplemente olvidarán haber visto un cadáver. Pero no podrás hacerlo con cualquier cadáver, sino únicamente con los que yo te diga».

Pocos minutos después, sin que ni ella ni yo nos hubiésemos visto nunca antes mientras ella estuvo viva, la pobre poeta L.P. se convirtió en la primera cliente que tuve en mi nueva profesión. Aparte de ella, todos los demás cadáveres que me tocó transportar también fueron de antiguos poetas. Lo extraño es que, aunque fueron muchísimos los cadáveres de poetas que me tocó desaparecer, todavía sigue habiendo centenares de millones de personas dispuestas a jurar por sus madres que son poetas aunque nadie los haya autorizado nunca a afirmar semejante barbaridad. O por lo menos, personalmente, no creo que exista algo así como una licencia o permiso para el ejercicio de la poesía. Si lo hubiera, el Estado seguramente cobraría un impuesto, y de ese modo, ya veríamos si el número de poetas desciende o no en todo el mundo. El caso es que incluso a mí me llegó a parecer extraño que todos mis clientes hubiesen sido poetas mientras estaban vivos. «¿Por qué sólo me mandas a desaparecer cuerpos de poetas?», recuerdo que te pregunté en una ocasión, al sentir que me asignabas mentalmente una nueva tarea. No me respondiste nada, pero me enviaste un pensamiento en el que yo mismo me preguntaba: «¿Y a ti quién te dijo que esa gente ha sido nunca poeta?» Eso me pasa por estar de preguntón, pero después de todo, tú tenías razón (y conste que me cago en la rima). ¡Qué me importaba a mí si eran poetas o no! Lo único que tenía que hacer era tomarlos de la mano y llevarlos a... allá, donde sea que estuviese ese lugar, si en verdad se trataba de un lugar. Y eso fue lo que hice hasta que, finalmente, ya no volviste a pedirme que llevara más cadáveres.

En total, debo haber acompañado a unos tres mil o cuatro mil poetas a un dudoso más allá. Lo que hay que saber es que la única relación con la metafísica que tenía mi trabajo era que nada más me metía con la parte física. A fin de cuentas, como todos esos bardos ya estaban más muertos que la vergüenza ajena, mi labor con sus cuerpos era la misma que la del conductor de un carro fúnebre. Eso sí, para todos ellos, mis viajes eran total y absolutamente gratis.

Sólo mucho después comprendí la serie de ventajas que tenía el hecho de desaparecer exclusivamente cadáveres de poetas, a saber:

a) Nadie los extrañará nunca.

b) Todo el mundo quedará conforme y contento de que hayan desaparecido.

c) En el improbable caso de que algún familiar o vecino eche de menos a algún vate fenecido, esa persona solamente lamentará que, junto con el ocioso occiso, no hayan desaparecido igualmente sus libros y demás pertenencias.

d) Por muchos que mueran, siempre habrá en el mundo un exceso de poetas, ya sea bajo la forma de esos tristes aspirantes a juntapalabras, o la de esos incómodos cosquilleantes de la nada que nunca comprenderán la parte de *poïesis* que tiene la poesía, o la de esos temerarios siempre listos a confesar públicamente alguno de sus sentimientos personales como si fuese equivalente a un teorema de la física cuántica.

Confieso que mi labor de transportista de cadáveres de poetas se me hizo más fácil porque en ningún caso había tenido comercio alguno con ninguno de mis clientes. De hecho, las pocas personas que me han visto vivir no han dejado de notar que la poesía y yo no estamos hechos para vivir juntos. Para el resto, ya saben, soy tan invisible como todos nosotros en un mundo en el que la gente solamente tiene ojos para ver qué les sale cuando se rascan el ombligo. Nunca me importaron un pepino los poetas y hasta creo que tenía veinticinco años cuando descubrí que la poesía no era el nombre de una de esas ensaladas que a mí me producen acidez. Y si me preguntan cómo fue que me hice profesor de literatura sin saber qué carajos era la poesía, los enviaré a preguntarles eso a los idiotas que diseñaron unos planes de estudio más bien propios para escuelas de perros en los que un anuncio de matapulgas, unas instrucciones para el uso correcto de los consoladores, una receta para la elaboración de algún vermífugo casero y una carta de solicitud de información dirigida al Departamento de Servicio al Cliente de un Tribunal eran los únicos textos que se estudiaban a lo largo de toda la carrera. Incluso, si la memoria no me falla, creo que exagero la cantidad o la variedad de tipos textuales, una de las dos...

El caso es que, desde mi punto de vista, creía tener el perfil adecuado para ejercer ese oficio por más tiempo, pero, como eso solamente podías decidirlo tú, Serptes, me contenté con poner mi mayor empeño en hacer las cosas tal como me las habías enseñado, y claro, como entre mis clientes y yo nunca hubo ni un sí ni un no, nadie se quejó nunca de mala práctica de mi parte. Además, un poco creo que los envidiaba, sí. ¿No iba a morirme yo también? ¿Y a mí, quién me cruzaría al otro lado, por ejemplo? De todas maneras, desajustarme por cosas así no era mi estilo, así que traté de tirar para adelante sin hacer pausas ni para rascarme. Porque, eso sí: cuando a mí se me asigna un trabajo, mejor dejo de comer antes de cumplir con mi deber. «Autista», me decían que era de muchacho. Tal vez por eso terminé conduciendo un taxi, si me permiten la asociación de ideas sin acusarme de haber cometido alguna fechoría políticamente incorrecta.

♉

La historia de la manera en que me convertí en Nemaul no tiene componte. Es como para romper a dar gritos en plena calle, con la boca pegadita a la oreja de la medianoche. Que yo me convirtiera en Nemaul era inevitable, dicen. Que me tuviera que pasar justo cuando me estaba preparando para despegar, ¡buej!... eso la jode mucho. Y con amplificador. ¡Si yo ni siquiera sabía quién coño era Nemaul hasta que me convertí en él! Pero mejor me pongo a escribir esto más despacio, total: después viene uno y dice que... ¡mierda! ¿Para qué me voy a preocupar por lo que digan si nada de lo que yo escribo le ha importado nunca a nadie, por suerte para mí? Si esto que voy a contar tuvo un principio, no me cabe duda de que este tuvo que suceder la noche en que estaba sentado en uno de los taburetes de la antigua Barra Pullán, poco antes de la fiesta de celebración de su primer centenario. Esa noche estaban pasando en pantalla gigante la competencia de insultos de dos raperos insignificantes a los que el público allí presente miraba boquiabierto mientras las moscas hacían lo suyo encima de sus platos. Personalmente, nunca entenderé por qué la gente les presta tanta atención a unos tipos que nada más pretenden *distraer* a su público. De hecho, con la bulla que había, no se habría podido escuchar el disparo de una escopeta de perdigones a un metro de distancia. Total, desde que instalaron el sistema informático que permitía pasar las órdenes desde el celular, ya nadie necesitaba gritar, y mucho menos oír lo que decían las muchachonas que comenzaron a atender en bikini desde que el negocio de los sándwiches y jugos comenzó a decaer.

Estoy, pues, en mi taburete, justo de espaldas a la puerta de entrada que da a la 30 de marzo (cosa rara en mí, ya que tengo por costumbre nunca darles la espalda a mis contemporáneos) y por eso, no puedo darme cuenta de que hay un molote de personas paradas detrás de mí observando atentamente lo que me estoy comiendo y cuchicheándose cosas que, claro, yo no podía escuchar a causa de la situación que acabo de mencionar. En una, noto que una mano gorda de hombre que tenía tres pulseras de bolitas negras y marrones amarradas curiosamente en la muñeca pone junto a mi codo izquierdo un papelito que dice: «Sigue comiendo y no te des vuelta, porque aquí va a pasar una vaina que no tiene nada que ver contigo». Y claro, eso fue como preguntarle a un ciego cómo te ves: inmediatamente leí eso, salté de mi taburete sin soltar mi sándwich y, cogiendo mi vaso de jugo de granadillo K con la otra mano que me quedaba libre, estaba a punto de abandonar el sitio a toda máquina. Aunque claro, ni por casualidad se me ocurrió pararme ni mirar para atrás, lo cual fue pura suerte, ya que, de haberlo hecho, me habría perdido lo que sucedió después.

Y lo que pasó fue que, en el mismo instante en que me levantaba de mi taburete para irme, noté que entraban al local dos tipos que venían hablando en un tono de voz tan estridente que lograban incluso hacerse escuchar por encima del volumen del concierto, que en ese preciso momento atraía la atención de todo el mundo, pues acababa de comenzar el turno de uno de los *transdembowseros* de mayor pegada en esa época. Al notar que se acercaban, me volví a sentar en el taburete dispuesto a ponerme a escuchar lo que se decían aquellos dos.

—¡Y eso mismo fue lo que yo le dije, pero el tipo no estaba en eso! Solamente quería hablar de un Perro que le decía en sueños dizque «deja esto» o «coge esto otro»... ¡Y yo lo que quería era que él me cogiera a mí! Digo... ¿no es para eso que uno se mete en un motel? ¿Oh, coño?

—¿Y él qué te dijo cuando tú le dijiste eso? –le preguntó el otro.

—¿Él? ¡Me mandó para la mierda! Claro que yo no le hice caso y como quiera me metí en el baño, tú sabes... Uno no puede dejar que cualquier idiota le baje el nivel.

—¿Y qué pasó después?

—¿Después? Bueno, tú sabes... la carne es débil... ¡Un cubano con triple queso y pepinillo y un zapote K! Mira qué vaina más rica, papi. Me voy a meter eso.

—Yo lo que quiero es uno de pierna con jamón serrano, queso gouda y sin tomate y un morisoñando. Así que al tipo le hablaba un perro... ¡Hum! ¡Qué raro!

—¡Qué va a estar raro eso ná! ¿Tú no sabes que al mar Caribe lo convirtieron en un depósito de desechos radioactivos? ¡Por eso es que todos nos estamos convirtiendo en vainas raras, uno a uno o en ramilletes, mi hermano! Los traen en submarinos y los depositan en cisternas selladas, pero ¡naaaaaa! ¿Tú no sabes que el mar puede con tó? ¡Es a jodernos que vamos!

—No es eso... Es que yo también conocí una vez a una tipa que me quería convencer de que un perro le hablaba en sueños.

—Ya pasé mi orden.

A esas alturas, yo ya estaba convencido de que me tenía que largar de allí cuanto antes. Además, ya había terminado de comerme mi sándwich y solamente me faltaban dos o tres dedos de mi granadillo K por consumir. Estaba volviendo a moverme en mi asiento cuando:

—Perdón, don, ¿usted ya terminó? —oí que decían sobre mi hombro izquierdo.

Como sabía que ya me habían comenzado a llamar "don" algunas de las nuevas partículas elementales que todavía no encontraban su sitio en la tabla periódica, me decidí a hacerme el fino por un rato más mientras bebía mi jugo. Tal vez por eso, la otra voz que había escuchado participar en ese diálogo absurdo optó por volver a preguntar:

—Disculpe, don, ¿usted ya se va?

Como ninguno de mis nombres es Donald, ni Donato, tampoco en esta ocasión me di por aludido, aunque, como ya comenzaba a tener dificultades para contener la risa, decidí ponerme de pie como si la cosa no fuera conmigo.

—¿Ya se va? —me preguntó el más pequeño, de aspecto juvenil, aunque ligeramente entrado en carnes. Por su voz, creí saber que se trataba del que había contado lo que le sucedió en el motel.

—Bueno —dije, subiendo el tono de mi voz para que ambos pudieran oír lo que decía—, sí, pero antes quiero hacerte una pregunta.

Noté de qué manera al tipo se le cuarteó la cara al oír que lo tuteaba, pero no le di importancia.

—Verás —dije—, no pude evitar escuchar lo que ustedes decían hace un rato... El caso es que a mí también me habla un perro en sueños y nunca le había puesto atención hasta ahora que los escuché hablar... ¿Ustedes saben por casualidad cuál es la causa de esos sueños?

El tipo chiquito miró al tipo grande; luego este me miró a mí y después miró al pequeño, hasta que los dos comenzaron a reír a carcajadas.

—Eso depende —dijo el chiquito, y luego me preguntó—: ¿Usted por casualidad fue miembro de alguno de los talleres literarios del Ministerio de Cultura o de alguno de esos grupos nuevos en los que se adora la obra y la persona de Roberto Bolaño? Haga memoria...

—No, nunca, yo...

—Y ahora dígame, ¿usted por casualidad nunca ha sentido placer al sentarse a echar un cago en el inodoro?

—Bueno, yo...

—Ok, mejor le cambio la pregunta por esta otra: ¿qué sentido tiene para usted la expresión *A otro perro con ese hueso*?

Y los dos tipos comienzan a burlarse de mí, y yo, que ya venía con la sangre caliente por culpa de una historia con un cheque sin fondo que alguien me había entregado esa misma tarde, les dirigí una mirada de asco y les dije, sin medir a quién:

—Cuando terminen de reírse, les contaré la historia de dos maricones que se quedaron sin dientes para cenar por andar riéndose de quien no debían.

—¿Oíste lo que dijo este tipo, papi? Nos acaba de llamar maricones. ¿Sabes lo que les pasa a los maricones que nos llaman maricones? Nos los cogemos, cabrón, así que te acabas de sacar la lotería...

—¡Uff! Por un momento pensé que me iban a leer uno de sus poemas —dije—. Vengan, muchachones, vamos afuera, a ver a cómo les sale la noche. Yo sé que ustedes dos en lo que andan es buscando un macho, así que vengan, salgamos de aquí, a ver si este les cuadra o si se lo encuentran demasiado duro para ustedes.

—¿Pero, y es que tú no te has visto, pedazo de pendejo? ¿No te das cuenta de que si no te has caído a pedazos es porque todavía no has hecho la diligencia? Mira, loco viejo, a tu edad los huesos no se pegan así como así. Mejor será que te vayas para tu casa a ponerte tu enema, porque si te agarramos no va a quedar mucho de ti en una sola pieza...

En eso, una camarera de tetas grandes como cocos que bailan dentro de su bikini rojo y azul se acerca con dos bandejas del otro lado del mostrador y grita: «¡Un cubano con triple queso y pepinillo y un zapote K y otro de pierna con jamón serrano, queso gouda y sin tomate y un morisoñando!»

Los dos tipos se miran y luego me miran; después vuelven a mirarse y finalmente miran las bandejas colocadas sobre el mostrador. Como por casualidad, todos los asientos estaban libres, como esperando ser ocupados. Me doy cuenta de que el chiquito parece menos interesado en pelear conmigo que con su cubano de triple queso y le digo, mirándolo a los ojos:

—Se te enfría el sándwich.

El grande mira al chiquito y suelta un suspiro antes de sentarse ante su bandeja.

De la misma manera en que los dueños del negocio literario prefirieron joderlo cuando se percataron de que sus productos habían avivado a tantos imbéciles en todo el mundo que ahora nadie quería leer, pues todo el mundo estaba demasiado ocupado escribiendo su propio libro, los dos peleles perdidos en la noche prefirieron dejar las cosas del mismo tamaño en que las encontraron. Peor todavía, ninguna de las personas que se hallaban en la barra en el momento de nuestra discusión dio muestras de que le importaba un comino lo que pudiera suceder entre esos dos tipos y yo a escasos pasos de los lugares donde se encontraban: todo el mundo estaba ocupado mirando el concierto o fotografiando sus sándwiches para luego subirlos a sus muros de las redes sociales, en una palabra, cada quien se rascaba como podía su propio ombligo sin perder el tiempo interesándose por la vida ajena.

Me fui de la barra con la impresión de que me había perdido de algo importante. No me había alejado más de diez metros cuando sentí que alguien chasqueaba la lengua detrás de mí. Al volverme, descubrí que una extraña figura me miraba fijamente, obligándome a mirarla. Tuve problemas para hacer esto último, no obstante, puesto que aquello era por lo menos dos personas a la vez. De perfil aparentaba tener rasgos masculinos, aunque algo atenuados por cosas como la relativa angulosidad de la barbilla y el tabique de la nariz, de rasgos refinados. Vista de frente, sin embargo, era otra cosa. Una mujer indudablemente hermosa, de ojos rasgados, pelo sumamente negro, brilloso y de gruesas hebras. Parecía formar parte de una raza distinta. Antigua, diría más bien. O mejor: desaparecida. Venía envuelta en una especie de amplia camisa negra bajo la cual se insinuaba, sugerente, la forma de sus senos. Me miraba frontalmente, pero su mirada se cruzaba con la mía desde varios ángulos distintos en un curioso efecto estrábico. Cuando por fin me habló, sin embargo, me sorprendió el timbre grave, profundo y ahuecado de su voz. Si la jabilla hablara, seguramente tendría una voz como esa.

—No camines tan rápido —me dijo—. Tenemos que hablar del Perro.

—¿Quién es usted? —pregunté—. ¿De qué perro me habla?

Por un instante, creí estar alucinando, pues me pareció ver que tanto el rostro como el contorno mismo de esa persona se movía y cambiaba de aspecto constantemente como si se tratara de uno de esos hologramas compuestos a partir de la superposición de muchas imágenes distintas. No ocultaré, sin embargo, que lo que más me impresionaba de ella era que me sentía completamente desnudo bajo su mirada, como si fuera capaz de atravesarme. Sí, literalmente.

—Mi nombre no importa —me respondió—. No soy más que una sombra. Tengo para decirte que cualquier día de estos serás visitado. Te lo digo para que no pierdas tiempo sintiendo miedo ante ese visitante. Está llegando la hora, y tendrás que prepararte. Sucederán muchas cosas que nada tendrán que ver contigo, pero en las cuales participarás aun sin darte cuenta de ello.

En el momento en que dijo eso, levantó hacia mí una de sus manos y pude ver que llevaba puesta en la muñeca la triple pulsera de esferas negras y marrones que había visto poco antes esa misma noche.

—¿Fuiste tú la del papelito? —pregunté.

—Sí, aunque eso no debe extrañarte —me dijo—. He estado a tu lado desde que fuiste concebido.

—¿Qué quieres decir?

—Eso tampoco importa, por ahora. Ya lo comprenderás. En cambio, lo que no podrás evitar es que nuestros cuerpos se hagan uno. Tendrás que convertirte en mí para que yo pueda convertirme en ti. Sólo así estarás listo para recibir la visita.

—Bueno, pero... es que no comprendo. ¿Qué visita es esa? ¿Y qué coño es eso de que tendré que convertirme en ti? ¿Quién dijo que yo quería dejar de ser yo?

—No seas pendejo, chino —me dijo entonces la sombra—. Tú yo y nada son la misma cosa, y la nada es lo único que no puede dejar de ser nada. De hecho, es precisamente por eso que todos necesitamos tener una sombra... Además, no sé por qué te preocupas, si fundirte conmigo es lo que has deseado con más intensidad desde que eras un adolescente.

—¿Y tú qué sabes acerca de mis deseos?

—¡Mira, coñazo, no me vengas con vainas! Si han sido precisamente tus deseos los que me han construido. Mi cuerpo lo hicieron tus ansias de ser otro, esas que te has pasado la vida disimulando, disfrazando... Ven, deja que te ponga el dedo en la frente: lo recordarás todo.

Y diciendo esto, la sombra se me acerca y me coloca el dedo índice en el centro de mi frente. En ese mismo momento, un torbellino de imágenes se apoderó de mi mente, como si se tratara de una película que alguien proyectara en cámara rápida en el sentido inverso al decurso normal en que se realizan las acciones en la vida real, de manera tal que las consecuencias de ciertos hechos, gestos o actos realizados por mí terminaban apareciendo a mis ojos como las causas de otros acontecimientos en los que yo figuraba disfrutando o padeciendo, alegre o triste, saludable o enfermo. Luego todo comenzó a tornarse cada vez más confuso, hasta que la visión mental se volvió de nuevo clara y me vi a mí mismo habitando sucesivamente una interminable variedad de cuerpos: de niño, de niña, de hombre, de mujer, de andrógino, de anciano, de anciana, de negro, de blanco, de oriental, y de pronto era obeso, flaco, alto, pequeño, deforme o esbelto... Luego todo se volvió a nublar, hasta que, nuevamente, volví a ver la luz brillando en mi imaginación y, al concentrarme, me vi desnudo tendido bajo el sol en el mismo momento en que una mujer vestida de negro levantaba una gran espada y me la clavaba en el pecho. Antes de morir, sentí el filo del metal romperme el esternón y abrirse paso entre mis pulmones y mi corazón. Luego, todo volvió a girar de nuevo en el mismo torbellino de luces en el que me hundí cuando esa misteriosa persona me puso el dedo en la frente. Esta vez, sin embargo, podía oír que alguien me llamaba por un nombre al que, extrañamente, podía reconocer, aunque no recordaba haberlo escuchado nunca: «¡Nemaul, Nemaul!» En medio de mi turbación, traté de abrir los ojos. Lentamente, mi visión se fue ajustando a la escasa luz que percibía. A esas alturas, ya no sabía dónde me hallaba, pero estaba seguro que no era en la 30 de marzo. Traté de buscar a la mujer que me había tocado la frente, pero no tardé en comprobar que no había nadie a mi alrededor. Tuvo que ser entonces cuando, atendiendo a una corazonada, me llevé las manos al pecho y los palpé. En efecto, allí estaban: turgentes, musculosos, casi rígidos, mis senos. Ese descubrimiento no me sorprendió, sin embargo. Era como si, lejanamente, *recordara* haber tenido senos alguna vez. Continué mi exploración y me llevé la mano a la entrepierna: mi marca de hombre seguía estando allí, pero todo lo demás era distinto: mi cabello, por ejemplo, ahora era lacio y largo como el de las orientales en lugar de ser escaso y ralo, como el de los mulatos; mis brazos eran ágiles y vigorosos, como los de alguien varias décadas más joven; mis manos, de largos dedos terminados en uñas pintadas de color negro; mis pies... Por un lado, tenía la extraña consciencia de ser y de no ser al mismo tiempo el dueño de ese cuerpo; por el otro lado, sentía que nada en esa anatomía me pertenecía. De hecho, no podía ser más ajeno a mí, es decir, a mi consciencia de ser una forma. Cerré los ojos tratando de alejar de mí esas visiones, pero nada sucedió: al volver a abrirlos, seguía teniendo esa figura y una gran tristeza se apoderó de mí. «¿Dónde está mi verdadero yo?», me preguntaba, pero era en vano. Entonces volví a cerrar los ojos, pero esta vez deseé ser la mujer que me había puesto el dedo índice en la frente. Cuando los volví a abrir, me vi de vuelta en la 30 de marzo, y la extraña mujer estaba ahora parada frente a mí, cerca, muy cerca de mí.

—Ahora ya lo sabes todo, Nemaul —me dijo—. Tienes que prepararte. No te puedes resistir. Muy pronto estallará una guerra en la que desempeñarás un importante papel, pero antes tendrás que presenciar cómo acontece una larga serie de hechos que nada tienen que ver contigo, pues todas las cosas deben pasar antes de que lo último suceda. Y eso que te digo que sucederá será lo último, puedes estar seguro de ello.

Durante un largo rato, me quedé mirando a esa persona sin decir nada, pero experimentando hacia ella una mezcla de sensaciones contradictorias: atracción, repulsión, simpatía, desconfianza, miedo, deseo...

—Tenías razón cuando me dijiste que te conocía —le dije—. Lo que no creo recordar es cómo te llamas...

—Mi nombre es Serptes, Nemaul. Serptes. No te preocupes por recordarlo, pues te aseguro que, a partir de ahora, ya no lo olvidarás, pues ese será también tu otro nombre. Ahora ven, acompáñame. Tu cuerpo tiene prisa de fundirse con el mío.

Cuando la abracé para caminar a su lado hacia el punto más oscuro de aquella noche, volví a tener esa extraña sensación de que el mundo estaba a punto de acabarse otra vez.

5. Tota Bianchi

Mickey Max y yo ya nos hallábamos en el interior de la casa de la mamá de Antinoe cuando comenzó a caer el aguacero que habían anunciado los truenos que estallaron en el mismo momento de nuestra llegada. Cada uno de nosotros tenía en la mano una cerveza fría, ya que, al vernos llegar, doña Violeta nos preguntó, como en las películas, si queríamos algo de tomar y los dos respondimos casi al unísono:

—No, gracias, acabamos de tomarnos una.

—Pues tómense otra para que no se queden cojos —ripostó entonces la Tota Bianchi con una sonrisa que le iluminó el rostro repentinamente, aunque casi inmediatamente después se le volvió a ensombrecer.

Para mi sorpresa, Serptes, el mueble ubicado contra la pared este de la sala donde nos hallábamos sentados, al cual había confundido con un aparador cubierto con un mantel tejido en hilo blanco sobre una cubierta roja, era en realidad un congelador horizontal de esos que se abren por el tope. De allí extrajo Antinoe dos botellas de cerveza casi congeladas de tan frías, a las cuales destapó con un curioso instrumento metálico que simulaba unas piernas de mujer abiertas en cuyo centro se hallaba la muela destapadora.

—Ustedes no son de por aquí, ¿verdad? —preguntó doña Violeta después de pasar un rato en silencio como si estuviese escuchando la lluvia caer.

—El caballero aquí es de la capital —se apresuró a responder Mickey Max como si tuviese mucha prisa—. De San Carlos, creo yo, o de San Antón. En fin, de uno de esos barrios de Ciudad Nueva. Por eso usted lo ve que parece medio amemao, aunque, de que es buena gente, es buena gente. En cuanto a mí, yo soy de Cabarete...

—O sea —interrumpió Antinoe—, de donde todo el que no cabe, se mete.

—Ya tú sabes, o sea... —intentó proseguir Mickey— que los dos...

—¿Y cómo se conocieron ustedes? —preguntó doña Violeta sin prestar atención al empeño con que Mickey buscaba monopolizar la palabra.

—Yo estaba... —intenté decir.

—Yo lo vi en la parada de autobuses y le pedí cincuenta pesos —me interrumpió Mickey—. Él me los dio. Después nos pusimos a hablar. Me dijo que iba para Cabarete y, como yo también venía para acá, nos pusimos a hablar hasta que llegó la guagua que nos trajo hasta Nagua. Allí nos quedamos en "El Choripán" y...

Durante un breve lapso de cuatro o cinco segundos, el rostro de Mickey Max cambió tres veces de marrón carne a blanco hueso, y luego de blanco hueso a blanco papel.

—¿Qué te pasa, Mickey? –le pregunté–. ¿Te pusiste malo? ¿Qué tienes?

—Mi... mi... –comenzó a decir Mickey Max haciendo gestos con el brazo izquierdo.

—¿Tu qué? ¡Habla, hombre!

—¡Mi paquete! Digo, yo tenía un paquete en las manos cuando me bajé de la guagua, ¿verdad?

Antinoe y yo nos miramos en silencio. Luego estallamos en carcajadas.

—Mire, macho –dijo Antinoe–. Será mejor que tenga más cuidado con sus cosas. Yo estaba casi seguro de que lo que usted tenía en ese paquete era algo así como un kilo de cocaína o de cualquier otra sustancia prohibida... pero... ná que ver. ¿A quién se le ocurre andar por ahí con un paquete de detergente envuelto en una funda plástica apretada con cinta adhesiva?

—¿Y dónde está? ¿Tú lo tienes? –preguntó Mickey Max sumamente excitado, casi eufórico.

—Cálmate, bróder, que eso está allí. Se te quedó en la yipeta. Ahí estará bien, y sobre todo, seco.

—Bueno –dijo doña Violeta–, ahora que ya sabes dónde está tu paquete, tal vez alguno de ustedes pueda decirme lo que sabe acerca del Perro. Les aseguro que para mí es muy importante cualquier cosa que puedan decirme sobre ese tema.

Para variar, esta vez, Mickey Max guardó silencio y me miró como cediéndome el derecho a hablar primero.

—Pues verá, doña Violeta –comencé a decir, pero esta vez fue ella quien me interrumpió diciéndome:

—Llamame Tota, o Tota Bianchi y dejá eso de "doña" para las viejas.

—Ok. Pues bien, Tota, lo que tengo para decirte es fácil. Lo difícil es creerlo. Hace exactamente tres años que a mí se me está apareciendo un perro en sueños. Hasta conocer a Mickey, no le daba ninguna importancia, pues creía que me pasaba porque veía muchas películas de Netflix. Tampoco me parecía importante el hecho de haber nacido un veinte de marzo. De hecho, fue solamente después de conocer a Mickey Max y a Antinoe cuando comencé a sentir que formaba parte de un club en el que alguien me había inscrito sin preguntarme siquiera si me interesaba…

—¿Y cómo te llamás vos?

—Me llamo Tung Yep Chan.

—¡Claro! ¡El falso chino! ¡Andá a cagar! ¡Tenías que ser vos!

—¿Cómo que falso chino? ¿Quién le dijo que yo soy falso? ¡Yo soy de los de a verdad, verdad! Me he pasado la vida entera estudiando para hacerme chino.

—¿No me digas? ¿Y por qué a mí me parece que sos más bien mulato?

—Bueno, eso es porque mi papá fue el mejor alumno de su promoción. Estudió para hacerse negro, pero no le sirvió de nada, porque los otros negros lo despreciaron a causa de su talento. Le tenían envidia... Por eso tuvo que...

—Un momento —me interrumpió la Tota—. Después si quieres me contás lo de tu papá. Por ahora sólo quiero que me digas quién te dijo que te llamas con ese nombre chino tan raro.

La pregunta de la Tota me dejó con la mente en blanco, pues, a decir verdad, no sabía qué responder. No recordaba haber tenido nunca otro nombre, pero tampoco guardaba en mi memoria recuerdo alguno de alguien que me llamase de esa manera.

—No lo sé —le dije al cabo de una larga pausa—. No lo recuerdo.

—Es lo que me temía, ¿viste? —dijo entonces la Tota—. No te preocupés, a todos nos pasa lo mismo. Por alguna razón, todos los que nacimos el 20 de marzo nos parecemos a las piezas de un rompecabezas: cada uno de nosotros es portador de un fragmento de historia que no es ni falsa ni cierta, ni suya ni ajena. No sé si captás lo que te digo... Me comprenderás mejor si te cuento que la historia de mi vida cabe más o menos en sesenta palabras: soy una tipa que bailaba casi desnuda en un burdel de Argentina y que una noche conoció en Buenos Aires a un taxista dominicano que la defendió a batazos de unos agresores; luego los dos se enamoraron y se vinieron a vivir a lo que, ya para entonces, había dejado de llamarse la República Dominicana para pasar a ser designada con el nombre de Gran Babeque, donde tuvieron un hijo llamado Antinoe y abrieron en Nagua un restaurante al que le pusieron El Choripán. Eso es todo. Ni yo ni nadie sabe qué pasó antes del comienzo, ni qué pasará después, ¿viste? Sólo que, además, no hay manera de probar que la tipa de esa historia soy yo o alguien distinto, ¿no te jode?

—La pregunta no es esa –intervino entonces enfáticamente Mickey Max–, sino otra, por ejemplo: ¿a partir de qué momento hay que comenzar a contar la vida de uno y a partir de cuándo hay que considerar que nuestra vida ya no nos pertenece?

Después de oír eso, todos intercambiamos fugazmente una mirada de estupor y luego nos quedamos mirando en silencio a Mickey Max como esperando que continuara hablando. Creo que él lo notó, porque acto seguido se rascó la cabeza y desvió la mirada hacia la ventana que continuaba cerrada a causa de la lluvia.

—¡Diablo, pero cualquiera diría que se va a caer el cielo! –dijo cambiando el tono de su voz por otro que sonaba más falso.

—Eso que dijiste antes no es tuyo, ¿verdad? –dijo la Tota.

Mickey Max sonrió.

—¿Por qué lo preguntas? ¿Me consideras incapaz de pensar algo así?

—No es eso –replicó Antinoe–. Es que son exactamente las mismas palabras que nos repite el Perro cada vez que nos habla en sueños.

—Bueno, coño, pero, si saben coño que no son mis palabras, coño, ¿por qué coño me preguntan si son mías, coño? –exclamó Mickey empleando la palabra *coño* como marca de énfasis como hacía cada vez que se enfurecía por alguna razón.

—Esto se está complicando demasiado –dijo la Tota–. Creo que será mejor que se sienten y que me escuchen mientras les cuento mi versión de este rollo del Perro hasta donde he podido desenredarlo a partir de lo que me han dicho otras personas. ¿Querés otra cervecita, Miguelito? De repente tenés una cara...

Mickey Max sonrió y dijo:

—Ni la pido, ni la deseo, pero si me la brindas, no te hago el feo...

La Tota miró a Antinoe y este dijo, de camino al botellero:

—Salen cuatro cervezas en bola de humo.

La Tota comenzó su relato mientras Antinoe destapaba las cervezas.

—Parece ser que la cosa comenzó en un tiempo distinto al nuestro. Si me preguntás, te diré que creo que hace más de doscientos millones de años, andá a saber. En todo caso, fue en un tiempo anterior a los cinco diluvios de los que tenemos noticias (aunque mucha gente cree que solamente hubo uno), en la época en que a la diosa Ishtar, la misma a la que los babilonios llamarían Innana, centenares de siglos después, le dio por viajar acompañada por siete perros de caza, mudos y sin nombre, los cuales eran su adoración y con los que, según dice el mito, ella se comunicaba telepáticamente...

Al llegar a este punto, sin poder controlarse, Mickey Max interrumpió a la Tota levantando en el aire su dedo índice derecho y diciendo:

—Dos cosas. La primera es: ¿eso no está en la Wikipedia? Y la segunda: ¿Dónde está el baño?

Como si acabara de salir de un trance, Tota Bianchi parpadeó y suspiró varias veces antes de responder:

—Enséñale vos el camino, Antinoe. Y cuando vuelvas, sé bueno y traeme otra cerveza, porfa.

En medio del silencio que siguió a las últimas palabras de la Tota, yo como que medio me estrujé dentro de mi ropa sentado en un sillón que, tal vez por ser extensamente cómodo, a medida que pasaba el tiempo, me iba produciendo una curiosa sensación de que flotaba suspendido en el aire, a lo cual tal vez ayudaba el efecto de las cervezas que había consumido.

—¿Y vos? —me preguntó la Tota clavándome sus enormes ojos azules.

—¿Yo? Tal vez, sí —le respondí, creyendo que me preguntaba si quería otra cerveza.

—Te pregunto si no querés ir a mear tú también, ya que estamos...

—Ah, pues... si es eso, no —dije, sintiendo que la sangre me subía a la cara—. Ya le pediré permiso más lueguito, si hay tiempo, pero por ahora no. Ahora lo que yo necesito es algo que me quite de encima la rabia que tengo...

—¿Pero qué más puedo yo hacer? ¡Ni siquiera me han querido escuchar!

—Es que nada que valga la pena se puede conseguir hablando, Tota, de la misma manera en que nada de lo que ya se ha dicho hasta ahora ha servido para nada.

—Tenés razón, pero igual...

Aunque le habría gustado seguir su plática, Tota Bianchi calló, pues en ese mismo momento regresaban Mickey Max y Antinoe con sus cervezas. Era más importante retomar el tema anterior.

—¿Y qué? –dijo Mickey Max regresando a su asiento–. ¿El perro es o no es un Annunaki?

Tota Bianchi le dirigió una mirada demoledora y dijo:

—Yo sé cuál es tu jueguito, pibe. Sé por qué es tan importante para ti ese paquete que llevás y que, según tú, está lleno de detergente. Sé también quién te paga por llevar a Cabarete esas cosas. Conozco decenas de muchachos que se dedican a lo mismo y que vienen y van semanalmente de la capital a Las Terrenas, a Sosúa o a Cabarete. No te preocupés por eso, porque, de verdad, no pasa nada. Sólo que, si me permitís, no te tenés que poner pesado conmigo, ya que todos aquí sabemos que lo del Perro te preocupa tanto como a todos nosotros.

—Bueno, pero, ¿de qué rayos me está hablando esta tipa? –exclamó Mickey Max alzando la voz y poniéndose de pie.

—¡Hey, psss! ¡Cógelo suave y siéntate! –dijo Antinoe poniéndose también de pie y agarrando a Mickey Max por un brazo–. Si ella te dice que no pasa nada es que no pasa nada.

—¡Yo lo que quiero es irme de aquí ahora mismo antes de que pase una vaina! –gritó Mickey Max soltándose bruscamente.

—Claro que te irás –dijo entonces Tota, pero antes tenés que decirme a cuántas otras personas conocés que hayan visto al Perro aparte del amigo chino aquí presente. También quiero saber lo que te han dicho.

—¿Y para qué quieres saber eso? –preguntó Mickey–. ¿Estás escribiendo un libro o qué?

—Si de verdad querés saber por qué me interesa tanto, tenés que oír lo que tengo para decirles, porque, y esto te lo digo para ver si te tranquilizas un poco, una historia como esa no la encontrarás en la Wikipedia... Por lo menos, no en esta dimensión...

—Bueno, pues, dale –dijo Mickey Max, bajando el tono de su voz, y luego, como si rogara, agregó:

—Arranca.

—El informe del contacto más antiguo del que se tiene noticia data de 1967. Según el informante, en la época en que alega haber sido contactado, era apenas un niño a quien su mamá lo enviaba a hacer mandados, pues esa era todavía la costumbre en la ciudad de Santo Domingo. Estaba parado en la acera suroeste de la esquina de Hostos con Restauración, frente al colmado de don Plinio, que entonces estaba enteramente pintado de rojo, cuando sintió una mano como una garra que lo sujetó con fuerza por el hombro derecho, y cuando miró, vio la cara de un viejo con muy largas y tupidas cejas entrecanas que lo miraba con odio, la cabeza cubierta con un sombrero de fieltro marrón oscuro, y le mostraba los dientes, muy largos, amarillos y feos, varios de ellos con esmaltes dorados. Sin soltarlo, el viejo intentaba acercar su cara a la suya haciéndole horribles muecas, pero él fue más ágil, y girando rápidamente su bracito de niño, se quitó de encima la mano que lo sujetaba e intentó cruzar corriendo al otro lado de la calle, con tan mala suerte (o buena, según se vea, pues pudo haber sido mucho peor) que recibió de lleno el impacto de una bicicleta de grandes ruedas conducida por otro hombre. Cuando el niño y futuro informante miró hacia atrás, vio que el viejo que lo había intentado sujetar había seguido su camino, y únicamente entonces se permitió escuchar los insultos que le gritaba el ciclista antes de romper a llorar de dolor, pues una de las piezas metálicas de la bicicleta que lo chocó le había producido una profunda cortada en la rodilla y por ella había comenzado a brotar la sangre con impresionante profusión. Como pudo, el niño llegó hasta el colmado, donde fue atendido por el banilejo Plinio en persona. Pidió y recibió las mercaderías que le había encargado su mamá, pagó y esperó el vuelto del dinero que había llevado y luego inició cojeando el camino de regreso a su casa, distante apenas unas pocas decenas de metros sobre la calle Hostos. Esa noche, luego de quedarse dormido sobre su cama, adolorido y con una bandita sanitaria que le había colocado su mamá en la rodilla, el niño tuvo un sueño.

Se vio jugando básquetbol con sus amigos en una cancha que entonces estaba ubicada cerca del lugar donde se levantaban las ruinas del antiguo monasterio de la orden de San Francisco. De repente, sin que pudiera saber por qué, todo se puso muy oscuro y, aunque intentó escapar de allí corriendo a toda prisa, él sintió que se hundía en el suelo de la cancha a medida que avanzaba. Luego, sin que pudiera evitarlo, comenzó a caer atravesando distintas capas del suelo. Su caída parecía no tener fin. Más que caer, sentía como si su cuerpo fuese una nave que volara precipitadamente hacia el centro de la Tierra llevando a bordo su conciencia (pues él asegura no haber creído nunca en la existencia de algo así como un alma o un espíritu) como único pasajero.

Tal vez por eso, a medida que caía, trataba de agarrarse como pudiera de las protuberancias que a cada tanto encontraba a su paso a través del subsuelo y que él confundía con rocas. Varias veces lo intentó con el único resultado de acelerar su caída. Finalmente, logró atrapar una de aquellas formas, pero lo único que logró fue pegarse tremendo susto, ya que eso que había confundido con una roca era en realidad una calavera que reaccionó violentamente al sentir que sus manos la sujetaban, dando inicio a una lucha cuerpo a cuerpo entre el niño y el esqueleto en la que el pequeño llevó todo el tiempo la peor parte, pues sus golpes no tenían ningún efecto sobre el amasijo de dientes y huesos, mientras que los de este último eran capaces de atravesar sus carnes e incluso arrancarle trozos completos de piel, músculos y vísceras. Y mientras la pelea ocupaba toda su atención, ambos, el esqueleto y él, continuaban atravesando, una tras otra, numerosas capas geológicas, y tal vez todavía hoy, a más de ochenta años de ese sueño, el niño y su calavera estarían atravesando el planeta de no haber ocurrido lo que convirtió a ese sueño en un acontecimiento verdaderamente único: la primera comunicación con el Perro de que se tenga noticia.

Como todo sucedió durante un sueño, el informante dijo no estar seguro de haber escuchado o presentido aquella voz. Tampoco puede decirse que recordó gran cosa de esa comunicación durante décadas enteras. De hecho, hasta que cumplió los cincuenta años, escasamente pudo recordar ese sueño a partir del momento en que se hundía hasta que comenzó a luchar contra la calavera. En el curso de los últimos años del siglo XX, no obstante, cuando se puso de moda en todo el mundo dejar de fumar, el informante, convertido ya en un señor regordete y calvo, comenzó a tener sueños en los que volvía a soñar cosas que recordaba como ya soñadas por él. Intrigado, se lo comentó a varios de sus amigos de entonces, quienes le recomendaron que cambiara de *dealer* o que dejara la coca. Aunque sabía que ellos lo juzgaban a él a partir de su propia condición, él no les decía nada, pero, al llegar a su casa, tachaba en su agenda con un grueso marcador de felpa negra los nombres de todos los que se habían burlado de él.

De ese modo, cuando se inició el siglo XXI, descubrió una tarde que se había quedado sin trabajo, sin amantes, sin amigos y prácticamente sin ninguna esperanza de salir de esa situación, y así, lentamente, comenzó a navegar por los sinuosos y solitarios meandros de lo que, por lo menos para él, no era más que el triste inicio de una vejez auto impuesta y sumamente anticipada. Según sus propias declaraciones, no recordaba haberse sentido a gusto nunca en este mundo. No se sentía atraído por ninguno de los proyectos de vida que hacían mover a las demás personas: ni los deportes, ni la salud, ni el consumismo, ni la fama, ni la gloria, ni el dinero, ni el juego, ni la filantropía, ni la actividad política, ni la meditación, ni el bienestar futuro. Lo suyo no era ni siquiera el camino de la renunciación, para el cual, no obstante, cualquiera que lo conociera de cerca habría dicho que tendría cierta vocación. Ese desapego crónico, ese descomunal desinterés, lo había acompañado durante toda su vida. No obstante, fue únicamente al quedarse solo cuando comenzó a molestarle el no saber en qué se había equivocado. Apenas entonces quiso reaccionar, averiguar qué rayos le había sucedido. Y fue tal vez por eso que, una noche de marzo, volvió a soñar que un Perro le hablaba mientras continuaba la caída sin fin que había iniciado cuando era niño.

Según el informante, lo que se dice hablar no es lo que hace realmente el Perro, sino que, de alguna manera, se las arregla para robar las palabras de la mente de aquellos con quienes quiere establecer comunicación. Además de robarles los sueños, pues, ese Perro es un ladrón de lenguajes. Otra cosa: todos los que han sido contactados por el Perro saben que este último le atribuye una importancia especial a la fecha del 20 de marzo. Según el informante, eso tal vez se debe a que él mismo fue contactado el 20 de marzo de 1967. Lo sabe porque ese día era el cumpleaños de su abuelita, pero también dice no estar seguro de ello, pues ella murió cuando él tenía apenas once años de edad. De todas maneras, en vista de la corta edad que tenía cuando tuvo lugar el primer contacto, tardaría casi ocho décadas en adquirir un cerebro capaz de procesar la información que se le transmitió en esa ocasión. El hecho de que el informante haya podido llegar a las puertas de la vejez sin haber obtenido un nivel de desarrollo cognitivo superior al quinto grado de instrucción básica constituye una prueba del tipo de retraso al que me refiero. Sobre ese particular, sin embargo, quiero ser bastante específica, ya que, aunque es cierto que yo he sido en otra época de mi vida bailarina de *pole dancing,* para mí es importante aclarar que únicamente lo hice porque llegué a ganar tres y a veces cuatro veces más dinero mostrando el culo que como profesora de expresión corporal, para lo cual llegué a obtener una licenciatura en la UBA. O sea que es como en la tele: tal vez se cocine igual con librito o sin librito, pero sólo hay una manera de saber cuándo o en qué te equivocás, ¿viste?

—¿Quieres decir entonces que este Perro nos está pidiendo que contactemos a personas nacidas el 20 de marzo solamente porque siente nostalgia de su primera vez?

La pregunta de Mickey Max nos hizo reír a todos, menos a la Tota.

—No corrás, Miguelito –dijo esta última–. Eso no es más que el reporte del primer contacto. Recordá que les dije que en cada contacto hay cosas que se repiten y cosas que cambian. Hasta ahora he logrado inventariar cuarenta y cinco casos distintos de contactos con el Perro. Curiosamente, aunque nada impide que más tarde aparezca más de uno, hasta ahora apenas ha habido un único contacto por año solamente en este país. Si tengo razón, me faltan por ubicar unos treinta y cinco informantes. Bueno, 33, si los cuento a ustedes dos. Para que te tranquilices, Miguel, la persona contactada en 1968 fue una niña que podría tener ahora unos setenta y nueve años. Ella, y no el niño, fue la primera persona a quien el Perro le dijo que debía contactar a todos los nacidos el 20 de marzo. Según ella, sin embargo, la intención del Perro es crear algo así como una red de cerebros.

—¡Lo sabía! –dijo Mickey, mirándome–. ¡Eso mismo fue lo que te dije, Chino!

Era la primera vez que alguien me llamaba de esa manera.

—Bueno, pero, hay un problema en todo eso –dije, casi con pena–. Conozco una persona que dice saber la verdadera razón por la que el Perro intenta contactarnos.

—¿No digas? –preguntaron casi a coro Mickey Max y Tota Bianchi. Antinoe por poco se ahoga al atravesársele una carcajada en mitad de un trago de cerveza–. ¿Y quién es esa persona?

—Se llama Nicole Dombres y es mi esposa –dije mirando a Mickey Max–. Te hablé de ella esta mañana en la parada de autobuses. Vive en Cabarete.

6. Bujará

Yo, Tung Yep Chan, te agradezco, Serptes, que me hayas considerado digno de escucharte mientras narrabas la siguiente historia que, según me dijiste, es digna de que la cuenten los mercaderes trashumantes que hoy atraviesan el valle de Zarafshan a bordo de camiones Mercedes Benz —como antes a lomo de elefantes y camellos— la antigua ruta de la seda. Te escuché contármela completa en la playa de Cabarete, bajo la luna llena una noche de agosto a orillas del Atlántico, y desde entonces no pude contener las ganas de escribirla, aun a sabiendas de que me hablabas sobre personas y hechos que escapaban a todos los recuentos.

Hace muchos siglos —me dijiste—, mucho antes del inicio del portentoso reinado del gran Timur El Cojo, Bujará, la capital del Uzbekistán, ciudad a la que se considera sagrada en no menos de seis religiones distintas, no sospechaba siquiera que un día viviría a la sombra del minarete de Kalyan, la del penacho blanco y negro, la de los pies aéreos. En aquella ciudad famosa por sus puertas, la Luna bebía su brillo, y su pelo le prestaba a la noche su suave color.

Igual que aquella ciudad que en una época fue el faro que guiaba a quienes se aventuraban a cruzar a solas el oscuro desierto del espíritu, y que luego, a consecuencia de los cambios que estremecieron los nunca bien ponderados ejes de la cordura universal, terminó despreciada hasta conocer el olvido de sus amigos, la indiferencia de sus enemigos y la burla de quienes no la conocían, aquella mujer sobre la cual se tejieron en todas las lenguas antiguas tantas leyendas como nubes caben en el cielo abandonó un día la humana compañía: se afeitó la cabeza, cubrió su cuerpo con un tosco lienzo como el que entonces se usaba para fabricar mortajas y luego subió hasta la cima de una montaña, donde permaneció escondida hasta borrarse de la memoria de todas las generaciones.

Así vivió hasta que la muerte vino a robársela a sus terribles adoradores, después de lo cual, una tarde, al cabo de numerosos eones, regresó envuelta en el aire de la noche como si este fuera una rara bufanda. Pero aun bajo esa sutil apariencia fuiste capaz de reconocerla, Serptes. Presentiste el momento en que ella cobró forma en el aire de una de las habitaciones de un hotel de la playa de Cabarete. Sin necesidad de que te lo explicaran, supiste de qué manera, tras desaparecer entre los millones de olvidos que pueblan el otro lado del mundo real, su cuerpo se había transformado en un raro gas o vapor que atravesó la inmensa capa de tierra que separa a las dos caras del mundo en un desesperado intento de anclarse nuevamente a aquella vida que una vez había considerado erróneamente suya. Puesto que había comprendido que lo único peor que vivir una existencia fallida es el hecho de fracasar igualmente en la muerte, ella pervirtió y violó todas las reglas que controlan el funcionamiento del Hades deseando firmemente retornar a la Tierra como solamente se puede desear la muerte, pues así como morir es consecuencia de nacer en la vida, nacer es resultado de morir en la muerte.

Y eso exactamente fue lo que sucedió.

Únicamente después de verse tendida debajo del espejo que la reflejaba desde el techo tan desnuda como una lágrima sobre la cama de una habitación con vista al mar de un exclusivo hotel de Cabarete tuvo ganas de volver a ser merecedora de un nombre que la distinguiera entre las incontables criaturas que caminan y duermen, sudan y crujen, mienten y se alimentan sobre la faz de la Tierra. No lo sabía todavía, pero únicamente quería un nombre para alcanzar de nuevo la plenitud de lo real. Tal como estaba, reducida al simple estado de quintaesencia femenina, lo mismo podía guardarse en el fondo de un frasquito de aspirinas o ensartarse como una flor en el bolsillo de una guayabera playera por medio de un alfiler, desde donde ciertamente pudiera volver a contemplar el espectáculo de una humanidad atroz devorándose a sí misma de manera inclemente a plena luz del día pero en la más completa y absoluta incapacidad de *disfrutar*, esto es, de *participar* activamente en un festín canibalesco, única razón, qué duda cabe, de su retorno a este mundo.

Ella necesitaba, pues, ser poseída por un nombre de la misma manera en que las mujeres antiguas necesitan ser poseídas por un hombre. Sobre los gustos, bien se sabe, no hay nada escrito, pero a ella sólo la consuela saber que es, a pesar de todo, incluso a pesar de no estar completa en este mundo que todavía ignora su existencia. Y ahora que está en Cabarete, también la consuela saberse tan cerca del mar, puesto que, cuando vivía en esa otra lejana tierra a la que ella aún recuerda como su lugar de origen, debía cruzar dos fronteras para poder llegar a la costa más cercana.

Aquel remoto origen databa de la época en que su familia pastoreaba ovejas como la mayoría de los habitantes de la estepa póntica, también conocida como la Escitia. La belleza de sus mujeres y la aparente placidez de una vida bucólica era al mismo tiempo un señuelo para atraer incautos y un impresionante disfraz que escondía unas costumbres verdaderamente fieras. Los escitas, como los llamaban con pavor sus enemigos, tenían por costumbre beber la sangre de su primera víctima en una batalla, fabricar vestidos con cueros cabelludos y emplear como vasijas domésticas cráneos humanos, incluyendo los de amigos y familiares a quienes habían matado en alguna querella o duelo. Sus vecinos más famosos, los isedones, fueron los únicos que se aventuraron a explorar las tierras del norte de su país, donde descubrieron a los arimaspos, un pueblo que estaba en continua lucha con los grifos, guardianes del oro.

Y fue precisamente un isedón quien, ebrio de amor por ella, le regaló una noche tres carneros blancos y un mapa dibujado con una gran profusión de detalles sobre un cuero de oveja en el que se mostraba con claridad el camino hacia la última Tule. Ella aceptó el mapa y lo llevó hasta su lecho, donde, luego de hacerle el amor, le clavó tres dagas: una en el corazón, otra en el plexo solar y otra en el bajo vientre. Luego, tomó uno de los corderos y lo descuartizó, después de lo cual hizo lo mismo con el cadáver del isedón, mezclando finalmente las carnes de ambos cuerpos para después ir a exponer una parte de estas en un lugar del campo especialmente habilitado para esos fines. Al día siguiente, celebró un banquete junto a sus hijas para dar gracias a Ares porque los buitres se habían dignado en bajar a comer la ofrenda que ella les había preparado. A partir de ese momento, supo que algún día tendría que abandonar su tierra y partir hacia el lugar marcado en el mapa que le había obsequiado aquel hombre.

Para cumplir ese deseo, no obstante, le sería necesario morir dos veces.

La primera vez, había pasado toda la noche en compañía de otras mujeres consumiendo brebajes y enviando malos pensamientos al campo de sus enemigos con el propósito de provocarles toda clase de desgracias. Tú estuviste junto a ellas esa noche, Serptes. Las viste participar en la preparación de una bebida ceremonial elaborada a base de plantas maceradas en cerveza de trigo conocida como *haoma* a la que luego todas consumieron en copas hechas con cráneos de antiguos amigos asesinados por ellas. Así, mientras los hombres abandonaban de noche el campamento aprovechando las sombras para atacar por sorpresa a sus enemigos, las mujeres se rasgaban las vestiduras y se provocaban largos rasguños en la piel de los senos con afilados cuchillos para luego verter sobre las heridas y dentro de sus vaginas un brebaje de cerveza de mandrágora y hierbas que las dejaría listas para entrar en comunicación con los Rojos Señores de la Guerra, quienes les explicarían todo lo que necesitaban saber para llevar la muerte a las filas de sus enemigos.

Lo único que importa es la visión. Ni el trance que la propicia ni el malestar que este deja en el cuerpo cuando pasa el efecto de las sustancias que lo producen son importantes. La vida de miles de personas puede depender del color de la luz que se haga visible en medio de la más completa oscuridad del espíritu, o del mensaje, claro o confuso, que retumbe como un grito entre las sienes de quien lo recibe, o de la dirección con que vuelen las aves sobre las cabezas de quienes hayan pedido algún augurio. De todas maneras, todo continuará igual, pase lo que pase. Si un pueblo completo resulta exterminado en el curso de una guerra, otros pueblos pasarán a habitar los lugares que fueron borrados a sangre y fuego, ya que la vida nunca cesa: entre sus incontables negocios, la muerte es apenas uno más. Y es por eso que lo único que importa es la visión.

Sólidamente aferrada a ese precepto, mientras se hallaba bajo los efectos del *haoma*, ella tomó la decisión de esperar ansiosamente la llegada de su primera muerte, pues sabía que el mapa que le había regalado el isedón que en vida se llamó Yiuksh Ishk'naz sólo le sería útil cuando se hallara del otro lado de la cortina de las apariencias. Estaba tan convencida de que podría llegar al lugar marcado en ese mapa que perdió todo interés por los asuntos regulares del mundo al que pertenecía. Su imaginación se hizo tan poderosa que logró domesticar y amansar las terribles fieras de la realidad. Es por eso, entre otras razones, por lo que resulta imposible determinar por cuánto tiempo permaneció entregada a la contemplación de las sinuosas líneas dibujadas en aquel pergamino, ya que el tiempo no corre de la misma manera para quienes se hallan en ese estado en el que la consciencia individual se funde con el paradójico fluir detenido del cosmos. Los himnos medos en los que se recogen numerosas versiones de la historia de esa guerrera la recuerdan como una misteriosa mujer que permaneció sentada frente a su daga en la misma posición durante cientos de años y que, un día, cuando ya todo el mundo había terminado confundiéndola con una estatua, abrió los ojos, se puso de pie y luego se marchó para siempre de la aldea en donde se había convertido en leyenda. Nadie sabe, sin embargo, que mientras se hallaba bajo los efectos del *haoma*, ella no hizo otra cosa que rumiar mentalmente el trayecto que sugerían las líneas del mapa, hasta que la misma idea del mundo y sus afanes se desvaneció definitivamente en su espíritu. Había entrado en el estado de vida suspendida, o para emplear el término como se conocería erróneamente esa condición varias decenas de siglos después: había muerto. Y fue precisamente entonces cuando tuvo aquella visión.

Las vio arder, una y trina, en medio del fuego rojo blanco: tres frentes distintas que pensaban simultáneamente como una sola y como tres entidades distintas. Tres voces que hablaban a coro pero que al mismo tiempo decían mensajes diferentes. Tres formas que ardían, mas no se consumían. En cada una de sus vidas ulteriores ella recordaría lo que ellos le dijeron. Fue así como supo que sería derrotada, aunque claro, le resultaba imposible ubicar con precisión en el tiempo los hechos que las voces desglosaban mientras le hablaban. Tampoco puede decirse que comprendió cabalmente cuanto le dijeron. Aun así, su mente se las arregló para organizar sus ideas asignándoles un valor de cosa por venir, lo cual, sin que ella pudiera evitarlo, le provocaba un profundo sentimiento de repulsión.

A pesar de eso, acostumbrada a las trampas de la ilusión, no opuso ninguna resistencia, pues sabía que las palabras de los dioses tienen un valor perpetuo. Así, cuando la trinidad le habló de las traiciones que soportaría, sabía que se refería a cosas que le sucederían en todas las etapas de su existencia, independientemente del tiempo o de los lugares donde esta transcurriese. «Muchos te mirarán», le dijo el dios trino, «mas nadie te verá. Todo cuanto digas te lo arrebatarán como si fueses muda. Tus hijas te desconocerán e incluso tratarán de despojarte de tu sombra, pues tus enemigos les inyectarán un odio rancio que alimentarán con su desprecio. Nadie intentará nunca considerarte en función de tus actos y los frutos de tu espíritu, pues todos preferirán juzgarte a partir de sus propias suposiciones. Tus enemigos harán que tu nombre se convierta en la medida de todo lo despreciable. Te obligarán a permanecer a la sombra de cualquier sabandija de maceta, esperando un momento que jamás vendrá. Tendrás, pues, la más completa libertad para actuar, perpetuamente alejada de cualquier posibilidad de que te tomen en cuenta. Aunque no puedas evitar sentirte como una joya escondida en el interior de una papaya, puedes estar segura de que tus enemigos no te verán nunca como una amenaza. Te harán creer en falsas promesas, pero únicamente para poder venderte a otras personas y obligarte a esclavizarte para poder pagar el dinero de la transacción. Disfrutarás de buena salud y de una larga vida, pero apenas vivirás para ver de qué manera los momentos más importantes de tu existencia se van convirtiendo uno a uno en ridículos embustes, amargas decepciones o simples cosas vanas, y aunque remuevas cielo y tierra, no lograrás escapar de esa suerte, pues, si bien es cierto que el destino de todos está escrito en los libros de la vida, es probable que el tuyo no sea más que un burdo catálogo de errores ortográficos... Ante eso, lo único que puedes hacer para corregir tu rumbo es borrarte: escapar, saltar, salir de ese mundo al que luego tendrás que regresar; salir para poder entrar; dejar de estar para poder ser, pues, aunque eres incapaz de sentir culpa por ninguno de tus actos, tus enemigos han convertido tu vida en una ofensa imperdonable, y eso es como la culpa, pero incorregible...»

Eso le dijeron las tres frentes, o por lo menos, eso creyó escuchar, aunque mejor sería decir que eso es lo que recuerda de cuanto cree haber escuchado mientras permaneció en trance. También recuerda haber tenido visiones de personas corriendo desesperadas, mientras que un hombre que cubría sus ojos con cristales negros y con una extraña forma de gorro puesta en la cabeza abría desmesuradamente la boca, como queriendo soltar un grito más grande que él. Y olas. Muchas olas enormes penetrando en una ciudad que, en esa época, todavía ni siquiera existía y ya estaba llena de personas mezquinas, hombres abyectos que ceden a desconocidos el derecho de pasar una noche en el lecho con sus hijos adolescentes; mujeres infames que se burlan de sus propios maridos desde que estos abandonan sus domicilios; personajes ruines cuyo máximo placer consiste en ver cómo se desmoronan las esperanzas de todos cuantos trabajan para ellos a cambio de un puñado de monedas; policías prevaricadores y políticos corruptos y mentecatos, igualmente incapaces de comprender el sentido y la utilidad del respeto a la ley... En una ciudad con esas características ella sería seguramente reverenciada como la Gran Puta, Madre y Reina: su escolta la integrarían docenas de vasallos itifálicos y desnudos; sus largos cabellos serían peinados y perfumados con esencias de sándalo y jazmín; su rostro sería bruñido en monedas de distintas denominaciones y en numerosos templos se cantarían loas y alabanzas a su nombre, el cual tendría que ser parecido al de Bujará, que significa diversión, caminar por placer como alguien que baila.

El problema, no obstante, no sólo era que esta ciudad todavía no existía, sino que tardaría por lo menos nueve siglos en llegar a convertirse en lo que había podido apreciar en el curso de esas visiones. Hasta entrar en posesión del mapa del isedón, la única constancia de la futura existencia de esa ciudad estaba en el recuerdo de las visiones que tuvo la noche anterior al combate. Por esa razón, apenas pudo sentarse a contemplarlo, comprendió que en ese mapa se resumía todo cuanto de valioso podía haber para ella en la vida, de manera que, secretamente, se las arregló para deshacerse de todos sus compromisos: asesinó a sus hijas y luego ofreció sus vísceras a los buitres, quienes bajaron a comérselas prácticamente de inmediato, confirmando con esto que había tomado la decisión correcta. Luego dejó que el fuego consumiera su casa junto con todas sus posesiones, con la única excepción del mapa, al cual enrolló en el centro de un gran resto de piel de cabra que se ató a la espalda y luego abandonó la aldea montada en el lomo de su caballo con destino a Samarcanda, que estaba entonces bajo el poder de los sogdianos, llegando allí prácticamente el mismo día que el explorador chino Zhang Qian.

Tal vez ahora la recuerdes, Serptes: era ella la que caminaba entre las enormes columnas que marcaban la entrada a la ciudad la mañana en que, como parte de la comitiva de recepción, Bhamil esperaba que Zhang Qian se dignase a levantar la cortina de su palanquín para hacer saber que el Hijo del Cielo autorizaba y favorecía su presencia allí, sin lo cual ni siquiera habría podido ver la luz de aquel día sin ser acusado de usurpador y condenado a ser ejecutado por el mismo Gran Visir en persona en el lugar donde se le hallase. Como conocía las costumbres y el idioma de la ciudad por haber pasado allí una parte de su adolescencia al servicio de quien luego pasaría a ser su primera víctima, ella llegó envuelta en una gran túnica negra que le cubría todo el cuerpo de manera parecida a lo que varios cientos de años después se conocería en el mundo musulmán bajo el nombre de *niqab*, y al sentirla avanzar por la alameda sembrada de dátiles de la entrada principal de Samarcanda los perros, que no cesaban nunca de ladrar a los forasteros, se iban silenciando uno tras otro. De hecho, sus ladridos solamente volvieron a escucharse cuando la recién llegada se había convertido en un recuerdo borroso que se perdía en las sombras de la memoria.

Como su llegada tuvo lugar a la hora en que el sol comienza a decaer hacia el poniente, se dirigió directamente hacia un monte despoblado, en cuya cima pernoctó a solas en espera de poder asistir allí mismo, en las primeras horas de la mañana siguiente, a la celebración de la liturgia yasna directamente en avéstico. En esos días, era fama en todo el mundo conocido que en Samarcanda residían los últimos hierofantes que dominaban el antiguo ritual en el que Mitra era reverenciado como un dios único, y no como una entidad trifurcada en Mitra, Ariamán y Váruna. Desde que era niña había oído decir que quienes pudiesen escuchar la voz de un dios muerto habían sido elegidos por este para llevar a cabo importantes misiones. ¡Y ella había escuchado la voz única de ese dios trino que, a diferencia de las demás deidades antiguas, cuya inmortalidad consistía en cambiar simplemente de nombre según los lugares donde se les rindiera culto, era capaz de conservar su nombre cambiando de esencia a través de las épocas y las naciones donde su divinidad se manifestara! No tenía ninguna duda a ese respecto: ella era la elegida. Había visto la triple frente ardiente aparecer en medio de una visión de fuego. Había escuchado la triple voz de trueno que le profetizó la interminable lista de sacrificios a los que debería someterse en el camino de su purificación. Se consideraba, pues, lista y decidida a subyugarse a los designios del todopoderoso dios único y trino. Ahora bien, ¿cuál era esa misión a la que el dios la estaba conminando? ¿De qué manera podía averiguarlo?

Durante los tres años que pasaron desde que tuvo esa visión a la víspera de una gran batalla, todos sus intentos de volver a vivir la misma experiencia a través del consumo de *haoma* habían sido infructuosos. Intrigada, consultó a los *enarei*, unos hombres-mujer tenidos por sagrados en su Escitia natal por estar consagrados al culto de la diosa Argimpasa, la Dama de las Serpientes, quien les obsequiaba con visiones del futuro a partir de la lectura de tiras de cortezas de tilo. A cambio, ellos le permitían habitar en sus cuerpos, a los cuales vestían con ropas femeninas en su honor. Ninguno de ellos, no obstante, pudo explicarle de manera satisfactoria el sentido de sus visiones, aunque todos coincidieron en que probablemente se debían al intento de comunicación de alguna poderosa divinidad. Una noche, poco antes de su partida, tuvo un sueño en el que se vio caminando entre unas rodantes máquinas multicolores que parecían llevar los cadáveres vivientes de numerosas personas en sus vientres abiertos por algo así como unas oscuras calzadas para las que no existía en su idioma ninguna palabra que pudiera nombrar. Cuando despertó aterrorizada en mitad de la noche, se sentía atravesada por el mismo ardiente fuego de Mitra. A partir de esa noche, su mundo comenzó a hundirse en una inexplicable neblina blanca de la que por momentos parecía escapar, sobre todo después de pasarse varias horas contemplando las extrañas líneas del mapa que Yiuksh Ishk'naz le había regalado. Juraba haber visto al sol seguir el mismo trayecto que llevaba a la parte central de ese dibujo. Estaba tan convencida de que tal cosa podía ser una señal divina que en ningún momento se le ocurrió poner en duda la acción de sus sentidos. Por eso no dudó cuando, la mañana siguiente, sujetó por detrás los cabellos de sus hijas después de atarles manos y piernas con cintas de cucro y, una tras otra, las degolló frente a una espada curva de hierro clavada en el ala derecha de la plataforma cuadrada de los sacrificios mientras entonaba en voz baja himnos a Ishtar, Tabiti y Argimpasa, sus tres diosas tutelares.

Ahora que finalmente se hallaba en Samarcanda, estaba decidida a encontrar su camino a toda costa. En su adolescencia había visto a centenares de personas partir hacia las montañas cada mañana en busca de los chamanes que realizaban todo tipo de rituales de adivinación, mezclando aquí y allá en dosis distintas el budismo, el maniqueísmo, el nestorianismo y el zoroastrismo, pues en los tiempos previos a la invasión musulmana, aquella tierra era conocida por su gran tolerancia producto de su excelente ubicación en la ruta de la seda. Sabía, pues, que permanecería allí hasta que el sol encendiera el cielo con sus primeros rayos y luego sólo tendría que preocuparse por elegir en cuál de todas las versiones proféticas de su futuro creería más. Y eso precisamente fue lo que sucedió, aunque no de la manera que ella lo esperaba.

Allí estaba ella, pues, tragada por su túnica negra mientras esperaba en ayunas la llegada del hierofante al que le estaba asignada la cima de la montaña. En esa época, en efecto, los hombres sabios oficiaban los misterios en la cima de alguna montaña, pero como cada dios era único, cada cima tenía su propio oficiante, quien servía allí a su dios hasta su muerte. Cada mañana, subía o era transportado hasta allí por sus más fieles heraldos, entre los cuales habría de surgir su sucesor cuando le llegara la hora de disolverse en el infinito. Justo en el momento en que el sol parecía estar a punto de romper en mil pedazos la oscuridad, un fuerte olor a incienso, sándalo y mirra impregnó el aire de la montaña, al tiempo en que se escuchaba el sonido de campanillas y címbalos. Cuando ella abrió los ojos debajo de la oscura gasa que los cubría, se vio frente a la figura de un hombre vestido con una larga capa púrpura con bordados de oro y una cinta dorada que le ceñía la cabeza. Iba calzado con altas botas, como las de los soldados tracios contra los cuales ella había luchado en numerosas ocasiones. Según las rigurosas normas que regulaban los usos de la comunidad de montañeses, un hombre santo no podía ni mirar a los ojos, ni hablar directamente, ni tocar, ni permitir que su sombra entrase en contacto con el cuerpo de ninguna mujer. Por esa razón, tuvo que esperar que se le acercara uno de sus hierocérices, o heraldos, quien se dirigió a ella en una mezcla de uzbeko y persa. Las palabras que intercambiaron en el curso de ese diálogo quedarían grabadas para siempre en su memoria. A medida que ella respondía, el heraldo le traducía sus palabras al Hierofante en un idioma que ella desconocía por completo:

—El Que Puede por mí te habla, mujer. ¿Qué quieres?

—Escita soy. Mujer libre soy. He traído mi cuerpo para entregárselo al misterio.

—Primero debes entregar tu visión, mujer. El Que Puede la juzgará.

Sin dudarlo un instante, ella comenzó a narrar:

—He visto arder la triple frente de Aquel Que es Uno y Trino, en medio del fuego rojo blanco: tres frentes que piensan y hablan a coro me entregaron un mensaje que es tres veces otramente el mismo.

—¿Y cuál era ese mensaje, mujer?

—Sin palabras se me dijo lo que en palabras aquí cuento. He visto que seré derrotada apenas llegue a las puertas de la vejez, y que la traición será la máquina y el instrumento principal de esa derrota; he visto las caras de quienes me traicionarán y los he visto buscar la muerte sin poder hallarla; he visto dolor y sufrimiento, dragones celestiales engullendo el cosmos; he visto arder el fuego en la Gran Marmita del tiempo; me vi arder en ese fuego y quedarme allí muchas eras; luego me vi alzarme purificada y caminar descalza bajo el sol sin cerrar los ojos. Eso es todo. Por eso he venido a buscar la puerta de mi liberación, pues se me ha dicho que sólo escapando del mundo estaré en condiciones de librarme de la maldición que mis enemigos han lanzado sobre mí.

—¿Cuál es tu ofrenda?

—Traigo un collar de siete corazones para ofrecérselos al dios viviente.

Y diciendo esto, ella haló el velo negro que cubría una gran copa de bronce en la que se contaban exactamente siete corazones humanos aun sangrantes que parecían recién extraídos de sus pechos originarios.

Al ver la ofrenda que ella había desvelado ante sus ojos, el Hierofante esbozó una amplia sonrisa de agrado y luego, sin mirarla, dijo en lengua uzbeka:

—Los habitantes de la Escitia, pero en especial sus mujeres, son famosos por su lealtad hacia Ares y Tabiti. Aguardarás aquí el inicio de la ceremonia. Mientras tanto, mis hierocérices te ayudarán a prepararte para el rito. Esta noche entrarás en el Hades.

Ella todavía ignoraba que el Hades no es un lugar, sino algo así como un corte en el tiempo equivalente a la marca que dejaría en la superficie del infinito lago del Cosmos el momento en que una lanza se hundiera en sus aguas para atravesarlo por completo. Por eso recibió agradecida el recipiente de roja terracota e ilustrado con negras figuras de arqueros en el que los heraldos del Hierofante le suministraron una bebida que tenía un sabor sumamente amargo, indicándole que tenía que beberla hasta el fondo. Casi inmediatamente después de apurar la última gota de ese brebaje, comenzó a escuchar el coro de voces que entonaban en avéstico, de manera incesante, el siguiente himno:

¡Esta es la luz líquida,
el rayo que se bebe,
la sangre del Innombrable,
el fuego vivo del misterio
que da caza al animal nocturno!
¡Este es el día que se hizo dios,
el triple centro de toda vida!

El efecto de ese mejunje la dejó imposibilitada de mover sus músculos, reducida a una simple masa amorfa incapaz de realizar movimiento alguno. Así estuvo durante todo el resto del día hasta la caída de la noche, tiempo durante el cual no se le suministró ningún alimento ni otra bebida que no fuera, hacia el mediodía, otra ración de la misma que había consumido por la mañana al despuntar el sol. Ya cuando, hacia el ocaso, se le dio a probar una tercera dosis de dicha pócima, su pensamiento se había evaporado por completo en el interior de su cerebro, y una profunda sensación de paz se había apoderado de su cuerpo, al que cada vez más sentía como si flotara sobre un colchón de humo o nubes de muchos colores.

Viendo que la mujer que se había presentado ante él como proveniente de la Escitia se hallaba finalmente en condiciones de iniciar el ritual, el Hierofante mandó a buscar un cabrito negro de no más de seis meses de nacido con uno de sus hierocérices y luego ordenó a otros cuatro que acondicionaran un paño de terreno cuadrado de unos doce codos por lado allanándolo y despojándolo de malezas, piedras e impurezas y que encendieran en su centro una hoguera ritual con madera de cedro sobre seis piedras blancas. Luego hizo que le llevaran su espada ritual provista de una gran hoja de hierro curva de doble filo, con guarnición en forma de gruesas astas de toro o de buey y un mango labrado en madera de ébano con figuras de extraños animales. Después de clavar esa espada en el centro del cuadrado, el Hierofante se cubrió el rostro con la capa y luego levantó la vista hacia el cielo estrellado. Repitió esta operación tres veces musitando una extraña salmodia en un idioma incomprensible y luego tomó la copa con los corazones humanos que ella había presentado como ofrenda y también la levantó tres veces hacia el cielo antes de colocarla en el suelo. Acto seguido, tomó al cabrito por el hocico y lo degolló, haciendo que parte de su sangre cayera sobre los corazones. Finalmente, comenzó a arrojar los siete corazones a la hoguera, uno tras otro.

Casi de inmediato, un olor a carne quemada comenzó a llenar toda la escena a pesar de que ya soplaba fuertemente el seco viento de los ciento veinte días. Cuando de la hoguera comenzó a desprenderse un humo blancuzco, cada uno de los siete hierocérices sujetó a la mujer por una zona distinta de su cuerpo y entre todos la desnudaron por completo en un santiamén sin que ella opusiese resistencia alguna, pues ya su mente había abandonado su estuche corporal y toda ella se entregaba a una secreta lucha en algún lugar ubicado entre la vida y la muerte. A su lado, el Hierofante empuñaba ahora con ambas manos el mango de la espada como a la espera de enfrentar un poderoso contrincante, al tiempo que continuaba recitando la misma salmodia cada vez con mayor intensidad. Se mantuvo inmóvil hasta que un grito desgarrador rompió pavorosamente la calma del monte. De ninguna manera semejante grito habría podido ser producido por un ser humano. Parecía, más bien, algo así como el graznido de un ave inmensa y desesperada. Impertérrito, él siguió entonando su salmodia durante un lapso que pareció una eternidad, mientras sus siete hierocérices permanecían postrados en el suelo cubriéndose las cabezas con sus capas y rezando igualmente la misma salmodia. Súbitamente, como si hubiese estado esperando ese instante desde el inicio de la eternidad, el Hierofante hundió la punta de la espada en el corazón de la mujer. Justo entonces, el mismo horrible grito volvió a estremecer la calma nocturna.

En el preciso momento en que la hoja de la espada atravesaba su corazón, ella soñó que despertaba. Al intentar tocarse, descubrió sorprendida que había perdido toda corporeidad: continuaba convertida en la misma nube de luz que la había envuelto en el inicio del ritual. Para colmo, sentía que el fuerte viento que soplaba la empujaba, deshaciéndola y volviéndola a formar de manera incesante. Fue, así, pues, como ella dio inicio a su segundo viaje a través de la muerte hasta que terminó recuperando su forma en la isla que aparecía en el mismo centro del mapa que le había obsequiado el loco isedón a quien, para demostrarle hasta qué punto estaba agradecida, ella había asesinado y después descuartizado en su Escitia natal.

Ahora, sin embargo, se hallaba tendida completamente desnuda contemplando sus incontables tatuajes en el enorme espejo que alguien había colocado sobre el techo de la habitación. Poco a poco, sus ojos se habían acostumbrado a la tremenda luz de un sol tan intenso que, en los primeros instantes después de su llegada, le hizo pensar que algún dios lo había creado con el propósito de iluminar el interior de las personas para así dejar ver sus verdaderas intenciones. Craso error del que no tardaría mucho en arrepentirse.

A ese fin contribuiría, en efecto, la serie de acontecimientos que se desencadenarían a partir del momento en que escuchó los golpes aplicados con algún objeto contundente contra la puerta de la habitación, sorprendiéndola en medio de su arrebolada contemplación de su cuerpo desnudo tendido sobre la cama. Incapaz de hacer otra cosa que no fuese luchar por su vida, buscó rápidamente hacerse de algún tipo de arma. Sin embargo, ninguno de los objetos que había allí podía ser considerado digno de una guerrera como ella. Nada de cuchillos, ni navajas, espadas o lanzas. Lo más parecido a un arma era tal vez el soporte de las cortinas que cubrían el amplio ventanal panorámico. Pero, por una parte, este se hallaba sólidamente fijado a una altura tan considerable respecto al suelo que incluso alguien de su agilidad habría perdido el tiempo intentando alcanzarlo, y por otra parte, antes de que pudiera reaccionar, la puerta de la habitación se abrió, dejando ver los rostros sorprendidos de tres personas: un hombre y dos mujeres que tenían la piel negra como la de los mercaderes que, de vez en cuando, se atrevían a cruzar el desierto para ir a cambiar colmillos de elefantes por plantas mágicas a las puertas de Samarcanda.

Incapaz de comprender una sola palabra de cuanto decían esas personas, quiso hablarles en uzbeko, en persa, en uigur e incluso en karluk, que era la lengua de comercio más empleada en la zona del mundo a la que ella pertenecía, pero todos sus intentos fueron tan inútiles como los de los miembros del personal del hotel, los cuales, no obstante, sumando sus respectivas competencias, eran capaces de comunicarse en no menos de doce idiomas incluyendo el criollo haitiano, el árabe y el ruso, aparte de las consabidas lenguas de la Europa Occidental que todos los empleados de un centro turístico que se respete están en la obligación de dominar, o por lo menos de comprender.

—Hay que llamar a la administración —dijo en español Juan "Cutícula", el único integrante masculino del trío de limpiadores a quienes se les había asignado acondicionar la habitación y prepararla para hospedar en ella a una familia de cuatro miembros proveniente de Suecia.

—*Se yon pwoblèm* —dijo en criollo Gillette Allure, una de las mujeres—: *Se pa telefòn nan sal.*

—*I'll go fetch the Supervisor* —dijo Milly Albert, la segunda mujer, quien de inmediato abandonó precipitadamente la habitación.

Mientras esa conversación tenía lugar, ella permanecía de pie en actitud desafiante, mostrando los dientes y gesticulando fieramente tan desnuda como un grito, dispuesta a saltar al cuello del primero que se le acercara para morderle la yugular y beber su sangre en honor de Ares. De hecho, sin saber por qué, se puso a recitar un himno de guerra a ese dios en su idioma natal, que era el uzbeko. Y aunque parezca impensable, eso fue lo que impidió que ocurriera una desgracia el mismo día de su llegada a este mundo, aunque no precisamente gracias a la intervención de esa antigua divinidad. En efecto, el hombre a quien los empleados de limpieza conocían como "el Supervisor" y los demás miembros del personal del hotel como "el Ruso" había nacido y vivido hasta los veintisiete años de edad en lo que en esa época se conocía como la república autónoma de Alania, en el corazón de Chechenia. De hecho, al menos en parte, no solamente descendía de los antiguos escitas, sino que aparentemente conocía una gran parte del antiquísimo himno que recitaba la mujer tatuada a quien sus subalternos habían confundido con alguien víctima del frenesí producido por alguna droga psicotrópica. Como quiera que fuese, Anzor Kadyr —pues ese era el nombre del ruso— tardó en superar el estupor que le produjo la visión de esa mujer totalmente desnuda debajo de una densa cabellera negra, una hembra extraña cuyas carnes lucían firmes y musculosas bajo una piel tatuada en más de un setenta por ciento con numerosos dibujos rituales, y quien parecía dispuesta a lanzarse al ataque en cualquier momento.

—*To'xtating! Bir daqiqa* —gritó en uzbeko Anzor Kadyr queriendo ordenarle así a esa guerrera desconocida que se detuviera, pues, aunque el uzbeko era para él tan sólo una lengua de campesinos, no le era del todo extraña y más bien podría decirse que la dominaba con bastante soltura.

Al escuchar que alguien pronunciaba sonidos que, aunque no podía comprender del todo, le resultaban bastante familiares, ella depuso su actitud hostil y corrió a cubrirse con una de las sábanas del lecho que había abandonado al producirse la intempestiva llegada del personal de limpieza. Casi al mismo tiempo, viendo que el pequeño escándalo que se había producido a raíz de su llegada había atraído la mirada de varias personas, tanto miembros del personal del hotel como simples turistas que se asomaban a la puerta en actitud de curiosear, Anzor Kadyr ordenó con voz firme:

—¡Déjenme a solas con ella!

De inmediato, los miembros del personal se dispusieron a alejar de allí a los curiosos, y luego cerraron la puerta tras de sí, dejando a Anzor Kadyr en compañía de la mujer.

7. Anzor Kadyr Guzmán Camarena

NADIE HABRÍA PODIDO PREVER que ese día estaba marcado en los astros para que ambos se encontraran. ¿Quién determinó que así fuera, Serptes? ¿Fuiste tú, acaso? Y si no fuiste tú, ¿cuál de todos los demonios se entrometió torciendo de esa manera el destino de Anzor Kadyr? Y más tarde, ¿por qué tuvo que escoger para darle un nombre, un canto y una flor que no duerme precisamente a ella, una perfecta desconocida? Varias veces él intentó mirarla directamente a los ojos, diciéndole: «Déjame verte», sin saber que ella era una mujer prohibida, una guerrera de Ares, hermana de la muerte, y que el mundo entero era su campo de batalla.

Ella, sencillamente, no estaba de ánimo para matarlo. Se hallaba indispuesta. Sentía que otra vez había sido herida por el poderoso influjo de la Bruja de la Luna, quien de nuevo la pondría a manar sangre. Por esa razón, en su mente apenas había lugar para una única idea: esconderse. Tenía que evitar que la vieran menstruar o se convertiría en la causa de una gran desgracia y sería castigada por Argimpasa, quien la tornaría en una asquerosa serpiente. Como pudo, se cubrió todo el cuerpo con la gruesa manta de color anaranjado que cubría la cama, pero no duró así mucho tiempo, ya que él, tirando fuertemente del cubrecamas, la volvió a dejar expuesta a la enorme claridad que entraba por el inmenso ventanal de la habitación, cuyas cortinas él había corrido completamente para permitir que el sol entrara con toda su fuerza. Apenas se vio descubierta, ella saltó con agilidad felina al cuello de aquel hombre y comenzó a rasgarle la piel con sus largas uñas endurecidas durante años con grasa de yak en estado de ebullición para convertirlas en armas mortales.

Ya estaba a punto de romperle alguna arteria importante cuando, súbitamente, se quedó paralizada mirando por la ventana con la mirada perdida, y gritando:

—¡*Dengiz! ¡Dengiz!*

Cuando se llevó la mano al cuello y descubrió que sangraba profusamente, Anzor Kadyr pegó un grito que habría sonado igual en español o en cualquier otro idioma:

—¡Hija de la gran puta, me cortaste, azarosa!

Con vertiginosa rapidez, una multitud de imágenes en las que él aparecía encerrado tras las rejas, o golpeado a la sombra de una mazmorra, o mordido por ratas, etc., desfilaron por su mente en el exacto lapso en que él apretaba los puños y miraba a la mujer que lo había herido. En medio de su ofuscación, la vio tal como estaba: arrebolada ante la ventana como si estuviese contemplando algo insólito, su lustrosa cabellera negra cayéndole sobre los hombros, en el cuello un collar de huesos tallados en forma de máscaras y figuras de animales, sus senos firmes y redondos, musculosos como todo el resto de su cuerpo de caderas anchas y largos muslos lisos y un sorprendente culo cimbreante como los de las legendarias mujeres de las estepas de la lejana Uzbekistán, las cuales, según decían, aprendían a montar caballo antes de comenzar a caminar. Y fue entonces cuando recordó la monserga que le repetían sin cesar las ancianas que había conocido en su Chechenia natal cuando por alguna razón querían halagarlo: «Cuando seas mayor, un día querrás enamorar a una mujer que te parecerá única entre todas. Ese día, tendrás que darle un nombre, un canto y una flor que no duerme. No lo olvides».

Anzor Kadyr contaba apenas tres meses de edad cuando se enteró de que era checheno a medias, es decir, por parte de su padre, un oscuro perito contable, ya que su madre era de nacionalidad dominicana, mulata, joven y perfectamente saludable, oriunda de Samaná, a quien sus progenitores habían bautizado con el nombre de Ángela Guzmán Camarena, quien supuestamente había perdido la vida a mediados de la década de 1970, en un confuso incidente en algún lugar de las montañas de Chechenia, aunque su cadáver nunca pudo ser encontrado.

Y ciertamente, Ángela y Lom Kadyr, el padre de Anzor, se habían conocido en Moscú dos años antes, es decir, en la época en que ella iniciaba llena de ilusión sus estudios de química en la universidad Patricio Lumumba junto a otros jóvenes compatriotas suyos y él se ganaba la vida como tenedor de libros del economato universitario, un pequeño puesto que lo convertía, como a cualquier otro ciudadano de cualquiera de las repúblicas de la Unión que perteneciese al tren burocrático oficial, en un empleado del Estado soviético. Fue eso y no otra cosa lo que Ángela vio en él cuando comenzó a cortejarla: se vio viviendo con un *funcionario*. Pequeño, sí, pero quién sabe si luego podía escalar a otros puestos más importantes. Sin ser lo que se dice una mujer ambiciosa, a ella le gustaba pensar que sería envidiada por las amigas que había dejado en su país de origen cuando regresara allí casada con un ruso. Sabía que a las mujeres y a los hombres de la isla donde nació les encantan los extranjeros.

Alguien, un camarada del Partido, le había comentado alguna vez que unos antropólogos habían determinado que ese era un rasgo relacionado con el funcionamiento matrifocal y exogámico de la cultura arawaka: las mujeres de esa etnia eran, más que el centro de la organización social, las dueñas de las casas y de la tierra, y tenían la potestad de legar esas propiedades o de ampliarlas a través de su unión con algún hombre ajeno a la tribu. Según aquel camarada, fue ese rasgo cultural y no otra cosa lo que determinó que, al cabo de las primeras tres décadas del siglo XVI, la empresa colonizadora de La Española ya se había convertido en una factoría de mestizajes intensivos, a la cual no tardó en incorporarse el mismo clero antes y después de permitir que en ella participara la mano de obra negra, algo que ni los ingleses ni los franceses pudieron apreciar, ya que, a su llegada, la sociedad de La Española estaba compuesta mayoritariamente por cimarrones, criollos mulatos y mestizos y una minoría de blancos y esclavos africanos. El caso es que, con o sin hacer que entre ellos mediara mucha antropología, Ángela y su funcionario comenzaron a realizar a cualquier hora decenas de movimientos del tipo activo/pasivo, de tal manera y con tan buena suerte que, producto de esas transacciones, Anzor Kadyr vendría puntualmente al mundo cerca del mediodía del 8 de abril de 1973, es decir, el mismo día y prácticamente a la misma hora en que Pablo Picasso, el pintor favorito de Ángela, moría en su mansión de Mougins, Francia. El hecho de que el niño naciera en Alania como ya se ha dicho, y no en Moscú, donde ambos padres vivían, se debió a que, conocedor de las excelentes tradiciones de las parteras de su región natal, y sabiendo que, de parir en un hospital del Estado soviético, a Ángela y a su futuro hijo les esperaban largas y tediosas horas llenas de infortunio, Lom Kadyr optó por llevar a Ángela hasta su casa natal, la cual, por estar ubicada en un lugar de difícil acceso en las montañas del Uzbekistán, había logrado permanecer en manos de su familia materna a pesar de las frecuentes purgas, exilios, decomisos y expoliaciones dictados por Stalin contra los habitantes de las distintas regiones de la Chechenia.

No vale la pena entrar en detalles respecto a la manera en que Ángela fue tratada por las ancianas del entorno del clan Kadyr. Lo que sí hay que decir es que el niño fue recibido por todos los miembros de la pequeña aldea con una gran algarabía de sagarits y otros tipos de gritos alegres, como si del nacimiento de un héroe se tratase. Sin embargo, como Ángela no comprendía una sola palabra en uzbeko, y como Lom tuvo que regresar a Moscú, pues así lo requería su trabajo, no puede decirse que compartió aquel súbito estallido de alegría. Muy probablemente debido a que era oriunda de una provincia costera que, para colmo, era una península, ella había crecido creyendo que bastaba con mostrar simpatía hacia todas las personas para ganarse su aprecio. Ignoraba el terrible pasado guerrero de los habitantes de esa región, así como los misteriosos lazos que los unían de manera ancestral a las prácticas mágicas, las cuales habían marcado profundamente su psicología.

En su imaginación de muchacha nacida en un pequeño poblado de pescadores de Samaná, todos los habitantes del caserío le habían tomado mucho cariño a ella y a su hijo. Sin embargo, comenzó a intuir que necesitaba más explicaciones luego de la ceremonia que las viejas de la aldea realizaron un viernes en torno a la cuna donde descansaba el bebé Anzor Kadyr, al final de la cual se sacrificaron dos tiernas ovejas, una blanca y una negra, y luego se repartió su carne entre las familias más pobres de la comarca. Toda su referencia personal en relación con el mundo de la magia se limitaba a los deplorables espectáculos que había presenciado en su infancia en Samaná en el curso de los cuales unas ancianas fumaban tabaco y escupían saliva mezclada con ron mientras trataban de decir cosas sin sentido imitando el *créole* haitiano. De hecho, su incipiente formación científica le bastaba para saber que el sentido original de aquellos rituales se había perdido por completo hacía siglos, de manera que en la actualidad solo eran un conjunto de supersticiones, prácticas y tradiciones sin fundamento. Por eso no se preocupó en ocultar sus gestos burlones y otras expresiones sarcásticas de la vista de sus anfitriones, entre quienes, muy pronto, se esparciría la impresión de que esa mujer no sería una buena madre para el hijo de Lom Kadyr.

Tal vez por esa razón, se sintieron en la obligación de doblegar sus esfuerzos por dotar al recién nacido de la protección necesaria contra las *fylgjas* o malas sombras, esos espíritus que, según una antigua creencia de los campesinos montañeses, escapan por las noches convertidos en demonios por las orejas de las personas a quienes poseen durante el día cuando estas irrespetan los ritos o los observan con malas intenciones. Con la ayuda de Durdona Yulduz, la abuela del recién nacido, quien pagó los gastos del viaje en tren, una comitiva integrada por tres miembros de la comunidad partió desde el valle de Alania hasta Karakalpakia, una región del extremo oeste del Uzbekistán, donde vivía el mayor erudito viviente de todos los conocedores de la antiguo culto de Mitra. Dos semanas después, es decir, a la víspera de celebrarse el primer mes de nacido de Anzor Kadyr, la comitiva regresó con las instrucciones para celebrar un ritual del fuego completo, en el curso del cual, había que imponerle al recién nacido, cerca del área del corazón, un tatuaje con la forma de un círculo coronado con una media luna creciente invertida en la forma de astas de toro, en señal de que el niño quedaba consagrado para el resto de sus días al dios Mitra. Esa misma noche se llevó a cabo el ritual en el lugar de la montaña reservado para esos fines, y al mismo no estuvo invitada Ángela, pues esta se vio obligada a permanecer en casa de Durdona Yulduz custodiada por tres rudos pastores de cabras a quienes se les conocía en la aldea por ser los encargados de oficiar los sacrificios.

A partir de esa noche, Ángela no tuvo en mente otra idea que la de regresar a Moscú a como diera lugar. De hecho, cuando Anzor alcanzó su primer mes de vida, las ancianas de la aldea no la dejaron ni siquiera amamantar a su bebé, dejándole saber por medio de señas que habían dispuesto que tres nodrizas distintas se encargarían de realizar esa tarea durante todo el tiempo que fuese necesario, el cual, según la costumbre de la aldea, podía extenderse hasta los tres años de edad de la criatura. Igualmente, le hicieron saber que podía regresar a Moscú en cuanto quisiese, pues su misión allí había terminado en el momento en que dio a luz. Comprendiendo que nada podía hacer para que las mujeres le permitiesen ocuparse de Anzor Kadyr, Ángela comenzó a fraguar planes para fugarse de allí llevándose a su hijo, pero todos y cada uno de los escenarios que imaginaba fracasaban en el mismo punto: no tenía la más puta idea de la manera en que lograría bajar de las montañas llevando en sus brazos un niño y luego ir caminando hasta la estación de tren más próxima, ubicada en algún punto del valle cuyas coordenadas precisas, por lo demás, ella ignoraba por completo. Su única esperanza era, pues, esperar la llegada de Lom Kadyr, quien únicamente volvería a estar en condiciones de ausentarse de su trabajo a finales de agosto, es decir, casi tres meses después.

Comprendiendo que lo mejor que podía hacer durante todo ese tiempo era evitar tener fricciones con los aldeanos, y en especial con su suegra y con las nodrizas encargadas de amamantar a su hijo, Ángela se las arregló para hacerse útil en las labores del campo. Poniendo en ello unas dosis de paciencia para ella misma desconocidas, aprendió a pastorear y ordeñar todo tipo de animales: cabras, ovejas, pero en especial yeguas, con cuya leche fabricaban un queso particularmente sabroso e incluso una bebida alcohólica a base de yogur a la que los hombres –únicos miembros de la comunidad que tenían derecho a consumirla– llamaban *kumis*. Desde que la conoció, como su vocación era la química, Ángela mostró tanto interés en la elaboración de esa bebida artesanal que en poco tiempo se convirtió en una verdadera experta. ¡Quién sabe la cantidad de cosas que habría sido capaz de hacer si hubiese podido regresar a su país de origen y desarrollar allí la técnica de fabricación de alcohol a partir de la fermentación de ese yogur rudimentario que en la República Dominicana se conoce con el nombre de *boruga!* Nada de eso ocurriría, sin embargo, como tampoco se harían realidad ninguno de los planes de desarrollo personal con los que Ángela había viajado a la Unión Soviética, puesto que, en algún momento de esa misma semana, sería reportada desaparecida ante las autoridades de la comarca, quienes, sólo porque se trataba de una extranjera, enviaron un inspector sumamente miope y casi en edad de jubilarse. Apenas llegó a la aldea, el funcionario se reunió durante algunos minutos con tres ancianos de la comunidad y luego volvió a subirse a su viejo Lada de regreso a de la prefectura, donde redactó un informe según el cual, aunque no se disponía de ningún elemento probatorio, Ángela se había marchado por voluntad propia con destino a un país occidental, posiblemente

España, pues, según la información supuestamente recabada entre los escasos testigos consultados, ella le había comentado sobre sus planes a una de las nodrizas de su bebé recién nacido y le había pedido que cuidara de este último hasta que regresara de su viaje, sobre el cual no aportó ni la fecha de su retorno ni una idea precisa sobre su paradero. En pocas palabras: Ángela ya no estaba, o como tal vez resulte más cierto decirlo: se le había hecho desaparecer quién sabe con qué propósitos.

Casi un mes después de ese extraño evento, Lom regresó a la aldea. Había sido informado por la oficina de la universidad encargada de gestionar las becas de los estudiantes extranjeros, la cual, por su parte, había sido notificada por la policía moscovita, y esta, a su vez, por la policía chechena, sobre la desaparición de la estudiante llamada Ángela Guzmán Camarena, y se había sentido en el deber de acudir en busca de su hijo. Apenas llegó, se dirigió a casa de su madre. Allí se enteró por boca de esta última de que una de las nodrizas, llamada Umida Gulchehra, había recibido en adopción a Anzor Kadyr y se lo había llevado a vivir con ella a su casa, ubicada en el valle al otro lado de la montaña.

Obligado por la tradición a guardar respeto público hacia su madre, Lom se limitó a prometerle que regresaría en algunos días y luego se ausentó de casa de su progenitora para ir a preguntar en la aldea si podían guiarlo hasta la casa de Umida Gulchehra a cambio de algo de dinero. Un viejo labriego llamado Timur Ruslan aceptó servirle de guía y ambos partieron inmediatamente a lomo de dos mulos rentados. No tuvieron necesidad de llevar a su término ese viaje puesto que, cuando apenas comenzaban a alejarse de los límites de la comarca, fueron alcanzados por cuatro jinetes adolescentes quienes le informaron a Lom Kadyr que Gulchehra y Anzor Kadyr acababan de llegar a la aldea y que lo esperaban en casa de su madre. Aunque extrañado por el aspecto casual en que le fue comunicada esa noticia, Lom decidió dar marcha atrás y regresar a la aldea. Antes, no obstante, le entregó a Timur Ruslan, a petición de este último, la cantidad acordada en prueba de buena voluntad. Sería el último gesto humano que tendría tiempo de realizar, ya que, apenas desmontó del mulo que lo llevó de vuelta al patio de la casa de su madre, recibió en pleno pecho un escopetazo que le destrozó el corazón, por lo que ya estaba muerto cuando su cabeza fue a chocar contra el suelo.

♉

Los campesinos chechenos solían contar muchas leyendas sobre las extrañas cosas que sucedían durante las noches en la cima y del otro lado de las montañas. Para nadie era un secreto que esas historias únicamente perseguían mantener alejados a los curiosos que intentaban enfrentarse por su cuenta a todos los riesgos y peligros que implicaba escalar la menos peligrosa de todas las cumbres para ir a solicitar la ayuda o los consejos de alguno de los chamanes que todavía vivían en esas montañas. No obstante, cuando finalmente se descubrió que toda aquella zona era rica en minerales radiactivos y que era esa y no otra la explicación más segura de la mayoría de los episodios de alucinaciones que habían padecido los campesinos montañeses establecidos allí desde la más remota antigüedad. Claro está, los únicos que se alegraron con esa noticia, aparte de los mismos funcionarios plutocráticos de siempre, fueron los directores de algunos departamentos universitarios y los miembros más activos de los clubes de ateos que ya antes habían tildado de «simples supersticiones seudocientíficas» el descubrimiento de cosas tan importantes como la memoria del agua, el bolsón de Higgs y las partículas subatómicas.

Mientras eso sucedía en la ciudad, no obstante, la sangre seguía siendo más pesada que las leyendas en las comunidades campesinas. Eso quedó muy claro desde la primera vez que el recién llegado Anzor Kadyr, con apenas seis meses de nacido, abrió los ojos y gritó con todas sus fuerzas en medio de la noche más oscura:

—¡Ay, Dios mío, mátame nunca!

Claro, ninguna de las mujeres encargadas de turnarse para amamantar al *Tanlangan bola*, como desde su llegada comenzaron a decirle al niño, entendía una sola palabra de español. Tal vez por eso, esa y no otra fue la lengua secreta que el pequeño escogió para intentar comunicarse. Prueba incontrovertible de que la verdadera lengua es la materna es que el niño poseyó completa y en toda su extensión la doble articulación del español a una edad en que la mayoría de los futuros licenciados, maestros y políticos ladrones del erario público apenas balbucean. Tomando en cuenta eso, resultaba fácil suponer que él era ciertamente el *Tanlangan bola*. Ayudaba mucho, sin embargo, que cada vez que intentaban comunicarse con el niño Anzor este prorrumpía en una serie inagotable de cánticos exóticos que siempre terminaban con el mismo estribillo, al cual, los más ancianos de esa comunidad, en su más austera sabiduría, entendieron cabalmente como un mantra:

¡Ay, ay, ay, Micaela se botó!

Alertados de esto, los encargados de supervisar el orden moral y espiritual de la aldea decidieron llevarle al anciano chamán el comentario de lo que sucedía. Antes, por supuesto, ordenaron a las nodrizas que le colocaran al *Tanlangan bola* su ropa de dormir y que lo acostaran en su litera, como si fuese de noche. Al ver llegar a los cuatro miembros del Consejo de Hermanos de la Moral, el chamán permaneció sentado sin pestañear siquiera. Una vez finalizada la sesión de saludos rituales, el más anciano de los visitantes, pidió permiso para hablar y comenzó a realizar la explicación pormenorizada de todo lo que se le había visto y escuchado hacer y decir al niño desde su llegada a la aldea. Cuando terminó de escuchar su relato, el anciano sabio encendió su pipa repleta de pétalos de adormidera y acto seguido puso la vista en blanco. Por supuesto, esto hizo que los supervisores se retiraran uno tras otro, de mal grado pero sin hacer ruido, hasta que el anciano despertara.

Mientras el chamán se hallaba sumido en un estado meditativo, una densa polvareda que se levantaba en el horizonte llamó la atención de los centinelas de la aldea donde el chamán atendía sus consultas. Algunos de estos últimos, inmediatamente después de percatarse de lo que sucedía, hicieron sonar sus cuernos de yak, mientras otros prefirieron utilizar sus *walkie-talkies* para comunicar lo siguiente:

—A unos ciento setenta kilómetros de aquí se están acercando otra vez esos pendejos de la Banda Roja. Parece que esta vez vienen decididos a causarnos problemas. Han traído muchos tanques. Unos veinte. Tenemos que prepararnos para hacerlos sentir como en su casa...

Inmediatamente después de recibir esos mensajes, los encargados de la seguridad de la aldea encendieron los motores de gasoil de las tanquetas y comenzaron a colocar sobre los jeeps las pesadas ametralladoras calibre 50 que habían recuperado entre los escombros que había dejado la última guerra contra los afganos. Casi de inmediato se escuchó el ulular de la alarma que conminaba a los miembros del primer escuadrón de cazadores a presentarse al cuartel general donde, uno tras otro, recibieron rifles, ametralladoras, granadas, bazucas y municiones suficientes como para enfrentar una invasión. No obstante, casi nadie en la aldea sabía todavía cuál era la envergadura real del peligro al que se enfrentarían.

Anzor Kadyr, sin embargo, con solamente seis meses y tres semanas, era capaz de olisquear el enorme peligro que corría su propia vida, puesto que todavía le resultaba imposible sentir nada por esos tipos que, para él, no eran más que una tribu de personas sumamente atrasadas, torpes e ignorantes. Por espacio de cuarenta y cinco minutos estuvo haciendo poderosos esfuerzos por liberarse de la camisola con que sus captores lo habían vestido para mantenerlo reducido a la impotencia. El ejercicio no solamente le ayudó a desarrollar su sistema psicomotor, sino que su misma configuración cerebral quedó favorablemente impactada por semejante derroche de concentración física y mental. Como resultado, Anzor Kadyr creció de un golpe unos quince centímetros en menos de veinte minutos y, desde que se vio libre, cubrió su desnudez con lo primero que encontró antes de salir corriendo en dirección a una construcción de madera hacia donde veía dirigirse a toda prisa a todos los hombres de la aldea.

Desde que entreabrió la puerta principal de esa casa, escuchó palabras que poco a poco fueron cobrando forma y sentido en su cerebro.

—Es un ejército de veinte tanques —decía una voz.

—Aparte de eso —decía otra voz—, se acercan dos escuadrones de jinetes armados con escopetas, uno por el norte y el otro por el noroeste.

—A esos los podemos enfrentar con nuestras tanquetas y ametralladoras —agregó una tercera voz—. Lo que más debe preocuparnos son los tanques del enemigo. No tenemos suficientes cohetes para detenerlos…

—¡Pero tenemos minas!

Todos los allí presentes se dieron vueltas para tratar de ver quién había pronunciado esas palabras. La voz había sonado como la de una mujer, una niña o un niño. En medio del barullo que armaban todos los allí presentes, un dato tan insignificante como ese cobró de repente una gran importancia.

—¡Es cierto, tenemos minas! —dijo una voz.

Todos dejaron por el momento de averiguar quién había hablado y se fijaron en los rasgos de la persona que había repetido lo dicho por esa voz ambigua.

—Bueno, entonces hay que comenzar a colocar las minas a lo largo de la entrada al pueblo y…

—¡No, hay que colocar hombres con bazucas en la entrada para obligar a los tanques a pasar por el terreno donde colocaremos las minas!

Esta vez, todos tuvieron tiempo de descubrir quién había hablado. Y a partir de ese momento, ninguno de los que todavía sentían alguna reticencia al respecto se atrevería a poner en duda que Anzor Kadyr era el *Tanlangan bola*. Toda La sabiduría ancestral de los *ajdodlari* parecía brotar de su pequeña boca.

—¿Qué quieres decir? –Anzor había captado la atención del mismo *boshliq* o jefe del campamento en persona.

—Si permites que los tanques pasen por donde se les antoje, tu plan no tendrá efecto. Hay que obligarlos a transitar por un mismo punto donde pueda recibirlos una gran fuerza de ataque. Minas, bazucas, granadas, cohetes, todo lo que tengas. Nada más son veinte tanques. Podemos detenerlos. Pero para eso será necesario que algunos hombres se sacrifiquen apostándose con bazucas en la entrada, para así atraerlos hacia el lugar donde colocaremos las minas.

El *boshliq* no lo pensó mucho.

—Se hará como dices, entonces –dijo–. Ocho hombres los esperarán del lado de las rocas armados con granadas y lanzacohetes; otros cuatro se colocarán a unos doscientos metros del otro lado, armados con bazucas. Será necesario causarles el mayor daño posible. Desde que comprobemos que han mordido el anzuelo, un grupo armado de morteros y cañones antitanques entrará en acción de este lado mientras otro grupo evitará que se replieguen entrando por esta otra parte. Es necesario que aseguren cuanto antes sus posiciones. Los equipos de minas tienen apenas veinte minutos para armar sus juguetes y borrar sus huellas.

—*Boshliq* –agregó Anzor–, es necesario decirles a los centinelas que los dejen pasar sin oponer ninguna resistencia. Sin embargo, tienen que estar preparados para impedirles salir por si algo sale mal. Además hay que suministrarles todos los morteros y municiones como sean necesarios para volar todo lo que intente pasar frente a ellos.

El *boshliq* comprendió que Anzor tenía en su cabeza una visión completa de la situación y sin rechistar dispuso que se hiciera tal como él había dicho. Una de las profecías de los antiguos chamanes decía que sería un niño quien haría posible la destrucción de un imperio. Así se explica que nadie en toda la aldea se atreviera a poner en duda que Anzor era el *Tanlangan bola*. Comprendiendo lo afortunado que era de tener como aliado a un ser mitológico, estaba a punto de ordenar que le consiguieran una chamarra y pertrechos militares al nuevo "comandante" cuando la puerta del cuartel se abrió de golpe y dejó ver la imponente figura de un anciano que, con sus más de dos metros de alto, debía ser el hombre de mayor estatura de todos los alrededores. Anzor Kadyr no lo había visto nunca, pero le bastó una simple mirada para saber que ese hombre era el chamán. Había despertado de su trance y se encontraba allí por su causa.

—*Salom beraman!* –dijo el anciano recién llegado con una voz sumamente profunda–. He venido a buscar al *Tanlangan bola*. No puede estar aquí cuando comience el enfrentamiento.

El *boshliq* bajó la vista en señal de respeto.

—¡Ese muchacho es un auténtico guerrero!

El anciano clavó en él una mirada de acero y dijo:

—No es un muchacho: *u qadimiylardan biri*. Es uno de los antiguos. Y sí, es un guerrero, pero todavía hay que entrenarlo. Es urgente ayudarlo a olvidar todos los recuerdos de sus vidas pasadas que ha traído a este mundo.

El nombre del anciano chamán era Haikskuda, lo cual, traducido literalmente, significaba "El Portero del Infierno", aunque, a decir verdad, ese no era su nombre sino uno de sus cuarenta y siete títulos. Apenas sintió el peso de su mirada, Anzor dejó caer el trozo de tela que lo cubría y lo siguió completamente desnudo a través del campamento. Uno detrás del otro, ambos continuaron caminando en el más completo silencio durante un tiempo imposible de calcular. Finalmente llegaron a la zona de las montañas, donde los esperaban tres jinetes que cabalgaban sobre unos enormes yaks de pelambre sumamente negra.

—Se va a cagar de frío si cabalga así –dijo en uzbeko uno de los hombres, y luego agregó:

—Tenga, *Tanlangan*, cúbrase con esto –pasándole a Anzor un largo tapado de piel de lobo.

Desde que entró en contacto con el manto, todo el cuerpo de Anzor comenzó a estremecerse terriblemente, como si entrara en convulsión. El chamán lo sujetó entonces por los hombros y luego sopló tres veces sobre su coronilla. «Ya está», dijo. «Sube al animal para que partamos de inmediato. Nos espera un largo trecho».

El camino hasta la gruta ubicada cerca de la cima de una de las imponentes montañas grises y peladas que parecían empeñadas en alcanzar las nubes fue más monótono de lo soportable, y Anzor Kadyr se durmió. Casi de inmediato, comenzó a soñar que caminaba por el interior de una gran casa, pero ya no tenía el mismo cuerpo. Ahora era un hombre joven y ágil que se movía como si buscara algo que le resultaba imposible de identificar. De repente comienzan a participar otras personas en el sueño. Una niña, más bien una bebé, con el pelo corto y un vestidito de color azul. También una mujer cuyos rasgos se borraban cada vez que intentaba fijarlos. Se escuchaban voces de hombres que decían algo, aunque sus palabras resultaban imperceptibles. Sólo una voz resultó ser lo suficientemente poderosa como para atraer su atención y la de la chiquilla. Desde que la escucharon, ambos comenzaron a correr por los pasillos de la casa hasta que salieron al jardín. Había mucho sol y muchas plantas con flores de colores brillantes. Ambos cruzaron luego una zona ensombrecida por una gran vegetación que ocultaba parcialmente una enorme pared de piedra. En algún punto de esa pared se abría una puerta sumamente oscura por la que penetraron corriendo con tanta prisa que él sólo tuvo tiempo de ver que la pequeña se detenía bruscamente, como asustada: sin poder evitarlo, pasó a través de lo que a él le pareció una barrera de agua de forma circular. Una vez del otro lado, pudo comprobar que se hallaba en la galería principal de una caverna, y que desde allí se abrían muchos otros pasajes. Antes de escoger uno de esos pasajes para continuar avanzando, se dio la vuelta para despedirse de la niñita que lo había acompañado hasta allí. Sin dar muestras de sentir ningún tipo de aprehensión ante lo que al principio él había tomado por una barrera de agua, la niña hacía ahora el gesto de querer hundir con curiosidad uno de sus deditos en la superficie de aquel líquido brillante y vertical. Tuvo que ser en ese momento cuando él comprendió que se trataba más bien de un extraño tipo de membrana a través de la cual él había logrado pasar sin tener una idea muy clara de cómo lo había hecho, pero ahora necesitaba continuar caminando hasta confundirse con la oscuridad que lo rodeaba…

Cuando despertó, ya su cuerpo no estaba cubierto por la piel de yak. De hecho, ni siquiera era el mismo cuerpo que tenía cuando comenzó a escalar la montaña en compañía del chamán. A partir de lo poco que había tenido el tiempo de apreciar del estado en que se encontraba su propia anatomía, pudo intuir que, probablemente, había terminado de desarrollarse. Sus manos eran ahora grandes y fuertes; en sus brazos se aglutinaba una espesa capa de músculos;

podía sentir que una caldera de energía hervía entre sus caderas. Sin embargo, todos sus sentidos permanecían sumidos en la más profunda calma, como arrullados por la voz que repetía, una y otra vez, un extraño cántico que a él le producía profundas resonancias en el fondo de su cerebro. Tardó en lograr que sus pupilas se acostumbraran a filtrar la escasa luz que las avivaba. Por eso le fue difícil percatarse de que se hallaba en una caverna, acostado sobre una gran piedra a la que él imaginó del mismo color de las que había visto mientras subía por la ladera de la montaña y cuya dimensión y forma exactas le resultaba imposible determinar, así como tampoco podía decir a ciencia cierta si sus sentidos se hallaban embotados o no, si estaba despierto o si continuaba soñando. No entendía por qué se encontraba en semejante situación. Aparte de eso, tampoco lograba captar el verdadero sentido de ese ritual a pesar de que la salmodia que escuchaba le resultaba lejanamente conocida.

De repente comenzó a sentirse como si su conciencia hubiese adquirido la polvorienta consistencia de eso que se escurre en el interior de un reloj de arena. Sus pensamientos comenzaron entonces a fluir como en un río incontenible. Un verdadero chorro de ideas que no tenían ni comienzo ni fin se entrechocaban en su frente mientras la voz seguía repitiendo de manera incesante las mismas palabras que a él le resultaban incomprensibles.

El primer chorro de un líquido salobre y espeso le bañó la frente y le anegó los ojos. Su contacto resultaba más que tibio, cálido, casi al límite de lo soportable. No sabía ni qué era esa sustancia ni de qué manera había llegado hasta su frente. El segundo chorro, en cambio, le pareció espantosamente frío cuando lo recibió sobre su ingle con tanta fuerza que por un instante temió sufrir algún daño en los testículos. Tampoco esta vez logró apreciar gran cosa que le permitiera determinar la naturaleza o el origen de eso que caía sobre él. El tercer chorro fue brutal, tanto que estuvo a punto de sufrir un colapso nervioso producto de un exceso de sensaciones: el dolor, la sorpresa, una terrible sensación de escozor que le quemó la piel por todas partes, el ahogamiento que le produjo el exceso de ese líquido que continuó cayendo a borbotones sobre su cara, su pecho, su abdomen y su ingle… En esas circunstancias, perder nuevamente el conocimiento era, más que una simple consecuencia, una verdadera necesidad.

Cuando volvió a despertar, tenía la mente en blanco. No recordaba absolutamente nada de su pasado, ni de su presente. Había perdido toda noción del tiempo y del espacio, pero ahora tenía la seguridad de que comprendía las palabras que la voz había estado repitiendo: «La unión de los contrarios en Dios constituye un misterio», decía. A fuerza de escuchar de qué manera la repetía la voz que salmodiaba, súbitamente su sentido se abrió camino a través de la oscuridad para llegar hasta su mente, a tal punto que, sin darse cuenta, comenzó a repetirla él también, primero en voz muy baja, casi un susurro, y luego progresivamente más fuerte hasta terminar resonando a dúo con la otra voz.

Al notar esto último, la voz guardó silencio mientras Anzor seguía repitiendo el mismo mantra, después de lo cual, se escuchó el poderoso sonido de un gong que retumbó en cada rincón de la caverna.

—¡Ya estás listo! –dijo entonces una voz de matices sumamente ambiguos–. ¡Puedes levantarte!

Anzor intuyó que no era una invitación, sino más bien una orden y trató primero de abrir los ojos.

—No intentes valerte de tu cuerpo físico por el momento, pues lo hemos desconectado de tu mente para hacerle algunos cambios. Utiliza tu mente para crear una esfera brillante que te sirva de medio de transporte. Sabes cómo hacerlo. Sólo tienes que recordarlo.

Anzor se hundió en el negro fondo de su pensamiento para ir en busca de la fórmula que le permitiera crear un cuerpo brillante. No tardó en comprender que no pescaría nada de ese modo y desistió. La tranquilidad que lo arropó de inmediato tenía el mismo resplandor de las grandes detonaciones: había logrado encontrar su cuerpo de luz.

—Eso es –dijo la voz–. Ahora ven hasta aquí. Ordénale a tu esfera que te transporte a mi lado.

Anzor no preguntó nada; no hizo nada; no pensó nada. Su única acción consistió en no actuar, y en permitirle a sus deseos de tomar el control de la esfera.

—La ilusión se genera a sí misma, pero también genera a la persona que la observa –dijo la voz–. De hecho, la mente es la parte esencial de toda ilusión. Es ella la que la hace indestructible, pues, si destruyes la mente, todavía queda la ilusión, y si destruyes a la ilusión, igual quedará la mente. Por esa razón, tendrás que aprender a dominar tus deseos. No a destruirlos, sino a convertirlos en tu verdadera mente. Te entrenaré para que te conviertas en un guerrero, pero tu entrenamiento solamente terminará cuando seas capaz de comprender que el sentido se construye a partir de lo que sientes. El auténtico guerrero no piensa: siente. Actúa por impulsos, y no por ideas, pues sabe que sus deseos son el verdadero origen de toda su realidad.

Resulta imposible determinar cuánto tiempo duró el entrenamiento de Anzor. Sin embargo, es necesario contar aquí lo que sucedió una tarde en la aldea donde vivía la familia de Lom Kadyr.

Un jueves, a eso de las seis (el sol ya comenzaba a esconderse detrás de las montañas del poniente), dos de los tíos de Anzor Kadyr buscaban un poco de leña en el bosque cuando fueron sorprendidos por una sombra que pasó delante de ellos sin hacer ruido.

—¿Viste eso? –le preguntó Zargan Kadyr a su hermano.

—Sí, lo vi –respondió Bekhan Kadyr–. Creo que acabamos de ver una *fylgja*. Debemos regresar a la aldea cuanto antes o alguien morirá.

De inmediato, los hermanos recogieron todos los leños que habían logrado reunir y se marcharon apresuradamente en dirección a su aldea. Ni siquiera habían recorrido la mitad del camino hacia la salida del bosque cuando la sombra volvió a pasar frente a ellos caminando de derecha a izquierda como la vez anterior.

—Esta vez lo he visto mejor –dijo Zargan Kadyr–. Tenía el aspecto de un hombre y nos acaba de mirar. ¡Estamos malditos!

—¡En ese caso, será mejor quedarnos aquí y que suceda lo que tenga que suceder! –gritó Bekhan Kadyr y, postrándose en el suelo, comenzó a orar de la manera siguiente

—¡Yo alabo la perfección de Dios, el eterno! ¡Yo alabo la perfección de Dios, el eterno! ¡Yo alabo la perfección de Dios, el eterno! La perfección de Dios, el Deseado, el Existente, el Singular, el Supremo, la perfección de Dios, el único, el Solo, la perfección del que no tiene ni compañero ni compañera, ni nadie que se Le parezca, ni Le desobedezca, ni Le represente, que es igual y sin descendencia. Celebremos su…

Antes de que lograra terminar la frase, la cabeza de Bekhan Kadyr se desplomó y rodó hasta detenerse entre las manos de Zargan Kadyr, quien se había postrado al lado de su hermano. Apenas tuvo tiempo de reaccionar ante el horrible espectáculo de ese cuerpo decapitado que movía a tientas las manos a su lado, pues algo como un rayo de luz lo cortó longitudinalmente.

No hay duda de que esa fue una noche muy fría en la casa de la mamá de Lom Kadyr, aunque no solamente porque la leña que habían ido a buscar los hermanos Zargan y Bekhan no llegó nunca hasta sus manos, sino porque, desde que el sol se oscureció, dos sombras se encargaron de asesinar a todos los miembros de la familia Kadyr. Y como ya se ha dicho antes que los campesinos chechenos siempre han contado muchas leyendas sobre las extrañas cosas que suceden durante las noches en la cima y del otro lado de las montañas, tal vez no esté de más decir que, al otro día, todas las ancianas de la comunidad juraban haber visto en sueños a Lom Kadyr y a Ángela, su mujer, que regresaban a la aldea, y cuando varias de ellas fueron a contárselo a la anciana abuela de los Kadyr, la encontraron junto a sus hijos y nietos tendidos sobre un enorme charco de sangre, destripados algunos, descabezados otros, yertos y fríos todos. Sí, sumamente fríos.

Lo más extraño de todo no fue que un crimen tan horrendo se cometiera en el mismo seno de una aldea que había sabido defenderse históricamente de todos los ataques de sus numerosos y aguerridos vecinos. Lo realmente espeluznante sucedería poco tiempo después de celebradas las exequias de los catorce miembros de la familia Kadyr que habían caído asesinados en un sólo día.

A eso de las diez y media de la mañana, dos vecinas que se hallaban en ese momento ordeñando unas yeguas vieron que un hombre de entre veintidós o veinticinco años, de pelo largo, alto y de músculos protuberantes, se presentaba ante la casa de los Kadyr y llamaba a la puerta varias veces. Extrañadas ante esa manera tan poco común de comportarse, las dos campesinas dejaron a un lado sus ocupaciones para observar atentamente las acciones del extraño, quien, al percatarse de que nadie le respondía en el interior de la casa, dio la vuelta y abrió una de las ventanas que cedió fácilmente, penetrando acto seguido al interior de la vivienda. Al descubrir cuáles eran las intenciones del extraño, una de las vecinas salió disparada a dar la voz de alerta ante la comandancia de la aldea. A continuación, los acontecimientos se precipitaron con una rapidez inusitada: cuatro hombres armados con pistolas y palos se dirigieron a la casa de los Kadyr y, sin perder el tiempo, derribaron la puerta a patadas. Casi de inmediato, pistola en mano, tomaron al extraño por los brazos y luego se los ataron fuertemente a la espalda a la altura de los codos. Apenas entonces se dispusieron a escuchar lo que el extraño quería decirles:

—¡Soy yo, Anzor Kadyr! ¡El *Tanlangan!* ¡He regresado!

En la comandancia, el *boshliq* había mandado a reservar un "toro salvaje" con la intención de torturar al extraño hasta que confesara su relación con la muerte de la familia Kadyr. El toro salvaje era una especie de silla de madera reclinada sin brazos en el que se acostaba a los prisioneros boca abajo de manera que sus piernas, sus brazos y sus cabezas quedaran colgando, y sus torsos fuertemente sujetados por la nuca y la cintura. Lo que los torturadores eran capaces de hacerles a los pobres infelices a quienes sometieran a ese suplicio no tiene espacio en esta historia, aunque principalmente debido a que, cuando ya tenían listos los punzones, los carbones ardientes y las tenazas que comenzarían a emplear sobre el cuerpo de Anzor Kadyr, el chamán principal se presentó ante el *boshliq* y le ordenó:

—¡Libere inmediatamente a ese prisionero! ¿Por qué no se preocupó por confirmar su versión de las cosas? ¿No se percató de que tiene en el pecho la marca de los iniciados?

En efecto, ninguno de los hombres del *boshliq* creyó una sola palabra de lo que Anzor Kadyr les decía. Para ellos, todo resultaba muy simple: si el extraño no había participado activamente en el asesinato de la familia Kadyr, estaba seguramente en relación con quienes habían cometido ese crimen y ahora intentaba burlarse de todo el pueblo quedándose a vivir en la antigua vivienda de sus víctimas.

No obstante, gracias al chamán, estaban a punto de comprobar la verdadera envergadura de su error.

—¡Desátenlo y denle vuelta! —ordenó el chamán.

De un gesto con su cabeza, el *boshliq* ordenó a sus hombres que hicieran lo que les pedía el chamán, y todos se quedaron perplejos al descubrir que el extraño tenía en el pecho la marca del toro de Mitra que los ancianos del pueblo le habían impuesto a Anzor pocos días después de su nacimiento.

—¡Es el *Tanlangan!* ¡Es el *Tanlangan!* —gritaron varios de los hombres.

Anzor les dirigió una mirada inexpresiva. Luego, miró fijamente al chamán, quien, asintiendo con la cabeza, le indicó que había llegado el momento de mostrar su poder.

El ataque de Anzor Kadyr fue tan silencioso como efectivo: de un segundo a otro, ante un simple deseo suyo, los cuerpos de todos los presentes en esa parte del cuartel, exceptuándolo a él y al chamán, quedaron convertidos en picadillo fino, después de lo cual, el chamán le puso una mano sobre el hombro y le dijo:

—Bien, ya has vengado la muerte de tus padres como querías. Ahora necesitas saber que la muerte individual es absurda y la muerte colectiva, imposible. Asumir que una vida termina con el funcionamiento del cuerpo físico es absurdo porque implica olvidar que esa ilusión que llamamos "vida" sólo es posible gracias a la mente que la crea junto con la existencia de sus condiciones físicas. Sin embargo, la mente, que no es física, no puede terminar junto con el cuerpo, que no es mente, sino producto de la mente. Por la misma razón es imposible que la vida colectiva termine por medio de un apocalipsis o muerte de la especie. Esto es así porque, si todas las mentes se desconectaran juntas al mismo tiempo, tal cosa implicaría por igual la total destrucción de la ilusión de lo real. Sin embargo, si ninguna mente es capaz de confirmar que su término ha tenido lugar, este final nunca habrá ocurrido en realidad. Para ello harían falta una de dos cosas: la intervención de una conciencia totalmente ajena a la mente humana, o la existencia de un deseo tan poderoso que pueda anular todas las manifestaciones de la omnipotencia de la mente creadora de ilusión. Hasta ahora, ambas cosas solamente han existido en los sueños de los seres humanos, pero un día tendrás que enfrentarte a un enemigo del primer tipo, es decir, una conciencia proveniente de otro mundo. Para ello, deberás continuar tu entrenamiento durante el tiempo necesario para que adquieras la serenidad que necesitas. Mientras eso ocurre, tu doble ocupará tu lugar en este plano. La historia de tu vida, tal como la vivirás a través de él, ya está escrita y actuada. Tu otro yo conducirá esta aldea hasta que se convierta en la cabeza de una legión de *abrek*. De aquí, extenderá sus operaciones hasta llegar a Moscú, donde confluirán en los senderos de la *Obschina*. Al amparo de esa comunidad lograrás convertirte en el más famoso de los héroes-bandidos, y lograrás controlar todas y cada una de las actividades de tus incontables agentes. Una tarde, sin embargo, cuando ya estés totalmente ebrio de poder, recibirás la visita de un niño idéntico a ti, o mejor dicho: te visitarás a ti mismo, y cuando eso suceda, todo tu imperio se derrumbará sobre tus hombros. Esa habría sido tu historia si no hubieses logrado pasar la prueba a la que te he sometido. Como la has pasado, sin embargo, ahora será la historia de tu doble. Por esa razón, deberás vivir para conocer tu propia historia…

Y diciendo esto, el chamán pasó rápidamente la mano frente a los ojos de Anzor Kadyr y este volvió a verse en el interior de la caverna, de donde sólo saldría treinta y cinco años después, esto es, luego de la muerte física de su doble, pero con el mismo cuerpo juvenil que tenía en el momento en que entró. Luego de vaciar el contenido integral de todas las cuentas que su doble tenía repartidas en distintos bancos de numerosos países, concertó una reunión en un lugar céntrico de París con una serie de individuos, seis en total, seleccionados por el chamán en función de sus cartas astrales, sus afinidades sanguíneas, su experiencia como militares de probada capacidad y el volumen de efectivo depositado en sus cuentas bancarias. El propósito de esa reunión era el de proponerles la compra a partes iguales de un resort en una isla del Caribe.

—Ese es el lugar perfecto para comenzar una nueva vida totalmente lejos de todo esto –les dijo Anzor. La política del país hacia los extranjeros no puede ser más favorable: ¡imagínense que hasta proponen naturalizar a todos los que lo deseen, con la única condición de que acepten tener hijos con ciudadanos del Nuevo Estado Mulato del Gran Babeque!

Los seis nuevos amigos de Anzor Kadyr no pusieron ningún reparo en acompañarlo en su aventura y, cuatro meses después, los siete viajarían a tomar posesión de su nueva propiedad ubicada en una zona de la costa norte de la isla de Santo Domingo llamada Cabarete.

La noche antes de tomar el avión que los llevaría al aeropuerto internacional Aníbal Augusto Servilló en el Nuevo Estado Mulato del Gran Babeque, Anzor tuvo una extraña visita en la habitación de un hotel ubicado en las afueras de Moscú que había alquilado bajo la identidad que figuraba en los documentos que lo acreditaban como ciudadano de la antigua República Dominicana: Anzor Kadyr Guzmán Camarena. Estaba sentado fumándose un habano en su habitación mientras pensaba en lo que le esperaba en su futura vida caribeña cuando de repente, una gran pavesa brotó de la punta de su cigarro y luego comenzó a crecer en el aire frente a su cama y a tomar la forma de un hombre tan alto que prácticamente se alzaba hasta el plafón.

—¡Maestro! –gritó sorprendido Anzor Kadyr creyendo que se trataba de Haikskuda–. ¡Qué alegría verte de nuevo!

—Mira de nuevo, guerrero. Las apariencias nunca están del lado que conviene…

En efecto, ese gigante que ahora le hablaba no era Haikskuda. Bueno, digamos que sí era y no era al mismo tiempo, ya que el anciano chamán que había entrenado a Anzor no era otro que tú mismo, Bhamil, pues habías asumido el aspecto de un humilde hechicero para ayudar a Anzor Kadyr a convertirse en guerrero. Así se lo explicaste, Bhamil y él, como siempre, te dejó hablar sin hacer preguntas, después de lo cual, te despediste de él de la siguiente manera:

—El camino del verdadero guerrero no está escrito ni lo puede dictar nadie, pues, si lo estuviera, no tendría ningún sentido lanzarse a la batalla. Sólo puedo decirte que ese camino lo irás construyendo a partir de tus deseos, pero eso no quiere decir que solamente te ocurrirá aquello que desees. Por más que te escondas, nunca escaparás a quedar atrapado en los deseos de las otras personas que te rodean, las que te recuerdan o las que simplemente te han visto alguna vez al pasar rápidamente a tu lado a bordo de una máquina o de un carro tirado por numerosos caballos. Y es precisamente porque nadie puede escapar al deseo de los demás que todo lo que acontece en la vida de los seres humanos es el resultado de sus propios deseos. Aunque intentes conservar esta idea fijamente clavada en la cabeza, cuando llegues al lugar donde te encontrarás con tu pareja, creerás haber olvidado hasta el motivo de tu presencia allí. No te preocupes nunca por eso, ya que yo me encargaré de que nada logre afectar realmente el desenvolvimiento de tus actividades. Sin embargo, algún día te enfrentarás a fuerzas que no son de este mundo, y de las cuales no te diré nada por el momento, ya que, para que puedas vencerlas, es absolutamente indispensable que esas fuerzas crean todo el tiempo que son capaces de destruirte. Y te destruirán, puedes darlo por un hecho, mas no de la manera que ellas esperan. Eres mi elegido, mi *tanlangan*. Como muchas otras veces en el pasado, tu derrota será mi verdadera victoria. Esta vez, recibirás la ayuda de uno de mis ángeles de completa belleza que te hará sentir más dichoso de poder luchar de mi lado. Aunque no podrás recordar nada de lo que ahora te he dicho, desde que la veas, lo comprenderás todo. Ahora debo retirarme. Volveremos a vernos cuando llegue la hora.

♉

Antes de morir, Lom Kadyr había tenido tiempo de realizar los trámites burocráticos relativos a la inscripción de su hijo tanto en el registro del Estado Civil moscovita como en la oficina universitaria encargada de gestionar las becas de los estudiantes extranjeros. A través de esta última, por petición expresa de la madre del niño, se procuró obtener una inscripción tardía en los registros de la Embajada de la República Dominicana en España a través del cónsul de Cuba, quien a su vez delegaría la responsabilidad en un miembro del Partido de gran experiencia en asuntos caribeños.

Cuando los aldeanos revisaron los bolsillos del cadáver de Lom Kadyr en busca de hallar algo que pudiese tener algún valor, sólo hallaron algunos kopeks junto con un atado de papeles escritos en varios idiomas, en cada uno de los cuales aparecía escrito el nombre de Anzor Kadyr Guzmán Camarena. Aparentemente, los burócratas de la oficina del Estado Civil Soviético habían considerado como un único apellido los dos que figuraban en los papeles de identidad de Ángela junto a su nombre. Por su parte, más por fidelidad a la letra de la documentación soviética que a lo que le dictaba el sentido común y su conocimiento del código sociocultural hispánico, el delegado cubano había insistido en que los papeles del niño se acogieran a la formalidad de los papeles soviéticos. Fue así como el hijo de Ángela y Lom terminó llamándose oficialmente Anzor Kadyr Guzmán Camarena. Afortunadamente para él, aunque no pudo evitar valerse de su documentación oficial para todos sus asuntos bancarios, su doble tuvo la genial idea de darse a conocer bajo un apodo: Nazir Dzhalal (literalmente "Gran Regalo"), con el que sería reconocido como integrante de la *Obschina*, es decir la Comunidad, eufemismo que designaba a la mafia chechena que comenzó a operar en la década de 1980.

El único verdadero problema en relación con esos papeles era que, según lo que en ellos se estipulaba, Anzor tenía legalmente 72 años, aunque aparentaba tener una edad biológica de 25. No obstante, como la diferencia resultante era tan ostensiblemente absurda, con ayuda de un abogado y un experto en informática, logró actualizar los datos de su inscripción en el Estado Civil ruso. Para ello, el primer paso fue obtener una certificación de error de inscripción en el registro del Estado Civil de parte del Ministerio de Relaciones Exteriores del Nuevo Estado Mulato del Gran Babeque. En dicha certificación se hacía constar que el nombrado Anzor Kadyr Guzmán Camarena, cuyo nacimiento se registró en la Oficialía del Estado Civil de Tsjinval, Chechenia, el 20 de marzo de 2020, y posteriormente asentado en los libros de la Oficina del Estado Civil de la Embajada Dominicana en España, había solicitado a través de los servicios consulares la corrección de su inscripción en los registros del Estado Civil y que su trámite se hallaba formalmente en proceso de revisión, por lo cual se expedía la presente certificación a petición de la parte interesada, etc. Con ese documento debidamente sellado y notarizado en las manos, su abogado se presentó ante la oficina del Registro de Estado Civil ruso y solicitó incoar un proceso similar alegando que su cliente había iniciado el mismo trámite ante las autoridades del Nuevo Estado Mulato del Gran Babeque y estas habían condicionado la aceptación de su procedimiento a la certificación previa por parte de las autoridades rusas de que en sus registros se constataba la presencia del mismo error y alegando una lista interminable de artículos de la Convención de La Haya relativos a la condición de apatridia. De ese modo, ayudado por la doble circunstancia de que ni la URSS ni la República Dominicana existían ya como designaciones oficiales de demarcaciones nacionales concretas y empleando un sistema burocrático como palanca para mover otro, el abogado de Anzor Kadyr obtuvo en un tiempo récord la corrección que su cliente necesitaba como paso previo para poder dotarse de papeles de identidad perfectamente legales que le permitieran llevar a cabo todas sus actividades civiles de manera normal.

El resto de los detalles relacionados con esta pequeña aventura burocrática carecen de importancia. Baste decir que Anzor Kadyr llegó a la parte este de la isla en un vuelo regular de la Lufthansa el 24 de septiembre de 2043 y que sus seis amigos fueron llegando en el curso de las dos semanas subsiguientes.

A pesar de que era la primera vez que pisaba el territorio de lo que una vez había sido la República Dominicana, ni siquiera parpadeó cuando se presentó ante las autoridades locales del aeropuerto Aníbal Augusto Servilló y mostró los documentos que lo acreditaban como ciudadano del Nuevo Estado Mulato del Gran Babeque. Estaba consciente de que, al recibir en su pasaporte el sellado de los agentes aduanales, en su vida y la de sus seis compañeros se abriría un compás de espera hasta que comenzaran a manifestarse los acontecimientos sobre los que Bhamil le había hablado con tanta vehemencia. Por esa razón, como él mismo les recomendó hacer a sus compañeros, todos ellos se dedicarían por algún tiempo a calentarse en el trópico y a disfrutar de la gran belleza de sus paisajes y sus mujeres. Llevaba pues, cuatro años desempeñando el cargo ficticio de "General Supervisor" contratado por el *resort* ubicado en la costa norte de la isla, en la playa de Cabarete, para ser más precisos. En realidad, sin embargo, dicho *resort* les pertenecía por partes iguales a él y a sus seis compañeros, dueños absolutos de la totalidad de las acciones corporativas, aunque oficialmente era administrado por una firma contable establecida en la ciudad de Burgos, España, y hasta la mañana en que conoció a esa misteriosa mujer tatuada, su vida había transcurrido en un estado de tranquilidad perpetua, casi beatífica

8. Nicole Dombres

No sé decir a ciencia cierta qué es lo que tiene mi cara, Serptes, pero ya tengo más que comprobado que prácticamente nadie ha creído nunca de buen grado mi versión personal de mi propia historia las veces que la he querido contar yo mismo. Entre mi vida, el mundo y yo, siempre ha tenido que haber una cuarta instancia: un papel impreso y multisellado, la opinión de alguien considerado "serio" que avale o confirme lo que sea que yo haya dicho antes con mucha más elegancia, o incluso la garganta de alguien que sea capaz de gritar o de hablar más fuerte que yo. ¡He conocido incluso personas más dispuestas a tragarse cualquier cantidad de embustes acerca de mí que a creer aunque sea uno de los datos que yo mismo les he comunicado! Durante la mayor parte de mi juventud, llegué a pensar incluso que la manera en que mi persona disfuncionaba en la misma sociedad donde había nacido se la tenía que agradecer al hecho de haber sido contactado por el Perro a la salida de mi adolescencia, en aquella terrible edad en que, abandonando una vocación por la ciencia que sabía imposible de realizar si continuaba viviendo en un país como el Nuevo Estado Mulato del Gran Babeque, me dio por tomar el camino opuesto, es decir: el de la poesía.

Luego de pasarme años estudiando literatura, quedé tan afectado por los efectos de una exposición demasiado prolongada a la ficción que ni siquiera pude notar hasta qué punto mi manera de ser había modificado mi estar en el mundo. Creo que fue entonces cuando comencé a comprender que ya no eran únicamente los datos de mi vida los que quedaban automáticamente convertidos en ficción desde que los pronunciaba frente a alguno de mis compatriotas, sino todo cuanto pudiera decir. Para comprobar si era cierto, a menudo me sometía a la ridícula prueba de citar como mías, en el curso de alguna conversación, frases que tomaba de algún libro de ciencias exactas con el único objetivo de ver de qué manera todo lo que yo decía primero era puesto en duda, luego sometido a un escrutinio sumario y cojo, y, finalmente, casi siempre quedaba invalidado de manera olímpica, sin permitirme siquiera el derecho a réplica. En esas ocasiones, yo ponía cara de póker, aunque por dentro me estuviese partiendo en dos de la risa. No sabía, sin embargo —de hecho, creo que sí lo sabía pero no me importaba un pito— que al actuar de esa manera, estaba contribuyendo a confirmar mi hipótesis de que no tenía nada que hacer, o muy poco, en un país lleno de genios recién salidos de alguna botella de ron, de cerveza o de vino, según sus respectivas *clases* de "genialidad", y lo que posiblemente era mucho peor, estaba propiciando que cualquiera se hiciera de mí la idea que le viniese en gana.

De ese modo, llegué a escuchar a gentes que me decían, en medio de alguna discusión acalorada, que yo vivía colgado de una nube el día entero nada más porque me veían fumar un cigarrillo tras otro; o que era incapaz de recordar ni siquiera el número de teléfono de mi propia casa con el único propósito de hacerme saltar de unos puestos de trabajo en donde nadie me reconocía ninguna capacidad y en los que recibía una paga miserable. También me crucé en mi camino con muchos individuos, mujeres y hombres, quienes no perdían nunca la ocasión de intentar enanizarme como si fuesen jíbaros del Amazonas, escatimándome cualquier talento, minimizando públicamente toda pulsión expresiva que proviniese de mí, como si alguna potencia extraterrestre los hubiese colocado efectivamente a ellos por encima, no sólo de mí, sino del resto de la especie humana, y les hubiese dado el poder de abrir las entrañas del resto de nosotros para juzgar sobre lo que, según ellos, era verdad o mentira, valioso o simple escoria, en una vida ajena. La mía, por ejemplo. Es cierto, sin embargo, que a mí nunca me han importado gran cosa ninguna de esas expresiones de la humana mediocridad. Hasta ahora he vivido de espaldas a lo que considero una variante crónica del chisme de patio tropical en la que, como en todos los casos de chismes, están por un lado las víctimas y por el otro los victimarios. Estos últimos son siempre personas que poseen el poder de convertir sus discursos en una vulgar patología, llegando al extremo de contaminar todo cuanto tocan y de contagiar a todos los que les rodean. Digo esto último a pesar de que no ignoro que es solamente después que algo ha demostrado ser capaz de resistir a la cáustica acción social de esa lejía discursiva como resulta posible determinar su valor más específico de cosa "importante" a los ojos de las personas en sociedades tan contaminadas como las caribeñas.

Traigo todo esto a colación porque lo que menos me esperaba aquella tarde en que me vi por primera vez en casa de la Tota Bianchi era tener que ponerme a ventilar algunos detalles particularmente grises de mi vida privada para satisfacer la curiosidad de quienes, todavía, no eran para mí otra cosa que unos perfectos desconocidos. De hecho, me bastó sentir de qué manera se hundían en mis pupilas las puyas de unas miradas llenas de estupor con las que la Tota Bianchi me barría sin discreción alguna toda la fachada como lo haría un escáner para comprender que lo que vendría a continuación no sería otra cosa que más de lo mismo.

—¿Y es verdad que tú eres el esposo de Nicole? —se atrevió a preguntarme la Tota.

Claro, yo la miré como uno mira a la mierda, y ni siquiera le respondí.

—¿Qué pasó, Chino? ¿Te quillaste?

Miré a Mickey Max. Sus ojos parecían rogarme que nos fuéramos de allí en ese mismo momento, pero el cielo seguía largándonos encima cualquier cantidad de agua, y entre las cosas a las que más he temido en toda mi vida siempre ha estado en primer lugar la muerte por ahogamiento. Su pregunta me ayudó a reconsiderar mi situación, no obstante. «Se nota que ni siquiera me ha creído cuando le he dicho que me llamo Tung Yep Chan», me dije. Me pregunté qué diferencia haría seguirles la corriente e inventarme una historia cualquiera o contarles la pura y siniestra verdad sobre la razón por la que el Perro intenta contactarnos. Tal vez esté de más decir que opté por lo primero, claro está.

—Según Nicole, el Perro está preso en alguna parte de esta isla y quiere que lo liberemos –dije ingenuamente convencido de que inventaba todo cuanto decía–. Ella piensa que es muy probable que se encuentre en algún punto de la costa norte, aunque, por la manera en que insiste a ese respecto, considero que está casi segura de que ese punto se halla muy cerca de Cabarete. Sobre si está enterrado o encerrado, es algo que no se puede saber hasta que lo encontremos. Tampoco se puede saber qué sucederá una vez que el Perro se vea libre. Como hace mucho que no hablo con ella, no sé o no recuerdo nada más.

El silencio de mis tres interlocutores me hizo saber que mis palabras habían logrado surtir el efecto que esperaba. Sin embargo, estaba a punto de revelarles que todo había sido una farsa cuando Antinoe hizo añicos la calma con algo que a mí me sonó sumamente parecido a una declaración de guerra:

—Bueno, pero, entonces, ¿qué estamos esperando? ¡Vámonos para Cabarete a visitar a esa tal Nicole?

—¿Lloviendo así como está? –pregunté.

—¿Y eso qué hace? –me respondió Antinoe–. ¿Crees que es a pie que nos vamos a ir?

—¡Arranca y vámonos! Ya estaba pensando en lo que iba a hacer con los hongos que me iban a salir si me quedaba más tiempo aquí –dijo Mickey Max.

—Nada bueno, de seguro –dijo la Tota.

—¡Mmmtodo lo contrario! –replicó el Mickey Max.

Viendo el ánimo con que todos lucían dispuestos a partir de inmediato, me dije que tenía que hacer algo para detener la estampida, así que grité:

—¡Un momento!

Todos guardaron silencio y me clavaron una mirada fija con ojos que parecían reflectores de 200 watts.

—Se nota que ustedes no conocen a Nicole –dije–. No podemos aparecernos así por así en su casa. Ella no es dominicana. Ni siquiera es latina. Es francesa, ¿se acuerdan? No tiene nuestras costumbres, y es casi seguro que se negará a recibirnos si antes no buscamos la manera de avisarle que nos dirigimos a su casa.

Mis palabras cayeron sobre sus ánimos como un balde de agua fría. Por un momento pensé incluso que la Tota había comenzado a mirarme de un modo distinto a raíz de aquello.

—El pibe tiene razón –dijo ella–. Hay que pensarlo mejor.

—Bueno, pero, ¿él no dijo que es su esposa? –preguntó Mickey Max–. Que la llame y le diga que ponga a sancochar diez plátanos y diez yucas y después arranquemos para allá.

—Mire, mequetrefe –le dije aprovechando la oportunidad que me brindaban para intentar controlar la situación–. Yo no sé la idea que usted se hace de lo que es una esposa, pero la mía no es una pelota con la que nadie más aparte de mí puede jugar. Las cosas no son así. Es más, no pienso ir con ustedes a ninguna parte, y punto.

—¡Oye, pero yo solamente estaba relajando! –intentó decir Mickey Max.

—¡Pero claro que sí! –le respondí–. Eso precisamente fue lo que te dije: que con mi mujer no se relaja. No te dije "suicídate", ni "búscate un burro", como seguramente te habría dicho cualquier otro...

Mientras más hablaba, más cálida sentía la mirada de la Tota clavándose en mis ojos, en mi boca, en mi frente...

—Bueno, pero, ¿es que ustedes no entienden nada? –intervino ella con un tono bastante ríspido–. Tung Yep Chan tiene razón –era la primera vez que alguien me llamaba por mi verdadero nombre: no se me escapó ese detalle–. Hay que dejar que sea la misma Nicole quien decida si quiere que la visitemos y cuándo quiere que eso suceda. Eso es todo.

Antinoe y Mickey Max me dirigieron una mirada llena de estupefacción y regresaron a sus respectivos asientos, aunque, casi inmediatamente después, los dos volvieron a ponerse de pie para ir a buscar más cervezas. Esta vez sí me sentí con ánimo de decirles:

—¿Me traen una, porfa?

Estaba perfectamente consciente de que esa pequeña victoria era un efecto comunicativo momentáneo. Detestaba tener que admitir que, muy probablemente, me resultaría imposible evitar una visita que, ¿para qué negarlo?, únicamente contribuiría a complicar las cosas aún más. Además, la lógica me indicaba que tarde o temprano una de aquellas personas me haría una pregunta a la que no tendría más remedio que responder. Sólo era cuestión de tiempo.

—Bueno, pero, ¿y si la llamas por teléfono y le dices que vamos para allá?

Antinoe podía jurar que tenía razón: esa tenía que ser necesariamente la salida del *impasse* en el que nos hallábamos. Sin embargo, yo me limité a mirarlo a los ojos fijamente tratando de aparentar indiferencia y le dije:

—¿Saben qué? Mejor vámonos.

—¿Cómo así? –preguntó Antinoe.

—Vámonos ahora mismo para Cabarete. Total, ya la lluvia está pasando.

—¿Pero tú no acabas de decir que... ?

—Claro, y tú crees que ella tiene un botoncito en alguna parte al que nada más hay que apretar para que funcione en modo simpático... Te lo voy a decir por última vez: ella tiene los juegos sumamente pesados. Sin embargo, yo conozco una manera de hacerle saber a Nicole que tenemos la intención de visitarla sin provocarle una reacción hostil...

—Diablo, pero oigan como habla este tipo... —dijo entonces Mickey Max—: «provocarle una reacción hostil...» Cualquiera diría que esa mujer es un demonio... ¿Estás tratando de meternos miedo o qué?

Esta vez ya era demasiado.

—Mira, gordo payaso de la mierda: ya me tienes harto con tus jueguitos y tus provocaciones. Si tú no conoces el sentido del respeto, lo mejor será que te suelte en banda antes de que alguien tenga que darle el pésame a tu mamá. Hasta aquí llegué yo contigo, y si te he visto no me acuerdo...

Camino con pasos rápidos hacia la puerta.

—¡Un momento! —gritó la Tota Bianchi caminando hacia mí—. Esta es mi casa. Permitime por lo menos que sea yo quien arregle esta situación.

Luego, dándome la espalda para mirar a Antinoe, quien se había quedado con la boca abierta, dijo:

—¡Antinoe, búscale a este señor su paquete, que ya se va!

—Ok, pero, el Perro...

—No me discutás. Nadie va a venir a traerme sus conflictos a mi casa. Si este señor tiene algún problema, lo mejor es dejar que vaya a buscar ayuda psiquiátrica.

—No hay problema, doña —dijo entonces Mickey Max, y luego, mirando a Antinoe, agregó:

—Búscame mi paquete que ya yo me voy.

—¡Bueno, pero, vamos a ver, espérate un momento! —gritó Antinoe—. Las cosas no son así. Ustedes dos no tienen idea de lo que yo he tenido que hacer para intentar encontrarlos antes de que se presentaran en el restaurante esta mañana. Ninguno de ustedes dos se imagina siquiera las vueltas que tuve que dar, la cantidad de estupideces a las que tuve que someterme, todas las noches en las que tuve que quedarme despierto escuchando los planes de lo que haríamos el día que ustedes aparecieran. De manera que no es verdad que voy a dejar que todo ese esfuerzo también se convierta en mierda, igual que mi vida, igual que este maldito mundo... Espérate un momento y por lo menos deja que te cuente algo que, según leí hace poco, sucedió hace muchos años...

Al escuchar esto, Mickey Max se alejó de la puerta, dio media vuelta y regresó a su asiento con cara de yo no fui.

—Esto que voy a contar —comenzó a decir Antinoe— pasó en España hace mucho tiempo. En el siglo XI, más o menos. Una señora, llamada Juana de Aza, estaba embarazada y, una noche, tuvo un sueño raro. Soñaba que, le había llegado la hora de dar a luz, pero, cuando estaba en ese trance, se percató de que de su vientre salía un perro que se iba corriendo con una antorcha en la boca para ir a incendiar el cielo. En medio de la noche, la señora despertó y se quedó medio azorada. Sin embargo, ese sueño la asustó tanto que no pudo volver a dormir en varios días, de manera que, sumamente preocupada, una mañana se dirigió a un monasterio para consultar con un monje. El sacerdote le dijo: «No se preocupe, señora: la antorcha encendida representa la palabra de Dios. Como el perro, su hijo va a ir por todo el mundo anunciándola». Y así sucedió. Cuando nació su hijo, le puso por nombre Domingo, y cuando este creció, llegó a ser sacerdote y fundó la orden de predicadores que después se conoció como los Dominicos...

—¡Diablazo, pero qué jablador es este hombre! —dijo Mickey Max sin poder contenerse—. Mejor di la verdad: eso te lo acabas de inventar tú...

—Bueno, pero, ¿y si fuera así qué? —dijo la Tota Bianchi—. Vos no me vas a decir que no captaste la moraleja...

—¿Yo? —exclamó Mickey Max—. Claro que sí, mi señora. Entendí que todo el que sueña con perros tiene que tener un hijo, al cual hay que educar para que, cuando crezca, funde una secta religiosa. Ahora por fin entiendo qué fue lo que hice mal...

—¿No me digas? —dijo la Tota Bianchi—. ¿Y qué fue lo que hiciste mal, si se puede saber?

Mickey Max la fumigó con una mirada muriática antes de decir:

—No tuve hijos, señora. Me puse viejo esperando que sucediera algo que me cambiara la vida. En el sentido económico, quiero decir. Pero eso nunca sucedió. Después dejé que mi cuerpo engordara más allá de donde no hay vuelta atrás. Sin embargo, es solamente ahora cuando comprendo lo equivocado que he estado. He perdido demasiado tiempo ladrándole a la luna, cuando, en realidad, lo que tenía que haber hecho, era mearme en ella.

La Tota Bianchi lanzó un suspiro que casi la dejó sin aire. Se sentía profundamente hastiada de una conversación en la que todo indicaba que no sacaría nada en concreto. Por eso había decidido dejar que Mickey Max se fuera.

—Bueno –intervine entonces–. Creo que le debo una disculpa a Mickey Max. No estuvo bien de mi parte tratarlo como lo hice hace un rato. De hecho, todos tienen que saber que, aunque de verdad estamos casados, Nicole Dombres no sabe todavía que ella es mi esposa.

—Ah, ¿entonces fue por eso que me insultaste? ¿Pensaste que no me iba a dar cuenta de que mentías?

—Pero si yo no miento. Ambas cosas son ciertas: estamos casados y ella no lo sabe...

—¡Ya basta, muchachos! –gritó entonces la Tota Bianchi– ¡Ya está bueno! Ni se les ocurra pensar que les voy a permitir recomenzar semejante bobería. Y tú, chino, dejá de hacerte el pendejo y venite con nosotros a la casa del ruso Danilbek o de la puta que te parió.

—¿De manera que sabes que Nicole vive en esa casa?

—¿Qué te pasa? –me preguntó la Tota Bianchi con cara de asco–. ¿Vos tenés una idea de la cantidad de veces por mes que a esa tilinga la sacan en la prensa o por la televisión?

—Es verdad –dijo Mickey Max, y agregó:

—Cualquiera diría que ella es la única francesa que vive en este país...

—No lo sabía... –dije hundiéndome en la vergüenza–. Eso explica por qué no me creyeron cuando les dije que era mi esposa.

—¿Pero quién te dijo que no te creímos? –dijo entonces Antinoe– ¡Todo lo contrario! ¡Si ella es algo así como la nueva Novia de América! Seguro que estás contento de compartir una misma esposa con el 45 por ciento de la población de ambos lados de la isla, de cualquier género que sea.

—En serio, Chino –agregó Mickey Max–. ¿De verdad no sabías que dos de cada cuatro hombres y tres de cada cinco mujeres –para no mencionar a las lesbianas y las transexuales, sobre las cuales todavía no se tienen estadísticas confiables– se ha casado por lo menos alguna vez en su vida con Nicole Dombres?

—Bueno, ¿qué decís? ¿Nos acompañás o no?

—Dale –dije, y luego agregué:

—¿Qué esperan? ¡Vámonos!

♉

Durante los últimos cinco minutos, todos me estuvieron mirando como si yo estuviese en posesión de todos los secretos del faraón Amenhotep. De no haber tenido la cabeza sólidamente atornillada y asegurada con tuercas de titanio sobre mis dos hombros, habría llegado a creer que realmente les interesaba saber cosas sobre mi vida personal. Por suerte para mí, hacía mucho tiempo que me habían arrancado a mordiscos la glándula de la pendejez: ya no sería yo quien se tragaría nunca más esos cuentos que son la empatía, el espíritu de camaradería, el dar para recibir y todas las demás variantes del dando y dando, pajaritos volando. Fue tal vez por eso, aunque también pudo ser a causa del tono en que me lo pidió, que no supe qué responder cuando la escuché decirme:

—Andá, che, no te hagas el pelotudo y contanos cómo fue que conociste a Nicole.

La Tota me lo pidió a quemarropa, casi echándome encima su aliento. Acepté de mala gana, con el único propósito de no crear más polémicas, pues sabía que su petición no respondía a la simple curiosidad sino al vulgar aburrimiento. Aparte de eso, me dije, tal vez así me libraré de escuchar a lo largo del camino los insoportables rebuznos de pacientes oligofrénicos voluntarios que lanzaban desde la radio unos esperpentos a quienes alguien les había hecho el terrible daño de decirles que podían cantar. Sabía que ese viaje duraría por lo menos una hora, tiempo durante el cual atravesaríamos un pueblito tras otro. Por esa razón, aparentando mala gana, comencé a contar la siguiente historia:

—La casa, o más bien la *villa* de Borz Danilbek (aunque, en el corto tiempo en que vivió allí durante el verano de 2042, a él le gustaba llamarla más bien su *dacha*) está ubicada mirando hacia la costa del Atlántico en la ladera de una de las montañas de la cordillera Septentrional a su paso por el centro del Parque Nacional de El Choco. Muy cerca de allí, el gobierno de la municipalidad abrió, a principios de la década de 2040, un pequeño museo en el que se exhiben numerosos objetos pertenecientes al período conocido como la "Era de Francia", los cuales fueron hallados en el interior de una cueva donde también se encontraron los restos mortales de cerca de una treintena de hombres, todos ellos posiblemente soldados del ejército francés. Según la leyenda, los antropólogos que encontraron esos cuerpos en 2005 también se toparon con algo sumamente misterioso: algo así como una pequeña urna metálica herméticamente cerrada que, en el momento en que fue hallada, tenía una temperatura tan elevada que no pudo ser medida por los termómetros convencionales disponibles, y fue preciso enviarla a los Estados Unidos, donde seguramente todavía la están investigando, ya que, cincuenta años después, nadie ha sabido qué rayos había en el interior de dicho objeto. Aunque ha pasado mucho tiempo desde ese hallazgo, hasta hace pocos años, todavía era frecuente encontrar periodistas que consideraran interesante sacar reportajes sobre ese tema en la prensa o en la televisión. Por lo menos, así sucedía en la época en que construyeron el museo.

Según supe, Danilbek le había comprado aquella villa sin haberla visto nunca a un tipejo al que nada más había visto una o dos veces en los años en que vivía en la 42nd Street. Boricua, decía que era, pero resultó ser dominicano de San José de las Matas. Le dijo que andaba metido en serios problemas de dinero y que por eso se la ofrecía casi regalada: 190 mil dólares por una casa de dos niveles construida en cemento y madera en un terreno de mil metros cuadrados sembrado de árboles, con valla perimetral, piscina, amplia terraza, seis habitaciones, cada una con sus baños y algunos pequeños detalles como dos turbinas eólicas y una batería de cincuenta paneles solares, cisterna y bomba de agua propias y dos canchas de tenis. Danilbek le pidió una semana para examinar la propuesta y, al cabo de ese plazo, le dijo que, si aceptaba que un banco norteamericano actuara como mediador en la operación de compra, estaría en condiciones de entregarle el dinero en un plazo no mayor de cuarenta y ocho horas. El vendedor aceptó todas las condiciones que le puso el banco, en especial las relacionadas con la presentación de todos los documentos de titularidad legalizados, notarizados y triplemente certificados por el Ministerio de Hacienda, el Ministerio de Relaciones Exteriores y el Consulado General del Nuevo Estado Mulato del Gran Babeque en Nueva York. Tampoco tuvo reparos en firmar un afidávit por el valor total de sus activos, los cuales serían embargados en caso de presentarse cualquier tipo de inconveniente legal relacionado con la propiedad de ese inmueble. Dos días después, luego de que el banco hubiera descontado los debidos impuestos, comisiones y *taxes* aplicables, el falso boricua recibió una transferencia por un valor de 175,425 dólares, suma que, como habían acordado, Danilbek completó luego con un aporte adicional por un total de 14,575 dólares, para así alcanzar los 190 mil que el Boricua decía necesitar con urgencia. La operación quedó cerrada satisfactoriamente y ambos, comprador y vendedor, fueron a celebrarlo bebiendo champán californiano en un restaurante chino ubicado en la esquina de la 42nd Street con 8th Avenue.

Dos semanas después, Danilbek viajó al Gran Babeque para ir a tomar posesión de su villa, donde permanecería hasta el final del verano. Tal vez eso explique en cierta forma por qué no se enteró de que el cuerpo desnudo de El Boricua había sido encontrado sin vida y sin varias de sus vísceras vitales (hígado, riñones, corazón, páncreas) y otros no tan vitales (ojos, testículos), mientras él iba reduciendo, en rápidos y frecuentes resoplidos, el equivalente de varios metros de coca, y se quitaba el calor bajo un verdadero torrente de margaritas elaborados especialmente para él por un *sommelier* contratado por la agencia turística que le había vendido su billete de avión.

Cuando, a su regreso a Brooklyn, bronceado y visiblemente reposado, varios de sus allegados le comentaron la suerte que había corrido El Boricua, Danilbek llamó a su abogado, Ioshe Schwitzer, alias "Shlomo", para preguntarle si la situación podía afectarlo.

—Sólo te afectaría en el caso de que se te pudiese vincular de alguna manera con ese crimen –le dijo Shlomo–. Por eso la pregunta es inevitable: ¿tienes algo que ver con eso?

Danilbek negó rotundamente y el resto de la conversación giró en torno a otros temas.

Unos cuatro meses después, aproximadamente, comenzaron las llamadas telefónicas.

Al principio se trató de timbrazos aislados que rompían en mitad de la noche el silencio sepulcral de su enorme apartamento. Quienquiera que lo estuviese llamando parecía saber que Danilbek detestaba responder personalmente llamadas telefónicas, pero sobre todo a altas horas de la madrugada. Por eso se permitía dejar sonar el aparato de manera incesante. Por eso y porque, en dos ocasiones, al levantar el auricular, escuchó que alguien, una voz masculina, pronunciaba, con marcado acento latino, la frase rusa: *Ya vse znayu*, cuyo significado (*Lo sé todo*) se convirtió de inmediato en un verdadero rompecabezas para él. ¿Quién hacía esas llamadas? ¿Qué era lo que sabía o creía saber esa persona? ¿Qué tenía él que ver con eso que supuestamente sabía ese individuo? Continuó recibiendo llamadas misteriosas durante tres noches consecutivas. Luego cesaron de la misma manera súbita en que habían comenzado.

Seis días después de la última llamada, recibió un mensaje anónimo en cuyo texto *alguien* intentaba vincularlo de manera directa con la muerte del Boricua. Escrito en un español bastante precario y compuesto con recortes tipográficos del *New York Times,* el mensaje decía, literalmente:

Ruso
Savemo que matate al voricua
Pa kedalte con lo cualto y con la casa.
Aora pagará pa que te dejeno trankilo.

Esa misma mañana, después de llamar a Shlomo para ponerse de acuerdo, Danilbek fue a poner una denuncia por chantaje al Precinto 66 de la Policía de Brooklyn, ubicado en el 5822 de la 16th Ave, cerca del Borough Park. Según Shlomo, esa medida podía resultar útil, a pesar de que todavía no sabía quién o quiénes intentaban extorsionarlo. El taxi que lo llevó hasta allí lo depositó frente a un edificio de ladrillos rojos bastante feo, como la mayoría de los de su entorno, cuya fachada no había cambiado un ápice durante los últimos cien años, con un par de pinos flanqueando la entrada; dos o tres coches de policía estacionados frente a la puerta; una puerta batiente pintada de color azul, y sin ninguna enseña, letrero o divisa que permitiera identificar que se trataba de una estación de policía. Borz Danilbek empujó la puerta y caminó con paso firme con dirección a la recepción. Una vez allí, pidió hablar con un detective y le preguntaron con qué motivo.

—Vengo a poner una denuncia –dijo–. Tengo la impresión de que me están amenazando.

—Aquí no trabajamos con impresiones, caballero –le dijo el agente que lo atendió, un italiano alto y macizo, de unos treinta y cinco años–. O lo amenazan, o no lo amenazan. Si es lo primero, es nuestro problema. Si es lo segundo, es el suyo.

Danilbek comprendió que debería esforzarse más para no tratar al agente de la misma manera en que trataba a todas las personas con las que dialogaba a diario. Intentó entonces asumir la pose que normalmente le servía de excusa cuando metía la pata, es decir, la de un intelectual que tiene problemas para expresarse en lenguaje corriente:

—Disculpe usted —comenzó diciendo—. Tal vez no me supe expresar de manera clara y objetiva. De todos modos, la situación es sencilla: desde hace varios días, un desconocido me ha estado llamando por teléfono a mi casa a altas horas de la noche para hacerme comentarios que tienen un único objetivo: tratar de importunarme y amedrentarme con amenazas de todo tipo. Además, recientemente acabo de recibir un mensaje en el que deja entrever su intención de chantajearme.

Al escuchar el tono impostado y la voz engolada con que Danilbek había pronunciado las palabras anteriores, un par de agentes jóvenes se acercaron con cara de póker al puesto del italiano. No obstante, cuando terminó de hablar, lo único que el ruso consiguió fue que los policías se rieran de él en su cara:

—Según dice, usted había estado recibiendo a media noche llamadas telefónicas anónimas de parte de un hombre. ¿Cree que ese hombre sabe que usted es bailarín en un club *gay*? —le preguntó el agente que recibió su denuncia.

—¿Y eso qué tiene que ver? —preguntó Danilbek.

—Eso depende... —respondió el agente—. Podría tratarse de un conocido suyo que se siente despechado...

—Pero, incluso si ese es el caso, este mensaje prueba que alguien está tratando de chantajearme.

—No, señor. Lo único que prueba ese mensaje es que alguien está tratando de intimidarlo. Además, hasta no saber quién está detrás de todo esto, ni usted ni nosotros podemos hacer nada. Incluso podría tratarse simplemente de una broma...

—Sabía que podrían decirme algo parecido a eso —dijo entonces Danilbek—. Por esa razón, lo único que le pediré es que me entregue una constancia sellada y notarizada de que han recibido mi denuncia.

—Eso le costará treinta y siete dólares con setenta y cinco centavos —dijo entonces el agente.

—Lo sé, y estoy dispuesto a pagar.

—En ese caso, tome y vaya con este formulario a esa oficina. Llénelo con sus datos, pague y luego regrese con el recibo.

En el preciso momento en que Danilbek abandonaba la estación de policía tuvo la corazonada de que lo mejor que podía hacer para escapar de esas amenazas era retornar cuanto antes a su casa en la costa norte del Nuevo Estado Mulato del Gran Babeque. Mientras tanto, no obstante, como había quedado que se vería con Shlomo para ir a tomarse unos whiskies, paró un taxi y le pidió al chófer hindú que lo llevara al 905 Church Avenue. Quince minutos después, sentado ante una mesa del Wheated, consumía su primer *bourbon* mientras esperaba que le llevasen la ensalada capresa que había ordenado.

Extrañamente, Shlomo no acudió a su cita a la hora prevista. Danilbek sabía que solamente una razón muy poderosa obligaría a su abogado a faltar a una cita, sobre todo si había alcohol de por medio. Por eso, se vio terminando su cena a solas, consumiendo un seguro segundo e incluso un posible tercer trago de *bourbon* antes de pedir la cuenta y llamar un taxi para regresar cuanto antes a su casa, donde esperaría a que su amigo lo llamara como cada vez que, por alguna razón casi siempre relacionada con altas sumas de dinero, no podía acudir a una de sus citas. Estaba levantando la mano para hacerle una seña a la camarera rubia cuando entró con gran estrépito un grupo de unas doce personas de distintas edades, entre las cuales, el más viejo, a pesar de sólo tener unos bien llevados 42 años, era su amigo Shlomo.

—¡Shlomo, hombre! —exclamó Danilbek al verlo—. Me has tenido preocupado.

—¡Venga, no digas tonterías! —replicó el abogado—. ¿Olvidaste que hoy es jueves? En días como hoy no salgo de la oficina hasta las nueve de la noche. Por eso te he dicho que vinieras hasta aquí.

En efecto, Danilbek había olvidado por completo ese detalle. Pero ahora no era eso lo que retenía su atención, sino la terrible mirada fija de unos ojos tan verdinegros que parecían el resultado de una curiosa mezcla de los de una loba con los de un cuervo: así eran los ojos de Nicole.

—Preséntame a esta maravilla —le pidió a Shlomo—. ¿Quién es?

—¿Ella? ¿Quién sabe? —respondió él—. Es francesa, es pintora, es una bruja: se llama Nicole.

—No, *monsieur* —replicó ella en un inglés bastante fluido pero de resonancias totalmente artificiales en aquella zona de Brooklyn—. La bruja no soy yo, sino Suzanne, mi guardiana.

Y diciendo esto, señaló con el dedo índice a un lugar impreciso cerca de la puerta del restaurante.

—Nicole, *mon amour* –dijo Shlomo–, aquí tienes otra víctima de tus múltiples encantos. Te presento a mi amigo, el arquitecto Borz Danilbek.

—Si quieren verla, y oh sí, estoy segura de que quieren verla, es necesario que miren fijamente –dijo ella lanzando una risita y mirando en dirección de sus otros acompañantes.

—¿Ver a quien? –preguntó Danilbek.

—Hola, amigo de Shlomo –dijo ella extendiéndole su mano derecha–. Mi nombre es Nicole Dombres. Si también tú la quieres ver deberás esperar un poco más. Suzanne es un poco tímida cuando está en público... Eso sí, te recomiendo que no te descuides: Suzanne tiene una mirada muy penetrante... Si se lo pido, puede ver tus intenciones desde muy lejos, y si no le gustan... En fin, las cosas nunca salen como uno quiere, ¿verdad? Pero mejor dime, amigo de Shlomo, ¿a qué te dedicas?

A Danilbek le divertía sobremanera escuchar cómo Nicole sorteaba las trampas de la lengua inglesa, como si estuviera luchando contra la barrera de términos franceses que se atropellaban en sus labios cuando hablaba. Incluso él, que había llegado siendo muy niño a los Estados Unidos y había estudiado en varias escuelas de distintos estados, tenía momentos en los que sentía que la única lengua que podía emplear era el ruso, no porque no pudiera manejar el inglés con la misma facilidad que su lengua materna, sino porque algunas ideas y emociones no están hechas para ser comunicadas a nadie en particular, y por eso, para decirlas, únicamente podemos valernos del idioma que da forma a nuestro cerebro.

—*Je suis danseur et architecte* –respondió Danilbek acompañando sus palabras con un guiño.

—Y ruso, por lo que me ha dicho Shlomo –dijo Nicole insistiendo en hablar en inglés.

—Nadie es perfecto... Pero tú...

—Yo soy artista pintora. Acabo de inaugurar una exposición con algunos cuadros míos aquí en Brooklyn.

—¿No me digas?

—Así es. Shlomo estuvo con nosotros. Estos amigos que me acompañan son parte del equipo de la galería.

Y Nicole procedió a presentarle sus amigos a Danilbek, después de lo cual:

—¿Qué quieres tomar? –le preguntó Danilbek–. Yo invito.

—¿En serio? ¡Vino! Tinto, por supuesto.

Justo cuando Danilbek daba media vuelta para tratar de atraer la atención de una de las camareras llegó Shlomo.

—¿Qué tal la estás pasando, Nicole? –preguntó el recién llegado–. ¿Te está tratando bien el ruso?

—No te perdonaré que no me hayas invitado al *vernissage* de su exposición, Shlomo –dijo Danilbek.

—Disculpa, pero la lista de invitados la manejaba la misma galería. Eso sí, le hice notar a Nicole que su obra podría gustarte, y que, si ese es el caso, seguramente ambos llegarían a un acuerdo. Si te interesa, ella podría darte una visita guiada particular...

Danilbek conocía lo bastante bien a su amigo Shlomo como para saber que nada de su zalamería hacia Nicole tenía que ver con el arte. Por eso decidió seguirle la corriente al abogado y mostrarse de acuerdo con él en todo lo que dijera.

—Luces cansada –mintió Shlomo mirando directamente al centro negro de las pupilas de Nicole–. ¿Cómo crees que te caerían unas vacaciones en una villa discretamente ubicada entre el mar y las montañas en una isla del Caribe?

Nicole le lanzó a Shlomo una mirada llena de curiosidad y dijo:

—Eso depende del precio. La mayoría de los paraísos y yo no estamos hechos para vivir juntos...

—¿Y qué pensarías si te dijera que lo único que tienes que hacer es aceptar la invitación?

—Te diría que ya ni en las películas de terror se hacen ese tipo de proposiciones pues todo el mundo sabe que esconden alguna trampa.

—Pues te aseguro que esta vez puedes estar tranquila: el caballero aquí acaba de comprarse una villa cerca de la costa norte de una isla llamada República del Gran Babeque o algo así. ¿La conoces?

—Sí. Mi Suzanne es de allá. Bueno, de la parte oeste, que antes se llamaba Haití, pero sigue siendo la misma isla.

—Esa misma. Bueno, si aceptas, podemos organizarlo todo para que tu estadía sea perfecta. Tú decides por cuánto tiempo permanecerás allí.

Haciendo un mohín, Nicole se llevó la mano izquierda a la nuca y luego parpadeó tres veces lentamente. Acto seguido, dijo:

—Aceptaré si me dicen dónde está la trampa.

—¿Cuál trampa? –preguntó Danilbek, quien había permanecido atento a la evolución de la conversación.

—No es difícil darse cuenta de que una invitación como esa se parece mucho a una oferta tipo *trial*. Algo así como "pruebe ahora y pague después". ¿Esa casa tiene algún problema que yo necesite conocer antes de ir hasta allí?

—¡Para nada! —afirmó Shlomo—. Sobre eso puedes contar con mi palabra. Sin embargo, después que pases allí una temporada... Diría que es muy probable que mi amigo Borz y yo te hagamos una oferta, pero no porque estemos muy interesados en vendértela, sino porque tú no querrás salir de allí nunca más.

—¡Guau! —hizo Nicole—. Estos abogados sí que saben apretar los botones correctos. Ahora estoy que muero de curiosidad por conocer esa dichosa villa.

—¿Entonces es un trato? —preguntó Shlomo.

—¿Y todavía lo preguntas?

Y fue así como, hacia el final del verano de 2042, Nicole y Suzanne —quien todavía solamente se desplazaba físicamente en el interior de su urna funeraria— viajaron en primera clase desde el aeropuerto John F. Kennedy de Nueva York hasta el aeropuerto Dr. Servando Augusto Servilló de la Provincia Esperanza, Nuevo Estado Mulato del Gran Babeque, llamado así en honor del Sublime Hermano del Dr. Aníbal Augusto Servilló. A su llegada, me tocó a mí ir a recibirla al aeropuerto en mi condición de taxista políglota (algunas personas consideran un lujo hablar inglés, francés, italiano, chino cantonés y un poco de ruso. De hecho, habría continuado aprendiendo idiomas si un día no me hubiese dado cuenta de que me había quedado sin amigos, o sea, que no tenía nadie con quien hablar en ninguna de esas lenguas. Pero esa es otra historia). Cuando ella leyó su nombre escrito en el cartelito que la agencia me había entregado, se dirigió a mí en inglés diciéndome:

—Hola, soy Nicole Dombres. ¿Cómo se llama usted?

—Mucho gusto. Me llamo Tung Yep Chan —le dije escuetamente mirándola a los ojos.

A diferencia de lo ocurrido con muchas otras personas a quienes antes me había presentado, a Nicole no tuve que repetirle mi nombre. De hecho, fue ella misma quien lo repitió:

—¡Hum! Tung Yep Chan, es cierto. ¿Es chino o mongol? —me preguntó mientras le abría la puerta del vehículo para que entrara—. Su nombre, quiero decir.

—Ah, es chino —me limité a responderle.

—¡Quién lo iba a decir! —dijo ella, y agregó:

—Jamás lo habría adivinado. Es un verdadero placer conocerlo, señor Tung.

Como en ese momento yo llevaba puestos unos espejuelos oscuros, me quedé pasmado al escuchar su reacción, puesto que aun ignoraba que el simple hecho de hallarse cerca de las cenizas de Suzanne le proporcionaba a Nicole, entre otras cosas, un acceso directo al pensamiento ajeno y a muchas otras zonas usualmente vedadas a la inteligencia humana. Mientras me dirigía con ella desde el aeropuerto hasta la casa, me dediqué a espiarla por el retrovisor. Su rostro parecía recién cortado con navajas nuevas: cualquiera habría dicho que la sangre apenas visitaba esos pómulos inexpresivos sobre los cuales contrastaban los cristales ahumados de sus gafas. Su pelo era un teorema cuyo resultado sólo podía ser la noche, pues, en su misión de enmarcar las suaves angulosidades de sus rasgos, lucía perfectamente incapaz de abarcarse a sí mismo, y se perdía en el negro vacío de la falsa cuerina que recubría los asientos de mi Hyundai negro modelo 2038. Sin duda, de no haber sido informado por parte de la agencia que mi bella pasajera era de nacionalidad francesa, habría dicho que era de algún país del Asia Central.

—¿Usted nació aquí, verdad? —me preguntó ella cuando abandonaba la carretera de Moca para tomar la ruta que lleva a Puerto Plata—. ¿Podría hablarme un poco de este país, de su sociedad, quiero decir?

Consciente de que esa pregunta era un abismo que podría tragarse a cualquier buque, por muy grande y moderno que fuese, decidí recoger de la mejor manera posible los remos de mi humilde lanchita antes de iniciar cualquier maniobra que pudiera hacerme zozobrar

—¿Qué desea saber, en particular? —pregunté como quien mete un pie en el agua a ver si está fría.

—Cualquier cosa. Por ejemplo, me gustaría saber qué tiene de especial haber nacido en este país...

—Oh, bueno... —comencé a decirle, pero luego lo pensé mejor y agregué:

—Eso es fácil. Este... ¿Me permite que le coloque una grabación que se lo explica perfectamente en francés de la metrópoli? Usted no habla español, y hay algunas cosas que no suenan bien cuando se dicen en inglés. Además, en este momento no tengo disponible la versión en esa lengua del documento audiovisual que nos entrega el Ministerio de Turismo. ¿Qué me dice?

Y antes de que Nicole me respondiera, apreté un botón en el panel manual de mi Hyundai que puso a funcionar una grabación cuyo texto tuve que aprenderme de memoria para poder pasar el examen final en el curso que me acreditó como Taxista Turístico.

«Esas dos naciones hijas de la desvergonzada manía de nombrar para dominar –decía la voz en francés– que antes se conocían como "dominicana" y "haitiana" han perdido al día de hoy todo viso de realidad y deben ser consideradas como simples desperdicios condenados a quedar definitivamente degradados en las sentinas de la historia. Lo mismo puede decirse de la serie completa de absurdos prejuicios, necios pretextos, tristes subterfugios y otras madrigueras de la sinrazón derivadas de las dos aberraciones nacionales más arriba mencionadas, las cuales únicamente funcionaron como albergues de sentimientos inhumanos y sótanos de la crueldad. En general, todos los patronímicos que hasta la fecha se han empleado para designar a las distintas comunidades caribeñas, pero de manera particular, los términos "dominicano" y "haitiano", demostraron con creces hallarse en el origen histórico del lamentable proceso de obliteración recíproca y respectiva que determinó la existencia de las dos comunidades surgidas en el suelo de la mal llamada isla de Santo Domingo.

Afortunadamente, todas estas tropelías quedaron definitivamente enterradas cuando, en su último período de gobierno, nuestro líder máximo, el Dr. Aníbal Augusto Servilló, luego de que la comunidad académica internacional terminara de demostrar, de manera incontrovertible, que todo lo que se había contado acerca del nacimiento y posterior desarrollo de la sociedad dominicana no era más que un atado de irresponsables mentiras acomodaticias, y respondiendo al clamor popular, mandó a entronizar en nuestra Constitución el culto al generalísimo Aníbal Augusto Servilló y a sus profetas, el Dr. Joaquín Balaguer y el profesor Juan Bosch, como Máximos Seres Iluminados y Dignos de Adoración Religiosa entre todos los que componen nuestro Panteón Nacional.

Eso ocurrió por resolución unánime del Senado del Gran Babeque a las ocho y cuarenta y cinco minutos del 17 de junio del Año Servilloniano de 2037, y desde entonces hasta nuestros días, cada lunes a las ocho de la mañana y cada viernes a las cuatro de la tarde, en todas las escuelas dominicanas se realiza una misa solemne en honor a esos tres Grandes Seres Supremos. A esas misas el pueblo acude en masa a efectuar sus rogativas, pagar sus promesas y presentar sus demandas de salud, paz, seguridad ciudadana, mejoría económica e incluso éxito en el amor, pues es sabido que todas las puertas, todas las ventanas y todas las piernas se les abren a quienes se acercan a Nuestro Señor Santísimo Aníbal Augusto Servilló en busca de ayuda en las lides amatorias, y no solamente son bendecidos por su altísima intercesión, sino que además reciben de parte de cada uno de los representantes de nuestro Eficiente Cuerpo Hieroburocrático Nacional una cantidad variable de bonos para moteles de paso y una pequeña suma de dinero para gastos de representación. Esas ceremonias son oficiadas por sacerdotes nombrados por el Instituto Servilloniano para la Nueva Era (INSERNE), los cuales son reclutados desde su nacimiento entre los más saludables primogénitos de cada una de las familias babequianas, para luego pasar a ser rigurosamente entrenados en el Falansterio de Santificación de Cadetes Religiosos. Por medio de estas y muchas otras medidas, en un plazo récord de treinta años ha quedado definitivamente abolida en la mentalidad local la oprobiosa carga de tradiciones mezquinas, enanizantes, exclusivistas y racistas, las cuales, a lo largo de quinientos y tantos años, únicamente sirvieron para fomentar el vampirismo de las clases dominantes y el parasitismo de los sectores dominados, justificar la explotación de los más desfavorecidos y mantener dividida a la población de la isla en cuatro mitades enemigas distribuidas de manera similar en las dos naciones que hasta entonces habían compartido la isla que hoy se denomina Nuevo Estado Mulato del Gran Babeque: dos al este y dos al oeste.

La labor realizada por el INSERNE puede ser comparada con una salvadora lluvia de ácido muriático caída del cielo para lavar definitivamente todo el sarro acumulado en sucesivas capas geológicas a lo largo de casi seiscientos años sobre la epidermis del cuerpo social y cultural de la población. Gracias a esa labor, en la actualidad estamos orgullosos de proclamar la disolución definitiva de aquellas antiguas cárceles para espíritus libres que fueron las mal llamadas cultura haitiana y cultura dominicana, y asistimos al nacimiento de algo que, como prueba de su más auténtica vocación de realidad, se resiste a aceptar cualquier nombre que se le pretenda otorgar artificialmente. Mientras tanto, para no afectar el desenvolvimiento habitual de nuestras relaciones con la comunidad internacional, se procederá a continuar de manera transitoria con el empleo de ambas apelaciones o designaciones, República Dominicana y República de Haití, en todos los documentos y publicaciones oficiales hasta que surja del seno de la comunidad un designador común que sea aceptado por la totalidad de la población insular.

Agradeciéndole de antemano su amable deferencia, el Ministerio de Turismo de La Nación Conocida Hasta Ahora como la República Dominicana (LANACHARDOM) le agradece por su visita y le invita a disfrutar del inestimable clima de paz y prosperidad que se respira en todo el ámbito lanachardomita».

El vídeo terminaba mostrando un grupo de bailarines ejecutando los pasos de uno de los bailes surgidos en los días de mayor auge de las ideologías que terminaron propulsando la causa transformadora. Por fin, cuando la pantalla volvió a oscurecerse, Nicole dijo:

—Bueno, ahora que ya conozco la postura oficial, me gustaría saber qué piensa usted de todo esto.

Hombre previsor, mientras el vídeo se reproducía, me había dedicado a armar mentalmente el discurso que le diría a Nicole en cuanto este terminara, pues estaba seguro de que ella no dejaría de hacerme esa pregunta. Afortunadamente para mí, sin embargo, en el preciso momento en que me aclaraba la garganta para comenzar a hablar, un enorme cartel nos avisó que llegábamos al Parque Nacional de El Choco, dentro de cuyos límites se hallaba la propiedad de Borz Danilbek.

—Disculpe, *Madame* –le dije–. ¿Tiene a mano su tarjeta de residente? La necesitaremos para accionar la puerta metálica.

Reaccionando mecánicamente a mi petición, Nicole comenzó a buscar en el interior de su bolso negro la cartera marrón en cuyo bolsillo tenía guardado el tarjetero gris con todos sus documentos.

—Aquí está –dijo al cabo de varios minutos, extendiéndome una tarjeta de aspecto metálico (en realidad estaba hecha en un denso plástico irrompible) con el logo del Parque Nacional de El Choco y la inscripción, en gruesas letras negras escritas en inglés, *Tarjeta de Residente.*

El resto del trayecto, a petición de Nicole, lo hicimos con las ventanillas del auto bajadas, para así permitirle a la falsa brisa otoñal que sopla en los primeros días del mes de septiembre en esa parte de la isla embrujarnos con su aroma de pinos, uvas de playa y un lejano regusto salino que, muy probablemente, es producto del polvo que el viento arrastra.

—¡Esta brisa me abre el apetito de una forma inesperada! –exclamó ella–. Realmente es muy bello este paisaje.

—Voy a llamar a la casa para que le tengan listos algunos entremeses cuando lleguemos –dije, y acto seguido pronuncié haciendo pausas entre cada una de ellas las palabras *Llamar. Casa. Danilbek.*

Cuando me atendieron, luego de presentarme, ordené en español a la persona que me respondió que prepararan algunas frituras de pescado y camarones adornadas con rodajas de limón, así como algunas de esas tortas de harina conocidas como *yaniqueques,* pero de un tamaño no mayor que una galletita. Esperaba que este detalle resultara del gusto de mi bella pasajera.

—¿Es parte de su entrenamiento o es usted tan amable como parece? –me preguntó esta última.

Tratando de disimular la enorme satisfacción que me produjeron sus palabras, le dije:

—Si fuese parte de mi entrenamiento, trataría de la misma manera a todos mis pasajeros, lo cual no es, ni con mucho, el caso. Sólo intento hacer que se lleve una buena impresión de nosotros, los que ya no sabemos ni siquiera cómo nos llamamos...

—Y bueno –dije poniendo fin a mi relato– Eso es todo. Así fue como nos conocimos Nicole y yo.

Desde mi asiento en la parte trasera del vehículo, pude notar que Antinoe le lanzaba una mirada de reojo a la Tota antes de decir:

—Bueno, pero, ¿otra vez te estás haciendo el pendejo?

—¿Cómo así? –pregunté.

—Lo que queremos saber es cómo fue que terminaste casándote con Nicole, si es que tal cosa sucedió de verdad.

—Ya veo –dije entonces, y luego agregué:

—Pues tengo para decirles que eso no es asunto de ustedes y que me da igual que me crean o no que soy esposo de ella. Total, ya vamos llegando, y si tanto les interesa, podrán preguntárselo a ella.

9. Un nombre, un canto y una flor

En cuanto se vio a solas con el desconocido, ella sintió un irreprimible deseo de olisquearle el cuerpo para reconocer así el invisible rumbo de su alma. Como si comprendiera, él dejó que ella le quitara la camisa y luego el pantalón, y muy pronto a ambos solamente los cubrió el sol que entraba a borbotones por la ventana. A medida que sentía los rincones de un cuerpo distinto al suyo, algo así como una memoria ajena se iba apoderando de ella. No pronunciaba, sin embargo, una sola palabra, y más de una vez él la vio cerrar los ojos con fuerza, como si pensar le doliera. Anzor Kadyr tampoco dijo nada mientras ella lo olisqueaba. Tendido a su lado sobre la cama, dejó que ella estudiara minuciosamente cada uno de sus tatuajes. Atónito, no sabía qué decir cada vez que ella acercaba su nariz hasta pegarla sobre su piel para oler con detenimiento alguno de sus tatuajes. Él la dejaba hacer sin quitarse la mano del cuello donde, minutos atrás, ella le había proferido aquella herida. Finalmente, cuando descubrió el tatuaje que Anzor Kadyr tenía sobre el corazón, ella se estremeció, y gritó visiblemente excitada:

—*Buqa shoxlari! Bu birinchi!*

Al escuchar esas palabras, Anzor Kadyr comprendió súbitamente que había sido identificado.

—¡Quién eres tú y qué quieres! –gritó en uzbeko incorporándose bruscamente–. ¿Cómo sabes que este es mi tatuaje más antiguo? ¿Sabes acaso lo que significa?

—¡Tienes las astas de un toro sobre el pecho! ¡Eso quiere decir que has sido consagrado como guerrero de Mitra!

—¡No me digas! –dijo Anzor Kadyr en un tono burlón–. Pues hasta ahora no le he visto la cara al tal Mitra. Mejor dime quién eres y quién te envió aquí.

Súbitamente, ella recordó la ceremonia del fuego en la cima de la montaña. Sabía que la magia del Hierofante la había hecho viajar a través de la piel del tambor del tiempo. Ya no le cabía la menor duda de que Mitra la había elegido.

—Estoy aquí por la voluntad del dios Mitra: le ofrecí a él mi vida y la de mis hijas. También yo soy su guerrera –y diciendo esto señaló el tatuaje que tenía en el pecho justo encima de su seno izquierdo–. Nunca he tenido dueño, y por eso no tengo nombre. Soy tan libre como la muerte, y como ella, ando sola.

Anzor Kadyr se quedó perplejo al escucharla hablar. Su acento era el más puro de todos los que había escuchado, mucho más que el de los miembros del clan de montañeses que lo habían criado y entrenado en todas las artes relacionadas con el asesinato. Nunca antes había conocido a nadie tan capaz de parecerse tanto a sus propias palabras como esa hermosa mujer tatuada. De hecho, por unos instantes, tal cosa le produjo un extraño sentimiento que nadie antes de ella le había hecho experimentar: *miedo*. De ahí a sentir necesidad de desconfiar sólo medió una fracción de segundo.

—¿De dónde vienes? ¿A qué clan perteneces? –preguntó Anzor Kadyr tratando de sondearla.

—Escita soy, aunque mi clan formó parte de la tribu saurópata, la cual, bajo el nombre de sármatas, llegó a ser ilustre en la corte de la reina Amagê. Nací en Cimeria, sin embargo, poco tiempo después de mi nacimiento, nuestro ejército masacró a casi todos los cimerios y masagetas que se habían unido para atacarnos. Siendo más joven, luché con mi hacha contra argipeos, arimaspos e isedones, los cuales nacen con un único ojo. De todos ellos bebí la sangre en el campo de batalla, razón por la cual se me tuvo en gran respeto. He servido a Ishtar, Tabiti y Argimpasa. Una noche, víspera de la gran guerra contra los isedones, consumí el *haoma* ritual para hacer que los espíritus me revelaran cuál sería mi futuro. Esa noche, el dios triple, Mitra, Ariamán y Váruna, me habló con una sola voz, pero en la forma de tres Rojos Señores de la Guerra. Desde entonces, en ningún momento he dudado de que eso fuera una señal. Con el propósito de hacerme devota de Mitra, viajé hasta Samarcanda en busca de un Hierofante, pues había escuchado decir que estos magos podían abrir a voluntad las puertas del Hades. El ritual que el Hierofante realizó debe haberme puesto a soñar que estoy aquí.

—Tal vez pienses que sueñas, pero te equivocas –dijo entonces Anzor Kadyr–. No sueñas; ni siquiera duermes. Estás despierta y tienes unos ojos preciosos... entre otras cosas.

—¿Y tú quién eres, cuál es tu clan y por qué tienes en el pecho la marca de Mitra?

—Me llamo Anzor Kadyr –respondió este último hablando de manera pausada–. No creo que conozcas el nombre de mi clan, pues ha pasado mucho tiempo desde la época en que sucedieron las historias que me cuentas. Yo también he conocido el poder de los chamanes de las montañas de la Chechenia. De hecho, he muerto tres veces y he sido resucitado por sus poderes. Fueron los chamanes quienes me impusieron esa marca en el pecho, poco tiempo después de mi nacimiento. Con ella se me consagró como futuro guerrero. Mis primeros preceptores me entrenaron para que fuera el guardián de la Gran Diosa, cuando esta se dignara en manifestarse nuevamente entre nosotros. Renuncié a esa misión cuando maté a los últimos abuelos de la tribu en que crecí, pues me enteré de que estos habían matado a mi padre y a mi madre pocos días después de mi nacimiento. Luego de completada mi venganza, uno de los antiguos me eligió para entrenarme. Se trataba de un chamán que me dijo que un día tendría que luchar contra una conciencia proveniente de otro mundo. Cuando terminó este último entrenamiento, ya me había convertido en un hombre. El chamán me aconsejó; luego desapareció de mi vida. Por cierto, hace tiempo que la gran

Escitia también dejó de existir. Mi región natal, la Chechenia, no tiene nada que ver con eso que me cuentas. En cambio, tal vez hayas oído hablar de los vainaks...

La mujer tatuada negó con la cabeza y luego dijo:

—Nunca he escuchado ese nombre.

Anzor Kadyr tuvo entonces una idea.

—Dime algo, ¿cómo se llama la lengua en que hablamos ahora tú y yo?

Ella se quedó pensativa por un momento y luego dijo:

—¿Las lenguas también tienen nombre?

—Las lenguas tienen los nombres de los pueblos que las hablan.

—O, bueno, pues, si es así, yo hablo en escita, pues así se llama mi pueblo, y si tú también hablas esa lengua, también tú eres escita.

—En ese caso, me gustaría saber cómo rayos terminé hablando esa lengua, ya que los últimos escitas se extinguieron hace veintitrés siglos, casi veinticuatro.

—Muchas cosas imposibles sucederán cuando Mitra vuelva a manifestarse entre nosotros... −dijo ella, y agregó:

—Seguramente los abuelos de tu clan sabían que yo vendría hasta aquí a presenciar ese momento.

—¿Qué... qué quieres decir? −perplejo, Anzor Kadyr se quedó mirando a la misteriosa mujer.

—Es preciso que sepas que muy pronto estallará una guerra. Si en verdad se te entrenó para ser guardián de la Gran Diosa, estaremos juntos cuando todo comience.

—¿Y contra quiénes lucharemos, si se puede saber?

—Es difícil saberlo todavía, pero hay que estar listos para cualquier cosa...

—No me has respondido. ¿Por qué dices que los abuelos sabían que vendrías?

—Lo sabrás cuando llegue el momento. También descubrirás ese día muchas cosas sobre ti que todavía ignoras, sobre todo luego de hacerme tu mujer. Antes de eso, sin embargo, tendrás que darme un nombre y una flor, pues, según dice la leyenda, será de esa manera como nos reconoceremos.

—¿Quieres decir que es a ti que...? ¿Eres tú la...? ¡Lo sabía, te lo juro! ¡Algo me lo decía!

—Tenemos que aparearnos cuanto antes, pues muy pronto el Perro comenzará a reunir a sus huestes.

—¿De qué perro hablas?

—Tal vez en esta época la mayoría de la gente no lo conoce todavía, pero eso está a punto de cambiar, créeme. De no ser así, yo no estaría aquí. El Perro es el Destructor. Es un dios, o por lo menos lleva eones intentando convertirse en uno. En el comienzo del mundo, su reino era la noche, y su poder no tenía ni principio ni fin. Pero luego, cuando el avance del Sol lo obligó a retroceder hacia las zonas frías, donde las noches suelen durar muchos días, se llevó consigo la flor de la vida eterna, la cual solamente florece de noche. A diferencia de todos los demás dioses, el Perro existe en la Tierra desde antes que apareciera la vida, y por eso sobrevivirá a su desaparición. No quiere nada, pues es anterior a toda voluntad; no pide nada, pues él es el origen de toda orden; no espera nada, pues nada ni nadie puede darle nada; no necesita nada, antes al contrario, él es el verdadero término de toda necesidad; su idioma es la indiferencia, y en esa lengua responde todas las oraciones que se le dirigen; desprecia a los sacerdotes, pues no los entiende; odia a los demás dioses pues, a sus ojos, son sólo usurpadores. Mientras permanece dormido, el planeta florece. Se aquietan los cielos y la tierra; cesan los rayos y los terremotos. La sangre de la Tierra deja de fluir por la boca de los volcanes. El viento se va haciendo cada vez más limpio y dulce. Los mares se reposan y en sus aguas surgen las criaturas que colman los sueños de los otros dioses. Cansados de contemplar tanta belleza, surge primero una tribu que se dedica a apoderarse de las tierras donde viven las otras tribus. Luego, esa primera tribu hace alianzas con otras para aumentar su poderío y juntas dan forma al primer pueblo. Al poco tiempo, ya este pueblo insensato aspira a convertirse en nación y comienza a enfrentarse a todos los otros pueblos del mundo. Cada nueva victoria lograda a sangre y fuego contribuye así a despertar una pequeña parte del Perro. El suelo que se bebe la sangre que fluye de los cadáveres pide ser meado por el Perro, cagado por el Perro. Así, cuando no quede en toda la Tierra una pulgada de suelo que no haya sido regada por la sangre humana, el Perro despertará por completo. Y cuando despierte, volverán a imperar durante eones el frío y la oscuridad. El Sol se alejará y la lava ardiente será la única fuente de calor sobre la Tierra. Para acelerar el momento de su despertar, el Perro siempre se ha valido de humanos, a quienes recluta mientras duermen. Los selecciona, husmeando sus sueños, entre todos los que presenten muestras de poseer un espíritu quebrado: ansias de ser distintos, odio a su propio cuerpo, necesidad de estar en otra parte. A todos los atrae con promesas de placer y de poder. Se los va ganando poco a poco para su causa, y para ello, les va haciendo pequeños cambios en su espíritu para hacer que se acostumbren a pensar en él como una necesidad. El día en que despierte, todos ellos encarnarán al Perro: entre todos harán su cuerpo, y darán inicio a la destrucción. Contra ellos será nuestra batalla, pero créeme, no necesitarán armas, pues el Perro estará en sus mentes.

Durante el largo silencio que siguió a esta explicación, Anzor Kadyr se sumió en una profunda reflexión. El sol golpeaba sus ojos al entrar por la ventana, pero esto no le molestaba demasiado. En efecto, él continuaba mirando fijamente a la mujer, quien, de repente, comenzó a parecerle extrañamente familiar. De joven había escuchado a los abuelos montañeses chechenos decir que si una persona a quien uno acaba de conocer nos da la impresión de haber estado con nosotros durante toda la vida, podemos estar seguros de que esa persona se convertirá en alguien sumamente importante para nosotros. Y en efecto, él no tenía ninguna duda de que esa mujer le inspiraba una sensación de ese tipo. Acababa de conocerla y ya ella había rasgado su piel hasta hacerlo sangrar. Como si fuera poco, él, que a tantas personas había puesto a temblar en su vida con apenas mirarlas, sabía que no podría sostener durante mucho tiempo la mirada felina de aquella hembra. Por esa razón, ni siquiera lo intentaba.

—Comenzaré por tu nombre –dijo de pronto Anzor Kadyr–, aunque no va a ser fácil encontrar un nombre que te convenga.

—Tienes que crearlo –dijo ella, clavándole una mirada acerba–. Además de ti, nadie más puede conocer mi nombre. Si eso llega a suceder, tendré que matarte, o el Perro se apoderará de tu cuerpo. Eso sería verdaderamente terrible.

—Entonces, tendré que ponerte al menos dos nombres –dijo Anzor Kadyr, reflexionando en voz alta–: uno para llamarte ante otras personas y otro que solamente utilizaré para nombrarte cuando no estés a mi lado.

—Esa es una buena idea –dijo ella–. Los nombres pueden ser palabras muy peligrosas, y...

—En este país hay una palabra que me encanta –la interrumpió Anzor Kadyr–. Esa palabra es *maxiah*... Te llamaré Maya cuando estemos ante otras personas, y Maxiah cuando nadie más aparte de ti puedas oír mi voz...

—Tendrás que recordar llamarme por ese segundo nombre cuando estés dentro de mi cuerpo. De otro modo no podré saber que eres tú quien me habla. Ahora necesito que me abraces y que me cantes tu canción. Pero cuidado, no puede ser cualquier canción: debe salir del fondo de tu pecho, por debajo del aire que respiras, sin mezclarse con tu voz. Cuando estés listo, abrázame y canta.

Al escuchar esto, Anzor Kadyr recordó los cantos del tengrismo, uno de los rituales religiosos de los campesinos túrquicos de las montañas del Uzbekistán, en los que la voz, aguda o grave, emana del vientre imitando el chillido quejumbroso de la guzla, a menudo sin decir nada en concreto, o en las que el chamán desarticula tan concienzudamente las palabras que pronuncia que termina diciendo nada, o mejor dicho, diciendo la nada. De ese modo, cerrando los ojos, comenzó a emitir un sonido que provenía de otro mundo. Al principio, su canto parecía un grito lento, cansado. Luego, la voz comenzó a quebrársele, como si la profiriesen al unísono dos gargantas distintas. A partir de ese momento, Anzor Kadyr puso los ojos en blanco, y comenzó a cantar en un susurro:

La montaña levanta su falda
y muestra su sexo a las garzas;
la brisa se hace una trenza
enredándose en las giraldas.
En tiempo de amar, la defensa
no es la frente, tampoco la espalda.
La paz comienza en los labios,
la victoria, en la distancia.
El río, sabiéndose sabio,
se sienta sobre las zarzas.
El mar, el innecesario,
al viento entrega sus aguas.

Mientras cantaba, Anzor Kadyr acariciaba los brazos de su bella visitante, primero con un dedo, luego con dos, hasta que finalmente la sujetó por los hombros y la atrajo hacia sí sin dejar de cantar. Entre sus cuerpos comenzó entonces a crecer una extraña planta: al principio de fino tallo verde, atravesado por nerviosidades como densas cuerdas o fuertes lianas que se iban entretejiendo a medida que esa planta crecía. Luego comenzó a engrosar al tiempo que cambiaba de aspecto: el verde cedió el paso al ocre, el cual no tardó en tornarse marrón, perlado aquí y allá de extraños bulbos más oscuros, proyectos de otros tallos futuros que no tardarían en prosperar, hasta terminar envolviéndolos en un oscuro capullo de hojas, ramas y tallos que se movían rítmicamente, rítmicamente, hasta que algo se quebró en el centro del capullo y un denso perfume vegetal comenzó a impregnar toda la habitación donde se encontraban. Pocos segundos después, un punto de un luminoso color magenta se comenzó a percibir a medida que se abría paso hacia el exterior de aquel ovillo de lianas, hojas y ramitas, y luego fue creciendo rápidamente hasta tornarse en una hermosa flor de pétalos pedunculados en panículas, los cuales se hacían más oscuros hacia el centro y con bordes más o menos dentados como los claveles. Y mientras todo esto acontecía, la voz de Anzor Kadyr seguía entonando una especie de salmodia incomprensible para nadie más que no fuese él, y así continuó todo hasta que ya no fue más su voz la que se escuchó cantar, sino la de ella, la de Maya Maxiah.

La canción le dijo a la flor que se quedara tranquila. «Es de noche, mi amor. ¿Por qué no duermes?» La flor se estremeció al verse reconocida. «Canción», dijo, «¿es tu canto tu voz o lo que dices?» La canción cerró sus ojos y luego dijo: «Soy mi canto si es a ti a quien canto, mas realmente no sé quién soy. He sido el viento en los caminos; he sido el río al cruzarlo silbando; he sido algunas calles e incluso algunos días. Esta noche, sin embargo, sólo soy este canto que para ti entono. Tal vez un día termine todo, sin flor ni canto, en la guerra. Pero mientras ese día llega, es preciso que te cante». Sosegada, la flor también cerró sus ojos. Hay ciudades como ella: serenas aunque se hallen a una esquina del cataclismo. «Se puede vivir del aire, pero no sin una canción –pensó mientras dejaba que la canción levantara el manto oscuro del sueño para dejarla desnuda». «¿Qué me haces, canción? ¿Por qué vienes a buscarme?» «Es preciso que te muestre de qué estoy hecho esta noche, pues no sabemos si mañana estaremos juntos». «Ya te he dicho muchas veces que moriremos juntos luchando contra el Perro, pues este nos derrotará. Contra esto no hay nada que podamos hacer, pues el presente es la harina con la que se fabrica el futuro a partir del trigo que es el pasado. He tenido muchos sueños mejores que esta vida. Es por eso por lo que ya no aguanto mis ganas de luchar hasta que todo se cumpla». La canción ya se escurría sobre su piel de espanto: cada poro de sus pétalos vibraba al sentirse tocada. «¿Qué me haces, canción? ¿Por qué tiemblo?» «No sé qué decirte, flor. ¿Qué le dices al viento cuando este te toca? ¿Le dices algo al agua cuando esta baña tu cuerpo? ¿Qué le dirías al fuego para que caliente tus fríos? ¿Y al suelo, qué le dirías para que soporte tus pasos?» «Me gusta que me toques, pues eso me hace real. Ya tendremos ocasión de imaginarnos».

Solamente eso se dijeron la flor y su canción. Luego el tiempo se hizo líquido para que ellos navegaran, sobre la barca del sueño, hasta llegar a la otra orilla. Casi al mismo tiempo, uno de los cuerpos accede a enredar al otro cuerpo, lo aspira, lo solivianta, lo enarbola y se lo encasqueta. Arrullados por las azulantes caricias de humo que se escribían sin prisa sobre su piel, los dos guerreros descompusieron sus respectivos sueños en sus unidades mínimas para con ellas armar completamente un único ámbito en el que ambos cupieran.

El sol, mientras tanto, iba alejando a gritos las sombras de la noche.

«No sé por qué presiento que ya nada será como antes…»

La canción de Anzor había terminado con los últimos estertores del sueño. La realidad se había instalado de nuevo, como un manto, sobre todas las cosas.

Maxiah lo dejó hablar, mas no dijo nada.

10. Suzanne Souci

Durante los últimos quince o veinte minutos, ninguno de nosotros había vuelto a hablar en el interior de la yipeta. Desde mi asiento trasero del lado de la ventanilla izquierda, me había entretenido comprobando por enésima vez el efecto narcótico que puede llegar a tener el monótono verdor tropical.

—Ahí está la entrada –dijo finalmente Antinoe ralentizando la marcha–. Ahora tienes que hablarle al hombre para que nos deje pasar.

Sin perder tiempo, bajé la ventanilla de mi lado y saqué la cabeza para gritarle al guardián que operaba el brazo metálico a través de un monitor a distancia:

—¡Saludos, venimos a visitar a Nicole Dombres!

Afuera continuaba lloviendo, aunque, a decir verdad, no era más que una simple llovizna comparado con el temporal que nos había sorprendido en Nagua. Igual salpicaban las gotitas que entraban por la ventanilla del vehículo que habíamos tenido que bajar para comunicarnos con el vigilante.

—¿Quién la procura? –preguntó la voz.

«Déjame hablar a mí», susurró la Tota.

—Decile que somos de la tele –respondió la Tota exagerando una entonación porteña que en ella casi resultaba más artificial que en cualquier otro de nosotros–. Del canal 145, TeviTevé.

—¡El diache! ¿Y ese canal existe? –musitó Mickey Max entre dos risitas.

—¡Claro que no, pero él no lo sabe! –respondió la Tota en voz baja.

—No responden –dijo la voz luego de una breve pausa.

—Por supuesto que no, che –le respondió la Tota–. Han salido a recibirnos. Antes de llegar les hemos hablado por el móvil para decirles que veníamos en camino. Seguramente se hallan en una zona sin wifi. ¿Y ahora qué hacemos?

—Tienen que moverse –dijo la voz.

—¿Pero cómo me decís que tenemos que movernos? ¿Para dónde querés que nos movamos? ¿Sabés todas las vueltas que hemos tenido que dar hasta llegar a esta loma del orto? ¡Andá, llamá de nuevo hasta que te comuniqués o dejanos pasar!

—Necesitaré los documentos de identidad de cada uno de los pasajeros del vehículo –dijo la voz–. Entréguenselos al guardián motorizado que los interceptará más adelante. Él se los devolverá a la salida.

—Claro, claro –dijo la Tota, y luego agregó en voz baja:

«Y también le daremos nuestro autógrafo escrito con tinta marrón en papel higiénico...»

Cuando el brazo metálico se levantó, fui yo quien gritó «¡Gracias!», sin darme cuenta de que la ventanilla ya había vuelto a subirse y el vehículo se había puesto nuevamente en marcha.

Casi cien metros después, dos patrulleros motorizados nos interceptaron y le hicieron señas a Antinoe para que bajara el cristal de la ventanilla.

—Necesitamos que apaguen el motor y que bajen todos del vehículo –dijo uno de los guardianes.

—¿Pero y qué es esto, una aduana o qué? –gritó la Tota con su más desagradable voz estridente– ¿Desde cuándo hace falta tanta seguridad para vivir en el culo del mundo?

—O bajan o se devuelven –dijo entonces el guardián cambiando el tono por otro más firme, pero sin caer todavía en lo grosero–. Ustedes deciden, pero háganlo rápido.

Entre maldiciones e insultos de todos, Antinoe apagó el motor y uno tras otro fuimos abandonando el vehículo. La última en salir fue la Tota, quien se colocó la cédula de identidad entre sus senos ante la vista de todos, y dijo:

—¿Para qué querés esto, papi? Tomalo vos mismo si tanto lo querés.

El guardián no se inmutó y siguió recibiendo los documentos que el resto de nosotros le íbamos dando.

—El suyo, señora –dijo cuando ya sólo le faltaba por recibir el de la Tota.

—¿Qué te pasa, che? ¿Me tenés asco? ¡Está bien! ¡Mirá! ¡Aquí está mi cédula! ¡Tomala y andate, cagón! ¡Pero eso sí, me la devolvés, porque tenés que saber que es ilegal retener los documentos de identidad de las personas!

—¡Eso nada más se ve en países de caricatura como los nuestros! –dijo Antinoe– ¡Recuérdame darme yo mismo una patada en el culo que me mande volando a cualquier parte de Decentelandia!

—¡Pero si allá nadie quiere saber de nosotros! –dijo Mickey Max, riendo.

—¡Lo dices como si supieras que alguien está encantado de que estemos aquí! –dije yo por decir algo.

—¡No vengas ahora tú a hacerte el sutil! –me gritó Mickey Max–. ¡Seguro que tú no sabías que nos quitarían las cédulas!

—¿Pero cómo que no? ¡Si les dije que esto pasaría!

—¡Vamos, par de cagones! ¡Ya me tienen harta ustedes también! –gritó la Tota– ¡Mejor súbanse al auto y déjense de pendejadas de una puñetera vez, o esto se va a descontrolar!

Es probable que ni la santa palabra del dios mudo hubiera sido tan eficaz como esa puteada de la Tota, pues Mickey Max no volvió a joderme en todo el resto del camino.

♉

Está más que claro que a nadie le gustaría toparse con algo así en medio de ninguna parte, pero, ¿cómo iba yo a saber que ella estaría allí? No hubo manera de evitar que todos mis acompañantes quedaran aterrorizados cuando, poco después de atravesar la puerta que encontramos abierta en la verja perimetral, y luego de avanzar unos quinientos metros en dirección a la casa, Antinoe tuvo que frenar bruscamente al ver que un ser híbrido, mitad mujer (si se juzga por los flácidos senos que le colgaban del pecho), mitad perro bípedo nos mostraba sus garras y sus colmillos en actitud desafiante. Tenía el cuerpo cubierto de un denso pelambre negro que se movía como el lomo de los caballos cuando los sacude un calambre. La lluvia había pasado hacía apenas unos minutos, por lo que el suelo todavía mostraba numerosos charcos que tardarían un buen rato en ser absorbidos.

—¿Pero qué es esto? –gritó la Tota.

—Esa es Suzanne, la guardiana de Nicole –respondí–. Ella debe estar durmiendo, pues de otro modo, Suzanne no se atrevería a mostrarse.

—No, pero, ¿alguien más aparte de mí ya se ha dado cuenta de que la mitad de su cuerpo es el de un perro? –preguntó Mickey Max visiblemente impactado por la visión de Suzanne.

—Bueno, sí –respondió Antinoe–. Así es. Eso del Perro no es tan falso como yo creía.

—Bueno, pero, entonces, ¿qué hacemos? –preguntó Mickey Max.

—¿Hacemos? –le respondí–. ¡Dicho así suena a demasiada gente! Ustedes pueden hacer lo que quieran, pero yo no salgo de aquí hasta que esa tipa regrese a su cenicero.

—¿De qué cenicero hablas? –preguntó la Tota.

—¿Cómo, Tota? ¿Ya olvidaste que te dije que la guardiana de Nicole está muerta desde hace más de dos siglos? Según la leyenda, a ella, a su abuelo y a sus dos hermanas los mataron unos soldados franceses que acompañaban al general Louis Ferrand. Incluso, según dicen, es probable que ese episodio haya sucedido bajo las órdenes del mismo Ferrand en persona una noche, durante el intento de represión que siguió a la Revolución haitiana. Las tres jovencitas –tres niñas, dicen– fueron violadas en fila por más de veinte soldados ante los ojos impotentes del viejo. Sin embargo, lo que se cuenta es que ese anciano era un poderoso *houangán* del más ancestral vudú africano, y mientras violaban a sus nietas, él tuvo tiempo de realizar su plegaria de transformación. Sí, porque así es la cosa: ellos saben, los *houanganes*, cambiar de cuerpo a voluntad, asumir la forma de plantas, animales o piedras e incluso hacerse invisibles a los ojos de quienes no sean chamanes como ellos. Y eso fue lo que pasó: el hizo calladamente sus oraciones, invocó a todos los espíritus del bosque y luego abrió bien ancha la puerta negra para que por ella pasaran las almas de sus tres nietas cuando las mataran. Él las estaría esperando del otro lado, para sujetarlas antes de que fueran a disgregarse en las oscuras aguas del río de la muerte. Y así, cuando los franceses destrozaron su cabeza a culatazos, hacía tiempo que él había abandonado su cuerpo. Sin embargo, los espíritus de todos ellos permanecieron allí, muy juntos y muy cerca de esos asesinos, bajo la forma de un cuervo y tres oscuras arañas que aguardaban sin moverse ocultos entre los arbustos, escuchando de qué manera esos animales blancos se burlaban de sus antiguos cuerpos, a los que colgaron de las ramas de un viejo samán que por allí crecía antes de continuar su camino por el vientre de la noche, con sus grandes fusiles al hombro en busca de nuevas víctimas.

A partir de entonces, los espíritus del *houangan* y de sus tres nietas se convirtieron en la sombra de aquellos hombres. Los acompañaron en cada una de las refriegas y atrajeron sobre ellos las peores de las desgracias, derrotas y enfermedades. Si ellos comían, elevaban sus plegarias para contaminar sus alimentos; si bebían, escupían en sus vasos el ponzoñoso reflujo de la muerte; si se escondían de sus perseguidores, rompían ramas o espantaban aves salvajes muy cerca de donde estaban para hacer que los encontraran, o trasladaban docenas de ratones para que fueran a mear sus reservas de pólvora. Se suele decir que los muertos no pueden hacer nada en contra de los vivos, y eso es una verdad como un templo. Lo que hay que saber es que, si bien es cierto que la vida se opone a la muerte, también lo es que hay más de cincuenta maneras distintas de no estar ni muerto ni vivo, y que hay seres capaces de realizar después de su partida física de este mundo más cosas que muchas otras personas comúnmente consideradas "vivas". Una de esas personas es precisamente Suzanne, quien de día está recluida en el fondo de la urna funeraria que Nicole logró rescatar poniendo en riesgo su propia vida en los Estados Unidos, y de noche se transforma en cualquier clase de animal o simplemente en un aura invisible para la mayoría de los mortales. Siendo así, se entiende que sea ella el único ser a quien la visión del Perro no ha podido cambiar. A todos los que lo hemos visto, en efecto, el Perro nos ha cambiado, pero siendo ella un ser de naturaleza cambiante, su única transformación posible sería por un ser no cambiante, y eso es algo imposible, incluso para el Perro, de modo que no hay manera de negociar con Suzanne. Ni siquiera la misma Nicole −quien ha llegado a creerse el cuento de que Suzanne es algo así como su "bruja guardiana"− es capaz de comunicarse con ella cuando se manifiesta públicamente transformada. Así se explica, hasta donde sé, que, cuando eso sucede, ella prefiere tomarse algún somnífero y saltarse así cualquier episodio desagradable como quien cambia de canal, pues ella no es más responsable de Suzanne que esta última de Nicole.

—¿Quieres decir entonces que Suzanne no es una bruja? —preguntó Mickey Max visiblemente decepcionado.

—No, que yo sepa —respondí—. O por lo menos, no de esas brujas que montan escobas y a las que se puede condenar a la hoguera...

—Pero entonces, o sea, si no está ni muerta ni viva —preguntó la Tota—, y si no es una bruja, ¿al menos es capaz de matar a alguien cuando se encuentra transformada como ahora?

—Eso sólo lo podemos saber dejándonos matar por ella —dije—: sí, subrayando el hecho de que puede matar de muchas maneras, todas ellas terribles...

—¿Y puede hablar?

—Eso no lo sé. Supongo que sí, en caso de que aparezca alguien que sea tan valiente como para atreverse hablar con ella...

—¿Entonces, nos vamos a quedar aquí clavados como estacas hasta que ese monstruo decida alejarse? —preguntó Mickey Max.

Esta vez, la Tota me economizó tener que responderle:

—Pues, a menos que tengás una idea mejor, creo que sí.

Toda mujer es un médium, un portal que comunica entre sí las dos temporalidades del no ser: el de antes de nacer y el de después de haber vivido. No obstante, sólo algunas mujeres tienen auténtica consciencia de su naturaleza. La mayoría de ellas está ocupada en definir otro tipo de reivindicaciones más básicas, pues únicamente las que entienden la función del poder dedican lo más claro de su tiempo a fundar dominios sobre los cuales solamente rige su voluntad. A todas las demás se les pueden regalar feudos, reinos o países, y ni siquiera sabrán qué hacer con ellos, pues la coherencia no es flor que nace de trasplantes, ni se da por injertos, ni sabe crecer en macetas. A diferencia de estas, Suzanne estaba muerta, sí, pero seguía siendo mujer: podía distinguir el origen del deseo de eso que únicamente constituye su objeto, y era incapaz de confundir el placer con su satisfacción. Para ella, el único poder posible residía en el acto mismo de desear: todas las demás eran simples ilusiones de criaturas enfermas, y por tanto, incapaces de distinguir el deseo de la vulgar voluptuosidad, el poder de la necia crueldad y sus propios caprichos de la más estúpida incapacidad. Siendo apenas una niña, escasamente tres años antes de que ocurrieran los indescriptibles acontecimientos de la Revolución haitiana, recibió en casa de sus abuelos la visita de los tres *houangans* que la consagraron al culto de la serpiente.

El recuerdo de aquella ceremonia la acompaña en cada uno de sus retornos desde ese lugar ubicado más allá de la muerte al que viaja y del que regresa a voluntad. Durante tres días estuvo encerrada sin comer ni beber nada en una cabaña perdida en medio de un bosque a donde fue conducida de manos de su propio abuelo, conocido como Jeannot Limbé, un poderoso *dyok* que había recibido su iniciación por la vía de su propia madre, la *mambo* más poderosa de toda la región que hoy se llama Bandundu, al sureste del Congo. Al cabo de ese tiempo, fue conducida totalmente desnuda a otra cabaña sin ventanas que tenía en su centro una pileta poco profunda llena de sangre hasta el tope. Allí la obligaron a que se arrodillara en el centro de la pileta, mientras tres sacerdotisas igualmente desnudas le arrojaban más sangre sobre su cabeza hasta cubrirle todo el cuerpo.

De inmediato, comenzó a sentir que recuperaba las fuerzas que había perdido durante su largo ayuno, y algo así como un ánimo renovado le hizo sentirse protegida contra los espíritus malignos. Acto seguido, las sacerdotisas la obligaron a dar una vuelta tras otra sobre sus talones, y ella comenzó a sentir que una extraña energía penetraba en su cuerpo. Sin saber explicarse en qué consistía la verdadera naturaleza de su sensación, creyó sentir que alguien le agarraba las manos y la poseía, pero al querer tocar, no lograba palpar nada en torno a ella. Poco a poco, los embates de esa posesión se fueron haciendo insoportables para su pequeño cerebro, y al querer abrir sus ojos, sólo pudo ver el cielo estrellado, mientras una voz que emanaba desde el centro de su cabeza le iba recitando las instrucciones que necesitaba conocer para poder moverse entre los distintos mundos. Aprendió de esta manera a transmutarse en planta, en ave, en roedor, en serpiente, en felino y en un animal canino parecido al perro, pero más grande y fuerte. Antes, no obstante, adquirió el poder de abandonar su forma humana a voluntad, y sería precisamente eso lo que la ayudaría, pocos años después, a escapar a tiempo de la tortura a la que quisieron someterla junto a sus dos hermanas los soldados que acompañaban al general francés Louis Ferrand. Estos últimos, creyendo haber asesinado a su abuelo, el *dyok* Limbé, las violaron uno tras otro entre los veinte y luego colgaron sus cuerpos de las ramas de un samán.

La muerte es un estado cristalino. La vida se petrifica en algo así como un recuerdo que no fluye, pues, como el tiempo ha perdido sus orillas, ya no logra asociarse ni a un antes ni a un después, y mucho menos a un ahora. Por esa razón, estar muerto equivale a estar detenido mientras todo el universo gira perpetuamente. Tal vez por eso mismo, sin embargo, los muertos sólo pueden moverse por inercia: al hallarse en estado cristalizado, están condenados a seguir siendo en la muerte lo último en lo que centraron su energía mientras estuvieron con vida. Y eso precisamente era lo que convertía a Suzanne en un ser terrible. En cualquier lugar en donde su presencia se hiciera notoria, no tardaban en ocurrir toda suerte de desgracias: la tierra, aún la más exuberante, perdía toda capacidad nutricia y terminaba convertido en un verdadero erial; aviones y embarcaciones perdían el rumbo y se precipitaban inexorablemente, ora al suelo, ora al fondo del mar; las edificaciones, por sólidas que fuesen, quedaban agrietadas o sus ocupantes enfermaban misteriosamente sin que la ciencia pudiese explicar el origen del mal que los afectaba, y mucho menos, curarlo. Sólo había una manera de librarse de su maléfico influjo y era proclamando en voz alta mirando al cielo la santidad de su abuelo, el gran *dyok* Jeannot Limbé. Por suerte para nosotros, Nicole me lo había dicho una noche, poco después de su mudanza definitiva a su casa de Cabarete.

—Oye –me dijo–. Como vas a estar yendo y viniendo a esta casa, te diré qué hacer en caso de que te encuentres con Suzanne sin que yo esté cerca. Yo estoy libre de su influencia gracias a unos tatuajes que me hizo un chamán del que luego te hablaré si te interesa. En cambio, tú, si alabas y proclamas santo el nombre de su abuelo el gran *dyok* Jeannot Limbé mirando hacia el cielo, no te pasará nada. No sé por qué, pero eso funciona. Tal vez murió pensando en su abuelo, ve tú a saber...

—Si quieren vivir, hagan lo mismo que me verán hacer –les dije a mis compañeros de aventura. Inmediatamente después, me puse a gritar con los ojos cerrados, una y ota vez, lo siguiente:

—¡Alabado sea el santo nombre de Jeannot Limbé! ¡Bendito sea el santo nombre de Jeannot Limbé! ¡Santo sea y alabado el bendito nombre Jeannot Limbé!

Mientras gritaba, uno tras otro, todos mis acompañantes se pusieron a hacer lo propio. Cuando abrí de nuevo los ojos al cabo de algunos minutos, Suzanne ya no estaba allí. Según Antinoe, quien fue el único que presenció ese espectáculo, su cuerpo se había evaporado formando una rara nube color barro que se alzó por los aires y luego salió volando en dirección a la casa.

Sin perder tiempo, Antinoe pisó el acelerador y, pocos minutos después, fue a detenerse frente a la entrada de la casa, donde Nicole nos esperaba sosteniendo la urna funeraria de Suzanne en su mano izquierda.

Estábamos a punto de acceder a su territorio mágico.

—¿Qué es lo qué? –le preguntó Mickey Max en el mismo tono de alguien que saluda. Nicole no se inmutó.

—¿Qué es esto, señor Chan? ¿Quiénes son estas personas? ¿Por qué las ha traído hasta aquí sin antes avisarme?

Nicole lucía serena, razón de más para temer lo peor.

—Es extremadamente importante que usted escuche lo que estas personas tienen que decirle –dije tratando de sonar convincente.

—No me interesa... –cortó ella.

—Se trata del Perro... –intervino entonces la Tota–. Sabemos que nos está esperando.

—A ver, a ver –dijo entonces Mickey Max–, ¿quién conoce a alguien más que trate de usted a su propia esposa?

Al oír esto, Nicole se ruborizó terriblemente antes de estallar en cólera.

—¿Pero qué es esto, señor Chan? ¡Explíqueme qué es lo que este tipo quiere decir con que soy su esposa!

Mientras hablaba, me iba percatando de lo bien articulado y fluido que ahora me sonaba su español, poniendo aparte su acento, claro está, el cual seguía presentando una fuerte guturación francesa.

En cuanto terminó de hablar, la tomé por una mano y le dije en voz alta para que todos me oyeran:

—No se preocupe por eso, *madame*. Algunas personas sencillamente no merecen nuestra atención. Lamentablemente, el mundo está lleno de individuos como este. En cambio, la señora aquí presente tiene algo sumamente importante que comunicarle.

—Usted dirá, pues –le dijo Nicole a la Tota con un tono en el que la curiosidad se mezclaba con el sarcasmo.

—Usted no me conoce pero yo a usted sí –comenzó a decir la Tota captando inmediatamente la atención de todos nosotros, y en particular la de Nicole–. Soy la hermana del doctor Hugolino Bianchi.

—¿El famoso antropólogo argentino? –preguntó Nicole enarcando las cejas desmesuradamente.

—El mismo –prosiguió Nicole–. Ha sido él quien me ha contado todo lo que sé acerca de usted y de su interés por resolver el enigma del Perro. También me habló de su extraña relación con Suzanne, la muerta en vida, sólo que, cuando me refirió este último detalle, no lo noté muy convencido de que fuera verdad...

Me quedé perplejo al escuchar a la Tota hablar de esa manera, pues en ningún momento me había dicho que tenía un hermano antropólogo ni nada parecido. No obstante, no quise interrumpirla hasta haber escuchado lo que tenía que decir.

—... lo que sí me dijo es que el equipo de investigadores en el que él participó... que él había examinado las cuevas donde fueron hallados los cuerpos de aquellos soldados franceses de principios del siglo XIX... que había logrado reunir una larga lista de indicios que inclinaban a pensar que dichas cavernas esconden misterios difícilmente explicables... que se encontraron objetos que no deberían estar allí pertenecientes a varias culturas correspondientes a distintas épocas y a localidades sumamente distantes entre sí... que se ha pensado en considerarlos restos de alguna importante colección privada que, a raíz de la Revolución, *alguien* había intentado trasladar desde la parte oeste del Gran Babeque, la cual, en esa época, todavía se llamaba Haití... y también habló de un cofre que usted...

—No me interesa hablar de eso –la interrumpió Nicole en un tono de voz bastante áspero–. Dígame qué le dijo su hermano acerca del Perro. En estos momentos, eso es lo único que importa.

—Tiene usted toda la razón, señora –dijo la Tota–. De hecho, ese es el verdadero motivo de nuestra visita. Verá usted, mi hermano era de la opinión de que, muy probablemente, eso a lo que llamamos el Perro está relacionado... de alguna manera... con algunos objetos que se encontraron en las cuevas de esta zona del país... Dijo que se tenían informes de la existencia de un culto secreto... una secta cuyos miembros son casi todos extranjeros que viven en distintos puntos de Puerto Plata, Las Terrenas y Punta Cana... Sobre esa secta, sólo sé lo que él mismo me dijo: que sus supuestos fundadores son personas provenientes de uno de los países del Asia Central que habían pertenecido a la antigua Unión

Soviética... según mi hermano, los miembros de esa secta se dedican a practicar orgías y canibalismo... Se dice que tienen el secreto de prolongar la vida humana por un tiempo indefinido... Tres días antes del accidente que le costó la vida, mi hermano me había llamado desde Massachussets para decirme que sabía que usted había fijado su residencia en esta isla pero que no disponía de su dirección... Me pidió encarecidamente que tratara de comunicarme con usted... Ni la Embajada francesa ni el Ministerio de Relaciones Exteriores del Nuevo Estado Mulato del Gran Babeque quisieron ayudarme a dar con su paradero... «Nicole Dombres lo sabe todo, menos el lugar donde se encuentra enterrado el Perro», me dijo mi hermano, y agregó: «Tienes que hacer que ella se ponga en contacto conmigo a como dé lugar...», pero claro, después de su muerte, eso ya no tiene importancia...

—En eso se equivoca –la interrupió Nicole–: sí que la tiene. De hecho, como le dije hace un rato, es lo único que importa.

La Tota se quedó mirando fijamente a los ojos de Nicole por un largo rato durante el cual ninguna de las dos pronunció una sola palabra. Finalmente, se decidió a romper aquella pausa:

—No entiendo lo que usted quiere decir.

Nicole sonrió y dijo:

—Claro que no. Usted es argentina. En su país tal vez algunas cuantas personas conocen la magia mapuche; otras quizás hayan oído hablar de los chamanes del Amazonas; también, aunque en número más reducido, habrá quienes conozcan algo de la brujería de los antiguos magos de la Europa del Este... En el Caribe, sin embargo, la mayor parte de la gente vive sumida en la magia. La mayoría de ellos ni siquiera sabe de dónde provienen los ritos que practican, y como sucede con casi todas sus manifestaciones culturales, casi todo el mundo afirma que son de origen africano... ¿Cuándo fue la última vez que habló con su hermano?

La pregunta dejó pensativa a la Tota.

—A ver –dijo esta última pensando en voz alta–. Los cuerpos se encontraron en 2035...; la investigación duró aproximadamente tres años...; Hugolino regresó a Massachussets en 2039..., o sea, creo haber hablado con él por última vez entre 2041 y 2042, o sea hace unos cinco o seis años...

—Perfecto –dijo entonces Nicole–. En ese caso, Suzanne no tendrá ningún problema para hacer que pase por aquí a charlar un rato con nosotros, ¿verdad, mi negra?

Y como respondiendo esta pregunta, la pequeña urna funeraria que Nicole sostenía todavía en su mano izquierda se puso a vibrar fuertemente, haciendo tintinear su tapa. Segundos después, todo el entorno se llenó de una extraña sensación de frío y humedad, como si estuviese a punto de llover. Sin embargo, aunque ya sin mucha fuerza por lo avanzado de la hora, el sol seguía brillando en un cielo que lucía totalmente despejado de nubes.

—¡Hugolino Bianchi, Suzanne! –gritó Nicole súbitamente–. Se llama Hugolino Bianchi y tiene algo que decirme.

Un ruido como el que haría el agua de una pileta escapando por un hueco practicado en el fondo siguió las palabras de Nicole. Segundos después, una figura horrenda, mitad planta, mitad animal, se materializó ante nosotros. En medio de una gran deformidad colocada en su parte superior, dos hendijas ovaladas eran sin duda sus "ojos". No obstante, estos últimos permanecían oscurecidos. De hecho, todo el cuerpo de aquel ser conservaba una pasmosa pasividad. Tal vez por eso, tardé varios minutos en comprender que se trataba de la misma Nicole, quien, esta vez, se hallaba poseída por el ánima del hermano de la Tota.

—Su hermano está con nosotros, señora –le explicó Nicole a la Tota–, pero tendrá que llamarlo por el nombre con que le hablaba en su infancia para que su presencia se active. ¡Hágalo!

La Tota nos lanzó una mirada circular antes de que la escucháramos pronunciar en voz baja las sílabas "Peyote".

—¡Peyote! –repitió, esta vez en voz alta.

Un ligero estremecimiento de las "hojas" ubicadas en las pequeñas ramas de la parte de la figura a la yo que continuaba considerando como su "cabeza" me hizo comprender que estaba a punto de presenciar algo para lo cual no tendría ninguna explicación.

—¡Peyote! –volvió a gritar la Tota.

Esta vez, los "ojos" de la planta animada se entreabrieron ligeramente, y con ellos, algo como el rictus de una boca también quedó expuesto sobre la superficie del tronco. No obstante, las palabras que a continuación se escucharon no las pronunció aquel ser. Tampoco las profirió Nicole.

—¡Bellota, mi hermanita, qué bueno verte!

—¡Oh, por Dios! ¿Qué es esto? –exclamó la Tota, emocionada– Hugolino era el único que me llamaba de esa manera cuando éramos niños. ¿Dónde estás Peyote, qué te has hecho?

—Es complicado explicártelo, Violeta. La noche es líquida... las piedras... ¡La voz!

Sí, bueno, mire –interrumpió Nicole–, no hay mucho tiempo para saludos. Yo soy Nicole Dombres y, según su hermana, antes de abandonar este mundo usted le hizo saber que tenía que comunicarme informaciones importantes acerca del Perro...

—¡El Perro! ¡Es verdad! ¡Escúcheme bien! Busquen de nuevo en las montañas de El Choco. El cadáver está allí. Está a punto de producirse una gran conmoción capaz de afectar a todo el planeta. Sus ejércitos están listos para entrar en acción. La bruja ya llegó. ¡Busquen la cruz de Mitra! ¡Busquen la cruz de Mitra... ! ¡Qué pasa! ¿Qué pasa? ¡Nooo! ¡Nooo!

Esos gritos pusieron en evidencia que algo le ocurría tanto al espíritu de Hugolino Bianchi como a Suzanne. Súbitamente, como si nos hubiésemos acercado a un horno encendido, la temperatura experimentó un alza inusitada y varias de las "ramas" inferiores de Suzanne se secaron primero de golpe y, segundos después, comenzaron a arder. Dicho fueguito no tardó en encender todo el follaje de la "cabeza" de Suzanne, y muy pronto, sin que nadie pudiese hacer nada para evitarlo, el "árbol" quedó reducido a un montón de cenizas y tallos carbonizados.

—¿Es ese el fin de Suzanne? –preguntó la Tota, inquieta.

—Para nada –respondió Nicole–. Suzanne no se confunde con las formas que asume. Es sin estar, o está sin ser, todo depende del caso.

—Bueno, pero, ¿y qué fue eso? ¿Qué sucedió? –preguntó Antinoe sacudiendo la cabeza.

—En un momento lo sabremos, tengan paciencia –dijo entonces Nicole volviendo a destapar la urna funeraria de Suzanne.

Esta vez, sin embargo, las cosas no salieron como ella lo esperaba.

El gran destello que nos cegó a todos momentáneamente en el preciso instante en que Nicole destapó la urna nos impidió ver de qué manera se materializaba ante nosotros la imponente figura de un perro bípedo que tenía en las manos una especie de pequeño báculo o bastón negro y que nos sopesaba con una mirada fija. Sólo después de disiparse por completo el efecto deslumbrante del relámpago nos pudimos percatar de que todo el cuerpo de ese ser estaba recubierto de escamas como las de algunas culebras, y que el fétido olor que lo rodeaba parecía producido por su propia piel, como si exhalara metano u otro gas semejante. Esa pudo ser la causa del incendio que había consumido al "árbol-Suzanne".

—Yo soy el Perro, es a mí a quien esperan. Ha llegado la hora de la cosecha. Hoy saldremos a recoger las mieses que entre todos hemos sembrado.

Y fue tan sólo entonces cuando lo recordé todo, aunque no de golpe, sino más bien poco a poco. Y tampoco en orden, sino más bien en retazos sueltos.

Una guerra de sueños

♉

Segunda parte

Cuando lo real te parezca impensable, sonríe:
es sólo que alguien está soñando tu realidad.

1. La advertencia

En la noche tropical, mientras el mar medita bajo la luna llena los pormenores de su próxima fechoría, Maya Maxiah duerme completamente desnuda y enredada en su larga cabellera negra. A su lado, Anzor Kadyr, igualmente desnudo, parecía hasta hace poco un niño enfermo de celos crónicos: su mirada, inquieta a pesar de la calma que lo rodea, había pasado largo rato intentando desentrañar misterios demasiado grandes para su cabeza. Su corazón, que todavía minutos atrás latía como un potro desbocado, había recuperado su ritmo habitual, lo mismo que su respiración, que ahora se había vuelto casi imperceptible luego de un largo episodio de ritmos entrecortados y acezantes. Anzor Kadyr había sido finalmente doblegado por el sueño. Su cabeza soportaba ahora todo el peso de la bóveda celeste, y todo su cuerpo flotaba en las profundas e invisibles aguas del Leteo, pero él no lo sabía. No podía saberlo, pues, cada latido de su corazón lo alejaba más de la posibilidad de retornar a la orilla común, allí donde los ruidos del mundo circundante habrían podido traerlo de vuelta a su situación en aquella cama, junto a la hermosa mujer que dormía a su lado.

Una burbuja que crecía y decrecía al ritmo de su respiración: a ese ridículo detalle había quedado reducida toda su natural atención, su habitualmente portentoso sentido de la observación pacientemente entrenado para juzgar a primera vista un rostro, una situación sin temor a equivocarse. De haber notado el ligero movimiento que sacudió de repente su pie izquierdo habría podido prever lo que sucedería después. Primero reclinó su cabeza hacia ese mismo lado; luego siguieron los hombros, lentamente, hasta que a estos les siguió el muslo derecho y su cuerpo quedó prácticamente de lado, casi en posición fetal. Una vez en esa posición, el cuerpo soltó una profunda exhalación. Casi inmediatamente después, no obstante, un extraño suceso comenzó a manifestarse.

Por la boca entreabierta del cuerpo durmiente de Anzor Kadyr comenzó a asomarse, primero poco a poco, y luego de manera más expedita, un cuerpo oscuro como el de una salamandra pero mucho más ligero y más oscuro que cualquier otro reptil conocido en esta época y en esa parte del mundo donde ahora se hallaba tendido, como abandonado a su propia suerte. Cuando la lagartija terminó de salir, permaneció inmóvil unos instantes como explorando el entorno donde se encontraba, pero, casi inmediatamente después, comenzó a cambiar de tamaño y de aspecto, hasta cobrar los de una persona normal. Así permaneció durante los minutos siguientes, luego de lo cual, el ser fue cobrando opacidad hasta quedar finalmente convertido en un segundo cuerpo masculino cada vez más parecido al de Anzor Kadyr. A diferencia de este, no obstante, el nuevo ser se movía de manera ingrávida por encima y a través de los objetos de la habitación: no sólo era completamente traslúcido, sino que poseía, como algunos gases, la capacidad de penetrar la materia que lo circundaba.

Fue, pues, en ese estado como el espectro atravesó la pared de concreto del cuarto de hotel y luego, en lugar de precipitarse al suelo, se dejó levantar por los caprichosos vientos alisios que lo encumbraron en el cielo estrellado hasta que se perdió de vista. Y mientras esto ocurría, Anzor Kadyr comenzó a soñar que llegaba a la cima de una montaña ubicada al otro lado del mundo después de haber volado completamente desnudo durante largo tiempo sobre océanos y continentes. Además, el cielo continuaba tan oscuro como lo había estado durante su viaje. No obstante, cuando sus pies tocaron un suelo cubierto de pequeñas hojas de hierba sumamente finas y verdes, quedó deslumbrado por el súbito resplandor de un sol radiante, por lo que solamente cuando sus ojos pudieron acostumbrarse a la claridad estuvo en capacidad de percatarse de que esa sensación de desnudez era totalmente injustificada, pues llevaba en la cabeza un gorro de piel de vaca semejante al de los mongoles y sus pies iban cubiertos con unas botas altas de piel de venado. Por lo demás, debajo de una gran capa de piel de garduña, una especie de tabardo de un cuero sumamente fino y unas calzas del mismo material completaban su atuendo.

Apenas había avanzado una decena de pasos sobre la hierba cuando fue interceptado por media docena de personajes que, sin mediar palabra, se abalanzaron sobre él empleando unas técnicas de ataque sumamente rudimentarias que él pudo deshacer y ripostar con facilidad en cada nueva ocasión, por lo que sus seis atacantes no tardaron en abandonar la pelea huyendo a toda prisa, para luego regresar armados con lanzas, palos y cuchillos. Anzor Kadyr (pues una vez finalizada su transformación, el parecido entre ambos era absoluto) aguardó inmóvil el primer ataque, al cual recibió girando su cuerpo a la izquierda para luego, empleando movimientos circulares, apoderarse de una de las estacas, con la que, a continuación, logró desarmar a sus demás oponentes con la misma facilidad con la que había repelido a su primer atacante. En esta ocasión, sin embargo, decidió cortarles toda vía de escape, de manera que inmovilizó a tres de ellos aplicándoles una serie de golpecitos a corta distancia en tres distintas partes del cuello, puso fuera de combate a un cuarto, más agresivo que todos los demás, y luego saltó sobre el quinto y derribó al sexto de una patada.

Una vez controlada la situación, preguntó en uzbeko:

—¿Quiénes son ustedes? ¿Por qué me atacan?

Los dos hombres que tenía ante él intercambiaron una mirada de estupor y no respondieron.

El doble de Anzor Kadyr repitió la pregunta, esta vez en turco, con el mismo resultado. Estaba a punto de golpear al más fuerte de sus dos prisioneros cuando uno de ellos le dijo al otro en akkinski, un dialecto del idioma checheno:

—¡Este tiene que ser uno de los guardianes del chamán!

—¡No sé de qué rayos hablas; ni siquiera conozco al chamán que mencionas! –dijo entonces el doble de Anzor Kadyr empleando el mismo dialecto en que sus prisioneros se habían comunicado entre sí–. Acabo de llegar desde otra parte del mundo. Quiero que me digan qué está pasando aquí.

Al sentirse expuestos, los hombres depusieron su actitud hostil y le dijeron:

—Muy bien, pero primero libéranos y haz que nuestros compañeros recuperen el uso de sus cuerpos. Te lo explicaremos todo.

Anzor Kadyr liberó a sus dos prisioneros y les explicó que los demás quedarían completamente recuperados después de un rato.

—A lo sumo, algunos sentirán un poco de jaqueca, pero eso será todo –les dijo–. Ahora les toca a ustedes.

El que había hablado antes comenzó entonces a explicar mirando fijamente a los ojos de Anzor.

—Te hemos atacado porque pensábamos que eras otro brujo de esos que nos han estado molestando...

—¿Qué dices? ¿De qué brujos hablas?

—Nuestra aldea no está lejos de aquí, como a media jornada a partir del pie de la montaña, oculta entre los árboles. Somos gente pacífica que vive de la pesca, la caza y la agricultura, no como esos asaltantes que sólo piensan en desvalijar a los viajeros ni como los hombres de la corte, a quienes únicamente les interesa el cobro de los impuestos. Nuestros abuelos, sin embargo, eran poderosos guerreros de la luz capaces de generar una gran fuerza destructora al combinar sus poderes. Hasta hace tres años, ninguno de nuestros jóvenes se habría sentido interesado en conocer los secretos de nuestros ancestros. Pero eso cambió a partir del primer ataque de los brujos del bosque, unos seres despiadados que le rinden culto a un dios viviente llamado Serptes, una horrible mezcla de perro con serpiente...

—¿Y qué quieren esos brujos? ¿Por qué los atacan? –preguntó intrigado Anzor Kadyr.

—Eso es lo malo –respondió el campesino–: no les interesa nada de nosotros. Sólo quieren apoderarse de nuestras mentes mientras dormimos para así poder acceder a otras dimensiones.

—¿Cómo dices?

—Así es –respondió el otro hombre–. Su amo, el dios Serptes, logró adquirir su inmenso poder apoderándose de los sueños de la mayoría de la gente. Al principio, nadie creyó que una criatura tan repugnante como él podía llegar a poner en riesgo la manera en que la realidad había funcionado hasta entonces. Pero él se esforzó por mostrar una naturaleza distinta de la de la mayoría de los demás dioses, sobre todo en lo que toca a su manera de responder las oraciones de sus creyentes...

—¿Responder? ¿Qué quieres decir?

—Pues eso mismo: que, mientras todos los otros dioses que habíamos conocido en el pasado eran mudos, Serptes no solamente respondía, sino que satisfacía los deseos de quienes creen en él. Por lo menos así fue hasta que las cosas cambiaron...

—¿De qué manera cambiaron?

—Una mujer, gran guerrera de otro mundo, vino hasta aquí a liberarnos del maligno influjo de ese dios-perro. Nos enseñó a luchar contra él y nos entregó el *antiskylos*.

—Traduce –ordenó Anzor Kadyr.

—Es un talismán que nos protege de las invasiones mentales del Perro.

Y diciendo esto, el hombre le mostró a Anzor Kadyr un arete metálico que tenía en el centro una pepita negra, el cual llevaba en su oreja izquierda.

—Esa es la razón por la que ahora los brujos vienen a atacarnos, pues tratarán de impedir a toda costa que les entreguemos el *antiskylos* a otros aldeanos de la zona.

—Comprendo –dijo entonces Anzor Kadyr–. Sin embargo, yo no soy un brujo de esos que los atacan, sino más bien todo lo contrario: yo también soy enemigo del Perro, lo que quiere decir que estoy de su lado en esta guerra.

—En ese caso, también tú necesitarás un *antiskylos*. Ven, te lo colocaré.

Y diciendo esto, el hombre extrajo de una pequeña bolsa que llevaba colgando del cuello un arete parecido al que colgaba de su oreja. Luego, tomando a Anzor Kadyr por el hombro, le hizo bajar la cabeza y, sin mediar palabra, le atravesó limpiamente el lóbulo y finalmente le aplicó un ungüento de raíces que extrajo de una pequeña vasija hecha a partir de un tallo de bambú.

—Ya está –dijo el hombre–. Ahora escucha bien esto que te diré: según nos hemos enterado, el Perro ha conquistado ya la mayor parte de los universos alternos, lo cual quiere decir que no tardará en conquistar también este y los demás mundos conectados a este. Su técnica consiste en robar los sueños de la gente y sustituirlos por falsos recuerdos en los que todos ansían estar a su servicio. De esa manera, mientras mayor sea la cantidad de personas que deseen que él se materialice, mayor será su poder y más difícil será vencerlo. Hasta ahora, la mayoría de nosotros ha preferido vivir como si ignorara hasta qué punto el deseo puede operar como un arma de doble filo. Si las cosas continúan como van, no obstante, muy pronto el Perro se apoderará de las voluntades de todos, y la humanidad quedará sumida en la más cruel esclavitud imaginable: la voluntaria.

—¡Hum! –hizo entonces Anzor Kadyr como si de pronto recordara algo que no habría podido determinar–. Eso que dices está mal, muy mal. ¿Y saben de qué manera se puede vencer al Perro?

—A estas alturas resulta imposible pensar en vencerlo, pues, como te he dicho, ha adquirido demasiado poder. La única esperanza para la humanidad es que un número considerable de personas opten por rechazar su influencia. Sólo de esa manera se podría esperar estar un día en capacidad de liberarse de él...

—Existe otra esperanza, sin embargo –dijo el primer hombre que había hablado con Anzor Kadyr–. La suerte de este planeta depende ahora de que la guerrera viajera y el hombre-buey logren fusionar sus respectivos poderes. Pero tal cosa solamente será posible si él logra entregarle un nombre, un canto y una flor...

Al escuchar esto último, el doble de Anzor Kadyr sintió de repente que la tierra le faltaba debajo de sus pies: su cuerpo volvió a tornarse ingrávido y traslúcido, y un torbellino de luces y gases comenzó a girar a su alrededor como si estuviese siendo aspirado por un inmenso vórtice que lo sacó de aquel paisaje paradisíaco y lo lanzó a volar a través de un cielo nuevamente oscurecido durante un tiempo que a él le resultó infinitamente largo, tanto que comenzó a sentir que todo su exterior se iba deteriorando a medida que viajaba: sus ropas, primero, luego su piel, finalmente su misma conciencia, la cual se fue haciendo pequeñita, pequeñita, un minúsculo punto de luz moviéndose en medio de la oscuridad infinita.

El otro Anzor Kadyr despertó en medio de la noche con su cuerpo desnudo enteramente cubierto de sudor a pesar de la climatización que mantenía la temperatura de la habitación a quince grados centígrados. En el momento en que despertó, ninguna de las experiencias que había vivido su doble mientras dormía había logrado atravesar todavía el umbral de su conciencia, pero esto no tardaría en suceder, sí, desde que su mente lograse ajustar la idea de lo real no a partir del sueño, sino por la vigilia. Por el momento, sin embargo, se sentía demasiado cansado como para pensar en otra cosa que no fuera seguir durmiendo. Sólo para confirmar algo que todavía no sabía qué era, abrió los ojos y contempló por unos instantes el bello rostro de la mujer que se hallaba en esos momentos a su lado en la cama. Acto seguido, en un gesto inconsciente, se llevó la mano izquierda a la oreja y palpó un extraño objeto esférico de tamaño reducido que le llamó la atención pero no lo suficiente como para hacerlo abandonar el estado de modorra en que se hallaba. Luego volvió a cerrarlos y, casi de inmediato, se hundió irremediablemente en las profundas aguas del sueño.

2. El origen

LA NIÑEZ ES UNA ETAPA de crueles debilidades, y de manera muy particular, en las ciudades donde el odio y la guerra han abierto abismos infranqueables entre las personas de todas las edades. Las cicatrices que dejan esos abismos al restañarse nunca deben considerarse una garantía de que no volverán a abrirse. Antes, al contrario, constituyen una prueba de que pueden volver a henderse en cualquier momento, dejando salir los pestilentes reflujos que toda sociedad esconde bajo su superficie. Las fuerzas que en un momento se opusieron tampoco abandonarán sus rancios antagonismos. Sus protagonistas podrán morir o exiliarse, pero la semilla del odio permanecerá presente y activa en el suelo y en el aire; atravesará las épocas como un arpón que alguien lanza un día de manera irresponsable, porque sí, o porque se sabe por encima de toda ley y de toda obligación. De manera que es el odio lo que nos convierte a todos en esos niños perversos que jugamos a matarnos unos con otros. Y claro, como todos sabemos, no es propio de los niños hablar de la niñez. Eso siempre será un asunto de viejos, es decir, de sobrevivientes...

Luego de la guerra que enfrentó, entre 2027 y 2030, a nacionalistas y fusionistas de los dos países que habían compartido la isla desde sus respectivas fundaciones en el siglo XIX, mucha gente pensó que las cosas volverían a retomar su curso normal. El problema era que ese "curso normal" ya no era otra cosa que un tenso compás de espera del estallido que finalmente tuvo lugar en el curso de la tercera década del siglo XXI: el país que una vez se había llamado República Dominicana había cambiado tres veces de nombre oficial en menos de veinte años, y el que antes llevaba por nombre Haití medraba en un estado casi vegetativo, completamente acéfalo luego de las brutales purgas realizadas contra todos los representantes de la clase dirigente que se llevaron a cabo a finales de 2030.

Mi razón se fue aclarando poco a poco gracias a esa nueva intervención tuya en forma de Perro en mi vida, Serptes. Me las había arreglado para olvidar de alguna manera la razón por la que quería ir a Cabarete la tarde en que me encontré con Mickey Max en la parada de autobuses. A principios de semana, mientras limpiaba mis libreros, encontré un periódico enrollado que había llegado hasta allí y luego, por cualquier razón, había quedado olvidado. Al ver su fecha de publicación, comprobé que databa del 16 de febrero de 1973. En la portada se leía el titular en grandes caracteres «Muere Caamaño». Como este mensaje carecía completamente de significado para mí, continué hojeando las páginas apergaminadas y sumamente amarillentas de esa publicación que tenía más de setenta años de haber sido editada sin mucha esperanza de que alguna de las viejas noticias que contenía llamase mi atención. Estaba a punto de abandonar esta operación cuando, al leer el titular de uno de los artículos interiores, caí en la cuenta de un detalle bastante curioso: el tipo llamado Caamaño había desembarcado en Playa Caracoles. Esta última se encuentra ubicada en alguna parte de la costa de San José de Ocoa, al sur de la isla.

De inmediato, por alguna razón, este dato me hizo pensar en Cabarete: ambas presentan sistemas montañosos muy próximos al mar, aunque una está cerca del mar Caribe y la otra del océano Atlántico. «Tamaña isla esta que comienza en un océano y termina en un mar», me dije pensando en cosas como Australia. Cuando lo pienso mejor, observo que aquella no era la única semejanza. «Ferrand buscó refugio en las montañas del norte», me digo, recordando un artículo que había leído en las redes sociales sobre el hallazgo que había realizado en 2005 un equipo de antropólogos que exploró las montañas de El Choco. Acto seguido, me digo: «Hay muertos enterrados en casi todas las montañas de esta isla», pensando en las implacables persecuciones de que fueron víctima numerosas familias nacionalistas que tuvieron que abandonar precipitadamente todas sus propiedades para intentar salvar sus vidas a bordo de goletas, barcas, yolas y lanchas que los llevarían, si tenían suerte, a cualquier otro país caribeño donde terminarían sus días añorando una tierra que ya nunca más volvería a ser la misma. Luego, seguí limpiando mi librero y, durante unos días, olvidé todo lo relacionado con ese periódico que terminé tirando al cesto de basura luego de comprobar que nada de lo que decía me interesaba.

Tres días después, sin embargo, mientras viajaba a bordo de un taxi con destino al centro de la ciudad, escucho que alguien comenta algo acerca del sujeto llamado Caamaño en un programa de panel radial que el chofer tenía encendido en ese momento. «Súbalo un poco», le dije. El tipo reacciona y así puedo escuchar al que hablaba desde la radio exponiendo una teoría sumamente extraña acerca de la guerra de fusión. Según ese individuo, los sucesos del 2027-2030 habían sido rigurosamente planificados por quienes diseñaron los planes educativos a partir del final del siglo XX. «Entiéndanme», decía el tipo. «No fue la guerra lo que se planificó, sino una progresiva y acelerada rebaja en la calidad de la educación del país en vistas a colocar a la mayor parte de su población al mismo nivel cultural que los de la otra parte de la Isla. La guerra fue consecuencia de la misma incapacidad de los dos sectores que organizaron semejante desmadre para ponerse de acuerdo respecto a la fórmula que se emplearía para explotar mejor a una población estupidizada. De manera que, ganaran los que ganaran, el resultado habría sido el mismo».

—Eso es lo que tú quieres que se diga, buen pendejo –dijo el chofer antes de apagar la radio aprovechando que el tipo que hablaba había sido interrumpido por la publicidad–. La realidad de lo que pasó aquí no la sabremos nunca. Mire, don, la noche en que comenzaron los bombardeos yo estaba en Nagua, con mi familia. Usted no me lo va a creer pero esa noche vimos entrar de todo por la playa de Nagua: tanques, aviones, helicópteros, camiones. Eso es lo normal cuando hay una guerra, ¿verdad? Sin embargo, lo que no era para nada normal era lo que salía por la misma playa: centenares de camiones en una hilera de más de tres kilómetros de largo, los cuales se fueron metiendo uno tras otro en unos transbordadores que los llevarían hasta un portaaviones gigante ubicado a casi una legua de la costa. Esos camiones iban cargados hasta el tope de algo que nadie sabrá nunca qué era, pues iban cubiertos por una gruesa lona negra y escoltados por carros de combate en ambos lados... ¿Qué le digo? Este país se jodió, pero eso ya usted lo sabía, ¿verdad?

—¿Y de verdad que usted no tiene idea de lo que se llevaban esos camiones? —le pregunté aparentando interés.

—¿Usted quiere que le diga? —me respondió el chofer—, bueno, pues le diré lo que pienso. Total, cada quien puede opinar lo que le dé la gana: en la mitad de esos camiones se llevaron lo que nos quedaba de vergüenza y en la otra mitad los últimos cojones que todavía no nos habían arrancado. Eso le explica mejor que cualquier otra cosa lo que sucedió después...

—¿Qué cosa? ¿La guerra?

—¡Y qué más va a ser! ¡Usted me dirá si no hay que ser pendejo para perder una guerra contra uno mismo! Pero bueh... ya usted llegó. Págueme solamente quince dólares...

Ya es famoso el silencio de quienes, en esta ciudad, tenemos que pagar elevadísimos precios por toda clase de servicios. Los "mártires", nos dicen, sobrenombre que les encanta a profesores y alumnos que, desde mediados de la década de 2020, vienen empleando la Biblia como único libro de texto para sus clases de Lengua. Pocos años después, esos mismos "hermanos y hermanas en Cristo" volverían a teñir con su sangre y la de sus homólogos haitianos el suelo de la isla, puesto que nada engendra más odio hacia nuestros semejantes que el exceso de amor hacia nosotros mismos.

Por lo menos algo de bueno trajeron todas las desgracias que padecimos quienes no tuvimos más remedio que permanecer en la isla mientras acontecían los distintos episodios de esa guerra: luego del desenlace, las antiguas denominaciones geográficas (y más de las tres cuartas partes de sus correspondientes poblaciones) habían quedado definitivamente borradas. Tal vez por eso, todos los espacios arrasados tenían algo así como un aspecto de cosa nueva por estrenar. No tardarían en llegar los nuevos ocupantes, y con ellos, nuevos miedos, nuevos mitos, nuevos dioses y nuevos odios. Tal vez yo era demasiado joven entonces. Tal vez no me dijeron nunca todo lo que necesitaba saber. Tal vez nadie creyó necesario decirme nada, pues yo había visto, como muchos otros, los centenares de cadáveres despedazados por las bombas y amontonados en plena calle; yo había sentido el estruendo de los aviones sobrevolando los techos de las calles de la ciudad en donde una vez me sentí feliz viéndome crecer, sin saber que era el odio la sombra que poco a poco nos agobiaba a todos en la familia, en la escuela, en los parques...; tal vez nadie me dijo nunca nada porque sabía que yo sería incapaz de creer nada de cuanto me dijeran: había visto y había escuchado la verdad, y la verdad me había dejado ciego y sordo. Sólo más tarde había tenido que aprender a hacerme el mudo, por temor de que fuera a contar lo que había vivido delante de las personas equivocadas. Tardé en percatarme de lo vana que era esa preocupación, pues no solamente no tenía a nadie a quien contarle mis recuerdos, sino que tampoco había nadie de quien tuviera que cuidarme: la mayoría de las personas a quienes una vez conocí habían perdido la vida durante la guerra o a causa de la guerra, al zozobrar alguna de las embarcaciones que intentaban cruzar desesperadamente el Canal de los Vientos o el Canal de la Mona con destino a Cuba o a Puerto Rico; otros, finalmente, los menos numerosos, habían logrado conseguir un lugar en alguno de los barcos y aviones de ayuda humanitaria que abandonaron la isla la víspera de las deflagraciones por todos los puertos marítimos y aéreos de cada uno de sus respectivos países.

Aquello no fue una guerra, sino una vastísima operación de exterminio. Las bombas que llovieron sobre las principales ciudades y pueblos de ambos países no buscaban debilitar las fuerzas del "enemigo", sino reducir al mínimo el número de sobrevivientes de lo que muy pronto se reveló ser una masacre cuidadosamente planificada. En esa operación se pondrían a prueba numerosos artefactos tecnológicos de última generación, como cañones de ultrasonidos capaces de hacer un hueco a través de una montaña al ser disparados desde tierra o desde un helicóptero; bombas electrostáticas, las cuales estallan en el aire y diseminan una extensa malla de partículas ionizadas imperceptibles capaces de desintegrar cualquier cantidad de compuestos carbónicos que encuentren a su paso antes de perder su carga; morteros de microondas, con los cuales resulta posible borrar a todos los seres vivos de un pueblo entero sin romper ni siquiera un plato. Estas últimas se emplearon en los antiguos cascos coloniales y en algunos de los sectores residenciales más exclusivos de las ciudades de Santo Domingo y de Puerto Príncipe.

No obstante, la mayoría de las víctimas murieron al explotar los centenares de toneladas de bombas convencionales que destruyeron gran parte de las construcciones de los sectores medios y bajos de ciudades y pueblos. Las llamaradas que lanzaban al estallar los tanques de gas propano para uso doméstico al ser alcanzados por algún fragmento de metal también cobraron la vida de decenas de personas que buscaron guarecerse en sus hogares pensando erróneamente que la guerra no era con ellos. Algo parecido, pero más devastador, ocurrió con los depósitos de combustible para generadores eléctricos de torres y edificios ubicados en los sectores residenciales de clase media, quienes invertían grandes sumas de dinero en proporcionarse colectivamente ese tipo de suministros con el único fin de mantener lo que ellos llamaban un "nivel de vida" puramente imaginario, ya que ni siquiera sospechaban que ese afán por emular el estatus y el confort de los sectores económicamente poderosos era uno de los principales factores que les impedía superar la distancia que los separaba de ellos, ya que el dinero que invertían en esos fines iba a parar directamente a las arcas de aquellos a quienes intentaban imitar.

En ambos lados de la isla, los sectores menos afectados fueron los barrios obreros. La verdadera razón de esta excepción sólo se comprendería luego del tercer año de esa vasta empresa de destrucción programada, es decir, cuando comenzaron a llegar los ingenieros que trajeron los planos diseñados por alguna empresa transnacional para la construcción del Gran Babeque, nombre con que desde el principio se designó, con apoyo unánime de todos los sectores, el país que nacería de las cenizas de aquel que había quedado destruido durante la guerra. Cuando comenzaron las campañas de entrenamiento del contingente humano que sería reclutado para esa labor ciclópea, sus organizadores se tomaron el trabajo de explicarles que el nuevo país sería el de los hijos que les nacieran mientras durara el proceso de construcción.

Nadie se imaginó entonces que ese mensaje debía ser comprendido en sentido literal: dos años después de terminada la reconstrucción de las principales ciudades, el primer medio millón de obreros había tenido que ser reemplazado por otro grupo de dos millones, los cuales, a su vez, fueron sustituidos, apenas cuatro años más tarde, por otro grupo de tres millones. Eso sí, la paga era bastante buena: alcanzaba para comer bien e incluso para algunos pequeños lujos. Por eso a nadie le importó un pito enterarse de que prácticamente tres millones de personas habían muerto el mismo año, todas ellas antiguos participantes del "Proceso", como se le comenzó a llamar en los medios. Muchos de ellos sabían que la verdadera causa de esas muertes era el consumo del fluido verdoso que los capataces le agregaban al agua de los dispensadores, supuestamente para suministrarles vitaminas y otros compuestos esenciales para garantizarles un buen rendimiento físico. Y ciertamente, su salud se mantenía en buen e incluso en muy buen estado, hasta que, por alguna razón, morían súbitamente de un infarto, pero con todos sus demás indicadores vitales en perfectas condiciones. Únicamente los más osados se atrevían a comentar por lo bajo que ese fluido tenía también otros efectos secundarios, puesto que, según decían, ninguno de los obreros que lo consumían aunque fuese una sola vez volvía a soñar nunca más. No obstante, puesto que resultaba imposible establecer una relación inequívoca entre las muertes, la falta de sueños y esa sustancia, la situación se mantuvo sin cambios hasta que la mayor parte de las principales construcciones quedaron en estado de ser habitadas. Los urbanistas habían atacado desde la raíz el problema de la reconstrucción.

Como sabían que tres de los principales problemas que presentaban las antiguas ciudades y pueblos era la carencia de un sistema de acueductos confiable, un mecanismo de drenaje funcional y una planta de tratamiento de aguas residuales y desperdicios domésticos, los ingenieros pusieron su mayor empeño en dotar a las nuevas ciudades con todas las facilidades. Los planificadores también pusieron de su parte, desarrollando una distribución racional de las áreas verdes y recreativas alrededor de las cuales quedaron distribuidos numerosos conglomerados de edificios de un diseño sobrio pero elegante. Como una forma de rememorar el origen francés de la nación que anteriormente estuvo ubicada en la parte este de la isla, las nuevas ciudades perdieron la antigua distribución de sus calles según el antiguo diseño renacentista en forma de damero al trocarla por el diseño en forma de espirales sucesivas, simultáneamente convergentes y divergentes hacia y desde numerosos "centros", lo cual permitía planificar mejor la tendencia común de todas las poblaciones de los trópicos al crecimiento ectópico o excéntrico. Diez años después, un vastísimo complejo urbano quedó levantado de un extremo a otro de la isla, que ahora estaban unidos por cuatro líneas de ferrocarril: dos para trenes de carga, uno de uso exclusivo para el transporte turístico VIP y otro, finalmente, para los pasajeros comunes. Aparte de estos, una vasta red de autobuses cubriría todos y cada uno de los nuevos catorce estados en que quedaría dividido el territorio de la isla, al abandonarse el antiguo modelo administrativo basado en provincias por un novedoso modelo federativo que propiciaría una mejor especialización del uso del suelo en función de los recursos disponibles en las cinco regiones en que quedó dividido políticamente el territorio de la isla. Curiosamente, dichas regiones quedaron designadas combinando los nombres de los antiguos cacicazgos taínos: Magüey, Hirién, Maragua, Jaguana y Guarién.

Finalizada la construcción de la ciudad, era necesario repoblarla. Pasados tres años luego de finalizados los trabajos, la desaparición física de los últimos obreros que participaron en la primera etapa del Proceso condujo a la importación de mano de obra. Este último fue tal vez el punto que requirió mayor cuidado y más tiempo de planificación de todos los que ocuparon la agenda del gobierno federal del Nuevo Estado Mulato del Gran Babeque (NEMGB).

En efecto, el artículo 35-683 de la carta constitutiva del NEMGB declaraba que este «es y será siempre un Estado Mulato, Dialéctico y Contradictorio», y proclamaba «incompatible y enemigo de los propósitos de los Constituyentes cualquier intento de reducir cualquier instancia de la vida real o imaginaria de las personas que lo componen a un esquema excluyente de tipo monista o dualista». Para ello, la Constitución preveía en su Artículo 35-280 la necesidad de hacer cumplir las Leyes de Mestizaje contempladas en el Código Civil, articulados 35-782 hasta el 35-785, inclusive. De ese modo, puesto que la idea matriz del NEMGB se inspiraba en el Principio de Exterminio de todo privilegio de tipo biológico, racial, étnico o cultural de un grupo sobre cualquier otro que hubiese podido estar vigente en el sistema anterior, resultaba indispensable aplicar, durante un periodo no menor a los cien años contados a partir de la fecha de su fundación, medidas que pudiesen incentivar de manera efectiva la procreación de un cuerpo social netamente mulato. De ese modo, las Leyes de Mestizaje convertían en deberes todos y cada uno de los siguientes aspectos (cito solamente el intitulado de cada ley):

- 35-782. Todo individuo, una vez llegado a la edad de procrear, deberá contribuir activamente a la construcción de la familia mulata grambabequiana.

- 35-783. Todo individuo nacido en el territorio grambabequiano se compromete a contribuir con la consolidación demográfica del NEMGB.
- 35-784. Toda persona extranjera, de cualquier nacionalidad, religión, raza u orientación sexual que sea, interesada en permanecer por tiempo indefinido en el territorio del NEMGB estará en capacidad de hacerlo, si así lo desea. Para ello bastará que demuestre ante las autoridades competentes que realizó de manera activa su respectivo aporte al crecimiento demográfico del país con por lo menos un hijo nacido durante su estadía en el territorio grambabequiano.
- 35-785. Toda infracción o violación a los artículos del 35-782 al 35-784 realizada de manera voluntaria o sin una justificación establecida por una autoridad competente del área de la medicina podrá ser condenada a multas por un monto no menor que la suma de diez salarios mínimos ni mayor que la suma de veinte salarios mínimos.

El cálculo de la población total de la isla al momento de crearse el Nuevo Estado Mulato del Gran Babeque era apenas de unos cuatro millones de personas, lo que significa que hacían falta unos diecinueve millones adicionales para alcanzar la cantidad que se indicaba en las estadísticas demográficas oficiales anteriores a la destrucción de los antiguos estados corruptos que se habían dividido históricamente la isla, y unos veintitrés para comenzar a acercarse a la verdadera cantidad de habitante de la isla en esa época. De ese modo, la estimulación del desarrollo del cuerpo social pasó a ocupar el primer lugar en la lista de planes estratégicos del gobierno federal grambabequiano. A propósito, los anuncios que diseñó con ese fin el Ministerio de Procreación, abiertamente pornográficos, eran para partirse de risa. A pesar de eso, la campaña tuvo gran aceptación en un público mayoritariamente joven, ya que, según se dijo: «ningún otro país había llegado nunca tan lejos en la promoción de la libre actividad sexual de su población».

Sin embargo, la principal ayuda provino de parte de las distintas iglesias de corte cristiano. Para ello, fue de capital importancia eliminar primero cualquier barrera de tipo racional que pudiese entorpecer el acceso al mensaje más claro de todos cuantos se hayan podido emitir en ese sentido: «Creced y multiplicaos». Así, la ya mencionada adopción de la Biblia como único libro de texto en las escuelas y colegios de todo el Gran Babeque, junto con la impartición, tres veces por semana en cada uno de los seis cursos del Nivel Secundario, de clases de Educación sexual en las que los jóvenes grambabequianos aprendían, a partir de los doce años de edad, que el empleo del condón produce una interminable serie de problemas en la próstata y otros órganos del sistema reproductor masculino, y que su uso sistemático contribuye a la proliferación del herpes genital en las mujeres, allanaron el camino por donde luego pasarían cada sábado por los principales sectores residenciales del Gran Babeque las caravanas con hermosas muchachas bailando en *topless*, arrojando confetti y despertando el deseo de todos los hombres que las miraran insinuarse públicamente con gestos lascivos y otras clases de provocaciones sobre las plataformas rodantes diseñadas con el único propósito de recordarle a la población cuál era la principal prioridad nacional en aquel momento.

Evidentemente, semejante plan de desarrollo demográfico no habría podido llevarse a cabo sin la puntual ayuda de los centenares de miles de galenos reclutados en todo el mundo para que vinieran a integrarse al Departamento Gineco-Obstétrico del Ministerio de Procreación dando entrenamiento a las mujeres en técnicas de parto sin dolor, pues el Ministerio declaró ilegales en todo el territorio grambabequiano los partos por operación cesárea sin justificación médica real con penas de hasta cinco años de prisión para los médicos y el personal de enfermería que lo asistiese, así como una multa de cinco millones de dólares al centro hospitalario donde se realizara la operación.

Toda esta amplísima labor resultó posible, entre otras razones, gracias al descubrimiento de una inmensa mina de rodio depositada como un manto esperando que alguien fuera a explotarla debajo de las montañas de la cordillera septentrional, en la zona comprendida entre la península de Samaná y Puerto Plata. A diferencia de lo ocurrido con las primeras concesiones otorgadas por los gobernantes de principios del siglo XXI a grandes compañías mineras extranjeras, desde que el Santísimo Señor y Excelentísimo Dr. Aníbal Augusto Servilló asumió la presidencia del gobierno federal del Nuevo Estado Mulato del Gran Babeque, todos los contratos de explotación minera se han otorgado con carácter de exclusividad a grupos empresariales de capital local cuyos principales accionistas y socios fundadores son, en su inmensa mayoría, antiguos ministros y directores generales de distintas dependencias del antiguo Estado dominicano. Sabiendo que no habría podido gobernar con tranquilidad sin soltarle alguna prenda a los mastines de la banca internacional, el presidente Servilló les sacrificó a estos últimos, por medio de contratos de carácter exclusivo por cincuenta años renovables, otros sectores importantes, como los Aeropuertos, la Administración General de Riesgos de Salud, la generación y la distribución de la energía eléctrica y las distintas empresas que gestionaban los acueductos y las plantas de tratamiento de aguas residuales, poniéndoles, como condición que bajo ningún concepto esas empresas podrían tomar medidas que lacerasen los intereses de la población.

La administración federal del presidente Servilló contaba, pues, con recursos más que suficientes para honrar de manera airosa la deuda contraída por el nuevo Estado con la banca internacional con motivo de las intensas labores de rediseño, reconstrucción y reorientación del nuevo territorio insular. Hasta el descubrimiento de la mina en la zona montañosa de la parte norte de la isla, en ningún otro país del mundo, ni en Sudáfrica, ni en los Estados Unidos, ni siquiera en Rusia, se había encontrado semejante cantidad de rodio prácticamente puro. De hecho, hasta entonces se tenía como una verdad indiscutible la inexistencia de minas de rodio propiamente dichas, puesto que su explotación había sido hasta esa fecha un subproducto de otras intervenciones mineras como las de platino, oro o níquel.

Esa, precisamente, era la verdadera cara del "nuevo orden" tan cacareado. No otra había sido la verdadera razón de la vasta labor de demolición bélica que había terminado borrando el recuerdo de las dos naciones a las que sus dirigentes habían atrofiado en su etapa de crecimiento inicial.

Y ese era el estado de cosas que el Perro había dado orden de destruir a como diera lugar.

3. El plan era ser dios

Fue tal vez por un exceso de amor que los antiguos degollaron al desconocido dios We, para que, con su sangre y su carne y un poco de arcilla pisoteada por las siete genitoras por orden de la diosa-madre y Ea al sonido de encantamientos mágicos, se pudiera modelar al futuro ser que poblaría la Tierra e hiciera más llevadera la existencia de los dioses. Una vez terminada esta labor de pilón, la diosa-madre cortó en catorce trozos la arcilla resultante y colocó luego siete trozos a la derecha y siete a la izquierda. Finalmente, las diosas colocaron en el mundo a siete varones y a siete hembras, que inmediatamente se ayuntaron por parejas, y les impusieron sus leyes...

Es probable, sin embargo, que nada de eso haya sucedido. De hecho, en cuanto la luz del sol volvía a romper en mil pedazos el interminable charco de la noche, la ciudad resurgía de las cenizas de un sueño ajeno, y el ominoso aspecto de sus edificios sucios, algunos de ellos lastrados por casi seis siglos de un pasado vergonzoso, volvía a sobrecargar los escasos ojos que contemplaran a esa hora el panorama de una urbe horrenda que despertaba envuelta en su oscura aura de fastidio habitual. Nada que valiera la pena podía suceder en un escenario como aquel. O por lo menos, eso era lo que repetían hasta el cansancio los centenares de *speakers* contratados por el gobierno del Dr. Aníbal Augusto Servilló para mantener debidamente actualizado el nivel de frustración colectiva que, según le habían dicho sus consejeros, era indispensable para asegurar la gobernabilidad del Gran Babeque. El mandatario había cedido a dichos locutores la enorme responsabilidad de hablar en su lugar ante una población que, aunque políglota y súper informada, parecía cada vez más apelmazada y entregada a la búsqueda del placer por cualquier medio. Así, en más de quince años de ejercicio continuo del poder, al Dr. Servilló solamente se le había escuchado proferir en público dos sílabas y media. La primera fue el famoso "no" que pronunció como respuesta a una pregunta –de cuyo contenido ya nadie se acuerda– que le formuló un periodista de la Cadena Central Satelital Conectada (CACESACO) y que se escuchó en todo el mundo al ser replicado por más de setecientas cadenas televisoras. La media sílaba fue el nefasto "¡jum!" que precedió a la orden de exterminio de toda la población sobreviviente en la misma localidad donde, en el antiguo régimen, se había levantado una vez la provincia de La Vega como represalia por la huelga que llevó a cabo un grupo de comerciantes que aspiraban a recibir un tratamiento preferencial de parte del Sistema Central de Impuestos Combinados (SICIMCO).

Como de costumbre, ninguno de los locutores encargados de manejar el discurso público del presidente ante la sociedad se refirió a este incidente, con lo cual, al cabo de varios días, el mismo quedó definitivamente olvidado. La segunda y última de las únicas sílabas que jamás se le escuchó pronunciar al Dr. Servilló ante los medios fue el "sí" con el que aceptó la propuesta del Senado Federal de promulgarlo presidente vitalicio antes de borrar esa figura definitivamente de la constitución del Nuevo Estado Mulato del Gran Babeque y de "blindar" a esta última de manera tal que a ningún otro gobernante del futuro le pasara por la mente hacer lo mismo. Lejos estaban los señores legisladores de imaginar que el Dr. Servilló había pactado con cuatro de los siete sindicatos de *ouangans* su colaboración para realizar en su favor el gran rito de consagración de la primavera, después de lo cual, por así decirlo, podía olvidarse de continuar envejeciendo así como de la posibilidad de abandonar este mundo por la vieja vía de la muerte natural. A cambio, los dirigentes de los cuatro sindicatos obtendrían las cabezas conservadas en formol de los dirigentes de cada uno de los otros tres sindicatos restantes, numerosas exoneraciones de vehículos de lujo y una gracia especial de ciento veinte años ante el SICIMCO para ellos y sus distintos representantes, aparte de la firma de un concordato con el NEMGB que colocaría a la religión de los *ouangans* en el mismo nivel de todas las demás religiones oficiales (setenta y siete, en total).

El mismo ritmo de la vida social y laboral que el régimen del Dr. Servilló había impuesto a cada una de las regiones del NEMGB había terminado reduciendo la memoria colectiva al simple estatuto de un juego de mesa como el Monopolio o el parchís. Recordar, lo que se dice recordar, era una vaga función cerebral que las nuevas generaciones de grambabequianos habían perdido definitivamente. Sólo una reducida porción de la población estaba en capacidad fisiológica de recordar, aunque les habría resultado imposible desarrollar esa facultad en medio del estruendoso estremecimiento de tranvías, vagones de metro, trenes interurbanos, teleféricos, aviones y helicópteros que surcaban constantemente de un sentido al otro el espacio de la isla por los cuatro costados. Además, tal como lo proclamaban a diario las setenta y ocho religiones autorizadas a ejercer sus respectivos ministerios en el territorio de la isla a través de una inmensa cadena radial y televisiva, el olvido no era más que el verdadero asiento de la alegría en el alma humana, y por tanto, era algo que todos los que quisieran ser felices en esta tierra tenían la obligación de procurarse de manera definitiva por medio de una sencilla intervención quirúrgica que, en sólo quince minutos, era capaz de

estimular la acción de una glándula interna del cerebro recientemente descubierta por unos neurocientíficos australianos.

Estos últimos eran también importantes dirigentes religiosos
que habían elegido venir a establecer en la isla la sede de su Instituto Internacional de Investigación Neuroespiritual (IIIN) como
una muestra de desprendimiento, humildad y sincera vocación
filantrópica. Respecto a esto, ciertas voces independientes insistían en aducir que, en realidad, el gobierno del Dr. Servilló había
negociado con el Banco Mundial un permiso para que esos científicos vinieran a usar a la población del NEMGB como conejillos
de Indias para realizar sus estudios a cambio de que le permitieran
continuar en el poder hasta el final de sus días, plazo que, como él
mismo se las había arreglado para disponer, no tenía prevista una
fecha de vencimiento. Al margen de esas delicadas cuestiones de
política interna, lo que importa decir aquí es que, según esos científicos, la glándula del olvido había entrado en su etapa de eclosión
en la especie humana actual como resultado de los recientes cambios en el posicionamiento de nuestra galaxia en el universo. Por
esa razón, más que posible, era altamente recomendable propiciar
su evolución por medio de una operación cuyos efectos pudieran
ser posteriormente potencializados haciendo intervenir dos factores
particularmente importantes: la música y el silencio, dos cosas que
se habían vuelto prácticamente inencontrables en el NEMGB.

La música, en efecto había sido sustituida por una gran variedad de rítmicos ruidos de diseño producidos en serie por un tipo
especial de ordenadores llamados *Syncroflex,* los cuales se inserta-
ban dentro de las orejas como si fuesen auriculares y desde allí se
ajustaban manualmente a la temperatura corporal y al ritmo car-
dio-respiratorio de cada usuario, quien contaba con una amplísima
paleta de combinaciones instrumentales y de colores que les permitían *ver* literalmente los estímulos sonoros que su cerebro recibía
a través del *Syncroflex.* Esos auriculares, no obstante, únicamente
podían adquirirse por recomendación escrita y sellada de algún
facultativo autorizado por la Administración General de Riesgos de
Salud (AGRIES), Además, la ejecución pública de cualquier tipo
de instrumento musical había sido terminantemente prohibida en
todo el territorio del NEMGB por la Ley 37-002, y quienes fuesen sorprendidos en franca violación de la misma eran pasibles de
ser condenados a pagar multas cuantiosas o a someterse a fuertes

penas de prisión. En cuanto al silencio se refiere, cabe decir que ninguna ley lo prohibía de manera explícita, pero no por eso era menos difícil encontrar en todo el territorio del NEMGB un centímetro cuadrado de terreno que estuviese a salvo del ruido ambiental que producían a cualquier hora del día o de la noche toda clase de máquinas cuya ejecución automática había cambiado para siempre el panorama de la vida en la isla.

Sólo había dos lugares donde resultaba posible encontrar el silencio: en el fondo del mar o en el interior de alguna gruta. Claro está, no te hablaré aquí, Serptes, de las construcciones vanguardistas realizadas por un equipo de ingenieros holandeses contratados por el gobierno del Dr. Servilló, como las estaciones submarinas con capacidad para acoger unas ochenta naves de turismo subacuático o los edificios tunelados labrados directamente en la gran plataforma continental y dotados con una pequeña planta de energía atómica que garantizaba la producción permanente de aire a partir de la electrólisis del agua de mar y su distribución a un área equivalente a dos veces el territorio de la isla completa, en caso de que un día se pusiera a funcionar a plena capacidad. En cambio, sí me referiré a los extraños trabajos de exploración y readecuación de todas las cuevas y grutas de la isla. Estos últimos fueron realizados hacia la misma época en que el país entero participaba en el Proceso y estuvieron indirectamente relacionados con uno de los mayores misterios jamás ocurridos en esta zona del mundo: la resurrección de Bhamil.

¿Te sorprende escuchar de nuevo ese nombre, Serptes, y más aún enterarte de que tu antiguo preceptor logró resucitar? Debiste imaginar que algo así podía suceder. El gran emperador Ptolomeo no le habría obsequiado aquel esclavo anciano a su querida Agatoclea si no hubiese estado seguro de su inmenso valor. Tanto la fama de su condición inmortal como la de sus inagotables conocimientos sobre todas las disciplinas había atravesado las fronteras de la lejana Bactria y había viajado por el mundo en la boca de toda clase de caminantes, exploradores, aventureros, comerciantes y saltimbanquis para quienes, probablemente, el nombre de Bhamil se perdería entre muchos otros centenares de nombres de personajes legendarios, aunque no así el renombre de sus portentosas proezas en los campos de la filosofía, la medicina, la estrategia militar, los negocios o la ingeniería.

Tanta era su sabiduría que tuviste que engañarlo haciéndole creer que estabas enfermo para poder matarlo aprovechando un descuido suyo. Ignorabas que quienes confían en un traidor y padecen las consecuencias de semejante descuido siempre disponen de una oportunidad, en la misma vida o en la siguiente, para recuperar todo cuanto perdieron por culpa de la traición, así sea su propia vida. Una planta cuyas raíces su propio jardinero envenena vertiendo sobre ellas una solución de agua regia siempre podrá contar con algunos brotes que la traerán de nuevo a la vida para rogarle al sol por su derecho a la venganza. Un animal maltratado y apaleado por sus propios cuidadores encontrará siempre la manera de obtener compensación por su tortura. La única forma de justicia que existe como tal en este y en todos los mundos posibles es la que establece la naturaleza según sus propias leyes. Por eso, muchos han sido quienes han creído ver en la muerte y las enfermedades un tipo de castigo dictado por algún tribunal supremo, aunque claro, semejante idea es tan sólo una de las más antiguas formas de superchería.

El caso es que allá estaba Bhamil aquella tarde, sentado ante el pórtico de su casa una tarde, contemplando su palmera de coco mientras esperaba que acudieras a verle tal como le habías enviado a decir con un mensajero! «Tu amigo Serptes te dice que ha pasado dos días tosiendo sangre», le dijo el mensajero. «Vendrá a verte hoy antes de que el sol mueva su carro hacia el poniente». Tal como habías imaginado, esa noticia dejó a Bhamil consternado. Sabía que el mal que te aquejaba podía presentarse acompañado de fuertes calenturas y necesitaba estar listo para poder enfrentar esa eventualidad. Llegó hasta su jardín, donde recogió algunas plantas que necesitaría para preparar un poderoso remedio. Sobre un horno de piedra, colocó una vasija de arcilla con agua hasta la mitad y encendió el fuego. Luego dispuso una litera con la idea de pedirte que te recostaras desde que llegaras. A continuación, tomó unas semillas que guardaba en unos recipientes de bambú, las echó sobre un gran mortero de alabastro y las comenzó a pulverizar en el preciso momento en que escuchó tu voz llamándolo desde el exterior de su casa. Cuando acudió a recibirte, llevaba puesto el gorro y el mandil propios de los médicos de Bactria, y en sus manos portaba un ramito de ruda. Tú le dijiste:

—¡Te saludo, Bhamil, a pesar de que el mal ha logrado apoderarse de mí!

—Te saludo, Serptes! –respondió él, y agregó:

—El mal sólo entra en nosotros cuando le abrimos la puerta. Te estaba esperando, pasa adelante. Yo alejaré de tu cuerpo el mal que ahora te aqueja.

¡Ni siquiera en ese momento fuiste capaz de percatarte de que Bhamil estaba al corriente de tus macabras intenciones!

Fingiendo tener dificultad para respirar, seguiste a tu anciano preceptor al lugar donde este había dispuesto la litera y aceptaste recostarte hasta que él regresara con la infusión medicinal que había estado preparando minutos antes de tu llegada. Desde que te dio la espalda, sin embargo, sacaste tu daga de su envoltura de cuero y luego la disimulaste entre tus ropas. Casi en ese momento, Bhamil regresaba con una jarra de arcilla llena hasta el borde de su medicina.

—Tómate esto ahora que está caliente para que surta efecto –te dijo alcanzándote la medicina.

Fingiendo tener grandes dificultades para incorporarte, te pusiste de pie y fuiste a sentarte sobre un gran arcón de madera a unos pocos pasos de Bhamil, quien se acercó al lugar donde estabas y te alcanzó la jarra con la infusión. Ese fue el momento que escogiste para atrapar su mano y clavarle tu daga justo en el lugar del corazón. Al sentirse herido, Bhamil cerró primero los ojos y luego los abrió muy grandes. Fue lo último que hizo, pues, cuando su cabeza chocó contra el suelo, su alma había escapado de su cuerpo.

O al menos, eso fue lo que él quiso que creyeras.

Bhamil sabía que no te quedarías mucho tiempo en su casa luego de cometer semejante crimen, pues tenías que darte prisa si querías alejarte de allí para ir a preparar tu coartada. Por tu parte, estabas seguro de que la noticia de su muerte levantaría un gran revuelo en la corte, que entonces estaba dirigida por el sátrapa Dadarsi, aliado del rey Darío I de Persia, quien le profesaba a Bhamil un gran respeto por la larga lista de altos servicios que el anciano había realizado para él sin pedirle a cambio nada más que su amistad. Consciente de eso, antes de acudir a casa de tu preceptor, te habías encargado personalmente de matar al mensajero con quien esa mañana le habías hecho llegar tu aviso a Bhamil. También te habías preocupado por asegurarte de que nadie más aparte de él sabía que habías visitado al anciano esa tarde. A pesar de todas tus precauciones, Serptes, tu corazón te jugó una mala pasada que por poco echa a perder todos tus planes.

La noticia del asesinato de tu preceptor en su propio domicilio no tardó en sacudir a toda la ciudad de la misma manera en que lo habría hecho un terremoto. Numerosas conjeturas sobre la identidad del asesino se sucedían las unas a las otras de manera infructuosa, pues a nadie en su sano juicio le cabía pensar que sobre la faz de la Tierra existiera una sola persona capaz de considerar de alguna utilidad para sus propósitos el asesinato de un anciano que resumía y ejemplificaba todos y cada uno de los sentidos de la palabra sabiduría. Con la cabeza cubierta de cenizas y las vestiduras desgarradas, te presentaste a pedir audiencia a la corte del sátrapa Dadarsi. Una vez allí, al enterarse el ujier de quién eras, fuiste conducido a un salón especial donde te atendió uno de los principales consejeros del sátrapa, ya que este último no se hallaba en el palacio. Y cuando finalmente se supo que lo único que te interesaba era dirigir la ceremonia de las exequias de tu difunto maestro, el consejero lanzó un suspiro de alivio, pues todo el mundo en la corte tembló de miedo al verte llegar pensando que, asaeteado por la ira que te causaba la muerte de Bhamil, habías ido a desencadenar sobre ellos un ataque de potencias infernales de proporciones apocalípticas. Casi con alegría, pues, el consejero te dio todas las garantías a su alcance de que tu petición sería sin lugar a dudas aprobada por el sátrapa y tú te marchaste del palacio con una expresión de satisfacción pintada en un rostro que, paradójicamente, mantenías cubierto de ceniza y con todos los signos exteriores del duelo.

Por desgracia, este detalle no escapó a la incisiva mirada de uno de los consejeros menores, quien, al ver cómo contrastaba el paso ágil y la frente erguida que ahora llevabas con el aire trágico y los movimientos apesadumbrados que evidenciabas al llegar al palacio, preguntó a su superior cuál había sido el motivo de tu visita. El consejero mayor le explicó en pocas palabras lo que le habías dicho y esto dejó al joven funcionario sumamente pensativo durante un largo rato. No sabía, sin embargo, que tenías espías distribuidos en casi todas las dependencias del palacio real, ya que estabas convencido de que la información es el único poder que puede vencer al poder. Esa misma mañana, el consejero menor que había intentado indagar sobre tus intenciones cayó fulminado por un infarto en medio de una importante reunión, y aunque más de uno de los demás consejeros sintieron ganas de establecer algún tipo de relación entre su muerte y tu visita a palacio, ninguno de ellos dijo nada. Antes al contrario, todos ellos instaron al sátrapa de manera unánime a que aprobara tu petición de organizar y dirigir las exequias de tu antiguo preceptor. Sin embargo, ya el daño estaba hecho: habías descubierto lo poco confiables que podían ser los políticos y hasta qué punto sus palabras y sus gestos sólo sirven para ocultar sus verdaderas intenciones. Las consecuencias inmediatas de ese descubrimiento, qué duda cabe, pasarían a convertirse en uno de los factores que te conducirían a tomar la decisión de convertirte en dios.

Llevabas varias décadas siendo uno de los magos más importantes de toda Bactria. Eras capaz de inspirarle a la gente simple del pueblo ese respeto que nace del miedo, aunque todos sabían que tu maestro y preceptor Bhamil era infinitamente más poderoso que tú. Una vez superado el duelo que produciría su muerte, no tardarías en ocupar el lugar más visible ante los ojos de la corte. Teniendo en mente ese único propósito, habías trabajado día y noche durante numerosas décadas, sometiéndote a toda clase de pruebas, privaciones y ejercicios extraordinarios que lograrían hacer de ti uno de los magi más poderosos de toda Persia. Habías logrado dominar a la perfección el difícil arte de las treinta y cinco transformaciones; podías suspender la vida en tu cuerpo a voluntad por tiempo indefinido; eras capaz de suprimir toda necesidad de sueño o de alimento durante semanas sin dar muestras de agotamiento ni de cansancio; eras capaz de materializar a voluntad entre tus dedos quince clases de objetos distintos, entre los cuales figuraban la madera, el agua, diamantes, rubíes, oro y otras clases de piedras y metales preciosos, y lo más importante: estudiando las anotaciones que encontraste en casa de tu maestro, habías adquirido el don de la inmortalidad definitiva, junto con muchas otras técnicas igualmente importantes. Celebrarías, pues, la ceremonia de cremación del cuerpo de aquel a quien durante decenas de siglos habías considerado como tu preceptor y sólo después de terminadas las exequias, diste inicio al largo peregrinaje que te condujo a retar, uno tras otro, a todos los dioses antiguos con el único propósito de demostrar su falsedad.

Si te hubieras contentado con lograr que tu nombre fuera agregado a la lista incalculable de esas falsas divinidades, Serptes, tal vez tu suerte y la de la humanidad habrían sido distintas. Pero no: ¡te habías emperrado en conseguir que se te adorara y reverenciara en todo el mundo como el único dios! No el mejor, ni el más poderoso, ni el más bello: ¡el único! Según tu propia lógica, lo que es solamente puede ser si se opone a lo que no es. Te resultaba imposible entender la idea de que un infinito vacío pudiera contener un infinito pleno, pues tu propósito no era otro que el de fundar tu propia divinidad sobre la idea contraria, es decir, que sólo un infinito pleno podía contenerlo todo, incluso el infinito vacío.

Y ese sería, precisamente, el principal atributo de tu divinidad futura: te proponías entregarle a la humanidad las llaves de un mundo completamente hecho en el que los deseos perdieran toda razón de ser. ¿Qué clase de dioses habían creado un mundo en el que la humanidad se había sentido condenada a llevar una existencia perpetuamente inconclusa? Sabías que, como divinidad, tendrías la obligación de destruir esa ilusión de incompletud y levantar otra idea del mundo sobre las cenizas de la anterior. Más aún: no esperabas recibir ninguna expresión de gratitud de parte de una raza de criaturas esclavizadas por el deseo, las cuales, desde que fuesen capaces de comprender tu verdadera intención, no vacilarían en conspirar contra ti para intentar detenerte invocando la ayuda de los mismos falsos dioses que los habían mantenido esclavizados desde el inicio de los tiempos.

Guiado por esta idea, te convenciste de que también tendrías que destruir a la especie humana si de verdad querías redimirla. Lo mismo habían hecho todos los dioses antes que tú, ya que la destrucción es el único inicio posible de toda creación. La instauración de la Nueva Humanidad sería así, necesariamente, tu primera obra como dios: los harías primero a ellos, y luego, al contemplarlos ser, darías forma al mundo a su imagen y semejanza. De ese modo, sintiéndose vivir en un mundo completamente perfecto, ninguno de ellos necesitaría nunca aspirar a concebirse a sí mismo como espejo tuyo, pues esa ha sido siempre la idea más baja que jamás ha podido albergar la humanidad.

Ese fue el principio básico de todos tus planes, Serptes: lo estuviste repitiendo como un mantra en cada lugar donde te detuviste durante el trayecto que te llevó de un confín al otro del mundo en una interminable persecución que te condujo al más completo exterminio imaginable de todos los dioses: «Ningún dios es verdaderamente dios si necesita regir el destino de los seres humanos, pues, un dios así sólo puede ser la fuente del deseo, y un dios que desea es un humano más».

En cierta ocasión, sin embargo, al pasar en tu peregrinaje por la ciudad de Babilonia, te detuviste a escuchar lo que decían unos sacerdotes adoradores de Mitra que se hacían acompañar de un gran número de fieles en el interior de un templo. Esos hombres hablaban acerca del principio del libre albedrío. «El Increado nos creó libres para que pudiéramos elegir amarlo», decían, y esas simples palabras bastaron para calentarte el ánimo como si hubieras pasado la mañana entera caminando en el desierto. «¡Oh, pero bueno, ¿y es que estos pendejos creen que algún dios se va a poner a crear vagos así por así?», gritaste desde la puerta mientras con una mano te preparabas a destruirlos dejándoles caer sobre sus cabezas el techo del templo. «Un esclavo es un esclavo, y la única libertad que puede tener un esclavo es la que su amo le permita tener. La culpa no es de los dioses si sus esclavos deciden amar a quienes los esclavizan, pues son ellos quienes han elegido la esclavitud como única condición de su existencia. En cambio, yo sí que lo tengo claro: ¡lo que ustedes necesitan no es la libertad, sino la muerte!» Y como en ocasiones anteriores, las piedras que los sepultaron bajo su peso sellaron para siempre las bocas de esos adoradores de dioses falsos. No ignorabas, claro está, el gran prestigio que tenía la figura de Mitra en todas y cada una de las regiones que se extendían desde el valle de la Mesopotamia hasta el territorio de los faraones egipcios.

Sin embargo, tal cosa era para ti apenas una nimiedad, un detalle de poca importancia, pues te habías propuesto sacar de sus escondrijos para luego exterminarlos como a una plaga a quienquiera que albergase en su cerebro algún tipo de idea relacionada con eso que para ti sólo podía ser una aberración. «La Nueva Humanidad jamás podrá concebirse a sí misma como la creación de algún dios o también estará condenada a perecer exterminada por ella misma», te dijiste la noche en que por fin ideaste el plan que debía permitirte hacer realidad tu propósito. «Yo no crearé nada: penetraré en cada mente, en cada uno de los espíritus de los seres humanos y a cada uno de ellos los auscultaré para así marcar a todos los seres esclavizados por el deseo. Quebraré sus defensas y les impediré que se formen cualquier tipo de esperanza. Poco a poco los guiaré hacia el exterminio total valiéndome para ello de sus propios deseos, ya que ninguno de ellos puede percatarse de que la misma fuerza que los hace querer ser como los dioses es la que los condena a la más completa ruina junto con el resto de sus semejantes. ¡Es que ya nadie se acuerda de que la vanidad es el otro nombre de la ignorancia…!

Hace por lo menos quince siglos que en la Tierra sobra más de la mitad de las personas que la habitan. Hay que limpiarla, podarla, vaciarla un poco, y no veo por aquí a nadie que pueda asumir ese trabajo aparte de mí. Mis armas serán el lujo, el oro, la fama y los placeres: ningún humano dudará en abandonar cualquier cosa o persona, por más apegado que haya creído estar a ello, con tal de adquirir para su miserable persona un poco de ese caramelo envenenado. Y si por casualidad aparece alguien que sea capaz de superar esta prueba... habrá que matarlo. No tengo planes de permitir que ningún humano se convierta en mi profeta».

Y fue así como nació el Perro. Al principio apenas se trató de una idea, mejor definida y más brillante que todas las demás. Le fuiste dando forma a medida que tus intensas campañas de exterminio te empujaban a avanzar a través de los campos donde, días atrás, había tenido lugar alguna de las batallas que inspirabas a tu paso por donde quiera que te manifestabas. Aquellas espantosas visiones te ayudaron a refinar mejor tu plan: poniendo en práctica tus poderes mágicos, te desdoblaste en diez mil seres idénticos a ti, cada uno de los cuales era portador de tu mismo grado de conciencia y voluntad, de manera que, en cada uno de ellos, eras tú mismo quien se movía simultáneamente por diez mil lugares distintos. Luego, todo fue cuestión de retirarte a la cima de la montaña más alta, desde donde pasarías a controlar, como una mente única, los sueños de todos los habitantes del mundo. Ya no necesitabas continuar tu peregrinación: a partir de ese momento, el cielo sería tu templo, la Tierra tu jardín, la noche tu único espejo y el día tu mejor máscara. Muy pronto, ninguna otra divinidad, conocida o desconocida, sería capaz de superar tu poder.

Tu plan tenía una única falla, pero pasarían casi tres mil años antes de que apareciera alguien capaz de descubrirla. Y, claro, esa persona sólo podía ser Bhamil.

Como he dicho antes, en los dos únicos lugares donde resultaba posible encontrar el silencio eran el fondo del mar o el interior de alguna gruta. Con el afán de detectar nuevos yacimientos de minerales valiosos, poco tiempo después de iniciado el Proceso no quedó una sola cavidad terrestre que no fuese objeto de un Acuerdo de Cooperación Internacional firmado entre el gobierno del Dr. Servilló y alguna de las empresas multinacionales con sede en países miembros de las "comunidades económicas" que proliferaron como hongos a partir del inicio de la cuarta década del siglo XXI. Muchos de los más antiguos misterios de la biología, la arqueología, la antropología, la etnología y la misma historia, esa nueva ciencia oculta, quedaron definitivamente resueltos gracias a ese afán espeleológico. Como sucede siempre, sin embargo, únicamente las cavernas que fueron rechazadas por los inversionistas por considerarlas demasiado pequeñas, demasiado estrechas o demasiado inútiles escaparon a la extraña suerte de ser intervenidas con sofisticados equipos de ingeniería, como sondas satelitales, medidores de densometría sónica, escáneres de espectrografía molecular, etcétera. Y entre esas escasas cavernas ignoradas por la avaricia de los nuevos exploradores, había una, ubicada en una de las montañas de la sierra de Baoruco, al sur de la isla, cuyo acceso había permanecido oculto a los ojos de la civilización desde la época en que sirvió de refugio a pequeños grupos de cimarrones, a principios del siglo XVIII. Ciertamente, la cueva en cuestión no era un lugar excesivamente espacioso, por lo menos en lo que se refiere a su sentido horizontal, ya que, en algunas zonas, su techo podía llegar a tener hasta ciento sesenta pies de altura.

No obstante, su principal riqueza estribaba en el tipo de objetos que allí se habían mantenido ocultos durante varios siglos, muchos de los cuales ya eran antiquísimos cuando fueron llevados hasta allí por sus primeros propietarios. En su interior se encontraron, dispersos en distintas partes, rudimentarios instrumentos musicales, sonajeros y otros utensilios para la celebración de rituales mágicos, platos de arcilla, pequeñas calabazas que contenían distintos tipos de raíces, semillas y ralladuras de cortezas de árboles, pero sobre todo, algo que al principio se confundió con un extraño tambor rectangular fabricado a partir de un tronco de ébano de unos ochenta y cinco centímetros de largo por cuarenta de alto y cincuenta de ancho, profusamente labrado con diseños cuneiformes en cada una de sus caras, respecto al cual, luego de someterlo a numerosos exámenes, incluyendo varias radiografías, se logró determinar que se trataba de una antigua caja de madera que contenía en su interior un cuerpo humano momificado de un tamaño reducido, por lo que se pensó que podía tratarse de un niño. Los minuciosos análisis a los que se sometió ese objeto no lograron determinar la manera en que los artesanos que fabricaron ese extraño ataúd consiguieron aplicarle a la superficie exterior de esa caja un terminado tan perfecto que le proporcionaba a simple vista un aspecto completamente hermético, lo cual justificaba, si no la explicaba, la confusión inicial de los arqueólogos que la hallaron en el fondo de la caverna.

Como sucedía cada vez que se encontraba algún objeto extraño en alguna de las exploraciones practicadas en el territorio del NEMGB, la caja fue enviada a la sede principal de una organización del gobierno central de los Estados Unidos de Norte América junto con todas las demás piezas que fueron encontradas en el interior de la caverna. Una vez allí, la caja fue inmediatamente procesada: se le asignó un número de expediente y otro de depósito, se le sacaron fotografías desde todos los ángulos y puntos de vista posibles y se completó una verdadera batería de formularios que la dejaron inscrita en la lista de objetos desconocidos, luego de lo cual se procedió a introducirla en un gran tonel plástico que posteriormente fue cerrado con anillas metálicas y conducido a un enorme hangar donde, a partir de ese mismo día, comenzaría a ser olvidada junto con otros cientos de miles de objetos de origen misterioso para cuya investigación no habría nunca presupuesto suficiente.

Ese era el procedimiento habitual. Nadie había cometido ningún error. Se habían aplicado todas las medidas de rigor para ocultar el lugar donde la caja había sido encontrada. Era humanamente imposible que la verdad pudiera abrirse paso y atravesar todas las trabas y barreras que se habían interpuesto entre ella y el resto del mundo. Claro está, algunos insectos también entienden de cosas "humanamente imposibles".

4. El anticuario muerto

IRRUMPIENDO EN UN CIELO perfectamente azul, una gigantesca nube de langostas apareció justo a la altura de una de las grandes montañas de piedra de desierto de Arizona más próximas al *Centre for the Research of Unknown Objects and Out-of-Place Artifacts* (extrañamente identificado por medio de las siglas CROOPS) a la mañana siguiente de la llegada del objeto al hangar. La nube, que fue descubierta a eso de las nueve y cuarenta y cinco minutos de la mañana por dos vigilantes que salieron a fumar al patio, permaneció sobrevolando la montaña por un largo rato, pero luego comenzó a acercarse al Centro hasta que terminó lanzándose literalmente al ataque sobre este.

Los primeros reportes indicaban que dieciocho personas, entre ellas la directora del hangar, habían tenido que recibir los primeros auxilios por parte del servicio de paramédicos asignados al CROOPS con carácter permanente a causa de su ubicación tan retirada. Un helicóptero había sido enviado en busca de los heridos pero, al llegar allí, tuvo que retirarse, ya que la nube de insectos era tan compacta que ponía en riesgo cualquier maniobra de aterrizaje por la falta de visibilidad. Informes de situación posteriores notificaron que el número de heridos seguía en aumento: la lista ya sumaba treinta y cinco personas, las cuales componían el 48% de la nómina total del Centro. En vista de esto, se notificó al Ejército, cuya comandancia dispuso la evacuación de todo el personal del CROOPS, aunque la misma solamente sería posible durante la noche debido a que esos insectos tienden a evitar volar en masa durante las horas de oscuridad.

Se le asignó al mayor Douglas Stanley la dirección de esa operación y, tres horas y media después, veinte autobuses, treinta ambulancias y un número no especificado de helicópteros fueron a apostarse a una distancia prudente del Centro en espera de que la noche cayera para acudir al rescate de esas personas. También llegaron junto con los militares cinco equipos de entomólogos de la Universidad de Arizona con dispensadores de feromonas conectados a drones, los cuales serían utilizados únicamente en caso de que algo saliera mal para intentar alejar al mayor número posible de insectos, puesto que cada grupo de langostas migratorias es capaz de identificar de manera exclusiva las feromonas de sus propios miembros para así evitar confundirse en pleno vuelo.

Cuando se hizo de noche, todos los autobuses y ambulancias se acercaron conducidos por militares provistos de equipos de visión nocturna. Bastó una simple llamada telefónica para que los guardianes abrieran las puertas del Centro e inmediatamente dispusieran la evacuación del personal con instrucciones específicas de caminar en dirección de la linterna roja que les indicaba el camino hasta los autobuses más próximos. Varios equipos de enfermeros se encargaron de subir los heridos a las literas de transportación y conducirlos hasta las ambulancias. Al cabo de una primera inspección, se determinó que la mayor parte de aquellas heridas se las habían propinado a sí mismos las propias víctimas al tratar de quitarse de encima los insectos. Aparte de eso, los paramédicos tuvieron que atencionar numerosos casos de pánico y crisis de nervios que requirieron ser tratados con inyecciones sedantes. En total, la operación terminó a eso de las once de la noche, hora en que se corrieron los pestillos del CROOPS luego de cerciorarse de que no quedaba nadie en el interior de las instalaciones y después de activar las alarmas y sensores de movimiento tanto en la sección de oficinas como en el interior del hangar.

Dos días después, cuando el personal del CROOPS regresó a las instalaciones, se encontró con la sorpresa de que un objeto que acababa de ser incorporado al hangar había sido sustraído de una manera tan extraña que sólo podía explicarse por medio de la intervención de algún tipo de ayuda interna. Evidentemente, el hecho de que su fecha de ingreso al hangar databa apenas del día anterior al operativo de evacuación hizo que todos los que investigaron el caso –personal interno del CROOPS, del FBI, de la CIA, de la NSA, de la policía...– trataran de encontrar algún nexo entre la desaparición de ese objeto y algún tipo de organización criminal establecida en la isla que acababa de ser refundada bajo el nombre de Nuevo Estado Mulato del Gran Babeque y reconstruida con la ayuda técnica y económica de los EE.UU., entre muchas otras potencias, en cuyo territorio había sido encontrado el objeto.

El problema, no obstante, eran los vídeos de seguridad correspondientes a los cinco días (dos antes, uno durante y dos después) de la llegada del segundo objeto al hangar. Como era de esperarse, dichos vídeos se convirtieron inmediatamente en el centro de atención de los investigadores, quienes los sometieron a toda clase de pruebas tratando de determinar si habían sido adulterados, borrados o reemplazados. Luego de examinar cuadro por cuadro las 120 horas de filmación, y luego de constatar que las grabaciones realizadas habían logrado superar una tras otra todos los filtros a los que fueron sometidas, los investigadores arribaron a la única conclusión que podía inferirse con algo de objetividad a partir de semejante experticia, es decir, que nadie había estado ni siquiera cerca del área donde se encontraban almacenados esos objetos durante el tiempo en que ocurrieron los acontecimientos a partir de los cuales fue detectada su desaparición.

Evidentemente, esa conclusión orientó la investigación en otro sentido. La directora del CROOPS, antes incluso de que se restableciera de sus heridas –ninguna de ellas de consideración– fue arrestada y conducida en una ambulancia del FBI hacia un lugar desconocido, donde se le sometió a varios interrogatorios cruzados con la intención de obtener alguna pista que ayudase a esclarecer lo sucedido. Ni en su caso ni en el de los otros siete oficiales encargados de la seguridad de las instalaciones del CROOPS –quienes también fueron arrestados y conducidos a otros puntos igualmente desconocidos– se pudo obtener ninguna información que valiese la pena, por lo que la investigación terminó cayendo en un punto muerto.

Puesto que, dadas esas circunstancias, suponer que el objeto había sido robado era un acto perteneciente al orden de la especulación, todos los empleados del CROOPS fueron liberados 72 horas después de haber sido detenidos y autorizados a regresar a sus respectivos puestos de trabajo.

No obstante el repentino alivio que significó para ellos su liberación, sólo después de ser devueltos a sus domicilios comenzó la verdadera pesadilla de aquellas personas.

Bajo los efectos de un poderoso sedante que le suministró el Dr. Wallace Sykes, médico generalista comunitario que la auscultó poco después de ser liberada a instancias de los mismos agentes del FBI que la habían mantenido prisionera, la señora Gwen James dormía profundamente en su habitación ajena a lo que estaba a punto de ocurrirle. Todo comenzó con un sueño en el que de nuevo era acosada por millones de langostas, sólo que esta vez se veía a sí misma corriendo desnuda en un campo sembrado de maíz como los que su difunto tío Ean James tenía cuando ella era apenas una niñita pecosa que solía jugar en la finca ubicada en algún remoto paraje de Georgia en la época en que iba a visitar a su tío en compañía de su familia. En el sueño, un calor infernal, agobiante, le oprimía el pecho y le impedía respirar normalmente, al tiempo que sentía los rayos del sol compitiendo en fuerza contra el ataque de los millares de pequeñas muelas y patas de bordes puntiagudos de las langostas. Dolor, calor, escozor, ardor apenas eran zonas distintas de una única sensación que se quebraba en su cerebro para luego alcanzar todo su cuerpo. Caía y se levantaba únicamente para volver a caer a los secos pies de unas plantas cuyos frutos mostraban unas extrañas barbas rubias que apenas ocultaban sus numerosos dientes amarillentos y medio quemados por el sol, y así continuó hasta que, súbitamente, todo se puso oscuro a su alrededor. El sol se había apagado; las plantas entre las que había estado corriendo desaparecieron por completo: ella extendía los brazos en todos los sentidos tratando de orientarse pero no encontraba nada al otro extremo de sus dedos, por lo que optó por arrodillarse llevándose ambas manos a la cara. Apenas entonces fue capaz de percibir una extraña luminiscencia roja que provenía del mismo fondo de su cabeza, y una voz sumamente grave que la llamaba por su nombre y le decía: «No te asustes, Gwen. No hay nada que temer».

Al cotejar sus respectivas anotaciones, los tres psiquiatras que interrogaron a las siete personas que fueron ingresadas en un sanatorio privado del Estado de Arizona en la madrugada del 12 de septiembre de 2047 tuvieron que admitir que nunca antes en la historia clínica de la psiquiatría se había logrado documentar un caso múltiple de esquizofrenia paranoide en el que ocho pacientes de sexos y edades distintas compartieran exactamente las mismas visiones y manifestaran los mismos testimonios en los que empleaban exactamente las mismas palabras para referir sus visiones de un "perro" que les hablaba acerca del fin de la humanidad. No pasó desapercibido a los ojos de los expertos que examinaron sus anotaciones con posterioridad a los acontecimientos el hecho de que ninguno de los psiquiatras habían hablado nunca con sus demás colegas. Tampoco el examen de la biodata acumulada en los servidores centrales del Estado de Arizona permitió establecer otro vínculo entre los ocho empleados del CROOPS aparte del hecho de que todos trabajaban para esa institución.

Fue precisamente este detalle lo que contribuyó a que los medios subrayaran la complejidad de un caso en el que ocho empleados de un mismo centro del Estado de Arizona, los cuales hasta hacía poco habían disfrutado de buena salud, con una situación económica estable y sin grandes sobresaltos, todos con esposa e hijos que compartían con ellos una vida en familia descrita como armoniosa por todos sus relacionados, optaron por suicidarse de distintas maneras la noche del 25 de septiembre, luego de haber sido dados de alta por los servicios del centro psiquiátrico en el que habían permanecido recluidos por espacio de dos semanas. Y claro, la perplejidad colectiva aumentó cuando varios de los reporteros que escribieron sobre el caso se tomaron el trabajo de investigar el pasado inmediato de las víctimas y descubrieron que todos habían sido atacados por la plaga de langostas que había infestado el CROOPS hacía menos de un mes. Para muchos de los contemporáneos de aquellos sucesos, no había duda de que la insistente presencia de la palabra locust en los titulares de los artículos que la prensa publicó en esos días fue el principal detonador de la leyenda urbana según la cual cientos de ciudadanos habían sido afectados por una plaga de insectos, lo cual habían inducido al suicidio a muchos de ellos.

A su vez, el auge de esa leyenda generó una oleada de intrusos y curiosos en el entorno inmediato de las instalaciones del CROOPS, quienes parecían particularmente interesados en recoger muestras de cadáveres de insectos y plantas. De inmediato, siete camiones-celdas fueron despachados por la Dirección Departamental de Salud Mental junto con varios contingentes de agentes contra motines a quienes se les había dado la orden expresa de someter a la obediencia al mayor número posible de activistas y conducirlos a varias de las salas de internamiento siquiátrico. Estas últimas habían sido reconstruidas con fondos públicos a raíz del reciente estallido de numerosos episodios de violencia pública relacionados con el tráfico masivo de un poderoso estupefaciente de diseño conocido con el nombre de sibiota (psybiotic, en inglés).

Entre otros efectos indeseables, la nueva droga tenía la capacidad de trastocar e invertir los ciclos del ritmo circadiano de los usuarios, lo cual quiere decir que quienes lo consumían aunque fuese una sola vez perdían definitivamente la posibilidad de estar conscientes mientras estaban despiertos, período durante el cual quedaban reducidos al estado de zombis. En cambio, cuando dormían, recuperaban por completo todas sus funciones cerebrales, aunque, claro está, era muy poco lo que podían hacer con estas en ese estado. A pesar de que la orden fue cumplida a cabalidad, los setenta y cinco agentes que componían la totalidad del contingente fueron insuficientes para hacer frente a los centenares de personas que acudieron al entorno inmediato del CROOPS. En esta ocasión, sin embargo, las autoridades del Departamento de Salud Mental habían tenido la intuición correcta. La analítica sanguínea de los pacientes que fueron conducidos a los sanatorios psiquiátricos reveló altas concentraciones de 4-metilendioximetanfetamina. Por su parte, el lavado de estómago practicado a una de las mujeres permitió dar con la fuente probable de esa sustancia: como posteriormente se pudo comprobar en el laboratorio, ese componente se hallaba en cantidades extrañamente altas en el cuerpo de los insectos que aquellas personas habían estado consumiendo.

Aunque este descubrimiento activó las alarmas de todos los organismos de seguridad del estado de Arizona, era muy poco lo que estos últimos podían hacer sin desencadenar una catástrofe biológica de proporciones insospechadas al intentar utilizar sobre las langostas unos pesticidas de última generación que nunca antes habían sido probados en condiciones naturales. Sin embargo, mientras varios grupos de militares, cabilderos de compañías farmacéuticas, políticos y científicos discutían cuál sería la medida más correcta que se debería tomar para evitar el consumo colectivo de esa sustancia, un extraño fenómeno ocurría en la tienda de Solomon & Reiter, una de las más prestigiosas firmas de anticuarios del estado de New York.

En la noche del 14 de septiembre de 2047, Cheim Solomon, uno de los propietarios, recibió la visita de tres personas: una hermosa mujer de pelo negro, alta, esbelta y distinguida, y dos hombres, uno de ellos rubio, atlético y bien parecido, y el otro un cincuentón de porte señorial que hablaba con voz sumamente grave y con un acento en el que un oído atento habría reconocido sonoridades comunes a los hablantes del inglés oriundos de alguno de los países de Europa Oriental. Según la grabación aportada por la cámara de vigilancia, el negociante y sus tres visitantes permanecieron encerrados por más de tres horas en el local ubicado en el piso 51 de una torre de oficinas comerciales del Lower East Side: desde las 6:30 de la tarde, hora en que habitualmente no había nadie más en la tienda aparte del señor Solomon, hasta las 9:45 de la noche, hora en que la cámara filmó el momento en que dos personas abandonaban la tienda luego de cerrar con llave la puerta principal. Acto seguido, caminaron de manera pausada por el pasillo. Una de esas personas, un hombre, a juzgar por su tamaño y su complexión física, aunque el video no permite apreciar su género con claridad, llevaba en las manos algo así como una valija o una caja de tamaño mediano. Lo que sí es seguro es que ninguna de esas dos personas era el señor Solomon, sino, por una parte, la misma hermosa mujer de pelo negro y paso refinado, y por la otra, otro individuo que no era ni el rubio atlético, ni el viejo regordete, pues tanto los cadáveres de estos últimos como el del Sr. Solomon fueron encontrados completamente secos —es decir, literalmente sin una gota de sangre— cuando, alertados por varios empleados y visitantes, la policía echó abajo la puerta de la tienda y penetró en el local.

Cuando aceptó hacerse cargo del caso, el inspector Ben Wiener no tenía la menor idea del tremendo lío en el que estaba a punto de meterse. Lo primero que vio fue que, aparte del video de seguridad, no disponía de ningún otro indicio que le permitiera elaborar una hipótesis para dar inicio a su investigación, así que, en lo inmediato, se dispuso a realizar una pequeña encuesta entre los visitantes y el personal fijo que laboraba en las distintas áreas de la torre donde se hallaba la tienda de Solomon & Reiter. Con ese fin, mandó imprimir las fotografías de las tres personas que aparecían entrando en la tienda y de las dos que más tarde salían de ella y se dirigió personalmente al building donde estaba ubicada la tienda del difunto Sr. Solomon. Cuando llegó, revisó la hora en su reloj-pulsera: eran las 5:45 de la tarde. Decidió comenzar por el lobby del edificio. Preguntó al recepcionista, luego al ascensorista, luego al personal de limpieza. Ninguno de ellos recordaba particularmente haber visto a las personas de las fotografías. Sólo uno de los encargados de limpieza, un señor de origen dominicano, de apellido Suárez, dijo haberse fijado en la graciosa manera en que caminaba una mujer alta y con extraños tatuajes en los brazos que había visto deambular sola por el pasillo del piso 23, a eso de las diez de la noche del día 11 de septiembre.

—¿Graciosa? –preguntó Ben Wiener.

—Usted sabe, jefe –dijo Suárez–. Una potranca, una pantera o cualquiera de esas otras cosas malas que siempre se ponen tan buenas cuando uno las trata bien en una cama...

—¿Y esos tatuajes, cómo eran?

—Oh, bueno, lo usual: muchos y muy extraños, usted sabe. La piel de sus brazos tenía el aspecto de un cuadro de arte abstracto. Seguramente le dolió un montón cuando se los hicieron... Pero quizás lo más raro de todo es que únicamente estaban dibujados en dos colores: rojo y negro.

—¿Y dice usted que caminaba sola? –preguntó Wiener.

—Bueno, así la vi yo y... ¿ya vio la cámara del piso 23?

—No, pero lo haré esta misma tarde. Gracias, señor Suárez.

Es lo usual que la gente recuerde detalles que pasarían desapercibidos en circunstancias normales. Así, por ejemplo, debido al ángulo de la cámara, los tatuajes no se apreciaban en el video de seguridad que mostraba a la misteriosa mujer en dos momentos de la tarde del 11 de septiembre. En cambio, sí era posible notar su "graciosa" manera de caminar, aunque Wiener, quién sabe por qué, tampoco se había fijado en ese detalle la primera vez que vio el video.

Pensaba en esto último cuando se vio ante la puerta marcada con un rotulito que decía *Security Personnel Only. No Trespassing*, ubicada al fondo de un largo pasillo, en el ala izquierda de la planta baja. «Te apuesto un dólar a que esta puerta está sin pestillo», se dijo a sí mismo mientras hacía girar la perilla. Comprobó al mismo tiempo que tenía razón y que acababa de perder un dólar, pues, inmediatamente después de empujar la puerta, escuchó el estridente ulular de una alarma, lo cual hizo que varias cabezas se asomaran en distintos puntos del pasillo.

—¿No leo el inglis, amigo? –oyó que le preguntaban.

Estaba acostumbrado. No era la primera vez que alguien lo confundía con un speak a causa de su aspecto. Su pelo, sobre todo, negro, espeso y con rizos, como el de algunos judíos, y su tono de piel quemado, como el de muchos latinoamericanos. Bueno, y también un poco la forma de su nariz y el tamaño de sus orejas. Según él, había tenido buena suerte en la lotería genética: su madre, Gertrude Kosicz, de familia polaca nacida en Manhattan, había conocido a Joshua Wiener, nacido en Puerto Plata y criado en el Bronx, también de origen polaco por parte de madre, pero de padre oriundo de la isla caribeña de Antigua. Joshua se hizo amigo y después empleado en la pequeña fábrica de sombreros del viejo Kosicz. A su muerte, heredó al mismo tiempo la mano de su hija Gertrude y la dirección de la fábrica. Él, Benjamin Wiener, había sido el único fruto de esa unión, aunque desde niño sospechó que era hijo de otro hombre, al notar la diferencia de sus rasgos respecto a los de su padre. Y aunque esa sospecha creció junto con él, nunca logró juntar el valor suficiente para pedir explicación a sus progenitores por aquel hecho. De ese modo, luego de la muerte de ambos en un trágico accidente automovilístico, la sospecha pasó a convertirse en el estado permanente de su consciencia, de manera que, desde que tuvo edad para hacerlo, optó por enrolarse al Cuerpo de Policía de la Ciudad de New York.

—Soy el inspector Wiener, de la Policía de New York –dijo Ben en un inglés impecable–. Tengo que ver al encargado de este Departamento.

—Ese soy yo, Mackenzie, Paul Mackenzie. ¿Qué necesitas?

—Necesito ver el video de seguridad de hace dos días para el piso 23, entre las 6 y las 10 de la noche.

—No –dijo Mackenzie– lo que necesitas primero es un café para poder pasarte cuatro horas viendo un puto video de seguridad. Ven a mi oficina, aquí tengo todo lo que necesitas. Sobre todo café.

Wiener clavó en Mackenzie una mirada desbordante de curiosidad. Su instinto le decía que se trataba de un tipo raro, aunque no podía determinar de antemano a qué especie de "rareza" pertenecía. En la ciudad de New York abundan los tipos como él, capaces de moverse en una dimensión perfectamente horizontal respecto a las demás personas, ajenos a toda suerte de jerarquías, respetos y falsas distancias que únicamente sirven para dificultar la comunicación. Sin embargo, al inspector Wiener siempre le habían parecido excesivamente "confianzudas" esa clase de personas, aunque muy probablemente esto se debía a que la mayor parte de sus "clientes" pertenecían a ese grupo. Disimulando discretamente un respingo, pues, Wiener acompañó a Mackenzie hasta su pequeña oficina. Allí, sobre un archivo metálico de color beige, había una gran bandeja con vasitos de cartón de esos que suelen quemar los dedos cuando se los llena hasta el borde de café caliente. Por precaución, Wiener tomó dos y luego se sirvió de la gran cafetera colocada sobre el mismo mueble de oficina.

—¿Alguna idea de lo que buscaremos? –preguntó Mackenzie.

—Claro que sí –dijo Wiener sacando del bolsillo de su chaqueta la primera fotografía de la mujer–. Ella, en primer lugar. Luego –agregó mostrando la segunda fotografía–, con un poco de suerte tal vez podríamos tratar de ver qué pasó con este otro personaje.

—¡Hum! –hizo Mackenzie considerando fijamente la fotografía de la mujer–. ¡Esta es una de las sospechosas en el caso de la tienda de antigüedades! Por aquí nos hemos pasado las últimas cuarenta y ocho horas revisando videos para intentar seguirles el rastro. ¡Cuánto tiempo perdido!

—No importa –dijo Wiener–. A eso precisamente he venido. Sólo me interesa ver...

—Sí, ya me lo dijiste: el del piso 23 de hace dos días, entre las 6 y las 10 de la noche. Aquí tienes. Los demás archivos están en estas otras carpetas, organizados por pisos y por horas. Lo único que tienes que hacer es buscarlos, si te interesa. Espero que te aproveche. Avísame cuando hayas terminado.

5. El trabajo de ser dios

POCAS COSAS pueden ayudarnos tanto a los mortales a comprender mejor el trabajo de Dios como pasarse más de dos horas observando la grabación de seguridad de uno de los pasillos de un edificio comercial en donde nunca ha sucedido absolutamente nada de importancia, sobre todo a una hora en que la mayoría de los comercios ya han cerrado sus puertas al público y casi no hay nadie caminando por los pasillos. Esto último, de hecho, facilitó la tarea de Wiener, pues, al cabo de pasarse los primeros quince minutos observando lo que, de tan inmóvil, tenía el aspecto de una imagen fija, entendió que era más lógico acelerar la proyección del vídeo y solamente ralentizarlo o detenerlo cuando se percatara de algún detalle que captara su atención. Ya había pasado más de una hora cuando tuvo una corazonada. Salió del programa y buscó en la computadora el archivo correspondiente al piso 32 en el mismo horario. Cuando lo abrió en el programa de proyección, fue directamente a la marca de las 9:45 P.M. y luego se dedicó a ver el video en velocidad normal. Cuando la película marcaba exactamente las 9:52 P.M., la mujer se mostró ante él.

Tal como lo había intuido, Suárez se había equivocado al referirle el número 23 en lugar del 32. Sin embargo, ahora que había comprobado la versión de Suárez, una serie de preguntas asaltaban en tropel su imaginación. ¿Dónde había estado esa mujer desde que abandonó la tienda del Sr. Solomon hasta que llegó al piso 32? ¿Qué había sido del tercer hombre que aparecía en la segunda foto? ¿Quién más habría visto a la mujer? ¿Había cámaras instaladas en los ascensores del *building*?

Necesitaba la respuesta de esta última pregunta con más urgencia que la de todas las demás. Por esa razón, luego de imprimir varias copias de la escena en que la mujer entraba al ascensor, volvió a salir del programa de proyección para tratar de encontrar la carpeta donde se archivaban las grabaciones tomadas en el interior de los ascensores. Tardó casi veinte minutos en dar con la carpeta exacta, pero, cuando quiso abrir el archivo, el programa le pidió una clave de seguridad. Dio un vistazo a su reloj-pulsera: eran las 9:30 de la noche. Sintiéndose las piernas algo entumecidas, se incorporó del asiento donde había permanecido sentado durante más de tres horas y se dirigió a la puerta. Allí, asomando la cabeza al pasillo, gritó dos veces con fuerza para que lo oyeran:

—¡Mackenzie! ¡Mackenzie!

Como si saliera del fondo de una tumba, una voz grave y nasal le respondió desde alguna oficina:

—¡Se marchó! ¡Vuelve a las doce!

—Ven hasta su oficina, pues. Tengo una pregunta.

Cinco minutos después, un joven corpulento metido casi a la fuerza en el interior de un uniforme se presentó ante él.

—¿Sabes cuál es la contraseña para ver los videos de seguridad de los ascensores?

—Este...

—Mira, sé bien que no estás autorizado a suministrar esa información a personas ajenas a este departamento. El caso es que Mackenzie no está y yo tengo cierta prisa en ver al menos uno de los videos en los que sale esta mujer —y le mostró la fotografía que acababa de imprimir—. Me llamo Ben Wiener y soy inspector del Cuerpo de Policía de la Ciudad de New York. Por todo lo anterior, te agradeceré mucho cualquier colaboración que puedas prestarme.

—Bien. Siendo así, no creo que haya problemas. Sólo escriba el mismo nombre del archivo que quiera abrir, pero asegúrese de escribir el nombre completo. Lo mejor es hacer *copy-paste* en el título.

—Entiendo. Muchas gracias. O mejor dicho, dime tu nombre para escribirlo en mi reporte.

—No, mejor no me mencione en su reporte. Eso trae mala suerte. Mi papá era policía. Lo mataron porque su nombre apareció en un reporte...

—Oh, lo siento mucho, créeme. Bueno, entonces estará bien con darte las gracias.

—Ok.

Nuevamente solo, Ben abrió, esta vez sin dificultad, el archivo que le interesaba, el cual correspondía al cuarto ascensor del bloque C-Este. Una vez abierto el archivo, buscó la hora en que la mujer entró en el ascensor en el video anterior, o sea, las 9:52 P.M. y se dispuso a observar la grabación. Las imágenes de la grabación eran de una nitidez impresionante, probablemente por efecto de la iluminación que imperaba en el ascensor. Gracias a esto, pudo hacerse de una muy buena fotografía frontal de la mujer y también comprobar que ella había entrado sola al ascensor esa noche. Nuevamente, las preguntas lo asediaban, impidiéndole concentrarse. ¿Quién era ella? ¿Qué buscaba? ¿Dónde se había separado de su compañero? ¿De qué manera una mujer como ella había pasado prácticamente desapercibida esa tarde? Tan perdido estaba Wiener en su habitual maraña de sospechas que tardó en percatarse de que, esta vez, la cámara había grabado un extraño fenómeno que tuvo lugar esa noche en el interior del ascensor. No había duda alguna: algo había sucedido allí entre las 9:55 P.M. y las 10:01 P.M., pues, sin que ninguno de los sensores termostáticos del aparato hubiese detectado nada anormal, súbitamente, elevador se había llenado de una densa capa de humo que había anulado por completo la visibilidad de la cámara. Esta humareda tuvo una duración total de seis minutos completos, puesto que, exactamente las 10:01 P.M., la puerta automática se abrió en el piso 12 para dejar entrar a una señora algo entrada en carnes que iba vestida con una minifalda negra.

A Wiener casi no le sorprendió descubrir que la otra misteriosa mujer ya no estaba allí.

Según su reloj pulsera, cuando Ben introdujo su llave en la cerradura de la puerta principal de su apartamento eran las 11:23 P.M. Como era su costumbre cuando sentía caer el telón que ponía punto final a una nueva jornada, lo primero que hizo después de llegar fue pararse bajo la ducha caliente durante cinco minutos, seguidos por otros cinco bajo la ducha fría. El orden podía variar, si hacía un invierno demasiado frío. Pero aquella era otra noche más de uno de esos veranos que, desde hacía varios años, mantenían en vilo a los creyentes en profecías religiosas y predicciones pseudocientíficas de apocalípticas llamaradas solares que abrasarían la Tierra: como tantas otras veces en el pasado, la civilización había perdido el rumbo y, en lugar de sentarse a reponer fuerzas, había terminado perfectamente agotada después de pasarse varias décadas dando tumbos sin sentido. Ahora sólo le animaba un único sueño colectivo: la aniquilación total. Pero como siempre sucede, el problema era la falta de acuerdo sobre la manera en que habría de realizarse ese ansiado Armagedón, pues a nadie le atraía la idea de morir de la misma manera que a su prójimo: todos aceptaban como un hecho la inminencia de la muerte global, pero cada quien ansiaba, excluyendo absolutamente la idea del suicidio, claro está, tener una muerte distinta a la de todos los demás. El mismo Ben Wiener, las pocas veces que se había permitido bromear acerca de su muerte, había confesado públicamente que, si le era dado escoger, preferiría morir congelado y totalmente solo. «Esa, al menos, es mi idea personal de lo que podría ser una muerte sumamente poética: congelado por nitrógeno líquido», había dicho en distintos momentos hablando con sus colegas del Precinto Policial del Lower East Side, en el 5822 de la 16th Ave, cerca del Borough Park, Brooklyn.

Si estás pensando que ya has escuchado hablar de esa estación, de policía, no te equivocas, lector, pues en efecto, estuviste allí, al igual que Ben Wiener, la vez en que Borz Danilbek acudió hasta allí a denunciar las amenazas de que estaba siendo víctima de parte de los secuaces de El Boricua. De haber sido aceptada la denuncia de Danilbek, es incluso probable que su caso le hubiese sido asignado a Wiener. No obstante, por suerte para todos, no hizo falta llegar a tal extremo.

Estaba todavía bajo sus últimos dos minutos de ducha fría cuando escuchó el timbre de su teléfono celular, al cual había dejado sobre la mesita de noche de su habitación, junto a las llaves y su pistola de reglamento, una Glock 37, con balas auténticas. «¡Mala suerte, tendrás que esperar, seas quien seas!», se dijo pensando en que nada era tan urgente que no pudiese esperar a que saliera del baño. Minutos después, mientras terminaba de secarse el pelo con una toalla, el teléfono volvió a sonar. Sin perder tiempo, levantó el aparato con la mano izquierda y oprimió el botón.

—¿Aló? –dijo.

—¿Wiener? Soy yo, Mackenzie. Creo que te conviene venir a echarle una ojeada a algo que tenemos por aquí. De hecho, creo que me tendrás que agradecer que te haya llamado.

—Voy enseguida, entonces.

—Ok, te espero.

Wiener sabía que esa llamada podía significar un adelanto importante en su investigación. Peor para él si ya había tomado su ducha relajante, pues se dijo que volvería a tomar otra cuando regresara, a la hora que fuera. «¡A la mierda todo!», se dijo cerrando nuevamente la puerta con llave luego de salir.

Eran las 12:34 A.M. cuando Wiener le anunció a Mackenzie su llegada. Este último le envió un agente para que lo escoltara desde el área de estacionamiento hasta la entrada del edificio, que a esa hora ya estaba cerrada para el público. Una vez allí, el agente pulsó una clave en el teclado numérico y luego colocó su dedo pulgar. La puerta se abrió y Wiener accedió al interior del edificio, dirigiéndose de inmediato directamente a la oficina de Mackenzie. Cuando llegó, este último lo estaba esperando parado ante la puerta.

—Como te dije, varios de mis hombres y yo nos tomamos muy en serio la investigación del asesinato del viejo Solomon. Se trataba para mí de una cuestión de principios. Esta tarde, alguien cuyo nombre no te puedo mencionar me llamó por teléfono para confirmarme un dato. Fue por eso que no me encontraste cuando viniste a buscarme. En cambio, le había pedido a Gómez que te ayudara en todo lo que necesitaras. Por mi parte, cruzando los datos de varias cámaras de seguridad había logrado obtener varias fotos que concordaban con el rango horario en que sucedió el crimen y nuevamente volvieron a saltar las caras de los dos hombres y la mujer que aparecieron en el primer vídeo. Esta vez, no obstante, salían de un vehículo Hyundai que se hallaba en el estacionamiento del edificio. Como esto nos llevó a obtener con relativa facilidad un número de patente automovilística, lo hice ingresar en el ordenador central para ver qué conseguía, y... –Mackenzie introdujo una llave en la cerradura de una puerta y la abrió– fue así como conseguimos esto.

Ante Wiener estaba, esposada a una mesa de interrogatorios, la misteriosa mujer que salía en los videos.

—¿Por qué no la reportaste a la policía? –preguntó Wiener cerrando la puerta con violencia.

—¿Y quitarte así el protagonismo de su captura? –respondió Mackenzie–. Recuerda que los agentes de seguridad no tenemos autorización para realizar ciertas prácticas exclusivamente reservadas a los policías. No te preocupes, todos mis procedimientos fueron estrictamente legales, menos aquellos en los que utilicé tu nombre para dejar constancia de que fuiste tú quien encargó los experticios. De manera que, a partir de ahora, todo el mérito será tuyo.

Wiener no supo qué decir. Su mente estaba dividida entre las ganas de interrogar a la mujer y la necesidad de actuar con prudencia para impedir que un error de procedimiento le arruinara el caso.

—Tienes que llamar ahora mismo al jefe Seller y explicarle la situación –dijo–. Si no lo haces tú, tendré que hacerlo yo y te levantarán cargos por abuso de confianza, suplantación de identidad, ocultación de información a la policía y quién sabe cuántas otras cosas más. Si lo llamas ahora mismo, lo único que te pasará será tener que soportar diez o quince minutos de insultos por haberlo despertado a esta hora. Eso no te matará, puedes creerme.

Mackenzie miró a Wiener: sabía que tenía razón.

—Muy bien, dame el número –dijo–. Lo llamaré.

Diez minutos después, tres vehículos patrulleros de la policía se detenían justo frente a la entrada principal del edificio comercial donde, dos días atrás, Cheim Solomon y otros dos hombres habían sido asesinados.

—¡Hey, Wiener! –le gritó Mackenzie al inspector mientras dos agentes lo introducían a uno de los patrulleros–. ¡Haz que hable! ¡A mí no me quiso decir nada!

♉

De regreso a su apartamento a las 2:26 A.M, Wiener se dirigió directamente a la cama donde se tendió con todo y ropa y durmió hasta que la alarma de su teléfono lo despertó exactamente a las 5:00 A.M. A esa hora, se puso su ropa de hacer gimnasia y salió a trotar como de costumbre por las calles de su vecindario. Cuarenta y cinco minutos después, regresó a su apartamento y realizó cinco sesiones de veinte *push ups,* cinco de veinte flexiones abdominales cada una y tres de cuarenta flexiones de piernas. Finalmente, se quitó la ropa sudada y la metió a la lavadora mientras se daba su primera ducha doble del día.

Los interrogatorios a la mujer estaban programados para las ocho en punto de la mañana. Exactamente a las 7:30 A.M., Wiener empujó la puerta azul del Departamento de Policía llevando una bolsa de medialunas de esas que se pueden comprar en cualquier supermercado.

—¡Qué detalle, Wiener! –dijo la teniente Susan Winnigan despojándolo de la bolsa–. No tenías que molestarte...

—No es por nada, pero mejor procura guardarle algunas al jefe Seller –dijo Wiener, y luego agregó–: Él mismo me las encargó en persona.

El interrogatorio comenzó a la hora prevista, pero al cabo de la primera hora, ya la mujer lo había contado prácticamente todo.

—La escena que viví en esa tienda fue una de las cosas más asquerosas que he visto en toda mi vida –comenzó a decir–. Acepté participar porque me ofrecieron una ganancia de diez mil dólares; quince, si el viejo decidía acostarse conmigo como parte del negocio. Quien me ofreció esa cantidad fue Steve, quiero decir, el más viejo de los otros dos hombres que perdieron la vida en la oficina del viejo Solomon. ¡Puerco lascivo, ese Solomon! ¡Creo que se gastaba una verdadera fortuna únicamente en pastillas de viagra! Mi papel aquella tarde era jugar al anzuelo: tenía que fingir que sería algo así como un "bono extra" si el viejo anticuario aceptaba pagarnos 250,000 dólares por varias piezas que Steve le había dejado hacía poco más de una semana para que las inspeccionara y luego les hiciera un avalúo. En todo el tiempo que estuve allí, el viejo Solomon no me quitó los ojos de encima. Creo que hasta tuvo un orgasmo con sólo imaginar lo que me haría. Por suerte, tenía la oficina tan llena de objetos antiguos y valiosos que no quiso permanecer allí mucho rato. «Alguien me ha metido en un lío tremendo», dijo en un momento, pero como yo no estaba para nada al tanto de sus operaciones, al oír eso pensé qué se refería a las piezas que Steve le había llevado la semana anterior. «Bueno, pero, dígame, ¿me compra las piezas sí o no? ¿Cuál es su oferta?», le preguntó Steve. Se suponía que, cuando le oyera decir esa frase, yo tenía que abrir las piernas y mostrarle mi universo a ese vejestorio inmundo. Sin embargo, lo que se abrió fue otra cosa, creo... No lo sé a ciencia cierta. De hecho, antes de continuar, debo decirles que no estoy del todo segura de haber vivido esto que voy a relatarles. A pesar de eso, pueden hipnotizarme, si quieren, o inyectarme algún suero de la verdad. El resultado será el mismo. Ustedes pueden pensar que me están interrogando. La verdad, en cambio, es otra muy distinta: lo único que sé es que necesito contar lo que viví en esa tienda al mayor número posible de personas. Que me crean o no, me da igual.

—Acabe de contar qué fue eso que usted dice haber vivido en esa tienda y deje de dar rodeos, señora –intervino el jefe Seller.

Desde su asiento, Wiener le dirigió una mirada de reproche y le hizo un gesto con la cabeza.

—Tómese su tiempo, señora Kristen –ese era el nombre que se leía en su documento de identidad–. De verdad. Ninguno de nosotros tiene prisa.

—Aunque teníamos la intención de continuar intentando negociar por un rato con el viejo Solomon –continuó relatando Kristen, reponiéndose–, Steve, Wallace y yo aceptamos su propuesta de salir de la oficina pues, a decir verdad, allí dentro apenas se podía pensar entre tantos objetos antiguos y exóticos. El anciano ya tenía en su mano el picaporte cuando de repente lanzó un grito terrible, y el rostro se le demudó en una mueca de terror como si estuviera contemplando al mismísimo diablo en persona. Luego se llevó las manos a la cabeza y se arrojó al suelo con tanta fuerza que se golpeó en la sien con la esquina de una extraña mesita colocada a la izquierda de la puerta. Aparentemente, esa mesita era muy antigua, pues quedó convertida en añicos cuando le cayó encima la cabeza y el resto del cuerpo del viejito. Casi al mismo tiempo, ya en el suelo, el Sr. Solomon comenzó a convulsionar, pero eso no fue todo, sino que, aunque no me había percatado, Wallace y Steve también habían comenzado a temblar con fuerza y a sudar copiosamente. Uno tras otro, los dos se derrumbaron como antes lo había hecho el anciano y, una vez en el suelo, también ellos entraron en convulsión. Sin comprender un carajo lo que sucedía, quise alejarme de allí a toda prisa pero no pude: mis pies estaban como clavados al piso y mis manos... ¡Oh Dios! ¡Apenas podía mover mis ojos! ¡Me había convertido en una maldita estatua o algo peor! Y justo cuando comenzaba a creer que nada podía ser más extraño que esa situación sucedió aquella... cosa monstruosa... asquerosa... No sabría decir con exactitud de cuál de todas las cajas selladas con maderas lacradas que alguien había colocado contra las paredes de la oficina comenzó a brotar una especie de gas que tenía un olor nauseabundo, como el de la cera rancia o la grasa de animales podrida, lo que sí sé es que, ante mis ojos, el gas fue penetrando los cuerpos de los tres hombres. Estoy segura de haber visto de qué manera esa emanación entraba simultáneamente por los oídos de cada uno de ellos y permanecía allí dentro largo rato, largo rato... hasta que, uno tras otro, los tres cuerpos quedaron reducidos a un tercio de sus respectivas masas corporales. A partir de entonces, el extraño gas comenzó a abandonar los cuerpos, esta vez por sus bocas, para luego comenzar a tomar poco a poco una forma humana: primero los pies, grandes, sólidos; luego las pantorrillas, musculosas y amplias; luego las rodillas, que parecían las bases de extrañas columnas sobre las cuales se formaron unos muslos preponderantes de cuyo centro brotó a continuación un sexo mayúsculo que tronaba sobre unos testículos colosales, y a partir de ahí, el vientre, luego el pecho, los hombros, brazos y manos se formaron de manera casi simultánea, quedando el proceso de formación de la cabeza para último lugar. Se lo digo tal como lo viví: esa noche presencié la formación completa de un ser prácticamente a partir de la nada, y ahora pueden comenzar a llamarme loca todas las veces que quieran, pero les juro que tendrán que arreglárselas para arruinar mi mente con pastillas, porque lo único que escucharán salir de mi boca tanto ustedes como todos los que quieran venir a interrogarme será esto que acabo de contarles, porque esa es la única, pura y verdadera historia de lo que sucedió esa noche en la oficina del Sr. Solomon...

Seller y Wiener se miraron.

—Es hora de hacer una pausa –dijo el jefe Seller–. En quince minutos volveremos. ¡Teniente Winnigan! Haga que le traigan a la señora Kirsten de la cafetería un desayuno con lo que ella quiera y luego páseme a mí la cuenta. Sea verdad o mentira lo que ha dicho, creo que se lo ha ganado.

—Hay por lo menos dos problemas en lo que ha dicho –le comentó el jefe Seller a Wiener mientras mordía una medialuna y se tomaba una taza de café expreso en su oficina varios minutos después de que ambos abandonaron la sala de interrogatorios–. Por un lado, la cámara la filmó a las 9:45 P.M. mientras cerraba con llave la puerta de la tienda y luego caminaba hacia el ascensor en compañía de un hombre que no era ninguno de los que acaba de mencionar, a menos que ahora pretenda hacernos creer que el tipo en cuestión no es otro que su dichoso "aparecido". Por el otro lado, como tú mismo lo descubriste, ella fue filmada sola en el interior del ascensor hasta que empezó la extraña humareda. Creo que todavía no nos ha dicho todo.

—Y yo creo que no nos ha dicho absolutamente nada –replicó Wiener–. De hecho, su relato le salió demasiado redondito para resultar convincente. Parece sacado de una *pulp fiction*. Esa hijueputa se está burlando de nosotros, pero por suerte, tengo algo con lo que no cuenta...

—¿Qué? –preguntó Seller, intrigado.

—Espera un poco y verás. Ya hice mi tarea... A propósito, ¿qué fue eso del desayuno?

—Simple estrategia. No habrás pensado hacerle pasar hambre, ¿o sí? Nada más me interesaba hacerle creer que la premiaba por mostrarse cooperadora.

—Bueno, lo que le va a pasar ahora le hará creer que la arrojas desde un avión sin paracaídas.

—Mejor –rió Seller–. Siempre será mejor que las mujeres piensen que eres un perro. Así no se les ocurrirá jugar contigo...

—A propósito de eso, hay que hablar con Winnigan –dijo Wiener–. Ella tiene reportes recientes de atracos realizados por individuos que usan máscaras con forma de cabezas de perros. Podría estar relacionado.

—Esto se pone cada vez más loco. ¿Qué más habrá que ver?

—Bueno, por ahora hay que continuar sacándole cosas a Kirsten. Oye, a propósito: te pediré que me sigas la corriente y que no me contradigas. Te dije que tengo un plan, ¿te acuerdas?

—Como quieras –dijo Seller–. Pero tú prométeme dos cosas: que no me aburrirás y que no te pondrás violento.

—Palabra de vendedor, Seller.

—Tu maldita madre.

♉

De camino a la sala de interrogatorios, Wiener y Seller se detuvieron a preguntarle a Winnigan por los perros atracadores.

—La banda ya fue desmantelada –dijo la teniente–. Antes de ayer. Aunque están en el precinto del Bronx, cometieron una larga lista de fechorías en un periplo que va desde Brooklyn hasta Manhattan, pasando por el Bronx y Washington Heights. Sin embargo, hay varias cosas extrañas en ese caso...

—¿Cómo qué?

—Como el hecho de que todos sus integrantes son tipos de clase media; algunos tienen incluso estudios universitarios. Otros son empleados de alto rendimiento. Ninguno entra en el perfil del atracador...

—¿Y eso qué? Nadie entra en ese perfil hasta que comete su primer atraco... –Wiener sabía que Winnigan detestaba que hiciera ese tipo de comentarios.

—Bueno, aparte de eso... Todos dicen que un Perro les ordenó cometer esos atracos. Dicen que el fin del mundo se acerca.

—¡Oh por Dios! –gritó Seller llevándose las manos a la cabeza–. ¿Qué le ha dado a toda esta gente? ¿Es que ya no quedan delincuentes normales, como los de antes? Digo, para variar...

—¿Y dices que están presos en el precinto del Bronx? –preguntó Wiener.

—O por lo menos lo estuvieron hasta ayer –sugirió la teniente Winnigan–. Dudo que permanezcan allí mucho tiempo. Están clasificados como peligrosos.

—Muchas gracias por el dato, Winnigan –dijo Seller–. Agradécele tú también, Wiener. Sabemos que le tienes mucho aprecio.

—Claro que sí, jefe –dijo Wiener–. Muchas gracias, teniente Winnigan. ¿Me dejas darte un beso?

—Metafóricamente, espero.

♉

—¿Ya te enteraste? —le dijo Wiener a Kirsten apenas empujó la puerta. Luego, mirándola a los ojos, agregó—: Acaban de apresar al tipo con quien saliste de la tienda esa noche. Es todo un cantante, ese tipo: nos ha contado una versión de los hechos totalmente distinta a la tuya...

Kirsten le dirigió una mirada de hastío.

—Eso no es cierto, pero por una sola razón: esa noche nadie me acompañó cuando salí de la tienda.

—Parece que alguien no le dio a usted las instrucciones correctas sobre lo que debía decir —dijo entonces Seller, poniendo sobre la mesa la fotografía en la que ella aparecía cerrando la puerta de la tienda con llave junto a un tipo alto de rasgos borrosos.

Al ver la fotografía, Kirsten bajó la mirada y dijo:

—No diré nada más si no es en presencia de mi abogado.

Seller y Wiener intercambiaron una rápida mirada y luego Wiener dijo:

—Creo que eso no será posible. En este preciso momento, tu domicilio está siendo puesto patas arriba por tres equipos del FBI. Se sospecha que eres miembro de una organización criminal internacional que se dedica al tráfico de personas importantes. De hecho, hay una denuncia en tu contra. La puso ese otro tipo que te acompaña en la foto. Tienes exactamente cinco minutos para contárnoslo todo, pero esta vez quiero que te enfoques solamente en los hechos. Te arriesgas a ser condenada a cadena perpetua.

Cuando escuchó lo de "cadena perpetua", Kirsten tragó en seco.

—Les contaré lo que quieren saber, pero dejen ya de mentirme. Nadie ha puesto ninguna denuncia en mi contra, y mucho menos ese hombre de la foto.

—Bueno, entonces díganos quién es y dónde está ahora, pero tenga cuidado: a partir de ahora podrá ser acusada de intento de obstrucción de la investigación. Eso es algo grave.

Kirsten miró a Wiener y luego a Seller antes de comenzar a hablar.

—No tenía la más puta idea de lo que le había pasado al viejo hasta que lo vi convulsionar —comenzó a decir—. Él fue el primero en caer al suelo. Después cayeron mis dos acompañantes, Steve y Wallace. Envenenados, pensé. No entendía de lo que estaba pasando allí. Me habían dicho que me pagarían... Todo lo que les conté antes es cierto...

—¡Quién carajo es el cuarto hombre que sale en la foto y cuál fue su rol! –preguntó Wiener, bastante exaltado.

Kirsten le dirigió una mirada llena de pánico y dijo:

—Ese es Max. Max Crumsk. Era el chofer...

—¿Era?

—También está muerto... Tenía órdenes de esperarnos en el auto... Murió esa misma noche... El aparecido...

—Hay algo que no me cuadra –dijo entonces Seller–. ¿Cómo es que todos sus acompañantes murieron y a usted no le pasó nada?

—Yo... No sé. De verdad, no sé nada. Si se trató de un ataque, no era en mi contra. Soy una persona inofensiva...

—Explique cómo murió ese tal Crumsk –dijo Seller, visible-mente molesto.

Kirsten suspiró antes de volver a hablar.

—Inmediatamente después de que esa cosa terminó de for-marse, su figura desapareció en el aire, y yo recuperé el control de mis movimientos. Lo primero que hice fue dirigirme al escritorio de Solomon a ver si encontraba algo de valor. Me resistía a acep-tar que había soportado todo aquello por nada... Sin embargo, el cajón del escritorio estaba cerrado con llave. Me dije que tal vez Solomon las tenía en sus bolsillos y, llena de asco, las busqué por un rato hasta que las encontré. Abrí el cajón y me topé con un fajo de billetes. Entonces tomé mi teléfono celular, llamé a Max y le expliqué lo que había sucedido, sin mencionarle nada sobre los billetes, claro está. Me dijo que no me moviera de allí y, al poco rato, lo sentí golpear el cristal de la puerta con algún objeto metá-lico. Fueron tres golpecitos bastante leves. Corrí a abrirle y él entró a la tienda. ¡Ay Dios! ¿Por qué tuve que abrirle la puerta? Nada más había dado algunos pasos por el pasillo cuando se estreme-ció fuertemente y luego sacudió los brazos abriendo muy grandes los ojos. «Ahora sí, mujer», dijo Max, pero con una voz que ya no era la suya. «¡Vamos, salgamos de aquí!» Me quedé pasmada sin saber qué hacer. Como pude, reuní mis fuerzas y me preparé para abandonar la tienda, pero antes, como todavía tenía en las manos las llaves del viejo Solomon, pensé que lo mejor sería cerrarlo todo con llave para que no llamara demasiado la atención.

En un momento, mientras caminaba a mi lado por el pasillo hacia el ascensor, esa... cosa, lo que sea que se haya metido en el cuerpo de Max, me tocó el brazo izquierdo con su mano. ¡Estaba ardiendo! Lo digo en serio: no hablo de una temperatura como la de una fiebre alta, sino como la de una barra de metal que ha pasado un largo rato cerca del fuego. «Este cuerpo está demasiado corrompido; no me servirá por mucho tiempo», me dijo ese ser justo cuando llegaba el ascensor. «Tendré que buscarme otro muy pronto», agregó. ¿Cómo me iba a imaginar que, pocos minutos después, en el ascensor, la cosa volvería a convertirse en gas, y para colmo, que de paso borraría por completo de este mundo el cuerpo del pobre Max Crumsky? Y como si esto fuera poco, puesto que ya es difícil hacer que me crean lo que sucedió en la oficina de Solomon, ¿cómo esperar que alguien acepte que esto que digo es verdad?

Esta vez, Seller clavó en los ojos de Wiener una mirada inquisitiva.

—Díselo, no pasa nada –le dijo Seller al inspector.

—Tenemos un video que muestra el momento en que el ascensor se llena de un extraño gas. Por el ángulo en que se halla colocada la cámara, no se puede apreciar qué tipo de fenómeno provocó esa humareda. Sin embargo, podría corroborar su versión de que el ascensor se llenó de algo así como un humo verdoso si usted me dice dónde rayos se metió usted cuando comenzó la humareda.

Kirsten volvió a tragar en seco.

—No seas cruel, Wiener –dijo Seller en tono de broma–. Deja que la señora tome un poco de agua.

—Muy bien, pero que me responda –dijo Wiener poniéndose de pie para ir a servir un vaso de agua del bebedero colocado contra la pared del fondo de la oficina de interrogatorios.

—Le responderé de la única manera que puedo: con la verdad –dijo Kirsten–. Y la verdad es que no tengo la menor idea de cómo fue que escapé de ese ascensor. Simplemente, en un momento estaba allí y en otro momento no. Entre dos parpadeos, me vi parada frente a la terminal de autobuses *Greyhound* que está cerca del Lower East Side mirando fijamente al perro que corre encima del letrero de la estación sin poder explicarme cómo rayos había llegado hasta allí.

—¡Y dale con los perros! –exclamó Seller– ¿Qué es lo que tienen todos ahora con los perros?

—¿Qué? ¿Te has enterado de algo que yo no sepa? –preguntó Wiener mordido por la curiosidad.

—No te alejes del tema, Wiener –dijo entonces Seller, visiblemente molesto–. Terminemos ya con este interrogatorio.

—Por mi parte, hemos terminado –dijo Wiener–. Mi recomendación es que sometan a nuestra querida Kirsten a una evaluación psicométrica y que le hagan un electroencefalograma. Dicho con mucho cariño, creo sinceramente que debe tener un tumor oculto en alguna parte de su cerebro.

—Por mi parte –dijo Kirsten devolviéndole el sarcasmo–, me alegro mucho de que usted no sea más que un pobre policía. Si hubiese estudiado neurología o psiquiatría, todos nosotros habríamos tenido que abandonar este planeta aunque fuera nadando…

—No se preocupe por nada de lo que ha dicho Wiener, señora Kirsten –dijo entonces Seller, en un tono conciliador–. Este hombre nunca desperdicia la ocasión para abrumar con sus traumas de juventud a todas las mujeres con las que se cruza en su camino. Aparte de eso, es un tipo excelente y un gran policía, créame.

—No, pero si yo le creo –dijo entonces Kirsten–. Y además, me alegro por él y lo siento por usted, pues toda la culpa de sus meteduras de pata recaerá sobre su cabeza.

6. El encargo

Wiener regresó a su casa a eso de las 11:45 A.M., sintiendo sobre los hombros todo el peso del cansancio, la falta de sueño y su crónica soledad. Seller le había dicho que se tomara el resto del día libre, tal vez para no tenerlo cerca mientras los demás equipos de interrogación se ocupaban de Kirsten. Sabiendo que necesitaba dormir, luego de cerrar con llave la puerta de su apartamento, Wiener se sirvió un trago doble de *bourbon* y luego se metió bajo la ducha mientras escuchaba la radio.

El vapor del agua súper caliente no tardó en nublar todos los cristales de su cabina de ducha mientras la radio soltaba el viejo tema de Jeff Buckley titulado *Dream Brother*. Envuelto simultáneamente en vapor, agua y música, Wiener cerró los ojos momentáneamente. A medida que el agua caía sobre su coronilla, Wiener sentía que su cuerpo se desentumía. Poco a poco, en su mente se iba apagando la agitada y constante nebulosa de ruidos ideas que, en condiciones normales, lo mantenía activo. Por lo demás, el ruido que producía el agua al golpear con fuerza las paredes transparentes de la cabina de ducha lo aislaba discretamente de aquella escena y restringía aún más la disponibilidad de sus sentidos. Así, cuando finalmente extendió la mano derecha para cerrar el paso del agua caliente y abrir con más fuerza el del agua fría, se sentía tan relajado que era como si sus carnes se hubiesen desprendido de sus huesos y, después de licuarse, se hubiesen escurrido por el orificio de desagüe. Como de costumbre, el primer contacto con el chorro de agua fría que cayó sobre su frente se sintió mil veces más caliente que el que acababa de cerrar. Todo su cuerpo se estremeció, obligándolo a hiperventilar, mientras su piel se iba acostumbrando al cambio de temperatura. Al cabo de algunos minutos, el choque térmico cedió, y su respiración se reguló. Permaneció bajo el agua algunos segundos hasta que, finalmente, cerró también el paso del agua fría y se dispuso a abandonar la cabina de ducha, cuyas paredes transparentes continuaban nubladas a causa de la prolongada exposición a los vapores durante la primera parte de su baño. Distraído y relajado como en sus mejores días, estaba secándose el pelo con la toalla cuando escuchó (o creyó escuchar) un susurro que le decía: «No te asustes».

Sorprendido, trató de ubicar el origen de la voz pero no vio nada, a pesar de que, pocos segundos después, volvió a escuchar el mismo susurro. Esta vez, el mensaje era distinto: «Me mostraré ante ti en una forma que seguramente no te resultará muy desagradable para que no te asustes. Necesito decirte algo».

—¡Quién es! ¿Quién me está hablando? ¡Muéstrate! –dijo entonces Wiener con voz de mando.

Casi al mismo tiempo, el vapor del cuarto de baño comenzó a organizarse ante él. Aquí y allí, diminutos torbellinos se levantaban y cobraban cada vez más espesor, como si recogiesen toda la humedad presente en el aire. De repente, una figura que Wiener tomó primero por la de una mujer de pelo negro totalmente desnuda se fue incorporando ante él. Su piel cetrina tenía una tonalidad fuera de lo común, como si su epidermis ocultara un brillo interno que de alguna manera transparentaba, no obstante, proporcionándole una especie de aura. Sobre una cabeza de armoniosas proporciones, su largo pelo negro y brillante le caía sobre los hombros como el de algunas orientales. Sus ojos, rasgados y de un extraño color entre marrón claro y amarillo como los de una cervatilla. Sus pómulos altos le proporcionaban un espléndido marco a una nariz fina y alargada que reinaba despóticamente sobre una boca de labios ni muy finos ni muy gruesos, pero que ella mantenía cerrada en un gesto demasiado austero para alguien dotado de tan alto grado de belleza. Alrededor de su cuello, el cual tenía el aspecto del marfil sin pulir, se enroscaban dos largos rizos naturales de la densa pelambre que le caía sobre los hombros. Un extenso tatuaje que dibujaba algo así como las ramas tejidas de un árbol fantástico le recorría ambos brazos a lo largo de su cara interna y luego se le anudaba en el pecho creando un extraño símbolo que Wiener no recordaba haber visto nunca antes. Sus senos lucían perfectos y bien equilibrados, como si fuesen los de una estatua. En su vientre se agazapaba, casi escondida a la altura de su ombligo, una pequeña gema de color violeta que parecía un cristal en estado puro. Había sido colocada allí por medio de una argolla metálica, presumiblemente de oro. Un arco de finos vellos subía desde su entrepierna hasta una distancia de poco menos de un dedo de su ombligo, en cambio, más abajo se encontraba la prueba fehaciente de que aquella no era una criatura de este mundo.

—¿Una *tranny*? ¿En mi apartamento? ¡Dichosos los ojos! –dijo Wiener, sonriendo.

—No te precipites a juzgar lo que no comprendes y pon atención a lo que te voy a decir –dijo el ser andrógino–: es necesario que liberes a la mujer que tienes apresada. Ella es el doble físico de una guerrera, y cualquier cosa que le suceda a una de ellas afectará a la otra. Por lo demás, me alegra que te haya gustado esta forma que escogí para mostrarme ante ti. Perteneció a una sacerdotisa que vivió hace varios miles de años en un lugar de este planeta que se encuentra muy lejos de aquí.

—¿Y te has tomado toda esa molestia para venir a decirme que debo soltar a Kirsten? –preguntó Wiener– ¿Por qué mejor no me pusiste un mensaje?

—Me alegra mucho ver que no has perdido el sentido del humor. Muchas otras personas en tu lugar se habrían asustado terriblemente si me hubiesen visto surgir de la nada ante ellas.

—Bueno, considéralo desde este punto de vista: como *tranny* te ves verdaderamente muy bien. De hecho, me alegra que no hayas pensado en cubrirte con ropas.

—Es que, como tú también estás desnudo…, pensé que era la manera normal de mostrarse en un cuarto de baño.

—Y suponiendo que libere a Kirsten, ¿qué hago con los fiambres que ahora mismo están en la morgue esperando que alguien descubra qué fue lo que los mató?

—Tienes razón. Han muerto algunas personas y piensas que ha sido consecuencia directa de mi manifestación en este mundo. Sin embargo, muchas otras morirán sin que nadie pueda evitarlo cuando estalle cierto acontecimiento que es, como te digo, inevitable. Por eso es necesario que decidas cuanto antes de qué lado estarás cuando esto suceda. Tal vez no esté de más que te diga que tu mejor elección sería la de luchar de nuestro lado.

—Un momento –dijo Wiener al escuchar esto último–. Mejor vamos por partes, como los trenes. Comencemos por presentarnos: Me llamo Benjamin Wiener y soy inspector del Cuerpo de Policía de la Ciudad de New York. Tú puedes llamarme Ben, o Wiener o como quieras. ¿Y tú? ¿Cómo te llamas?

—Puedes llamarme como quieras, pues mi nombre no tiene importancia. Soy una emanación de la consciencia de Bhamil. Él es el todo, el encuentro perpetuo entre el antes y el después.

—Bien, bien. ¿Te das cuenta? Estamos progresando. Ahora explícame qué es eso de que eres el todo.

—Si te lo pudiera explicar, no sería el todo, Ben Wiener. Soy exactamente lo contrario a una idea: nada de lo que es real se puede explicar.

—O sea...

—Deja que te muestre un ejemplo. Ven, acércate.

Y diciendo esto, la figura desnuda le puso a Wiener un dedo en la frente, justo entre los dos ojos, y cuando lo tocó, a Wiener le pareció que daba un salto hacia el interior de su cerebro, o lo que venía a ser lo mismo, hacia el espacio exterior. Se vio flotando en el océano del espacio-tiempo sin márgenes; al mismo tiempo caminaba por un campo sembrado de girasoles hasta donde la vista pudiera abarcar el horizonte; sus ojos captaban, como los de una mosca, la eterna simultaneidad de una interminable sucesión de momentos distintos que vibraban cada uno en una intensidad y en un tono diferente; en un mismo instante unos niños que paseaban en bicicleta eran soldados que caían en el campo de batalla; peces que nadaban bajo el sol; amantes que sucumbían bajo el más tórrido de los abrazos; arena del desierto; luces que se pierden en la noche, árboles...

Wiener creyó que el mundo se le venía encima cuando aquel ser apartó el dedo de su sien.

—¡Guau! –exclamó–. No sé qué fue lo que entendí, pero creo que lo entendí todo. Pero dime, ¿tiene algo que ver el hecho de que seas el todo con tu condición de andrógino?

—Te estás dejando confundir por las apariencias. Mi forma exterior no tiene la menor importancia. Te lo pondré de esta manera: lo único indispensable para ser el todo es precisamente no ser nada. Además, la humanidad no siempre estuvo dividida en hombres y mujeres. Los primeros seres humanos que poblaron este planeta tuvieron activos sus dos sexos. Los últimos también tendrán integradas, necesariamente, todas sus contradicciones. El cambio consistirá en dejar de ser nada, es decir, hombre o mujer, para ser de nuevo el todo, es decir, hombre y mujer. Pero yo no cambiaré, pues ya me encuentro en mi final, es decir, en mi origen. De hecho, mi presencia en tu mundo es una respuesta ante la amenaza que significa para el universo el hecho de que el Perro logre su propósito, que es despojar a la humanidad de su último centro. Necesitas saber que el último centro de la humanidad es la realidad de Dios, cualquiera que esta sea, incluso la de eso a lo que los moralistas llaman el Mal. Durante siglos, el Perro no ha hecho otra cosa que esforzarse por convertir a Dios en una idea. La idea de un Dios hecho persona es una de las formas posibles de esta idea. Disolver esa idea, licuarla y eliminarla a toda costa y por cualquier vía, es la intención del Perro. Al cabo de tanto tiempo, ha sembrado la confusión en el centro mismo de todos los corazones, y por eso los niños que nacen en esta época llegan hasta aquí convencidos de que Dios es una idea. Pero eso no es cierto: Dios es la realidad. Por eso, cuando el Perro logre borrar definitivamente de todas las consciencias la realidad de Dios, le será muy sencillo lograr su propósito, que es el de colocarse a sí mismo en el lugar de Dios.

—Bueno, bueno, ahora sí que me perdiste. ¿Quieres decir que al tipo le interesa quitar a Dios del medio para luego ocupar su lugar? Si es así, entonces lo que quiere es dar un golpe de Estado.

—Ese Perro no es más que el disfraz de mi antiguo discípulo, Serptes. A través de la eterna sucesión de mundos lo he estado siguiendo. He arruinado todos sus planes en una infinidad de planos distintos y también lo haré en este. El muy ladino, sin embargo, ha cambiado esta vez de estrategia: ha creado un ejército de mortales que lo han ayudado a transformar la idea de normalidad para convertirla en un estado indeseable a los ojos de la mayoría de las personas. Su intención a corto plazo es la de obligar al mayor número de consciencias a que acepten desaparecer voluntariamente de la faz de la Tierra. A largo plazo, sin embargo, sus planes son otros muy distintos. Se ha propuesto convertirse en el creador de un nuevo universo enteramente completo valiéndose para ello de las consciencias voluntariamente desechadas por sus mismos ocupantes. Esa será la materia prima del nuevo orden que se ha propuesto imponerle a su creación, una creación en la que él no estará en el centro, como en la actual está la realidad de Dios. Antes al contrario: se propone colocar a la libertad en el lugar que ahora ocupa la realidad de dios. Mi error, como su maestro, fue no haber logrado hacerle comprender que la libertad no es un estado, sino un proceso, un camino, una búsqueda o una pasión. ¡Ese desgraciado siempre confundió el poder con la libertad! Por eso se empeñó en dominar como nadie todos los secretos de la antigua magia divina. Como consecuencia, todo lo que ha hecho hasta ahora está tan mal concebido y tan retorcido como su mismo ser. Sin embargo, valiéndose de su poder, ha logrado proyectar su visión en las consciencias de sus huestes y ahora casi toda la humanidad está convencida de que en cualquier momento ocurrirá un cataclismo de proporciones insospechadas. Él sabe perfectamente que, en cada ocasión en que ha intentado llevar a cabo su plan, he sido el único que ha logrado vencerlo. Sin embargo, esta es la primera vez que ha optado por valerse de los mismos mortales para alcanzar su propósito. Hasta ahora había operado como cualquier otro de aquellos seres a los que las personas llaman "dioses": interviniendo en los deseos, propiciando falsas visiones y generando miedos, guerras y exterminios masivos de personas. En esta ocasión, en cambio, ha logrado penetrar a la matriz donde se generan los sueños de toda la humanidad. Como primera medida, se propone invertir el orden de la existencia humana, convirtiendo en una pesadilla el plano de la realidad y llevando lo que hasta ahora ha sido la vigilia al dominio de los sueños. Mi llegada a este mundo lo obligará a iniciar cuanto antes este plan. Por esa razón necesitamos tu ayuda, ya que también nosotros tendremos que crear una red de conciencias para oponernos a este plan del Perro.

—¿Y qué puedo hacer yo?, quiero decir, ¿qué esperas que haga? —preguntó Wiener—. No soy más que un simple inspector de policía, y ni siquiera uno de los mejores. Nunca en mi vida he tenido un gran poder de convocatoria. A mis fiestas de cumpleaños no asisten ni siquiera mis propios familiares, y mucho menos mis amigos más cercanos, si es que todavía me queda alguno. No creo que pueda ser de mucha ayuda en eso de crear una red de consciencias...

—Eso que acabas de decir es precisamente uno de los principales reflejos de la acción del Perro. Durante siglos, su trabajo ha consistido en sembrar la duda para debilitarlos, sembrando la desconfianza entre ustedes, alimentando pequeñas ambiciones personales y empujándolos a concebir a todos los demás seres humanos ya sea como peldaños de la escalera para su ascenso o como enemigos potenciales en esa loca carrera arribista que se empeñan ciegamente en continuar cueste lo que les cueste. Para ello se ha valido de toda clase de estrategias, pero sobre todo, en cada época y en cada lugar se las ha ingeniado para crear y armar a sus ejércitos de contaminadores con toda clase de doctrinas, sustancias y costumbres diseñadas para envenenar tanto el cuerpo como el ánimo de las personas. Y como ya están contaminados, ni siquiera tiene que preocuparse por sembrar más cizaña, pues de eso se encargan ustedes mismos... La duda, mientras tanto, continúa creciendo cada vez que alguien comienza a creer que Dios es una idea... Por esa razón, en esta época las palabras ya no sirven absolutamente para nada. Los que importan son los actos, y por eso, en lo que toca a tu participación, tu primer acto será sacar a la mujer del lugar donde se encuentra. Es absolutamente necesario que la saques de allí a toda costa, incluyendo el asesinato...

—¿Cómo dices? ¿Y dónde se supone que quedó aquello de "No matarás" y todo el resto de la canción?

—Esas son preocupaciones morales que nada tienen que ver con la realidad de Dios. La moral sólo es válida para los tiempos de paz, pero hace ya muchos siglos que estamos en guerra..., y por otra parte, no es la muerte lo que debería ser un problema para ustedes, los mortales, sino el hecho de no saber qué sucede después de la muerte. Te lo aseguro en el nombre de Bhamil, el todo, el encuentro perpetuo entre...

—Sí, ya me lo dijiste: el encuentro perpetuo entre el antes y el después. Ahora explícame qué es eso.

—Quiere decir que todavía no he nacido, y por tanto, no moriré nunca. Estoy en todas partes y en ninguna. He estado en mi ser desde antes del principio y permaneceré en mí después del final. Por eso, puedes creerme cuando te digo que hay más vida en la muerte que muerte en la vida. De hecho, todos ustedes mueren cada día sin darse cuenta y luego regresan a la vida... Pero ya está bueno de palabras. Es preciso que liberes cuanto antes a la mujer. Puedes estar seguro de que, si lo haces hoy mismo, te evitarás un problema mucho mayor de lo que imaginas... Cada minuto cuenta.

Wiener guardó silencio un breve instante y luego dijo:

—Mira, para ti es muy fácil, lo mismo que para todos los dioses. Estás ahí, en tu eternidad, rascándote el ombligo, y un día te dices: «Deja ver si termino de corregir tal o cual situación» o lo que sea que te digas en estos casos. Entonces, haces clic y te apareces en un lugar cualquiera, parpadeas una o dos veces y ya está. Fin de la historia. Para nosotros, en cambio, la cosa es, ¿cómo te lo digo? ligeramente distinta. Cuando queremos que algo suceda, tenemos que elegir entre romperlo todo para cambiar aunque sea un tanto así las cosas que no nos gustan, o tratar de ponernos de acuerdo entre todos, negociar esto o aquello engañando aquí y allá a todos los que se nos pongan a tiro. Esa es nuestra única magia, puedes creerme: no se nos da bien eso de ser dioses.

—Eso quiere decir...

—Eso quiere decir que aquí el dios eres tú. Eres el único que puede sacar a esa mujer de la cárcel. Además, su caso ya no está en mis manos.

—¡Eso es perfectamente falso y tú lo sabes!

El grito hizo que Wiener se quedara mirando en silencio a su extraña visitante, sin saber qué hacer. Sentía como si esa esbelta forma femenina se hubiese llenado de una extraña electricidad.

—Nunca dudes de tu capacidad, sobre todo cuando soy yo quien te dice que puedes hacer algo. Lo que sucede es que cada mundo tiene sus reglas, y en este mundo, los seres como yo no podemos intervenir de manera directa. Únicamente podemos operar a través de nuestros aliados...

—Bueno, pero... ¿no era más fácil pedírmelo de favor?

—Soy yo quien te hace a ti el favor. Sin mí solamente serías tierra mojada, lodo, quiero decir, casi una mierda...

Estas últimas palabras calaron muy hondo en la mente de Wiener. Quiso reaccionar, pero ya era muy tarde. Ni siquiera podía recurrir a lo que él llamaba su «sentido judío del humor»: un sentimiento de profunda pesadumbre se abatía sobre él produciéndole una sensación extrañamente cercana a la que experimentó cuando, luego de la muerte de sus padres, comprendió que nunca más los volvería a ver, y que eso precisamente era la muerte. Aunque hacía casi una década de ese funesto acontecimiento, logró identificar ese recuerdo con una rapidez que a él mismo le extrañó. Peor todavía, por alguna razón que no acertaba a explicarse, intuía que no tenía el control de la situación y que, por tanto, no tenía más remedio que dejarse hundir en el oscuro mar de tristeza que se había apoderado de él.

—¿Qué me... has hecho? –preguntó sin saber por qué tenía tanta dificultad para articular esas palabras.

—No he sido yo: tú mismo te has provocado esa angustia. Puedes salir de ese estado cuando quieras. Sólo tienes que sacar a esa mujer de la cárcel. Ya verás que esa simple acción te devolverá la alegría. Y es probable incluso que descubras cosas de ti que todavía ignoras. No tiene ningún sentido que intentes disimular tu interés: eres un guerrero, y lo único que te interesa en esta vida es la aventura. Te sientes harto de esa vida monótona que has llevado hasta ahora. Una vida en la que no sucede nada que valga la pena, pues sus días han sido diseñados de antemano para que todos parezcan igualmente repletos de rutinas como escuelas, colegios, trabajos y compromisos de todo tipo. Una vida en la que lo único que mueve a las personas es la promesa de una pensión de retiro más o menos cómoda, por la cual son capaces de soportar toda clase de humillaciones y pesares. Sabes bien que una vida como esa no está hecha para ti. Sin embargo, lo que no sabes es que no habrá manera de que la humanidad escape a esa caricatura de vida si el Perro logra salirse con la suya, pues ese ha sido precisamente su plan hasta ahora: ir sumiendo paulatinamente a la humanidad en una interminable espiral de reglas, obligaciones, normas, deberes y compromisos para así terminar de borrar de manera definitiva todo recuerdo de lo único capaz de hacer que la vida humana valga la pena: el sentido de la aventura. Porque eso precisamente es lo que él quiere: está tan convencido de que la libertad es el mayor bien que se ha propuesto terminar de una vez por todas con los deseos de los humanos. ¡Como si no supiera que el deseo es precisamente lo que constituye el principal combustible de la vida humana y que la libertad sin deseo no es más que la verdadera fórmula de la muerte! Y si aún después de esta explicación quieres decirme que ese es el orden de cosas por cuyo mantenimiento te has estado rompiendo a diario los cojones hasta ahora, será mejor que ni lo intentes: no tienes ni siquiera la excusa de ser un imbécil como tantos otros, pues sabes de sobra que tengo razón. Lo que no sabes es que, si este mundo está jodido, es precisamente por culpa del Perro y de nadie más. Será contra él y contra sus ejércitos que tendremos que luchar.

Casi al borde de las lágrimas, Wiener se derrumbó. Sabía que no tenía más remedio que aceptar la propuesta de su visitante, aunque todavía se decía que lo haría más por aburrimiento que por pura convicción. De ese modo, cuando la figura se desvaneció en el aire húmedo del cuarto de baño de la misma extraña manera en que había surgido, se dijo que tenía poco tiempo si de veras quería intentar hacer algo para ayudar a la mujer, de manera que tomó su celular y buscó el número de Mackenzie en la lista de sus llamadas recientes.

—Bueno, bueno, bueno –dijeron del otro lado a manera de saludo–. Estaba seguro de que me llamarías. Déjame adivinar: Necesitas que te haga un favor para ayudar a esa hermosura que acabas de meter a la cárcel...

—¿Y tú cómo rayos sabes eso, Mackenzie? –preguntó Wiener.

—Un misterio a la vez, inspector Wiener –dijo Mackenzie–. De hecho, de eso precisamente te quería hablar: es necesario que liberen a esa mujer. No tiene nada que ver con esto.

—¿Tú también? Acabo de tener una conversación de lo más curiosa con alguien que me ha dicho exactamente lo mismo. Pero al menos a ti no necesito explicarte de qué manera funciona el Departamento de Policía en una ciudad como New York. Sabes que eso es técnicamente imposible a menos que la orden provenga de una instancia muy alta o que de repente aparezca uno de esos abogados que cobran quinientos dólares por hora de trabajo y haga un poco de su magia.

—¿En serio es eso todo lo que necesitas? Creí que la consideraban sospechosa en un caso de triple homicidio...

—La cosa no es tan simple como luce a primera vista... Pero igual no puedo hacer nada, pues ya su ficha se encuentra en el sistema.

—Bueno, pero si en serio crees que un buen abogado podría resolver este asunto, conozco uno capaz de abrir casi todas las puertas.

—Necesito que me digas su apellido.

—¿El apellido del abogado? ¿Para qué?

—Si no es judío, no tendrá la menor posibilidad. Créemelo porque soy yo quien te lo dice, ya que no sé de qué manera se podría probar una cosa así.

—¡No, pero, si yo te creo sin necesidad de que me lo pruebes! Es más, mejor dime: ¿Consideras lo suficientemente judío a Ioshe Schwitzer, alias "Shlomo"?

—¿Ese? ¡Pero si ese tipo solamente trabaja con millonarios!

—Entonces, mejor para nosotros, ¿verdad? Dime a qué hora le puedo decir que se presente y considéralo hecho.

—Pues lo antes posible será lo mejor. Eso sí, dile que es probable que el FBI ya haya metido su nariz en esto.

—No te preocupes por eso. Puedes estar seguro de que esta noche esa mujer dormirá en su cama. Ah, y otra cosa... Todo esto puedes hacerlo sin sentir ningún miedo, pues alguien muy poderoso te tiene en alta estima. Mejor sigue haciéndole caso a tu intuición, como ahora. Y sobre todo, ni por un instante te atrevas a dudar de que llamarme fue tu mejor opción.

A esas alturas, Wiener ya estaba convencido de que algo en la manera en que las cosas funcionaban había cambiado drásticamente.

«¿Cómo rayos terminó este diciéndome lo mismo que la *tranny*?», se preguntó a sabiendas de que no valía la pena insistir en obtener una respuesta.

—¿Y qué hago, entonces? –le preguntó a Mackenzie.

—Ya has dado el primer paso. Ahora deja que las cosas sucedan. Y hablando de eso, creo que esta mañana te conviene llegar más temprano que nunca a tu oficina, pero antes de que te vayas, dime una cosa: ¿ya te sientes mejor?

Wiener se quedó de una pieza al escuchar esta pregunta de Mackenzie y trató de responder algo que tuviera alguna coherencia, pero las palabras se negaban a salir de su boca.

—En realidad, eso no importa por ahora. Ya tendremos tiempo de volver a hablar. Si sales ahora mismo estarás en tu oficina antes de que sucedan algunas cosas que no te gustaría perderte por nada en el mundo.

Acto seguido, Mackenzie colgó. Casi en ese mismo momento, se escuchó el timbre de su teléfono celular: lo llamaban del Precinto 66. Tenía que presentarse allí con urgencia pues había un código rojo que requería intervención inmediata de todos los agentes disponibles.

Hacia 2047, en la jerga del Departamento de Policía de la ciudad de New York, el código rojo designaba de manera exclusiva una situación que constituía un peligro para el Estado, desde una conspiración para matar al presidente hasta un ataque terrorista. Escapaban a esta clasificación incluso los casos de desfalco multimillonario de las arcas públicas como los que tuvieron lugar a finales de la década de 2020 y que terminaron reduciendo el tamaño de la que durante todo el siglo XX y las primeras cuatro décadas del XXI había sido la nación más grande del mundo, a tal punto que, de los 53 estados que llegaron a integrar la Unión Americana hasta 2045 (incluyendo las últimas tres incorporaciones que fueron Cuba, Puerto Rico y el Estado Mulato del Gran Babeque), en 2042, cuando se produjo el gran estremecimiento de la economía mundial que transformó la configuración geopolítica de todos los continentes, un total de 35 estados lograron independizarse de la Unión quedando esta reducida a un núcleo duro de 16 estados que, casualmente, aparte de las tres últimas incorporaciones, eran los mismos 11 que habían compuesto el grupo conocido como los Estados Confederados de América a inicios de la Guerra de Secesión luego de independizarse de los demás estados del norte del país reclamando una condición y un estatuto esclavista profundamente anclado en el pasado. A estos catorce estados se les agregarían, también en 2042, otros dos: California (o más bien, lo que quedó de ella luego del gran sismo de 2037) y Oregon, alcanzándose así, como se ha dicho, un total de 16. De los restantes 37 estados, 16 fueron anexados a Canadá y 14 fueron simplemente expulsados. Sólo un selecto grupo de 7 lograron cristalizar su independencia a través de un exitoso proceso deliberativo que pudo tener lugar gracias a una enmienda constitucional.

Como quiera que sea, lo único que era capaz de merecer la clasificación de código rojo en la imaginación de Wiener era el estallido de alguna revolución o un atentado contra alguna de las principales autoridades del gobierno. Mientras se alistaba, se preparaba mentalmente para estar dispuesto a enfrentar alguna eventualidad de ese tipo. Sin embargo, estaba muy lejos de imaginar lo que le esperaba.

Cuando estacionó su viejo SUV Ford frente al Precinto 66, su reloj pulsera marcaba las 12:25 P.M. Con paso rápido, subió los seis peldaños que separaban la entrada del nivel de la calle, empujó la puerta azul y de inmediato tuvo que enfrentarse al estrépito que producían numerosas personas que corrían de manera frenética por todas partes dando grandes voces, mientras otras se ajustaban a toda prisa los cascos y los chalecos antibalas. Instintivamente, se llevó la mano al cinto, y fue en ese momento cuando se percató de que había dejado su revólver en la guantera del vehículo. Víctima de un pálpito, se fue corriendo al lugar donde había aparcado, pero apenas desactivó la alarma de su vehículo con el mando a distancia, la poderosa onda de choque de una gran deflagración lo lanzó volando por los aires varios metros más adelante.

Más atontado por el estruendo que por la violencia de aquel empujón, Wiener se incorporó y corrió casi a tientas en busca de su revólver. Sabía que tenía que dirigirse cuanto antes a examinar lo que quedaba del Precinto 66, pero sentía un gran escozor en sus ojos, probablemente a causa del humo y el polvo que había llenado toda la zona, aparte de la enorme cantidad de escombros con los que iba chocando a medida que avanzaba, de manera cada vez más dificultosa. Los gritos de dolor comenzaron a escucharse varios minutos después. Sabía que tenía que pedir ayuda, pero había perdido su teléfono celular con la caída y no tenía tiempo para buscar uno. Para colmo, luego de la explosión, un pavoroso incendio se había desatado en el interior del Precinto. Sin pensarlo dos veces, Wiener se cubrió la cabeza con su chaqueta y se introdujo como pudo por el boquete que la explosión había abierto en la pared tratando de evitar las varillas retorcidas y los trozos de ladrillos que se hallaban desperdigados por todas partes. No obstante, dadas las extremas condiciones de calor y humo del interior del precinto, era muy poco lo que podía hacer. Desesperado, gritó: «¡Seller! ¡Teniente Winnigan! ¡Quién está aquí! ¡Respondan!» No obstante, Wiener no podía percatarse de que todo el humo que había respirado le había comenzado a afectar sus signos vitales y no tardó en desplomarse en medio del cuadro desolador de escombros, humo y polvo.

Cuando despertó, un fuerte dolor de cabeza se empeñaba en convencerlo de que no estaba del todo muerto. Abrió primero un ojo, luego el otro, pero no pudo ver absolutamente nada con ninguno de los dos. Antes, al contrario, ese gesto le provocó un terrible ardor que solamente menguó después de mantenerlos cerrados durante un largo rato. Sentía como si toda la piel de su cuerpo hubiese estado expuesta a la acción de un horno de microondas. Quiso mover sus manos, pero alguien se las había atado a unas barras que había en ambos costados de la cama en la que se hallaba tendido. Además, podía sentir que una especie de tubo le bajaba desde su nariz por el interior de su garganta y le impedía articular correctamente sus mismos insultos de siempre. Entonces comenzó a recordar las últimas escenas que había visto antes de perder el sentido. Era un hecho seguro que alguien lo había rescatado del infierno en el que sin duda habían perdido la vida muchos de sus compañeros. Deseaba con todas sus fuerzas que alguno de ellos hubiera logrado mantenerse a salvo, pues tal vez así le sería posible averiguar qué rayos había motivado la agitación en que se encontraba todo el Precinto momentos antes de aquella explosión. Después no recordaba nada más. Intuía que había perdido el sentido en el interior del Precinto, pues no recordaba haber buscado salir de allí en ningún momento. Sin embargo, lo que más le interesaba era saber si habían encontrado a alguien más con vida allí dentro aparte de él. Con este pensamiento firmemente clavado en su mente, volvió a escurrirse por la interminable espiral del sueño hasta que unas voces que hablaban en voz alta cerca de él le hicieron regresar a este lado de la realidad.

—¿En serio cree que ya está bien? —preguntó una voz de mujer que le resultaba sumamente conocida.

—Claro que sí —dijo la otra voz, masculina—. Todos sus indicadores están normales. Esta vez hemos tenido suerte: el paciente ha respondido muy bien a todos los procedimientos. Ahora le voy a retirar el levín. Aguarde unos minutos y luego haré que le permitan conversar con él.

Cuando la persona que había hablado le retiró el tubo que le pasaba por la faringe, Wiener sintió como si le estuviesen sacando el alma por la nariz. En la incapacidad de jerarquizar sus sensaciones, sentía al mismo tiempo ansiedad, calor, picazón, sed, ardor, dolor punzante y ganas de orinar. Tardó unos quince minutos en reponerse, después de lo cual pidió que le desatasen las manos o que le retirasen las vendas que le cubrían los ojos.

—Ni lo uno ni lo otro —le respondió la voz masculina—. Trate de relajarse. El especialista de la visión estará por aquí en el curso de la tarde.

—¿Qué día es hoy y qué hora es?

—No se preocupe por eso ahora y relájese para que pueda salir cuanto antes de aquí. Debe estar muy orgulloso de su esposa: ella misma fue quien lo rescató y lo trajo aquí, y además, no lo ha dejado solo ni cinco minutos. ¡Y yo que pensaba que ya no quedaban mujeres así!

Wiener se quedó de una sola pieza al escuchar aquello, ya que, hasta donde él podía recordar, no estaba casado, y lo que es peor, ni siquiera remotamente le había interesado casarse en toda su vida.

«¿Qué coño es esto?», se dijo recordando la conversación que había tenido con la visitante desnuda a su salida del baño la noche antes de la explosión.

—¿Y dónde está ella? –dijo exagerando un interés que apenas sentía–. Quiero hablar con ella. Dígale que venga a verme, por favor. Necesito hablar con ella.

—Tenga un poco de paciencia. Ella vendrá a verle en un rato. Por ahora es necesario que me permita terminar de higienizarlo un poco. Ahora que está por fin despierto será sin duda un poco más fácil, ¿no cree? Ya está, ¿ve que no fue nada del otro mundo? Ahora sí, vamos a llamar a su querida mujercita para que venga a verlo, pero eso sí: sólo un rato, ¿de acuerdo?

Hay momentos en la vida en los que el aire que respiramos deja de ser un gas y se petrifica; la misma saliva que intentamos tragar se vuelve arenosa y nos obliga a toser una y otra vez e incluso el ritmo de nuestros latidos se hace irregular como el de un jazz con taquicardia. Para Wiener, los minutos que transcurrieron luego de que la voz se ausentara para ir en busca de su supuesta mujer fue uno de esos episodios, pero básicamente a causa de la penosa condición en que se encontraba: atado a una cama de manos y pies, con los ojos vendados. Era como si lo hubiesen reducido a su mínima expresión.

—¡Y aquí está él, por fin! –dijo de repente el hombre, seguido de distintas expresiones de afecto de parte de la voz femenina a la que Wiener no lograba identificar pero a la que estaba seguro de haber escuchado muchas veces antes.

—¡Estoy tan contenta de verte bien! No te imaginas lo preocupada que he estado todos estos meses sin saber si despertarías o no!

—¿Meses? –gritó Wiener–. ¿Cómo que meses? ¿De qué rayos habla esta mujer? ¿Cuánto tiempo hace que estoy aquí?

—Pues, nada, apenas unos ocho meses y medio…

—¿Qué dices? ¿Y cómo ha podido pasar tanto tiempo sin…?

—Bueno, querido, es que cuando te traje aquí después de tu accidente estabas muy mal, tanto que durante los primeros dos meses los médicos no me daban ninguna esperanza…

—¿Pero de qué accidente me hablas? ¡Fue una explosión! ¡Un ataque terrorista! ¡En el Precinto 66! ¡Y yo estuve a punto de perder la vida allí!

—Claro, claro, mi rey, pero no te pongas así, que a mí los médicos me dijeron que durante los primeros días podías tener algunos episodios de alucinaciones y crisis… ¡Tuvieron que recablearte el cerebro por completo! No te imaginas la situación tan delicada en que te viste.

Al oír esto último, Wiener tuvo un presentimiento.

—Bueno, pero… Es posible que… Tal vez tienes razón… Estoy teniendo problemas de memoria… ¿Puedes decirme qué día es hoy?

—¿Hoy? Estamos a 15 de septiembre de 2047…

—Bien, ahora dime dónde estamos…

—Bueno, pero… es que estamos en el Hospital Moscoso Puello…

—Sí, pero… ¿En qué ciudad? ¿En qué país? Debes decírmelo todo… No recuerdo absolutamente nada…

—¡Ay, mi Dios, pero… es verdad! Bueno, estamos en la Nueva Ciudad Reconstruida de Santo Domingo, en el Nuevo Estado Mulato del Gran Babeque… Tú eres mi marido, José Dolores de la Cruz Guzmán Paulino… Estamos juntos desde hace dos años… Todavía no tenemos hijos… Yo me llamo Aniyorkis Leocadia Estefanía Fuertes Silvestre, tu esposa que te quiere y que le ha estado rezando a Papito Dios y a todos sus santos que te devuelva la salud… Hasta una promesa le hice a la Virgencita para que te saque con bien de…

—¿Y qué edades tenemos, tú y yo?

—Es verdad… perdóname, papito… déjame seguir… Yo tengo 23 años, mal contados, y tú 27… Tú eres taxista, yo trabajo en una oficina privada como secretaria… ¿No me digas que ya no te acuerdas? Tú mismo me conseguiste este trabajo…

—¿Y cómo pagamos este hospital? ¿Es muy caro?

—No hombre. Este es un hospital público… Tú sabes cómo son las cosas aquí… Tuve que pedirle ayuda al Presidente para que nos sacara de este apuro… Eso sí, los médicos son excelentes…

—¿Y cómo se llama el presidente de este país?

—¡Oh! El Doctor Servilló. Ya tiene como ciento cuarenta años en el poder y todavía está igualito… Aunque claro, a ti nunca te gustó la política…

—Bueno, ahora háblame de mí… ¿Qué fue lo que me sucedió?

—Bueno, a mí lo que me dijeron fue que tú estabas estacionado esperando que el semáforo cambiara ahí en la San Martín con Máximo Gómez cuando el camión salió de la nada y ¡fua! Se llevó de encuentro a cuatro carros. Tal vez se le fueron los frenos y todo, porque los cuatro carros quedaron como fritos de plátano, incluyendo al tuyo. La suerte fue que yo estaba en ese momento comprándole unos yaniqueques al haitianito que tiene el puesto de frituras ahí, en la placita frente a la bomba de gasolina, cuando oigo el estremecimiento y veo los carros y de una vez paré un motoconcho para ir a ver porque el corazón me dijo «Algo malo le pasó a mi moreno», y ¡coooooño! Nada más hice yo acercarme cuando te veo con medio cuerpo afuera atrapado entre tu carro y aquel camión y con la cabeza lleneciiita de sangre. Entonces me puse como loca y paré un carro a los gritos. El tipo que dizque no quería y que comenzó a decirme vaina del 911 y de qué sé yo qué, pero yo le dije que si no me ayudaba le iba a echar encima a los tígueres que estaban por ahí y que a nosotros nos conocía todo el mundo y que mejor era que me ayudara a llevarte al hospital por Dios y le lloré y le lloré hasta que lo convencí y entonces te trajimos aquí… Y después los médicos me dijeron que fue una suerte que te haya traído aquí porque dizque a ti te había dado un paro cardíaco y yo que medio me puse mala al oír eso y como que me iba a desmayar porque, ¿tú te imaginas? ¿Qué iba a ser de mí si se me iba mi moreno? Entonces como que a mí se me puso el cielo de la boca chiquitico para preguntarle al médico si no se podía a hacer nada. ¡Imagínate! ¿Qué me iba a decir él a mí? Lo único que me dijo fue que, si yo tenía familia con tierra, era mejor que la fuera hipotecando, porque, incluso en ese hospital público, los gastos médicos los tendría que pagar la familia del paciente, pasara lo que pasara, y entonces a mí como que me echaron fogaraté, y me puse todavía más loca de lo que estaba, y cogí para la prensa, porque tú sabes que allá en la oficina donde yo trabajo eso siempre está lleno de periodistas y conseguí que me sacaran al otro día una noticia del accidente en la que yo salí pidiéndole ayuda al Señor Presidente y ya tú ves, aquí estamos.

Mientras la escuchaba exaltarse a medida que hacía aquel relato, Wiener comprendió que la mujer estaba realmente emperrada de su marido, lo cual le hizo todavía más difícil de comprender la situación en que se encontraba. «¿Cómo es que esta mujer no se da cuenta de que yo no soy su marido?», se preguntó en el preciso momento en que una idea loca le pasó por la mente:

—Y dime algo, ¿cómo es que tú hablas tan bien el inglés siendo dominicana?

Al escuchar esta pregunta, la mujer se quedó de una pieza.

—No entiendo, mi corazón, ¿qué tú quieres decir?

Wiener tuvo una corazonada y reconsideró la pregunta:

—¿Sabes cuándo me van a quitar esta venda de los ojos? –preguntó.

—Bueno, yo misma no sé, pero se lo puedo preguntar a Junior, que diga..., al médico de planta. Es un tipo... o sea, un doctor muy simpático, déjame ir a ver si lo veo, espérame ahí...

«¿Y para dónde rayos quieres que me vaya, *morena*?», dijo Wiener en voz baja en cuanto escuchó la puerta cerrarse detrás de su "esposa".

«De manera que a esto era que se refería la *tranny*. Si no me equivoco, o la guerra ya comenzó, o el mundo ha quedado definitivamente con las patas para arriba. Ya no se puede creer ni siquiera en la vida de uno».

—Pero mi amor, me dice Junior que él mismo te dijo que el médico de los ojos viene esta tarde...

—Necesito que me hagas un favor...

—¿Qué cosa, mi cielo?

—Tienes que lograr que me den de alta cuanto antes. Ya estoy bien, puedes creerme. Además, estoy harto de que me tengan amarrado a esta cama.

—Te comprendo, mi rey, pero fíjate... es que tú acabas de despertarte hoy mismo... no sé si pueda...

—Claro que puedes... Ya me contaste todo lo que hiciste para conseguir que me atendieran bien aquí... Yo sé que puedes... Además, me haces mucha falta...

—Yo lo sé... moreno, y tú también me haces falta a mí... Está bien... voy a ver qué puedo hacer...

De repente, la puerta de la habitación se abrió de golpe y se escuchó la voz del médico llamado Junior que decía en tono cantarino:

—¡Hora del calmantico!

—¿Un calmante? ¿Para quién?

—Para usted, caballero. Tenemos que dejarlo descansar un rato, ¿verdad? Para que así esté en forma cuando le demos de alta y pueda atender como se debe a su esposa, ¿no es así?

No le valió de nada protestar. El calmante que le suministró el Dr. Junior vía intravenosa hizo efecto inmediatamente. Un mar de luminosas esferas amarillas, verdes y azules comenzó a llenar la estrecha pantallita de sus ojos cerrados, mientras la prosa del mundo iba perdiendo progresivamente todo sentido para Wiener, quien, justo antes de quedar definitivamente aturdido por el sedante, atinó a escuchar a Junior que le decía a su esposa en voz muy baja: «Este ya se durmió. Ahora te toca a ti. Ven, vamos allí un rato a aplicarte a ti una libra de carne en barra como a ti te gusta...»

Cuando Wiener volvió a despertar, ya le habían retirado la venda de los ojos y, aunque el interior de la habitación donde estaba recluido se hallaba en una penumbra casi densa, podía mover libremente sus manos y sus piernas. Su primer gesto fue el de incorporarse hasta quedar sentado sobre la cama con la intención de explorar el lugar donde se hallaba. A primera vista, todo lo que veía le resultaba demasiado sucio y pequeño, insuficiente incluso para tratarse de un cuarto de hospital público en un país del Tercer Mundo. «Todavía no entiendo cómo fue que vine a dar a esta pocilga, pero lo importante es que ya puedo largarme de aquí antes de que regresen esos dos», se dijo. «¡Qué vida de mierda la de ese pobre tipo!» Apenas intentó ponerse de pie, descubrió que sus músculos le respondían con una agilidad muy por encima de lo acostumbrado, de manera que se dispuso a caminar hacia la puerta. Sin embargo, apenas había dado un paso o dos cuando escuchó los gritos desesperados de varias personas que se hallaban probablemente en otras habitaciones contiguas a ese lugar que ya él comenzaba a dudar que fuera realmente un hospital público.

Los gritos se mezclaban en una algarabía sin sentido. Al principio eran más bien alaridos de dolor. Luego fueron tornándose en expresiones de quejas absurdas. «¡Qué coño me hicieron! ¡Este no es mi cuerpo! ¡Yo soy un hombre, un hombre, no esta... cosa! ¿Dónde rayos estoy? ¡Devuélvanme mi vida! ¡Déjenme salir de aquí! ¡No puedo estar donde no soy nadie, mejor me mato! ¡Tengo que salir de aquí!», y otras cosas por ese estilo. Casi al unísono comenzó a escucharse el estruendo que producían numerosos objetos al romperse o estrellarse contra ventanas y paredes. «Cualquiera diría que los que viven aquí no se aburren mucho», pensó Wiener acercándose a la puerta con la intención de abrirla. Hizo girar varias veces la perilla pero no sucedió nada: la puerta estaba cerrada por fuera. «De manera que era eso. Estoy libre pero no puedo ir a ninguna parte. Me costará un poco mantener la calma. Tengo que pensar en cosas agradables, como tocar una guitarra dentro de una bañera llena de agua hasta la mitad. ¿Realmente estoy aquí o solamente lo estoy soñando? ¿Cómo puedo estar seguro? ¿Puede alguien estar seguro de algo así cuando está totalmente aislado de los demás? ¿Por qué los demás gritan y yo no? ¿Por qué me cuesta tanto trabajo despertar, abrir los ojos, llegar a la otra orilla, a mi orilla, allí donde estoy junto a los demás seres que componen mi existencia, Seller, la teniente Winnigan, incluso ese idiota de Mackenzie?» Súbitamente, los ruidos y gritos del exterior cobraron una intensidad inusitada. Tal vez, alguien había logrado romper una de las puertas y ahora estaba liberando a los demás. Cada tanto se podían oír aquí y allá los golpes de algo así como un martillo sobre la madera de las puertas hasta que finalmente se producía un ¡crac! inconfundible, seguido de agudas manifestaciones de júbilo, de rabia o de ambas cosas juntas.

Y a juzgar por la intensidad con que se escuchaban esas vociferaciones, Wiener intuía que no tardarían en llegar a su puerta. Sabía que tenía que prepararse para escapar de ese agujero, pero también sabía que no le convenía hacerse muchas ilusiones, pues, después de todo, él nunca había pertenecido a ningún "afuera", a ningún "adentro". Como todo judío que se respete, nunca se había llevado bien con ningún otro miembro de su comunidad sencillamente porque le importaba una mierda formar parte de un pueblo elegido y saber que únicamente se es elegido para joderse, como todo el mundo, pero al mismo tiempo, peor que el resto de la humanidad, pues no existe un sólo judío que pueda darse el lujo de no ser consciente de que durante toda su vida caminará sobre la cuerda floja por el simple hecho de ser judío. De hecho, Wiener estaba perfectamente consciente de que no había nada en la vida que había dejado atrás en New York a lo que realmente le interesara "volver". Le daba perfectamente igual ser otra vez el inspector Wiener o el "esposo" de esa joven dominicana a la que, por lo visto, le sobraban energías para repartir a cuatro manos. ¿De quién es la culpa cuando te has pasado demasiado tiempo sintiendo que tu vida no se parece a lo que según tú debería ser, es decir, cuando, por alguna razón, dejas de ser ese que habías sido desde siempre o abandonas ese estado o esos lugares a los que te habías acostumbrado a considerar como partes de tu definición mejor sencillamente porque sí, porque un día las agujas cambiaron de repente, y lo que antes era así ahora es así o simplemente no será? ¿De quién es la culpa cuando uno ha llegado incluso a aceptar el cambio perpetuo como condición, y como para burlarse mejor de ti, tu vida misma sencillamente se congela, se estanca, se acoña como quien se va para la mierda apenas con un billete de ida, y te pasas así, un año tras otro, esperando que al menos algún pájaro decida cagarse en ti, pero ni siquiera eso sucede?

De hecho, Wiener había pasado ya la edad de las ilusiones: no esperaba nada de la vida. Nada bueno, para ser más precisos. Sabía perfectamente que en New York, en Caracas o en Pekín la vida era la misma mierda, pues hacía por lo menos doce años que había vomitado hasta la última gota del sueño americano que le habían embutido hasta por el culo a lo largo de toda su infancia y su adolescencia. Lo único que podía hacer era lo mismo que siempre había hecho: escurrirse, gotear, chorrear pegado como la goma derretida a las paredes de su propia vida. Eso sí, mientras encontraba por fin la boca del sumidero por donde terminaría desapareciendo como todo el mundo, continuaría ejerciendo su oficio de policía en estricto apego a las reglas que le impongan las autoridades, pues para eso él se había roto el culo estudiando cinco años consecutivos en la academia.

Por lo pronto, no obstante, tenía otras cosas más urgentes que atender.

El primer golpe de hacha le produjo un terrible sobresalto del que no se repondría por mucho tiempo. El segundo penetró limpiamente en la hoja de madera de la puerta como si esta fuera de papel. El tercero terminó de arrancar la pieza de madera donde alguien había instalado el pestillo de seguridad que lo había mantenido encerrado en contra de su voluntad en ese sucio cuartucho. Casi de inmediato, algo así como una docena de personas semidesnudas, hombres y mujeres de distintas edades, entraron a la habitación y lo tomaron por los brazos dando gritos en una sorprendente mezcolanza de idiomas que no lograban componer ninguna lengua en particular. «Eso solamente significa una cosa», se dijo Wiener dejándose empujar, halar, manosear y desnudar por la turba que se había aferrado a él como a un guiñapo de tela. «La realidad se halla terriblemente enferma, y no tardará en volvernos locos a todos». Esta fue la última idea coherente que Wiener logró albergar en su cerebro, pues, casi de inmediato, alguien le asestó en la cabeza un golpe con la parte plana del hacha tan fuerte que le hizo perder el sentido.

♉

Cuando se despertó, no pudo evitar tener la impresión de haber vivido antes la misma escena. Se vio nuevamente estacionando su viejo SUV Ford frente al Precinto 66 y, al dar una ojeada a su reloj pulsera, comprobó que este seguía marcando las 12:25 P.M. Con paso rápido, volvió a subir los seis peldaños que separaban la entrada del nivel de la calle y empujó nuevamente la puerta azul. Esta vez, sin embargo, lo que vio allí dentro le heló la sangre. Flotando en el aire, con sus largos cabellos grises desplegados, Suzanne Souci había sembrado el caos en el interior del recinto. Los cuerpos de numerosos agentes desmayados yacían por todas partes, junto con una gran cantidad de papeles dispersos. Aquí y allá centelleaban las luces led de los reflectores de seguridad, las cuales solamente se encendían en caso de que hubiese una falla eléctrica en el sistema principal. Al sentir su llegada, Suzanne gritó:

—*Ou pa rive bonè!*

Luego se dejó caer sobre sus talones y toda la escena regresó de golpe a la normalidad: sin que ni siquiera una sola de los centenares de hojas de papel que segundos atrás estaban tiradas por todas partes estuviera ahora fuera de lugar, los agentes que poco antes estaban desmayados por el suelo proseguían ahora conversaciones que probablemente habían iniciado decenas de minutos atrás. Ninguno de los allí presentes daba muestras de notar ningún cambio; tampoco nadie distinguía la presencia de Wiener ni la de la anciana negra de cabellos exageradamente largos que parecía tener la misma edad del mundo. En una palabra: ambos se hallaban ahora *fuera del tiempo.*

—*Nou bezwen talan ou yo* –continuó diciendo Suzanne–. *Vini avèk mwen.*

Y diciéndole a Wiener que debía acompañarla, Suzanne levantó una mano a la altura de su pecho con el mismo gesto de alguien que abre una puerta y ambos abandonaron aquel interregno donde se hallaban para dirigirse a un lugar totalmente distinto. A Wiener le tomó apenas un minuto descubrir de qué lugar se trataba: la casa de Nicole Dombres en Cabarete, en la costa norte del Gran Babeque. Había llegado hasta allí como quien pasa por una puerta de un cuarto a otro.

—Has tardado mucho, Suzanne –dijo Nicole.

Como si nos hubiésemos puesto de acuerdo, la Tota, Antinoe, Mickey Max y yo, Tung Yep Chan, miramos largamente a los recién llegados con ojos de degollados. Como si comprendiera, en lugar de responder, Suzanne optó por evaporarse para regresar a su urna funeraria. Sólo Nicole se dio por enterada de que Wiener acababa de llegar.

—Si me hubieras llamado para decirme que me necesitabas, habría tomado el primer vuelo disponible para venir a verte –dijo Wiener con cierto sarcasmo al tiempo que nos dirigía un gesto de saludo como si nos conociera de toda la vida–. Sólo que tal vez habría tardado un poco más...

—No tienes la menor idea de lo que está a punto de suceder. Aunque bueno, lo importante es que ya estás aquí –dijo Nicole–. Deja que te presente a Bhamil. Él es la razón por la que ocurrieron las muertes que investigas actualmente...

Wiener se quedó de una sola pieza cuando vio aparecer ante él la figura de un hombre de aspecto tan extraño que no era posible ubicarlo ni en la raza negra, ni en la blanca, ni en la hindú. Tenía además la cabeza rapada y daba la impresión de tener más de siete pies de altura, delgado y enjuto. Su piel lucía bastante apergaminada, como la de quienes han vivido más de la cuenta. Por toda vestidura llevaba puesto un quitón o túnica oscura de un tejido que se asemejaba al lino crudo grueso, y sobre su pecho, varios collares de cuentas de colores. Al observarlo más detenidamente, sin embargo, Wiener descubrió que la piel de aquel hombre no era exactamente de color negro, sino que había sido minuciosamente tatuada en tantas ocasiones distintas que ya no había en ella un centímetro con su color natural. Todos esos detalles se fusionaban curiosamente para obrar sobre quienes los contemplasen un profundo efecto de repulsión, como el que solamente pueden producir ciertos ofidios. Tal vez por eso, sin embargo, Wiener sabía –o más bien intuía– que no se hallaba ante un ser común y corriente.

A pesar de la tremenda importancia que reviste lo que sucedió a continuación, no es posible continuar avanzando sin antes hacer un alto para explicar de qué manera Benjamin Wiener había conocido a Nicole Dombres.

7. La reunión

WIENER Y NICOLE se habían conocido hacia 2030. Ese año, ella acababa de llegar a New York proveniente de París, donde habían quedado su último marido y sus dos niñas, una de nueve años y otra de seis que ni siquiera eran de él, sino de ella, fruto de un matrimonio anterior. Ella y él habían coincidido en un bar una noche en que caía un verdadero diluvio, pocos meses antes de que él tomase la decisión de ingresar a la policía. En aquella época, Nicole todavía tenía un manejo del inglés bastante rudimentario, pero, extrañamente, mejoraba bastante con ayuda del alcohol. Sin embargo, a causa de un pequeño desliz de la francesa, la primera conversación que ambos sostuvieron esa noche tendría lugar en una mezcla de inglés con yidish polaco, lengua esta última que ambos dominaban de manera empírica, por tratarse del idioma de sus respectivas infancias. Acodado en el mostrador del bar, consumía con su acostumbrada lentitud un vaso de Wild Turkey a la roca cuando oyó que alguien decía a su izquierda, mezclándolas con otras cuyo significado desconocía, las palabras:

—*Ichsa! Feigele! Alte kaker...! Shvantz shvach! Feh!*

—¡Muchacha! ¿Y piensas beberte tu cerveza con esa misma boquita? —le dijo Wiener en inglés notando que la joven que se hallaba sentada a su lado no tenía nada delante de ella.

—¿Cerveza? ¿Qué cerveza? ¡Yo no tengo ninguna cerveza!

Sonriendo, Wiener llamó al *bartender* por su nombre y le dijo algo que ella no logró entender. Menos de un minuto después, la joven tenía ante ella un *bock* de cerveza.

—¿En qué estábamos? ¡Ah, sí! ¿Cómo es que sabes hablar yidish polaco?

—Por mi familia. Mi madre era judía. De origen polaco, dicen. Bueno, la realidad es un poco más complicada. ¿En serio te interesa saber?

—¡Claro que sí! ¿Por qué otra razón te lo habría preguntado, si no?

—Bueno, pues deberás saber que la familia de mi madre llegó a París en compañía de sus padres, quienes habían emigrado a Francia a mediados de la década de 1990. En esa ciudad ella creció y luego asistió al liceo judío. Después comenzó a estudiar Arte en la Escuela del Louvre. Allí conoció a mi padre y se casó con él poco tiempo después. Luego nací yo, pero ya mis padres se habían separado. Me dijeron que mamá no se acostumbró nunca la vida en París y que mi papá decía que no estaba hecho para el matrimonio. Nunca supe si eso era verdad, pues, en cuanto nací, me entregaron a un centro de protección materno infantil, donde posteriormente me reclamaron mis abuelos maternos. Fue con ellos, pues, con quienes aprendí el yidish. Ellos me criaron y me dieron su apellido. Sin saber nada, cuando cumplí diecisiete años, yo también me inscribí en la escuela del Louvre. Sólo al enterarse de que la historia había comenzado a repetirse, mi abuelo decidió que había llegado el momento de decirme que mi papá había muerto en algún país del Oriente Medio en circunstancias que nunca se aclararon. A mí, sin embargo, esa noticia ni siquiera me importó. Me las arreglé para continuar viviendo mi vida de la manera que mejor convenía a mis caprichos. Estudié pintura y escultura y luego completé una especialidad en restauración de arte antiguo. Mientras estudiaba tuve numerosos romances, aunque ninguno de ellos en serio. Me enamoré primero de un chico, luego de una chica, luego comencé a salir con una persona transgénero, pero fue tal como te digo: nada fuera de lo común. De hecho, creía que el amor no lo habían inventado para mí hasta que conocí a Jacques Firmin un tipo con el que me casé. Vivimos juntos cinco años, durante los cuales tuvimos dos niñas, Arielle y Lucie. Luego conocí a Cédric en una exposición de arte egipcio, el mismo día en que la mayor de mis hijas cumplió cuatro años. Al día siguiente, Jacques y yo decidimos separarnos. Él se quedó con el automóvil y yo con los libros y la casa. Al lado de Cédric llegaría a sentir una profunda complicidad. Él fue quien me enseñó todo lo que sé acerca de la lectura de los jeroglíficos. Gracias a él me fue posible iniciarme en la magia hermética y sobre todo, cuando mi abuelo me informó acerca de lo de mi madre, me estimuló a que me dedicara por entero a encontrar su paradero. Incluso aceptó quedarse con Arielle y Lucie el tiempo que fuese necesario mientras la buscaba.

—Oye, ¿no te queda algo de lo que fumaste? ¡Esta historia que me cuentas está loquísima! A ver, mejor vamos por partes. Me dices que tus abuelos te dieron su apellido. ¿Se puede saber de qué apellido estamos hablando?

—El verdadero apellido de mis abuelos es Kirschenbaum, pero en todos sus documentos figura únicamente el apellido Kirschenski, Jean y Gertrude Kirschenski, *née* Kowak. ¿Qué más quieres saber?

—¿Cómo fue eso de que te divorciaste de un tipo con el que ya tenías dos niñas?

—Es que... claro, no conoces a Cédric. Cualquier mujer casada que lo conozca, comprenderá. Es más, si lo conocieras, incluso tú comprenderías...

—Bueno, tal vez lo comprenda, pero no sé si me divorciaría... Aunque claro, debo decir que no estoy casado, ni creo que me case nunca.

—Conveniente, ¿verdad? Pues lo cierto es que el día en que conocí a Cédric estaba casada, y, al otro día ya, no lo estaba. O sí, pero me había separado. Y que conste que no hace mucho de eso, a decir verdad. Hace apenas seis meses, después de haber vivido un año y medio con Cédric, me enteré por boca de mi propio abuelo de que mi mamá había logrado obtener la nacionalidad americana y estaba viviendo aquí en New York bajo el apellido de su último marido, un martiniqués llamado Gilles Dombres. Desde que lo supe no pude contener mis deseos de viajar hasta aquí para conocerla. A tal punto que, aunque Cédric no quería para nada que así fuera, no vacilé en separarme también de él. Eso sí, esta vez sabía que me sería imposible salir a camino en compañía de mis hijas, de manera que le cedí a él la guardia completa de mis niñas. No hace falta que te diga el resto, pues tal vez ya lo has adivinado: desde que llegué a esta ciudad no he cesado de buscar a mi mamá un sólo día, pero todos mis esfuerzos han sido en vano. Esta ciudad es enorme, y además, por todas partes me piden demasiado dinero para ayudarme...

—Bueno, pero si todo eso que dices es cierto, entonces eres una verdadera joyita, Miss Kirschenski...

—Ese apellido no me gusta. De hecho, en mis papeles continúo portando el apellido de Cédric: Vigneault.

—Bueno, entonces te diré que me pareces una verdadera joyita, Madame Vigneault –corrigió Wiener. Luego agregó en un tono de falsa arrogancia:

—Además, creo que necesitas aprender a buscar ayuda en los lugares adecuados. Conmigo, por ejemplo. Si permites que te ayude, es muy probable que puedas encontrar el paradero de tu mamá en un tiempo relativamente corto, y lo que es mejor: absolutamente gratis.

—Mis abuelos me enseñaron a no aceptar nunca la ayuda de nadie a cambio de nada, así que tendrás que permitirme que te retribuya de alguna manera en caso de que tengas éxito.

—¿Tenemos un trato, entonces?

—Todavía no: primero tienes que contarme tu vida tal como yo lo he hecho contigo. No es bueno andar por ahí haciendo tratos con perfectos desconocidos, ¿verdad?

♉

Como sabía por experiencia propia que todas las historias tienen un principio, Wiener buscó ayuda con algunos amigos suyos que se hallaban en aquella época realizando una pasantía laboral en el Departamento de Migración. Tim Minsk y Steve Shwartz habían realizado su *barmitzvá* junto con él en la misma sinagoga de Brooklyn. También habían compartido juntos el dinero que le pagaron a la misma prostituta –luego de convencerla de que, si aceptaba hacer un tres por uno, podría tenerlos luego como clientes a cada uno de ellos por separado– la noche en que salieron a celebrar el fin de su bachillerato. Tim le dijo que, aunque ambos trabajaban en el departamento de estadísticas, él había salido en una ocasión con una chica del Servicio de Migración y Naturalización.

—Si la mamá de tu amiga se encuentra legalmente en la ciudad, seguramente tuvo que llenar un formulario I-94 –le dijo–. El acceso a la base de datos tiene tres niveles de seguridad, pero mi amiga posee el más alto. Estoy seguro de que, si le explico el caso, seguramente ella querrá echarle una mano a la paisana.

—¿No me digas que también es judía? –preguntó Wiener.

—Sabes perfectamente que no me gusta comer ninguna carne que no sea *kosher* –respondió Tim.

—No sé si lo que más me molesta de ti es que seas un hijo de puta presumido o que seas un mentiroso incurable –dijo Wiener, burlándose–. Todos sabemos que le tienes asco a acostarte con nada que no tenga algo que cuelgue entre las piernas...

—Y según dicen, ni siquiera a eso –agregó Steve.

—Y ustedes, par de cabrones envidiosos, pueden seguir pajeándose por lo que más les guste, mientras yo me dedico a la caza mayor. Que les vaya bien.

—No te hagas el pendejo –intervino Wiener–. ¿O ya no te acuerdas de quién te presentó a tu primera novia ni de lo que dijiste en esa ocasión? Necesito que me ayudes en esto. Después, si quieres, no te molestaré nunca más. Eso sí, si no me ayudas, tendrás que pensarlo mucho y muy bien antes de venir a pedirme un favor...

—Bueno, bueno. Está bien. Te ayudaré. Pero eso sí, necesitaré que me des algo de tiempo, digamos una semana. Tal vez menos, si hay suerte. No puedo darle a Hanna la impresión de que necesito esa información con urgencia. Es del tipo de mujeres que detestan sentirse usadas.

—¿O sea que crees que hay "un tipo" de mujeres a las que les gusta sentir que se las usa? –dijo Steve.

—Ya déjalo en paz, Steve –dijo entonces Wiener–. Sabes bien que no fue eso lo que quiso decir. Puedo manejar ese plazo, Tim. ¿Debo llamarte en una semana, entonces?

—No me llames: yo te llamaré. Y es probable, como te digo, que recibas mi llamada antes de una semana.

Durante esa semana –aunque sólo lo hizo por mantener su mente ocupada en algo–, Wiener se pasó tres tardes consecutivas en el Departamento de Policía de su vecindario en la zona de Brooklyn donde había pasado la mayor parte de su vida. Allí también tenía amigos, varios de los cuales venían aconsejándole desde hacía algún tiempo rellenar el formulario de solicitud para una prueba de aptitud. «Ya verás que de verdad estás hecho para esto, *bro*». Y aunque al principio se acercaba a los agentes sin mucha convicción, poco a poco iba ganando espacio en su consideración la idea de que tal vez no sería un despropósito someterse a aquella prueba.

Al cuarto día de espera, la llamada de Tim lo sorprendió mientras se hallaba en el Departamento de Policía.

—Wiener, soy yo, Tim. Será mejor que hablemos en persona. ¿Podemos vernos esta tarde a las cinco y media en mi casa?

Sumamente intrigado, Wiener se presentó a la hora indicada en casa de Tim Minsk, quien vivía solo en una especie de *loft* que le rentaba a muy buen precio a un viejo amigo de su padre que ahora estaba retirado.

—¿Qué pasa, Minsky? –preguntó Wiener apenas Tim le abrió la puerta–. ¿Por qué tanto misterio?

—Creo que necesitas leer esto. Logré que me sacaran una copia pero igual tendré que destruirla apenas la leas, pues es información clasificada y pueden meterme preso si sucede algo relacionado con esto en lo que salga a relucir mi nombre.

Wiener leyó dos veces con suma atención las dos hojas escritas a mano en las que se detallaban las razones que habían determinado la captura, apresamiento, juicio y posterior condena a morir electrocutada en 2035 de la nombrada Mildred Dombres, née Kirschenski; 54 años; nacida en París en 1981; francesa de origen judío, nacionalizada estadounidense en 2019, luego de su matrimonio con Willy Knives; 5'5" de estatura; caucásica; pelo rizo y negro; 127 libras de peso, residente en la calle ... ... en el condado del Bronx,

New York, por asesinato premeditado en contra del señor Gilles Dombres, nacido en Martinique, de nacionalidad estadounidense, con quien vivía en unión libre desde 2023.

Pese a los alegatos de insania mental presentados por la defensa de la señora Kirschenski, la jueza Ruth Yachne tomó en cuenta la extrema crueldad ejercida contra el señor Dombres con el propósito de provocarle la muerte, así como los testimonios de cinco testigos que permitieron conducir la investigación hasta dar con varias de las piezas pertenecientes al cadáver del señor Dombres como lo determinó el análisis de ADN, el arma homicida (una antigua espada ritual de procedencia desconocida).

La jueza basó su sentencia en que todas las evidencias apuntan al hecho de que la señora Kirschenski, que había solicitado permiso tres años atrás para cambiar su apellido por el del señor Dombres, se había valido de sustancias de uso común entre los practicantes de la brujería para inducir a su víctima en un sueño letárgico, dejándolo así en la total incapacidad de defenderse mientras ella despedazaba su cuerpo en numerosas partes de las que apenas se logró reunir un 45 por ciento de su masa total.

Cada vez que se le preguntó por qué razón había cometido esa atrocidad, la prevenida se había limitado a gritar lo mismo ante el tribunal: que lo había hecho como una advertencia de lo que le sucederá a todos los practicantes de la hechicería cuando el Perro decida por fin manifestarse ante la especie humana. Los informes de tres expertos en salud mental consultados de manera independiente por el Tribunal certificaron que la prevenida se encuentra en pleno dominio de sus facultades e invalidaron la hipótesis de que haya sido víctima de un ataque de histeria o de un brote de locura temporal. La condena será ejecutada en un lugar del estado de New York seleccionado por el Tribunal en un plazo no menor de un año ni mayor de tres a partir del momento de su promulgación. Fechado el 21 de septiembre de 2035.

—¡Mierda, pero si ya hace diez años de esa condena! –exclamó Wiener–. Como mínimo, esa señora debe haber sido ejecutada hace siete. ¿Qué le voy a decir a mi amiga?

—Pues, yo en tu lugar, probaría primero a decirle la verdad.

—Es que no sé... Ella sonaba tan convencida de que su madre aún estaba viva... ¿no hay posibilidad de que se trate de un error?

—Si te refieres a un caso de confusión de identidad, lo dudo mucho. Como has visto, la ficha comienza con una lista detallada de datos referentes a la persona de la condenada para que así no quede la menor duda de que se trata de ella.

—¿Y la defensa? ¿Cómo podríamos contactar a los abogados que la defendieron? Ellos tienen que haber sido los últimos en hablar con ella, en conocer su versión de las cosas. Estoy seguro de que mi amiga querrá también conversar con ellos.

—Esa información no la tengo, pero tal vez puedan echarte una mano en el Departamento de Policía. ¿Por qué no vas y les preguntas?

Ben Wiener clavó en los ojos de Tim una mirada de estupor. Sabía que era posible que tuviese razón, pero presentía que algo serio le sucedería si se atrevía a abrir esa puerta. Lo mejor sería pedirles a sus amigos que lo ayudaran.

—Muy bien, eso haré.

No tuvo necesidad de hablar con sus amigos de la Policía, no obstante, ya que menos de una hora después de abandonar la casa de Tim Minsk, recibió en su celular una llamada de Nicole, quien le dijo, eufórica, que necesitaba reunirse con él esa misma tarde.

—¡Tengo noticias sobre mi madre! –le dijo ella–. Tenemos que vernos. ¿Podemos quedar a eso de las seis en el mismo bar de siempre? ¡No me falles!

Cuando Benjamin Wiener empujó la puerta del bar, encontró a Nicole sentada ante una mesa en compañía de dos sujetos de raza negra, un hombre y una mujer. Ambos se comunicaban entre sí en una lengua que Wiener confundió con el francés, pero en realidad era *créole*, y los dos eran sexagenarios.

—¡Qué bueno que llegaste! Mira, te presento a Corneille y a Marguerite Dombres, los hermanos del último marido de mi madre. No hablan inglés, pero me han dicho que ella y su hermano Gilles se mudaron a Fort Liberté, en la isla del Gran Babeque hace siete años. Incluso me han mostrado –*faites-voir la photo, s'il-vous-plaît*– esta fotografía reciente... en la que ambos aparecen... mira, dicen ellos que esa es mi madre y ese señor de barba blanca es *mister* Dombres. ¿No es esto emocionante? ¡Cualquiera diría que sí voy a conocer a mi mamá después de todo! Quise que vinieras porque no podía partir sin antes avisarte que ya no es necesario continuar investigando. ¡Pienso viajar a la isla con estos dos señores!

Wiener no pudo pronunciar una sola palabra después de escuchar aquello. Estaba tan perplejo que, sin darse cuenta de lo que hacía, tomó en sus manos el vaso de agua mineral de Nicole y estuvo a punto de llevárselo a los labios. Reaccionó a tiempo, sin embargo, y volviendo a colocar el vaso sobre la mesa ante los ojos atónitos de Nicole, atinó a decir:

—Tenemos que hablar... En privado... Es urgente.

El hasta entonces sonriente rostro de Nicole se demudó en una adusta mueca de seriedad antes de decir:

—¿Qué sucede? ¿Pasó algo?

Poniéndose de pie, Wiener trató de hacer que Nicole lo acompañara hasta el bar, pero ella se negó diciéndole:

—No hace falta. Estos señores no hablan una palabra de inglés. Puedes decirme lo que quieras aquí mismo. Te escucho.

Dando un profundo suspiro, Wiener comenzó a hablar. Le contó las circunstancias en que había contactado a su amigo Tim Minsk, los resultados de la investigación de su amiga. Le habló igualmente de lo que decía la ficha que había leído, del juicio por asesinato contra su madre, del testimonio de los testigos, de la sentencia que dictó la jueza Yachne y del plazo fijado para la ejecución de la condenada.

—A esta hora, los huesos de esa señora tienen que estar totalmente blancos –le dijo finalmente–. Ten cuidado con esta gente. No te confíes demasiado.

Nicole escuchó pacientemente todo lo que le dijo Wiener, pero sus últimas palabras surtieron sobre ella un efecto detonante. Apenas el futuro inspector de policía terminó de hablar, ella estalló en un mar de carcajadas que no tardaron en contagiar a sus dos ancianos acompañantes y a otras personas que se hallaban sentadas ante mesas cercanas a la suya.

—Perdona, pero... ¡todo esto me resulta tan hilarante! Hacía tiempo que no reía de esta manera...

Con cara de póker, Wiener únicamente atinó a decir lo que, de hecho, fue la única alternativa viable que se le ocurrió para salvar la situación:

—Te propongo un nuevo trato. Permite que por lo menos te acompañe en tu viaje a esa isla. Puedes decirles lo que quieras a estos señores, pero por favor, deja que te acompañe. Te prometo que no te arrepentirás. No tengo ni que decirte que cubriré todos mis gastos...

Nicole clavó alternativamente una mirada acerba en los ojos de cada una de las personas que la acompañaban. Resultaba evidente que se esforzaba por tomar la decisión que más le conviniera en semejantes circunstancias. Al cabo de un rato, dijo mirando a sus amigos:

—*Li vle akonpaye nou!*

—*Pa gen pwoblèm* –dijo el anciano llamado Corneille.– *Gen plas pou tout moun.*

—Corneille dice que tendrás que pagar también tu alojamiento –mintió Nicole.

—Eso quiere decir que no tiene inconvenientes con que yo vaya. Muy bien. Ahora necesito que me digan el nombre de la aerolínea y el número de vuelo para comprar mi billete. No creerás que dejaré que te vayas sin mí.

—*Li vle konnen nimewo vòl pou vwayaje an Ayti avèk nou* –dijo Nicole.

—*Di l' nou pa vwayaje nan avyon, pake se pou zwazo yo* –dijo el anciano–. *Nou vwayaje nan pòt la gwo.*

—Dice Corneille que compres un billete de ida y vuelta a Port-au-Prince en el vuelo 351 de American Airlines de mañana a las 7:45 A.M., saliendo por el Gate 75 del aeropuerto John F. Kennedy. Allá te esperaremos porque…

—No seas mala –dijo en ese momento Marguerite Dombres en un inglés perfecto y sofocando una risita maliciosa–. ¿Cómo vas a hacer que este muchacho gaste ese dinero para nada? Pensé que ustedes eran amigos…

—De manera que usted habla inglés –dijo Wiener sin salir de su asombro.

—Parece que sí, aunque no lo hablo todos los días –dijo Marguerite.

—Eso quiere decir que usted entendió lo que le dije a Nicole acerca de su mamá. En ese caso, me gustaría saber qué piensa usted acerca de eso.

—No tiene nada de qué preocuparse, jovencito –dijo Marguerite–. La persona que murió electrocutada no era la madre de Nicole, sino su doble. Tiene que saber que, así como varias personas pueden portar el mismo nombre, algunos de nosotros ocupamos un cuerpo idéntico al de otras personas que viven en este mismo plano. Sencillamente, algunos cuerpos tienen "eco", y otros no. La madre de Nicole ocupa uno de esos cuerpos con eco. Originalmente eran siete, ahora sólo quedan dos más aparte del que ocupa ella, pero ninguno de esos vivirá para conocer la época que se avecina.

—Vaya, vaya, conque esas tenemos –dijo Wiener sin saber si reírse o insultar a la anciana–. ¡Y aun así la mayoría de la gente cree que todos somos iguales!

—Yo en tu lugar no me burlaría de las cosas que no comprendo –le dijo Nicole–. Sin embargo, ahora considero que te hará mucho bien venir con nosotros a la isla. Te aseguro que no serás el mismo después de eso.

—No, qué va –interrumpió Marguerite–. Él seguirá siendo el mismo, porque todavía está demasiado verde para cambiar.

♉

Aquella fue, pues, la primera vez que Wiener viajó a la isla del Gran Babeque gracias al poder de tele transportación de los esposos Dombres. De ese modo, su llegada a la localidad antiguamente conocida como Fort Liberté, en el noroeste de la isla, no quedó registrada en ninguno de los dispositivos electrónicos que fueron instalados por las nuevas autoridades del Nuevo Estado Mulato del Gran Babeque. Los cuatro viajeros se manifestaron en el área de la piscina de una lujosa residencia construida en lo que una vez fueron las ruinas de una construcción colonial francesa.

—*Mlle. Nicole* –dijo Marguerite–, *je vous présente à Mme. votre mère…*

Casi perdida en el fondo de una silla de mimbre o de ratán cuyo inmenso espaldar recordaba la cola de un pavo real disecado, una mujer de rasgos indígenas y de tamaño sorprendentemente reducido miró al grupo de visitantes recién llegados, sonriendo como si posara para algún fotógrafo de revistas.

—¡Oh, pero, qué sorpresa! –mintió en español (puesto que ella era capaz de mentir en más de siete lenguas)–. No sabía que ustedes vendrían a verme.

—Usted perdone, Mme. Mildred, pero usted misma fue quien nos dijo que viniéramos hoy a esta hora, y además…

—¡Guaaaa! ¡Tú debes ser Nicole! –exclamó la mujer llamada Mildred poniéndose de pie para saludar a Nicole sin hacer caso de lo que le decía la señora Marguerite–. ¡Pero qué grande estás y qué bella! Espero que tu abuela te haya hablado acerca de mí y que te haya explicado todo, la situación que se me presentó con tu papá y mi necesidad de… Todo, quiero decir…

Nicole se limitó a sonreír porque, en ese momento, sus conocimientos de español apenas le alcanzaban para decirles «moreno, vamua bailar» a los pretendientes que se le acercaban como moscas en las discotecas latinas que solía frecuentar desde su llegada a New York.

—*Enchantée, madame* —alcanzó a decir parcamente mirándola a los ojos.

—*Ah, oui, c'est vrai* —dijo la doña de tamaño compacto—, es verdad que tú no hablas español. ¡Qué pena! Bueno, déjame corregir eso antes de hacer cualquier otra cosa...

Y dicho eso, la pequeña mujer levantó al aire el dedo índice de su mano izquierda, curiosamente más oscura que su derecha, e hizo como si discara un número imaginario en un teléfono antiguo.

—Ya está —dijo dirigiéndole a Nicole una mirada sumamente intrigante—. Ahora cuéntame un poco cómo ha sido tu vida.

Sorprendida al notar que era capaz de comprender perfectamente lo que la señora le decía, Nicole dijo:

—Bueno, pero esto es extraordinario. ¿Cómo lo ha hecho?

—¡Bah! Eso no es nada. De algo debe servir que yo sea tu mamá. ¿Nadie te habló nunca de las lenguas maternas? La pena es que yo solamente aprendí a hablar siete idiomas, porque si no... El caso es que puedo compartirte todas las cosas que sé... Bueno, pero mejor preséntame a tu novio.

—No es mi novio, es...

—¿No? Bueno, pero eso tiene que ser culpa de él, ¿verdad? Porque las mujeres de mi familia no perdemos tiempo en boberías...

—Usted y yo casi no somos familia...

—Lo sé, lo sé... Oye, pero no te pongas así que sólo estoy bromeando contigo... Pero ven, déjame hacerte el *tour de la maison* como dicen en la *métropole*. ¿Todavía dicen así? No importa, quiero enseñarte esta casita que me mandé construir hace algunos años aprovechando que tenía un amigo en la Comisión de Seguimiento del Proceso. Él ya no está ahí, pues fue de los que murió en la tercera ola del COVID-19, pobrecito, y yo... Wiener no sabía qué era peor, si la interminable cháchara de esa miniatura de mujer o la impresión de no saber qué carajos hacía en aquel lugar. Estaba comenzando a sentir pena por Nicole cuando oyó que esta le decía:

—Vámonos de aquí, Wiener. Esta mujer está completamente loca.

—¿Qué sucede?

—Yo solamente le estaba mostrando su habitación y le decía que me gustaría mucho que se quedara a vivir aquí contigo —dijo la pequeña Mildred—. De verdad que harían una pareja muy bonita y...

—¡Te dije que no me hables más de ese asunto! —gritó Nicole—. Hiciste con tu vida lo que dio la gana. Ahora me toca a mí...

Mildred clavó en ella una mirada fría como un clavo de hielo y dijo:

—Como quieras. Pero es mejor que sepas que tarde o temprano tendrás que venir a vivir a esta isla. Eso está para ti y no hay manera de que te lo quites de encima...

—Tal vez –dijo Nicole–, pero, en ese caso, será mi decisión y no la tuya. ¿Pero dónde se habrán metido esos dos? ¡Marguerite, Corneille! ¡Vámonos de aquí!

—¡Un momento! –gritó Mildred al ver a los esposos Dombres–. Antes de irse es necesario que hablemos de un asunto muy grave y que no es nada personal.

—¡Envíame un mensaje, si tanto te interesa! ¡Adiós! –gritó Nicole, y todos desaparecieron por el portal que abrieron los esposos Dombres.

♉

Es probable que Nicole recordara el episodio en casa de su mamá cuando aceptó la oferta de Danilbek que la condujo a instalarse en su villa de Cabarete. No obstante, lo más seguro es que su decisión estuviese determinada por la insistencia con que Suzanne le había pedido que fueran ambas a vivir allí, al punto que le propuso iniciarla en la técnica de las treinta y cinco transformaciones si aceptaba. Nicole sabía que una propuesta como esa solamente se recibe una vez en la vida, por lo que muy posiblemente esta pesó mucho a la hora de tomar su decisión.

Por su parte, Wiener recordaba perfectamente todo lo que le había dicho Bhamil, y de manera particular, la parte en que le anunció que su vida cambiaría de manera radical apenas se presentara esa mañana al Precinto 66. Por esa razón, no pudo evitar sentir que un verdadero coágulo de ideas truncas, recuerdos inconexos y sensaciones irreconocibles se formaba en su mente al rememorar los episodios sangrientos de los que había sido al mismo tiempo víctima y testigo antes de ser contactado por Suzanne, y más aún al intentar asociar el aspecto casi reptiliano de aquel hombre y compararlo con la *tranny* con la que había hablado en el curso de la madrugada.

—No sabría decir a qué rayos usted se refería exactamente cuando me dijo esta mañana que el mundo tal como lo conocemos estaba a punto de cambiar –dijo Wiener mirando a Bhamil–, pero puedo asegurarle que ese cambio ya comenzó. Por eso quiero decirle que, pase lo que pase y sean cuales sean las circunstancias, puede contar con mi ayuda: no quiero ni imaginar lo que sucedería si de repente muchas personas atraviesan por experiencias como las que acabo de tener esta mañana. Y a propósito, ¿qué puede decirme acerca de Kirsten? ¿Logró salir a tiempo del Precinto?

Con una semisonrisa pintada en los labios, Bhamil caló en los ojos de Wiener una mirada sin fondo durante el tiempo necesario para sembrar en su mente el recuerdo de una mujer idéntica a Kirsten que se revolcaba en la cama junto a un hombre joven de rasgos orientales, mientras otra mujer que solamente podía tratarse de Kirsten afilaba unas extrañas dagas sobre una piedra negra.

—No entiendo –preguntó Wiener–. ¿Cuál de las dos es Kirsten?

—Ambas y ninguna –respondió Bhamil–. Una de ellas no debió salir nunca del dominio del sueño, al cual pertenece. No obstante, su presencia de este lado de la cortina de las ilusiones se explica porque ha venido a luchar contra las fuerzas del Perro. La otra, en cambio, es una criatura temporal, frágil y deseante, como cualquiera de ustedes. A la segunda ya la conoces. A la primera, en cambio, la conocerás muy pronto, cuando comience la batalla. A eso hemos venido hasta este lugar. El Perro está convocando a sus esclavos y les ha ordenado que se reúnan en esta isla. Ya pronto darán inicio al ritual que lo despertará, y cuando eso suceda, tendrá lugar un enfrentamiento entre sus fuerzas y mis ejércitos. Ustedes constituyen una parte importante de mis fuerzas de ataque. Por esa razón, hace falta que les diga que, muy lejos de aquí, pero definitivamente en este planeta, hay alguien que está soñando esa guerra. En el lenguaje de su sueño se cruzan muchas sangres, muchos gritos y nunca brilla en él ni siquiera el recuerdo de la luz. Quien así sueña es, no obstante, uno de los tantos hijos que esta tierra ha perdido a fuerza de despreciar los frutos de sus entrañas. El Perro tiene en él a uno de sus aliados más poderosos, aunque es probable que el soñador ni siquiera lo sepa. Por esa razón, en algún momento habrá que despertarlo, o en su defecto, traerlo de vuelta al lugar donde nació, lo cual seguramente surtirá sobre él un efecto parecido a ponerlo fuera de combate.

—¿Y por qué mejor no comenzamos con él y así nos economizamos un par de capítulos de su perra historia? –preguntó Wiener.

—Cada cosa a su tiempo –respondió Nicole–. Primero tendremos que enfrentar a los ayudantes del Perro, simples tontos útiles a quienes la Bestia seleccionó precisamente porque son incapaces de distinguir una emoción de una mierda. En todo caso, será a través de ellos o de otros como ellos que el Perro nos atacará, puesto que él no puede intervenir directamente en este plano, ni siquiera a costa de un gran sacrificio. No porque sean tontos conviene subestimar a sus ayudantes, sin embargo, ya que, cuando comience el ataque, ninguno de ellos conservará su humanidad: todos se convertirán en soldados de las huestes del Perro, y créanmelo, no desearán estar allí cuando eso suceda…

—Tampoco conviene que sientan ninguna clase de lástima o pena por ellos ni por las víctimas de sus actos –dijo finalmente Bhamil–. Algunas guerras son como ciertos aguaceros: tan destructoras como inevitables, vistas en el momento en que suceden, pero indudablemente benéficas cuando se las considera desde el punto de vista de sus consecuencias. En esta guerra todos ustedes perderán a muchos de sus amigos y seres queridos en todo el mundo. Aunque les cueste mucho comprenderlo, cada una de esas muertes serán los ladrillos con los que se construirá el nuevo mundo, pues solamente a través de la destrucción resulta posible alcanzar lo nuevo. Lo más importante, sin embargo, es que cada uno de ustedes ha sido seleccionado por su capacidad para encarnar de manera ejemplar distintos aspectos de la realidad de Dios. Esa realidad, sin embargo, es inaccesible a través de sus sentidos humanos. Es por eso que todos ustedes permanecerán dormidos mientras se desarrolle la guerra, de manera que sus acciones puedan ser dignas de verdaderos guerreros de los sueños y así…

En el momento en que Bhamil se aprestaba a terminar esta frase, una figura atravesó la membrana que separa ambos lados de la ilusión para irrumpir en aquel salón.

—Bienvenida, Mildred. Te esperábamos –dijo Bhamil.

—*Bonjou, madam* –dijo Suzanne inclinando ligeramente su cabeza en señal de respeto.

—¿No es esa tu mamá? –le preguntó Wiener a Nicole.

—Así dicen –respondió ella–. Ahora sólo falta que lleguen las hermanas de Suzanne.

—*Men si yo deja la!* –dijo Suzanne señalando con un dedo hacia el fondo del salón donde, súbitamente, lo que hasta ese momento parecía ser un par de ese tipo de plantas ornamentales conocidas como hibisco comenzaron a agitarse como si un viento fuerte las conturbara hasta que terminaron cobrando el aspecto de dos mujeres negras sumamente delgadas y desnudas que se acercaron al grupo después de colocarse encima unas túnicas igualmente negras que Suzanne les alcanzó.

—*Bonjou la société!* –dijo la que tenía más desenvoltura.

—Como ya saben, los guerreros solamente aparecerán cuando el Perro se muestre, ya que son ellos los que están llamados a darle muerte. Por ahora, permítame que los conduzca a la gruta en donde sus cuerpos permanecerán dormidos mientras se desarrollan los acontecimientos de la guerra.

8. El entrenamiento

Bhamil nos había pedido cerrar los ojos y, desde que los cerramos, nos vimos llegar a una caverna sellada, o por lo menos, desprovista de cualquier tipo de apertura visible. ¿Estábamos realmente allí? ¿Sentíamos realmente la humedad del aire rancio y polvoriento que aprisionaban las rocas y estalactitas de aquella cueva? Lo cierto es que las sensaciones corporales duraron apenas unos segundos, después de lo cual, Bhamil nos dijo mentalmente: «Abran los ojos».

De inmediato, todos nos percatamos del cambio extraordinario que acabábamos de sufrir.

—En este mundo del deseo –comenzó a decirnos Bhamil, esta vez verbalmente– cada uno de ustedes es potencialmente capaz de controlar lo que sucede en las consciencias de las personas, o lo que es lo mismo, en la realidad. Para alcanzar ese control, no obstante, necesitarán someterse a un entrenamiento, al final del cual, cada deseo que el Perro les transmita a sus huestes solamente contribuirá a hacerlo más débil, sin que él pueda hacer nada para evitarlo.

—Pero tengo entendido que ese poder no está al alcance de los humanos normales –dijo Nicole, y luego preguntó:

—¿Cómo haremos para dominarlo?

—A través de la meditación, algunas personas acceden a un estado perceptivo hiperespacial e hipertemporal en el que la consciencia entra, por así decirlo, en una dimensión alternativa. Para dominar ese poder, sin embargo, es necesario que se vacíen primero de todo recuerdo. No conserven en ustedes nada que les haga pensar que son individuos, ni personas, ni sujetos, ni entidades particulares. Es por eso que los he traído a este plano, ya que aquí ninguno de ustedes está sujeto a la ley del tiempo. De otro modo, el proceso de entrenarlos habría tardado más años que la suma de sus edades respectivas…

Al llegar a este punto, Bhamil hizo una pausa y luego dijo:

—Muy bien, ya están listos. He anulado sus deseos de seguir siendo quienes hasta ahora han pensado que eran. A partir de ahora y mientras dure la batalla, será necesario que permanezcan ajenos a toda noción de Yo, puesto que esa es la trampa que el Perro les ha tendido a las personas de esta época. Les ha hecho creer que la realidad no es otra cosa que la suma de sus deseos, porque esa precisamente es su intención. De hecho, ese es el verdadero origen y asiento de todo el poder que el Serptes ejerce sobre las personas, y lamento tener que decir que fui yo quien le enseñé a dominar ese tipo de magia. Sin embargo, en esta ocasión, Serptes se adelantó a colocar en la mente de los gobernantes de varias naciones el deseo de desarrollar una tecnología capaz de doblar el tiempo y el espacio sin explicarles que una de las funciones de dicha tecnología es precisamente la de impedir que mis acciones puedan interferir con sus planes. Es por eso que solamente ustedes pueden librar esta batalla, puesto que, como Serptes controla todas las manifestaciones de la consciencia humana, lo único que podemos hacer es intervenir en el plano de los sueños. ¿Alguna otra pregunta?

—Yo tengo una —intervino entonces el guerrero que una vez respondió al nombre de Ben Wiener—. Si solamente nosotros podemos librar esa batalla, quisiera saber cuáles serán nuestras armas.

—Excelente pregunta, guerrero —respondió Bhamil—. Veamos un poco de qué va todo esto. Si cupiera comparar con algo conocido por ustedes el estado en que ahora se encuentran, tal vez lo mejor serían las notas musicales, pues todos y cada uno de ustedes puede superponerse a sus compañeros y pasar a ocupar su mismo lugar sin chocar entre sí ni producir fricción alguna, siendo el resultado de esa acumulación exactamente todo lo contrario al caos, es decir: la armonía. Visto esto, es bueno que sepan que no existe ningún arma, ningún tipo de magia, ningún poder que pueda afectar al cuerpo de deseos. Desde este punto de vista, pues, pueden confiar en que ni Serptes, ni el Perro ni los humanos que ambos controlan podrán hacerles ningún daño. Lo que sí pueden hacer, sin embargo, es contaminar sus mentes con deseos centrados en torno a cualquier tipo de imagen de Yo con el propósito de dividirlos. Es contra esto que necesitan entrenarse, ya que el Yo es la única fuente de toda contradicción y de toda debilidad. Sabrán que alguno de ustedes ha sido contaminado porque no serán capaces de superponérsele. En caso de que esto suceda, deberán aislar al guerrero contaminado rodeándolo con una burbuja sónica que formarán uniendo todas sus voces y expulsando al unísono un grito, más o menos así.

Y diciendo esto, Bhamil lanzó un grito de extrañas resonancias corales, como si, en lugar de emanar de su garganta hubiese sido proferido por al menos otras ocho bocas aparte de la suya. Acto seguido, una gran burbuja luminosa comenzó a brillar sobre las cabezas de aquellos guerreros.

—Esa burbuja tiene la ventaja de que únicamente puede romperse desde afuera por medio de otro grito parecido al que la originó. Si alguien o algo queda atrapado en ella, permanecerá allí hasta que alguien lo libere. Y como sé que alguno de ustedes ya se ha hecho la pregunta, me adelanto a decirles que no: nadie puede encerrarse en su propia burbuja, pues eso equivaldría a generar un pensamiento egocéntrico, lo cual, si me entendieron bien, es perfectamente incompatible con el tipo de poder necesario para producir esas burbujas. Siendo así, lo primero que necesitan aprender es a generar el grito múltiple; luego a proyectarlo para generar la burbuja y finalmente a manipular las burbujas valiéndose de la fuerza de sus deseos. Creo que la mejor manera de ayudarles es incrustándoles una imagen mental que les permita organizar mejor su cuerpo de deseos.

Y dicho esto, todos los guerreros comenzamos a realizar al mismo tiempo las operaciones que Bhamil nos transmitía. Básicamente, esas operaciones consistían en asumir distintas actitudes mentales mientras producíamos sonidos de tonalidades diferentes y a niveles de intensidad variables: nada que no pudiéramos realizar en la más completa inmovilidad. En eso estuvimos hasta que Bhamil nos ordenó:

—Muy bien, ahora pasemos a una práctica más concreta. Traten de ponerse en formación, todos en el mismo lugar.

Uno tras otro, los diez guerreros se fueron colocando en el mismo lugar formando una sola figura. Sin embargo, cuando todavía faltaban cinco guerreros por ocupar su lugar en la formación, Bhamil los detuvo diciéndoles en un tono extrañamente firme: «Ustedes no, guerreros». Acto seguido, ordenó mentalmente a los demás: «Ahora, emitan una burbuja y atrapen a estos guerreros. Están contaminados».

De inmediato, con un gran grito de los cinco guerreros alineados en formación, las siluetas de los cinco guerreros contaminados: Mickey Max, la Tota Bianchi, Antinoe, Mildred y yo, Tung Yep Chan, quedamos atrapados en el interior de una gran burbuja.

—No tienen que preocuparse por estos amigos suyos. No les pasará nada mientras estén dentro de la burbuja. Ahora, sin embargo, sería interesante hacer que nos cuenten lo que saben acerca del Perro. A ver, comencemos formulándoles una pregunta simple: ¿En qué lugar se encuentra enterrado el Perro?

—Bhamil, payaso —respondió Mildred—, tus días de charlatán de feria están contados. Terminarás convertido en un simple mago de alquiler, un bufón callejero. Nunca te diremos nada porque no te lo mereces. Te pasarás la eternidad siendo lo mismo que hasta ahora: un personaje secundario, una simple figura desconocida en un relato. Compréndelo: Serptes te ha superado en todo...

—Diviértete mientras puedas, criatura. Ahora te haré otra pregunta más fácil que la anterior: ¿cuál es el verdadero origen de Serptes?

Los otros cuatro guerreros contaminados guardaron silencio. Sólo Mildred rió a carcajadas antes de responder:

—¿Ves lo que te decimos? Estás preso en falsas creencias. Todavía insistes en creer que las nociones de verdadero y falso tienen alguna importancia. Es por eso que tu magia no tiene absolutamente ninguna posibilidad de superar la de Serptes...

—Y ahora la última y la más fácil de todas las preguntas, Mildred: ¿en serio pensabas que no nos percataríamos de que eras la única de los cinco que está verdaderamente contaminada?

Inmediatamente después de que Bhamil expresó mentalmente este último mensaje, la guerrera que acababa de ser identificada comenzó a agitarse como si estuviese recibiendo una ducha de ácido sulfúrico. A medida que esto sucedía, tanto Bhamil como los otros cinco guerreros que permanecían superpuestos en formación de ataque recibieron las ondas deseantes que emitía la guerrera que había sido hecha prisionera. Y no sólo ellos, sino todos los que de alguna manera habíamos sido contactados por el Perro logramos enterarnos de lo que esa guerrera tenía registrado en su memoria.

De ese modo, a medida que Bhamil iba vaciando su mente, por la nuestra desfilaban el conocimiento relativo a todos los individuos que integraban el Estado Mayor del Perro, entre los cuales figurábamos, por cierto, todos nosotros: Mickey Max, la Tota Bianchi, Antinoe, yo, Tung Yep Chan, e incluso otra persona que, igual que yo, era también conocida como Yo y que respondía al curioso nombre de "Flancoca", aunque ese no era su nombre sino más bien un apodo. «¿Quién será ese esperpento?», me pregunté, pero, a decir verdad, la situación no estaba como para ponerse a perder el tiempo en averiguaciones de ese tipo. Cruzando la información que retenía en su mente la guerrera prisionera conocida hasta poco antes como Mildred, la mamá de Nicole, Bhamil y sus ocho guerreros descubrieron que todos nosotros habíamos sido reclutados en sueños por el Perro muchos años atrás. Sorprendido, Bhamil continuó presionando la mente de la guerrera, y fue así como todos nos enteramos de que había sido Suzanne, transformada en Kirsten por la magia del Perro, quien había matado al anticuario Solomon y luego había escapado evaporándose en el ascensor, luego de robarse el cofre en el que el cadáver del Perro había permanecido encerrado durante casi veintisiete siglos, herméticamente sellado por más de mil maldiciones diferentes y condenado a no hallar reposo en ninguna época hasta que el planeta termine su ciclo y quede finalmente convertido en polvo cósmico.

—¡Guerreros! –gritó Bhamil al enterarse de eso– atrapen también a esa impostora.

Y de inmediato, una burbuja sónica rodeó el cuerpo de Suzanne, quien intentó en vano transformarse en una gran cantidad de seres y de estados con el propósito de escapar de esa prisión, mas todos sus esfuerzos fueron vanos.

Lo que Bhamil no sabía entonces, aunque no tardaría en averiguarlo, era que al romper el hechizo que mantenía a Mildred unida a la mente de Serptes, también le había proporcionado a su enemigo la información que necesitaba para dar con su ubicación exacta, tal como si le hubiera compartido la señal de su geolocalizador. Casi de inmediato, pues, sucedió lo que tenía que suceder: Serptes intervino violentamente en el plano astral en la forma de una portentosa tromba de luz y gas; interrumpió el entrenamiento de los guerreros y obligó a Bhamil a transportarnos a todos –y me refiero tanto a sus cuatro guerreros como a los seis que habían sido contaminados, entre los cuales me contaba– hacia uno de los lugares más aterradores que puedan encontrarse sobre la faz de la Tierra: la cima de una montaña nevada que, según supe después, era en realidad un único y gigantesco bloque del más puro cristal de cuarzo, protegido durante siglos de miradas curiosas de visitantes y exploradores por una densa capa de nubes perpetuas, una densa corona de gigantescas agujas de sílice y un extenso terraplén de puntiagudas esquirlas y láminas de cristal sobre las cuales ninguna criatura terrestre habría podido posar sus pies, afincar sus patas o arrastrar su cuerpo, un valle de proporciones insospechadas sobre el cual crecían incontables árboles de una altura descomunal, tan altos que sus copas resultaban invisibles a los ojos humanos.

En medio de ese valle se levantaba un inmenso promontorio del mismo cristal que daba forma a la montaña, y en el centro del promontorio, se abría un túnel que parecía hecho con un taladro gigantesco, por lo perfectamente redondas y lisas que resultaban al ojo sus paredes traslúcidas. Bhamil nos condujo en su portentosa mente a través del túnel hasta que todos nos vimos a salvo bajo un inmenso domo más antiguo que la misma Tierra. Una vez allí, materializó los cuerpos de cada uno de nosotros y nos obligó a retornar a ellos. Casi de inmediato, nos sobrecogió una terrible sensación de frío intenso y una gran dificultad para respirar el aire de la gruta se apoderó de todos nosotros. Al ver esto, de un simple gesto de los dedos de su mano derecha, Bhamil nos cubrió con unos extraños mantos que eliminaron de inmediato todas nuestras molestias. Sólo después de vernos repuestos, nos imprecó de la manera siguiente:

—¡Estúpida raza de criaturas débiles e incapaces de distinguir cuanto puede nutrirlos de todos los venenos y ponzoñas que únicamente existen con el propósito de precipitar su desaparición de la faz de este planeta de miserias! ¿No les basta saber que ustedes mismos pueden hacerse más daño que el que desearían hacerles sus peores enemigos? ¿Acaso creen que asociarse con el Perro les permitirá conocer un destino mejor que el de aquellos a quienes contribuirán a destruir? ¡Imbéciles! Sí, más que traidores, ¡imbéciles! Lo único que han conseguido con su actitud es acelerar la destrucción de su mundo. Deben saber que esta no será ni la primera ni la última vez que esto sucede. Muchas otras humanidades han fracasado en ese mismo punto. A todas ellas las ha intentado desaparecer el Perro y, en cada ocasión, he sido yo el responsable de que él no se salga del todo con la suya. Incontables veces antes he impedido que la humanidad desaparezca y, en cada ocasión, han sido ustedes mismos, los mortales, los únicos responsables. Ni siquiera dan muestras de sentir curiosidad por ver qué sucedería si, levantándose por encima de sus propias limitaciones, intentaran ver qué hay del otro lado. Solamente les interesa todo lo chato, lo mismo de siempre, lo más fácil. A ver ustedes, los traidores, ¿qué les ofreció el Perro a cambio de que lo ayudaran a eliminar a sus propios congéneres? Hablen, ahora que nuevamente tienen sus cuerpos, o si no, ya saben de qué manera les sacaré la información que necesite...

Desde el lugar donde me hallaba, justo detrás de Suzanne, pude escuchar las risitas nerviosas con las que Mildred se mostraba dispuesta a no dejarse presionar. Por alguna razón, no podía evitar tener la sensación de que toda esa escena no era más que un verdadero atado de historias absurdas. Es probable que el poder del Perro no haya surtido sobre mí el mismo efecto nefasto que, según había dicho Bhamil, produjo en las mentes de mis compañeros. El caso es que, como, aparte de Mildred, ninguno de ellos parecía dispuesto a decir nada, consideraba un riesgo innecesario permitir que Bhamil los sometiera a un interrogatorio compulsivo antes de intentar hacer algo para evitarlo. Fue por eso, y por ninguna otra razón, que, al escuchar la pregunta de Bhamil, me precipité a gritar:

—¡Tal vez yo pueda ayudar, señor!

Mi estatura es más bien normal, aunque, frente a Bhamil y delante de Suzanne, daba la impresión de ser más bien algo bajito. El caso es que, cuando hablé, el mismo Bhamil pareció no saber a ciencia cierta quién le había hablado, y hasta tuve que levantar la mano y dar un paso al frente para ir a colocarme donde aquel ser inmortal pudiera verme con más facilidad.

—¿Qué sabe usted y por qué cree que lo que sabe podría ayudar a responder la pregunta que les he hecho? —preguntó Bhamil al tiempo que fijaba en mí una mirada que, podía sentirlo, me atravesaba el cerebro y todo mi cuerpo como si se tratara de una máquina de rayos x.

Tosí varias veces para aclararme la garganta y luego me ajusté al cuello el manto que me cubría antes de comenzar a hablar.

—Verá usted. Nada en la manera en que el Perro nos contactó primero y luego nos reclutó para luchar a su lado en la batalla que, según él, se libraría contra los opresores de la raza humana nos hizo pensar siquiera un momento que estábamos apoyando a las fuerzas del mal. Muy por el contrario, algunos, entre los cuales me cuento, pensábamos al principio que los mensajes que habíamos recibido en sueños provenían de alguna especie extraterrestre que buscaba comunicarse con nosotros los humanos. Esta fue al menos la idea con la que varios de los aquí presentes nos manejábamos sin poder negarla ni confirmarla de ninguna manera hasta que ocurrió nuestro primer encuentro directo con el Perro en casa de esta señora a la que conocemos con el nombre de Nicole Dombres...

—Esa señora viene a ser su esposa, señor don usté —interrumpió Mickey Max—, o por lo menos eso fue lo que nos hizo creer...

—¡Deja tú de joder con eso que este no es momento para juegos! —grité en el preciso momento en que Nicole se aprestaba a protestar—. En efecto… señor, tanto este… personaje que me acaba de interrumpir como el resto de mis acompañantes y yo fuimos reclutados por el Perro a través de numerosos sueños en los que él nos decía que teníamos que hacer exactamente lo que él nos pedía que hiciéramos porque si no, nos sucedería algo muy malo. Sé que suena ingenuo, señor, pero es que pasamos muchos años soñando eso mismo al menos una vez por semana…

—Todo lo que dice el amigo aquí es verdad —intervino entonces la Tota Bianchi—. Yo misma pasé muchos años tratando de investigar acerca de esos sueños y descubrí que en todo el mundo los casos de contacto onírico se vienen multiplicando a partir de 1968, y que otro rasgo común es el hecho de que todos los contactados nacieron un 20 de marzo… Nosotros somos apenas un grupo reducido, pero en estos momentos sus adeptos suman millones en todo el mundo.

—¡Un momento! —intervino entonces Wiener—, esa traidora a la que usted apresó es la mamá de Nicole. Pero eso no es lo que quiero decirle, sino que muchos de los aquí presentes estuvimos hace un rato en casa de Nicole conversando con usted. Todos lo escuchamos hablar acerca de sus planes para atacar al Perro. Esto quiere decir que, o algo anda muy mal aquí, o no hay ninguna relación lógica entre lo que usted dice y lo que en verdad sucedió. Necesito que me explique bien por qué hace solamente un rato usted saludó con tanta cortesía a doña Mildred y por qué ahora la ha hecho prisionera.

—Lo único que le puedo decir es la verdad —dijo Bhamil mirando a Wiener—, pero me temo que a usted no le va a gustar: ni ese que usted vio en casa de Nicole era yo, ni esa mujer que usted ve ahí es la madre de su amiga. Ustedes han sido engañados desde el principio por la magia de Serptes. En este momento, la auténtica Mildred debe estar a punto de despertar al Perro. Esa era su misión, ¿no es así, Josiane?

Y diciendo esto, Bhamil hizo el mismo gesto con su mano derecha y la mujer que hasta entonces había tenido una estatura inferior al promedio femenino creció de golpe por lo menos dos pies, cambiando igualmente de aspecto hasta lucir como una de esas mujeres de gran corpulencia que suelen teñirse el pelo de rubio.

—A usted no puedo mentirle, señor –dijo la mujer–. El Perro me aseguró que nada malo me pasaría si lo ayudaba a engañar a estas personas. Fue él mismo quien me suministró toda la información que hasta ahora les he comunicado y...

—Oiga, Bhamil –interrumpió Wiener–, pero, si lo que acaba de decir esta mujer es verdad, entonces lo más probable es que todo lo que nos ha dicho hasta ahora sea mentira...

—¡Es que no es solamente el Perro quien está detrás de todo esto! –gritó Josiane visiblemente consternada–. Hay otra persona, un escritor dominicano que no vive en el país desde hace tiempo... Es él quien ha estado retorciendo el plano de lo real hasta convertirlo en este chicle metafísico en el que pueden avanzar unos seres que no pertenecen a esta dimensión. Es muy fácil decir que yo soy una traidora sin saber si yo tenía o no otra opción para hacer algo distinto a lo que el Perro me ordenó que hiciera. Pero ese tipo... Ese tipo es un verdadero enfermo. No solamente no tiene los cojones de venir a ver cómo viven realmente las personas a quienes él desprecia tanto que las quiere destruir, sino que ni siquiera se atreve a dar la cara y asumir que es él el único, el verdadero traidor...

—¡Exacto! –gritó Bhamil–. ¡Así se explica que el Perro no les haya ofrecido nada a cambio de ayudarlo! No tenía que hacerlo, ya que, por un lado, no lo necesita, puesto que tiene a ese que usted ha llamado el escritor dominicano, y por el otro lado, porque los mejores esclavos son los que de sus propios pies van y se someten voluntariamente al yugo. Por eso es que les ha sembrado a todos en la mente la idea de que forman parte de un club selecto: el de los nacidos un 20 de marzo. Igual podía haberles hecho creer que todos tenían la misma forma de oreja, o que pronuncian de la misma manera algunas consonantes o se peinan con una raya del mismo lado de la cabeza. Desde que le enseñé ese truco al faraón... ¡No puede ser! ¡Pero claro! ¡Esa tiene que ser la explicación de todo esto! ¡Y si es así, Serptes no tiene ni idea de lo que le espera! Les prometo hacerles una relación detallada de cuanto suceda después de este momento. Mientras tanto, como dicen ustedes: «los dejo en buena compañía».

Y diciendo esto, Bhamil cerró los ojos y algo así como su sombra pero idéntico a él hasta en la forma de vestir se desprendió de su cuerpo para luego disolverse en el aire de la cueva en el mismo momento en que el otro Bhamil abría sus ojos y decía, con una sonrisa:

—¿En qué estábamos? ¡Ah, sí! Bueno, muchachos. Ahora tengo que disolverles el Yo a todos los contaminados, aunque hayan estado presentes en la primera ronda. Sobre todo a usted, amiga Josiane. Quédense tranquilos, que no les va a doler. ¿Pensaban que los iba a dejar que anden por ahí tan panchos siendo como son enemigos en potencia de todo el orden de la creación? Una cosa así no sería inteligente, ¿verdad que no?

9. Y el Perro despierta

La mañana había empezado con un sol radiante en toda la zona de la costa norte de la isla. La ausencia total de nubes le daba al cielo la impúdica apariencia de una virgen desnuda. Sin embargo, el intenso olor de los pinos recién cortados y amontonados en las laderas de las montañas de aquella zona de la cordillera septentrional auguraba otra clase de placeres más sensuales a los escasísimos caminantes que se aventuraban a deambular por los alrededores.

En su mayoría, estos últimos pertenecían al selecto gremio de los carboneros y resineros, los cuales habían sido perseguidos y reprimidos durante los disturbios que tuvieron lugar al inicio del Proceso. Pocos años antes de la fundación del Nuevo Estado Mulato del Gran Babeque, no obstante, los últimos representantes de ese antiguo sector de la economía rural lograron aglutinarse y constituirse en una Asociación de Carboneros y Resineros, Inc. Pese a su aparentemente irrelevante peso político, el decidido apoyo que los miembros de esta asociación brindaron al entonces incipiente candidato que osaba entonces lanzarse a las lides políticas bajo el nombre de Aníbal Augusto Servilló les valió su reconocimiento jurídico y la autorización para exportar la mayor parte de su producción a los mercados de Canadá, Groenlandia, Islandia y Noruega, donde el consumo de carbón natural entre los practicantes y *connaisseurs* de la alta gastronomía artesanal era considerado un verdadero lujo.

Sin embargo, fue con la reconversión de una parte de sus integrantes a la tecnología resinera que ese gremio logró apuntalar su hegemonía y convertirse en un importante vector de crecimiento de insospechado alcance para la economía de toda la zona norte del NEMGB, aunque, por vía de consecuencia, también en un agente de impredecibles y nefastas consecuencias para el equilibrio ecológico de la zona. En efecto, la incorporación de hornos alimentados con energía solar a la manufactura de resinas de pino, caoba, capá, sabina, cedro y roble hizo que el mercado internacional de la perfumería experimentase un verdadero salto cuántico, al mismo tiempo que grandes porciones de las montañas de la cordillera septentrional comenzaron a despojarse de sus bosques de coníferas y otros árboles madereros.

El antiguo campesino montaraz, descalzo, semianalfabeto, famélico y supersticioso en grado extremo fue sustituido por un nuevo tipo de técnicos diplomados en la fabricación artesanal de resinas para el abastecimiento de la industria internacional de la perfumería. Los nuevos ocupantes no tardarían mucho tiempo en dotarse de todos los elementos tecnológicos necesarios para terminar de disolver los últimos reductos oscurantistas que habían permanecido incrustados en las piedras y en las cabezas de muchos de los habitantes de esas zonas sin experimentar cambios desde la primera década del siglo XVI. Fue así como en la cima de varias de las montañas de la cordillera comenzaron a levantarse torres repetidoras de señales de telefonía por fibra óptica y antenas receptoras de señales satelitales de comunicación. En concomitancia con este proceso, en distintos lugares del extenso valle costero se fueron instalando numerosos parques eólicos que abastecieron de corriente eléctrica toda la zona hasta que, al cabo de los primeros diez años, los más recónditos rincones de las montañas por donde antaño sólo transitaban cerdos y cazadores cimarrones, hacheros y herbolarios, campesinos y traficantes de toda clase de productos y sustancias comenzaron a aparecer triangulados en los más sofisticados sistemas de geolocalización satelital, después de lo cual, cualquiera habría dicho que hasta la misma magia que alguna vez había hecho de toda esa vasta zona de la isla su principal centro de actividad había desaparecido definitivamente.

Por supuesto, para garantizar la sostenibilidad de ese nuevo renglón de la producción agroindustrial fue necesario intervenir en la psiquis de los distintos agentes que participaban en la explotación maderera con el fin de acelerar su reconversión en personas hábiles para el trabajo sistemático y organizado de los recursos en sus tres etapas que eran la tala, el corte y la reforestación de las áreas seleccionadas. La razón de esa medida se puede comprender con facilidad: resulta prácticamente imposible, como había quedado demostrado hasta la saciedad en el pasado, cambiar una serie de hábitos y prácticas culturales profundamente incrustados en la mentalidad de las personas sin recurrir a las moléculas de última generación de fármacos *psychoformers*, principalmente los vulgarmente conocidos como *zombifax*. Estos últimos consistían en una curiosa combinación de tres grupos de neuro bloqueadores cuyos principales efectos eran la aceleración de las vías metabólicas de la dopamina y su consecuente aprovechamiento en las funciones creativas de las personas. Aquellas que se sometían a un tratamiento de doce semanas a base de compuestos dopaminérgicos desarrollaban una sensible potenciación de su pensamiento divergente y una mayor capacidad para adaptarse a los constreñimientos y retos que implica la coexistencia pacífica con otras personas en condiciones de restricción y confinamiento.

Esto último quedó demostrado mediante un estudio en el que participaron sin saberlo un total de cinco mil (5,000) ciudadanos de la antigua República Dominicana durante el prolongado Estado de Emergencia que decretó el Gobierno a causa de la pandemia de COVID-19 en 2020. Realizado y dirigido por un equipo de investigadores de distintas nacionalidades, dicho estudio consistió en suministrarles a dichos ciudadanos, disuelto en el agua que se les dio a beber durante tres meses completos, 90 gramos de Dopaminax© y 180 gramos de Metioninax© diluidas en dosis imperceptibles en los botellones de agua que se les hacían llegar a sus respectivos domicilios a través de un acuerdo con todos los comercios de la zona donde se realizó el estudio. Al cabo de tres meses, se procedió a evaluar por diferentes vías a la totalidad de los participantes para determinar si mostraban algún cambio en su conducta creativa y en sus niveles de respuesta a situaciones de estrés. En todos los casos, las personas no solamente demostraron ser capaces de soportar y superar todas las trabas, amenazas y simulacros de chantaje perpetrados por falsos agentes del orden público y por otros actores que simulaban ser funcionarios corruptos, sino que todas, sin excepción, manifestaron por escrito, de manera espontánea y en respuesta a una simple solicitud, que apoyarían de manera irrestricta cualquier iniciativa oficial tendente a modificar la constitución del país para que el Dr. Aníbal Augusto Servilló pudiese ser declarado Presidente *Ad Vitam* por el Senado de la República. El informe final relativo a ese estudio permaneció en secreto durante los primeros cincuenta años que siguieron al Proceso. Luego, en 2065, una parte de la información que le estaba relacionada sería liberada junto con varias decenas de terabytes de documentos oficiales a través de una vasta operación de hackeo llevada a cabo por un grupo anónimo únicamente conocido como los "4Jinetes". Sería de ese modo como las personas lograrían enterarse de la relación entre ese estudio y el estallido de los terribles acontecimientos que estremecieron por sus bases a todos los órdenes institucionales de la vida en la antigua República Dominicana hasta culminar con su abolición definitiva en los días que antecedieron a la creación del Nuevo Estado Mulato del Gran Babeque.

♉

El caso es que, como se ha dicho, esa mañana había empezado con un sol radiante en toda la costa norte de la isla. Como si disfrutara de la belleza que la rodeaba, una mujer que, vista desde lejos, daba la impresión de no tener más de veinte años, levantó los brazos mirando al sol y sonriendo, al tiempo que daba vueltas y más vueltas en torno a un mismo punto como hacen algunos niños cuando están eufóricos. La mujer, no obstante, estaba muy lejos de ser una joven de veinte años, y mucho más lejos aún de ser una niña. Uno de los antiguos mercaderes de secretos ocultos le había pasado alguna vez por el rostro un dedo untado de su saliva pútrida y le había dejado su marca, como una firma, en ese lugar de su mejilla que él había escogido para hacerle una extraña caricia. El resto de su aspecto infantil se lo debía únicamente a su reducida estatura. "Muestra gratis", "Miniatura", "Gotica" eran apenas tres de los motes con los que había crecido recibiendo toda clase de escarnios y vejámenes a causa de su escaso tamaño, y por más que se empeñó en obtener de sus contemporáneos alguna muestra de respeto, nunca logró inspirar otro sentimiento que no fuera lástima, sobre todo luego de rebasar la edad del desenfreno tras haber dejado, como recuerdo de su paso por la vida, el triste trofeo de varias vidas rotas y numerosas bocas que no dudan en maldecir cada vez que la ocasión se les presenta.

Como la de tantas otras, la historia de esa mujer comienza una noche, mientras la ciudad dormía sudando la gota gorda a causa de un terrible apagón que ya había paralizado todas las actividades laborales durante el día. Esa noche, la mujer que ya de niña tenía únicamente la apariencia, tuvo el sueño siguiente: un toro negro, enorme y bestial, le caía encima desde el cielo. Podía sentir el acre olor del animal y la aspereza de la húmeda pelambre que lo cubría, cuya oscuridad hacía que palideciera incluso la de la misma noche en la que ambos se debatían.

Durante mucho tiempo, luchó con gran desesperación por liberarse del peso descomunal que la aplastaba, pero todos sus esfuerzos fueron vanos. Golpeó incluso varias veces con sus pies el bajo vientre de esa enorme mole de carne sin obtener efecto alguno aparte de los horribles mugidos que comenzaron entonces a desgarrarle la garganta a ese monstruo, los cuales, a sus oídos, sonaban como si fueran al mismo tiempo de placer y de dolor. Algo semejante tenían los movimientos exacerbados que la bestia ejecutaba rítmicamente sobre ella y que tanto manifestaban un sufrimiento insoportable como una extrema lujuria. Finalmente, la baba que brotaba de su hocico para ir a caer sobre su cara, su cuello y su pecho hacía que de repente le brotaran unos senos enormes y turgentes allí donde hasta entonces sólo tenía –lo sabía bien– dos pequeñas almendras. De manera incomprensible, sentía que el toro la miraba fijamente a través de la oscuridad, pero los suyos no eran ojos de toro; ni siquiera parecían los ojos de un animal: aquellos solamente podían ser ojos humanos, y esto fue tal vez lo que más miedo le produjo en ese sueño. El toro continuó mirándola fijamente hasta que, dando un grito, ella lo hizo desvanecer en medio de la oscuridad que imperaba en su habitación. Una vez despierta, lo primero que hizo fue llevarse ambas manos a la cara y luego a sus senos. Era ella, era su pelo, era su carita pero, definitivamente, aquellos no eran sus pechos. Algo había sucedido mientras dormía. *Había sido cambiada*. Sentía que su ser tenía ahora otras potencialidades, extrañas formas de *ser otra* cuya naturaleza ignoraba, pero que estaban allí, latentes, como si esperaran el momento de ser activadas.

Eso había pasado hacía tantos años que era casi un milagro que todavía lo recordara. A partir de esa noche, no obstante, sus andanzas por los enrevesados territorios del sueño no tardaron en convertirse para ella en una segunda vida. Conoció lugares, seres, personas. Rió, lloró, fue traicionada y traicionó. Tuvo varias familias a las que luego destrozó. Padeció la ira de los poderosos y no pudo evitar sufrir con atracción creciente el calor de las llamas mientras abrasaban varias partes de su cuerpo y le provocaban unas quemaduras que luego cicatrizaban sin dejar huellas. Fue en el curso de uno de esos sueños cuando aprendió a controlar las voluntades ajenas, interviniendo directamente en la zona de la conciencia donde se gestan los recuerdos. A partir de entonces, no pasó uno sólo de sus días sin que llenara de espanto las vidas de cuantos la rodearan. Sembradora de imágenes, todo cuanto tocaba quedaba inservible para siempre. En otras épocas de la humanidad, su labor habría sido considerada alta hechicería y habría terminado alimentando las llamas de una hoguera con su grasa corporal. En esta vida, sin embargo, había nacido en una época estúpida y desquiciada en la que cada uno de sus actos y gestos encajaba a la perfección en la lógica de los tiempos.

Se dedicó, pues, por una parte, a crecer en la abyección que sus perversas acciones provocaban entre las incontables víctimas de sus engaños, y a profundizar pacientemente, por otra parte, en sus exploraciones del universo oculto de los sueños. En este último plano, su existencia se desmadejaba de un modo imposible de resumir. Prueba de ello es la facilidad con que se desprendía de todo cuanto pudiese entorpecer o dificultar unos planes personales que no respondían a otra lógica que la del capricho espontáneo. Según se dice, después de abandonar a Nicole en aquel local de la acción de protección materno-infantil, lo primero que hizo fue entrar a un salón de belleza a teñirse el pelo de rubio. Como todo en ella era puramente superficial, bastaba un simple cambio de apariencia para que su personalidad quedara completamente modificada. Probablemente sería más correcto decir *multiplicada*, pero como tal cosa implicaría meter los pies en las cenagosas aguas de la psiquiatría, conviene más y cuesta lo mismo dejarlo de ese tamaño por el momento. Sobre todo porque, en cuanto cumplió los cincuenta años de edad, Mildred (pues no era otro el nombre de la extraña mujer) se las arregló para invertir totalmente lo que hasta entonces había sido el ritmo habitual de su existencia. A partir de la misma noche de su quincuagésimo cumpleaños, su verdadera vida comenzó a transcurrir mientras la mayoría de las personas se hallaban dormidas, a tal punto que se las arregló para romper a voluntad y con pasmosa frecuencia las barreras de vigilia que separan a los días entre sí. De hecho, fue en el curso de uno de estos sueños prolongados a más de veinticuatro horas cuando entró en contacto con el Perro por primera vez.

En esa ocasión, soñó que caminaba por los alrededores de la avenida Winston Churchill tal como la recordaba en la época anterior a la drástica transformación que sufrió la antigua ciudad de Santo Domingo durante el Proceso. Se vio caminando despacio, con una carterita blanca de tiro largo en el hombro y un vestido color malva que le quedaba sumamente ajustado, lo cual, tratándose de ella, cobraba una relevancia inusitada, puesto que, en esa época, nunca se le vio usar mientras estaba despierta ninguna prenda de vestir que no fuera capaz de disimular sus formas corporales, y muy especialmente sus senos. A pesar de eso, en el sueño podía caminar libremente sin ser molestada por peatones y conductores que pasaran cerca de ella gritándole frases obscenas.

Tardó incluso en darse cuenta de que, en lugar de caminar, había comenzado a flotar sobre la acera: seguía moviendo sus piernas, pero en realidad (es decir, en la realidad del sueño), sus pies no se posaban sobre el suelo. En un momento, sin embargo, volvió a sentir que el mismo dolor del nervio ciático que le clavaba todo el muslo izquierdo como tantas otras veces antes la había dejado paralizada en plena calle, o por lo menos, así lo recordaba ella en su sueño. Sin poder evitarlo, pues, se dejó caer sobre la acera con la intención de relajarse, pero justo antes de que su cuerpo quedara tendido sobre el cemento, experimentó un empuje vertical hacia arriba que era directamente proporcional al volumen del aire que desplazaba su escasa masa corporal, por lo que, contrariamente a lo esperado, comenzó a flotar en posición supina, exactamente como si estuviese acostada en una bañera llena de agua hasta el borde.

De ese modo prosiguió su camino flotando sobre los techos de las casas que había en aquella parte de la ciudad de sus sueños. Casas señoriales, con hermosos jardines y grandes piscinas en las que solamente nadaban el aire y el silencio; lujosas mansiones en las que, aparentemente, no vivía nadie, puesto que, a medida que avanzaba sintiendo a sus espaldas los rayos del sol, podía percatarse de que, en todas las construcciones, tanto las puertas como las ventanas se hallaban cerradas. Y puesto que su vuelo era como el de las hojas a las que el viento lleva de un lado para otro sin necesidad de que intervenga voluntad alguna, llegó sin darse cuenta hasta un jardín en el que crecía un enorme árbol que tenía doce ramas. De cada una de esas ramas pendían distintos objetos: cabezas de ciervos, puertas, sables antiguos, peces, alas de dragón, grifos, unicornios, águilas, caballos, leones, llaves enormes y manzanas. Lo más extraño de todo era que ese árbol siempre se mostraba a sus ojos de la misma manera sin que importara el ángulo que escogiese para mirarlo: incluso al sobrevolarlo podía ver la misma disposición de sus ramas con sus respectivos objetos colgantes. Esto último le extrañó y quiso saber a qué se debía, pero fue precisamente mientras se preguntaba por la razón de esa visión cuando escuchó la voz del Perro que le brotaba del pecho: «Lo has hecho bien, pequeña, pero todavía no estás preparada», le dijo. «Para alcanzar tu nivel primero tienes que decirles por lo menos a veinte personas que naciste un 20 de marzo y que eres vidente y médium. Puedes estar segura de que, si haces eso, todo el mundo te creerá y tendrás el poder de torcer a voluntad el destino de cualquier persona a quien te interese dominar. Para ello, sin embargo, tendrás que obedecerme sin condiciones, pues yo soy el Perro y sólo yo puedo ofrecerte todo lo que tanto ansías».

A partir de ese primer encuentro con el Perro, Mildred dejó de tener sueños lúcidos. Al percatarse de ello, solamente por ver qué ocurría, se dedicó a realizar al pie de la letra cuanto le había dicho el Perro, pero no con veinte, sino con doscientas personas. No tardó en comprobar que, a medida que aumentaba el número de sus contactados le resultaba más fácil convencerlos de que ella era ciertamente una vidente y una poderosa médium capaz de penetrar en los arcanos más ocultos y extraer de allí cualquier clase de información que ella quisiera. Los datos de numerosos políticos, empresarios, artistas, deportistas, médicos, ingenieros y estrellas de la canción comenzaron a amontonarse en la cuantiosa lista que se fue formando a partir de los nombres de quienes la consultaban gratuitamente –pues ella se negaba rotundamente a recibir dinero a cambio de sus revelaciones, aunque nunca le puso cara de asco a quienes le ofrecían un Audi de último modelo, un *penthouse* o incluso una pequeña cabaña en algún paradisíaco rincón de Punta Cana o de Las Terrenas a cambio de conocer los detalles técnicos de tal o cual novedad farmacológica, la combinación ganadora de la loto de Miami o la verdadera historia de la fortuna personal de este o este otro ministro, empresario o candidato. Mientras duró el efecto de este primer contacto con el Perro, ella podía saberlo literalmente todo, incluso los planes para asesinarla que fraguaban a sus espaldas, no las personas cuyos secretos ella había adivinado y revelado a sus enemigos, sino los otros falsos adivinos, simples charlatanes embaucadores que se amparaban bajo el generoso manto de una franquicia religiosa para disimular de alguna manera su inmensa ineptitud. En cada ocasión, ella no sólo logró desarmar aquellos planes macabros, sino que denunció y demostró ante las autoridades policiales y judiciales la vinculación de esos malandrines con toda clase de grupos delincuenciales y enemigos del sistema, con lo cual, su reputación en los sectores del gobierno del Dr. Servilló creció y prosperó vertiginosamente, a tal punto que varios de los más importantes funcionarios de su gobierno comenzaron a consultarla.

Exactamente un año después de su primer contacto con el Perro tuvo lugar su segundo encuentro. Esta vez, sin embargo, no sucedió mientras dormía, sino que, una mañana, al abrir una puerta en su propia casa para pasar a otra habitación, penetró súbitamente en una zona en la que la oscuridad era tan densa que podía tocarse, lo cual le planteó el urgente dilema de tener que elegir entre respirar ese aire oscuro o encontrar la manera de salir a toda prisa de allí. «No temas nada, pequeña», le dijo el Perro. «Puedes respirar mi aliento y guardarlo en tus pulmones. Un día te pediré que me lo devuelvas».

Un terrible escalofrío recorrió todo el cuerpo de Mildred cuando, obligada por la imperiosa necesidad de respirar, tomó la primera bocanada de aire negro y de inmediato comenzó a sentir que se desvanecía.

Horas después, la despertó el timbre de un teléfono que sonaba de manera intempestiva en otra habitación. Cuando respondió, escuchó la voz de una mujer que le hablaba en tono áspero en una lengua que a ella le resultaba totalmente desconocida. Por el tono de su voz, supuso que esa desconocida la insultaba o la amenazaba ferozmente, pero, como no comprendía una sola palabra de lo que le decía, colgó el auricular y luego se dirigió a toda prisa al baño, donde defecó con tanta abundancia que ella misma se asustó. «¡El diache, me vacié!», se dijo soltando una risita mientras observaba eso que ahora llenaba la taza del inodoro. Ya se disponía a abandonar el excusado cuando volvió a sentir ganas de dar del cuerpo. «¡Oh, pero bueno! ¿Y quéjeto?», se dijo mientras volvía a bajarse los pantis para sentarse en el inodoro. Esta vez, sus deposiciones fueron todavía más densas e intensas que la vez anterior, y ya comenzaba a pensar que algo la había intoxicado cuando volvió a sentir ganas de soltar todo lo que seguía regurgitando en sus intestinos. «¡Pero esto no puede ser! ¿Qué es lo que me pasa?» Al ver que su tercera descarga resultó ser superior en volumen a la suma de las dos anteriores, Mildred se sintió tan apesadumbrada que soltó una ardiente lagrimita. «Tendré que llamar a Rojas para que me recete algo contra la diarrea», se dijo, pero casi de inmediato recordó que la última vez que había hablado con el Dr. Rojas había sido en el tribunal donde el ministerio público la citó para que respondiera a la acusación de abuso de confianza y estafa. «No debí usar a Rojas para que me firmara ese falso acta de hospital», se dijo. «Ahora no tengo un sólo médico que acepte curarme. Desde que se enteran de quién soy, todos me quieren denunciar a la policía».

«Tranquila, pequeña», le dijo la voz del Perro. «Eso que te sucede no tiene ninguna importancia. No necesitas ir al médico, ya que se trata solamente de tus poderes, que ahora te abandonan. Volverás a tenerlos cuando vuelva a necesitarte. Por ahora, debes regresar a tu vida simple. Nada de sueños, ni adivinaciones, y mucho menos problemas con personas incapaces de comprender quién eres realmente. Una buena idea sería que cambiaras de ciudad. Tienes hasta mañana a esta misma hora para decidir qué tipo de vida quieres llevar hasta que vuelva a contactarte. Después de ese plazo, no volverás a saber de mí ni yo de ti».

Y fue así como Mildred eligió regresar a su antigua vida simple de mujer de provincias establecida en un barrio tranquilo de la antigua ciudad de Santo Domingo, donde los años siguieron atravesando la densa membrana de la vida sin que ella volviera a tener noticias del Perro.

Una noche, cuando ya ella había rebasado los 85 años de edad, recibió mientras dormía la tercera visita del Perro. «Ha llegado la hora, pequeña. ¡Despierta!» La orden la sorprendió en la tranquilidad de la habitación donde ella dormía plácidamente bajo los efectos de unas pastillas para la hipertensión y los cólicos gástricos que consumía cada noche antes de irse a la cama. «¡Despierta! Ha llegado la hora de traerme el aire que te di al lugar que te mostraré. Para ello necesitarás cambiar de cuerpo. Por eso no hace falta que te asustes cuando abras los ojos y te veas transformada en la mujer que siempre quisiste ser, pues sólo bajo ese aspecto te será posible venir a mi encuentro».

Apenas la mujer dejó de dar vueltas en torno a sí misma en medio del valle ubicado en la zona costera próxima a la cordillera septentrional, en la provincia de Puerto Plata, unos densos nubarrones comenzaron a formarse en el horizonte y el terral empezó a traer ese inconfundible olor azufrado que siempre delata a las tormentas que se forman en alta mar. La gente de los pueblos y fincas aledañas comenzaron entonces a intercambiarse frases como esa de que el día más claro llueve, la de que la cosa se está poniendo fea e incluso esa otra de que parece que van a caer burros aparejados, como era lo usual en casos de súbitos y extravagantes cambios en el clima como el que había motivado la aparición de una tormenta que amenazaba con tocar tierra en poco menos de dos horas. Indiferente a todo, sin embargo, la mujer continuó caminando sola por la falda de la montaña como alguien que sabe hacia dónde se dirige.

Aproximadamente media hora después, no obstante, comenzó a seguirla un nutrido grupo de personas proveniente de distintos lugares no muy lejanos, en su mayoría hombres muy barbudos de aspecto extranjero, pero también mujeres ataviadas con grandes camisones blancos, el pelo atado con pañoletas rojas o amarillas, una gran cantidad de pulseras en sus muñecas y calzadas con sandalias ligeras de colores estridentes. Una larga hilera de personas acompañaba en silencio a la mujer que ahora se aventuraba a subir por la ladera de una de montaña que, sin duda, no había sido escogida al azar, en vista de que antes de comenzar a escalarla habían dejado atrás por lo menos otras cuatro elevaciones de menor envergadura. Una gran cantidad de relámpagos surcaba en ese momento el firmamento. Las oscuras nubes de la tormenta ya habían cubierto totalmente como un gran techo negro toda la zona de la costa norte de la isla. Apenas veinte minutos después, toda el área de la cordillera quedó pavorosamente ensombrecida. En los pueblos y aldeas cercanas, muchos ancianos comenzaron entonces a quemar cruces hechas con hojas de palma seca para resguardarse de los relámpagos; otros cubrieron con paños todos los espejos de sus casas y otros, finalmente, encendieron tres velones amarillos a san Isidro Labrador, que quita el agua y pone el sol. Todos ellos, por supuesto, estaban convencidos de que el Día del Juicio Final el cielo tendría el mismo tétrico aspecto que el que ahora se cernía sobre sus cabezas y muchos de ellos temblaban mientras rezaban y rogaban misericordia a Dios, enteramente confiados en que solamente su fe podría salvarlos.

Por espacio de cuatro horas, la comitiva expedicionaria sorteó todos los obstáculos que fue encontrando a su paso hacia la cima de aquella elevación en cuyas laderas ya se asomaban miles de retoños de numerosas plantitas de pino y de caoba americana sembrados por los equipos de reforestación de la Asociación de Carboneros y Resineros, Inc.

Cuatro horas después, cuando los primeros grupos de caminantes comenzaban a descolgarse cerca de la cúspide encabezados por la mujer, el cielo pareció abrirse encima de sus cabezas y un enorme círculo por el cual comenzaron a filtrarse los poderosos rayos del sol cobró entonces el aspecto de un terrible horno que desprendía densas llamaradas, de las cuales, de repente, comenzó a brotar una gran cantidad de relámpagos. Inmediatamente, los vientos se dedicaron a guerrear unos contra otros y muy pronto volaron por todas partes los troncos de numerosos árboles junto con los techos y paredes de cientos de ranchos y bohíos que habían sido arrancados de cuajo en medio del temporal. El torrencial aguacero que siguió al tornado inició en el preciso momento en que los caminantes accedían a la zona de socavones ubicada en torno a la corona de la montaña.

Haciendo caso omiso del viento que zumbaba ahora con grandes alaridos, la mujer continuó escalando las piedras peladas hasta alcanzar la mayor de las concavidades. Uno tras otro, los setenta integrantes de la comitiva que la había seguido hasta allí entraron tras ella y, una vez allí, la ayudaron a levantar una gran cantidad de piedras y escombros para luego arrojarlos por la boca de la gruta. Entre todos, no tardaron en dejar completamente limpia toda el área de la entrada de la gruta. Únicamente quedó allí una gran roca que se hallaba profundamente engastada en el suelo arcilloso de aquel lugar. «Hay que limpiar y despejar todo el borde de esta roca para poder moverla», dijo en voz alta la mujer. De inmediato, sus setenta ayudantes comenzaron a arañar el suelo con las uñas. Fue de ese modo como lograron arrancar en poco tiempo una gran cantidad de osamentas humanas y restos de madera podrida y de metales oxidados.

La escasa luz que penetraba hasta allí proveniente del claro que había quedado abierto por el sol en lo que algunos comenzaron a llamar erróneamente el "ojo" del huracán no duraría mucho tiempo, pero igual, entre todos, no tardaron en remover todo el perímetro de la roca, lo cual les permitió percatarse de que no era tan grande como habían pensado inicialmente. «Ahora tenemos que empujar esta roca hasta dejarla caer por la boca de la caverna», dijo la mujer. De inmediato, numerosas manos se dedicaron a empujar la enorme piedra que debía pesar una tonelada y media como poco, pero que, gracias a su forma algo redondeada, podía ser trasladada sin mucha dificultad. Apenas la roca comenzó a caer ladera abajo, se volvió a escuchar con fuerza el terrible ulular del viento, el cual comenzó a penetrar con una fuerza devastadora, empujando y chocando a varias personas contra las paredes de la cueva y levantando a otras por los aires para luego estrellarlas contra las puntas de las numerosas estalactitas que se habían formado a lo largo de los siglos en distintos lugares del techo.

Muy pronto, todo el interior quedó completamente cubierto de sangre y trozos de carne y huesos humanos. Sólo la mujer, tendida en el suelo con los ojos y la boca desmesuradamente abiertos, quedó a salvo de la terrible fuerza de la tempestad. Desde allí, sin embargo, como si el universo entero dependiera de ello, lanzó un grito que se perdió ahogado por el enorme estruendo que producía el viento, mientras un extraño y denso gas sumamente oscuro comenzaba a manar de su boca hasta llenar todo aquel antro. Pocos minutos después, algo comenzó a moverse en el fondo del hueco que había quedado expuesto al removerse la gran roca que lo había mantenido tapado durante varios siglos. Al principio, se trató de una rítmica vibración cuyos latidos apenas lograban mover algunos granitos de arena cerca de la superficie. Poco después, sin embargo, la vibración se hizo verdaderamente fuerte, mientras algo así como un gran gusano se agitaba en remolinos regulares en el fondo de aquel hueco. Decenas de tentáculos comenzaron a brotar de cada extremo de ese gusano y luego comenzaron a recorrer toda la caverna hasta que, uno tras otro, cada uno de ellos fue ensartando y levantando los cuerpos de todas las personas que se hallaban esparcidos por todas partes, incluyendo el de la mujer, la cual, cuando acabó de vaciarse, quedó apachurrada contra el suelo completamente consumida como si todas sus células se hubiesen vaciado de golpe hasta dejarla convertida en un pergamino. Los tentáculos terminaron de extraer la sangre y demás fluidos de los restos de las setenta personas y, en poco tiempo, lograron reunir todo el material genético que necesitaban para sintetizarse un cuerpo físico a la altura de sus exigencias: un cuerpo simultáneamente humano y sobrehumano, capaz de trascender a voluntad su propia apariencia y disolver cualquier asomo de conflictos entre su esencia y su existencia. En una palabra: un verdadero *cuerpo de deseos* en cuya composición no habría espacio para albergar ningún tipo de dualidad.

«¡Tu Perro te saluda, Serptes!», dijo el cuerpo cuando terminó de formarse. «Es hora de terminar con este mundo mediocre».

10. La noche artificial

NADIE ESTABA en el lugar donde tenía que estar. Definitivamente, nadie esperaba que algo así sucediera, y sin embargo, sucedió de manera tan súbita y natural que lo primero que todos nos preguntamos fue por qué rayos no había sucedido antes: una mañana, así como si nada, el cielo dejó de ser azul, o sea, cesó de mostrarse bajo ese color tan idiota, tan cinta para el pelo, tan tapa de biberón de bebé macho, masculino y varón, y claro, como nadie se lo esperaba, era justo que sucediera de día, para que todos pudiéramos presenciar el momento en que tanto el azul como el negro de la noche se tornaron en rojo sangre. De hecho, fue también la primera vez que en el planeta Tierra fue de día en sus dos hemisferios y en todos sus continentes al mismo tiempo. Aunque claro, tal cosa no tenía nada que ver con la hora. La hora seguía siendo la misma, sólo que ahora era tan patéticamente inútil tener una diferencia horaria que ¡mierda! todo el mundo prefirió ajustar sus relojes a la hora de los Estados Unidos de América. Es cierto, no obstante, que después de los cataclismos que habían reducido el territorio habitable de esa antigua gran nación que había albergado el último imperio planetario de la raza humana, el planeta entero había pasado a llamarse "Estados Unidos de la Tierra". El período de vigencia de este gesto fue relativamente reducido, no obstante, ya que, apenas quince años después de haber sido promulgado el cambio de nombre del planeta en el curso de un solemne acto de inauguración del Primer Gobierno Mundial, el Perro declaró el comienzo de las hostilidades de lo que no tardaría en conocerse como la Guerra de Sueños.

Con el lanzamiento de la vigésima generación de las tecnologías de virtualización, realmente no había quedado mucho por imaginar sobre el planeta Tierra. No obstante, puesto que la industria tecnológica necesitaba reinventarse a cada instante, a muchos ingenieros, sobre todo a los más jóvenes, se les autorizó a desarrollar nuevos programas de simulación cuyos sistemas se retroalimentaban constantemente a partir del banco de datos recopilado durante las primeras cuatro décadas del siglo XXI a partir de las fotografías, vídeos, comentarios, textos, ilustraciones y archivos de audio producidos por los usuarios de las incipientes tecnologías de captación conocidas bajo el aparentemente ingenuo nombre de "redes sociales". De ese modo, lo que había comenzado como una promesa de vinculación colectiva terminó revelando su verdadera naturaleza de trampa o dispositivo para pescar hasta las más nimias manifestaciones de la vida subjetiva de las personas.

En una batalla normal, hay siempre dos bandos contrarios que miden sus fuerzas en un campo que puede ser de distintos tipos: aéreo, terrestre, naval o espacial, económico o financiero, cultural o político, etc. Por lo menos, esto fue así hasta que estalló la guerra de los sueños, la cual cambió incluso la idea convencional de lo que es una guerra. Desde el principio se supo que, en esta ocasión, las fuerzas atacantes estaban integradas por los mismos efectivos que componían las fuerzas atacadas. Naturalmente, como esta perversión de la lógica bélica hacía inútil toda distinción entre táctica y estrategia, aquellos ejércitos increíbles, únicos e indivisibles optaron por permanecer inmóviles durante un tiempo indefinido, dando inicio a lo que los dispositivos de propaganda oficiales llamaron, quién sabe por qué, la "Doma de la Serpiente".

Durante este primer período de necia calma, la incertidumbre se convirtió en la única apuesta aparente, puesto que ninguno de los dos campos estaba en capacidad de definirse a sí mismo como "rival" del otro. Evidentemente, esto no tardó en conducir al más galopante estrechamiento del campo de lo posible en todos los confines del planeta definitivamente unificado. Así, de manera incesante, durante varios meses se celebraron en todo el mundo numerosos cónclaves y reuniones de líderes en las que se afirmaba la necesidad de encontrarle una salida imaginaria al estancamiento real que se había apoderado de la economía mundial. Y claro, como sucede cada vez que los políticos fingen interesarse en la imaginación, tampoco en esa ocasión sus palabras tuvieron el valor de una invitación. Más bien se trataba del eslogan de una campaña publicitaria.

En efecto, borrachos de adrenalina, los líderes de los principales grupos económicos de todo el mundo habían concebido la homologación geográfica como el pretexto ideal para llamar a la creación de un nuevo pacto jurídico-político que se conocería con el nombre de *New Day Light Deal*, el cual consistía, principalmente, en una escala jerárquica de las naciones a las que les sería permitido el acceso a la luz solar "natural" mediante el pago de una anualidad cuyo monto había que renegociar periódicamente de manera conjunta con los demás países signatarios de ese trato.

Como país firmante de dicho acuerdo, el Nuevo Estado Mulato del Gran Babeque no habría tenido ninguna posibilidad de obtener ni siquiera un minuto de luz solar natural para nutrir su agricultura y continuar explotando la belleza de sus playas a través de la industria turística de no haber sido por la ingente cantidad de rodio que las compañías excavadoras extraían de las aparentemente inagotables minas a cielo abierto en proceso de explotación simultánea con que contaba esa nación. Gracias a esa vasta operación minera, pues, el nuevo país pudo contar con recursos suficientes para costearse la cantidad de luz solar indispensable para manejar con cierta comodidad sus incontables resorts, museos, parques nacionales, hoteles y otras empresas. Estaba claro que los países que no tuvieran con qué pagarse un poco de sol deberían contentarse con recibir las ondas electromagnéticas que emitía la red espacial de antenas SYNCAVRT, construida e instalada a setecientos kilómetros por encima de la estratosfera en la forma de un complicado tejido satelital que envolvía literalmente al planeta como si emulara la red neuronal del cerebro mediante el empleo de una tecnología de origen desconocido para la inmensa mayoría de las personas en todo el mundo.

Otros importantes renglones del *New Day Light Deal* fueron la eliminación de todas las fronteras y controles fiscales aduaneros, la aplicación de una política fiscal única, global y centralizada para todos los países reconocidos como miembros oficiales de los Estados Unidos de la Tierra (integrado por la casi totalidad de las naciones del mundo menos veintitrés pequeñas localidades que prefirieron continuar existiendo "en otro planeta", como se puso de moda decir en los distintos medios de esa época); la supresión de las monedas locales, incluyendo el dólar, el euro, el yen y el yuan, y la creación de un sistema de créditos desidéricos que permitiría negociar la transferencia hacia y desde un Sistema Global de Gestión Mundial de los Deseos y Necesidades basado en unidades numéricas llamadas *quantwish*, el cual prescindía de cualquier forma de mediación simbólica. Centenares de compañías farmacéuticas de todo el mundo comenzaron entonces a incentivar la investigación destinada a mejorar la composición molecular de unas novedosas drogas psicotrópicas basadas en la estimulación de la serotonina con el propósito de crear un sistema social alternativo enteramente diseñado a partir de la administración colectiva de los deseos. En la cúspide de este sistema se encontrarían todos los que fuesen capaces de generar nuevas y más efectivas maneras de gestionar y controlar los deseos ajenos mediante la creación de nuevas tecnologías basadas en el principio de aceleración del neocórtex y la capitalización de la energía de este modo generada en una serie de bancos de *quantwish* que, en un tiempo récord, lograron satelizar y controlar la mayor parte de las tendencias deseantes de un enorme contingente de personas, implantándoles desde su nacimiento, por medio de inyecciones, unos *chips* que los hacían desear progresivamente una gama cada vez más amplia de objetos, dispositivos, sensaciones, productos, sustancias, situaciones, estados y condiciones.

Controladas vía satélite por medio de unas pulsiones electromagnéticas de intensidad infinitesimal, las neuronas de estos miles de millones de individuos los convertían en los obreros cautivos del *New Day Light Deal.* Nada de esto era verdaderamente nuevo, es cierto, pues, como se sabe, desde los tiempos bíblicos el orden social lo han establecido siempre no sólo quienes dominan los medios para satisfacer los deseos individuales, sino también, y sobre todo, los que controlan la misma materia de los deseos, permitiendo e incluso propiciando algunos y condenando y castigando otros. La gran diferencia era que ahora no quedaba ni un sólo deseo cuya satisfacción no estuviese garantizada al 100% gracias al gran desarrollo de las Tecnologías de Realidad Virtual Aumentada (AVRT, por sus siglas en inglés), las cuales expandían al infinito las posibilidades de "producir" literalmente cualquier cosa en la conciencia de los deseantes durante un corto lapso. De esta manera quedaban cubiertos dos requisitos indispensables para el buen funcionamiento de la nueva industria: se demostraba de manera definitiva que el deseo es la única fuente de toda realidad, y se les prometía a los usuarios del sistema la realización indefinida de cualquier deseo que ellos fuesen capaces de producir.

Y efectivamente, la palabra clave en ese proceso era la palabra *producción*. Los individuos se iniciarían desde muy temprano en la elaboración de *quantwish*: prácticamente desde niños. Estaban dispuestos a realizar cualquier labor a cambio de ver aumentar el cálculo de unidades de deseo en sus cuentas bancarias, a las cuales podían consultar concentrándose en las palabras "mostrar cuentas" mientras tenían los ojos cerrados. Tampoco importaba el número de horas al día que dedicaran a las labores más disímiles, pues sabían que esa era la mejor manera de reunir la cantidad de *quantwish* necesaria para hacer realidad sus deseos, así fuesen estos los de participar en aventuras junto a personajes del pasado, volar a bordo de alfombras mágicas o en alguna nave espacial. Realmente, la tecnología había logrado derrumbar los límites convencionales entre la ilusión y la realidad, pero no solamente eso: también les había proporcionado a las máquinas que lo hacían posible el cúmulo de datos necesario para sintetizar, a partir de dichos datos, cualquier modelo de realidad concebido por la mente humana.

Quienes hubieran pasado largos años de su vida esperando ver realizarse algún sueño de justicia tenían ahora, gracias al SYN-CAVRT, la oportunidad de ver rodar por el suelo las cabezas de sus enemigos; quienes antes lo habrían dado todo para experimentar la sensación de ser el primero en dejar sus huellas sobre la superficie de algún planeta lejano disponían ahora de un mecanismo que les permitía vivir, por espacio de media hora, una experiencia equivalente a la duración de un viaje intergaláctico. No era realmente un viaje en el tiempo; tampoco era necesario desconectarse de la realidad común a las demás personas, pues eso era precisamente lo más increíble de todo: el sistema se nutría de la energía neuronal de cada uno de los usuarios conectados a la red satelital gracias al microchip. De ese modo, toda la humanidad participaba de alguna manera en el sueño de cada individuo. En algunos casos, podía tratarse de una participación activa: dos o más usuarios se ponían de acuerdo para vivir juntos una experiencia particular: presenciar la ejecución de María Antonieta, participar en una orgía hippy al aire libre mientras Jimi Hendrix tocaba su guitarra en el festival de Woodstock, asistir a una conferencia pública de Albert Einstein, conversar con Cristóbal Colón en el Puerto de Palos, etc. Realmente no había límites para esa tecnología, pues toda la información necesaria ya estaba almacenada en su inconmensurable base de datos. A partir de toda esta data, el SYNCAVRT podía sintetizar en milésimas de segundos hasta el más mínimo detalle de cada uno de los universos reales o imaginarios que la mente humana fuese capaz de concebir.

Por lo demás, con el establecimiento en todo el planeta de un único régimen de luz, toda persona a la que se le hubiera instalado un chip en su cerebelo se hallaba por primera vez sometida de manera simultánea al ritmo fluctuante de un mismo impulso electromagnético. No obstante, contrariamente a lo que habían prometido los políticos, sacerdotes y representantes de las compañías tecnológicas, esto no solamente no favoreció la igualdad de las personas, sino que, por el contrario, no tardó en conducir a una exacerbación de las diferencias entre las clases sociales debido a que no todos eran capaces de comprender que desear mucho más que nadie no era lo mismo que controlar el deseo de una gran cantidad de personas.

Y en efecto, como siempre había sucedido en cada época de la historia de la humanidad, tanto la retórica política como la acción ideológica quedaron profundamente marcadas por esta oposición. En cada uno de los países que integraban los EE.UU.T. proliferaron como hongos los partidos, iglesias, asociaciones, sindicatos y alianzas deseantes. Los líderes de cada una de esas agrupaciones empujaban literalmente a sus seguidores a una cada vez más virulenta confrontación pública con los integrantes de los demás gremios. Las tensiones no cesaban de aumentar, sobre todo luego del lanzamiento del módulo de libre descarga syncavrt, el cual permitía a los usuarios compartir una misma emisión de pulsos electromagnéticos. El mundo entero había quedado convertido en un inmenso escenario en el que podían brotar aquí y allá las manifestaciones de las más extravagantes producciones deseantes. Y puesto que la realidad había perdido de manera definitiva la batalla contra la imaginación, todas las condiciones estaban reunidas para que el mal se hiciera presente, como en todas las otras creaciones humanas, en la manera en que funcionaban los nuevos artilugios concebidos, según sus principales inventores, para terminar de una vez por todas con la serie de limitaciones que impedían el desarrollo de facultades superiores en la especie humana, entre las cuales destacaban el complejo de inferioridad, la timidez, el sentimiento de impotencia y de orfandad, la envidia y la mezquindad, el onanismo y muchas otras taras mentales y conductuales.

Este era, pues, el contexto global que se vivía en aquel planeta unificado cuando, súbitamente, toda la realidad se vino abajo, dando inicio a la guerra de sueños.

Prácticamente nadie está de acuerdo sobre la manera en que el planeta entero se quedó a oscuras. De una persona a otra, las versiones varían en cuanto a la forma en que ocurrió, los personajes más relevantes para la historia de ese momento y la serie de acontecimientos que precedieron a ese terrible instante. Al parecer, cada quien se sentía con el derecho o la obligación de agregar o quitar detalles al hecho central. Una cosa estaba clara, no obstante, y era que la tecnología de simulación que se había empleado para sustituir la neuropercepción de la luz solar por el flujo de neurotransmisores electromagnéticos que producía la impresión colectiva de luz roja era matemáticamente irreversible.

Sólo muy pocas personas en todo el mundo sabían que esa luz roja era la consecuencia directa de la activación del módulo SYN-CAVRT a escala planetaria. Al principio, las críticas llovieron sobre WRT-4729, TK-1077 y AA-VW88, los tres ingenieros virtuales seleccionados para constituirse en las "cabezas visibles" del proyecto precisamente a causa de que no eran personas reales sino avatares perfectos y ubicuos, capaces de interactuar bajo distintos aspectos con personas reales en tiempo real, escuchar y grabar audios y videos en alta resolución de conversaciones completas y dotados con un módulo que les permitía tomar algunas decisiones simples con autonomía casi completa. Entre estas, la más importante era sin duda la de evadir agresiones y apagar sin previo aviso su sistema de holografía sólida. La gente del pueblo los había bautizado "Los Ángeles", en franca alusión al aspecto que presentaban bajo la más amable de sus apariencias. Y claro, abundaban las leyendas y las bromas sobre supuestos encuentros íntimos con alguno de esos "ángeles" e individuos humanos de numerosos países.

Una cosa era cierta: durante el período de quince años en que el mundo entero había presenciado la sustitución del color azul del cielo por la luz roja, la percepción que las personas se hacían del tiempo quedó profundamente afectada. Según los científicos, este detalle constituía la única prueba de que las plataformas satelitales de AVRT funcionaban como era debido. Y claro, la serie de efectos secundarios que generó la desactivación de esta percepción modificada por efecto del cese definitivo de la luz roja no tardaron en convertirse en un verdadero dolor de cabeza para el ejército de neuroingenieros que colaboraban en el proyecto. Como medida extrema, se pusieron a disposición de los ingenieros siete de los quince megadrones cuánticos existentes en todo el mundo. Estos últimos estaban equipados con los mejores programas de síntesis y análisis de mecanismos de programación neurocibernética con el propósito de hallarle una solución a ese conflicto.

Desconcertada, la población mundial no tardó en comenzar a sospechar que algo había escapado al control del gobierno central. A continuación se copian algunos de los mensajes publicados en sus respectivos muros por usuarios de las redes sociales de todo el mundo la noche en que ocurrió aquel terrible apagón mundial.

Saïd Benassoum (Argelia) desde París, Francia (VIE 12 FEB 20:27:07)

Hace un minuto, el cielo rojo estaba perfectamente impecable, sin una sola nube. En ese momento yo caminaba cerca de la entrada del metro que está próxima al café L'Odéon cuando se me ocurrió mirar hacia el cielo. ¡Por qué lo hice! No espero que me crea nadie cuando diga que allá arriba vi una mano enorme, con uñas largas, que corría una especie de cortina. De repente, todo se puso oscuro, como ahora. Claro que al principio me cagué del susto. De hecho, cada vez que me acuerdo me dan temblores. Realmente no sabía qué hacer.

Sylvia Wolf (Gran Babeque) desde Santo Domingo (VIE 12 FEB 20:27:19)

Ustedes, mis incontables, saben que no les mentiría ni que me arrojaran con cadenas al foso de los críticos. Les escribo con el corazón todavía saliéndoseme por la boca en la forma incontrolable de una compota alfabética. Les escribo estupefacta, anonadada, esmirriada y espeluznada por los efectos que me produjo el espectáculo inenarrable del que acabo de ser testigo. Todavía estoy en el malecón en compañía de tres de mis más fieles amigos, F.I., M.M. y A.G. quienes no me dejarán mentir ni mentar aquí a nadie que no tenga nada que ver con este *post*. Acabamos de ver de qué manera el cielo pasó de rojo a negro, sin ser gallo y sin haber leído nunca a Stendhal. Fue como si alguien con una mano inmensa pasara para siempre la página de la izquierda en un libro celestial, y claro: lo que sobreviene después de esto no es otra cosa que un horrible cataclismo negro, un simulacro de noche que ni siquiera tiene, como las noches auténticas, el pulso y la energía que le otorga la sangre lunar.

Kees Bjørten (Noruega) desde Helsinki (VIE 12 FEB 20:28:12)

Acaba de suceder. El cielo se ha apagado por completo aquí en Noruega. Mi muro está lleno de testimonios de personas de tres continentes que dicen que en sus países también se ha apagado. Yo he presenciado lo que, para mí, fue como la súbita partida de una nave espacial en forma de disco que se alejaba rápidamente. Sin embargo, no estoy seguro de que esta oscuridad que ahora vemos (si me perdonan el oxímoron) sea simplemente la misma vieja noche a la que estábamos acostumbradas las personas de mi generación. Siento decepcionarlos, pero fíjense en el cielo: no se ven nubes, ni estrellas, nada. Un manto negro ha arropado a nuestro planeta. Roguemos a Dios que tenga piedad de nosotros.

Giovanni Ciocia (Italia) desde Milano (VIE 12 FEB 20:28:45)

¡Se fue el rojo, que viva el negro!

Praxtenos Andreopoulos (Grecia) desde Atenas (VIE 12 FEB 20:29:12)

Al borde del Adriático, el mar está picado. Olas de más de veinte metros atacan ahora los farallones. Parece que este fenómeno está en relación con el extraordinario cambio de aspecto del cielo. Lo que yo vi no tiene nada que ver con lo que otros han dicho que vieron. Desde lo alto de mi faro, pude apreciar que el cielo rojo se iba llenando lentamente de manchas negras, como piezas de un rompecabezas, hasta que todo ha quedado completamente a oscuras. Esto seguramente dejará perplejos a los miembros de una generación casi completa que ha crecido ignorando lo que significa la palabra "noche". En cambio yo, viejo farero, miro a esta noche como se mira a una vieja amante: sin total desinterés por lo que tiene que proponerme, ni total indiferencia por lo que esta vez se ha propuesto quitarme.

Stanley Krooks (Australia) desde Yarralumla (VIE 12 FEB 20:29:35)

Perdonen que les haya apagado la luz. Hoy decidí acostarme temprano.

Susana Marrero (Argentina) desde Buenos Aires (VIE 12 FEB 20:30:15)

Aquí en San Telmo la noche se vino de repente hace unos minutos. ¿Pueden creerme? Primero se escuchó un estallido enorme. Luego, un sonido lúgubre, como el que harían mil enormes olifantes o trompetas antiguas si se pusieran a tocar al unísono. Yo estaba estudiando en mi habitación cuando mi mamá gritó: «¡Nena, vení a ver esto!» Lo solté todo y fui a ponerme al balcón. Allí vi el cielo que en ese momento tomaba el aspecto de una rueda de muchos colores que giraba, giraba y a cada vuelta se hacía más chica, más chica, hasta que ¡paf! todo se apagó de golpe. Mamá y yo nos cagamos de miedo en el acto. Lo raro es que ni se cortó la electricidad ni el teléfono... ¡Por menos de eso nos hemos quedado semanas enteras sin esos servicios!

Flancoca no pudo percatarse del momento preciso en que comenzó la guerra: lo único que dijo haber visto fue cuando sus consecuencias comenzaron a afectarlo de manera directa. Claro está, aun en su retiro dorado en compañía de su Amado Visir, sabía por informaciones de terceros que todo había comenzado cuando la luz del sol artificial, la cual había sido de color rojo intenso desde que se puso en marcha la tecnología SYNCAVRT aproximadamente trece años atrás, comenzó a tornarse de una tonalidad más próxima al bordeaux. A eso de las once de lo que debía ser la noche, centenares de millones de personas en todo el mundo unificado en una sola franja horaria despertaron a mitad de lo que para ellos era la prolongación de un sueño anterior. Cerca de media hora después, en la mayoría de las zonas urbanas de todo el mundo comenzaron a amontonarse de manera exponencial los cadáveres de personas que se arrojaban desde azoteas, ventanas y balcones creyendo que volarían. En todas partes, no obstante, lo que predominaba era la lucha cuerpo a cuerpo entre los miembros de la población civil. Hombres contra mujeres, niños y jóvenes contra ancianos, obesos y delgados contra uniformados, religiosos contra obreros, campesinos contra artistas y artesanos… todas las categorías sociales convencionales contra ellos mismos, sin que ninguno de ellos tuviese el control de la situación y sin que nadie pudiese escapar huyendo desesperadamente hacia algún refugio: una isla desierta, la ladera de alguna montaña, una embarcación que surcara la tranquila página de las aguas oceánicas… Nadie estaba salvo, o por lo menos, ningún ser humano, puesto que todo el mundo tenía que dormir, tarde o temprano, y desde que sucumbía a los embates del sueño, entraba a la terrible lógica que Serptes había logrado imponerles con el único propósito de conducirlos al exterminio colectivo. Poco importaban el lugar y la hora, pues no había manera de escapar del poderoso influjo de las ondas electromagnéticas que emitía la red satelital del SYNCAVRT, las cuales replicaban, multiplicándola, la tremenda onda mental con la que Serptes había logrado envolver a todo el planeta.

Cuando todo comenzó, Flancoca se encontraba refugiado junto a su amante en una gruta de las montañas del Kazajistán, y claro, incluso hasta ese remanso de paz y silencio llegó el terrible clamor del dolor producto de la quiebra de todos los fundamentos racionales de la humanidad. Por haber nacido y crecido en los últimos años de la antigua República Dominicana, conocía demasiado bien la barbarie para no reconocerla cuando la viera llegar: podía sentir de qué manera se iba apoderando de todas las personas que le rodeaban, obligándolos a actuar de manera desaprensiva. Una terrible sensación de pánico contagió incluso a los miembros del séquito del sultán Alí Pashá Khasjamin, quien los había acompañado al Visir y a él hasta aquel recóndito museo donde se exhibían unas reliquias antiquísimas que habían sido rescatadas por unos arqueólogos de distintas nacionalidades en el enorme valle de Zarafshan. Todavía estaban observando los paneles expuestos en los inmensos corredores de ese museo cuando su comitiva comenzó a ser víctima de hostiles ataques por parte de los equipos de mantenimiento y seguridad de ese recinto sin que ninguno de sus hombres los hubiese provocado. Claro está, los miembros de la seguridad del Pashá y del Visir respondieron a esos ataques abriendo fuego inmediatamente hasta abatir a todos sus agresores.

Al verse fuera de peligro, todos corrieron sin perder un instante hacia el lugar donde habían dejado estacionados sus vehículos con la idea de escapar de allí a toda prisa. Al llegar hacia la zona de estacionamiento, se percataron de que en distintos puntos del horizonte se elevaban densas columnas de un humo muy oscuro, lo cual, sumado al tétrico color sangre vieja del cielo en ese momento, les inspiró un profundo sentimiento de terror. Como a cada tanto se escuchaban detonaciones aisladas, comprendieron que su viaje de retorno no sería precisamente placentero y eso les obligó a pensar en las posibles alternativas viables. Una de estas era la de encontrar la entrada a las catacumbas que, seguramente, se hallaban debajo de sus pies, pues para nadie era un secreto que en todo el valle de la antigua Escitia han surgido, unas sobre otras, numerosas civilizaciones, las cuales han sido exterminadas y borradas casi por completo por sucesivas invasiones.

—Flancoca, querido, ningún plan de escape puede ser más inseguro que ese que insinúas –dijo el Visir cuando Flancoca le comentó lo que pensaba–. Debes tener tanto miedo que has comenzado a delirar.

—Pues te aseguro que nada de esto se parece a pasarse un mes y medio esperando saber qué va a pasar luego de un cambio de gobierno en mi país –le respondió él, a sabiendas de que el Visir detestaba que le hablasen de otro tipo de política que no fuera la que él les imponía a sus súbditos por derecho divino–. Te he dicho muchas veces que antes de venir a vivir a esta parte del mundo, me vacuné contra el miedo, la duda existencial y el cansancio emocional. Además, ¿para qué soy el amante favorito del mejor hombre de todo el mundo antiguo y del moderno? Sé perfectamente que tú sabrás encontrarle una...

Antes de que Flancoca pudiera terminar su frase, pudo ver de qué manera el interior y el resto de la estructura del lujoso todoterreno Mercedes Benz a bordo del cual viajaba junto a su Amado Visir y cuatro miembros de su escolta se evaporaba bajo sus pies a consecuencia de una terrible explosión que lo había destrozado por completo, mientras él quedaba suspendido por los aires de manera increíble gracias al poder mental de Bhamil.

—Tú y yo tenemos algunas cosas de qué hablar, hombrecito –le espetó Bhamil con una expresión de rotundo desprecio pintada en el rostro–. Pero antes de eso, te llevaré a un lugar para que conozcas a una parte de tus principales víctimas.

Casi inmediatamente después de decir esto último, Bhamil dejaba caer a Flancoca desde una altura considerable justo en el centro del enorme salón donde se encontraban reunidos los siete guerreros, quienes aguardaban su llegada en formación de descanso al lado de sus respectivos cuerpos. Por su parte, Bhamil se acopló con su propia imagen corporal antes de decir con voz sumamente áspera:

—Levántate, mequetrefe, que tu fiesta es para ahora mismo.

Sin poder evitar sentirse como un guiñapo humano, Flancoca se puso de pie y comenzó a acicalarse la forma de sus rizos, alisarse la solapa de su horrible chaqueta rosada y sacudirse un poco del hollín que le había manchado toda la ropa luego de la explosión.

—Este homúnculo que ven aquí es uno de los principales cómplices tanto de Serptes como del Perro. Su odio hacia sus compatriotas creció de manera tan descomunal que la única manera de manejarlo que encontró fue la de sumergirse en la más abyecta de todas las letrinas del mundo: su propia imaginación. No se ha detenido ante ninguna de las expresiones de dolor de sus semejantes; no lo han arredrado las consecuencias de ninguno de sus estúpidos planes de alcanzar un poder del que únicamente ha logrado alejarse más con cada uno de sus intentos por alcanzarlo, razón por la cual ha vivido perpetuamente insatisfecho hasta de haber permanecido alejado durante casi treinta años de aquello que tanto odiaba. No se me ocurre mejor manera de corregir la interminable serie de errores que ha contribuido a crear que la de obligarlo a padecer las consecuencias de cada una de sus tropelías…

—¡Nada de eso que usted dice es verdad! –gritó Flancoca tratando de defenderse–. ¡Yo soy un escritor premiado y querido por todos en mi país! ¡Tengo incluso un cargo diplomático que me fue otorgado hace años en reconocimiento a mis múltiples talentos! ¡NO SÉ DE DÓNDE SACA USTED QUE YO ODIO A MIS COMPATRIOTAS! ¡Lo más seguro es que es usted quien me odia a mí porque soy homosexual!

Al escuchar esto último, Bhamil hizo un gesto con su mano derecha. De inmediato, Flancoca volvió a recuperar el aspecto de guiñapo que tenía cuando llegó al domo.

—Lo que un energúmeno como tú haga o deje de hacer con su cuerpo es algo ante lo cual lo único que hay que lamentar es que no te alcance el valor para envenenarte o hacerte saltar la tapa de los sesos –dijo Bhamil en un tono sumamente firme–. No obstante, si lo único que puedes hacer con tu mente es urdir planes de exterminio colectivo, resulta imposible no reaccionar. Mi deber es ayudarte a comprender que todo ese atado de atrocidades al que llamas "tu obra" forma parte de la interminable serie de pequeñas piedras que le han allanado al Perro el camino hacia su actual predominio sobre las mentes de los demás humanos, muchos de los cuales son, permíteme decirte, más homosexuales que tú sin por ello haberse convertido en seres monstruosos que sólo sueñan con vengar sus propias miserias propiciando el exterminio de toda la humanidad...

—Pero... –dijo entonces Flancoca haciendo un mohín infantil–, ¿quién es usted y por qué me trata de esa manera?

—Yo soy precisamente ese en el que tú nunca has pensado, ya que estabas demasiado ocupado quejándote de tu vida, de tus amigos, de tu país y de tu época. Yo soy el todo, el encuentro perpetuo entre el antes y el después, ese al que nunca mencionaste en tu obra porque ni siquiera calculaste la más remota posibilidad de que pudieras encontrarte conmigo algún día. En lugar de pensar en mí, preferiste darle nombre y esencia a mi antiguo alumno, Serptes, sin saber que al hacer esto condenabas a tu especie a una destrucción más que segura. He aquí, sin embargo, que ha sido él quien ha terminado convirtiéndote a ti y a todos tus semejantes en sus criaturas. Eres tan insignificante que, en tu ignorancia, te ufanabas de haber creado un ser dotado de un poder superior al de todas las criaturas jamás imaginas. Por mi parte, reconozco que por poco lo has logrado, pero no gracias a tu intuición, sino a que Serptes, sabiendo que lo he vencido en todas las ocasiones en que, en el pasado, ha intentado hacer lo mismo que ahora, se ha pasado muchos años ayudando a los humanos a que construyan las herramientas que emplearán en su propia destrucción. Son precisamente esas armas las que ahora utiliza en contra de tu propia gente...

Al escuchar esto, todos los guerreros que habían permanecido impertérritos mientras Bhamil interrogaba a Flancoca se colocaron en posición de combate.

—Esta vida no es lo suficientemente larga para que este pelafustán pague por todos los daños que ha producido con su estúpida y egoísta manera de vivir. Quiero que lo envuelvan en una burbuja sónica y que luego dos de ustedes lo transporten a un lugar fuera del tiempo desde donde pueda percibir y sufrir los mismos daños que su podrida imaginación le hizo concebir en perjuicio de la humanidad. Después de eso, regresen aquí para que planifiquemos nuestro contraataque. Este mundo no resistirá por mucho tiempo una confrontación consigo mismo.

Una guerra de sueños

Tercera parte

*Para no andar confundiendo
la entrada con la salida,
el sueño es lo que separa
a la muerte de la vida*

1. Soñar que se despierta

Cuando Maxiah despertó, encontró a Anzor Kadyr realizando sus ejercicios matutinos de respiración. Estos últimos consistían en una rítmica combinación de movimientos largos y lentos con otros, cortos y rápidos, tanto rectos como circulares, flexionando en varios sentidos distintas partes de la columna vertebral y aspirando la energía del aire para mezclarla en su médula espinal con el magnetismo de la tierra y luego distribuir esa energía por todo su cuerpo, y muy particularmente por todas y cada una de sus articulaciones. Ella lo contemplaba hacer desde su lecho, y mientras tanto, dedicaba a Ares sus primeros pensamientos del día como se había acostumbrado a hacerlo desde que era niña.

A Maya Maxiah le habría resultado sumamente difícil percatarse de ello en ese momento sin que él se lo dijera, pero Anzor Kadyr ya estaba al corriente de que sus sueños habían comenzado a tener consecuencias directas sobre el plano de la vida real y eso sólo podía significar que el Perro había puesto en marcha su plan. Así se explica el extraordinario brío que pondría en su práctica diaria a partir de esa mañana, sobre todo en lo que respecta a la retención de su semen para su posterior trasmutación en energía psíquica. Maxiah sabía que esas prácticas formaban parte de los hábitos de entrenamiento de los guerreros de todas las naciones ubicadas en la estepa póntica. Era además capaz de reconocer la verdadera causa del fulgor que tenían los ojos de Anzor Kadyr cada vez que detenía su entrenamiento matutino para ir a darse un baño de mar: aquel hombre se estaba preparando para ir a la guerra. «Si quieres sobrevivir a la batalla, haz que tus pies caminen sobre tu odio», decían los ancianos escitas. Ella sabía que a la guerra se iba a matar o a morir. Matar, sin embargo, no era un simple acto inútil más bien propio de ignorantes. Los verdaderos guerreros eliminan para siempre a sus enemigos, pues saben que matarlos sólo contribuye a multiplicarlos. Esa y no otra era la función principal de los chamanes, y por eso, lo primero que hizo el Perro fue envenenar la tierra donde crecían las plantas que estos empleaban en sus trabajos. La tierra mala corrompió las raíces; las raíces corruptas pervirtieron a los tallos; los tallos pervertidos enfermaron a las hojas, y así, cualquier brebaje que estuviese preparado con hojas enfermas sólo podría enloquecer a quienes lo tomasen. Por consiguiente, el mundo entero enloqueció y comenzó a confundir la realidad con cualquiera de los numerosos caprichos de su imaginación. Un número incontable de guerras más devastadoras y crueles que las de cualquier otra época del pasado no tardaron en estallar por todas partes, y lo más absurdo era que los guerreros escitas que combatían en ellas ni siquiera acudían al campo de batalla llenos de odio hacia sus enemigos, sino simplemente borrachos con las malas hierbas de los chamanes y, en algunos casos, llenos de miedo a morir. Los chamanes sabían que el odio es el único remedio contra el miedo a la muerte, pero se veían en la imposibilidad de elaborar correctamente sus antiguas pócimas, pues, por todas partes, la hierba del odio parecía haber perdido sus cualidades secretas. Los enemigos de los escitas sacaron gran provecho de esta debilidad. Sus chamanes les enseñaron a evitar los efectos de la yerba de la locura y, en cada nuevo enfrentamiento, quemaban grandes porciones de esta yerba en dirección contraria a la del viento. A consecuencia de esto, ninguno de los guerreros escitas que penetraban en la densa humareda lograba salir de ella con vida.

A partir de la primera vez que compartió su lecho con Anzor Kadyr, a Maxiah le resultó más fácil de comprender el mundo en el que se había manifestado por voluntad de Mitra. Al principio, se quedaba largo rato mirando hacia el techo, como si fuese incapaz de entender algo aparentemente tan simple como un modelo arquitectónico. A duras penas había logrado Anzor que ella aceptara abandonar la habitación donde ambos se habían conocido para ir a instalarse con él en uno de los espaciosos bungalós reservados a los ejecutivos del hotel. Allí, ella comenzó primero a moverse por todas partes ajena a todo, y luego a dar muestras de que sentía una gran curiosidad por conocer el entorno, sobre todo las plantas que crecían en el vasto jardín perimetral que adornaba las instalaciones del resort. De hecho, aprovechaba los momentos en que Anzor Kadyr se iba a nadar para realizar breves escapadas al exterior.

Esa mañana, sin embargo, mientras terminaba su práctica con una serie de sonoros resoplidos de respiración de fuego, Anzor Kadyr tuvo un presentimiento. Estaba cerrando la portezuela plástica de la ducha cuando todo comenzó. Al principio pensó que sus ideas carecían de importancia, pues, ¿quién se preocuparía por saber el origen de dos largas hebras de algo así como pelo de ángel negro que aparecieron flotando en el aire a la altura de su cabeza, muy cerca del lado izquierdo de su cara? «El viento debe haberlas arrastrado hasta aquí», se dijo en el preciso instante en que recordó que todas las ventanas y las puertas del bungaló estaban protegidas por barreras anti mosquitos. Intrigado, miró instintivamente hacia el techo de la sala de baño y, por espacio de un breve instante, tuvo la impresión de que justamente encima de él había un enorme espejo que duplicaba perfectamente todo lo que se hallaba sobre el suelo.

Justo en el brevísimo momento en que Anzor Kadyr tenía esta alucinación, un ruido terrible como el más poderoso de los truenos retumbó en el cielo y estremeció las paredes del área del resort donde se hallaba. Acto seguido, las voces de numerosas personas que gritaban aterrorizadas se escucharon por todas partes, mientras el mismo suelo se ponía también a temblar. Tuvo apenas el tiempo de recoger su pantalón que había dejado colgado de un perchero y de salir corriendo por los pasillos totalmente desnudo como estaba, mientras gritaba a todo pulmón:

—¡Maya! ¡Maya! ¿Dónde estás? ¡Maya!

Si la sacudida producto del temblor fue colosal, sus efectos inmediatos fueron particularmente devastadores para los habitantes del Nuevo Estado Mulato del Gran Babeque, ya que ese cataclismo marcó, entre otras cosas, el fin del acceso privilegiado a la luz solar y el inicio de una nueva era de insoportable oscuridad durante la cual tuvo lugar la Guerra de Sueños. Presintiendo que aquello era apenas el inicio de lo que se avecinaba, Maya había salido en busca de Anzor y lo encontró en el preciso momento en que metía una de sus piernas en el pantalón justo en el centro de una de las rotondas floridas del resort.

—¡Aléjate de ahí! –le gritó ella corriendo a su encuentro al ver el peligro que corría Anzor Kadyr –. ¡Ten cuidado!

Y sin pensarlo dos veces, Maxiah dio un salto que sólo puede describirse por medio del adjetivo *descomunal*: primero, en plena carrera, sus piernas se encogieron hasta que sus rodillas tocaron su pecho para luego tensarse súbitamente como dos arcos que arrojan una misma flecha. Flecha de viento que hiende el viento, Maxiah alcanzó a Anzor Kadyr en el pecho, y el impulso de su choque los sacó a ambos de la rotonda en el mismo momento en que una de las enormes vigas metálicas que soportaban una estructura que se levantaba muy cerca de allí caía de manera espectacular a consecuencia de las sacudidas que continuaban estremeciendo la tierra. Desde el suelo, Anzor clavó en los ojos de Maxiah una mirada llena de asombro: sus pupilas desprendían ahora un extraño brillo como de brasas ardientes y varios de sus tatuajes parecían haber cobrado vida y cambiaban de posición con rápidos movimientos.

—¿Estás bien, Maxiah? ¡Respóndeme!

—¡Será mejor que te prepares, Hombre Toro! ¡El Perro ha enviado sus huestes a que te den caza! Si tienes armas, es hora de que las busques.

Esas palabras surtieron sobre Anzor el efecto de un aguijón que alguien le clavara en los testículos: distribuyendo ágilmente el peso de su cuerpo, levantó sus piernas y luego se puso de pie de un sólo impulso. Acto seguido, se terminó de colocar el pantalón y gritó:

—¡Ven, acompáñame, si es armas lo que quieres!

Maya Maxiah y Anzor Kadyr corrieron hacia la habitación donde, valiéndose del mango desprendible de uno de los cajones de la cómoda cuya extremidad funcionaba como llave, abrió un depósito empotrado en la pared y disimulado detrás de un enorme cuadro que representaba una hermosa escena marina de colores pastel. Inmediatamente después, ambos comenzaron a escoger y a sacar varias de las numerosas piezas almacenadas en ese depósito.

La tierra no había cesado de temblar en ningún momento, aunque las sacudidas variaban en intensidad por momentos. Al notar esto, Anzor recuperó un poco de auto control, al inferir que algo así sólo podía ser uno de los efectos de la tecnología espacial con la que nunca había estado de acuerdo. Visiblemente turbado, abrió un estuche metálico colocado en la parte inferior del depósito y sacó de allí un traje de combate negro enteramente forrado de kevlar y de inmediato comenzó a ponérselo. Luego extrajo unas gruesas medias de algodón del mismo color, un par de botas tácticas con cremallera y un cinturón militar con espacio para guardar ocho cargadores. Como mientras se vestía había pasado una rápida revista a sus opciones en lo que respecta a sus armas, eligió una pistola XM45 cargada con balas de micro ojivas termosónicas; un cuchillo balístico de 20 centímetros con capacidad de disparar su hoja a una distancia de 10 metros. Luego, pensando en ofrecerle uno a Maya, eligió un par de fusiles de asalto TAR-21 y doce pares de cargadores junto con cuatro cajas de municiones de cincuenta piezas cada una que introdujo en una mochila. Antes de cerrar con llave el depósito, le dijo a Maxiah mostrándole el fusil:

—Oye, escogí esto para ti.

Maxiah lo miró fríamente y le dijo:

—¿Eso es todo lo que tienes? Te he dicho que nos enfrentaremos a muchos enemigos sumamente poderosos. Necesitaremos algo mucho más potente que eso: el Perro no ha venido a jugar, sino a exterminarnos.

—En ese caso, convertiré tu fusil en un lanzagranadas. Si lo que te interesa es ir al supermercado de la muerte, te garantizo que con ese juguetito no te aburrirás. Igual es bueno que sepas que las balas que disparan estas cosas son las más potentes de toda la historia. Una sola es capaz de abrirle un hueco de dos metros a esta pared.

—Eso no bastará, créemelo –dijo Maxiah, indiferente al comentario de Anzor Kadyr. Luego, tomando una de las granadas FMK, dijo:

—¿Cuántas de estas tienes?

—Aquí solamente tengo diez o doce. Podría reunir unas quince más si me das una media hora, pero no muchas más.

—Deja todas tus otras armas y concéntrate en conseguir muchas otras cosas como estas o más potentes. Te aseguro que no tienes la menor idea del tipo de seres a los que nos enfrentaremos.

Durante un breve instante, Anzor Kadyr fijó su mirada en los ojos de Maxiah, luego dijo:

—Si ese es el caso, entonces creo que necesitaremos refuerzos. Ven conmigo, necesito hacer algunas llamadas.

—Espera, llevemos todas las cosas potentes como estas que tengas aquí. Podríamos necesitarlas...

♉

Mientras esto ocurría, una gran multitud de personas avanzaban a pie bajo la noche artificial que oscurecía pavorosamente el cielo de aquella mañana en medio de la autopista de Cabarete hablando, gritando, tosiendo y respirando y metiendo un ruido que, desde lejos, sonaba idéntico a como sonarían las olas de un mar de mierda, si lo hubiera.

Quien hubiese visto aquella multitud desde la ventanilla de un automóvil en marcha habría pensado sin duda que aquellas personas eran simples romeros que atravesaban un campo disfrutando del aire fresco entre canciones, chistes, comentarios nostálgicos y otras expresiones de sana camaradería. Ningún testigo ocular de su caminata habría imaginado jamás que aquella turba estaba a punto de sufrir una dramática transformación. Ya estaban casi llegando al antiguo local donde funcionó hasta 2035 la Asociación de Ferreteros de Cabarete cuando, poniendo al mismo tiempo la vista en blanco, todos los integrantes de la multitud caminante comenzaron a convulsionar llenando de gritos el lado derecho de la carretera que atraviesa ese pueblo costero, al tiempo que de todas sus bocas comenzó a fluir una baba marrón que, pocos minutos después, había formado un pequeño charco al que la oscuridad imperante volvía prácticamente imperceptible.

Llegado a este punto, y aunque la Humanidad completa prefiera ignorarlo durante muchos años, es necesario revelar aquí que la verdadera razón de semejante tumulto era que el Perro había soñado que despertaba convertido en una legión. Sí, así como se oye, o más bien, como se lee: finalmente, luego de pasarse más de tres mil años dormido, momificado y condenado a permanecer enterrado en un ataúd del tamaño de una caja de muñecas para niñas de cinco años, el Perro había abierto los ojos mientras dormía y se había visto a sí mismo despertándose de noche en un lugar inmundo y desconocido, pero evidentemente real. ¿Habían perdido repentinamente vigencia al mismo tiempo las dos mil maldiciones que mantenían sellado por dentro y por fuera ese ataúd de juguete? ¿Acaso manos intrusas habían profanado más allá de lo indecible la tranquilidad de su descanso eterno dando origen, en el más puro impulso reparador, a un movimiento contrario al que la justicia divina había dictado en su contra hacía ya treinta siglos?

Nada de eso y todo eso a la vez. Simplemente se hizo, como en todas las eras, la voluntad de Serptes, el único dios, la única fuente de verdad, el más auténtico acelerador de la Historia. Así lo supe yo desde mi apacible retiro espiritual en compañía de mi Amado Visir. Así lo sabrán a partir de ahora todos los que lean esto que escribí con el único propósito de contarle al mundo mi versión sobre tan escabrosos acontecimientos, la cual me fue revelada por voluntad de Serptes. ¡Que su gloria sea grande por siempre y para siempre!

En efecto, reducido a la más triste de las ignominias en su lóbrega prisión, este humilde profeta desterrado y alejado de toda frecuentación humana únicamente pudo recurrir al empleo de su sangre como tinta para escribir, en el interior de la burbuja en la que medró por un tiempo indefinido, la historia de los sucesivos contratiempos que tuvo en su búsqueda de ver realizado el sublime ideal de grandeza representado en las figuras cósmicas del Perro y de Serptes, el único dios verdadero.

La justa rabia de este último ante la interminable sucesión de impostores que parecían brotar desde el mismo fondo del sumidero que, con algo de suerte, habrá de tragarse algún día a este universo de pacotilla, me suministró la fuerza para mantenerme en vida hasta ver terminada esta historia que servirá de advertencia a las generaciones futuras sobre los incontables peligros que acarrea entregarles todo el poder a los imbéciles, todos los derechos a los mal nacidos y todos los recursos a los pobres de espíritu. Prueba incontrovertible de que el mal no descansa es la injusta condena que me obliga a esperar el fin de mis días encerrado en una burbuja, tan apartado del mundo que hasta donde estoy no llega ni siquiera el infinito poder de mi dios, Serptes.

Y puesto que sé que voy a morir en este confinamiento, he decidido contar, antes de que la soledad me conduzca a perder definitivamente la razón, la verdadera historia de la autoría de esta narración, procurando de este modo aligerar mi excesivamente atribulada conciencia y alistarme a dar inicio a mi último viaje. Según Bhamil, en esta prisión me encuentro fuera del tiempo, lo cual no solamente quiere decir que mi castigo será prácticamente eterno, sino que puedo escribir todo lo que se me antoje sin temor a perder otra cosa que no sea mi sangre. Y es que, a pesar de que comprendo perfectamente que mi prisión será eterna, también sé que mi vida no lo es, y que por eso tengo el poder de decidir en qué momento detener esta desastrosa carrera hacia el corazón del absurdo. Sin más, aquí dejo mi historia, cuyo final ya pueden decir que conocen de antemano quienes se aventuren a leer estas tristes cosas mías que copio a partir de ahora en la lustrosa superficie de esta burbuja.

De joven, yo fui un muchacho de Ciudad Nueva, huérfano de padre y madre pero sano y bueno de toda bondad. En 2020, el año del Coronavirus, también conocido como el COVID-19, y más precisamente durante el período de cuarentena que se decretó ese año como medida preventiva para luchar contra la pandemia, me tocó quedarme confinado en casa de un tío que, al cabo de una semana de verse imposibilitado de salir, comenzó una noche a meterme el dedo y hasta la mano por donde el sol no brilla, por puro aburrimiento. Como esos dedos y esas manos se metían cada vez más para adentro debajo de mis pantalones buscando llegar a home, supe desde el principio que sería cuestión de tiempo antes de que termináramos cogiéndonos a troche y moche como enchufe macho y enchufe hembra.

La primera etapa de aquel confinamiento duró aproximadamente tres meses y pico, pero para mí fue demasiado corta. Aparte de coger con mi tío, me pasé todo ese tiempo leyendo las cosas que ponía en su muro una muchacha de la que me había convertido en seguidor incondicional, puesto que la venía siguiendo desde hacía tiempo y sabía de su enorme talento, aunque sólo vine a conocerla personalmente mucho después de que pasó la pandemia. Digamos, entonces, que, si sólo menciono aquí su alias (María la Turca), es porque su verdadero nombre no tiene importancia para los fines de mi historia. Además, si alguna vez lo supe, ya no lo recuerdo.

El caso es que la tipa apuntaba con fuerza para escritora desde hacía dos años y, por lo menos yo, no podía explicarme cómo era que el mundo había quedado tan mal hecho y peor repartido, ya que estaba seguro de que ninguno de mis amigos merecía tener más talento que yo, escribir mejor que yo y llegar más lejos que yo en el campo de la literatura, aunque a ella siempre le saqué su plato aparte: me había hecho un archivo en el que hacía *copy-paste* de cuanta escritura suya lograba encontrar en las redes, y había llegado al colmo de ponerle mensajitos por Messenger y WhatsApp con citas robadas a otros escritores para obligarla a tomarme en serio con el único fin de que me respondiera para así aumentar mi colección de textos suyos. Porque no era que me gustara como ella escribía: era que a-do-ra-ba la manera en que sus cosas podían parecerse a ratos a una mezcla de Octavio Paz con Julio Cortázar, y en otros a un licuado de Roberto Bolaños con algo de Bukowski, un chon de Henry Miller y un chin de Ray Bradbury.

Por absurdo que pueda resultar a los ojos de mis compatriotas, a mí desde pequeño me atrajeron las historias de vida de los grandes escritores. Había crecido viendo en casa de mi tío las fotografías suyas en compañía de intelectuales y políticos. Sabía que aquel era un camino por el que se podía transitar a condición de contar con los respaldos necesarios en el mundo de la política. «La literatura es la continuación de la política en el terreno de lo simbólico», le había escuchado decir a mi tío en cierta ocasión, y aunque retuve esa frase durante años grabada en mi memoria, sólo después de viejo vine a entender cabalmente su sentido. Claro, no necesito decir que el sistema educativo del país en que me tocó nacer me amputó todas las posibilidades de desarrollar mi talento natural. ¡Con decir que en los doce años de Educación Primaria y Secundaria no aprendí nada que me sirviera para evitar tener la impresión de que hablaba mierda cada vez que hablaba de literatura! ¡Y de gramática ni se diga! La mayoría de mis profesores fueron unos pobres diablos con buenas intenciones pero más perdidos que un pedo en una perfumería: no solamente ignoraban todo lo que se puede ignorar acerca de la sintaxis, la morfología, la semántica y la fonología, sino que, cuando impartían sus clases, se expresaban con una dicción idéntica y en algunos casos peor a la de cualquier recogedor de botellas.

Eso sí, todos pertenecían al partido del Dr. Aníbal Augusto Servilló, puesto que todos, sin excepción, se habían sometido al sistema de selección de docentes y todos disfrutaban oficialmente de la doble condición de profesores y de servidores públicos. Es por eso que puedo decir sin temor a equivocarme que toda mi formación lingüística y literaria se la debo al Internet, o lo que viene a ser lo mismo, a mi propio esfuerzo, puesto que, desde que salí de mi país, he llegado a dominar trece lenguas distintas aparte del español, seis de ellas orientales, dos de origen eslavo, una de origen anglosajón y cuatro derivadas del tronco común de la romanización.

Desde que las cosas volvieron a la normalidad y todos pudimos reunirnos y abrazarnos de nuevo hasta dejar atrás esa tremenda mierda que había sido el distanciamiento, mi tío me dijo que me olvidara de todo lo que había pasado entre nosotros, que él ya lo había olvidado y que mirara para otro lado, pero que podía seguir viviendo con él, porque la familia es la familia y otras mil mierdas más. Yo le tomé la palabra y me dispuse a continuar mi vida sin detenerme un instante ni a tomar impulso.

Fue para esos días cuando comencé a frecuentar los bares y colmadones donde los poetas y escritores se juntaban a leer sus cosas. Una noche creí ver a la Turca sentada al lado de un poeta gordo con cara de niño malcriado que leía agitando mucho la mano derecha como si tratara de dirigir un combo invisible. Esa misma noche, me le acerqué y le dije: «Hola, tú». Ella me miró y me dijo: «Más tú serás tú que yo». Por la conversación que siguió después que le dije quién era y lo mucho que admiraba todo lo que ella hacía comprendí que había logrado convencerla para que me comprara todos mis numeritos. «Te prometo que seremos los mejores amigos», le dije esa noche cuando nos despedimos, a lo que ella me respondió: «Tírame por WhatsApp para que nos juntemos un día de estos».

Ya para cuando comencé a tratarla de cerca personalmente me había convertido en el primer, único y último especialista dominicano en la obra de María la Turca. Ningún otro escritor de mi país había merecido nunca tanta atención de parte de sus compatriotas como la que ella me llegó a inspirar desde el momento en que la comencé a seguir en las redes. Tal vez por eso, cuando me percaté de que ella tenía tantas dudas sobre su propio talento y de que vivía diciéndole a todos sus relacionados que lo que ella escribía carecía de importancia sentí una profunda decepción.

De hecho, una vez incluso me tocó leer un post que ella colgó en Facebook y que después borró en el que lo decía sin remilgos. «No soy más que un enorme culo y todo lo que escribo es una mierda», decía el textico que ella borró, pero al que yo llegué a sacarle una foto, seré yo pendejo. En ese momento comprendí que mi querida María la Turca no era más que una persona anodina y común, como otras tantas que abundan en la tierra donde nací. Alguien atrofiado por la falta de estímulo, de interés y de aprecio de parte de sus contemporáneos. Sin embargo, yo ya sabía lo que tenía que hacer para sacarle provecho a todos estos regalos que Papá Diosito me dio cuando vine al mundo. Lo único que me hacía falta era una oportunidad...

A pesar de esa primera decepción, ella y yo terminamos convirtiéndonos en amigos virtualmente inseparables. Llegamos a tener tanta química que ella me enviaba fotos de todo lo que pensaba comerse y yo le correspondía con canciones de cuanto grupo de *ultrapunk*, *dubska* o *psycowave* entendía que podría gustarle. «No es verdad que voy a permitir que semejante talento se desperdicie», me decía pensando en la manera en que la ayudaría a darse a conocer. Por eso, desde que pude visitarla en su casa, me dediqué a rogarle que me prestara sus manuscritos para leerlos más detenidamente y darle mi opinión. «Estoy seguro de que tienes cosas muy pero que muy buenas guardadas por ahí», le decía para acariciarle el ego, pero una de dos: o ella estaba blindada contra todo elogio, o tenía la autoestima tan jodida que ya ni siquiera era capaz de darse importancia, puesto que en lugar de decirme que sí o de mandarme a la mierda como lo habría hecho cualquier cristiana, ella siempre respondió con un silencio o cambiando de tema a todas mis insinuaciones, hasta que en una como que reculó y me sacó en cara toda esa mierda que habitualmente dicen los escritores para darse falsa vigencia, cosas como que los manuscritos son privados como los *panties*; que nadie debe mostrar sus textos antes de publicarlos porque da mala suerte; que hay muchas maneras de joderte si eres escritor, pero que la peor es dando a conocer antes de tiempo las cosas que has escrito, etcétera.

Al darme cuenta de que no tenía ninguna razón para creer en mi buena voluntad, me propuse dejar las cosas así y continuar hundiéndole en la cabeza el clavo dulce de que éramos amigos *full,* panitas de verdad, para que no fuera a quillarse y a dejarme con la mano tendida. Total, hasta ese momento, a mí ni siquiera me había pasado por la cabeza que iba a terminar necesitando una obra suya para pasar a la historia. Bueno, a decir verdad, esa idea me vino poco después…, o sea, la mañana en que vi el afiche en el que anunciaban que el monto del premio de literatura del Ministerio de Cultura correspondiente a ese año sería de dos millones de pesos y me dije: «Esta es la mía», sin tener la más puta idea de cómo iba a dar con una obra que estuviese lista para participar en ese concurso, pues con eso bastaba. «¡Lo de ganar el premio es otro asunto, pero de eso me encargaré yo!», me dije recordando que mi tío conocía personalmente al Ministro XXX y que incluso una vez hacía algunos años me lo había presentado y que él me había pasado la mano por la cabeza diciéndome «¡Qué lindo!» o algo por el estilo, sólo que, en esa época, yo todavía consideraba a la homosexualidad un hábito asqueroso de gentes sin escrúpulos y más retorcidas que la cola de un puerco.

Ahora, sin embargo, todo era distinto. Sabía bien que todos habíamos salido de la pandemia más viejos, más jodidos y con más ganas de terminar de limpiar el cuartito donde guardábamos las interminables listas de nuestras materias pendientes. Allí se apilaban las cajas de talonarios de nuestras cuentas por cobrar, total, ya para todo el mundo había quedado más que claro que nuestras vidas podían terminar cualquier día, de un momento a otro, sin que nadie oyera ni siquiera un pito de toda la música incidental que hasta hacía poco esperábamos escuchar en caso de tragedia. Y mierda, por lo menos yo, también había terminado comprendiendo que tendría que domar al falso toro por su único cuerno, primero porque no era ducho en el arte de la verónica, y segundo, porque nunca en mi vida había soportado el olor de los mamíferos cuadrúpedos bicornes ungulados. Total, ya me había acostumbrado al de los mamíferos bípedos unicornes, bien o mal lubricados, y creía tener suficientes razones para saber que la mejor manera de sacarle provecho a la política era mezclando lo útil con lo agradable, o sea, dando como alguien que coge y cogiendo como el que da. Mi objetivo era, pues, alcanzar la máxima gloria literaria de los tiempos modernos: convertir mi obra en una alfombra mágica capaz de sacarme volando por los aires y transportarme al país de los Mil y un Polvos, de donde nunca regresaría ni siquiera en fotografías al país donde nací.

No obstante, lo primero seguía siendo lo primero, pues, sin un manuscrito más o menos decente que hablase por mí mejor que yo, ninguno de mis sueños de grandeza sería realizable. Fue por eso que, a partir del momento en que vi aquel afiche, me propuse arreciar mis intentos de sacarle algún manuscrito a la turquita y, esa misma tarde a eso de las tres y media, me le presenté en su casa con un tarro de una pinta de yogur helado con sus ingredientes favoritos: frambuesa, coco y caramelo. Una verdadera bomba, claro que sí, pero ese es otro tema. Cuando llegué, la noté algo apabullada. Parecía como si le hubiesen dado una mala noticia, ve tú a saber qué. Incluso, cuando le entregué el tarro de yogur que le había llevado, lo dejó sobre la mesita y tal, justo al lado de una gran pila de cuadernos tipo moleskine de trescientas páginas cada uno. «¿Qué es todo eso?», le pregunté. «¿Eso?», me dijo. «Nada. Una gran pila de mierda». «¿Puedo verla?», le pregunté, intuyendo de qué se trataba, pero antes de que me respondiera, le señalé el tarro de yogur y le pregunté: «¿No quieres probar tu yogur? Lo compré especialmente para ti». Ella me miró y me dijo: «Pérate ahí y no te vayas. Voy a buscar las tazas y las cucharas».

Desde que me dio la espalda, tomé en mis manos uno de los cuadernos que tenía escrito con una gruesa felpa negra en la portada el título "La guerra de los sueños" y, sin detenerme siquiera a hojearlo, me lo coloqué en la espalda por debajo de mi camisa y sujetado con la pretina de mi pantalón. Luego, para disimular, tomé una revista *Vanidades* que alguien había dejado sobre la mesita pensando «¡Diablos! ¿Todavía hay gente que lee esta mierda?» En esas estaba cuando llegó la turca con sus tacitas. Bueno, el caso es que me bajo mi taza de yogur con ella, me río de dos o tres chistes malísimos que yo mismo le hice para ver si le alegraba la cara y luego le digo: «Loca, este... Te saco los pies. Tengo cita con el dentista a las cuatro y media».

Lo que pasó después es la historia de mi consagración como Joven Promesa de las Letras Dominicanas y, bueno, sí: también como ejemplo viviente de que el sistema educativo del país era todo un éxito, y no un verdadero desastre como insistían en revelarlo todos los indicadores internacionales hasta que estalló la guerra que culminaría con la fundación del Nuevo Estado Mulato del Gran Babeque. Por supuesto, antes de que mi triunfo quedara públicamente declarado, me dediqué por espacio de dos semanas a transcribir en mi laptop la historia que había escrito la turquita con una letra que parecía excrementos de moscas por lo apretada y redonda.

Como se podrá comprender, por más que la admirara, mi texto tenía que diferenciarse en algo del que había escrito mi joven amiga. Por esa razón, lo primero que le cambié fue el título. Donde ella había puesto "La Guerra de los Sueños", yo puse "Una guerra de sueños". También, en lugar de respetar el orden que ella le había dado a sus capítulos, opté por comenzar con el que, en su versión, era el tres, y por colocar en su lugar el número uno. Ese arreglo me permitió posteriormente insertarle trozos de otras historias que había escrito algunas semanas atrás, pero para las cuales necesitaba un marco de proporciones lo suficientemente épicas que justificara las acciones de algunos de sus personajes. El resultado, con permiso de la modestia, fue uno de esos libros capaces de abrirse paso a patadas en el medio del inmenso molote de pacotillas, memeces y otras basuras literarias. Claro está, también me ayudaron a ganar las oportunas llamadas que recibieron los miembros del jurado de parte de tres consejeros del Ministro XXX. Los jurados quedaron de ese modo instruidos para poner una atención preferencial a una de las obras sometidas bajo el título de Tal, pues su joven autor, Fulano Más Cual, formaba parte del equipo que encarnaría la nueva estrategia del Partido y del Ministerio, etc.

De esa manera, como seguramente dijo alguna vez Leonardo Da Vinci: «la catapulta no podía no funcionar»: el premio se me concedió y el Ministro recibió en natura la parte que le tocó en el acuerdo que ambos pactamos. Después de esto, sintiéndose satisfecho, mi poderoso amigo me recomendó para ser incluido en la lista de candidatos a ser formados para luego pasar a integrar el nuevo cuerpo diplomático que sería designado por el Dr. Servilló, etc. Seis meses después, recibí un reconocimiento de parte del Cuerpo de Jóvenes Promesas y otro de La Pluma, Inc., un exclusivo club internacional de escritores en el que solamente habían accedido a convertirse en miembros otras dos autoras dominicanas antes que yo. Ambas lesbianas, dicho sea de paso. Finalmente, una mañana me enteré leyendo la prensa de que había sido designado cónsul de la República en el Tayikistán, o sea, no Agregado Cultural, ni secretario de la embajada –aunque tampoco embajador–, sino Cónsul, lo cual, de por sí sólo, quiere decir lo que quiere decir.

En la fiesta de despedida que celebró en mi honor el Ministro XXX me pasaron por las armas casi una docena de miembros de distintos ministerios. Entre estos, necesito hacer aquí una mención especial de don YYY, del Ministerio de Asuntos Extranjeros, quien, ya cuando se iba, me hizo entrega de un estuche con una estilográfica y una de sus tarjetas indicándome que no debía vacilar en contactarlo en caso de que necesitara cualquier ayuda de su parte, y que él mismo se encargaría de que tuviera el mejor de los éxitos en mi misión. Como no creía haber hecho nada tan especial que me mereciera semejante tratamiento, preferí achacárselo a un efecto secundario del excelente whisky irlandés que nos había brindado toda la noche mi amigo el Ministro XXX. Sin embargo, desde el primer día en que me presenté en el local recién inaugurado del Consulado de la República en el Tayikistán, comprendí que, en los hechos, don YYY superaba con mucho a sus propias palabras. No solamente mi secretario en el consulado parecía sacado de un libro de Omar Khayyam, sino que mi chófer, mi cocinero, el jardinero del consulado y los cinco empleados de mi domicilio particular, todos a cuenta del servicio consular eran efebos dignos de merecer las más regias de las atenciones, algo que, personalmente, yo mismo me encargaría de llevar a cabo sin dilación alguna.

Desde que me vi definitivamente instalado, mi primera ejecutoria fue cursar una invitación a los representantes de los cuerpos consulares acreditados en Dushanbe, la capital del Tayikistán, quienes, como lo pude comprobar a través de mi secretario, casi todos eran hombres. En efecto, todavía en la tercera década del siglo XXI, ser al mismo tiempo mujer y extranjera constituía en esa región dominada por practicantes del islamismo y el zoroastrismo, un problema social, político y cultural al que muy pocos países occidentales se sentían en ánimo de enfrentar. Según mi hermoso secretario, el mismo presidente Emomali Rahmon había desaconsejado en numerosas ocasiones a través de cartas a los distintos consulados dirigidas a los gobernantes de países no islámicos el envío de personal femenino para ejercer funciones diplomáticas o consulares en ese país con el fin de «preservar las buenas relaciones y el respeto a las diferencias culturales». Lo mismo que las montañas nevadas que rodean el inmenso valle del país de los Tajik, sus costumbres habían permanecido perfecta y absolutamente inamovibles a través de los siglos durante los cuales fueron observadas con actitud vigilante por sus líderes religiosos. «Ninguno de los diplomáticos que invitaremos es de sexo femenino», me señaló Arzhang Gómez, mi bello secretario. «Con eso basta para ganarnos el derecho de celebrar nuestra recepción en la sede consular o en cualquier centro social de su preferencia».

Y ese fue el estilo de vida que compartí durante mi estadía en el Tayikistán con el resto de mis contertulios diplomáticos, casi todos adictos, como yo, a la carne de buen gallo, y los que no, lo eran más que yo, pues aceptaban la coyunta con hombres de cualquier condición, algo que, por lo menos a mí, me resultaba, más que difícil, casi imposible. Fue en el curso de una de aquellas "tertulias mojadas" que tuvo lugar casi un año después de mi llegada cuando conocí a quien durante los próximos dos años se convertiría en mi único dueño: Arnold Baldwin Aldrich, el joven cónsul de XXX en ese país, de quien me enamoré perdidamente y por quien estuve a punto de abandonar mi puesto en el consulado para emprender junto a él un viaje por el mundo. Y lo habría hecho si una noche, sentado en el inodoro, no me hubiera puesto a pensar que, mientras Arnold era hijo de un embajador europeo, yo apenas había podido llegar a cónsul poniéndole precio a algunas partes de mi cuerpo. «Si él quiere que lo acompañe tendrá que ser bajo mis propias condiciones», me dije. Dicho y hecho, aprovechando que el padre de mi amigo vendría de paso por Dushanbe en su calidad de diplomático, le pedí que celebráramos una recepción en su honor en la Embajada de su país. Incapaz de negarme nada, mi bello Arnold se limitó a mirarme fijamente y me dijo que jamás se le habría ocurrido una idea tan genial como esa. «A mi papá le va a encantar», me dijo. «Siempre se queja de que soy muy poco atento con él».

Tal como lo planificamos, la recepción tuvo lugar en el salón de ceremonias de la Embajada de XXX y fue tan exitosa que, a la hora de despedirse, los mismos representantes del gobierno del presidente Rahmon nos manifestaron con emoción su agradecimiento por haber sido invitados. Los mayores elogios los recibió la hermosa cantante uzbeka que realizó un espectáculo tradicional basado en la música de los chamanes, imitando voces de animales como lobos, perros, águilas y osos, y danzando de manera tan endiablada que parecía poseída por alguna entidad de otro mundo. En un momento, Arnold tomó la palabra para agradecer a los invitados por su presencia en ese homenaje a su padre. Luego me presentó como el responsable de haber tenido la excelente idea de juntarlos allí esa noche y, finalmente, me pidió que pronunciara unas breves palabras que yo empleé básicamente para hablar un poco de mi país de origen, suministrar algunos datos sobre su ubicación geográfica, su importancia histórica y sin olvidar mencionar un detalle que siempre causaba grata impresión en todas de las ceremonias en que lo comentaba: la espléndida carrera deportiva y amatoria de Porfirio Rubirosa. Cuando terminé de hablar, surcando un mar de aplausos, el embajador Zachary Winston Aldrich, pidió la palabra para agradecer a todos los invitados por su presencia, y en particular a Arnold y a mí por nuestras atenciones.

Fue en el curso de esa misma noche, mientras Arnold, su padre y yo nos hallábamos sentados con nuestros respectivos vasos de whisky en la terraza de la Embajada, cuando me enteré por boca del mismo embajador Aldrich de dos cosas que me causaron gran estupefacción. La primera fue que, según él, Arnold tenía por lo menos diez años que no le hablaba. La segunda, que su abuelo, es decir, el bisabuelo de mi Arnold, había jugado al polo y a otras cosas con Porfirio Rubirosa. «Cuando vi una fotografía de ambos abrazados en el área de la piscina de una residencia privada que no vale la pena mencionar, comprendí el origen de la admiración que mi abuelo siempre le tuvo a tu famoso compatriota», me dijo Aldrich. «Siempre admiraré la capacidad de ciertas personas para salirse con la suya en cualquier circunstancia. Ese es el verdadero origen de nuestro pragmatismo», me dijo Aldrich. «Coincido plenamente con su apreciación», le dije, y luego agregué: «Pero eso a lo que ustedes llaman pragmatismo nosotros lo llamamos simplemente tigueraje, la marca distintiva del tíguere», le repliqué. «¿El tíguere?», dijo Aldrich. «Es la primera vez que escucho esa palabra. ¿Cuál es su significado?»

Y entonces yo arranco en fa a explicarle todos y cada uno de los distintos sentidos de las palabras *tíguere* y *tigueraje* y sus diferencias con nociones anglosajonas como las de *trickster, crafty, opportunist* e incluso *delinquent,* y cuando termino de hablar, el Aldrich *senior* me dice, tal vez pensando que me jodería, que la psicología del tíguere le resulta más sensata que la del *honnête homme* francés, a lo que yo replico entonces que hasta la comparación me parecía necia, puesto que, a mi entender, aunque el tíguere carecía completamente de cualquier asomo del ideal burgués de honestidad, en el código de valores del tíguere la lealtad y la fidelidad ocupaba un lugar sumamente importante, algo que resultaba perfectamente incompatible con el individualismo burgués. Al escuchar aquello, Aldrich me puso la mano en el hombro y me dijo:

—*Young man,* me habían dicho que eras un joven brillante, pero lo que acabas de decir me hace pensar que, además, te las has arreglado de alguna manera para conservar valores que ya no pertenecen a esta época estúpida. Quiero decirte que me siento muy contento de haberte conocido, que puedes considerarme tu amigo a partir de ahora y que me alegra sobremanera saber que Arnold te considera su amigo. Además, creo que la magnífica velada que los dos han preparado en mi honor esta noche habla por sí sola de lo que un par de *tígueres* pueden hacer cuando se lo proponen, ¿verdad?

Realmente no me esperaba que Aldrich apreciara a tal punto mi explicación de los múltiples sentidos de la palabra *tíguere.* Ahora que lo pienso, es probable que, hacia esa época, mis atributos juveniles pudieran despertar algún grado de curiosidad en las personas de cierta edad, puesto que, varias veces durante el resto de la noche, el papá de Aldrich me guiñó un ojo al emplear la palabra *tíguere* para bromear acerca del comportamiento de políticos tanto *torys* como *labors.* Aunque también es probable que esa fuera su manera de dejar bien claro que se sentía muy contento de estar con nosotros allí. Casi al final de la velada, sin embargo, mudó la expresión de su rostro por otra más circunspecta y, parapetándose detrás de un austero *stiff upper lip,* pidió nuestra atención para decir, dirigiéndose a Arnold en un tono bastante grave:

—Recientemente, se me ha pedido examinar los expedientes de varios candidatos al puesto de embajador en Afganistán. Todos son personas tan jóvenes como tú. Sin embargo, ninguno tiene la experiencia en el terreno de las relaciones con países de Oriente Medio que has demostrado poseer a cabalidad. Pues bien, esta velada me ha ayudado a transar esa delicada cuestión. Si estás de acuerdo, me gustaría recomendarte para que seas nuestro nuevo embajador en ese país. Además, para que no vayas a interpretar este gesto de ningún modo parecido a un agravio personal, recomendaré a tu amigo ante su gobierno para que se le otorgue el puesto de cónsul de su país en Kabul. De ninguna manera quisiera que me vieras como el culpable de un alejamiento entre ustedes. Como comprenderás, necesito remitir mi carta de recomendación lo antes posible. El protocolo, en el caso de que mi recomendación sea retenida, exige que el candidato tenga una entrevista personal con el Primer Ministro en XXX. Nada de qué preocuparse. Apenas un día o dos… Si esto que te digo te interesa, ya sabes lo que tienes que hacer.

Evidentemente, en lo primero que pensé al escuchar cuáles eran los planes del papá de Arnold fue en contactar al Ministro YYY valiéndome de la tarjetita que este último me había dado la noche de la recepción que el Ministro XXX me ofreció como despedida.

Antes de marcharse, el papá de Arnold me puso la mano en el hombro y me dijo lo siguiente:

—Mi joven amigo, he quedado gratamente impresionado con tu agradable conversación. Espera tener muy pronto noticias mías, y desde ahora te pido que tengas la confianza de considerarme tu amigo.

En el instante en que por fin nos vimos a solas, Arnold me dio un abrazo lleno de emoción y luego me besó tiernamente en los labios antes de decirme:

—Si esto que nos ha dicho mi padre es cierto, sería bueno que comenzaras a prepararte para dar inicio a la mayor aventura de tu vida.

Y a decir verdad, mientras más pienso en lo que sucedió después de esa predicción, más me convenzo de que esa descripción se quedó sumamente corta, aunque al principio, es cierto, llegué a dudar de que así fuera.

En efecto, mi nombramiento como cónsul del Nuevo Estado Mulato del Gran Babeque en la ciudad de Kabul se recibió en mi oficina aproximadamente un mes después de la partida de Arnold para XXX. Por desgracia, a su llegada allí, se enteró de que el Primer Ministro acababa de partir en viaje de negocios por distintos países, por lo que los "dos o tres días" que supuestamente debía permanecer allí pasaron a convertirse primero en uno, luego en dos meses y medio, y luego en un plazo indeterminado. Durante ese tiempo, ninguno de los dos hicimos otra cosa que hablarnos por videoconferencia a todas horas. Aparte de eso, puesto que me había acostumbrado a su eficiente trabajo, mi idea original era solicitar al Ministerio que mi secretario Arzhang Gómez me acompañara a mi nueva oficina con el mismo puesto. Cuando se lo propuse, sin embargo, él me dijo que tenía planeado mudarse antes de los próximos quince días a Italia con su novio, un arquitecto húngaro que había conocido en una exhibición de pintura, y que, por esa razón, no solamente no le sería posible acompañarme, sino que se vería en la obligación de presentarme su carta de renuncia con efecto inmediato esa misma semana. Mientras él me respondía de esa manera, yo me decía para mis adentros que me tenía merecido perder de vista aquel fino bocado por haberlo descuidado tanto desde que conocí a Arnold. Pero en fin, como sabía bien que nadie puede tenerlo todo, le propuse celebrar una pequeña fiesta de despedida y él aceptó a sabiendas de que Arnold se hallaba en su país, aunque eso no fue más que una formalidad de su parte, ya que, al día siguiente, encontré su carta de renuncia sobre mi escritorio y cuando quise contactarlo a través de los canales habituales, me informaron que ya no se encontraba más en el país.

De antemano, pues, me mentalicé para estrenar por todo lo alto una nueva embajada y un nuevo secretario en cuanto llegara a Kabul. «¿Quién sabe qué otra cosa nueva me espera más adelante?», comencé a preguntarme a medida que contaba los días para mi viaje, el cual tuvo lugar mientras Arnold se hallaba todavía en la vieja Europa.

Es el miedo a que no me alcance la sangre para escribirlo o el espacio necesario para contar lo más importante de mi historia lo que me obliga a economizarme los detalles de lo que ocurrió a partir de mi llegada a esa ciudad. La gratitud y el reconocimiento, no obstante, me obligan a no silenciar aquí una mención a mi benefactor, el visir XXX (que Alá resguarde por siempre su nombre y su recuerdo), quien tan bien supo acogerme antes de que la muerte lo visitara para trasportarlo al jardín de las almas justas. Puesto que todos venimos de Alá y a Él regresaremos, y como no soy nadie para juzgar las decisiones del Innombrable, no deploro su partida pero lloro la pérdida de un excelente amigo que me protegió y me guio. Gracias a él pude abandonar definitivamente mi trabajo en el consulado, del cual ya estaba más que harto. No voy a negar aquí que ese empleo me dio muchas satisfacciones, puesto que hacerlo sería mentir.

Sin embargo, constantemente me recordaba que no era más que un simple asalariado de un gobierno hecho a la medida por una sociedad de malandrines. Estaba profundamente convencido de que, si alguna vez uno de los cómplices de ese detestable tinglado de ladrones llegaba a enterarse de lo que pensaba cerca de su cascarón podrido, le habría bastado con dar un plumazo para borrarme definitivamente de todas las nóminas, de todos los conteos y de todos los registros.

Por eso, para facilitarles la tarea, gracias a la influencia todopoderosa de mi nuevo benefactor, me las arreglé desde que pude para renunciar a mi empleo, cambiar mi nombre, mi fecha y lugar de nacimiento, mi religión, mi carta astral, mi historia familiar, mi historial médico e incluso mi lista de contactos en Facebook. En una palabra, dejé de ser un oscuro escritor desconocido por toda una generación de mentecatos en un país que nunca supo qué hacer con sus literatos para convertirme en un auténtico misterio, un fantasma que viajaba a todas partes en el jet privado del visir bajo la espléndida sombrilla que le proporcionaba su nueva identidad. Total, como dicen que sir Winston Churchill le dijo en cierta ocasión al general De Gaulle: «Cada quien se jode por lo que más falta le hace»: a nadie le debe importar más que a mí por qué razón ni de qué manera yo decidí joderme. Me daba igual que otros se siguieran creyendo con derecho a minimizar hasta desaparecer a sus contemporáneos, enfermos como estaban de sus propios egos inflados con el gas de sus propios pedos.

Durante toda mi vida me he empeñado en burlarme de quienes me quisieron convertir en un Heliogábalo caribeño, pero nunca hasta el punto de traspasar la barrera de la cordura y convertirme en algo así como la versión mejorada de una de esas doñas de Gascue que se creen mejores que todos aquellos a quienes ellas se dan el lujo de despreciar sin conocerlos en lo más mínimo con el único propósito de hacer creer que ellas son "otra cosa". Era todavía muy joven cuando aprendí que muy pocas personas pueden nadar y sobrevivir en la sentina del desprecio ajeno, por lo que me preparé mentalmente para hacer todo lo que estuviese a mi alcance para escapar de ese mundo hacia cualquier otro donde mis raíces no tuvieran que pedirle permiso al suelo para crecer. Y como sabía muy bien que tales condiciones no sería posible encontrarlas en ninguno de los países occidentales, fijé mis ojos en los países del Oriente Medio y Lejano.

¿Qué pasó entre Arnold y yo? Pues nada. Su designación como embajador en Kabul nunca tuvo lugar. Según me pude enterar, el Primer Ministro de su gobierno recibió varias propuestas pero al final se las arregló para imponer a otra persona. Órdenes superiores, me dijeron, aunque ahí cabe también suponer que la de *amor de lejos es cosa de pendejos* es una máxima filosófica de validez universal. Durante algunos meses, Arnold y yo continuamos teniendo *video-chats*, los cuales se fueron espaciando sometidos a la inercia propia de la monótona vida laboral. Según supe, él aceptó un nombramiento en el Ministerio de Hacienda, conoció a alguien, y luego dejó de responder a mis solicitudes de conversación. Mientras esto último ocurría, yo comenzaba a entrar en la órbita de influencia del visir. Por lo menos para mí, tal cosa se hizo sencillamente inevitable a partir del mismo momento en que nos presentaron, una noche, en casa del embajador de XXX: me resultó imposible impedir que la atracción de semejante sol me convirtiera en el más cercano de sus satélites. La enorme pena que me ha dejado su partida me embarga cada vez que pienso en él. De hecho, su muerte es sin lugar a dudas la verdadera y única causa de que hoy me encuentre encerrado en esta burbuja intemporal. ¡Si no me hubiera empecinado en darle la espalda a todo y dedicar mis días a intentar resucitar a mi amor! Ignoro cuánto dinero invertí en magos, astrólogos, adivinos, espiritistas y alquimistas de todas las nacionalidades y hasta qué punto habría continuado dilapidando la cuantiosa fortuna que mi visir me legó en su testamento si no hubiese comenzado a tener, precisamente en el curso de mis más oscuras noches de duelo, unos sueños en los que el Perro me decía cuál era el destino que le esperaba a este planeta y para invitarme a que me convirtiera en uno de sus seguidores.

Curiosamente, el mismo día en que mi Amado Visir murió, estalló la guerra que culminaría con la fundación del Nuevo Estado Mulato del Gran Babeque. Mi pena por tan lamentable pérdida fue tan grande que ni siquiera me importó enterarme de que mi tío, ya anciano, se contaba entre las víctimas que provocó el derrumbe de una torre residencial en la avenida Anacaona tomada como blanco de un ataque con bombas sónicas. Él era mi último vínculo de sangre con una tierra que nunca supo comprender que no todas las personas hemos nacido para elegir entre ser manipulados y manipular. La suerte nos colocó a cada uno en nuestro puesto. Siendo tierra, su destino es disolverse en el mar. El mío, si es que todavía necesito decirlo, es borrarme eternamente a través de los eones en el interior de esta burbuja, hasta que el Perro triunfe y el Todo se restablezca.

Y esta es, por fin, la parte más increíble de toda esta historia. Podría hacerme hipnotizar y psicoanalizar e incluso permitir que me den vuelta como un guante tanto en cuerpo como en espíritu a través del Ho'oponopono, la meditación asistida, la magia tántrica y quién sabe cuántas otras técnicas, pero estoy seguro de que nunca podré saber por qué vía mi antigua amiga de juventud a quien siempre llamé María la Turca había llegado a imaginar una historia en la que un Perro organizaba una guerra que se desarrollaba en ese inconcebible campo de batallas que son los sueños de las personas. ¡Quién sabe cuántas veces me he hecho esa pregunta desde que comencé a tener esos sueños! Sin que yo lo supiera, todo estaba escrito en la novela con la que gané el concurso, y cuando digo todo, quiero decir exactamente eso: todo. Mi viaje al Tajikistán, mi encuentro con Arnold, mi viaje a Kabul, mi encuentro con mi visir, su muerte, y la guerra entre las huestes del Perro y las de Bhamil ya habían sido previstos por ella. Incluso las partes que yo mismo le agregué al manuscrito original de María la Turca terminaron refiriéndose, quién sabe de qué manera, a mi propia historia, de manera inconclusa y bastante inconexa, es cierto, bajo los rasgos de un chino llamado Tung Yep Chan. Que mi otro Yo haya terminado convirtiéndose en un soldado de Bhamil solamente prueba que hice bien al alejarme de aquellas latitudes. En efecto, a esa otra parte mía que abandoné en la isla cuando inicié mi aventura por los países ubicados entre el Asia del sur y Oriente Medio sólo podría concebirla como a mi peor enemigo, una vulgar excrecencia de mi conciencia.

Fue gracias al Perro como aprendí a reconocer la Ley: el Espíritu es una serpiente que le da mil vueltas al universo abarcándolo todo, transformándolo todo y transformándose en todo. La materia es apenas una sola de las vueltas de esa misma serpiente. Existe una Conciencia que dirige a todas las demás. Se trata de un centro desprovisto de unidad pero capaz de manifestarse, activándolas o desactivándolas, en todas las individualidades. Esa serpiente se llama Serptes y sólo existe a través de la destrucción de todo lo que es falso. Su paso inminente a través de nuestra galaxia provocará el derrumbe de todos los velos. La materia rodará, finalmente vencida, y el Espíritu prevalecerá. El Uno y el Todo se fundirán en el Vacío. La Vida y la Muerte pondrán fin a su aburrido juego del escondite, y todo lo que siempre ha sido, será.

2. La Batalla del Puente

Esa noche, toda la ciudad despertó aterrorizada bajo el sonido de las explosiones. Nadie comprendía de dónde habían salido los seres que caminaban con agilidad por las calles de Santo Domingo, a pesar de no tener piernas por tratarse de un cardumen de peces negros que tenían la cola igual a la de los atunes. Los primeros en dar la voz de alerta fueron unos clientes de La Llave del Mar, un restaurante ubicado en las inmediaciones del malecón. Apenas los vieron subir hasta la acera por las rocas del farallón, comenzaron a tomarles fotos y a llamar a unas autoridades que no les respondían. Extrañamente, toda la escena cobraba por momentos un color grisáceo, como si se tratara de un filme en blanco y negro, pero a seguidas recuperaba paulatinamente su color.

En cuestión de minutos, todas las aceras de la zona se llenaron de peces ambulantes que, desbordándolas, saltaban a la calle y detenían el tránsito de los vehículos que transitaban a esa hora por la avenida. Los había de todos los tamaños: desde muy grandes hasta muy pequeños, y todos estaban determinados a llegar caminando rápidamente a la esquina de la Máximo Gómez. Nadie sabía con qué propósito esos peces realizaban aquella caminata hasta que ocurrió la primera detonación. Uno de los peces, bastante grande de tamaño, por cierto, se puso de pronto a vibrar y a vibrar hasta que, ¡plum! estalló en mil pedazos. Producto de esta deflagración, un enorme cráter se abrió en medio de la avenida George Washington, y los gritos de los primeros heridos comenzaron a llenar la escena hasta que quedaron ahogados por el estallido de una nueva explosión.

El ascenso de los peces negros parecía interminable, pero ahora venían acompañados de grandes peces fusiformes, plateados y blancos: delfines y escualos, los cuales, a diferencia de los negros, avanzaban dando grandes saltos impulsándose sobre sus poderosas aletas caudales. En cada uno de esos saltos, mientras todavía se hallaban en el aire, estos últimos lanzaban varias ráfagas de unas espinas enormes, fuertes y puntiagudas por sus bocas entreabiertas como si vomitaran. Varias decenas de distintos tipos de especímenes ya se habían adueñado de la avenida sembrando el pánico entre los conductores de vehículos de tamaño mediano, como camionetas y camiones ligeros, los cuales eran el blanco predilecto de unas espinas capaces de atravesar el metal y destrozar un cuerpo humano en un santiamén. Poco después, se vio avanzar a pulpos y calamares de todas las dimensiones por las calles aledañas al parque Eugenio María de Hostos. Estos moluscos eran capaces de engullir cualquier cosa que encontrasen a su paso. Un terrible estrépito de gritos aterradores provenientes de los edificios residenciales de la zona se sumó a partir de ese momento a las explosiones de los atunes y a los silbidos que producían las espinas que surcaban como flechas por toda la escena.

A una esquina de allí, unas extrañas sombras habían estado brotando desde hacía cierto tiempo de las alcantarillas que, como casi siempre, desbordaban toda clase de desperdicios sólidos. Apenas las sombras comenzaron a acumularse en torno a los imbornales de donde brotaban, daban la impresión de que se evaporaban, pero, en realidad, tan sólo se estaban reorganizando en función de factores como la dirección del viento, la cantidad de luz y su orientación, etc. Esta situación se siguió repitiendo hasta que las sombras cubrieron toda la zona como un manto, que, de manera imperceptible, se iba compactando paulatinamente a medida que brotaba de las alcantarillas. Finalmente, una densa oscuridad colmó todo el espacio en varias cuadras a la redonda, y allí donde las sombras se detenían, únicamente quedaba al cabo de un corto lapso el mismo silencio terrible y continuo de los espacios muertos. Y a medida que avanzaba ese cortejo inaudito, desde todas las ventanas de unos edificios grises y cubiertos con la lepra de los años, comenzaron a saltar decenas de miles de personas como en una lluvia de cuerpos.

Mientras tanto, como si no hubiera nada más importante en el mundo que darse ese duchazo, la Lic. Yuverquis Taranta se veía envuelta en la gasa casi transparente de su batín de color amarillo pollito mientras abría la portezuela plástica que rodeaba un nuevo gabinete de baño que le habían instalado hacía apenas unos días en el mismo lugar donde antes estuvo la vieja bañera de aluminio esmaltado de color rosado. Vagamente recordaba que, días atrás, había dado un resbalón que pudo haberle ocasionado grandes problemas, aunque ahora, por lo que podía apreciar, había recuperado la movilidad de todas sus articulaciones. Tampoco podía sentir el acre olor a cemento que tanto daño le había hecho a sus maltrechos bronquios: el calor era la única e imperiosa sensación que la sobrecogía por entero, y prácticamente la empujaba a buscar refugio bajo la ducha.

Desnuda, apretó el primer botón y giró una de las llaves de la ducha sin que el esperado chorro de agua le bañara el rostro con su frescura. Desconcertada, se preguntó si no había realizado de manera correcta la operación de puesta en marcha del moderno sistema hidráulico que activaba la ducha. Sabía, por ejemplo, que existía una relación entre los botones y la altura y el nivel de presión del agua que expelían los tubos niquelados que sobresalían frente a ella en la pared. Inquieta, activó el segundo botón e hizo girar la segunda palanca con el mismo resultado que obtuvo en su primer intento. Comenzaba a maldecir a Joselito, el conserje encargado de velar por el buen mantenimiento del lujoso edificio donde vivía. Su apartamento ocupaba todo el *penthouse*, desde donde dominaba en perspectiva de águila una gran parte de la ciudad. Lo había adquirido con una pequeña parte del dinero que se reservó para sí a título de comisiones en pago a su intermediación en la firma de contratos leoninos.

De hecho, le costaba algo de trabajo recordar todas las cuotas que recibió previo a la concesión de numerosas licitaciones amañadas, activos generados a través de la reventa de propiedades adquiridas a un precio preferencial, luego de haber sido decomisadas a clientes que, de repente, se habían visto en la imposibilidad de honrar sus deudas a consecuencia de un cambio brusco pero perfectamente legal de las condiciones previstas en el contrato hipotecario, etc. Sabía que una parte considerable del dinero que ahora se hallaba depositado en sus cuentas bancarias estaba consignada en el presupuesto al suministro de los fondos para un gran número de hospitales materno-infantiles pero, para evitar cargos de conciencia, a ella le bastaba repetirse que no era más que una simple abogada y que nunca en su vida habría aceptado un puesto en el Estado.

En cambio, tres veces por día necesitaba darse una ducha caliente a presión como parte del tratamiento de su más reciente cirugía plástica, de manera que, durante un buen rato, se entretuvo insistiendo en nuevas y más complejas combinaciones de botones y palancas (primer botón con palanca tres, palanca uno con segundo botón, botón dos y tres con palanca tres...) hasta que, hastiada, abrió la portezuela en el mismo momento en que por la ducha comenzó a salir, haciendo un ruido infernal, un chorro de agua más bien tímido y frío en comparación con el volumen y la temperatura que esperaba obtener. Un poco más animada, volvió a cerrar la portezuela y siguió activando botones y palancas convencida de que sus dificultades iniciales se debieron a un simple error de su parte. «Esta tecnología moderna insiste en dejarnos cada día peor parados a los no tan jóvenes», se decía en el preciso momento en que por los tres tubos del gabinete de baño comenzó a salir agua a una presión muy por encima de lo deseable. «¡Bueno! Ya era hora», se dijo, y comenzó a intentar graduar las palancas, apretándolas y soltándolas alternativamente como si se tratara de la combinación de una caja fuerte hasta que en el sistema se escuchó un ¡clic! seguido de un ruido cavernoso y largo que terminó de manchar sus oídos con la tinta de la preocupación. «¿Qué coño es esto?», se dijo, tratando de abrir la portezuela sin ningún resultado.

Dada la presión con que brotaba el agua de las tres bocas, el primer pez no pudo caer en otro lugar que no fuera en la misma frente de la Lic. Taranta. Aturdida por la sorpresa, ella se lo quitó con dos dedos creyendo que se trataba de algún trozo de plástico o de esponja. No obstante, en cuanto sintió el cuerpo viscoso y plateado que se movía en su mano lanzó un grito a la altura de la nota de Si en la cuarta escala y con una duración de tres compases completos, o sea, 45 segundos. Ese fue el último gesto voluntario que tuvo tiempo de realizar antes de que todo su cuerpo terminara literalmente atravesado y destrozado por millares de peces expelidos a la velocidad de proyectiles por los tres hidrantes improvisados que, por no haber sido diseñados para resistir semejante presión, terminaron fundiéndose en un único y enorme hueco por el que comenzaron a brotar carites, rayas látigo, barracudas, peces hacha, salmonetes, meros gigantes e incluso tiburones que, de inmediato, comenzaron a deambular por todo el edificio antes de que comenzaran a producirse unas explosiones a las que muchas personas confundieron al principio con un ataque con bombas sónicas.

Un pavoroso viento circular atravesaba toda la región del Caribe desde el Golfo de México hasta la isla Margarita, desenterrando recuerdos viejos y mezclándolos con las últimas noticias en un licuado de realidad de proporciones planetarias. Nadie se explicaba de dónde habían salido esos seres vestidos con unos extraños trajes más anchos que largos que se deshilachaban bajo los azotes del viento huracanado. Allí donde caían los trozos de vestimentas, no tardaban en brotar otros seres semejantes, hasta que su número cobró la dimensión de una invasión. Y las luces… las luces que se encendían sin fuente conocida y sin motivo aparente, en cualquier lugar, sobre cualquier objeto… en medio de la oscuridad… y los gritos de todas las personas que perdieron la razón, súbitamente y al mismo tiempo, cuando desde el cielo comenzaron a escucharse las voces que parecían decir «¡Malditos! ¡Todos están malditos!», pero que quienes dominábamos varias lenguas escuchábamos como un único mensaje mental… y el extraño latido como de un enorme tímpano que resonaba por encima del estruendo de las explosiones y los gritos de las víctimas… todo aquello no era más que el anuncio de que algo mucho más grave estaba a punto de comenzar.

♉

Cuando se está en órbita en el espacio exterior, resulta imposible no ver que se tiene al planeta Tierra como fondo y la Luna como única presencia ominosa e inmanente. Bhamil nos sometió a un pavoroso entrenamiento que consistía en concentrarnos para escuchar el latido de los corazones de cada ser humano que respira sobre el planeta. «Los seres a los que nos enfrentaremos no son humanos», dijo Bhamil. «Algunos tendrán aspecto humano, e incluso serán idénticos a personas que todos ustedes conocen, pero en su interior sólo tienen la voluntad del Perro comprimida en grandes cantidades. Es por eso que ustedes no deben dudar en emplear el poder que les he otorgado para destruirlos, ya que, aunque estos seres no pertenecen a esta dimensión, sí pueden y tienen que ser destruidos, pues de esto dependerá la supervivencia de su raza e incluso de su planeta. El Perro, que tampoco es inmortal, no es rival para ustedes, pues es demasiado poderoso. La suerte de esta batalla dependerá de la capacidad de los amantes guerreros para destruir al Perro. A estos últimos los conocerán cuando llegue el momento. De Serptes, en cambio, me encargaré yo. De todos los demás miembros de las huestes del Perro (y créanme cuando les digo que son prácticamente incalculables), deberán encargarse ustedes, aunque no crean que estarán solos. He tenido el cuidado de formar en todos los países de cada región otros grupos de guerreros a los que, en este preciso momento, estoy entrenando en circunstancias muy parecidas a estas, ya que yo, Bhamil, soy el todo y estoy en todas partes. Estaré a su lado en cada batalla que libren, pero aun así, es preciso que se cuiden mucho, ya que el Perro es también un ser ubicuo y dotado de algunos poderes que su amo le transfiere. Nada de importancia para alguien como yo, pero sumamente peligroso para criaturas como ustedes».

Mientras Bhamil nos entrenaba transfiriéndonos mentalmente el equivalente de varios centenares de años luz de experiencias de combate en unas condiciones únicamente disponibles fuera de nuestros cuerpos físicos y de la atmósfera terrestre, todos comenzamos a tener noticias de Anzor y Maya Maxiah, a quienes todavía no conocíamos, a partir del momento en que aprendimos a activar nuestra red de conciencias. Esta última, nos había dicho Bhamil, nos sería indispensable para poder enfrentarnos a la mente de colmena que animaba los movimientos de las huestes del Perro. Fue así como nos percatamos de lo acontecido en el curso de los primeros enfrentamientos entre la pareja de jóvenes guerreros y las huestes del Perro. Ambos habían logrado abandonar las instalaciones del resort en uno de los automóviles de Anzor y ahora conducían a toda velocidad con el rumbo puesto hacia la casa del ruso Danilbek –y que luego había pasado a manos de Nicole Dombres–, pues, según Anzor Kadyr en esa casa había un arsenal con el que se podría armar a un ejército de tamaño considerable. Sin abandonar nuestro entrenamiento, lo vimos atravesar los distintos retenes y puestos de control establecidos a lo largo del camino que llevaba a la casa de Nicole, los cuales, curiosamente, habían sido abandonados por sus responsables. «Mantente alerta», le dijo Anzor a Maxiah. «Esto no me gusta nada», a lo que Maxiah se limitó a responder: «No te preocupes. El verdadero peligro no está cerca de aquí. Ya te avisaré». No bien Maya Maxiah acabó de pronunciar esas palabras, alcanzaron a ver un nutrido grupo de seres híbridos, mitad árbol, mitad animales bípedos que corrían hacia ellos en sentido contrario por el camino en que transitaban.

—¿Qué coño es eso? –preguntó Anzor Kadyr pisando el acelerador al máximo con la intención aparente de estrellarse contra aquellos seres. En ese preciso momento, escuchó la voz de Maxiah que le decía mentalmente: «No está bien lo que piensas hacer. Esos seres son sumamente poderosos. Es mejor que te detengas y que pensemos en una estrategia de ataque mejor que esa».

Sorprendido, Anzor hizo lo que le decía la guerrera y aparcó el automóvil a un lado del camino. Acto seguido, apretó el botón para abrir el baúl y ambos corrieron en busca de las armas. Anzor cargó una granada en uno de los fusiles y se lo pasó a Maxiah, pero esta declinó la oferta diciéndole: «Toma al menos cuatro de esas cosas redondas para ti. Las necesitarás. Yo tengo mis propias armas».

Y diciendo esto, Maxiah juntó las manos, cerró los ojos y tomó una respiración profunda. Casi de inmediato, todo su cuerpo cambió de aspecto: su piel se volvió escamosa, como la de los grandes saurios; sus ojos perdieron los párpados, aumentaron de tamaño y adquirieron un brillo acerado; su torso se hizo tan grueso y fuerte como el de ciertos árboles y luego continuó creciendo hasta que sus extremidades, brazos y piernas, cobraron la forma de poderosas columnas que terminaban, en pies y manos armados de garras. Una vez completada su transformación, dio un salto tremendo al tiempo que gritaba:

—¡Ahora, Anzor! ¡Ataca!

El disparo de Anzor hizo blanco en el primer grupo de monstruos. Uno de ellos perdió una parte importante del pecho y uno de sus brazos con el impacto. Los otros cuatro, en cambio, continuaron su camino, que afortunadamente era lo suficientemente lento como para permitile recargar y apuntar nuevamente. El segundo disparo cayó justo en el espacio entre dos de los seres y produjo estragos importantes en sus respectivos cuerpos. Un tercer disparo se encargó de eliminar a los últimos dos seres del primer grupo justo antes de que Maxiah tocara el suelo con sorprendente ligereza. En el lugar donde cayó, asumiendo una impresionante postura de ataque, cerró nuevamente los ojos y juntó las manos. En cosa de segundos, el mango de un hacha comenzó a materializarse en sus manos. Luego se escuchó un grito sumamente agudo y lo próximo que se vio fueron trozos de piernas, cabezas y brazos de seres que saltaban por los aires hasta que no quedó uno sólo en pie. Al percatarse de esto último, Maxiah volvió a cerrar los ojos y a juntar las manos y recuperó su forma original.

—¡Regresemos al carro, vamos! –gritó Anzor.

Ambos corrieron hacia el automóvil pero, justo cuando se disponían a continuar su camino hacia la casa de Nicole, un todo terreno negro les cerró el paso y la voz de un hombre de cuello fuerte como el de un toro les gritó:

—¡No me digan que empezaron la fiesta sin nosotros!

Los recién llegados eran los refuerzos que Anzor había pedido: seis de sus antiguos compañeros, todos oriundos de distintos lugares de la antigua Unión Soviética, todos vinculados de una manera u otra con la *Obschina*, la comunidad mafiosa a la que él había pertenecido en su juventud.

A una señal de Anzor, el conductor del vehículo le cedió el paso a los dos guerreros y luego partieron tras ellos a toda velocidad sin encontrar nuevos contratiempos hasta que llegaron a casa de Nicole. Una vez allí, en lugar de detenerse a la entrada de la casa propiamente dicha, continuaron por un breve sendero hasta que llegaron a un promontorio coronado por una pequeña plataforma de cemento con una tapa metálica en el centro que le daba el aspecto de una cisterna. Anzor introdujo en la cerradura una curiosa llave que tenía la forma de un dardo y luego haló la empuñadura de la tapa, la cual se abrió soltando un chirrido. De inmediato, todos comenzaron a descender por una escala metálica hasta llegar al fondo del recinto. Al oprimir un botón, una serie de luces led les permitió ver que no se hallaban en el interior de una cisterna, como habían creído, sino que en cada una de las paredes del pequeño espacio rectangular se abría un juego de dos puertas metálicas de metro y medio de ancho por dos metros de alto, cada una de las cuales tenía una cerradura idéntica a la que presentaba la tapa de la entrada. Anzor volvió a introducir su llave en la cerradura de una de las puertas y todos accedieron a un espacio que no era más que un estrecho pasillo dotado de iluminación. Contra las paredes laterales de ese pasillo se hallaban colocadas unas repisas metálicas con varios tramos cada una, y en cada repisa había unas grandes cajas plásticas todas idénticas, cada una de las cuales estaban marcadas con etiquetas escritas en ruso.

—Illya, Misha... –dijo Anzor, y dos de los hombres dieron un paso al frente y tomaron dos de las cajas.

—Kolia, Yura... –volvió a decir Anzor y otros dos de sus acompañantes repitieron los mismos gestos del primero.

—Volodia, Liosha...

A medida que recibían sus cajas, los hombres abandonaban con ellas el pasillo para ir a esperar a sus compañeros a un lado del espacio rectangular, donde las cajas comenzaron a apilarse una sobre otra de manera bastante graciosa. Cuando todos abandonaron el cuartito, Anzor lo cerró de nuevo con llave y luego abrió otra de las puertas.

—Aquí es donde se guardan los juguetes para los niños grandes –dijo entonces en checheno. Pueden entrar a seleccionar todos los que quieran.

Apenas varios minutos después de entrar, los seis hombres volvieron a salir armados con bazucas, morteros y lanzacohetes tipo RPG-7 modificados para que funcionen con un sistema de tele dirección asistida por computadora (CAT, por sus siglas en inglés) así como varias cajas de municiones para todas las armas.

—A juzgar por los que acabamos de enfrentar –dijo Anzor cuando todos estuvieron nuevamente reunidos en el espacio rectangular–, creo que necesitaremos un suplemento extra de cohetes, granadas y morteros. Esos pájaros tienen de verdad el pellejo bastante duro...

—¿Y dices que esto está sucediendo en todo el mundo? –preguntó el soldado llamado Misha a su compañero llamado Kolia.

—Según lo que hasta ahora sabemos –respondió Yura–, varias ciudades ya han sido aplastadas por unos seres extrañísimos entre los cuales no hay dos que sean iguales. Además, según parece, son inmunes a las armas convencionales.

—¿Alguien sabe quiénes son esos seres, de dónde vienen y qué es lo que quieren? —preguntó Liosha.

—No son nada —dijo Maya—. Son producto de nuestros propios sueños y solamente les interesa una cosa: destruirnos. Las armas convencionales no pueden destruirlos, pero una vez desarticulados o disgregados, resultan prácticamente inofensivos. De la única manera que se les puede vencer es destruyendo al ser que los hace vivir, un tipo muy feo que se hace llamar el Perro. Pueden darse por dichosos si no han recibido su visita en sueños.

—Bueno, ese es un problema menos —dijo entonces Anzor—. Los llamé precisamente porque son parte de un cuerpo de elite que nunca duerme.

—Obtenemos todo el descanso que necesitamos de la meditación y la respiración. Fuimos escogidos y entrenados desde nuestra infancia para dominar esta y muchas otras técnicas especiales de supervivencia.

—¡Excelente! —dijo Maya al escuchar esto último—. Eso quiere decir que ustedes son candidatos perfectos para ser iniciados a la magia de los guerreros escitas. Parece que el Hombre-Toro sabe escoger bien a sus amigos, después de todo.

—¿Qué dices a eso Anzor? —bromeó Misha, visiblemente entusiasmado por las palabras de Maya—. O mejor no respondas y preséntanos a tu amiga. ¿Dónde aprendió a hablar el checheno de esa manera, señorita? Se nota que usted es extranjera, pero lo habla como sólo he escuchado hablarlo a los ancianos de las montañas…

—En realidad, delante de ella, todos nosotros somos los extranjeros —respondió Anzor—. No obstante, lo mejor será no tocar ese tema por el momento. Tenemos que salir de aquí cuanto antes. Este no es un lugar seguro.

De inmediato, los hombres se colocaron al hombro sus armas; luego cada uno tomó la caja que le correspondía, y finalmente, todos comenzaron a retornar a la superficie por la misma escalera por la que habían bajado.

—Pueden ponerse sus trajes de combate en el vehículo, si así quieren —dijo Anzor de camino a su todoterreno—, pero lo mejor sería que no perdiéramos mucho tiempo aquí. Es casi seguro que en el camino deberemos enfrentar a más cosas como las que nos atacaron al llegar. Y a propósito: bajo ningún concepto intenten colisionar con ellos en el vehículo. Recuerden que todavía no encontramos al verdadero enemigo. Estos no son más que peleles de tamaño familiar y no quiero perder a ninguno de ustedes antes de que comience la verdadera batalla. Ahora creo que lo mejor será que nos dirijamos a la capital. Es la zona urbana más poblada de todas y es probable que no les venga mal un poco de ayuda...

Acto seguido, Anzor y Maya se dirigieron a su vehículo y muy pronto todos tomaron el camino que los llevaría a la carretera de Nagua con destino a Santo Domingo.

«Algo está mal en todo esto», se dijo Bhamil y de inmediato nos transfirió ese pensamiento a cada uno de nosotros. «Se suponía que, una vez apresado el soñador y colocado en una burbuja intemporal, las criaturas de sus sueños serían incapaces de intervenir en el plano de la realidad compartida. O esto es obra del Perro o tal vez hay otro soñador involucrado en esta trama».

Luego de esta última transferencia de pensamiento, Bhamil se desconectó de nosotros y nos dijo:

—Será necesario que ustedes acompañen a los guerreros desde que estén en condiciones de enfrentar a las huestes del Perro. Acabo de ver que serán interceptados poco antes de entrar a la ciudad de Santo Domingo por un contingente de criaturas oníricas.

Desde que los peces comenzaron a salir a la superficie todo se había vuelto sumamente raro. Hasta las escuelas y universidades tomaron el aspecto de inmensos parques de goma en los que el simple hecho de caminar constituía toda una aventura. Escasamente se podía medir la diferencia entre un hoy, un ayer y un mañana, aunque, haciendo un esfuerzo, todavía resultaba posible comparar ese mundo extraño con aquel que alguna vez se consideró "normal". Los que más padecieron las consecuencias del nuevo estado de cosas fueron los grandes centros urbanos. Consciente de esto, Bhamil nos enseñó a desdoblarnos geométricamente tantas veces como resultase necesario, lo cual, si bien no era exactamente lo mismo que ser "ubicuo", por lo menos se le acercaba lo suficiente como para que pudiéramos enfrentar simultáneamente una cantidad enorme pero no ilimitada de situaciones.

El último aspecto de nuestro entrenamiento resultó ser el más difícil. Puesto que todos y cada uno de nosotros nos habíamos fundido en una sola conciencia colectiva e incorpórea, nos resultaba absolutamente indispensable aprender a interactuar a voluntad en el plano causal del mundo físico. Según la teoría clásica que todos los humanos conocemos, ninguna entidad puede intervenir en ninguno de los mundos si no está dotada de un cuerpo compatible con el mundo en el que intenta operar. Según esa teoría, por ejemplo, ninguna criatura del plano astral puede interferir con los seres que pueblan el mundo del deseo, y una entidad que no posea un cuerpo astral tampoco puede actuar en el plano astral. Siempre según esa teoría, eso es lo que explica que la capacidad de intervenir con eficiencia en el plano material exija la posesión de un cuerpo físico altamente performativo o, de lo contrario, será imposible rebasar el simple nivel de lo que pueden hacer las personas comunes. Dicho así, el asunto parece algo tan lógico que resulta sumamente fácil de entender y muy difícil de contradecir, ¿verdad?

Bueno, el caso es que, según Bhamil, esa teoría no solamente es falsa, sino que puede refutarse basándose en la simple observación de lo que los humanos llamamos "la naturaleza". Según él, la principal limitante de esa teoría es la existencia de numerosas entidades liminares que poseen varios cuerpos superiores y varios inferiores y que pueden, por tanto, interactuar según las leyes de diversos mundos. «También deben saber», nos explicó Bhamil, «que existen otras entidades capaces de actuar como verdaderos parásitos de los habitantes de mundos distintos a los suyos. Adquieren su energía robándola a los cuerpos de diversos mundos y esto les permite asumir formas corpóreas con capacidad de actuar en varios mundos a la vez». Según Bhamil, muy pocas de estas entidades pueden comprender la verdadera naturaleza de esta capacidad, y por eso, a lo sumo, en cada mundo, sólo pueden incorporarse en seres dotados de una autonomía muy relativa, como plantas, insectos, hongos, bacterias y virus. «No obstante esto», nos advirtió Bhamil, «muchos de ellos conservan un altísimo potencial destructivo y solamente necesitan que una fuerza los articule y los dirija para convertirse en una verdadera amenaza».

Calculado en años humanos, adquirir la capacidad de actuar en el plano físico con nuestros cuerpos astrales nos habría costado un tiempo equivalente a varios centenares de miles de años. Gracias a Bhamil, sin embargo, esa medida temporal carecía completamente de sentido en la dimensión en el que nos hallábamos. Eso sí, tuvimos que atravesar, mediante la meditación, incontables estadios evolutivos hasta ser capaces de desarrollar un halo de energía radiante que nos envolviera por completo y que pudiéramos dominar, de manera tanto voluntaria como involuntaria, de acuerdo con nuestros "instintos" y "necesidades" así como según las condiciones de nuestra indeterminación colectiva.

A medida que íbamos alcanzando ese estado, nuestras respectivas entidades fueron adquiriendo el aspecto de grandes flashes permanentemente incandescentes, a los cuales únicamente nosotros podíamos percibir, por lo que este detalle nos sería sumamente útil en la batalla que se avecinaba. Y cuando finalmente todos quedamos convertidos en auténticos guerreros de la luz, una profunda sensación de melancolía se apoderó de nuestro ánimo y no nos abandonaría hasta que entráramos en acción.

Cuando completamos el entrenamiento, abrí los ojos. Había vuelto a ser yo, es decir, Tung Yep Chan, pero ahora me sentía conectado al resto de la Humanidad. Estaba a la vez dentro y fuera de mí. Me había convertido en un cosmos, al igual que cada uno de mis compañeros. Podía sentir cerca de mí a Mickey Max, la Tota, Antinoe, Nicole, Wiener, Suzanne, Léogane, Sophie. Sin embargo, por más que me esforzaba, no podía verlos, ya que todos ellos y yo nos habíamos fundido en una sola consciencia. «¡Prepárense a intervenir!», gritó Bhamil, y de inmediato regresamos a la caverna donde nos esperaban nuestros respectivos cuerpos como si apenas hubiesen transcurrido algunos segundos luego de nuestra separación, sólo que ahora ya sabíamos qué debíamos hacer: cada uno despertó su envoltura corporal y de inmediato todos activamos nuestro resplandor, lo cual nos permitió transportarnos a distintos lugares de la misma zona donde, en esos momentos, se libraba una batalla sumamente desigual: las fuerzas del Perro tenían rodeados a los hombres de Anzor Kadyr, quienes se defendían como podían lanzando cohetes y morteros contra unos atacantes que los superaban en una proporción de 4 por uno. Estos últimos eran además unas criaturas sumamente escurridizas que se movían como celajes a través de los edificios, vehículos y objetos del entorno. Y aunque los proyectiles que les lanzaban Anzor y sus hombres estallaban con gran estruendo y, al parecer, lograban dispersarlos, en ningún caso resultó evidente que constituían una manera eficaz de enfrentar aquellas sombras.

En lo que respecta a nosotros, puedo decir que la sensación generalizada de melancolía a la que me referí hace un rato se convirtió en un estado de intensa crispación apenas entramos en el área de batalla, como si el combate fuese, más que una situación, nuestro estado natural. Como todas nuestras funciones cerebrales quedaron interconectadas, pude sentirme en capacidad de intervenir simultáneamente tanto a mi izquierda como a mi derecha, justo detrás de mí o a cientos de metros del lugar donde me encontraba. De ese modo, sin que en ello mediara mi voluntad, me vi combatir al mismo tiempo contra varias decenas de sombras en una vertiginosa cantidad de lugares distintos. A medida que los desintegrábamos, continuaba multiplicándome a un ritmo imposible de calcular. Al percatarse de que los superábamos en capacidad de respuesta y efectividad, nuestros enemigos se replegaron y comenzaron a mutar. Los celajes dejaron de agitarse y las sombras se disolvieron al atravesar las paredes de varios edificios. Un denso silencio envolvió de pronto toda la escena.

—¡Adelante, vamos! –gritó entonces Anzor Kadyr–. ¡Tenemos que intentar cruzar el puente!

—¡No, el puente no! –gritamos todos los guerreros en un único impulso mental que solamente Maya fue capaz de percibir. Su reacción no se hizo esperar, pues, súbitamente, la escuchamos gritar con todas sus fuerzas, señalando el todoterreno negro que ya se les adelantaba:

—¡Diles que se detengan!

—¿Qué pasa? –preguntó Anzor Kadyr en una mezcla de sorpresa y estupor.

—¡Hay algo terrible en el río! ¡Hay que detenerlos!

Anzor pisó con fuerza el acelerador y alcanzó el todoterreno justo a tiempo para indicarle al conductor que se detuviera. Luego de logrado ese objetivo, aparcó detrás del otro vehículo y bajó del automóvil. Acto seguido, tomó una de las granadas que llevaba en su pechera, le sacó la espoleta y la arrojó hacia el centro del río. Todos seguimos la trayectoria de esa granada, la cual chocó primero contra algo invisible que se hallaba justo debajo del puente y luego rebotó dos o tres veces como si se tratara de una pelotita de *pinball* perdida en el laberinto y finalmente estalló poco antes de llegar al río. Por breves segundos, la densa humareda que emanaba del río que corta en dos a la ciudad de Santo Domingo operó como una cortina a cuyo contraste los hombres pudieron percibir la insólita presencia de un cuerpo enorme y aparentemente lleno de protuberancias que se hallaba sumergido a medias en el río.

—¡Ahora, todos carguen con lo más potente que tengan, apunten hacia el lugar donde estalló la granada y hagan fuego a mi señal!

Anzor Kadyr esperó algunos segundos antes de volver a gritar:

—¡Ahora!

Siete proyectiles hicieron blanco cerca del espacio donde poco antes había estallado la granada. El efecto inmediato fue terrible: una complicada figura gigantesca compuesta por lo que parecían ser varias esferas enormes y grotescas interconectadas por gruesas estructuras que recordaban los troncos de algunos árboles monstruosos se hizo visible al tiempo que emergía del río, levantaba y destruía parte del puente con su impulso ascendente y comenzaba a agitarse con violencia, lo cual produjo una intensa lluvia de enormes esporas que estallaban por todas partes.

Al ver esa monstruosidad, dos de mis compañeros se colocaron en el aire detrás de la mayor de las esferas, mientras, junto a otros dos guerreros, yo me adelantaba y me desdoblaba en otros cuatro que, de inmediato, fueron a posicionarse junto a otros cuatro en torno a las demás esferas.

Nuestro ataque fue brutal y simultáneo. Todas las esferas quedaron destrozadas luego de recibir nuestro ataque con ondas sónicas. Sin embargo, no pudimos evitar que una de las esporas cayera cerca del todoterreno detrás del cual dos soldados ajustaban en ese momento un proyectil en el cañón de una bazuca. El tiro salió e incluso hizo blanco en el centro de la esfera. Casi al mismo tiempo, sin embargo, los restos despedazados de aquellos hombres saltaban por los aires, mientras Anzor Kadyr cargaba dos proyectiles sónicos en su lanzadera y los lanzaba con tal precisión que ambos hicieron blanco en la última esfera en medio de un grandísimo estruendo. El resultado de este ataque fue espectacular: la esfera se abrió en dos como un inmenso cascarón y de su interior comenzó a brotar una materia oscura y pestilente. Luego, una de sus mitades cayó al río y la otra sobre el puente, el cual quedó prácticamente inutilizable para ser transitado a bordo de un vehículo motorizado.

—¡Rápido! ¡Cojan todo lo que puedan echarse al hombro y avancemos! Luego lloraremos a Volodia y a Liosha. Por el momento, necesitamos llegar a la ciudad antes de que sea demasiado tarde.

La voz de Anzor Kadyr llegaba a nuestros oídos de guerreros como a través de un túnel.

—¡Ustedes procuren cruzar! –les ordenamos–. Nosotros nos encargaremos de tele transportar sus municiones y el resto de sus armas.

Encabezados por Maya, los soldados corrieron uno tras otro a través de la única vía del puente que todavía se prestaba para esos fines. Por nuestra parte, sin perder un instante, calculamos el tiempo que les tomaría cruzar y nos dispusimos a descargar el contenido del vehículo de Anzor Kadyr, ya que el todoterreno había quedado totalmente destrozado por la espora. «Necesitarán otro medio de transporte», le comuniqué a otro de mis compañeros.

«Ya veremos qué se nos ocurre cuando estemos del otro lado», intervino Maya.

Debo admitir que su respuesta me sorprendió, pues no sabía que ella dominaba la telepatía. Como para tranquilizarme, Bhamil me dijo que ella era una guerrera-maga de la antigua Escitia, precisamente el tipo de ser que el Perro más teme enfrentar. «Pronto conocerás la verdadera naturaleza de su poder», agregó.

♉

—Creo que tenemos un problema –le dijo Anzor Kadyr a Maya–. Hemos perdido la mayor parte de nuestras armas. Apenas tenemos las que llevaba en el baúl de mi carro...

—No te preocupes por eso –le respondió Maya–. Las cosas nunca son lo que parecen.

Y como para probar la veracidad de sus palabras, un gran tropel de personas salió a su encuentro apenas comenzaron a correr por la enorme explanada donde desembocan tres de los seis puentes que cruzan el río Ozama. A todas luces inagotable, la multitud gritaba consignas guerreras a los seis combatientes que habían sobrevivido al épico enfrentamiento con aquellas monstruosas criaturas.

—¡Todos hemos venido a luchar junto a ustedes! –le gritó a Anzor Kadyr un hombre que llevaba al hombro un extraño fusil lanzacohetes de un modelo totalmente desconocido para él.

—¡Así es! –gritaban a coro varias decenas de hombres y mujeres.

—¡No sabemos qué son, ni qué es lo que quieren! ¡Sólo sabemos que intentan destruir nuestra ciudad y que son horribles! –gritó una mujer que llevaba una ametralladora y varias cartucheras con peines que le colgaban del cuello.

—Cuando vimos lo que hicieron con esa cosa que estaba en el río corrimos hasta aquí para ponernos a las órdenes...

—¡Sííí! ¡Si vamos a morir, mejor que sea peleando! –gritaron numerosas voces que escucharon lo que dijo la mujer.

—¡Ahí tienes, Anzor Kadyr! –dijo Illya–. Te cortan dos soldados y te crece un ejército. ¡Vamos a matar monstruos!

Menos de dos horas más tarde, la algarabía de ese momento mágico en la cabeza del puente quedaría completamente olvidada...

3. El sueño es el veneno de la noche

En la noche artificial, dormir o no dormir no es el dilema. El verdadero conflicto lo determina la dimensión –terrible, por lo demás– del sueño paradójico y la interminable sucesión de criaturas y situaciones tan abominables como placenteras en que se hunde la imaginación, el cual es el verdadero nombre de la vida. En la noche artificial, se derrumban las barreras entre el presente, el recuerdo y los infinitos tiempos posibles. Es en ese terreno donde prosperan todas las repeticiones y todos los síntomas, donde el simple estallido de una forma puede dar pie a la peor de todas las guerras imaginables.

Mientras Anzor dormía su lado, Maya se hundía en el océano de luces sin origen y sin tiempo. Flotaba, por así decirlo, en el fluido azul de los deseos que no tienen objeto, ni dueño. Pulsiones. Sus cabellos, cuyas puntas cortaba con hacha sobre un tronco de madera perfumada, se abrían en forma de aureola en torno a su cabeza. Aunque tenía los ojos cerrados, era capaz de percibir todos los estímulos provenientes del exterior. Las sombras, quietas, parecían respetar el sueño de Anzor. Súbitamente, la guerrera abrió los ojos y exclamó:

—¡Anzor, escúchame bien, Anzor!

La voz de Maya despertó a Anzor en la parte más agradable de un sueño en el que él se veía acariciado por numerosas manos de bellas muchachas envueltas en gasas de distintos colores a la orilla de un riachuelo rumoroso.

—¿Qué pasa, Maxiah? ¿Qué sucede?

—Tienes que ayudarme, Anzor. Necesito reunir un grupo de seis mujeres. Tres vírgenes de pelo largo que tengan todos sus dientes completos y tres jóvenes madres primerizas que todavía estén amamantando a sus hijos. Todas juntas deberán soñar la suerte de nuestros ejércitos, y cuando digo nuestros, me refiero a los de toda la humanidad. Necesito que me ayudes a dar con mis soñadoras...

Anzor lanzó un suspiro de profundas resonancias. «¿Y no podías esperar hasta mañana para decirme eso?», pensó decirle, pero justo cuando pensaba esto, el rostro de Maxiah se rompió en dos mitades como si hubiese sido cortado con una espada muy afilada.

—¡Despierta, Anzor! –gritó la verdadera Maya–. ¡Despierta! ¡El Perro está tratando de poseerte! ¡No se lo permitas!

Y mientras decía esto, Maya le puso a Anzor la mano sobre el tatuaje en forma de toro que él tenía en el pecho. De inmediato, Anzor abrió los ojos y dijo:

—He tenido un sueño...

—Lo sé –lo interrumpió Maya–. Ahora hace falta que lo olvides. Ven, deja que te ayude.

Y acto seguido, juntó sus labios con los de él para sellar el resto de la noche artificial con el inicio de otro falso día.

De hecho, en la noche artificial, el día es siempre una noticia falsa, un dato equivocado, un simple argumento de embaucadores. En cada esquina de la ciudad se había puesto de moda someter a un examen sumario a todos los que pretendían ser aceptados en las filas del ejército que lucharía contra las huestes del Perro con el propósito de probar su naturaleza humana. Para ello, se les pedía cerrar los ojos mientras, por detrás, un soldado se acercaba con una aguja caliente y se la clavaba en el brazo o en el hombro. La creencia popular era que los seguidores del Perro eran criaturas huecas llenas de sombras que habían aprendido a simular a la perfección la carne humana pero que carecían totalmente de sensibilidad. «Los pinchas y no sienten», decían algunos. «Están como drogados», decían otros. «Unos zombis, es lo que son». Esta última era la opinión de los miembros de la división de santeros.

Para fomentar la cohesión y el espíritu de cuerpo en las filas, los amigos rusos de Anzor Kadyr habían ideado un sistema de divisiones según un organigrama bastante simple, pero eficaz, a juzgar por sus resultados.

En total, se crearon veintiuna divisiones, cada una dotada de un nombre y un líder propio.

Por un lado, estaba la División de Suspirantes, integrada por los que vivían convencidos de que su vida, tal como la habían vivido hasta entonces, era sencillamente un error, y por eso decían necesitar una revolución que restituyera el verdadero estado de cosas al que creían pertenecer.

Por otro lado estaban los Desencantados, una división compuesta por varios millares de individuos sombríos y con los ojos perpetuamente inyectados de oscuridad que no habrían vacilado en desencadenar las furias del infierno contra cualquiera que no supiese manejarse adecuadamente con ellos. Luego estaban la división de los

Bailoteros, capaces de disparar cualquier tipo de armas, incluso tanques de guerra, mientras ejecutaban pasos de salsa o de bachata; la de los Desesperados, cuya única urgencia era matar; la de los Desenterrados, capaces de asesinar con una crueldad sin límites; la de los Cencerros, los cuales se anunciaban en el campo de batalla con grandes golpes aplicados a unos enormes tanques huecos que producían un estruendo aterrador; la de los Desempolvados, que reunía a una cantidad imprecisa pero enorme de antiguos adictos a la cocaína que habían terminado extirpándose la pituitaria, y con ella toda esperanza de volver a tener sueños lúcidos. Venían luego la División Aerotransportada de los Pies Planos, letal tanto en el combate cuerpo a cuerpo como a distancia gracias a una experiencia de varias décadas en las batallas campales entre gangas callejeras; la división de los Roedores, cuyos integrantes eran capaces de minar cien kilómetros en una sola noche y regresar intactos al campamento al día siguiente; la división de los Vagos, cuya única misión era mantener perpetuamente inconformes y malhumorados a los miembros de la División de los Pendejos. A estos últimos siempre se les asignarían las tareas más delirantes, complicadas, sucias y grotescas, aunque no como castigo, sino porque siempre serían los únicos capaces de realizarlas en un tiempo récord y con un alto nivel de eficacia.

A continuación estaban tres divisiones gemelas: la de los Aparecidos, la de los Mentecatos y la de los Sobraditos, compuestas prácticamente del mismo tipo de efectivos cuya valía y naturaleza no vale la pena desglosar aquí. De clase aparte eran los miembros de la División de los Galipotes, expertos en armar ratas explosivas y en lanzar granadas a mano; la de los Macheteros, verdaderos ninjas caribeños; la de los Setiaos, expertos en programar y teledirigir drones aéreos y submarinos; la de los Macos, inveterados conocedores del inframundo de cloacas y alcantarillas de la ciudad de Santo Domingo; la de los Desayunaos, que cada mañana se inyectaban un compuesto de pólvora y vitamina K; la de los míticos Saltapatios, capaces de recorrer todas las casas de un barrio entero sin jamás poner un pie en tierra, y claro, la de los Santeros, que tenían por emblema tres velas rojas y tres amarillas y que tenían fama de nunca haber ido a la cama sin haber matado a alguien durante el día.

Pero eso no fue todo. En cuestión de días, como las noticias y los videos particulares en los que se alertaba sobre la destrucción que ocasionaban los monstruos que de repente aparecían en las plazas y por encima de edificios, cayendo desde las nubes o brotando de los farallones en todas las costas colmaban las redes informativas, la población estaba al tanto de la urgencia con que se imponía la creación de un ejército mixto (civiles y militares) para acudir en defensa de la realidad contra aquella invasión de criaturas imaginarias. Desde los más seniles hasta los más infantiles, todo el mundo quería participar en la guerra que se avecinaba.

—Ese es un riesgo que no podemos asumir –dijo Anzor en respuesta a una pregunta en ese sentido que le formuló Illya–. La población debe comprender que una cosa es luchar en una guerra y otra muy distinta es dejarse matar. Es por eso que necesitamos encontrar refugios para las personas que no tengan condiciones para luchar.

—¿Refugios? –dijo Misha–. ¿No has visto que esas cosas atraviesan las paredes como si fueran un gas y luego las destruyen como si fueran de arena? Nunca había visto nada igual.

—Además –intervino Yura–, ¿qué más da si les permites luchar? Tienen derecho a hacerlo. Esa gente ha perdido amigos, familiares y vecinos en los ataques de esos monstruos. No es tanto luchar lo que les interesa, sino más bien la oportunidad de vengarse o de tener una muerte digna.

—Estoy de acuerdo con Yura –dijo Nikolai–. Es como si quisieras impedirnos a nosotros luchar después de la muerte de Volodia y Liosha simplemente porque no quieres que nos maten. Además, creo que, para muchos de ellos, todo esto no es más que el inicio del apocalipsis…

—¡Nada más eso nos faltaba –gritó Anzor Kadyr–. ¡Que alguien les diga que el mundo ya se acabó y que esto que llamamos realidad no es más que sus sobras! Considero inaceptable ir a la guerra sabiendo de antemano que no hay salida. Si piensan que esta será la guerra del fin del mundo, ¿para qué coño querrán pelear?

—Lo que pasa es que, más que pelear, lo que les interesa es estar en el bochinche –dijo uno de los soldados recién alistados–. Esta gente lleva más de tres décadas oyendo hablar de las hazañas que realizó el presidente Servilló durante la Guerra de Fusión2. En todo ese tiempo, el único acto heroico que muchos de ellos han

---

2   La "Guerra de Fusión": así se conoció durante el período 2027-2030 a la confrontación bélica de proporciones totales que tuvo lugar en el período inmediatamente anterior al Proceso de Reconstrucción del Nuevo Estado Mulato del Gran Babeque, más exactamente, antes del gran tsunami que mantuvo la totalidad de isla bajo el agua durante un período no menor de veinte ni mayor de setenta años fiscales.

tenido ocasión de realizar ha sido encender alguno que otro cigarrillito de mariguana en la azotea o insuflarse de tarde en tarde cuatro o cinco rayas de coca. Lo menos que se puede decir de ellos es que están aburridos.

Al escuchar eso, los cuatro rusos miraron a Anzor Kadyr y luego todos estallaron en risas.

—¡El aburrimiento como explicación de la guerra! –dijo Misha–. No tienes idea de la cantidad de veces que hemos escuchado decir ese mismo argumento desde que éramos adolescentes. Cambian las épocas, cambian las caras, cambian los países, pero el razonamiento es siempre el mismo. Si el consenso tuviese algún valor demostrativo, cualquiera diría que semejante falacia es verdad, pero recuerda que el error siempre ha sido más democrático que la razón.

—¡Bueno, ya está bueno! –cortó Anzor Kadyr–. No pienso oponerme a que luche todo el que quiera luchar. La única condición que pongo es que cada nuevo alistado traiga o sea capaz de procurarse sus propias armas…

—A propósito de eso –dijo Illya–, me acaban de informar que la armería de San Isidro acaba de ser tomada por asalto por un comando de perros salvajes.

—¡Perros! –dijo Anzor con desprecio viendo a Maya que se acercaba al lugar donde él estaba justo en ese momento.

—Sí, Anzor, perros –dijo ella–. Eso sólo puede significar que la verdadera guerra acaba de comenzar.

♉

Todos los que nacemos de este lado de la luz tenemos algo de noche enterrado en el pecho. Algunas veces, esa oscuridad se convierte en palabras, pero la mayoría de las veces, es la oscuridad misma la que nos saca a patadas de nuestro propio ser. Bien nos lo dijo Bhamil mientras nos entrenaba: «Luchar contra la noche equivale a luchar contra la naturaleza humana». Bueno, si ese es el caso, peor para los humanos.

Sabíamos perfectamente que todas las criaturas monstruosas a las que debíamos enfrentar y destruir no eran otra cosa que productos de la imaginación. Algo de ello nos había dicho Bhamil y otro poco lo habíamos inferido después de escuchar los relatos de numerosas personas que confesaban haber tenido alguna vez un sueño parecido a las desgracias que habían sufrido en el curso de algún ataque de esas criaturas. «No se confundan, sin embargo», nos había dicho Bhamil. «No por ser imaginarios sus actos son menos reales. Ustedes los mortales son criaturas paradójicas. Se pasan la vida reverenciando instituciones y valores que sólo existen en su imaginación. Llegan al punto de matarse entre ustedes mismos por cosas como esas a las que llaman libertad, justicia, amor, soberanía, etcétera. A pesar de eso, se niegan a aceptar la incursión de lo imaginario en sus propias vidas. El Perro conoce perfectamente la naturaleza humana. Por eso los manipula con esa parte a la que ustedes consideran la menos negociable de todas: sus propios sueños». Mientras recordábamos todo esto que nos había dicho Bhamil, nos dirigíamos mentalmente hacia la base militar de San Isidro, donde tenía lugar un desigual enfrentamiento entre las tropas y un gran contingente de seres bípedos con cuerpo de perro, negros peludos y rabiosos. Las balas convencionales no podían atravesar su pellejo. Únicamente las bombas y granadas sónicas podían desagregar sus partes y hacer que se desmoronaran como si estuviesen hechos con piezas de legos. Para ello, sin embargo, era necesario que las bombas les estallaran cerca del cuerpo.

Desde antes de llegar al lugar del conflicto, intuimos que, en esta ocasión, las cosas serían distintas. Nos resultaba imposible seleccionar un blanco con el fin de atacar a las criaturas que se movían por todas partes con una rapidez vertiginosa incluso para nosotros. Viéndonos en la incapacidad de operar en igualdad de condiciones contra una jauría a todas luces inagotable, optamos por disolver nuestra consciencia colectiva y recuperar nuestras mentes individuales para así poder actuar por separado, aunque desdoblados en varias decenas de réplicas de cada uno de nosotros mismos, contra los perros que parecían decididos a no dejar piedra sobre piedra ni corazón que latiera en el pecho de ninguno de sus atacantes en la base militar. «Loco, a mí lo que me da es que estos perros no dan la impresión de estar aquí», dijo Mickey Max desde que se vio en capacidad de hablar. «Esto se parece más a una película que a la realidad». El enemigo, en efecto, era tan certero en sus ataques como débiles eran las réplicas de los humanos. Cada vez que dos o tres de las criaturas atacaban una barricada, un carro de combate o una pared detrás de la cual estuvieran parapetados algunos soldados, el desenlace era invariablemente el mismo: la barricada quedaba destruida, el carro de combate terminaba convertido en un amasijo de metales doblados, y la pared derribada caía siempre sobre los soldados, aplastándolos. Situaciones como estas se repetían una y otra vez como en un filme dirigido por un monomaniaco. «¡Tenemos que intentar atraparlos a todos en una sola burbuja sónica!», propuso Nicole. «¡De ninguna manera!», nos ordenó Bhamil, quien permanecía, como nos había prometido, atento a todas nuestras maniobras. «¡Mejor ataquen sus sombras!».

En efecto, ninguno de nosotros se había percatado de que a aquellos seres los acompañaba a todas partes una extraña sombra circular que siempre tenía el mismo tamaño independientemente del lugar donde se encontraran. «Hagamos eso que dice Bhamil», nos dijimos mentalmente, lo cual tuvo como efecto inmediato que todos nuestros avatares produjeran una poderosa onda sónica dirigida exactamente a cada uno de esos círculos sombríos. Uno tras otro, nuestros enemigos comenzaron entonces a desmoronarse hasta que no quedó uno sólo de ellos en pie. Lamentablemente, después de varios rastreos exhaustivos, pudimos determinar que en toda la base tampoco había quedado un único sobreviviente. «¡Rápido! ¡Hay un ataque de perros en Santa Bárbara! ¡Hay otro ataque en Villa Mella! ¡Hay más ataques en Samaná, en Puerto Príncipe, en Naco, en Barahona!» Está de más decir que cada una de esas alertas nos obligaba a desdoblarnos. Sin omitir ni un detalle, les transmitimos a Anzor Kadyr y a Maya la información sobre la manera en que podían vencer a los perros.

La verdadera tortura siempre ha sido, si no la razón, al menos, la consciencia. Es por eso que a nadie le conviene ir a la guerra con todas sus funciones racionales activas. De alguna manera conviene ingeniárselas para acallar, apagar o silenciar todas las voces morales, los frenos racionales, las trabas y barreras psíquicas que no permiten que se desborde ese océano de furias que todos llevamos dentro. Nadie sabrá nunca, por ejemplo, lo que habrán tenido que soportar quienes no recibieron el entrenamiento al que nos sometió Bhamil. Nada en este mundo debe ser peor que tener un arma en las manos a la hora de ver por todas partes los cuerpos despedazados de amigos, familiares y conocidos cercanos, mientras el enemigo aprovecha esos momentos de estupor para arremeter con más fuerza, destruyéndolo todo a su paso.

Desde el principio de la batalla, Anzor y Maya intuyeron que no podían estar muy lejos el uno de la otra. La noche desbordaba de gritos y lágrimas, pero nadie estaba dispuesto a dejarse arrebatar el control. De alguna manera se habían percatado muy pronto de que, si los planes del enemigo consistían en sembrar el desaliento con aquellas visiones de hijos, hermanos y madres desventrados, se había equivocado completamente de estrategia, pues, cada vez con más rabia, el contraataque de las tropas humanas se burlaba del dolor y del miedo. Ninguno de los combatientes improvisados, armados con cualquier cosa que les pudiese suministrar la ilusión de poseer algún medio para tales fines, habría cedido un ápice de su derecho a luchar. Y quienes vacilaron ni siquiera tuvieron tiempo de percatarse de su error, pues todos fueron deglutidos por el pavoroso vientre de la noche que se empecinaba en devorar la realidad.

Ante la inminencia de la conflagración, Mischa, Illya y Kolia se encargaron de designar a los responsables de cada una de las divisiones en que habían fraccionado el ejército. Así, mientras el viento de la noche agitaba con fuerza una enorme bandera blanca sobre su cabeza, Mischa fue nombrando a los comandantes de la división de los Roedores, los Setiaos, los Sobraditos, los Santeros, los Desempolvados, los Bailoteros y los Cencerros. Acto seguido, procedió a desglosarles a cada uno la lista de sus suministros: armas, municiones, equipos de comunicación y de transporte, ropa militar y equipos de protección, medicinas y drogas, comida, alcohol y cigarrillos. Por su parte, Illya designó a los comandantes de las divisiones siguientes: Suspirantes, Desencantados, Vagos y Pendejos, Mentecatos, Macheteros y Desayunaos, quedando Kolia encargado de asignar los comandantes de las últimas siete divisiones.

Y claro, cuando sonaron, una tras otra, todas las alertas que anunciaban nuevas incursiones del enemigo, estas fueron recibidas en los distintos campamentos como si una sangrienta herida de luz rasgara el cielo de aquella oscura noche artificial que cubría a los futuros combatientes. Betsedo Calcáreo, el comandante de la División de los Setiaos, fue el primero en reportarse ante el cuartel general del Estado Mayor. Allí encontró a los cuatro rusos que, junto a Anzor y Maya, examinaban un mapa fotográfico satelital que se proyectaba en una pantalla holográfica.

—¡Comandante Calcáreo! –casi gritó Anzor Kadyr señalando unas zonas luminosas que se destacaban en el mapa–. Necesitamos que elabore una estrategia para enviar lo antes posible un ataque con drones a estos puntos. Tenga en cuenta que deberá cargar sus juguetes con misiles sónicos. ¿Dónde están Suñita y Barbarejo?

—¡Por ahí vienen, mi comandante! —gritó el vigía apostado ante la puerta del cuartel

Etanislao Suñita y Malengro Barbarejo eran los comandantes de la División de Roedores y de Bailoteros, respectivamente. Junto a Calcáreo, eran los únicos que habían permanecido en las barracas del cuartel general, pues sus divisiones habían acampado a menos de cinco kilómetros de allí y contaban con poder reunirse con ellas en cuestión de minutos desde que recibieran instrucciones del alto mando. A todos los demás comandantes, estas les serían remitidas por otras vías.

—¡Suñita! —gritó Anzor Kadyr desde que lo vio llegar—, Organice a sus roedores para que minen todos los accesos, rutas y pasajes que puedan en toda esta parte de la ciudad. Contamos con que, esta vez, las criaturas no estarán en capacidad de volar, pero, si ese es el caso, les tenemos preparadas una sorpresita. Tenga en cuenta que es muy probable que haya pulpos francotiradores y grillos enemigos apostados aquí, aquí y aquí, y tal vez aquí también —cada vez que Anzor Kadyr decía "aquí" mostraba en el mapa virtual distintas ubicaciones—. A ellos les tendremos reservados tres escuadrones armados con bazucas y cohetes sónicos que los atacarán. Esas alimañas son duras de pelar, pero creemos que con eso bastará para sacarles la mierda. Si ese no es el caso, en este lugar estarán esperándolos cuatro escuadrones de tanques comandados por Barbarejo. Eso sí, óigame bien lo que le voy a decir, Barbarejo: sus hombres tienen que apuntar todo el tiempo a las sombras de los monstruos que se les pongan a tiro. Tal vez esa no sea la única manera de destruirlos, pero, hasta ahora, es la única que conocemos. En el caso de usted, Suñita, como tendrá que atacar con bazucas y cohetes sónicos objetivos a mediana y larga distancia, será necesario hacer blanco a la primera, pues la réplica de esos enemigos puede resultarles fatal. ¿Está claro? Maya y yo estaremos aquí y aquí junto con dos batallones de desencantaos y, por debajo, dos batallones de macos estarán listos para saltar al ataque por la retaguardia desde que reciban la orden. Tengan en cuenta que el éxito de esta misión dependerá en gran parte de nuestra capacidad de actuar en sincronía. Sabemos que hay una sola mente detrás de todos estos muñecos. También se habla de la existencia de uno o varios soñadores simultáneos cuya función sería supuestamente la de traerlos de este lado de la realidad. Sin embargo, como todavía no logramos determinar qué hay de cierto en todo eso, lo único que podemos hacer es defendernos atacando. Recuerden que el que da primero sólo podrá dar dos veces si logra dar con fuerza la primera vez, así que nada de balitas, ni cañonazos ni esas otras mariconerías que sólo hacen bulla y no producen los efectos que necesitamos. Estamos en guerra contra la brutalidad, y por eso tenemos que ganar brutalmente. Si alguien tiene alguna pregunta, guárdensela para más tarde. Ahora lo mejor será que todos nos vayamos a nuestros puestos. Hay una guerra que tenemos que ganar.

♉

Las hostilidades comenzaron poco antes de llegar a Villa Mella. Unas criaturas enormes que tenían un inquietante parecido con los papeluses, diablos cojuelos, cachúas y otras figuras de carnaval surgieron de la nada y comenzaron a azotar unos látigos larguísimos y estallando unas vejigas gigantescas contra todo cuanto encontraban a su paso. Por supuesto, las figuras más agresivas eran las que presentaban algunos atributos femeninos: enormes glúteos y senos, sombreros de colores y grandes labios pintarrajeados. A pesar de su aspecto pesado y grotesco, eran capaces de dar grandes saltos y luego aterrizar sobre edificios y puentes por el simple placer de reducirlos a escombros. Estaba claro que el único propósito de esos monstruos era destrozar la mayor cantidad de instalaciones e infraestructuras que les fuera posible. Aparte de eso, nadie sabe qué otra cosa podría interesarles...

Al principio, cada uno de nosotros se encargó de atacar por separado a las criaturas. A medida que las íbamos enfrentando, sin embargo, fuimos notando que no eran tan fáciles de vencer como las demás. No tardamos en comprender que nuestros encuentros anteriores con aquellos seres no habían sido otra cosa que simples escaramuzas durante las cuales el enemigo había tenido ocasión de estudiar nuestras reacciones para conocer cada una de nuestras fortalezas y debilidades. No fue otra la razón por la que decidimos que había llegado la hora de volver a integrarnos en un sólo ser. Así lo hicimos y muy pronto logramos suprimir a la totalidad de esas enormes y sádicas figuras de carnaval.

Lamentablemente, desde que el enemigo notó que nos habíamos reconfigurado, reduplicó por su parte la cantidad, la intensidad y la naturaleza de sus ataques. A partir de ese momento, por tanto, cualquier elemento de la realidad podía terminar convirtiéndose en una amenaza terrible para la seguridad de las personas. Ninguno de nosotros, por ejemplo, habría pensado nunca que las palmeras que adornaban prácticamente todas las vías principales de la Nueva Ciudad Reconstruida de Santo Domingo podían servir como armas de destrucción masiva hasta que comenzaron a caer del cielo en una lluvia de troncos que explotaban como misiles que destrozaban todo cuanto se encontrara a un kilómetro a la redonda. Lo único que podíamos hacer para impedir los devastadores efectos de ese ataque era adelantarnos a arrancar todas y cada una de las palmeras que pudiéramos encontrar a nuestro paso por calles y avenidas. Para ello, no obstante, teníamos que elegir entre volver a separarnos en múltiples individuos o desdoblarnos en sucesivos avatares. En cada uno de esos dos casos, la efectividad de nuestros ataques resultaba considerablemente mermada. «¡De manera que eso es lo que le interesa a este Perro!», nos dijimos. Igual, después de múltiples y sucesivos bombardeos, habían quedado pocas palmeras que buscar en toda la ciudad, y no se reportaban ataques de palmeras explosivas en los espacios no urbanizados. Como quiera que fuese, esa experiencia nos permitió diseñar la nueva táctica que pondríamos en práctica en el curso de nuestro próximo encuentro con las fuerzas del Perro.

No tuvimos que esperar mucho para esto. No bien abandonamos la zona devastada de Villa Mella, fuimos notificados de que el centro de la ciudad era víctima de un masivo ataque de ratacuervos. De inmediato, nos dirigimos hacia las lujosas zonas de Villa Consuelo y San Carlos, en donde se levantaban una gran cantidad de torres residenciales y comerciales en torno a una inmensa zona verde que había sido diseñada durante el Proceso. Cuando llegamos a esa zona, pudimos percatarnos de la enorme envergadura del ataque. El estruendo de los millones de alas de los grandes pájaros con garras y cabeza de ratas podía escucharse a más de diez kilómetros de distancia. Centenares de cadáveres de personas se amontonaban por todas partes en torno a los edificios. Apena mucho tener que describir aquí el triste espectáculo que vimos al llegar, pero estamos conscientes de que necesitamos contarlo para dejar de algún modo constancia de todo cuanto tuvimos que padecer: víctimas de sucesivos ataques de pánico, muchas personas continuaban arrojándose desde las cornisas de sus edificios y eran atrapados en el aire por las ratas, las cuales desplegaban sus fuertes alas de cuervo para comenzar a devorarlas antes de que fueran a estrellarse contra el suelo. Al mismo tiempo, por casi todos los balcones penetraban unas tras otras centenares de ratas. A nuestros oídos llegaban los gritos desesperados que lanzaban numerosas personas al ser atacados por aquellas horrendas criaturas. Al ver eso, nos dispusimos a poner en práctica nuestro plan.

Para ello, lo primero que debíamos hacer era encontrar un lugar seguro donde dejar nuestros cuerpos físicos. Como sabíamos que en toda la ciudad no existía un sólo lugar al que no pudiesen llegar las huestes del Perro, nos tele transportamos hacia la misma caverna donde Bhamil nos había llevado y, una vez allí, nos desdoblamos primero en nuestros respectivos avatares y luego nos separamos de nuestros cuerpos físicos para asumir nuestras formas astrales tal como Bhamil nos había enseñado a hacerlo. El próximo paso era retornar al centro de la ciudad, en donde, de inmediato, comenzamos nuestra cacería. Incapaces de ubicarnos en nuestras respectivas formas astrales, las ratas perseguían a nuestros avatares, quienes les atacaban primero para atraerlas hacia ellos mientras nosotros los atacábamos con ondas sónicas hasta que terminaban estallando y dispersando un montón de burbujas malolientes. La contundencia de nuestros ataques debió desconcertar a nuestros enemigos, pues, a pesar de que su número nos superaba con mucho, no tardaron en abandonar el área con la misma desesperación con que nos habían enfrentado hasta hacía poco.

No lejos de allí, tenía lugar otro choque de proporciones singulares entre cuatro batallones de la división de los desempolvados y unos grandes seres amorfos que tenían el cuerpo escamoso de los cocodrilos y la corpulencia de los elefantes. Al parecer, sin embargo, estos seres no habían llegado a destruir nada, sino que se apostaban en parejas en las esquinas y allí mismo soltaban una gran cantidad de un líquido glutinoso y amarillo. Eso era todo. Al cabo de un rato, primero decenas, luego cientos de personas se presentaban hasta el lugar donde se hallaban los mastodontes, y estos sólo tenían que abrir unas fauces enormes para devorarlos de a tres, o de a cuatro por cada mordisco sin que las personas manifestaran signos de dolor al ser cortadas por la mitad de una sola dentellada. Extrañados ante la poderosa fuerza de atracción de esas criaturas, le preguntamos a Bhamil a qué se debía, y él nos dijo que la causa no se hallaba en las criaturas, sino en el líquido que estas arrojaban.

—Ese líquido no es exactamente orín –precisó Bhamil–, sino un caldo de feromonas. Esas criaturas tienen la capacidad de manipular el sistema endocrino de los humanos y anular al mismo tiempo las sinapsis neuronales que controlan las funciones superiores de sus cerebros. Lamentablemente, se trata de un proceso irreversible, pues, una vez desconectadas, las neuronas ya no vuelven a recuperar su capacidad original.

—Eso quiere decir que esas cosas son capaces de destrozar a las personas aunque al final no se las coman a todas…, dijimos nosotros, a lo que Bhamil asintió con un «Así es».

—En ese caso, tenemos que darles un tratamiento especial a esos monstruos. ¡Vamos!

—¡Un momento!» –gritó Bhamil–. Esos combatientes pueden eliminarlos sin mucho esfuerzo. Miren mejor más lejos a la derecha: son más necesarios por ahí.

En efecto, desde donde estábamos podíamos contemplar con asombro el terrible espectáculo de destrucción y muerte que causaban tres enormes figuras que caminaban sobre los escombros de una ciudad devastada. «¡Vamos para allá!», pensamos y, antes de terminar de emitir ese mensaje mental, ya estábamos disparando una poderosa mezcla de nuestras ondas sónicas y astrales contra el primero de aquellos colosos que parecían estar hechos de granito, el cual no solamente resistió nuestra acometida, sino que aumentó considerablemente de tamaño. «¡Qué es esto!», nos dijimos. «Lo único que hemos logrado es hacerlo más poderoso. A ver, tratemos de concentrarnos en su sombra». Nuestro segundo ataque produjo efectos comparables a los del primero con la diferencia de que ahora no sólo teníamos ante nosotros un monstruo mucho mayor que cuando lo encontramos, sino a dos, puesto que un segundo gigante había llegado hasta nosotros corriendo desde el área del nuevo sector conocido como San Carlos destrozando a su paso tanto los inmuebles como las estructuras viales y ferroviarias. «Ni siquiera nuestros cuerpos astrales pueden detener a estos monstruos, Bhamil. ¿Qué hacemos?»

Casi de inmediato, Bhamil nos comunicó telepáticamente una visión de lo que iba a suceder en el futuro. En primer lugar, crearemos un gran arco de energía sónica que nos envolverá a todos. Luego, haremos pasar un poco de materia, arena, por ejemplo, a través del arco y los átomos de los granos de arena se convertirán en poderosas fuerzas destructoras. Entre todos, controlaremos el estallido de esa terrible fuerza y tele transportaremos mentalmente sus elementos hasta la sombra de los monstruos. Al liberar esos átomos, el estallido desmaterializará todo lo que se encuentre en un radio de quinientos kilómetros. Como nuestros cuerpos astrales se encuentran fuera del espacio-tiempo, podremos permanecer allí mientras los monstruos desaparecen. Casi es una pena saber que, junto a esas espantosas criaturas, también se volatizará cualquier forma de vida que se encuentre dentro del rango de la explosión.

El pensamiento todo poderoso de Bhamil nos mantuvo al tanto de los más mínimos detalles de ese proceso. De alguna manera, se habían derrumbado todas las oposiciones entre lo pensado y lo actuado: nuestra mente se había convertido en una continuación de la realidad. Cada una de las ideas que Bhamil proyectaba en nuestra imaginación se hacía real, o mejor dicho: era la realidad. Ni siquiera sería válido decir que fuimos sus herramientas, o que nos utilizó como "puente" para alcanzar un determinado objetivo más allá de la simple eliminación de los monstruos. Claro que no. Bhamil no necesitaba valerse de nosotros para demostrar que no existe ninguna oposición entre lo "virtual" y lo "real". Sin embargo, en lo que a nosotros respecta, todos tuvimos que esperar un poco más para comprender la verdadera intención de esa insólita intervención de Bhamil, puesto que antes...

Como si estuvieran siguiendo un patrón previamente diseñado, luego de la desaparición de una gran parte de la zona urbanizada de la ciudad por efecto de la explosión, millones de criaturas con forma de arañas metálicas comenzaron a llover por todas partes sobre los escombros aún calientes de casas, edificios y calles. En cuestión de segundos, toda el área comenzó a cobrar un aspecto líquido que no era más que una simple impresión, puesto que la luz se volvía más lenta al pasar a través de los movimientos rapidísimos de las patas de las "arañas".

—¿Qué será lo que tejen esas cosas? —nos preguntamos, seguros que del fondo de aquel extraño charco no tardaría en brotar alguna criatura.

«Esperen y lo sabrán», nos respondió Bhamil, y casi de inmediato agregó: «Prepárense a conocer muy pronto al Perro».

A estas palabras de Bhamil las siguió un terrible silencio que duró varias horas. Poco después, hubo tantos sueños en el cielo que ya no cabían en la noche.

4. El toro en el laberinto de la noche

Tantos sueños por tejer, tantas voces que jamás llegarían a formar palabras ni a cuajar en ningún oído; tantas ilusiones a las que nadie escogerá para llenar sus vidas hasta que algo suceda, un cataclismo o alguna decepción devastadora que los retorne a la realidad precisamente cuando ya sea demasiado tarde para desandar lo andado; tantas personas que deambularán hasta el final de sus vidas por ese laberinto sin poder hallar nunca la verdadera puerta de salida, perpetuamente confundidos entre el acceso a otra zona del mismo laberinto y el retorno a algún lugar donde ya antes han estado... Anular los sentidos. Aceptar como condición la neutralidad de la oscuridad simplemente porque el acto de ver resulta imposible; creer en la inocuidad del silencio porque nadie puede hablar sin romperlo; dejar que se derrumben las barreras entre el calor y el frío o entre la peste y el perfume o entre lo dulce y lo salado nada más porque se prefiere ser un tal vez ser a un ser cualquier cosa... Fue así como el Perro logró inmiscuirse en la mente de los humanos, hace incontables siglos: valiéndose de esa increíble bisagra entre todos los mundos posibles que es la duda; asiéndose con garras y dientes a la única posibilidad que tenía para desarticular todas nuestras certezas, nuestra fe y nuestras convicciones. Y a partir de ese momento, comenzamos a pensar que seríamos más "libres" mientras mayor fuera nuestra capacidad de equivocarnos sin temer a las consecuencias.

Al cabo del cuarto día de ataques despiadados, muchas de las naciones que hasta hacía poco se conducían de manera arrogante respecto a los demás países habían quedado reducidas a una ignominiosa situación. Ese fue el momento en que la Luna comenzó a comportarse como una verdadera enemiga. Como si se tratara de un enorme amplificador, multiplicaba la intensidad y la frecuencia tanto de las ondas electromagnéticas que llegaban hasta nuestro planeta desde el Sol o desde cualquier otro elemento cósmico como las que emanaban del mismo globo terráqueo. En todo el mundo, cientos de millones de personas comenzaron a padecer de unas jaquecas imposibles, y otros cientos de millones tuvieron que aprender a convivir con el vértigo. Confundidos por lo que ellos consideraban indudables efectos del calentamiento global, numerosos científicos comenzaron a advertir acerca del aumento desproporcionado del nivel del mar y de la intensidad de las mareas. El mundo había optado por cobijarse bajo el terrible y apestoso manto del miedo y de allí sólo saldría luego de la interminable multitud de pavorosas catástrofes que acompañaron la llegada del Perro a esta dimensión terrenal.

El falso charco que tejían las "arañas" no tardó en desbordar los límites de la costa sur de la isla de Santo Domingo, y una vez llegado al mar, continuó prolongándose y proyectándose sin encontrar ningún obstáculo. En contacto con el agua, no obstante, el tejido de las criaturas cobró un aspecto totalmente distinto, tanto en color como en compacidad. Tardamos en comprender que aquellas "arañas" eran capaces de fabricar espacio sintético en torno a la isla. Comprender esto no nos sirvió de nada, sin embargo, pues en nuestra mente subyacía la verdadera pregunta crucial: ¿con qué propósito se buscaba aumentar el tamaño de la isla?

Percatándose de nuestro desconcierto, Bhamil nos ofreció una explicación telepática de la nueva situación aprovechando que el enemigo había cesado momentáneamente de agredir al territorio del Nuevo Estado Mulato del Gran Babeque. «Ni Serptes ni yo pertenecemos a esta dimensión», nos dijo. «A diferencia mía, no obstante, él no logró nunca desarrollar un sentimiento de empatía con la especie humana, por lo que no pudo impedir que la última pulsión que le faltara superar antes de alcanzar la perfección fuera la voluntad de destruirlos a ustedes que, según él, no son sino una raza que usurpa una situación intermedia que no se merecen. A lo largo de las edades, Serptes ha intentado destruir este planeta recurriendo a toda suerte de artimañas y en todos esos intentos me las he arreglado para ayudarlo a fracasar estrepitosamente. Los humanos deben agradecerle a Serptes el haber concebido y hecho posible la llegada de la muerte a este planeta.

»En efecto, en un pasado muy remoto, el número de criaturas que albergaba la Tierra era el mismo que ahora, pero entonces la energía se organizaba de manera distinta y, en lugar de multiplicarse en individuos dotados de una existencia efímera, caminaba sobre la Tierra una espléndida raza compuesta por un número limitado de individuos de tez sumamente oscura, dotados con ambos sexos y de gran tamaño que, sin ser verdaderamente eternos, únicamente podían morir de manera violenta, cosa que raras veces ocurría, puesto que cada uno de esos especímenes acumulaba en su ser varios cientos de miles de las almas que hoy se encuentran repartidas entre millones de personas de pequeño formato. Junto con la muerte, no obstante, Serptes se las arregló para inocularles el sueño, el cual no es otra cosa que un sutil veneno que cada noche se derrama en la mente humana hasta que termina disolviéndola, y con ella la propia existencia. Consciente de esto, en esta ocasión, todo será necesariamente distinto. Esta vez, Serptes se ha valido del Perro para robarles esa materia de la que están hechos los sueños de todos los humanos. Nadie, ni siquiera yo, puede interrumpir el flujo de consciencia por medio del cual la imaginación humana participa en la composición de la realidad. Como seguramente saben, no es el incremento de la ciencia, sino el de la ignorancia, lo que hace que el flujo de consciencia resulte cada vez más poderoso. Mientras mayor es la ignorancia, mayor es el miedo, y más efectiva es la acción de este último como combustible que pone a funcionar la maquinaria destructiva de los sueños. Hacer que esto último se entendiera fue la misión que les asigné a varios de los mensajeros que en el pasado les envié y que fueron escuchados por centenares de miles de personas en todo el mundo. Lamentablemente, el Perro terminó envenenando también la mente de sus seguidores, y todo el trabajo que habían desarrollado aquellos a quienes la humanidad llamó una vez sus "maestros" quedó convertido en una serie de cuentos para dormir a los niños y ponerlos a soñar con la próxima llegada del Perro. Sin embargo, ahora el Perro ya está aquí y muchos de esos sueños se están haciendo realidad... »

Estas últimas palabras de Bhamil todavía vibraban en los recónditos meandros de nuestra mente única en el momento en que sobre nuestras cabezas, un extraño fenómeno comenzó a producirse en ese tétrico escenario que era el negro cielo de la noche artificial. Al principio, parecía como si en el inmenso domo cibernético que rodeaba el planeta se hubiese formado una especie de filtración: una gran mancha circular, blanca mas no luminosa, se dibujó mostrando numerosas retículas que se distribuían por todas partes como pequeñas ramificaciones. Casi de inmediato, esa inmensa mancha comenzó a combarse hacia el centro de la misma manera en que lo hacen las gotas cuando empiezan a formarse en torno a sus sitios de nucleación. No obstante, dado el enorme tamaño de la mancha, muy pronto comenzamos a temer la inminencia de un cataclismo de proporciones y consecuencias devastadoras.

—¿Qué coño es eso? —nos preguntamos en voz alta.

Esta vez, nadie nos respondió. Tampoco hizo falta, sin embargo, pues, secretamente, todos sabíamos lo que sucedía.

«¡Si eso cae sobre el planeta nos destruirá a todos sin duda!» Resultaba imposible no pensar de esa manera al contemplar el extraño fenómeno de condensación que tenía lugar en donde una vez estuvo el cielo. Una enorme gota de materia extraña amenazaba con adquirir muy pronto un tamaño demasiado grande como para permanecer suspendida por mucho tiempo, aunque, a decir verdad, tal vez no sean estos los términos correctos. En efecto, decir que esa gota se haría muy pronto demasiado grande equivale a plantear ese fenómeno como un "proceso", cuando, en realidad, era todo lo contrario, sólo que ni el cerebro ni el lenguaje humano están en capacidad de comprender o describir el carácter puramente accidental de eso a lo que tal vez únicamente se podría presentar como un precipitado, en el sentido químico de este término.

«Laméntense, mortales», dijo una voz cavernosa que sonaba como si proviniera del mismo centro de nuestros cerebros. «La misma Tierra llora ya el nacimiento del Perro en este plano inmundo y yo seré su única, su última lágrima».

Y entonces, con una rapidez superior a nuestra capacidad para percatarnos, la enorme gota de materia extraña cayó sobre el planeta, y de inmediato, su blanca enormidad comenzó a surtir su terrible efecto.

La gota fue a caer precisamente sobre el inmenso espacio que ahora unía a la isla de Santo Domingo con las costas de todo el territorio de la América Central. Contrario a lo que habría sucedido si hubiera caído sobre un punto cualquiera de las placas tectónicas terrestres, el choque con la superficie que tejieron las "arañas" no produjo ningún estremecimiento, ni huellas ni hundimientos en el terreno y mucho menos ruido alguno. Lo único que demostraba que esa inmensa gota había caído era que todo el vasto territorio había quedado pintado de un blanco intenso. Casi de inmediato, no obstante, comenzamos a percibir por vía telepática las quejas de millones de personas que manifestaban que algo sumamente extraño les ocurría: de repente, todas ellas se habían visto imposibilitadas de realizar su voluntad. Sus músculos, incluso los de sus párpados, habían dejado de responder a sus impulsos cerebrales, y todas comenzaron a manifestar un terrible deseo de dormir, dormir, dormir eternamente, dormir, dormir...

Las quejas continuaron por breves minutos. Luego, todo lo cubrió un silencio sin fondo, detrás del cual ya no era posible escuchar ni siquiera el inagotable rumor del mar, pues finalmente se había realizado el ansiado sueño de tantas generaciones de personas nacidas en ambos lados de la isla: habitar un espacio continental. Lamentablemente, quince minutos después de que la gota cayera sobre la Tierra, ya no quedaba prácticamente nadie que pudiese apreciar la verdadera magnitud de aquella transformación: todos los habitantes de los más recónditos rincones del planeta habían quedado profundamente dormidos, y a través de sus sueños comenzaron a brotar a la superficie terrestre las últimas criaturas contra las cuales lucharíamos en todo el mundo todos los guerreros de la luz a quienes Bhamil había convocado y formado para hacer frente a las huestes del Perro.

Esta vez, sin embargo, la batalla sería terrible, pues, a lo largo de todos nuestros enfrentamientos anteriores, el enemigo había tenido ocasión de conocer la mayoría de nuestras estrategias y tácticas de combate. Por esa razón, ahora había surgido de esa nada que es el sueño completamente armado e inmune contra cada uno de nuestros ataques. Además, envenenados por el oscuro fluido del sueño que les había inducido el Perro, los corazones de millones de personas habían comenzado a latir al revés, contando los minutos que faltaban antes del colapso final de todo el mundo hasta entonces conocido como real.

Lo primero que tuvimos que enfrentar fue una extraña nube de mosquitos que nos envolvió sin que ninguno de nosotros supiera cómo, y que logró desagruparnos en cuestión de segundos sin que pudiéramos evitarlo.

—¿Quéjeto? –gritó Mickey Max al verse de nuevo en capacidad de hacer ruidos por su boca–. ¿Cómo fue que pasó esto?

—Tranquilo, Miguelín –dijo la Tota–. También a esto le hallaremos la vuelta... «¡Bhamil!», pensé yo antes de pensar en ninguna otra cosa. «¡Si nos desagregan estamos perdidos! ¡Ayúdanos!»

Bhamil intercedió enviándonos un resumen mental de la serie de acciones que teníamos que realizar para lograr superar el bloqueo al que nos tenía sometidos eso que, según él, era en realidad una nube de micro drones. «Son la prueba fehaciente de que incluso la voluntad no es más que una forma de la materia», nos dijo Bhamil. «Para vencerlos hay que utilizar retroenergía o energía inversa, capaz de unificar lo que actúa o se manifiesta de manera separada. La mejor manera de hacer esto es lanzando un ataque sónico a través de la articulación de la sílaba *mom*: si intervienen todos juntos antes de que los micro drones comiencen a accionar en su contra, no habrá error». Así lo hicimos y, sin sorpresa, logramos unificar en uno sólo el enjambre de mosquitos, luego de lo cual, todo fue tan simple como aplastarlo contra la pared. Para nuestra sorpresa, sin embargo, apenas nos volvimos a ver reunidos en un único ser de luz, volvimos a separarnos sin poder hacer nada para evitarlo. Esta vez, el que habló fue Wiener:

—No puede ser que nos estemos dejando dominar por un ser imaginario. Tenemos que reaccionar rápido o perderemos el control...

—*Nou dwe fè moun reveye* –dijo entonces Suzanne, obligándonos a reflexionar sobre el verdadero sentido de sus palabras.

Para todos nosotros estaba más que claro que, si nos las arreglábamos para despertar a la gente en todo el mundo, terminaríamos por doblegar el poder que el Perro tenía sobre ellos, y la realidad volvería a ser tal como la habíamos conocido. Necesitábamos, pues, hacer que en todo el mundo los guerreros de la luz concentraran toda su atención en el intento de despertar a las personas, puesto que, en las circunstancias en que nos encontrábamos, un éxito parcial sería equivalente a un fracaso total.

Inmediatamente, pues, nos concentramos en la tarea de contactar telepáticamente a todos los guerreros de la luz en el mundo entero para exponerles nuestra conclusión. No nos sorprendió enterarnos de que todos ellos habían obtenido el mismo resultado en sus respectivos enfrentamientos con los nuevos monstruos que, como a nosotros nos pareció perfectamente natural, eran distintos en cada caso.

—Tenemos que concentrarnos para lanzar un ataque sónico simultáneo lo suficientemente fuerte como para que logre despertar a todos los durmientes sin hacerles daño alguno. Está más que claro que no podremos vencer a los monstruos si antes no logramos despertar a quienes los sueñan.

—Debemos coordinarnos para atacar todos juntos a la sombra de los monstruos –dijeron los guerreros de Azerbaiyán.

—Eso es improbable, chico –dijeron los guerreros de Cuba–, ya que, por lo menos aquí, los últimos monstruos ya nos han cogido la seña y están apareciendo sin sombra.

—¡A ver, a ver! –gritamos nosotros– ¡Pongan atención! No es momento para distracciones. Les decimos que no es a los monstruos a los que debemos atacar, sino a los durmientes. Es necesario despertarlos sin hacerles daño. Solamente así lograremos vencer a esas criaturas.

Un rumor de pez fue la reacción unánime a este último mensaje. Por espacio de algunos segundos, todos los guerreros de la luz ubicados en todo el mundo debatieron entre ellos y se pusieron de acuerdo antes de decir casi al unísono:

—Esa es una idea excelente. La pregunta es: ¿cómo haremos?

—Estamos listos para escuchar sugerencias –les dijimos nosotros–. Cada país es distinto y, aunque seamos idénticos para nosotros mismos, no podemos seguir actuando como si todos fuéramos iguales. Fíjense hasta dónde nos ha traído ese error...

—Lo que va, viene –dijeron los de México–. No es posible quedarse a la espera de que pase lo que ocurrirá, pues cualquier cosa que suceda, irremediablemente nos afectará también a nosotros. Por esa razón, no solamente tenemos que hacer que no haya un después para nuestra acción, sino que también, y sobre todo, necesitamos a toda costa que nuestros actos no tengan un antes.

Entendiendo que estas últimas palabras resumían a la perfección lo que nos había dicho Bhamil, les compartimos las técnicas de defensa que nos había enseñado nuestro maestro.

—Bhamil nos dijo que si intervenimos todos juntos antes de que los micro drones comiencen a accionar en su contra no habrá error –les dijimos–. Por eso, nuestra primera reacción fue aplicar el ataque con la sílaba *mom* directamente a los micro drones, pero no tardamos en comprender que esto era un error: el ataque no debe estar dirigido contra las criaturas, sino contra los soñadores. Tampoco se trata de un ataque propiamente dicho, sino más bien de una llamada de alerta.

—¡Claro! –dijeron los guerreros de Venezuela–. Por lo menos nosotros lo tenemos muy claro. En primer lugar, todas las criaturas contra las cuales hemos estado luchando son hijas del sueño, pero en todas hay elementos marinos o animales. Esto quiere decir que quienes los sueñan no pertenecen necesariamente a la ciudad, y sin embargo, es en la ciudad donde prácticamente todas esas criaturas se manifiestan. En segundo lugar, si se juzga por el carácter repetitivo y sistemático de todas las apariciones de los monstruos, es posible suponer que a lo que realmente nos enfrentamos no es a una población de soñadores, sino a un único individuo capaz de contaminar con sus sueños todo el campo de lo real.

—Eso último ya lo hemos escuchado antes –dijimos nosotros–. El problema es que, suponiendo que se trate de un único soñador, ante la imposibilidad de saber en un tiempo récord cuál de todos los habitantes del planeta es el responsable de estas pesadillas, la única opción que nos queda es despertar a todo el mundo, en el entendido de que esto último sólo será posible si logramos despertar al unísono a todos los soñadores.

Nuevamente, el mismo rumor de pez que habíamos escuchado antes recorrió de cabo a rabo toda la esfera planetaria hasta que, al cabo de unos minutos, todos parecieron llegar a una conclusión:

—De acuerdo –dijeron los guerreros de España–. Estamos dispuestos a despertar a toda la humanidad. Ustedes nos dirán en qué momento conviene ejecutar el ataque.

—¿Todo el mundo está realmente de acuerdo? –preguntamos para confirmar ese mensaje–. Nadie está obligado a estar de nuestro lado. Sin embargo, en caso de que no haya un acuerdo absoluto, el riesgo de contaminación resultará demasiado alto.

—Si eso es así, entonces es mejor que todos nos pongamos en red como nos enseñó Bhamil –propusieron los guerreros de Bombay.

Hay ocasiones en que lo único que media entre las palabras y los hechos es cierta cantidad de tiempo terriblemente escasa. Esta vez, sin embargo, todos los guerreros reaccionamos asociando la acción a la inmediatez de nuestro pensamiento. Conscientes de que, desde que inició la noche artificial, el planeta entero entró en un único huso horario, apenas activamos nuestra red neuronal, unificamos nuestra voluntad para lanzar un disparo sónico que puso a vibrar a toda la población dormida. El resultado no pudo ser más espectacular. En todo el planeta, cada una de las personas que hasta entonces habían permanecido sumidas en un profundo sueño abrió súbitamente sus ojos. Muchas de ellas quedaron repentinamente deslumbradas por la claridad de un sol radiante: el verdadero Sol, cuya luz y calor auténticos ya muchos habían olvidado. Otras quedaron ateridas de frío debido a que al hemisferio donde se hallaban lo golpeaba entonces el invierno. Otras despertaron para verse yaciendo en plena selva, en medio de una avenida, bajo la luz led de las lámparas que se habían quedado encendidas en alguna oficina anónima o en cualquier otro lugar donde se habían quedado súbitamente dormidas en algún momento de sus vidas. Por todas partes, el mismo desconcierto, los mismos gritos de estupor, la misma insoportable sensación de vértigo...

Sin que ninguno de nosotros pudiera hacer nada para evitarlo, muy pronto nos percatamos de que toda la población de la Tierra había quedado sumida en la ofuscación. Era lógico que así fuera, puesto que en todo el planeta no había absolutamente nadie capaz de aventurar ni siquiera una explicación que pudiera relacionar de manera racional los datos de la antigua "realidad" con los que los sentidos les suministraban ahora a las personas. «¡Parece que la gente ya despertó en todo el mundo!», nos dijeron los guerreros de Brasil. «¿Qué hacemos ahora?» «¡Nada!», respondieron los guerreros de Puerto Rico. «Por lo menos aquí ya no se detectan más amenazas». «Ni aquí», respondimos al unísono los guerreros de todo el mundo. «¿Quiere decir eso que ya todo ha terminado?», preguntaron los guerreros de Canadá. «No sabemos nada», dijimos nosotros. «Estamos a la espera de nuevas informaciones».

5. El interregno

Varios meses disfrutó la población de la Tierra de la pasmosa calma que vino con la nueva situación. Como si nada hubiera pasado, la mayoría de los negocios intentaron continuar en el mismo punto donde se habían detenido. Atendiendo a los reclamos, en la mayoría de los países se renovaron los plazos para el pago de los impuestos, para el inicio de las clases, para el sometimiento de los políticos que aguardaban ser juzgados por haber cometido actos de corrupción y hasta para la renovación de las pólizas de seguros y la realización de la primera comunión. En todas partes, la gente se esforzaba duramente por convencerse de que no había pasado nada. Y era cierto: bastaba con salir a recorrer las ciudades para percatarse de que nada había pasado realmente. Las calles, puentes y edificios parecían hallarse en el mismo estado en que se encontraban antes de que comenzara la extraña invasión de criaturas. En ningún país se reportó la confirmación de daño alguno a las infraestructuras urbanas, por lo que muy pronto se hizo el consenso en torno a la idea de que todas las imágenes de destrucción masiva pertenecían al plano de la imaginación. Por esa razón, en los titulares de la mayoría de los periódicos digitales se leían frases como:

Felizmente, nada fue real

Y en los enormes paneles publicitarios interactivos proyectados en los cristales inteligentes de los grandes edificios aparecían mensajes como:

Sólo fue un sueño

De hecho, aunque todos los gobiernos del mundon invirtieron buena parte de sus reservas en intentar convencer a la población de que nada había pasado, el problema –si es que esa palabra todavía conserva algo de su significado– era que, a la hora de buscar a los habitantes de las torres residenciales que habían sido destruidas en lo que, según el gobierno, "Nada de cuanto había ocurrido había sido real; todo había sido solamente un sueño", estos no aparecían por ningún lado. Lo mismo sucedía con los empleados e incluso con la mayoría de los clientes de las tiendas en las que, como todo el mundo recordaba, no cabía nunca un alma. Igualmente imposible resultaba determinar dónde se hallaban los pacientes y los médicos de los hospitales públicos. De ese modo, quienes, parados en su balcón a eso de las seis con una taza de té en las manos, lanzasen un vistazo casual a la interminable hilera de vehículos detenidos en medio de cualquier avenida, se habría engañado al pensar que se trataba del mismo atasco gigantesco que taponaba las calles cada día, pues, desde esos puntos de observación, les habría resultado imposible notar que los vehículos habían sido abandonados por sus dueños inmediatamente después de despertar despavoridos con las imágenes aun vívidas de la terrible guerra contra criaturas descomunales hirviéndoles en la cabeza.

Aunque Bhamil nos había advertido que la guerra contra el Perro todavía distaba mucho de haber terminado, todos los que una vez nos llamamos los guerreros de la luz nos dispusimos a restablecer un semblante de normalidad en nuestras vidas. Aquellos de nosotros que vivían en países más o menos organizados se habían anotado en las listas de voluntarios que dedicaban parte de su tiempo a prestar ayuda psicológica a quienes la necesitaran. Otros se habían dedicado con gran empeño al estudio de cosas que nunca antes les habían interesado, como las aplicaciones de la tecnología de la disociación-reasociación molecular; investigación de la conducta de las partículas subatómicas en la biosfera; el desarrollo de materiales superconductores a partir de la mecánica de la luz líquida, etc. Otros, incluso, se habían dedicado a la agricultura doméstica en los espacios urbanos más insospechados y habían logrado desarrollar una gran cantidad de brotes de vegetales híbridos en distintas clases de entornos.

Por su parte, apenas una semana después de despertar, Mickey Max se encontró con su antiguo "empleador" en el negocio de la distribución de sustancias y durante los primeros dos meses se dedicó a ayudarlo de manera gratuita o por un simple pago en especies hasta que se aburrió. En cuanto a mí, me las arreglé para pasar desapercibido por espacio de algunas semanas, en lo que se me ocurría algo en qué ocupar mi tiempo.

Mi primer impulso fue aprovechar la invitación que me hicieron la Tota y Antinoe a que los acompañara a Cabarete, pero no me fue muy difícil de comprender que, a lo sumo, únicamente podría estar allí un día o dos. «La visita es como el pescado: a los dos días hiede», me dije, y luego les comenté que les avisaría cuando acabara de realizar dos o tres diligencias que me mantendrían ocupado. Se me ocurre que tal vez los únicos que pudieron continuar transitando por los extraños caminos interdimensionales mientras duró la tregua fueron Nicole, Suzanne y los esposos Dombres, Marguerite y Corneille, aunque claro, esa es solamente una suposición mía. El caso es que, exceptuándolos a ellos, de todos los demás recibí alguna vez una nota de voz o un mensaje de texto en los que me indicaban su paradero, me dejaban saber sus coordenadas en caso de que quisiera contactarlos o simplemente me saludaban. Wiener, por ejemplo, había regresado a su precinto policial de Brooklyn y desde allí me envió un mensaje con sus números de teléfono y su dirección postal. La Tota y Antinoe me llamaban con frecuencia por teléfono, y en lo que respecta al Mickey... Él era el único con el que me mantuve en contacto incluso durante las semanas que pasé recluido en un lugar del cual mejor prefiero no hablar aquí. Fue gracias a su conversación, muchas veces exasperante y monotemática, como me fui haciendo una idea aproximada de la situación que se vivía en la ciudad. La única parte buena era el considerable aumento que habían experimentado mis ahorros en el banco debido al alza inusitada del tipo de cambio a causa de la inflación que produjo la crisis.

Mi alegría duró poco, sin embargo, pues cuando quise ir a realizar un retiro de efectivo me informaron la desagradable noticia de que el gobierno del Dr. Servilló había decretado un límite máximo diario de 300 dólares para todos los retiros de efectivo mientras la economía se mantuviese en su etapa de recuperación. «La casa nunca pierde», me dije recordando que había visto arder y derrumbarse todas las torres bancarias de la ciudad bajo el ataque de las criaturas. Aparte de eso, no obstante, no puedo decir que durante esos seis meses tuve algún problema particularmente importante: únicamente los usuales en los casos de posguerra contra criaturas imaginarias...

Al cabo del sexto mes, no obstante, a la hora en que la mayoría de las personas que viven en los países ubicados entre el Trópico de Cáncer y el Ecuador se disponen a cenar, un terrible ruido como de piezas metálicas que chocan entre sí se escuchó en el cielo con más fuerza que la del más espantoso de los truenos. Al asomar mi cabeza por la ventana, pude ver que una inmensa parte del cielo se hallaba ahora ocupada por una extraña formación nubosa que parecía consolidarse a medida que pasaban los segundos. Al cabo de un rato, la multitud de puntitos que la configuraba se habían reconcentrado como los píxeles en una pantalla y el tamaño de aquella extraña figura se había reducido mientras se acercaba más y cada vez más a la tierra.

Al mirar hacia abajo desde mi ventana, pude ver que una gran cantidad de personas se había detenido a contemplar el extraño espectáculo sin tener una idea muy clara de lo que eso significaba. Al verlos, no me pude contener y, de inmediato, comencé a gritar: «¡Corran por sus vidas! ¡Busquen refugio! ¡Protejan a los menores!», pero todo fue en vano. En un estruendo como el que harían cien aviones ultrasónicos al pasar al mismo tiempo por una misma franja del cielo, todos los edificios que rodeaban al mío quedaron destrozados. Miles de personas quedaron aplastadas bajo toneladas y toneladas de escombros. Casi de inmediato, escuché en mi cabeza la voz de Bhamil que me decía: «¡Es el Perro! ¡Se acerca la hora de la batalla final!»

Como el mismo Bhamil lo había anunciado, dos figuras luminosas que parecían animales mitológicos, una con alas de águila y un cuerpo de mujer y la otra con cabeza de toro pero con piernas de hombre se acercaron volando, una por la izquierda y la otra por la derecha del extraño atacante que —ahora lo podía ver perfectamente— tenía hocico y rabo de perro-lobo y un horrible cuerpo escamoso como el de los cocodrilos. «¡Esos tienen que ser los guerreros de la batalla final!», me dije. «¡Coño, pero qué feos que son!» Claro, uno siempre se imagina que los héroes y salvadores tienen que ser, además de poderosos e infalibles, tan bellos y puros como aquellos que nunca han visto un ángel juran y perjuran que así son. Sin embargo, lo que a mí me interesa no es que alguien me los compre, sino simplemente contar lo que esos guerreros intentaron hacer para salvar a la humanidad antes de fracasar estrepitosamente.

La cosa fue como sigue: sabiendo que si permanecía en mi apartamento ubicado en una cuarta planta no solamente me arriesgaba a quedar convertido en un tostón chino, bajé dando saltos por la escalera hasta llegar a la salida de mi edificio y, una vez allí, atrapé a una muchacha que se subía a una motocicleta aparentemente con las mismas ganas que yo de salir de allí corriendo. «¡Espérame, no me dejes!», le grité y luego la agarré por la camisa antes de treparme a la parte de atrás de su moto. Ella como que medio protestó y dijo no sé qué mierda acerca del patriarcado, pero como los dos estábamos que nos cagábamos de miedo le grité que acelerara y que metiera todo el gas y que, si ella quería, le pagaba más tarde el favor en dólares pero que acabara de arrancarnos pronto de allí, coñazo.

Cinco minutos después, los dos estuvimos como a ochenta kilómetros del lugar donde se desarrollaba una verdadera batalla campal entre esos titanes que, dado su enorme tamaño, resultaban perfectamente visibles tanto para nosotros como para varios centenares de curiosos que, al parecer, habían tenido la misma idea que nosotros.

Agitando su rabo en el aire como si fuese un látigo, el Perro atacaba simultáneamente al águila y al toro. Estos esquivaban los golpes y luego intentaban contraatacar, pero todos sus intentos eran repelidos a dentelladas por el formidable luchador que, durante toda la pelea, se mostró en perfecto dominio del terreno. Un cambio de estrategia colocó al águila por encima de la cabeza del Perro mientras el Hombre-Toro lo embestía con fuerza en un poderoso ataque frontal. De manera increíble, el Perro se hizo a un lado para dejar pasar los cuernos del Hombre-Toro y, de paso, clavarle los colmillos en el espinazo mientras que, con un rápido movimiento de su rabo, sujetaba al águila por el cuello, la estremecía varias veces en el aire y luego golpeaba al Hombre-Toro con su cuerpo directamente sobre sus cuernos.

Sumamente irritada por la poderosa defensa del Perro, la guerrera aguilucha juntó sus manos y musitó una extraña jerigonza. Inmediatamente después, comenzó a blandir una larga espada brillante que apareció entre sus manos, y luego se despojó de sus alas y del resto de su apariencia animal, quedando su gigantesco cuerpo de guerrera totalmente desnudo como el de las míticas amazonas y asombrosamente expuesto bajo el cielo de la tarde que ya empezaba a oscurecer. No me arriesgaré a intentar describir la pasmosa vertiginosidad con que la enorme Mujer se movía lanzando cortes en torno y a través del gigantesco Perro que, por primera vez desde el inicio del combate, dejó escuchar los que a mí me parecieron unos extraños aullidos de dolor.

Al parecer, no obstante, aquella no era más que una extraña estrategia de quien sin lugar a dudas fue en vida el verdadero amo de la lucha callejera: en efecto, creyendo que la guerrera había logrado debilitar al Perro con su espada, el Hombre-Toro lo embistió esta vez con mejor suerte. El Perro se dobló en dos y luego se levantó para dejar ver un vientre perforado del que brotaban dos chorros de un líquido más negro que el rencor. Casi al mismo tiempo, media docena de cohetes surcaron el espacio y fueron a estallar tanto en el pecho como en la espalda del Perro. Claro está, los amigos rusos de Anzor Kadyr no querían por nada del mundo perderse la diversión. Sin darle tregua, tanto la guerrera como el Hombre-Toro redoblaron sus ataques y, sin detenerse a calcular los riesgos de esa estrategia, se acercaron peligrosamente al Perro para intentar asestarle una verdadera andanada de golpes cercanos. Esta vez, el Perro recurrió a una infalible estrategia de diversión. Haciéndoles creer a sus enemigos que se agachaba cubriéndose el rostro con una de sus manos, con las garras de la otra formó una especie de enorme daga que levantó al cielo en el preciso momento en que la cabeza del Hombre-Toro caía sobre lo que este último pensaba que era el pecho del Perro, quedando literalmente ensartado por la poderosa garra. Ese fue el fin del Hombre-Toro. Es probable que ni siquiera el mismo Bhamil haya imaginado que este ser podía ser vencido, aunque, a decir verdad, también es posible que esta haya sido su voluntad. En lo inmediato, el enorme cadáver del Hombre-Toro comenzó a arder y a desvanecerse en el aire del atardecer hasta terminar convertido en una espesa nube de humo blanco que no tardó en confundirse con las nubes a las que el sol poniente iluminaba cada vez más de soslayo.

Mientras tanto, el Perro continuó recibiendo durante un buen rato los poderosos ataques de la guerrera, la cual daba la impresión de poseer el don de la ubicuidad dada la rapidez con que sus movimientos la llevaban casi al mismo tiempo de un lugar a otro con su espada siempre lista para atravesar y cortar el poderoso cuerpo de su contrincante. Malherido, pero no por eso disminuido, el Perro tuvo una idea. Levantando el rabo al cielo, lanzó un poderoso ataque con sus dos garras delanteras y luego dando un mordisco al aire, expuso su pecho ante la vista de su contrincante. Esta última, sin pensarlo dos veces, hundió su espada hasta la empuñadura en el pecho del Perro, ocasión que este ser inmundo aprovechó para atraparla con su rabo y luego cortarle la cabeza de una sola dentellada. De inmediato, el cuerpo de la guerrera comenzó a arder como antes lo había hecho el de su amoroso compañero.

«¡Comiencen a temblar, miserables criaturas!»

Desde el lugar donde me hallaba, supe entonces que no era la primera vez que escuchaba ese pavoroso grito del Perro. Desesperadamente, traté con todas mis fuerzas de contactar mentalmente a Bhamil, pero todo fue en vano. Los humanos habíamos sido abandonados a nuestra propia suerte. A partir de ese momento, ya ni siquiera nuestros propios sueños podían rescatarnos del terrible cataclismo que se nos venía encima.

Dicen los que creen tener alguna idea sobre este tipo de cosas que la muerte colectiva no duele. Según ellos, lo que le produce dolor al alma individual es, por una parte, su brusco desprendimiento de esa ilusión colectiva a la que algunos llaman vida y, por otra parte, la súbita irrupción en medio de esa otra ilusión colectiva a la que algunos llaman muerte. No obstante, cabe preguntarse si quienes de repente se ven borrados de la realidad junto a todos sus semejantes a causa de un cataclismo, una súbita explosión o un ataque despiadado pueden sentir alguna cosa. Sin duda, el tipo de respuesta que se le dé a esta pregunta dependerá del lado de la cortina de la ilusión donde se encuentre quien la responda.

En lo que a mí respecta, hace tiempo que renuncié a continuar buscando responder preguntas como esa. Al igual que tantos otros millones de personas que esta mañana abrimos los ojos creyendo que despertábamos de algún sueño, me digo que tal cosa o tal otra constituyen mi realidad, y eso me basta para dejar de andar buscando los hoyitos por donde las piedras esconden sus patas. Sólo sé que es muy probable que todo lo que hoy se sabe mañana pase a formar parte de la interminable caterva de cosas inútiles que ya no sirven ni siquiera para alimentar la triste hoguera de nuestros sueños.

6. ¿Dónde estaba la verdad?

Exactamente a las 3:47 P.M. del sábado 13 de noviembre de 2078, un señor que parecía bastante maltratado por los años, con los escasos restos canosos de lo que alguna vez había sido su cabellera, los ojos hundidos en el fondo de unas cuencas exageradamente grandes y la piel cetrina y lamparosa de quienes ya comienzan a borrarse de este mundo caminaba lentamente por la rampa de llegada del Aeropuerto Internacional de las Américas arrastrando una maleta de tamaño mediano. Lucía tan cansado que cualquiera habría dicho que se desplomaría al terminar de dar el próximo paso, pero eso no ocurrió. Antes al contrario: cuando llegó al final de la rampa, se notaba mucho más animado, y al escuchar el tono solícito con que uno de los señores uniformados que lo miraban con gran curiosidad le dijo «¿taxi?», dejó estallar una sonrisa espléndida que le descontó de golpe unos diez o quince años de su rostro y respondió casi con zalamería: «¡Con todo el gusto!»

Cinco minutos después, mientras rodaban por la autopista Dr. Aníbal Augusto Servilló, el viajero ya se había convertido en un completo enigma para ese conductor a quien un rotulito colocado en una parte visible de la consola de su automóvil identificaba como Tulio B. Vicioso, miembro número 78B4513 del Cuerpo de Servidores Turísticos Acreditados por el Ministerio de Turismo (CUSERTU-RAMT). Desde que Vicioso le oyó decir a su pasajero que se dirigía a Gascue sintió una gran curiosidad y le dijo: «¿No me diga? ¿Y a qué sitio, en particular?» A lo que el pasajero respondió: «Primero quiero ver en qué estado se encuentra la calle Danae. Cuando estemos allá le diré hacia dónde me llevará». Ni corto ni perezoso, el conductor le dijo: «Por eso precisamente es que le pregunto, mi estimado, porque, dígame, ¿qué es lo que usted quiere ver precisamente? Yo puedo conseguirle cualquier cosa que a usted le interese. Ese es mi trabajo y estoy para servirle». El pasajero dio un respingo que no escapó a la indiscreta mirada del conductor a través del espejo retrovisor. «Excúseme usted si mi pregunta le pareció imprudente. Lo que pasa es que conozco perfectamente todo lo que se mueve en esa calle desde la Independencia hasta la Santiago y hasta la misma avenida Bolívar, por la simple razón de que he vivido toda mi vida en ese sector». Al escuchar esto último, la expresión del rostro del pasajero cambió drásticamente, pero sólo por algunos pocos segundos.

—¿No me diga? ¿Y cómo se llama usted, si se puede saber?

—Me llamo Flandes. Sergio Flandes.

Al escuchar ese nombre, el pasajero fue víctima de una profunda conmoción. Su semblante palideció y su barbilla se distendió para dejar ver una gran porción de una lengua seca y amarillenta y solamente después de varios tartamudeos logró articular algo que a duras penas podía ser considerado una pregunta:

—¿Fa… Falan… Flan… Flandes? –dijo, y luego agregó–: ¿Pero no dice ahí que usted se llama Tulio B. Vicioso?

—No le haga caso a eso –dijo el taxista–.Toda esa información, o sea, mi fotografía y mi número de identificación, es perfectamente correcta menos mi nombre. Todos los que nos dedicamos al oficio de taxista en el aeropuerto tenemos que cambiarnos el nombre. Esa es una de las conquistas del sindicato del CUSERTURAMT.

Al pasajero, la pronunciación de esas siglas le recordó las sonoridades propias de las exóticas lenguas semíticas que había aprendido a la perfección durante su prolongada experiencia de viajero por toda la Eurasia y los países de la Ruta de la Seda. No obstante, toda su atención se hallaba concentrada en el esfuerzo de recordar dónde había escuchado o leído antes el nombre de Sergio Flandes. Y claro, no tardó en recordarlo, pues, a decir verdad, sin estar seguro de lo que hacía, se había entrenado meticulosamente para recordar ese y otros nombres que le estaban estrechamente relacionados. Durante cuarenta y seis años, siete meses y dieciocho días se había mantenido revisando periódicamente todas las menciones que se hiciesen de su nombre en las redes sociales y en la *web* desde el país al que retornaba ahora, ya viejo y agotado, luego de un larguísimo y enrevesado periplo que lo había llevado a vivir en una enorme cantidad de países. Y prácticamente en cada una de las ocasiones en que se le mencionaba, su nombre, o más bien ese horrible apodo que, de no estar seguro de que con ello sólo habría conseguido el efecto contrario, lo habría empujado a pagar cualquier cantidad de dinero por desaparecerlo de todas las memorias, de todos los archivos e incluso del mismo registro akásico en los que dicho apodo quedaba vinculado al de otras personas cuyo aspecto físico casi había terminado borrándose en su memoria: María Nabila Hassan, en primer lugar, Nereida Motes, Lucas Vallegas y Sergio Flandes, alias Serapio. Sí: ese taxista no era otro que aquel amigo de la turca, uno de los principales culpables de que se haya visto acusado de plagio en su primera incursión a la literatura. En efecto, fue el tal Flandes, y no otro, quien llevó ese asunto engorroso a las redes sociales hacía ya exactamente cuarenta y seis años, diez meses y veintisiete días. Fue él quien armó un revuelo de mil carajos en torno al supuesto "robo" de la propiedad intelectual que él habría efectuado contra la joven llamada Nabila Hassan, a quien él llamaba "María la Turca" de cariño.

Nadie se pasa en vano cuarenta años entrenándose para tomar decisiones importantes con intrépida rapidez y él no era una excepción: en cuestión de segundos, consideró varios escenarios distintos, tomando en cuenta algunas de las variables más inverosímiles y asumiendo mentalmente diferentes regímenes de causalidad, luego de lo cual, tosió levemente antes de decir, en un tono ligeramente burlón, algo así como:

—¡Madre mía, qué rollo!

♉

Había regresado a su país de origen con el único propósito de terminar de morirse. Varias veces había sentido que le arrancaban el corazón y el resto de las entrañas, pero, por alguna razón, algo en su interior se empeñaba de manera obstinada en continuar viviendo. En las últimas dos décadas, por ejemplo, sus fosas nasales habían perdido por completo la capacidad de identificar olores a causa de su uso prolongado y sistemático de algunos opiáceos inhalados cuya naturaleza y efectos eran casi desconocidos en Occidente. Aparte de eso, sus riñones venían provocándole desde hacía más de un lustro intensos dolores para los cuales no había ya tratamiento posible a causa de su edad más que avanzada. Como si fuera poco, aunque había logrado contener el deterioro de su tiroides gracias a un oportuno tratamiento que le había suministrado un médico judío que lo auscultó en Afganistán, no había logrado escapar a los efectos de un tumor ubicado en la misma zona de la glándula pineal, prácticamente en el mismo centro de su cerebro, para el cual no había cura posible.

Varios médicos le habían dicho que ese tumor era la verdadera causa del prolongado estado de narcolepsia en que solía sumirse cada vez que entraba en crisis a causa de su malestar. Y aunque ya se había acostumbrado a distinguir a tiempo la interminable sucesión de imágenes y situaciones paradójicas extrañamente realistas en las que podía verse implicado a plena luz del día, las verdaderamente calamitosas para él eran las que solían asaltarlo en el curso de algún sueño. Durante décadas, se las había arreglado para mantener en secreto su extraño padecimiento. De hecho, había adquirido el hábito de consumir estupefacientes con el único propósito de escapar en la medida de lo posible de esa irrefragable responsabilidad fisiológica que es el sueño. De ese modo, su lucha por convertirse en un "insomne artificial", como él mismo decía, únicamente había logrado transformarlo en un sonámbulo natural, sin que, para colmo, haya podido escapar a las nefastas consecuencias de ese trastorno.

Durante su prolongada permanencia en remotos países del Oriente Medio, luego de la muerte de su Amado Visir, había dedicado casi todo su tiempo libre a la escritura. No obstante, como había perdido todo interés en publicar por culpa del traumático episodio con que inauguró su carrera, los títulos de sus obras se acumulaban uno tras otro en su cuenta en la nube. Allí los mantenía cuidadosamente archivados bajo una serie de claves alfanuméricas y otros mecanismos de seguridad imposibles de obliterar. Para él, esos archivos constituían su verdadero tesoro, y no los activos depositados en numerosas cuentas bancarias, ni sus cuantiosas inversiones inmobiliarias en Dubai, Shangai y Singapur, ni su impresionante colección de piedras preciosas que había ocultado durante décadas en los cofres privados de un discreto banco de Bombai, ni ninguno de sus otros fondos en efectivo que manejaban tres firmas internacionales de contables en los tres principales continentes. Oculta en los libros que él se había tomado el cuidado de escribir a lo largo de cuatro décadas no solamente se hallaba resumida la historia completa de su vida, sino la de muchas de las personas a quienes él había tratado de distintas maneras en el curso de su larga trayectoria: con odio, con amor, con desdén, por necesidad, por empatía o porque no tenía más remedio, etc. Gente con más o menos experiencia y suerte que él, personas simpáticas u odiosas, tristes o alegres, ignorantes o sabias… Su dilatado conocimiento de la mentalidad oriental le había ayudado a comprender que la verdadera función de los símbolos en la comunicación no era la de actuar como "representantes" de algún sentido ignoto o revelado, sino precisamente todo lo contrario: era la de abrirle la puerta al mayor número posible de interpretaciones. Todavía era capaz de emocionarse al recordar de qué manera su vida había cambiado luego de comprender esto. «Nadie que no lo haya entendido será capaz de percatarse de que la verdadera vocación del dinero es la de convertirse en un lenguaje universal», se dijo. «Que alguien te entienda o no, siempre dependerá del interés que esa persona ponga en comprenderte, y ese interés siempre será de tipo económico». A partir de estas y otras ideas del mismo carácter, él se las había arreglado para ordenar de manera estratégica cada una de sus acciones en función de sus negocios. Casi al mismo tiempo, abandonó por completo sus últimas veleidades literarias y comenzó a soñar con la fundación de la Antigua Legión de la Escritura Oculta, la única secta a la que nadie más aparte de él podría pertenecer precisamente, porque nunca existirá.

Sin embargo, no por haberse desprendido de la mente sus últimas ilusiones literarias desmayaría su interés por saber cuál había sido la suerte de aquellos que le habían causado ese terrible daño a su primera y más auténtica vocación. A medida que iba envejeciendo, le resultaba cada vez más difícil de evitar el interminable regreso a ese momento de la noche de su consagración como escritor premiado en que recibió en la cara aquel globo lleno de la orina de varias personas que alguien le había arrojado desde algún lugar del público, al tiempo que muchas voces le gritaban: «¡Buuu, buuu, plagiario, ladrón, corrupto, plagiario, buuu, buuu!!» Creía conocer demasiado bien la idiosincrasia de la sociedad en la que había bebido su primera sangre como para no saber que algo así jamás sería olvidado, que pasarían los años, las décadas, los siglos y los eones y que siempre quedaría alguien que sacaría a colación ese episodio en el momento menos pensado. Tenía, pues, que encontrar la manera de escapar de semejante destino.

Fue también Sergio Flandes quien tomó a su cargo la divulgación de la historia, mil veces tergiversada y aumentada, de las supuestas "hazañas" que él tuvo que realizar para salir del país. El último cálculo que recordaba haber hecho del total de palabras que se escribieron en una página web especialmente abierta con el propósito de propiciar la escritura pública de esa historia arrojaba la sorprendente cantidad de 185,765 palabras, es decir unas cuatrocientas cincuenta o quinientas páginas escritas en un lapso aproximado de diez años. A partir de ese momento, tanto la afluencia como la calidad de los "colaboradores" comenzaron a mermar hasta que todo se convirtió en un simple ejercicio de redacción para aprendices de escritura creativa o una extraña manera de mantenerse ocupados para personas con problemas cognitivos más que evidentes.

No le era del todo ajeno el hecho de que la serie de transformaciones que había sufrido el mundo en las últimas décadas había terminado convirtiendo a la intensa campaña desplegada en su contra décadas atrás en una arrolladora maquinaria publicitaria. Sin embargo, ya hacía demasiado tiempo que él había perdido todo interés en alcanzar el reconocimiento público a través de la escritura. Además, precisamente por haberse ausentado de su país durante tanto tiempo, no había podido evitar envejecer sin haber ejercido nunca su derecho a réplica, y todo el enorme e inmundo charco de difamaciones, mentiras, calumnias e imputaciones maliciosas había pasado a la historia sin que nadie se hubiera interesado en desmentirlo nunca.

Ahora, sin embargo, después de haberse pasado toda su vida desentendiéndose de la verdadera raíz de ese mal, tenía frente a él a uno de los que habían urdido esa inextricable maraña con el único propósito de destruirlo. Y claro, esta situación no dejó de divertirlo un poco, pero, como aún faltaba un buen trecho para llegar a su destino, decidió mantenerse al margen y continuar extrayendo toda la información que el tal Flandes pudiera proporcionarle sin saberlo y gratuitamente, además.

♉

—Hace mucho tuve una amiga que vivía en ese sector –dijo el pasajero con un tono indiferente mientras miraba a través de la ventanilla. Lo que sucede es que hace varias décadas que salí del país y ya no sé dónde vive ninguno de mis antiguos amigos.

Desde su asiento, pudo apreciar que el taxista sonrió al escucharle decir esa última frase y continuó hablando sin cambiar el tono casual.

—Según parece, este país no ha cambiado mucho en los últimos años. ¿Quién es el presidente ahora?

El taxista carraspeó antes de responder:

—¡Oh! ¿Y quién más? El Dr. Aníbal Augusto Servilló.

Visiblemente sorprendido, el pasajero no pudo evitar una exclamación.

—¿Cómo? ¿Y ese hombre todavía está vivo?

Ante esa pregunta, el taxista señaló una de sus orejas con su dedo índice derecho y dijo:

—¡Shí, sheñor! Pero no se preocupe por eso, mire mejor qué bella está la tarde. Usted ha llegado al país más limpio y organizado de toda el área del Caribe. Una tierra de paz y fraternidad que sabe recibir con alegría a todos sus visitantes extranjeros y de la que nunca nadie se ha marchado sin tener ganas de regresar lo antes posible...

El pasajero creyó comprender que la seña y el discursito que le siguió significaban que todo cuanto se decía en el interior del taxi podía ser escuchado por alguien más y, automáticamente, cambió de estrategia. Conocía perfectamente esas prácticas totalitarias que tenían por único fin ejercer desde el poder el control absoluto de la población. Su prolongada experiencia como residente en numerosos países del Medio Oriente le permitía inferir que, en determinadas circunstancias, la única diferencia entre un estado de armonía social en perfecta salud y otro de muerte por decapitación podía ser una simple palabra pronunciada en el momento inadecuado o en el lugar incorrecto.

—... y a propósito —dijo el taxista después de una breve pausa—, ¿le puedo preguntar de dónde es usted? Su acento no lo había escuchado nunca antes, aunque se me parece al de los turcos cuando hablan el español.

—Pues no está lejos de la verdad, amigo mío —mintió el pasajero—. Soy de origen jázaro, una antigua tribu de Turquía. Hablo a la perfección siete idiomas y he vivido en veintitrés países durante varios años en cada uno. He tenido lo que se podría decir una verdadera vida de novela, llena de sobresaltos, intrigas y aventuras de todos los tipos, y por eso, a mi edad —que según veo, no está muy lejos de la suya—, creo que puedo declararme completamente feliz sin faltar a la modestia. ¿Y usted?

El taxista no respondió de inmediato. A través del espejo retrovisor, el pasajero pudo ver el rictus de desagrado que le había producido su pregunta, así que le otorgó algo de tiempo para que pudiera procesar su próxima reacción.

—¿Cómo se llamaba su amiga?

—Usted perdone, querido señor, pero, ¿de quién me habla?

—De su amiga, la que vivía en Gascue.

—¡Ah! Ella... Es que no éramos lo que se dice amigos. Además, no creo que haya sabido nunca su nombre real. La conocí hace muchos años, en la época en que venía a este país a hacer negocios con unos inversionistas amigos míos. Si no me equivoco, creo recordar que ella era de origen turco o estudiaba el idioma turco o hablaba turco. El caso es que ella fue nuestra intérprete durante nuestra estadía.

—¡Oh! ¡Ya veo! —hizo el taxista—. ¿Y más o menos de qué año estamos hablando?

—¿Eso? A ver, ¿2025? ¿2030? A decir verdad, no lo tengo muy claro, pero no puede haber sido mucho después de esa época. Le digo que hace cuarenta años o más que no venía a este país...

—¡Hum! Entonces no puede haber sido ella... –dijo entonces el taxista.

—¿Cómo así? ¿De quién me habla?

—No, este... De nadie en particular. Es que una vez yo también tuve una amiga que vivía en Gascue y que era de origen turco. Una muchacha que tenía muchos problemas, pero que, según se supo después, se resumían en uno sólo: era una mitómana incurable.

—¿No me diga? ¿Cómo así?

—¿De verdad le interesa saber? Le advierto que esa es una historia un poco triste...

—Bueno, con tal de que no sea demasiado larga...

—Bueno, pues verá usted... A principios de la década de 2020, yo tenía inquietudes literarias como otros jóvenes de mi edad. De hecho, tanto me llegué a creer que valía la pena ser escritor que cometí el error de estudiar para maestro de Literatura en una universidad privada. Dicho sea de paso, entre todos los errores que cometí en mi vida, ese fue el peor, a tal punto que todavía me arrepiento de haberlo cometido. Bueno, el caso es que, en esa época yo tenía una vecina que también decía que le gustaba escribir. Una muchachita aparente, ella, de lo más salaíta. Y aquí entre nos, yo me llegué a sentir asfixiao por ella, pero ella siempre me dijo que lo de ella tenía que ser grande, ande o no ande... Entonces, en una, me entero por Facebook de que ella había colgado una foto de una parrilla en la que se quemaban como doce o quince cuadernos, con un mensaje que decía: «Yo aquí, quemando mis obras completas. Dejen esa vaina dizque de escribidera. Eso aquí no le importa a nadie», o algo por el estilo. Para mí, leer eso fue una verdadera decepción pero ná: «Cada cabeza es un mundo», me dije, y seguí en lo mío sin mirar para ningún lado, ya que, para esa misma época, yo participaba en un concurso literario que se estrenaba con la cantidad de dos millones de los pesos de entonces y, aparte de que me sentía con muchas posibilidades de ganar, yo estaba seguro de que, si la turquita me veía con esa cantidad de papeletas en las manos, iba a cambiar por completo de canal respecto a mí. Bueno, don, para no cansarlo, cuando se publicó el veredicto, no solamente yo no había sido el ganador de ese concurso, sino que nadie conocía el autor al que el jurado le había concedido el premio. Y lo que es peor, poco después, hablando con la turca, no solamente me enteré de que ella sí lo conocía, sino que, según me dijo, antes del premio se lo encontraba simpático, pero ahora le gustaba una barbaridad. Y claro, para mí, eso fue como si me hubieran echado una bacinilla de orines en la cabeza, aunque lo verdaderamente peor fue lo que ella me dijo después. «Y además», me dijo, «¿tú ves esa novela con la que él ganó? Esa novela la escribí yo. Te juro que no sé de qué manera él la consiguió, pero, ahora que ya ganó, me haré de cuenta de que fui yo quien se la di a él para que concursara y ganara. A decir verdad, yo no tengo lo que se dice nada de paciencia para ser escritora. En cambio él... ¡Desde que lo conocí lo he visto con tantas ganas de ganarse un premio, el pobre, que no me cabe duda de que, si alguien se lo merece, es él!» Y bueno, ¿qué culpa tengo yo de haber sido tan ingenuo de creerme al pie de la letra toda esa mierda que le salió por la boca a esa muchacha? No solamente me sentí traicionado, vejado, vilipendiado y despreciado, sino que además, cada vez que pensaba en lo que habría podido hacer con esos dos millones me... Bueno, lo cierto es que, durante los meses siguientes, me empeñé en hacer todo lo posible para que ese premio se convirtiera en la peor desgracia que le hubiera pasado a ese pobre infeliz. Por todas partes donde iba lo majaba, lo escupía, lo volvía a majar y lo volvía una pasta de color mierda con la que luego lo embarraba todo: las redes sociales, las paredes del Ministerio de Cultura, los oídos de todo el que me quisiera escuchar, hasta que el cuento de su supuesto fraude salió del país y llegó a Puerto Rico, a Madrid y a Nueva York... Ya me sentía el líder de una cruzada por la honestidad literaria cuando me enteré por ella misma de que todo había sido una mentira suya. Resulta que su familia la había hecho internar en un centro psiquiátrico en el que la obligaron a pedirles excusas a todas las personas a quienes había hecho daño como parte de su tratamiento contra la mitomanía. Lamentablemente, como ya para ese momento el autor de la novela se hallaba fuera del país, nunca pudo hablar con él, pues, para colmo, ni siquiera su propia familia quería tener nada que ver con ese pobre muchacho y había cortado toda forma de comunicación. Dos años y tres meses después de la premiación, todos nos enteramos de que María la Turca, como le decíamos, se había llenado la barriga con cuarenta y tres pastillas de Rohipnol y luego se había lanzado de cabeza desde la azotea de un edificio de la calle El Conde. En su carta de despedida, dejó dicho que su intención era demostrar que uno puede morir soñando y luego despertar en la próxima vida. O algo por el estilo. Bueno, esa es toda la historia.

No creo que nadie más aparte de mí se acuerde de María la Turca...
Aquí ya casi a nadie le importa la vida de casi nadie...

Durante la pausa que siguió a esas últimas palabras del taxista,
el pasajero tosió varias veces, pero no dijo nada. Creía estar preparado para cualquier cosa, pero jamás habría pensado que la realidad
podía ser tan sórdida. Al cabo de varios minutos, se decidió a romper el silencio:

—Bueno, pero, ¿y qué pasó con usted? ¿Cómo fue que terminó
siendo taxista después de haberse esforzado por estudiar?

—¿Yo? Bueno... Esa es otra historia. No me gusta hablar de eso.
Solamente le diré que me fui del país en compañía de la que fue mi
primera esposa. Estando en el extranjero, el mundo comenzó a vol-
verse loco. Por todas partes, la gente confundió la realidad con la
fantasía, y una de las primeras fue la cabrona con la que me había
casado. No le digo más. Luego me las arreglé para dar el salto hasta
acá sin paracaídas, y en cuanto me vi de vuelta en mi país, enterré
mi vocación y me fui dedicando a joderme lo más silenciosamente
posible. Pero mejor mire, don, esta es ahora la calle Danae. ¿Cree
que se parece al recuerdo que usted tiene de ella?

Índice

COLOFÓN

Una guerra de sueños, de Manuel García Cartagena, se terminó de editar
en Santo Domingo, República Dominicana, a los 24 del mes de junio de 2021,
bajo los cuidados de Manuel García Cartagena